W0005173

MARIA NIKOLAI

DIE SCHOKOLADEN-VILLA

ZEIT DES SCHICKSALS

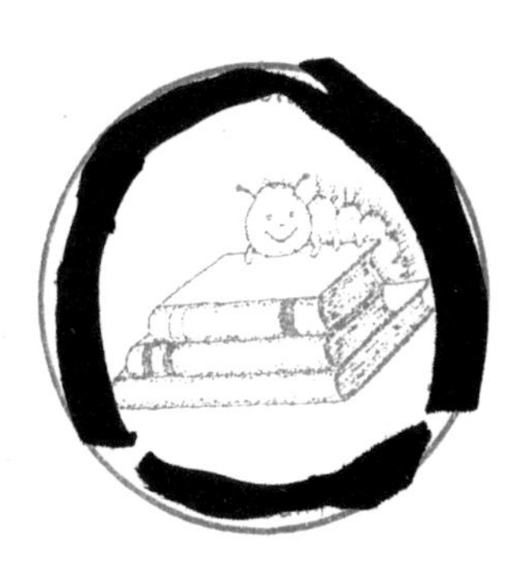

Penguin Random House Verlagsgruppe FSC® N001967

3. Auflage

Umschlag: Favoritbüro
Umschlagmotiv: Richard Jenkins
Sklep Spozywczy; NCAimages; Zach Frank;
Sundraw Photography; lindasky76; Artens/Shutterstock
Satz: Buch-Werkstatt GmbH, Bad Aibling
Druck und Bindung: GGP Media GmbH, Pößneck
Printed in Germany
ISBN 978-3-328-10407-0
www.penguin-verlag.de

Dieses Buch ist auch als E-Book erhältlich.

DEM WAGNIS DER LIEBE

1. KAPITEL

Die Chocolaterie Bonnat in Voiron, Frankreich,
Anfang Juni 1936

Verheißungsvoll floss die Schokolade über den hellen, mit Vanillecreme gefüllten Biskuit und umhüllte ihn mit einer glänzenden Schicht. Getrocknet würde sie für ein feines Knacken sorgen, sobald man in den kleinen Kuchen hineinbiss – deshalb musste sie hauchdünn sein. Und dazu perfekt aussehen, ohne Tropfen oder andere Unregelmäßigkeiten.

Mit geübten Handgriffen überzog Viktoria ein Gebäckstück nach dem anderen, beobachtete konzentriert, wie sich die Kuvertüre verteilte und die überschüssige Schokolade abtropfte. Anschließend dekorierte sie jedes der Küchlein liebevoll mit einem kleinen Zuckergitter und einer Mandel und schob sie in die Kühlung – jedes ein köstliches Unikat. Morgen früh würden sie alle ihren Platz in der Theke der *Chocolaterie* finden und zwischen anderen exklusiven Schokoladenträumen auf ihre Käufer warten.

Mit einem leisen Seufzen naschte sie die Schokoladenreste von ihren Fingern, wusch sich die Hände und nahm ihre Schürze ab.

Es war so weit.

»*Es-tu triste?*« Ihre Kollegin Colette trat neben sie ans Spülbecken. »Du wirkst so … melancholisch.«

»Oh ja«, antwortete Viktoria. »Mein letzter Tag.«

»Wir werden dich vermissen.« Colette verteilte Seife auf ihren Händen und hielt sie unter den Wasserstrahl. »Besonders Luc. Er ist übrigens schon gegangen. Habt ihr heute noch etwas vor, ihr zwei?«

»Ich habe eigentlich keine Zeit.« Viktoria zog ihre Jacke an.

Colette zwinkerte ihr wissend zu, drehte das Wasser ab und nahm sich ein Handtuch.

»Hast du dich eigentlich schon von *Maître* Bonnat verabschiedet, Viktoria?«, fragte sie dann. »Er ist in seinem Büro.«

»Ich weiß. Ich gehe gleich zu ihm hinein.«

»Er hält so große Stücke auf dich! Du wirst nicht leicht zu ersetzen sein.«

Viktoria nickte. Sie wusste, dass *Maître* Bonnat ihre Arbeit schätzte.

»Manchmal sucht man sich seine Wege nicht aus«, sagte sie matt. »Bist du nachher noch da, Colette? Oder muss ich mich jetzt schon von dir verabschieden?«

Über Colettes Gesicht zog ein Lächeln. »Verabschiede dich in Ruhe vom *Maître*«, meinte sie. »Ich warte hier auf dich, dann können wir gemeinsam nach Hause gehen.« Colette wohnte nicht weit von Viktoria entfernt, in der Rue Carabonneau.

»Gut. Es wird nicht allzu lange dauern.«

Viktoria verließ die Produktionsräume der *Chocolaterie* und machte sich auf den Weg zum Büro des Inhabers. Feine Düfte begleiteten sie über die Stufen ins Obergeschoss, in dem die Verwaltung des alteingesessenen Unternehmens untergebracht war.

Vor einer schweren Eichentür blieb sie stehen und stutzte. Sie meinte, Stimmen aus dem Inneren des Zimmers zu hören, aber sicher war sie sich nicht. Sollte sie den *Maître* stören, wenn er Besuch hatte?

Schließlich klopfte sie doch, wartete auf das vertraute »*Entrez*!« und drückte die Türklinke.

»Da ist sie!«, tönte es ihr vielstimmig entgegen.

»Viktoria!«

Ein Champagnerkorken knallte, und eh sie sich's versah, war sie umringt von Menschen. *Maître* Bonnat, seine Frau, die *Chocolatiers*, die Verkäuferinnen, die beiden Laufburschen. Einzig Luc fehlte.

Hinter ihr kam Colette herein und lächelte breit. »Na?«, fragte sie Viktoria leise. »Freust du dich?«

Viktoria war sprachlos.

»Mademoiselle Rheinberger! Sie wirken überrascht!«, sagte *Maître* Bonnat und die Freude über die gelungene *surprise* stand ihm ins Gesicht geschrieben. »Aber wir lassen Sie natürlich nicht ohne einen ordentlichen Abschied ziehen!«

»Ich … ich«, stotterte Viktoria, »ja, also, nein. Damit habe ich wirklich nicht gerechnet.«

»Umso besser!« Colette schenkte den Champagner ein. »Lass dich ein wenig feiern, meine Liebe!«

Sie drückte Viktoria ein randvolles Glas in die Hand und zog sie in die Mitte des Raumes. *Maître* Bonnat bat um Ruhe.

»Mademoiselle Rheinberger«, hob er dann ohne Umschweife an, »als Sie einst zu uns gekommen sind, waren Sie voller Ehrgeiz und bereit, neue Erfahrungen zu sammeln. Zwei Jahre später haben Sie sich in der Tat zu einer ausgezeichneten *Chocolatière* entwickelt.«

»Bravo!« Alle klatschten Beifall.

»Ihre Familie kann sich glücklich schätzen, Sie wiederzubekommen«, fuhr *Maître* Bonnat fort. »Und für uns waren Sie eine Bereicherung. Sie verstehen Ihr Handwerk, aber nicht nur das. Sie haben einzigartige Ideen. Eine solche Kreativität ist ein Gewinn für jeden, der mit Ihnen arbeiten darf. Wir alle«, er erfasste die Anwesenden in einer Handbewegung, »wünschen Ihnen das Beste für die neuen Aufgaben, die Sie erwarten. Auch wenn wir wissen, dass es nicht leicht werden wird.« Er räusperte sich. »Aber vor allem … sagen wir *merci*. Dafür, dass Sie ein Teil unserer *Chocolatier*-Familie gewesen sind. Und wir sind stolz, dass etwas von Ihnen bei uns bleibt – in all den Kreationen, die Sie in den letzten Jahren entwickelt haben und die wir weiterhin herstellen werden. Auf Ihr Wohl!«

Das feine Klingen der Sektkelche erfüllte den Raum.

Völlig überwältigt nippte Viktoria an ihrem Champagner. Dieser Moment fühlte sich unwirklich an.

Nach und nach verabschiedete sich einer nach dem anderen persönlich von ihr. Sie schüttelte Hände und verteilte *bisous*, beantwortete Fragen nach ihrer Familie und der Schokoladenfabrik in Stuttgart, versicherte, dass sie ab und zu schreiben werde.

Schließlich stand *Maître* Bonnat vor ihr, in der Hand ein kleines Holzkästchen. »Mademoiselle Rheinberger. Ich möchte Ihnen gerne eine Erinnerung mitgeben an Ihre Zeit hier in Voiron.«

»Oh … das wäre aber nicht nötig gewesen, *Maître* …«

»Ich versichere Ihnen, es ist nötig.« *Maître* Bonnat öffnete das Kästchen und ließ sie hineinsehen.

Auf blauem Samt lag eine Auswahl silberner Pralinengabeln mit Griffen aus Walnussholz, zehn an der Zahl. Eine jede war anders. Auf den gedrehten Schäften saßen zwei, drei oder vier Zinken, Spiralen, Ringe und sogar ein kleines Gitter. Ideal, um Konfekt und Zuckerwerk mit Kuvertüre zu überziehen und raffiniert zu dekorieren.

»Das … kann ich nicht annehmen …«, stammelte Viktoria, aber *Maître* Bonnat lächelte nur mild.

»Natürlich können Sie das.« Er klappte das Kästchen wieder zu und drückte es ihr fest in die Hand. »Viel Freude damit!«

Viktoria strich über das fein geschmirgelte Holz. »Danke, *Maître*. Ich werde es in Ehren halten.«

»Daran zweifle ich nicht. Gebrauchen Sie es häufig!« Er reichte ihr die Hand. »Aber erschaffen Sie uns damit keine allzu große Konkurrenz.«

Nun war es an Viktoria zu lächeln. »Ich werde mein Bestes geben.«

Maître Bonnat nickte. »Leben Sie wohl, Mademoiselle Rheinberger. Ich sage *au revoir* und nicht *adieu*. Es wäre schön, wenn wir Sie eines Tages wiedersehen. Hier bei uns, bei Bonnat.«

2. Kapitel

Zwei Stunden später in der Rue du Jardinet, Voiron

Das leise Klacken der Haustüre kündigte ihn an. Viktoria lauschte Lucs Schritten auf den ausgetretenen Holzstufen, lächelte wissend in sich hinein, als er stürmisch klopfte und, ohne eine Antwort abzuwarten, in ihr Zimmer fegte. »*Ma belle*!« Wie immer nahm er sie in die Arme, küsste sie und wirbelte sie herum, bis sie ihn atemlos darum bat, aufzuhören. Zweimal noch drehte er sich mit ihr im Kreis, bevor er sie vorsichtig auf dem Boden absetzte.

»Luc …!« Viktoria hielt sich an ihm fest, bis das Schwindelgefühl schwächer wurde. »Du warst nicht auf meiner Abschiedsfeier!« Sie wollte nicht vorwurfsvoll klingen, doch ein wenig klang ihre Enttäuschung durch.

»Ich hatte meine Gründe.« Luc drückte sie an sich.

»Ach … und jetzt stürzt du einfach hier herein, obwohl du weißt, dass du mich nicht stören solltest«, tadelte sie ihn. »Ich muss packen.«

»Ich störe dich nicht.« Sein südfranzösischer Akzent

unterstrich den Schalk, der aus seinen dunkelbraunen Augen blitzte. »Ich entführe dich!«

»Du entführst mich?« Vorsichtig löste sie sich von ihm und trat zu einem großen Reisekoffer, der aufgeklappt auf ihrem Bett lag. »Ich werde morgen abreisen und bin noch lange nicht fertig.« Sie deutete auf die Kleiderstapel, die sich auf ihrem Kanapee, den beiden Holzstühlen und dem Tisch türmten, der in der Mitte des Zimmers stand.

Seine Augen flogen über die Unordnung. »Morgen ist morgen.« Er grinste. »Heute bist du noch hier. Also?«

Viktoria seufzte. Er machte den Abschied nur noch schlimmer. »Also gut. Ich ziehe mich um. Aber nur, wenn du unten wartest.« Nach fast zwei Jahren in Voiron ging ihr die französische Sprache flüssig über die Lippen. »Und achte darauf, dass Madame Dupont dich nicht erwischt.«

Lucs Grinsen wurde breiter.

Eigentlich dürfte er nicht hier sein, denn Viktoria waren Herrenbesuche untersagt. Aber da Madame Dupont, ihre Vermieterin, schwerhörig war, hatte er wenig Mühe, sich an der Wohnungstür der alten Dame vorbei in den obersten Stock des verwinkelten Häuschens in der Rue du Jardinet zu stehlen.

»Ich bin schon unterwegs.« Er warf ihr einen Handkuss zu. »Lass mich nicht zu lange warten!«

Viktoria schüttelte den Kopf, während er bereits die Treppe hinuntereilte. Luc war eine Naturgewalt, spontan und von ungestümem Charme. Gleich an ihrem ersten Arbeitstag bei Chocolat Bonnat hatte er ihr den Kopf verdreht.

Sie erinnerte sich noch genau daran, wie sie damals eine Pistaziencreme hatte herstellen sollen, die ihr gründlich missraten war – woraufhin Luc ihr mit ein paar hilfreichen Hinweisen beigesprungen war. Am Ende hatte sie Maître Bonnat zwei recht gelungene Pistazienpralinen anbieten können. Danach war es um sie geschehen gewesen.

Und nun?

Ihr Leben würde sich unwiderruflich ändern. Eigentlich hatte sie vorgehabt, ein weiteres Jahr bei Bonnat zu bleiben. Doch die Ereignisse der letzten Wochen hatten diese Pläne zunichte gemacht. Sie musste ihrer Mutter beistehen in dieser schweren Zeit. Der Tod ihres Vaters hatte eine grausame Lücke gerissen.

Viktoria löste den Gürtel ihres schmal geschnittenen Kleides aus hellblauer Baumwolle und zog es aus. Wie sie Luc kannte, würde es in die Natur gehen, daher schlüpfte sie in Bluse und Hosenrock und fuhr sich mit den Fingern durch ihr blondes, schulterlanges Haar, dessen natürliche Wellen die Sonne mit hellen Strähnen durchzogen hatte. Sie trug es am liebsten offen und band es nur zusammen, wenn sie arbeitete. Noch seltener frisierte sie es zu einer modischen Nackenrolle, die vielleicht hübsch aussah, ihr aber unbequem war. Schließlich zog sie ein paar Schnürschuhe an und machte sich auf den Weg nach unten.

Luc lehnte an der Hauswand neben seiner Peugeot P 107 und zog lässig an einer Zigarette. Als er Viktoria kommen sah, schnippte er den Stummel auf den Boden, setzte sich auf das Motorrad und deutete mit einer einladenden Handbewegung hinter sich: »*On y va.*« Er startete den Motor.

Viktoria zwängte sich zwischen ihn und einen Picknickkorb, den er auf dem Gepäckträger festgezurrt hatte. Sie umfasste seine Taille, um sich festzuhalten. »Wohin fahren wir?«

»Lass dich überraschen!« Er gab Gas.

Mit lautem Knattern brausten sie davon. Aus den Augenwinkeln sah Viktoria die dunkle Abgaswolke, die sie zurückließen. Diese hüllte eine rot getigerte Katze ein, die neugierig stehen geblieben war und den Startvorgang beobachtet hatte. Das Tier verzog sich schleunigst in den nächsten Hauseingang.

In flottem Tempo kurvte Luc durch die Gassen und Straßen der Stadt, und Viktoria ahnte bald, welchen Weg er einschlug. Eine gute Idee, an einem so schönen Spätnachmittag zum *Lac de Paladru* hinauszufahren, allerdings keine besonders originelle. Dort waren sie schon unzählige Male gewesen. Umso gespannter war sie darauf, was er sich wohl für diesen, ihren letzten Abend ausgedacht haben mochte.

Angeschmiegt an Lucs Rücken genoss sie die Dreiviertelstunde, die sie unterwegs waren. Er war kein großer Mann, auch kein athletischer, sondern schlank und drahtig. Sein dunkelbraunes Haar befand sich stets in lässiger Unordnung, seine Wangen waren niemals glatt rasiert. Mit seinen zwanzig Jahren war er zwar genauso alt wie sie selbst, wirkte aber älter, was vielleicht an seiner sonnengebräunten Haut lag. Und an den nachdenklichen Falten auf seiner Stirn, die eigentlich gar nicht zu ihm und seiner unbekümmerten Art passten.

Dass die Mädchen ihn mochten, hatte Viktoria hingenommen. Sie schätzte seinen Humor und seinen Sinn für die schönen Seiten des Lebens, seine Zärtlichkeit.

Wann immer die Zeit es erlaubt hatte, waren sie unterwegs gewesen, hatten die grünen Gipfel des Chartreuse-Massivs erklommen, waren über schmale Felsgrate und weiße Kalksteinrippen gewandert, hatten in den Flüssen gebadet, die sich tief in die Landschaft schnitten. Einmal hatte sie sich bei einem dieser Ausflüge den Arm gebrochen, und er blieb an ihrer Seite, bis sie versorgt war. Ein anderes Mal waren sie in einer waghalsigen, nicht enden wollenden Tour mit dem Motorrad bis ans Mittelmeer gefahren, um dort eine Nacht bei Mondschein, Baguette und Rotwein am Strand zu verbringen. Auch wenn Viktoria die Strapazen dieses Ausflugs noch tagelang nachgespürt hatte, waren jene Tage unvergesslich schön gewesen.

»Geht es dir gut, Viktoria?«, fragte er in diesem Moment über die Schulter, so als habe er gespürt, worüber sie gerade nachdachte.

»Ja. Alles bestens!« Sie versuchte, das nagende Gefühl des nahen Abschieds zu verdrängen. Morgen ist morgen, hatte er gesagt. Heute war sie noch hier.

Sie konzentrierte sich auf die Landschaft, die vorbeiflog. Felder und Weiden, Wäldchen mit Kastanien, Eichen und Buchen, die Häuser der Dörfer, durch die sie kamen. Der Fahrtwind, der in ihrem Haar spielte, war angenehm warm, so warm, wie es dieser Juni war.

Als sie das Örtchen Charavines hinter sich gelassen hatten, richtete Viktoria sich auf. Rechter Hand schimmerte das türkisblaue Wasser des Sees durch die Zweige der Bäume und Büsche, welche die Straße vom Uferbereich trennten. Schließlich bog Luc von der Straße ab, steuerte seine P 107 einige Meter über unebenes Gelände, bis er in der Nähe einer riesigen Eiche anhielt, deren Äste sich schwer über den See beugten. Mit einem dumpfen Tuckern erstarb der Motor.

Er drehte sich zu Viktoria um. »Wir sind da.«

»Ah!« Viktoria stieg ab und reckte sich, während Luc das Motorrad abstellte und den Picknickkorb vom Gepäckträger nahm. »Und jetzt machen wir hier ein Picknick?«

»Nicht hier. Komm!«

Er nahm ihre Hand und führte sie am Ufer entlang. Ihre Schuhe knirschten auf dem steinigen Untergrund, die sanften Wellen des Sees schlugen mit leisem Plätschern gegen den kurzen Abhang, der ans Wasser führte.

Schließlich sah Viktoria an einer geschützten Stelle ein Ruderboot liegen. »Wir machen eine Bootspartie?«

Luc lachte leise. »So ist es.« Er ließ ihre Hand los, ging voran zu dem hölzernen Kahn und stellte den Picknickkorb hinein. Dann drehte er sich zu Viktoria um, die inzwischen zu ihm aufgeschlossen hatte. »Erinnerst du dich an das letzte Mal, als wir hier waren?«

»Natürlich erinnere ich mich daran. Damals habe ich nasse Füße bekommen.«

»Das Boot war leck. Aber dieses hier sieht gut aus.«

»Hast du es selbst hergebracht?«, fragte Viktoria.

»Bringen lassen. Von einem Fischer.« Luc machte sich daran, das Boot ins Wasser zu schieben. Viktoria packte mit an und nur wenige Minuten später glitten sie hinaus auf den See.

»Nun kenne ich immerhin das Ziel unseres Ausflugs«, meinte Viktoria und beobachtete eine Entenmutter mit ihren fünf Küken, die in aller Ruhe an ihnen vorüberschwamm. »Aber ich habe keine Ahnung, welche Überraschung hier auf mich warten sollte. Ein Ungeheuer? So wie in Loch Ness?«

Luc lachte vielsagend, während er das Boot mit ruhigen Ruderschlägen weiter hinaustrieb, bis das helle Blaugrün der Uferzone einem tiefen Dunkelblau wich. Nicht umsonst nannten die Menschen hier den *Lac de Paladru* auch den *Lac Bleu*, den blauen See. Zahlreiche Legenden rankten sich um seine Wasser, wie die der *Dame Blanche*, der weißen Frau, die vor Jahrhunderten mit ihrem Geliebten auf dem See verschwand – und seither angeblich immer wieder gesehen wurde.

Verschwinden würden sie und Luc gewiss nicht, aber vielleicht zeigte er ihr eine der Stellen, an der die *Dame Blanche* der Überlieferung zufolge hin und wieder erschien?

»So, hier wären wir«, sagte Luc in diesem Augenblick, als habe er ihre Gedanken gelesen.

»Hier?« Viktoria sah sich um. Sie befanden sich auf halber Strecke zwischen dem Ost- und dem Westufer des langgestreckten Sees, der an dieser Stelle etwa einen Kilometer breit war.

Luc nickte und zog die Ruder ein.

»Fischen wir jetzt?«, fragte Viktoria.

»Warte es ab.« Er griff nach dem Picknickkorb und stellte ihn vor Viktoria auf die hölzernen Planken.

»Hast du darin die Köder mitgebracht?«

»Wenn du so willst.« Mit einem Mal grinste er über beide Ohren.

»Oh, nein, nein, Luc«, wiegelte Viktoria sofort ab, »du weißt, dass ich nicht …«

»Darum geht es nicht, *ma belle*.« Er klang ein wenig gekränkt.

»Entschuldige bitte.« Viktoria tat ihre vorschnelle Reaktion leid. »Ich wollte dir wirklich nichts … Ungehöriges unterstellen.«

»Na, ein wenig wolltest du das schon.« Er kniete sich vor den Picknickkorb und löste den Lederriemen. »Ich weiß ja, wie du über diese Dinge denkst.«

Viktoria seufzte. Die Franzosen nahmen es einfach sehr leicht mit der *amour*.

»Als Köder könnte man den Inhalt aber durchaus bezeichnen«, nahm er den Gesprächsfaden wieder auf, hob den Deckel und holte ein rot-weiß kariertes Leinentuch heraus. »Zumindest soll er dafür sorgen, dass du mich nicht vergisst.«

Viktoria schaute neugierig in den Korb. »Lauter Gläser auf Eissäckchen?«

»Genau.« Luc breitete das Handtuch aus. Dann entnahm er dem Weidenkorb vorsichtig ein Einmachglas nach dem anderen und arrangierte sie in zwei Reihen.

»Oh! Schokolade?«

Luc nickte und öffnete das erste Glas. »Wir machen ein Schokoladenpicknick.«

Viktoria klatschte begeistert in die Hände. »Das ist eine wunderbare Idee, Luc!«

»Nicht wahr?«

»Ich verzeihe dir auf der Stelle, dass du heute Nachmittag nicht mitgefeiert hast. Du hast sicherlich einiges vorzubereiten gehabt.«

»Ein wenig.« Luc lächelte zufrieden und gab ihr ein Holzstäbchen, an dessen Ende ein Praliné aufgespießt war. »Versuch diese! Aber mit geschlossenen Augen!«

Viktoria nahm ihm das Stäbchen ab, senkte die Lider und probierte.

»Das ist ein … *Pralin Sport*! Ja, ganz bestimmt, es schmeckt intensiv nach gerösteten Haselnüssen.«

»Du erkennst es!«

»Natürlich!« Sie öffnete die Augen. »Ich habe es oft an Touristen verkauft, die es mit auf ihre Wandertouren genommen haben.«

»Dann das nächste.« Luc schraubte ein weiteres Glas auf und hielt es ihr hin.

Viktoria nahm eines der schokoladenüberzogenen Dreiecke und biss in die knackige Hülle. »Ein *Gâteau Sphinx en miniature*. Sehr lecker. Daran haben wir so lange gearbeitet, Luc.«

»Allerdings. Und sie sind wunderbar geworden.« Luc kostete selbst. »Die Eiweißfüllung ist fantastisch.«

Anschließend öffnete er die restlichen Gläser und legte jeweils eine Kostprobe auf das Tuch. »Ich habe während der letzten Wochen die besten Rezepte von *Bonnat* nachgearbeitet. Hier zum Beispiel.« Er griff nach einem kleinen, rechteckigen Kuchen. »Unser Plumcake – mit ordentlich Rum.« Augenzwinkernd reichte er ihn Viktoria.

»Mhmm«, murmelte sie kauend. »Mit dem Rum hast du es wirklich gut gemeint!«

Luc zwinkerte ihr zu. »Ich habe mir noch etwas … sagen wir Ungewöhnliches überlegt.« Er griff noch einmal in den Picknickkorb und holte ein Baguette, eine Flasche Champagner und ein kleines Kästchen heraus. »Weißt du, was ich am liebsten zum Frühstück esse? Ein Baguette mit Schokolade.«

Viktoria nickte begeistert. »Ein *pain au chocolat*, gewissermaßen. Das kenne ich von zu Hause.«

»Du kennst es?«

»Nun ja. In Stuttgart gibt es seit einigen Jahren eine Schokolade, die man aufs Brot legen kann.«

»Hergestellt von deinen Eltern?«

»Nein, von einem anderen Unternehmen.«

»Und ich dachte, ich hätte etwas ganz Neues erfunden.« Er schüttelte etwas theatralisch den Kopf. »Trotzdem präsentiere ich dir jetzt *mein pain au chocolat*. Es schmeckt sicherlich sehr viel besser als das eurer Konkurrenz!« Er nahm das Baguette und brach ein Stück davon ab. Dann öffnete er das kleine Metallkästchen. »Das ist eine Schokolade mit Milchpulver und Vanille. Ganz schlicht.«

»Die einfachen Dinge sind oft die besten.«

Viktoria sah zu, wie er mit geschickten Fingern eine dünne Schokoladenscheibe herausnahm und auf das Baguette legte. »Hier!«

»Danke.« Viktoria behielt das Brot in den Händen und wartete, bis er ein zweites Stück Baguette belegt hatte, auch wenn die Schokolade unter ihren Fingern sofort zu schmelzen begann.

»Natürlich«, fuhr Luc fort, »gibt es dazu – Champagner!« Er legte sein Schokoladenbaguette auf das Tuch und öffnete die Flasche.

»Das wird wunderbar harmonieren«, sagte Viktoria, »auch wenn ich heute schon Champagner getrunken habe.«

»Das ist ja schon ein paar Stunden her«, meinte Luc und stellte ihr die Flasche hin. »Allerdings habe ich nur einen Becher dabei, keine Gläser, *ma belle.*«

»Wir brauchen keine Gläser. Ich mag es schlicht und einfach ohnehin lieber.« Viktoria zwinkerte ihm zu, wartete, bis er eingeschenkt hatte, und nahm einen Schluck aus dem schlichten Becher. Dann biss sie in ihr *pain au chocolat.* »Es ist köstlich. Schlicht und raffiniert und köstlich!«

Sie genossen ihr Picknick, naschten und leerten den Champagner. Dann stand Luc auf einmal auf. Das Boot wackelte einen Moment heftig. Viktoria hielt sich an ihrer Sitzbank fest. »Was hast du vor?«

»Ich gehe baden.«

»Aber …« Ehe sie widersprechen konnte, hatte er sein Hemd über den Kopf gezogen, war aus seiner Hose gestiegen und in den See gesprungen. Viktoria kniete sich an den

Rand des Kahns. »Luc!«, rief sie streng. »Wenn das ein letzter Versuch sein soll, mich davon zu überzeugen, dass ich mit dir … Luc?«

Er war verschwunden.

Auch als das Wasser an der Stelle, an der er eingetaucht war, allmählich zur Ruhe kam, war von ihm noch immer nichts zu sehen.

»Luc? Wo bist du?« Viktoria wurde unruhig, richtete sich auf und beugte sich über den Bootsrand hinaus, um die Wasseroberfläche genauer beobachten zu können. So viel Champagner hatte er doch gar nicht getrunken, als dass es gefährlich werden könnte, schwimmen zu gehen.

Sie zog ihre Schuhe aus. Sollte sie hinterherspringen?

Schließlich hielt sie es nicht mehr aus, schlüpfte aus ihrer Hose und ihrer Bluse. Ihre Unterwäsche behielt sie an. Dann setzte sie vorsichtig ein Bein über den Rand, dann das andere. Das Boot bekam sofort Schlagseite. Rasch ließ sie sich ins Wasser gleiten.

»Ah, *ma belle*!« Ehe sie sich versah, war er prustend neben ihr aufgetaucht und umfing sie mit beiden Armen.

»Oh, Luc!« Viktoria versuchte, sich ihm zu entwinden. »Ich bin kein Köder!«

»Schade. Aber ein wenig schwimmen wirst du ja trotzdem können. Schließlich sind bei euch in Deutschland bald die *Olympischen Spiele*!«

Sie befreite sich, machte einige kräftige Schwimmzüge und drehte sich zu ihm um. »Natürlich kann ich schwimmen! Sogar ganz hervorragend, dazu brauche ich nicht einmal einen Lehrmeister!« Sie spritzte ihm Wasser ins Gesicht. »Und auch keine Olympischen Spiele!«

»Na warte!« Er kraulte zu ihr hin, während Viktoria versuchte, sich hinter das Boot zu retten, das neben ihnen dümpelte.

So jagten sie einander durchs Wasser, lachten und schäkerten und Viktoria genoss diese vertraute Verspieltheit, auch wenn ihre Umarmungen wehmütig waren und die Küsse nach Abschied schmeckten.

Irgendwann drehte sie sich auf den Rücken und schloss die Augen. Luc schwamm ganz nah zu ihr hin. »Viktoria …«

»Nicht, Luc. Sprich nicht weiter.«

»Wir haben nur noch diese Nacht.«

Sie veränderte ihre Lage, so, dass sie sich an seiner Schulter festhalten konnte. »Ich … fühle mich nicht bereit.«

Er küsste sie lange und innig. Dann sah er sie an. »Auch wenn du als Wassernixe unwiderstehlich bist, lasse ich dir jetzt fünf Minuten Vorsprung, um dich anzuziehen. Sonst kann ich dir nicht versprechen, dass ich mich weiterhin beherrsche.« Damit hob er sie ein Stück aus dem Wasser, damit sie den Rand des Bootes fassen konnte.

Viktoria zog sich hinein, entledigte sich schnell ihrer nassen Wäsche und zog Hose und Bluse an. Während sie das Wasser notdürftig aus ihren Haaren drückte, schwang sich auch Luc zurück in den Kahn, wobei dieser erneut bedenklich wackelte.

Viktoria sah taktvoll zur Seite, während er sich anzog. Zumindest versuchte sie es – bis die Neugierde sie doch einen verstohlenen Blick riskieren ließ. Sie kam zu dem Schluss, dass sie verstand, warum Mädchenherzen höherschlugen, wenn es um Luc ging. Doch ihre Liebesgeschichte würde morgen enden, wenn sie den Zug nach Deutschland bestieg.

Als Luc schließlich die Reste ihres Picknicks verstaute, die Ruder ins Wasser tauchte und das Boot gemächlich in Richtung Ufer zurücklenkte, ließ Viktoria ihren Blick über die gekräuselte Seeoberfläche und die schwarzgrünen Gestade hinweg zum Himmel wandern.

Der Abend war der Nacht gewichen, die Sonne hinter den Hügeln im Westen versunken. Vereinzelt waren bereits die ersten Sterne zu erkennen. Ein letzter, rotorangefarbener Schimmer erhellte noch den Horizont und machte ihr bewusst, dass mit diesem Tag etwas unwiederbringlich vergangen war – so, wie alles im Leben verging.

Dieser Gedanke versetzte ihr einen Stich.

Wie würde es werden in Stuttgart – ohne ihren Vater? Sie konnte sich ihr Zuhause, die Schokoladenvilla, einfach nicht ohne ihn vorstellen – genauso wenig wie die Schokoladenfabrik. Würden sie es überhaupt schaffen ohne ihn?

»Woran denkst du?« Lucs Stimme drang sanft in ihre Gedanken.

Viktoria seufzte. »An die Vergänglichkeit.«

Luc nickte mitfühlend. Er hatte ihr beigestanden, als sie Mitte April die Nachricht von Victors schwerer Lungenentzündung erreicht hatte und nur zwei Wochen später die von seinem Tod. Er hatte sie nach Grenoble gefahren zum

Bahnhof, als sie zur Beerdigung heimgefahren war, und eine Woche später wieder abgeholt. Er war dabei gewesen, als sie *Maître* Bonnat mitgeteilt hatte, dass sie nach Stuttgart zurückkehren müsse.

»Weißt du, Viktoria«, meinte er und hielt einen Moment mit dem Rudern inne. »Auch mein Vater ist tot. Er war Fischer und ist eines Tages nicht mehr zurückgekehrt. Damals war ich zwölf Jahre alt. Ich weiß, wie du dich fühlst.«

Viktoria war überrascht. Bisher hatte er kaum über seine Familie oder seine Herkunft gesprochen, sie wusste nur, dass er in Marseille geboren worden war. »Ich sage dir das nicht, um dein Mitleid zu bekommen«, fuhr er fort. »Ich möchte dir nur sagen … das Leben geht nicht immer den geraden Weg. Manchmal erkennen wir erst später, dass aus schweren Zeiten auch etwas Gutes erwächst.«

»Ich kann überhaupt nichts Gutes im Tod meines Vaters erkennen«, meinte Viktoria leise. »Gar nichts.«

»So habe ich es auch nicht gemeint. Es wird niemals gut sein, dass er gestorben ist. Aber manche Wendungen im Leben können Neues ermöglichen … ach, das ist schwer zu erklären.« Er machte eine Pause. »Ich wäre Fischer geworden, so wie mein Vater. Ich hätte mich vermutlich niemals gefragt, ob es einen anderen Beruf für mich gibt, einen, der mir mehr Freude macht und mich mehr erfüllt, als der des Fischers. Dabei habe ich den Fischgeruch schon als Kind kaum ertragen.«

Viktoria schwieg. Es fiel ihr schwer, den Trost, den er ihr mit seiner Geschichte spenden wollte, zu erfassen.

»Natürlich bin ich auch heute noch traurig, wenn ich an ihn denke«, gestand Luc. »Meine Mutter hatte es schwer, sie musste vier Kinder durchbringen und besaß kaum genug für das tägliche Essen. Aber auch für sie hat sich eine Tür geöffnet. Inzwischen besitzt sie eine eigene Schneiderei, zusammen mit meinem ältesten Bruder und meinen Schwestern. Verstehst du, was ich meine? Gib dir Zeit, Viktoria.«

Viktoria fiel keine passende Erwiderung ein. Schweigen breitete sich zwischen ihnen aus. Das Boot schaukelte leicht. Mit Einbruch der Dunkelheit war der See unruhiger geworden.

»Darf ich rudern?«, fragte Viktoria unvermittelt.

»Wenn du willst … natürlich.«

Sie tauschten die Plätze.

Auch wenn es anstrengend war, tat die gleichmäßige Bewegung gut. Luc dirigierte sie mit gedämpfter Stimme in Richtung Ufer. Mit jedem Schlag ging es Viktoria besser und ein Stück der Leichtigkeit dieses Abends kehrte zurück. Er hatte recht. Es würde weitergehen. Irgendwie.

»Gut gemacht«, meinte Luc, als der Kies unter dem Kiel knirschte. Sie stiegen aus und zogen den Kahn an Land.

»Nun ja, ein Boot zu rudern ist keine allzu schwere Aufgabe«, erwiderte Viktoria. »Aber trotzdem danke für deine Anerkennung.«

»Du hast mir immerhin eine angenehme Rückfahrt bereitet«, meinte er. »Es hätte durchaus sein können, dass du das Boot zum Kentern bringst.«

»Niemals«, entgegnete Viktoria. »Ich bin schon als Kind

auf dem Bodensee gerudert. Wir waren fast jedes Jahr ein paar Tage im Sommer dort.«

Er lachte. »Das merkt man, Mademoiselle Rheinberger. Du hast einen wunderbar weichen Schlag beim Rudern.«

Viktoria gab ihm einen leichten Klaps auf den Oberarm. »Und *du* bist frech, Luc. Aber da du dir einen so wunderbaren Abend für mich ausgedacht hast, verzeihe ich dir.«

»Das habe ich gern gemacht.« Er zündete sich eine Zigarette an. »Viktoria … auch wenn du zurück in Deutschland bist – ich bin immer für dich da.«

»Das ist tröstlich zu wissen.« Müde lehnte sich Viktoria gegen den hölzernen Bootsrand.

»Man hört so viel Ungutes von dort.«

Viktoria fiel keine Antwort ein. Sie war selbst unsicher, was sie in Stuttgart erwarten würde.

»Nun ja.« Er blies den Rauch in die Luft. »Du wirst das alles schon schaffen, *ma belle*.«

»Ich hoffe es.«

»Und wenn es dir nicht gut geht, dann schreibst du oder rufst an. Ich werde zur Stelle sein.«

Nun entschlüpfte Viktoria doch ein Lachen. »Ich rufe dann ›Hilfe!‹ ins Telefon.«

»Zum Beispiel. Oder einfach *chocolat*«, scherzte er.

»*Chocolat* – warum nicht?« Noch einmal lachte sie leise. »Luc, komm schnell, *chocolaaaat!*«

»Ich werde zur Stelle sein«, betonte er noch einmal, und auch wenn er damit auf ihren Scherz einging, vernahm sie die Ernsthaftigkeit hinter dieser Floskel.

Seine Zigarettenspitze glühte im Dunkel auf, als er daran zog.

Viktoria hielt einen Moment inne, dann stieß sie sich vom Boot ab. »Ich denke, wir sollten zurückfahren. Ich muss ja noch packen.«

Er ließ den Stummel wie gewohnt auf den Boden fallen und nahm ihre Hand. »Natürlich. Und denk daran, Viktoria: Vor sechs Wochen bist du nach Hause gefahren, um zu trauern. Morgen fährst du nach Hause, um neu zu beginnen!«

3. KAPITEL

Stuttgart, die Schokoladenfabrik Rothmann,
zwei Tage später

Es war alles so vertraut. Das breite Treppenhaus, die große Doppeltür, hinter der die Büroräume lagen, das Klappern der Schreibmaschinen, das ans Ohr drang, sobald man diese öffnete und eintrat. Der Geruch nach Papier, Akten und Farbband, die ruhige Konzentration, die im Raum lag, die gedämpfte Unterhaltung der Schreibfräulein. All das kannte Viktoria seit ihrer Kindheit. Sie schloss leise die Tür hinter sich.

»Guten Morgen, Fräulein Rheinberger!« Eine Frau von etwa dreißig Jahren kam auf sie zu und reichte ihr die Hand. »Ich bin Lydia Rosental.«

Viktoria erwiderte den Händedruck. »Guten Morgen!« Sie wusste, dass Lydia Rosental das Schreibbüro leitete, seit Frau Fischer voriges Jahr in den Ruhestand gegangen war. Ihre Mutter hatte gestern Abend über den Wechsel gesprochen.

»Sie möchten gewiss zu Ihrer Frau Mutter, Fräulein Rheinberger. Im Augenblick ist sie in der Produktion unterwegs, sie sollte aber gleich wiederkommen. Darf ich Ihnen so lange die Mitarbeiterinnen hier im Büro vorstellen?«

Auf Viktoria wirkte die Situation zunächst befremdlich. Die meisten der Schreibfräulein kannte sie schon, und ihnen nun offiziell vorgestellt zu werden, erschien ihr überflüssig. Aber Fräulein Rosental war bereits zum ersten Tisch gegangen und begann, ihr die Namen der Mädchen und die jeweiligen Aufgaben zu beschreiben. Dabei merkte Viktoria, dass Fräulein Rosental diese Vorgehensweise ganz bewusst wählte, um Viktorias neue Stellung im Unternehmen hervorzuheben. Von nun war sie nicht mehr die Tochter des Firmeninhabers, sondern Vorgesetzte. Die Mädchen schienen diesen Wechsel zu akzeptieren, grüßten höflich und erläuterten ihr Arbeitsgebiet.

Viktoria hörte zu, erkundigte sich nach dem Befinden der Mitarbeiterinnen und bot an, für Fragen jederzeit ein offenes Ohr zu haben.

Sie waren eben am vorletzten Schreibpult angelangt, als Viktorias Mutter in die Büroräume zurückkehrte.

»Vicky! Du bist nicht zu Hause?« Sie eilte zu ihrer Tochter. »Ich hatte dir doch gesagt, dass du dir die ersten Tage Zeit nehmen sollst, um dich von der Reise zu erholen.«

»Es ist schon gut, Mama«, erwiderte Viktoria. »Ich habe mich oben in Degerloch gelangweilt. Und in der Stadt wollte ich mich auch nicht herumtreiben. Mir ist es lieber, wenn ich etwas tun kann. Und Arbeit gibt es vermutlich genug.«

»Das schon.« Judith Rheinberger strich fahrig eine Strähne aus dem Gesicht, die sich aus ihrem Knoten gelöst hatte. Diese Geste zeugte von großer Erschöpfung. Das schöne Gesicht von Viktorias Mutter war blass, nahezu fahl, unter den Augen lagen ungewohnte Schatten. Unzählige graue Strähnen durchzogen ihr blondes Haar, viel mehr als noch vor wenigen Wochen. Die tiefe Trauer über den Verlust ihres geliebten Mannes war ihr deutlich anzusehen.

»Am besten, wir fangen gleich an«, fuhr Viktoria fort. »Ich habe mich bisher ja eher mit der Herstellung von Schokolade befasst als mit kaufmännischen Dingen. Du wirst mir also viel beibringen müssen.«

»Gewiss.« Judiths Blick verlor sich einen Augenblick in der Ferne. Dann sah sie Viktoria an und legte eine Hand auf ihren Arm. »Die Schokoladenfabrik ist das Erbe deines Vaters und deines Großvaters. Beide wären stolz, wenn sie sehen könnten, dass du in ihre Fußstapfen trittst. Komm, wir gehen ins Büro. Und … danke, Fräulein Rosental, dass Sie Viktoria so freundlich empfangen haben.« Sie nickte der jungen Frau zu.

»Gerne.« Fräulein Rosental wies auf einen Stapel Mappen auf ihrem Schreibtisch. »Ich komme dann später zu Ihnen. Es gibt einige Außenstände und zwei Angebote, die wir besprechen sollten.«

»Gut. In etwa einer Stunde. Bis dahin möchte ich mit meiner Tochter ungestört sein.« Judith ging weiter und schloss die Tür des Büros auf, das sie jahrzehntelang mit ihrem Mann geteilt hatte.

»Selbstverständlich.« Lydia Rosental sah ihr kurz hinterher, dann richtete sie ihren Blick noch einmal auf Viktoria. »Es ist wirklich gut, dass Sie jetzt hier sind, Fräulein Rheinberger.« Die Inständigkeit, die in ihrer Stimme mitschwang, war nicht zu überhören.

Sie wurde hier gebraucht. Mehr als sie geahnt hatte.

Unvermittelt kamen ihr Lucs Worte in den Sinn: *Morgen fährst du nach Hause, um neu zu beginnen.* Genauso war es. Ein neuer Anfang, auch wenn es schwerfiel. Und ein großer Teil der Kraft hierfür musste von ihr selbst kommen, damit ihrer Mutter Zeit blieb, die Geschehnisse der letzten Wochen zu verarbeiten und neuen Lebensmut zu schöpfen.

»Kommst du, Vicky?« Judith klang ungewohnt ungeduldig.

»Natürlich«, antwortete Viktoria und folgte ihrer Mutter in das abgetrennte Büro, das im Gegensatz zu früher mit zwei großen Glasscheiben ausgestattet war, die eine Sichtverbindung zum Schreibsaal herstellten.

»Machst du bitte die Türe zu?« Judith nahm hinter dem großen Schreibtisch Platz, der einst Wilhelm Rothmann und nach dessen Tod Victor Rheinberger gehört hatte. Ein wenig verloren wirkte sie dort, doch sie schien ihn sich bereits zu eigen gemacht zu haben. Mit sicherer Hand sortierte sie einige Unterlagen, legte einen Aktenordner zur Seite und zog dann eine Mappe heraus, die randvoll mit Papieren war.

Während Judith diese aufschlug, schloss Viktoria die Tür, zog sich einen Stuhl heran und setzte sich neben sie. Ihr Blick fiel auf die silberne Schreibgarnitur ihres Vaters mit den eingravierten Initialen V und R. Sein Brieföffner lag daneben, ebenso wie eine Stiftablage aus Marmor, die sie und ihr Bruder Martin ihm vor Jahren zum Geburtstag geschenkt hatten. Es schien, als habe er seinen Platz nur für einen kurzen Moment verlassen und kehrte gleich zurück.

»Ich hätte dir wirklich noch einige Zeit bei Bonnat gegönnt, Vicky«, drang die Stimme ihrer Mutter in ihre Gedanken. »Ich weiß, wie gut es dir dort gefallen hat. Aber …«, Judith blätterte in den Unterlagen, sie schien etwas Bestimmtes zu suchen, »… hier herrscht noch ein großes Durcheinander.«

»Ich weiß.« Viktoria nickte. »Und dass ich nach Hause gekommen bin, ist doch selbstverständlich. Mein Platz ist jetzt hier bei dir. Gemeinsam werden wir das schaffen.«

»Es kommt sehr viel Arbeit auf uns zu.« Judith hielt einen Moment inne. »Zunächst müssen wir einige rechtliche Dinge regeln, auch wenn dein Vater und ich vorgesorgt hatten für den Fall, dass einer von uns stirbt.« Sie legte die Papiere ab. »Gott sei Dank läuft die Produktion weiter«, fuhr sie fort, »auch wenn wir Stockungen bei den Kakaolieferungen haben. Aber ich denke, das sind übliche Vorgänge in einer Situation wie der unseren und vorübergehend. Die Auftragslage ist rückläufig, aber noch nicht besorgniserregend. Zudem werden Kunden wie Lieferanten in absehbarer Zeit mit Sicherheit versuchen, andere Konditionen durchzusetzen.«

»Tatsächlich?«, fragte Viktoria überrascht. »Warum sollten sie …«

»Heil Hitler!« Eine männliche Stimme drang überlaut

durch die geschlossene Tür bis zu ihnen herein. Viktoria wandte sofort den Kopf und sah durch das Bürofenster einen kleinen, untersetzten Mann in brauner Uniform im Schreibsaal stehen. Er hatte den ausgestreckten Arm zum Gruß erhoben, so wie es derzeit in Deutschland üblich war. Die Schreibmädchen waren geschlossen aufgestanden und reckten ebenfalls ihre Arme in die Höhe. Fräulein Rosental allerdings deutete die Geste nur an. Ein kurzer Wortwechsel zwischen ihr und dem Besucher, dann marschierte der Mann strammen Schrittes auf die Bürotür zu und riss sie auf. »Heil Hitler!«, rief er noch einmal, schlug hart die Hacken seiner Stiefel zusammen und ließ seinen Arm erneut nach oben schnellen. Die hellbraune Uniform mit den roten Abzeichen und der goldenen Litze am Kragen unterstrich seinen Auftritt. »Frau Rheinberger, ich muss Sie in einer wichtigen Angelegenheit sprechen.«

Er sprach abgehackt, so als erteilte er einen militärischen Befehl. Viktoria hätte sich am liebsten die Ohren zugehalten. Das Gebrüll war schrecklich.

Judith war aufgestanden, hatte eine undefinierbare Geste mit dem rechten Arm gemacht und etwas Unverständliches vor sich hin gemurmelt. »Guten Tag, Herr Weber«, sagte sie kühl. »Was kann ich für Sie tun?«

Viktoria fand es unhöflich, dass er sich nicht vorstellte. Auch wenn er ihre Mutter kannte, so war er für sie selbst doch ein Fremder.

»Diese Angelegenheit sollten wir unter vier Augen besprechen, Frau Rheinberger«, erwiderte Weber. Er zückte eine Aktentasche, die er in der linken Hand gehalten hatte, durchschritt unaufgefordert den Raum und legte sie mit einer energischen Bewegung auf den Besprechungstisch in der hinteren Ecke des Büros.

»Das ist Viktoria Rheinberger, meine Tochter, Herr Weber«, sagte Judith ruhig und deutete auf Viktoria. »Sie arbeitet seit heute ebenfalls in der Leitung der Schokoladenfabrik. Deshalb wird sie Ihr Anliegen genauso aufmerksam anhören wie ich.«

Er hüstelte. »Wenn es sein muss.« Er drehte sich kurz um und nickte Viktoria beiläufig zu. »Kurt Weber mein Name, Ortsgruppenleiter.«

»Guten Tag«, sagte Viktoria distanziert, stand auf und ging ebenfalls zum Besprechungstisch hinüber.

Der Besucher kniff die Augen zusammen.

»Nehmen Sie Platz, Herr Weber.« Judith wirkte unruhig, blieb aber an ihrem Platz stehen.

»Frau Rheinberger.« Kurt Weber setzte sich, ohne dass ihm ein Platz angeboten worden wäre, öffnete seine Aktentasche und entnahm ihr eine dünne Mappe. »Mit dem Tod Ihres Ehegatten, den ich im Übrigen sehr geschätzt habe, ist die Schokoladenfabrik Rothmann ihrer Führung beraubt.«

»Keineswegs!«, widersprach Judith sofort und Viktoria hörte ein Beben in ihrer Stimme. »Das Unternehmen wird unverändert weitergeführt.«

»Nun«, entgegnete Kurt Weber. »Das sehe ich anders.«

»Wie bitte?« Viktoria hatte sich eigentlich vorgenommen, ihren Mund zu halten, konnte sich aber nicht beherrschen.

Weber ignorierte sie. »Kommen Sie, Frau Rheinberger«, sagte er stattdessen und nahm Judith ins Visier. »Es ist doch offensichtlich, dass es keine männliche Nachfolge in Ihrem Hause gibt. Meinen Erkenntnissen zufolge lebt Ihr Bruder Karl Rothmann in Berlin, Ihr Bruder Anton führt eine Klavierfabrik hier in Stuttgart. Und Ihr Sohn Martin Rheinberger hält sich derzeit wohl in Ihrem Hause auf, ist aber Pianist und von daher nicht an einer Mitarbeit interessiert.«

»Da haben Sie sich aber genauestens informiert«, konterte Judith und nur Viktoria hörte den Sarkasmus. »Deshalb wird Ihnen nicht entgangen sein, dass es durchaus eine Nachfolge gibt, und zwar eine weibliche.«

»Frau Rheinberger.« Weber zeigte ein nachsichtiges Lächeln. »Die Zeiten haben sich geändert und das wissen Sie. Unserem Führer sei Dank.« Er lehnte sich in seinem Stuhl zurück. »Es gab ein paar Jahre in der jüngeren Vergangenheit, in denen die Weibsbilder sich … sagen wir so, versucht haben, sich wie Männer aufzuführen. Aber diese Unsitten werden nun nicht mehr geduldet.«

»Was möchten Sie denn damit sa…«, setzte Viktoria an, aber ihre Mutter unterbrach sie. »Ich wüsste nicht, weshalb es nicht im Sinne des Führers sein sollte, dass eine so erfolgreiche Fabrik wie diese von Menschen fortgeführt wird, die das Unternehmen kennen und jahrelange Erfahrung mitbringen. Letztlich tragen wir damit zum Wohl des Volkes bei. Und darum geht es doch, oder etwa nicht?«

»Werte Frau Rheinberger«, entgegnete Weber milde. »Es geht hier nicht um Kenntnisse oder Ähnliches. Es geht um die natürliche Bestimmung. Und die liegt für die anständige Frau nun einmal darin, ihrem Mann ein gutes Heim zu schaffen, dem Führer Kinder zu gebären und in der rechten Gesinnung zu erziehen. Insbesondere wenn ich Ihre Frau Tochter betrachte«, er scharrte mit einem Fuß, sah Viktoria aber nicht an, »lässt sich die Richtigkeit dieser Aussage nachvollziehen. Und ohnehin: Im Januar vorigen Jahres wurde noch einmal öffentlich bekannt gemacht, dass junge Mädchen sich gründlich und ausschließlich auf ihr Leben als Hausfrau und Mutter vorbereiten sollen. *Damit* dienen sie Führer und Vaterland.«

»Herr Ortsgruppenleiter«, sagte Judith bestimmt, »ich denke, dass wir dieses Gespräch beenden können. Meine Tochter und ich werden diese Fabrik weiterführen. Dem ist eigentlich nichts hinzuzufügen.«

»Sehen Sie, Frau Rheinberger. Hier sitzen Sie einem Irrtum auf.« Er legte mehrere Papiere heraus, die wie eine komplizierte Vertragsschrift aussahen.

»Gemäß der im Deutschen Reich herrschenden Grundhaltung hinsichtlich der Aufgaben von Mann und Frau ist es unsere Aufgabe, diese Haltung im Interesse der nationalsozialistischen Volksgemeinschaft umzusetzen«, referierte er weiter. »Das mag Ihnen auf den ersten Blick vielleicht ... unangemessen erscheinen. Mit der Zeit werden Sie aber erkennen, ja dankbar sein, dass wir Ihnen die Augen geöffnet haben ... für den rechten Weg.«

»Ich kann Ihnen nicht folgen.« Judiths Ton wurde härter. Sie kam nun doch an den Besprechungstisch und setzte sich. »Wollen Sie uns aus unserer Fabrik vertreiben?«

»Ach, Frau Rheinberger.« Webers Stimme wurde weich. »Doch nicht *vertreiben*. Ich mache Ihnen einen … Vorschlag.« Er schob die Unterlagen zu Judith hin, sodass sie sie lesen konnte. »Vor Ihnen liegt ein äußerst gutes Angebot. Die Firma Adler-Schokoladenwerke sucht nach Möglichkeiten, ihre Produktion zu erweitern. Sie kennen die Adler-Schokoladenwerke?«

»Der Hersteller ist doch noch nicht lange auf dem Markt«, entgegnete Judith. Viktoria fiel der abwertende Unterton ihrer Mutter auf.

»Nein, Frau Rheinberger, hier irren Sie sich«, meinte Weber süffisant. »Adler ist aus einem Traditionsbetrieb hervorgegangen, führt diesen nun unter neuem Namen fort. Aber unabhängig davon …« Er nestelte an den Papieren. »… ist Adler mit *Scho-Ko-Kola* überaus erfolgreich!« Nun hob Weber die Stimme, sprach wieder mit militärischer Strenge, abgehackt und überlaut. »Und wird künftig von besonderer Wichtigkeit sein!«

»Das ist schön und gut, Herr Weber«, hielt Judith dagegen, »doch ich habe nicht vor, den Adler-Schokoladenwerken Teile meines Unternehmens abzutreten.«

»Niemand spricht von Unternehmensteilen. Die Adler-Schokoladenwerke machen Ihnen das einmalige Angebot, Ihre Firma für einen mehr als angemessenen Preis zu übernehmen.« Weber inszenierte eine Kunstpause und beobachtete Judiths Reaktion.

Viktoria spürte Wut in sich aufsteigen. Die feine Falte auf der Stirn ihrer Mutter zeigte, dass es Judith ähnlich ging.

»Nein.« Judiths Antwort kam klar und deutlich. »Wir verkaufen nicht.«

»Wie bitte?« Weber wirkte irritiert.

»Ich sagte, wir verkaufen nicht.« Judith erhob sich. »Ich denke, damit ist unser Gespräch beendet, Herr Ortsgruppenleiter. Wer auch immer Sie mit diesem absurden Angebot beauftragt hat, er sollte sich keine Hoffnungen machen, unser Unternehmen zu akquirieren. Rothmann Schokolade ist und bleibt in der Hand der Familie.« Sie stand auf, ging zur Tür und legte die Hand auf die Klinke. »Guten Tag.«

Weber sah von Judith zu ihr und wieder zu Judith. Sein Gesichtsausdruck wechselte von ungläubig zu empört. »Frau Rheinberger!« Er stand ruckartig auf, sodass sein Stuhl mit lautem Poltern umfiel. Seinen Fauxpas ignorierend, sammelte er seine Unterlagen ein. »Sie lehnen gerade Ihre Zukunft ab.«

»Das denke ich nicht.«

»Wir haben … andere Möglichkeiten.« Mit hochrotem Kopf packte er alles in seine Tasche zurück. »Ich gehe davon aus, dass Sie sich besinnen werden, sobald Sie über meinen Vorschlag ein wenig gründlicher nachgedacht haben. Der Tod Ihres Mannes hat Ihnen verständlicherweise zugesetzt, sodass Sie die Tragweite dieser Entscheidung noch gar nicht ermessen. Ich gebe Ihnen vier Wochen Zeit, die Sache zu überdenken.«

»Meine Entscheidung wird auch in vier Wochen nicht anders aussehen.« Viktoria sah, wie die Hand ihrer Mutter auf der Türklinke zitterte.

»Adler bietet Ihnen ein kleines Vermögen. Schlagen Sie ein, solange Ihnen diese Hand gereicht wird.«

Während er die wenigen Schritte zur Tür ging, klemmte er sich umständlich die Aktentasche unter den linken Arm, sodass er die Rechte für das unvermeidliche »Heil Hitler!« frei hatte. Viktoria würde sich niemals an diesen grotesken Gruß gewöhnen.

Judith öffnete die Tür.

Alle Augen folgten ihm, als er zackigen Schrittes an den Reihen der Schreibfräulein entlang zum Ausgang des Bürotrakts marschierte.

Viktoria hörte ihre Mutter aufatmen, als sich die schwere Doppeltür endlich hinter ihm geschlossen hatte. Zugleich bemerkte sie, wie Lydia Rosental durch die Glasscheibe zu ihnen hereinsah. In ihrem Blick lag blanke Angst.

»Das alles scheint mir eine Posse zu sein, Mama.« Viktoria hatte das Gefühl, als löse sich die helle und heitere Welt, wie sie sie bisher kannte, auf und mache einer neuen, düsteren Wirklichkeit Platz.

»Es ist keine Posse, Vicky.« Mit einem tiefen Seufzen fuhr Judith sich mit dem Handrücken über die Stirn. »Das ist bitterer Ernst.«

4. KAPITEL

Die SS Manhattan, Cherbourg,
Mitte Juli 1936

Langsam schob sich das Dampfschiff in Richtung offene See. Zahlreiche Möwen gaben dem großen Oceanliner Geleit, während er die innere Reede des Hafens von Cherbourg hinter sich ließ. Ihr Kreischen verwob sich mit dem Tuten des Horns und den Tönen der Schiffskapelle zu einem eindringlichen Abschiedskonzert. Es war kurz nach Mittag.

Andrew Miller lehnte an der Reling und beobachtete, wie die belebten Hafenanlagen allmählich kleiner wurden. Er hatte sich einen Drink mit an Deck genommen und setzte das Glas an die Lippen, während sein Blick vom Kai zu einem der Schlepperboote wanderte, die sie zur äußeren Reede eskortierten. Der *Manhattan Cocktail* schmeckte nach Vermouth und Whiskey und rann mit einem angenehmen Brennen durch seine Kehle. Aus dem Rumpf der SS Manhattan drang das dumpfe Stampfen der Maschinen bis zu ihm auf das Deck der ersten Klasse herauf.

Unwillkürlich kamen ihm die Bilder des ersten Auslaufens vor fünf Tagen in den Sinn: Die Unmengen begeisterter Menschen, die sich in den Straßen und Parks New Jerseys und New Yorks, am Hafen der amerikanischen Metropole und entlang der Piers versammelt hatten, um einen Blick auf das Schiff der United States Lines und vor allem die Olympiamannschaft an Bord zu erhaschen – ein Meer amerikanischer Fähnchen, geschwenkt von unzähligen Händen. Die Feuerwehrboote, die die bewimpelte und beflaggte SS Manhattan begleitet, die vielen Schiffssirenen, die ihnen ihren Gruß auf den Weg nach Hamburg mitgegeben hatten. Die jungen Sportler, die überwältigt gewesen waren von all der Aufmerksamkeit.

Andrew hatte eine solche Euphorie bisher noch nicht erlebt – und sie wirkte nach. Nicht nur bei den mehr als dreihundert Olympioniken, auch bei ihm und den übrigen Reisenden. Selbst die kühle Luft, die ihnen der Atlantik auf hoher See um die Ohren geblasen hatte, hatte die Sportbegeisterung nicht bremsen können, und während sie die Wasser in Richtung Europa durchpflügten, hatten sich die Sportler intensiv mit ihren Vorbereitungen auf die Olympischen Spiele in Berlin beschäftigt.

Andrew, der die Tage auf See genutzt hatte, um seine bevorstehende, schwierige Mission in Deutschland vorzubereiten, hatte die außergewöhnliche Atmosphäre an Bord genossen. Denn bei seinen Spaziergängen an Deck waren sie ihm immer wieder begegnet – die Schwimmer und die Ringer, die Gewichtheber und die Leichtathleten, junge Männer und

Frauen, von denen viele vor der größten Chance ihres Lebens standen. Er hatte sie angefeuert und ihre Disziplin bewundert, so wie die anderen Passagiere auch. Das Olympiafieber hatte sich über den ganzen Ozeanriesen ausgebreitet. Alle waren davon überzeugt, dass das amerikanische Team bravourös abschneiden würde.

Mittlerweile passierte die SS Manhattan die äußere Reede. Die Schlepperboote drehten ab und entließen das Dampfschiff in die blaugrauen Wasser des Ärmelkanals. Bald würde die Silhouette der französischen Hafenstadt verschwunden sein und sich für einen Tag noch einmal die Ruhe des Meeres über die Decks legen, bevor sie in Hamburg anlegten.

Gedankenverloren schwenkte Andrew das Glas mit der rötlich braunen Flüssigkeit, nahm noch einen Schluck und wollte sich gerade auf den Weg in den Rauchersalon machen, als ihn jemand von der Seite anrempelte. Der Stoß war derart heftig, dass er stolperte. Um nicht zu fallen, griff er nach der Reling – und ließ dabei sein Glas fallen, das mit einem hellen Klirren in tausend Stücke zersprang.

»Oh!« Eine weibliche Stimme drang an sein Ohr. »Es tut mit aufrichtig leid, Sir!«

Andrew richtete sich auf. Eine Frau im dunklen Sportdress stand neben ihm und sah erschrocken auf die feinen Scherben auf dem Boden, zwischen denen die letzten Tropfen des Manhattan Cocktails zerrannen.

»Ist schon gut.« Eigentlich hatte ihm ein Fluch auf den Lippen gelegen, aber das ehrliche Bedauern, das er in den grünbraunen Augen seines Gegenübers las, ließ ihn seine Verärgerung sofort vergessen. »Ich lasse es gleich aufräumen.«

»Wie ungeschickt von mir«, meinte die junge Frau. »Ich war etwas … in Gedanken.«

Andrews Blick fiel auf den Schriftzug auf ihrem Pullover: *USA*. Ganz offensichtlich gehörte sie zum amerikanischen Olympiateam. »In Gedanken bereits in Berlin?«, fragte er daher schmunzelnd, während er einem der Stewards ein Zeichen gab.

Sie lachte. »So könnte man es nennen, ja.«

Der Schiffssteward hatte Andrews Geste bemerkt und war sofort zur Stelle. »Was darf ich für Sie …?« Er unterbrach seine höfliche Frage, als er das Malheur erkannte. »Ich werde sofort veranlassen, dass die Scherben beseitigt werden, Sir«, versicherte er.

»Danke.« Andrew nickte ihm zu und bot der jungen Frau den Arm. »Darf ich Sie zu einem Drink einladen? Auf den Schrecken hin, sozusagen.«

Sie lächelte ihn breit an: »Aber gerne.«

Andrew warf dem Steward einen letzten entschuldigenden Blick zu und führte die hübsche Unbekannte in den Rauchersalon, der jetzt, am frühen Nachmittag, nahezu leer war. Er orderte zwei *Manhattan Cocktails* und reichte einen davon der Sportlerin.

»*Cheers*!« Er hob das Glas. »Auf dass Sie in Berlin siegen werden, Miss …?«

»*Mrs.* Eleanor Jarrett.« Sie prostete hastig zurück und

stürzte den Cocktail hinunter. »Nennen Sie mich einfach Eleanor.«

»Wie Sie wünschen – Eleanor.« Andrew sah sie verblüfft an. Für eine verheiratete Frau legte sie eine ungewöhnliche Offenheit an den Tag. »Sie kommen aus New York?«

»Ja. Brooklyn.« Eleanor betrachtete ihr leeres Glas.

»Ah, Brooklyn.« Er musterte ihre ebenmäßigen Gesichtszüge, die sich für einen Augenblick durch das verglaste Fenster hinaus auf das Meer richteten. »Ich lebe in *Greenwich Village*.«

»Ich liebe Greenwich Village.« Ihr Blick wanderte zu ihm.

»Ja. Es lebt sich entspannt dort.« Er nahm einen Schluck. »Und nun starten Sie für unser Land in Berlin?«

»Nun ja …«

»Sind Sie Leichtathletin?«

Sie schüttelte leicht den Kopf. »Nein. Ich schwimme.«

»Ah … und …«

Noch bevor er eine weitere Frage formulieren konnte, unterbrach sie ihn rasch. »Und was führt Sie nach Deutschland? Auch der Sport?«

»Nein, Geschäfte«, antwortete Andrew.

»Ah, Geschäfte.« Sie schien nicht näher interessiert. Stattdessen richtete sie sich ein wenig auf. »Haben Sie denn vor, die Spiele zu besuchen?«

»Bisher nicht. Aber um Sie siegen zu sehen, würde ich es eventuell einrichten …«

»Ich werde nicht siegen in Berlin.« Ein Schatten zog über ihr Gesicht, aber ihre Stimme klang fest.

»Wer sollte das verhindern? Ist die Konkurrenz so stark?«

»Ich werde gar nicht antreten.«

Nun war es an Andrew, das Glas in einem raschen Zug zu leeren. »Sie treten nicht an?«

Sie schüttelte den Kopf. »Ich wurde suspendiert. Heute Morgen.«

»Wie bitte? Suspendiert?«, fragte Andrew ungläubig. »Das tut mir leid.«

»Mir auch. Offenbar kann Brundage auf meine Medaillen verzichten.«

»Avery Brundage?«

»Ja. Der Präsident des Leichtathletikverbandes. Er ist ein … Schwein.«

»Ist er Ihnen zu nahe getreten?« Andrew wusste nicht viel über den Funktionär.

»Nicht auf diese Weise.« Eleanors Gesichtsausdruck wurde hart. »Er denkt, dass ich für das Team nicht mehr tragbar bin. Nur weil ich mich letzte Nacht vergnügt habe. Ich soll volltrunken gewesen sein. So ein Unsinn.« Sie hielt Andrew ihr leeres Glas hin. »Würden Sie mir bitte noch einen besorgen?«

»Selbstverständlich.« Andrew holte zwei weitere *Manhattan Cocktails*, froh über die kurze Unterbrechung. Die Unterhaltung wurde anstrengend.

»Wissen Sie, Mr. …«, setzte sie an, als er wieder bei ihr war.

»Miller. Aber sagen Sie doch Andrew zu mir.« Er wollte gern an die Leichtigkeit anknüpfen, mit der ihr Gespräch begonnen hatte. Doch bevor er etwas sagen konnte, redete Eleanor weiter: »Ich passe einfach nicht in Brundages Weltbild, als eine Frau, die in *Nightclubs* auftritt und eigenes Geld verdient.« Sie seufzte, eher wütend als resigniert. »Aber ich werde nicht zurück nach Amerika reisen, kaum, dass wir in Hamburg angelegt haben. Auch wenn er sich das so vorstellt.«

»Er möchte Sie zurückschicken?«

»Oh ja. Als Konsequenz meines Fehlverhaltens.« Abscheu trat in ihr Gesicht. »Er behandelt uns Sportler wie Kinder. Dazu hat er kein Recht. Zumal ich …«, sie machte eine bedeutungsvolle Pause, »… bereits olympisches Gold gewonnen habe.«

Jetzt dämmerte Andrew etwas. »Aber natürlich! In Los Angeles vor vier Jahren, nicht wahr?« Er erinnerte sich an die Schlagzeilen. »Als Eleanor Holm.«

Sie nickte. »Über einhundert Meter Rückenschwimmen.« Stolz und Wehmut lagen in ihrer Stimme. »Und gewiss war ich nicht deshalb erfolgreich, weil ich mir den Spaß im Leben versage.« Sie kippte auch den zweiten Cocktail schwungvoll hinunter, so, als wolle sie das Gesagte damit bestätigen. »Außerdem«, meinte sie und zeigte herausfordernd mit ihrem Glas auf das Seine, »darf man inzwischen wieder überall einen Drink zu sich nehmen. Auf dem Deck eines Ozeandampfers genauso wie in einem guten Restaurant. Also kann ein wenig Alkohol nicht schaden.«

Sie wirkte nun übertrieben gut gelaunt.

Ihre ständigen Stimmungswechsel ließen ihn argwöhnen, dass sie es letzte Nacht womöglich doch etwas übertrieben hatte – von den beiden *Manhattans* ganz abgesehen, die sie soeben zügig ausgetrunken hatte. Er räusperte sich. »Sie meinen …«

»Genau. Die Pro-hi-bi-tion.« Sie betonte jede einzelne Silbe. Zwischen ihren Augenbrauen bildete sich eine strenge Falte. »Da meinte man auch, den Menschen den Alkohol verbieten zu müssen. Und was war das Ergebnis? Die Leute haben weitergetrunken, und die, die ihnen den Alkohol besorgt haben, haben bestens daran verdient.«

Damit hatte sie allerdings recht.

»Und genauso verlogen ist es doch auch im Sport«, erklärte sie weiter. »Brundage ist ein arroganter Pinkel. Zu seinem Sportclub in Chicago haben weder Juden noch Schwarze Zutritt. Auch uns Frauen sieht er nicht gern, bei Olympia schon gar nicht. Eigentlich passt er gut zu diesem Menschen da im Deutschen Reich, diesem … ach, ich habe den Namen vergessen.«

»Adolf Hitler?«

»Ja, ich glaube, so heißt er. Aber das ist ja auch nicht so wichtig.« Sie machte eine wedelnde Handbewegung, so, als verscheuche sie eine lästige Fliege.

»Ich halte Rassegesetze, wie es sie in Deutschland inzwischen gibt, für durchaus gefährlich«, entgegnete Andrew. »Da wird viel Hass geschürt. Das kennen wir in Amerika aus eigener Erfahrung.«

»Mag sein«, erwiderte sie. »Wir werden ja mit eigenen Augen sehen, wie es wirklich ist. Zum Glück hat Brundage den Boykott der Spiele verhindert. Das ist übrigens das Einzige, was ich ihm zugutehalte. Es wäre doch schade gewesen, wenn wir nicht nach Berlin hätten reisen dürfen, nur wegen der Politik.«

»Erwägen musste man einen Boykott in jedem Fall«, wandte Andrew ein. »Aber ich denke, dass die Teilnahme an den Spielen richtig ist. Vielleicht hilft der Sport den Nationen, sich zu verständigen. Über alle Grenzen hinweg. Ein Kräftemessen auf friedliche Art, sozusagen.«

»In Berlin werden wir der Welt vor allen Dingen zeigen, dass wir zu den Besten gehören! Deshalb reise ich auch nicht zurück.« Eleanor klang fast ein wenig trotzig.

»Gibt es denn eine Möglichkeit für Sie, weiterhin im Team zu bleiben? Als Betreuung oder in einer anderen Funktion?«

»Nun«, meinte sie vielsagend. »Ich habe bereits ein Angebot bekommen und werde als Berichterstatterin für die *Associated Press* dabei sein. Und nun …« Sie machte eine Kunstpause. »… würde ich gerne ein wenig an Deck spazieren gehen, Andrew. Begleiten Sie mich?«

»Natürlich.« Obwohl er innerlich im Begriff war, sich von ihr zu verabschieden, beeilte sich Andrew, ihr das Glas abzunehmen und wegzustellen. Dann bot er ihr noch einmal seinen Arm.

Gemeinsam traten sie aus dem Rauchersalon hinaus an Deck und flanierten zur Heckseite des Schiffes. In den Liegestühlen aus Korbgeflecht, an denen sie vorbeikamen, hatten es sich einige Passagiere der ersten Klasse gemütlich gemacht. Manche lasen ein Buch oder die Zeitung, andere rauchten, ruhten oder unterhielten sich leise.

»Mrs. Jarrett!«

Eleanors Kopf fuhr herum und Andrew folgte ihrer Bewegung. Hinter ihnen kamen raschen Schrittes zwei Männer gegangen. Einer von ihnen trug einen Fotoapparat. Andrew erkannte in ihnen zwei der mitreisenden Journalisten. Die beiden hoben grüßend ihre Hüte. »Wie schön, Sie wieder hier oben zu sehen, Mrs. Jarrett! Wir befürchteten schon, auf Ihre Gesellschaft verzichten zu müssen«, sagte der Fotograf, ohne Andrew zu begrüßen oder sich vorzustellen.

Eleanor lachte und ließ Andrews Arm los. »Aber, *Gentlemen*, das ist doch keine Frage. Nichts kann mich davon abhalten, das Oberdeck zu genießen.«

»Auch Mr. Brundage nicht?«, fragte der Fotograf provozierend und Eleanor lachte. »Nein. Niemand.«

»Außerdem sind Sie ja jetzt eine von uns«, meinte der andere und ließ seinen Blick zufrieden auf Eleanor ruhen. Dann sah er Andrew an: »Sie ist unglaublich, nicht wahr? Wir sind froh, sie überzeugt zu haben, die Games als Journalistin zu begleiten. Jemand, der selbst Goldmedaillen gewonnen hat, wird ganz anders kommentieren! Unser Publikum wird begeistert sein!«

»Wir wär's, Mrs. Jarrett? Spielen Sie eine Runde mit uns?« Der Fotograf machte eine einladende Handbewegung in Richtung der Salons.

»Wenn Sie ein Gläschen Champagner zu den Würfeln stellen, dann sehr gerne.« Eleanor warf ihr dunkles, lockiges

Haar in den Nacken. Die Geste wirkte ebenso kokett wie herausfordernd. Sie wandte sich an Andrew. »Was ist mit Ihnen? Spielen Sie mit?«

»Heute nicht, Eleanor. Aber danke für die Einladung.«

»Haben Sie Angst, dass Sie verlieren könnten?«

»Gegen eine Frau wie Sie? Auf jeden Fall habe ich Angst!«

Die beiden Männer goutierten seinen Konter mit einem anerkennenden Lachen.

»*Gentlemen* – Eleanor. Ich wünsche Ihnen noch einen angenehmen Nachmittag. Möge der Beste gewinnen.«

Andrew zwinkerte Eleanor zu, die sich von den beiden Männern in die Mitte nehmen ließ und mit ihnen davonzog. »Haben Sie noch eine gute Reise, Andrew!«, rief sie ihm rasch über die Schulter hinweg zu. Ihre nächste Bemerkung war allerdings schon nicht mehr an ihn gerichtet.

Andrew rieb sich nachdenklich die Stirn und begab sich dann in seine Kabine. Eleanor Jarrett war eine attraktive Frau, die den Männern zweifelsohne reihenweise den Kopf verdrehte. Ihm aber wäre sie zu kapriziös, auch wenn er selbst erst neunundzwanzig Jahre alt war. Von der Tatsache, dass sie verheiratet war, einmal ganz abgesehen.

Er schloss seine Kabine auf, ließ sich ein Eiswasser bringen, setzte sich dann an den kleinen Tisch und konzentrierte sich auf seine Unterlagen.

Das Leben war nicht besonders gut gewesen zu ihm und vor allem zu seiner Firma. Immense Verluste hatten das letzte Geschäftsjahr gekennzeichnet, mehrere Großkunden hatten kurz hintereinander ihre Bestellungen storniert und selbst auf Nachfrage keine Gründe dafür genannt. Neue, lukrative Aufträge blieben aus. Die kleinen Bestellungen, die hin und wieder eingingen, reichten bei Weitem nicht aus, um den Betrieb wieder in die Gewinnzone zu bringen, zumal seine Firma obendrein noch immer mit den Folgen der *Great Depression* zu kämpfen hatte. Deshalb gab es nur einen Weg für ihn – und der führte nach Stuttgart.

5. KAPITEL

Die Villa Rothmann in Degerloch,
eine Woche später, am frühen Abend

Der feine Kies der geschwungenen Auffahrt knirschte unter ihren Füßen. Als das herrschaftliche Haus in ihr Blickfeld kam, verlangsamte Mathilda ihren Schritt, stellte den Koffer ab und strich sich eine vorwitzige Haarsträhne aus dem Gesicht, die immer wieder dem ungeliebten Regiment ihrer Haarklammern entkam. Einen Augenblick lang hielt sie inne und ließ ihren Blick über die hellgelbe Fassade, die weiß abgesetzten, hohen Fenster und die Säulen gleiten, die das Portal flankierten.

Nahezu drei Jahre war sie nicht mehr hier gewesen. Äußerlich erschien das Anwesen so vertraut, als wären nur wenige Wochen vergangen. Doch das Wissen um Victors Tod warf einen schmerzenden Schatten auf ihre Rückkehr. Er war wie ein Vater für sie gewesen. Wie würde es ohne ihn sein?

Ein leichter Wind bewegte die grün belaubten Kronen

der Linden, die die letzten Meter des Weges säumten. Fast war es Mathilda, als würden die mächtigen Bäume eine Brücke schlagen in die Vergangenheit, als erzählten sie wispernd von glücklichen Tagen, von Festen an langen Tafeln, vom Sommerreigen, der unter ihren Zweigen getanzt wurde – und nicht zuletzt von all den kleinen und großen Tragödien, deren Zeugen sie geworden waren. Von ihrem zwölften Lebensjahr an war Mathilda hier aufgewachsen – zusammen mit Viktoria, der leiblichen Tochter des Hauses, die sie als ihre Schwester betrachtete, auch wenn sie nicht blutsverwandt waren.

Die Sonne schickte ihre abendlichen Strahlen über das glänzende Rot der Dachziegel und ließ die metallene Verkleidung der beiden Kamine aufblitzen, die den First krönten. Aus einem offenen Fenster ertönte Lachen. Das Hausmädchen? Oder Vicky?

Mit einem Mal schien die Zeit in sich zusammenzufallen, hatte Mathilda das Gefühl, niemals weg gewesen zu sein. Sie sah sich und Vicky durch das Haus toben, bei der Köchin Gerti in der Küche werkeln, mit dem Chauffeur Theo eine Runde im Cabriolet fahren, im großen Salon lernen und spielen – oder eine von Vickys verrückten und meist auch unerlaubten Ideen zur Reife zu bringen, deren Umsetzung selten ohne Folgen geblieben war.

Mathilda merkte, wie sich ein verschmitztes Lächeln auf ihr Gesicht stahl, als die Erinnerungen wiederkehrten. Vor allem an eine Nacht, die sie in dem baufälligen Fachwerkhäuschen im Steinbruch an der Lohengrinstraße verbracht und die einen Sucheinsatz in ganz Degerloch zur Folge gehabt hatte, weil sie vergessen hatten, eine Nachricht zu hinterlassen. Erst als der Feuerwehrkommandant vor ihrem gemütlichen Lager gestanden hatte, war ihnen klar geworden, welche Sorgen man sich zu Hause wegen ihres Verschwindens gemacht haben musste. Und als wäre das nicht genug gewesen, hatte Vicky, deren Vorliebe für Frösche legendär war, trotz Mathildas Bedenken eine frisch gefangene Bergunke aus dem kleinen Tümpel im Steinbruch mit nach Hause genommen – als Erinnerung an diese bemerkenswerte Nacht. Das hatte postwendend den nächsten Ärger verursacht und Vicky zwei Tage Stubenarrest eingebracht, den Mathilda solidarisch mit ihr geteilt hatte.

Judith und Victor waren gewiss nicht übermäßig streng gewesen – aber Vicky hatte ihre Eltern oftmals an ihre Grenzen getrieben.

Das ferne Läuten der Kirchenglocken, das aus dem Ort bis hinaus in die Degerlocher Villenkolonie drang, holte Mathilda aus ihren Gedanken. Entschlossen nahm sie ihren Koffer auf, stieg die Stufen hinauf und betätigte den Klingelknopf.

Martin hörte das schrille Läuten der Türglocke bis ins Arbeitszimmer, schenkte ihm aber keine Beachtung. Seine Aufmerksamkeit galt einer Mappe, die er soeben im Tresor seines Vaters entdeckt hatte. Er nahm sie heraus und legte sie auf den schweren Schreibtisch aus Nussbaumholz, der schon seit den Zeiten seines Großvaters den Raum dominierte. Auf dem Deckblatt stand *Martin Rheinberger*, notiert in Victors dynamischer Handschrift.

Bereits seit einer guten Woche war Martin damit beschäftigt, die privaten Vermögenswerte der Familie aufzulisten und zu erfassen, damit Victors testamentarische Verfügungen zügig umgesetzt werden konnten. Zwischen all den Aktien, Bankbelegen, Verträgen und Versicherungspolicen, die im Tresor lagerten, fanden sich immer wieder persönliche Papiere. Seine Mutter hatte ihn darum gebeten, diese auf einem separaten Stapel zu sammeln, damit sie sie in Ruhe durchgehen konnte, sobald sie Zeit dafür fand.

Der Anblick seines Namens machte Martin allerdings zu neugierig, als dass er die blaue Mappe einfach unbesehen auf den dafür vorgesehenen Stapel legen konnte. Er setzte sich auf den Drehstuhl, den sein Vater vor zwei Jahren angeschafft hatte, und schlug sie auf. Gewiss waren darin Dinge verwahrt, die er ohnehin längst zu seinen eigenen Akten hatte nehmen wollen.

Seine Geburtsurkunde lag erwartungsgemäß zuoberst und bezeugte, dass er am sechsundzwanzigsten Juni 1904 um fünf Uhr dreißig in der elterlichen Villa in Degerloch auf die Welt gekommen war. Ein Sonntag. Er zog den steifen Papierbogen heraus und hielt ihn einen Augenblick sinnend in der Hand.

Seine Gedanken wanderten zurück in eine Kindheit, die heiter und unbeschwert gewesen war. Das ganze Jahr über war er über die Wiesen und Felder rund um Degerloch gestromert, meistens zusammen mit seinen Freunden aus dem Ort. Je älter sie wurden, desto größer wurde ihr Radius. An manchen Tagen reichte er bis an den Neckar bei Cannstatt oder die Waldgebiete des Schönbuchs. Es hatte unzählige Sommerabende gegeben, an denen er erst nach Einbruch der Dunkelheit zu Hause gewesen war. Und Wintertage, an denen er triefend vor Nässe und zitternd vor Kälte wieder vor der Haustür gestanden hatte. Seine Eltern hatten ihn diesbezüglich kaum beschränkt, da sie wussten, dass er zwar mutig, aber nicht leichtsinnig war. Zudem hatte er stets ausgezeichnete Zensuren mit nach Hause gebracht.

Auf dem Flur vor dem Arbeitszimmer waren gedämpfte Stimmen zu hören, doch durch das dicke Türblatt hindurch konnte er nicht verstehen, was gesprochen wurde. Vermutlich gab Dora dem neuen Hausmädchen Anweisungen. Tine war ein wenig begriffsstutzig, und Martin hatte sich schon gefragt, warum seine Mutter sie überhaupt eingestellt hatte. Aber Hausmädchen schienen inzwischen schwerer zu finden zu sein als eine Stecknadel im Heuhaufen, und ihre Vorgängerin, die schüchterne Walli, hatte geheiratet und war weggezogen.

Er stöberte weiter in den Papieren.

Alte Rechnungen für Anschaffungen tauchten auf, dann Vereinbarungen über Firmenanteile, die gegen die Zahlung von einhunderttausend Mark an den alten Ebinger, Martins Paten, übertragen worden waren. Seltsam. So etwas gehörte eigentlich in die Ablage der Firma und nicht hierhin. Allerdings stammten sie aus dem Jahr 1903, also aus dem Jahr vor seiner Geburt. Victor hatte sich wohl einige Schnäpse zu viel genehmigt, als er den Vorgang hier einsortierte. Martin legte die Doppelblätter zur Seite, um sie später Judith zu geben, damit sie sie mit hinunter nach Stuttgart nahm.

Die Stimmen auf dem Flur waren verstummt.

Zwei Kinderbilder lagen zwischen den Papieren. Martin schmunzelte, als er sie betrachtete. Einmal blickte er auf dem Schoß seiner Mutter sitzend sehr ernst in die Kamera, auch seine Eltern gaben sich Mühe, keine Miene zu verziehen. Martin drehte die Aufnahme um. *Mai 1907* stand auf der Rückseite, knapp drei Jahre alt war er damals gewesen.

Auf dem nächsten Bild war er älter, vielleicht fünf oder sechs Jahre. Er saß an dem Flügel, den seine Mutter neu gekauft hatte und der heute noch im Musikzimmer stand. Seine Beine schlenkerten in der Luft, da sie nicht bis an die Pedale reichten. Er erinnerte sich, wie sehr ihn diese Unzulänglichkeit damals gestört hatte – ohne Pedale konnte man nicht richtig spielen. Aber schon damals war ihm klar gewesen, dass sein Herz vor allem für eines schlug: die Musik.

Er steckte die Fotografien zurück in die Mappe.

Bevor er das nächste Dokument in die Hand nehmen konnte, klopfte es leise an der Tür. Eigentlich hatte er Order gegeben, nicht gestört zu werden. Deshalb klang sein »Ja, bitte« ein wenig unwirsch in der Annahme, dass das neue Hausmädchen im Türrahmen stand. Er hatte sie bereits ein paar Mal aus seinem Zimmer hinausexpediert, wo sie in den unpassendsten Momenten aufgetaucht war. Überhaupt schien sie sich nur schwer im Haus zurechtzufinden, denn sie war nie zur Stelle, wenn sie gebraucht wurde, aber immer dort, wo sie nichts zu suchen hatte.

Die Tür schob sich vorsichtig auf.

Martin erhaschte noch einen Blick auf die Überschrift des Papiers, das in der Mappe als Nächstes obenauf lag, bevor er den Kopf hob, um zu sehen, wer hereinkam. *Verschwiegenheitsvereinbarung* hallte es in seinem Inneren nach, während sich seine Lippen schon zu einem breiten Lächeln verzogen.

»Mathilda!«

»Wie schön, dich wiederzusehen, Martin«, sagte sie mit warmer Stimme und schloss leise die Tür hinter sich. »Es ist Ewigkeiten her!«

Martin stand sofort auf und kam hinter dem Schreibtisch hervor. »In der Tat. Ewigkeiten ...«

Ihre sattroten Locken hatte sie in einer Nackenrolle gebändigt, auch wenn sich einige Strähnen ganz reizend um ihr Gesicht ringelten. Sie strahlte ihn an, aus dunkelblauen Augen, deren Ton an einen tiefen Bergsee erinnerte. Bisher war ihm nicht bewusst gewesen, wie attraktiv sie war. Unwillkürlich wanderte sein Blick zu ihren vollen Lippen und den geraden, weißen Zähnen.

»Als ich das letzte Mal hier war, bist du nicht da gewesen. Und seither sind wiederum drei Jahre vergangen.«

»Das stimmt. Zweiunddreißig hatte ich ein Engagement in Paris. Und du warst immer in Bonn.«

»Ja.« Mit einem Mal trat Traurigkeit in ihre Augen. »Sogar an ... Victors Beerdigung.«

»Du wirst einen guten Grund dafür gehabt haben, Mathilda. Keiner hier hat es dir übel genommen.«

Sie nickte. »Dennoch – ich wäre so gerne dabei gewesen und hätte ihm diese Ehre erwiesen. Es muss sehr schwer für euch gewesen sein …«

»Ja.« Er fasste sich in den Nacken, während für einen Augenblick die Bilder der Beerdigung auf dem Waldfriedhof vor seinem inneren Auge vorbeizogen. Die unzähligen Menschen, die seinen Vater auf seinem letzten Weg begleitet hatten. Reden und Nachrufe, Kondolenzbezeugungen. Das riesige Blumenmeer. Und das furchtbare Gefühl der Unwiederbringlichkeit.

»Martin?«

Erst jetzt bemerkte er, dass sich ein paar Tränen über seine Wange gestohlen hatten. Noch bevor er reagieren konnte, hatte sie bereits die Hand gehoben und sie ihm mit einer zarten Bewegung abgestreift.

»Ich habe auch geweint«, sagte sie dann. »So viel, dass ich irgendwann keine Tränen mehr hatte.«

Die Stille, die sich für einen Moment zwischen ihnen ausbreitete, war erfüllt von einer besonderen Verbundenheit – gespeist aus Trauer und Erinnerung.

Schließlich nahm Martin sie in die Arme, zurückhaltend und respektvoll. Ihr Körper war zart und anschmiegsam, und als sie ihre Hände an seine Flanken legte, stieg plötzlich eine begehrliche Zuneigung in ihm auf.

Er ließ sie sofort los, räusperte sich und bot ihr einen Platz in der Sitzgruppe an.

»Ich wollte dir eigentlich nur rasch Guten Tag sagen, Martin«, meinte Mathilda und winkte ab. Sie wirkte genauso verlegen, wie er sich fühlte. »Dora hat mir ausführlich erklärt, dass du gerade sehr konzentriert arbeiten musst. Und meine Mutter wollte ich auch begrüßen.«

»Die Arbeit rennt mir nicht weg. Und deine Mutter kannst du nachher ausgiebig begrüßen. Aber dass du wieder zu Hause bist, das muss gefeiert werden!«

Er griff nach der Karaffe mit Rotwein, die auf einem Beistelltisch stand.

»Für mich bitte nicht«, beeilte Mathilda sich zu sagen.

»Was magst du dann?«

»Im Augenblick gar nichts, danke. Gerti hat mir eben einen Apfelsaft serviert. Ich bin nicht durstig.«

»Wie du meinst.« Er stellte die Karaffe wieder ab und sah sie unschlüssig an. Sie stand noch immer vor dem Schreibtisch. Ihr hellgrünes Kostüm brachte ihre ungewöhnliche Haarfarbe zum Leuchten.

»Sag, Mathilda«, fuhr er fort. »Wissen Mutter und Vicky überhaupt, dass du heute heimkommst?«

Mathilda lächelte. »Ich habe Judith ein Telegramm geschickt, aber keine Antwort erhalten.«

Da sie weder Anstalten machte, sich zu setzen, noch den Raum wieder zu verlassen, kehrte er an seinen Platz hinter dem Schreibtisch zurück. Dort blieb er stehen. »Vielleicht ist deine Nachricht untergegangen. Mutter ist gerade ständig in der Firma.«

»Das dachte ich mir. Ich konnte meine Abreise allerdings

nicht mehr verschieben, weil ich die Fahrkarte gekauft und mein Zimmer gekündigt hatte.« Sie holte tief Luft. »Die letzten Semester und die Prüfungen unter den aktuellen Zuständen waren nicht einfach.«

»Zu schwer? Dein Studium? Rechtswissenschaften sind eher ein … trockener Stoff. Könnte ich mir jedenfalls vorstellen.«

»Nein, weder zu schwer noch zu trocken. Vor allem Handels- und Industrierecht fand ich hochinteressant. Aber weibliche Studenten sind nicht mehr gern gesehen an den Universitäten. Die Schikanen wurden immer schlimmer.«

»Also ist es auch an den Universitäten problematisch geworden«, stellte Martin fest.

Sie nickte. »Sie sind überall. Ihre Ansichten sind so … eng. Sie trauen Frauen nicht zu, Anwältin oder Richterin zu sein. Stattdessen wurden wir aufgefordert, uns in Hauswirtschaft ausbilden zu lassen, stell dir das einmal vor! Damit wir gute Hausfrauen werden und dem *Führer* einen Stall voll Kinder gebären.« Sie griff sich an die Stirn. »Das sei die natürliche Bestimmung der Frau. Es ist nicht zu fassen.«

Martin hörte ihren bitteren Unterton und dachte an das, was Judith und Vicky vor einigen Wochen widerfahren war. »Auch Mutter wurde nahegelegt, die Leitung der Firma abzugeben«, antwortete er. »Vom Ortsgruppenleiter. Ich bin mir noch nicht sicher, ob diese Vorkommnisse wirklich System haben. Bisher bin ich davon ausgegangen, dass es eher persönliche Motive sind, die ihn antreiben. Der Mann stammt aus armen Verhältnissen und hat bisher wenig Erfolg im Leben gehabt. Jetzt trägt er eine Uniform und spielt sich ständig auf.«

»Judith soll die Geschäftsführung der Schokoladenfabrik abgeben? An den Ortsgruppenleiter?« Nun zog sich Mathilda doch einen Stuhl heran und nahm Martin gegenüber Platz.

»Nein, nicht an ihn selbst. Er hat wohl ein Unternehmen an der Hand, das in Stuttgart Aufputschschokolade produzieren soll.« Nachdem sie sich gesetzt hatte, ließ auch er sich in den großen Lederstuhl seines Vaters fallen.

»Und wie hat deine Mutter reagiert?«

»Sowohl Mutter als auch Vicky lehnen diese Forderung natürlich ab. Mit Vehemenz, du kennst Vicky.«

»Ich kenne auch deine Mutter. Sie lässt sich so wenig gefallen wie ihre Tochter.«

Er nickte. »Dennoch hat Mutter Sorge, dass Vicky vielleicht zu forsch auftritt.«

»Ich verstehe dich. Aber die beiden müssen sich wehren. Sonst nehmen sie euch eure Existenz weg!«

»Gewiss. Aber mit Umsicht.« In einer nachdenklichen Bewegung legte er einen Finger an die Schläfe. »Was diesen Weber angeht, also den Ortsgruppenleiter: Ich habe das Gefühl, er betreibt Schaumschlägerei. Viel Substanz scheint mir bei ihm nicht dahinter zu sein.«

»Da wäre ich mir nicht so sicher. Glaub mir. Wenn die wollen, dann werden sie ihre Pläne durchsetzen. In Bonn wurden drei Professoren dazu gezwungen, zu gehen. Sei es, weil sie jüdisch waren, oder weil sie andere Ansichten hatten. Das, was gerade überall passiert, ist furchtbar, Martin. Wenn das so weitergeht, dann möchte ich bald nicht mehr hier leben.«

Sie hatte leise gesprochen. Dennoch standen ihre Worte wie eine düstere Prophezeiung im Raum.

Martin spürte, wie ihn eine vage Furcht überlief. »Noch vertraue ich darauf, dass sich die vernünftigen Kräfte durchsetzen«, sagte er dann mit fester Stimme, um das bedrohliche Gefühl einzuhegen. »Jetzt beginnen bald die Olympischen Spiele in Berlin. Die ganze Welt sieht auf das Deutsche Reich. Wenn es gar so schlimm wäre, dann würde doch keine fremde Nation daran teilnehmen.«

»Ich hoffe sehr, dass du recht hast. Aber mein Gefühl … es sagt mir etwas anderes.« Sie sah ihn zweifelnd an. Dann stand sie auf. »Ich werde auf mein Zimmer gehen und meinen Koffer ausräumen. Gerti bereitet schon das Abendessen vor.« Sie wandte sich zur Tür. »Wir sehen uns dann später im Speisezimmer.«

Martin ging sofort auf den Themenwechsel ein. »Ich freue mich darauf. Gerti hat bestimmt einige Leckereien gezaubert.« Als er sich erhob, um sich zu verabschieden, fiel ihm etwas ein. »Kannst du noch einen Augenblick erübrigen, Mathilda? Ich möchte dir etwas zeigen.«

»Ja?« Sie trat noch einmal zu ihm an den Schreibtisch.

Martin blätterte durch die Mappe, um die beiden Fotografien herauszusuchen, die er vorhin rasch zurückgesteckt hatte. Dabei streifte sein Blick noch einmal die *Verschwiegenheitsvereinbarung*, die zuoberst lag. Unwillkürlich überflog er die ersten Zeilen.

»Bezüglich der Abkunft des am 26. Juni 1904 in Degerloch geborenen Martin Friedrich Rheinberger: Den leiblichen Großeltern Josefine und Artur Ebinger wird ein lebenslanges Umgangsrecht mit dem Kinde eingeräumt. Im Gegenzug verpflichten sie sich, niemandem, auch nicht dem leiblichen Vater des Kindes – ihrem Sohn Max Ebinger – …«

Der Schock ließ ihn erstarren.

»Martin?« Wie durch Watte drang Mathildas Stimme zu ihm.

Er schüttelte den Kopf und zwang sich dazu, weiterzulesen.

»… Auskunft über dessen leibliche Abkunft zu geben. Diese Vereinbarung erfolgt im Sinne der Kindesmutter und zum Wohl des Kindes …«

»Martin! Was ist denn mit dir?«

Das konnte, das durfte nicht sein. Er schloss die Augen. Über ihm schienen die Wogen eines abgrundtiefen Ozeans zusammenzuschlagen. Ungläubigkeit und Verzweiflung, Traurigkeit und Wut rollten gleichzeitig über ihn hinweg.

»Nun sag doch etwas!«

Er spürte ihre Hand auf seiner Schulter, griff danach, suchte Halt in einer Welt, die innerhalb weniger Augenblicke völlig aus den Fugen geraten war. »Victor … Victor Rheinberger ist nicht mein Vater.« Seine Stimme versagte.

6. KAPITEL

Die Werkstatt von Alois Eberle in Stuttgart,
zur selben Zeit

»Kommt nur rein, ihr zwei. Ich hab den Most schon hergerichtet«, begrüßte Alois Eberle seine Gäste mit gewohnter Herzlichkeit.

»Grüß dich, Alois. Zum Most sag ich bestimmt nicht Nein.« Anton Rothmann schloss die Haustür hinter sich und seinem Begleiter Isaak Stern. »Aber zuerst interessiert uns, was du so Geheimnisvolles angekündigt hast. Dein Anruf klang ja äußerst vielversprechend.«

Alois grinste. »Ha ja. Also, dann kommt mal mit.«

Gemeinsam gingen sie in die geräumige Werkstatt, die an Alois' Wohnhaus in der Hauptstätter Straße angeschlossen und mit Geräten und Werkzeugen aller Art vollgestopft war.

»Geht es um neue Tonaufnahmen?«, wollte Anton wissen, denn Alois hatte vor zehn Jahren einen separaten Raum als Tonstudio eingerichtet, der viel genutzt und stetig erweitert wurde. Genauso alt war Antons erfolgreiche Jazzkapelle, die

Southern Swing Band. An die zwanzig Schallplatten hatten sie schon mit Alois Eberle und seiner Plattenfirma A. K. A.-Musik produziert und veröffentlicht.

Doch diesmal hatte sich der alte Tüftler einer ganz anderen Sache gewidmet, das erkannte Anton sofort, als Alois sie zu einem hohen hölzernen Aufbau mit einer matten, gräulichen Glasscheibe führte.

»Ein Fernsehempfänger«, stellte Isaak Stern fest. Er war seit vielen Jahren Betriebsleiter in Anton Rothmanns Klavierfabrik.

»Net ganz.« Alois werkelte gleich daran herum, sodass binnen weniger Minuten ein flackerndes Bild erschien. »Ein kombiniertes Fernseh- und Rundfunkgerät.«

»Man sieht noch nicht allzu viel«, meinte Anton trocken. »Nicht dass ich mich beschweren will, aber das Bild lässt … sagen wir mal so … der Fantasie durchaus Spielraum.« Er zwinkerte Alois zu.

»Des steckt halt noch in den Kinderschuhen«, nuschelte der und drehte an einigen Knöpfen herum. »Aber bis zur Olympiade hab ich's so weit.« Er klang zuversichtlich.

Anton sah zu Isaak Stern. Sein Betriebsleiter besuchte Alois' Werkstatt zum ersten Mal und zeigte sich sichtlich beeindruckt vom überbordenden Werkzeug-Sammelsurium, das sie umgab. Anton lächelte zufrieden, denn genau das hatte er erwartet. So erging es jedem, der die Erfinderwerkstatt betrat.

Dann richtete er seine Aufmerksamkeit wieder auf den weißhaarigen alten Mann, dessen Haupt inzwischen hinter dem Fernsehgerät verschwunden war. »Wir können ja diese interessanten Bilder betrachten und dabei das Rundfunkgerät einschalten, um die Übertragung zu hören«, schlug er angesichts des noch immer nervös flimmernden Bildschirms vor.

Anton hatte schon einmal ein Fernsehgerät gesehen, im vorigen Jahr in Berlin, als er gemeinsam mit seinem Zwillingsbruder Karl eine der dort eingerichteten Fernsehstuben besucht hatte. Doch das propagandistisch ausgerichtete Programm der NSDAP, das damals gesendet worden war, hatte Anton angewidert.

Alois tauchte wieder hinter seinem Fernsehaufbau auf. »Du glaubst net dran, Anton«, stellte er nüchtern fest.

»So möchte ich das nicht sagen. Ich denke, es ist eine große Herausforderung, Alois.« Anton legte seinem alten Freund anerkennend die Hand auf die Schulter. »Wie auch immer du es geschafft hast, dir eine Braunsche Röhre zu organisieren und diesen Apparat zusammenzuschrauben – wo möchtest du denn die Bilder herbekommen? Der Sender hat doch noch gar keine so große Reichweite, als dass man in Stuttgart irgendetwas vom *Nipkow* empfangen könnte.«

»Wer ist *Nipkow*?«, fragte Isaak Stern interessiert.

»Der Fernsehsender in Berlin. Er heißt *Paul Nipkow*.«

»Ah«, antwortete Stern.

»Da hast du scho recht, Anton«, gab Alois Eberle zu. »Das wird noch ein bissle tüftelig. Aber vielleicht hilft da noch mal mein Berliner Freund Manfred von Ardenne. Und dann hab ich beim *Reichssender Stuttgart* vorgefühlt.«

»Die werden dir nicht groß weiterhelfen dort«, winkte Anton ab. »Du bist nicht auf Parteilinie. Sei froh, wenn sie dich nicht wegen deiner Umtriebe hier verhaften – schließlich könntest du ja mit deinen Apparaten auch Auslandsrundfunk empfangen.«

»Das kann ich auch«, erwiderte Alois mit stolzem Unterton. »BBC. Ich lass mir doch net vorschreiben, was ich zu hören und zu denken hab!« Er schaltete den Fernsehapparat wieder aus. »Aber noch mal wegen dem *Fernsehen.* Ich werd alles vorbereiten, so oder so. Wenn ich irgendwie ein Bild bekomme, dann können wir gucken.«

»Na dann, hoffen wir das Beste«, sagte Anton, der sehr wohl daran glaubte, dass Alois eines Tages zu den ersten Stuttgartern gehören würde, die in den eigenen vier Wänden Fernsehempfang hätten – allerdings noch nicht zu den Olympischen Spielen, die in gut zehn Tagen beginnen sollten. »Wenn du es schaffst, bringe ich Champagner mit.« Er grinste breit.

»Stell ihn schon mal kalt«, antwortete Alois. »Und Sie könnet auch kommen, Herr Stern!«

»Herzlich gern. Danke, Herr Eberle.«

Alois nickte gutmütig. »Dann kannst du dem Rest der Familie Bescheid sage, Anton. Am ersten August gucken wir uns an, wie das Olympische Feuer angezündet wird.«

»Auf jeden Fall *hören* wir es uns an, Alois«, entgegnete Anton.

»Das wird ein grandioser Moment.« Isaak Stern sprach beinahe ehrfürchtig. »Man stelle sich vor: Die Fackel wurde in Athen entzündet und die Athleten tragen sie durch so viele Länder. Und dann ist sie endlich am Ziel!«

»Allerdings. Das wird ein Fest«, bestätigte Anton.

»Am Hindenburgplatz wurden bereits die Flaggen der teilnehmenden Nationen gehisst.« Stern deutete vage in Richtung Norden.

»Und am Marktplatz steht der Olympiabaum«, ergänzte Alois. »Aber trotzdem nehm ich den Oberen das friedliche Getue net ganz ab«, relativierte er.

Anton dachte an die Inschrift, die den Olympiabaum zierte: *Freund! Kehrst du heim vom Olympischen Spiel, verkünde, dass Deutschland den Frieden will.*

Auch er hatte seine Zweifel, dass dieser Spruch wirklich ernst gemeint war, aber die Vorfreude auf das sportliche Großereignis ließ nicht nur ihn hoffen, dass die Regierung in einigen Belangen zur Besinnung käme. Stuttgart veränderte sich bereits wieder. Die Schilder, die das Einkaufen in jüdischen Geschäften verboten hatten, waren abgehängt, und die Krakeeler leiser geworden, die Tag und Nacht irgendwo aufmarschierten, um irgendeine neue Doktrin zu skandieren. Vielleicht würde die Staatsgewalt endlich zur Vernunft finden und die Diffamierung unbescholtener jüdischer Mitbürger und anderer Menschen beenden, die nicht in ihr vorgefertigtes, eigenartiges Weltbild passten.

»I weiß scho, was in deinem Kopf vorgeht, Anton«, ließ sich Alois vernehmen. »Glaub nur net, dass die wirklich aufhören damit. Wenn die Spiele vorbei sind, wird's weitergehen. Schlimmer als davor.«

»Ach, Alois.« Anton atmete tief durch. Alois' ungeschönte Prophezeiung nährte seine eigenen Bedenken.

»Genießen wir erst mal die Spiele«, schlug Alois sachlich vor und schob die Hände in die Taschen seines Arbeitskittels. »Viel mehr können wir eh net machen. Wachsam sein halt.«

Anton nickte. »Isaak wird übrigens nach Amerika gehen.«

»Sapperlot, Herr Stern! Sie verlassen Stuttgart?«

»In der Tat, Herr Eberle. Ich bin ungebunden und werde mir leichttun mit dem Neuanfang.«

»Er wird die New Yorker Dependance der Klavierfabrik übernehmen«, sagte Anton. »Für ihn ist es dort in jedem Fall sicherer als hier, und ich habe dann einen meiner fähigsten Leute dort drüben. Wir wachsen derart schnell, dass wir bereits erweitern müssen.«

»Am besten du gehst gleich selber mit, Anton.« Alois Eberle klang ernst. »Das hier wird kein Zuckerschlecken, wenn die wirklich ernst machen.«

»Du meinst – Krieg?«

»Ha, guck nur hin! Letztes Jahr gab es das Luftschutzgesetz. Ich hab mir schon überlegt, wo ich einen Luftschutzraum hinbauen könnt. Und die Verdunklung wurde auch schon geübt. Das ist doch klar, weshalb die des machen.«

»Mir ist bei all dem Aktionismus auch nicht wohl.« Anton fixierte den Fernsehapparat mit dem nun blinden Bildschirm. »Möglicherweise sollte ich mit Serafina und Emil ebenfalls nach Amerika auswandern und die Fabrik ganz nach New York verlegen.«

»So schlecht ist die Idee net, Anton.« Alois kratzte sich am Kopf. »Ich bin zu alt, um noch mal anzufangen. Aber ihr …«

Isaak Stern knetete unruhig seine Hände, sagte aber nichts.

»Andererseits kann ich Judith und Vicky nicht allein lassen, Alois.« Anton sah ermutigend zu seinem Mitarbeiter. »Isaak wird das gut machen dort drüben. Und wir werden abwarten, wie sich die Dinge entwickeln. Ein wenig Zeit bleibt sicherlich noch, um so weitreichende Entscheidungen zu treffen. Man sollte nichts überstürzen.«

7. KAPITEL

Im Garten der Villa Rothmann,
Ende Juli 1936, am Spätnachmittag

Das Buch auf ihrem Schoß vermochte Mathilda nicht zu fesseln. Dabei hatte sie sich sehr auf die Lektüre von Agatha Christies *Murder on the Orient Express* gefreut, welche sie noch kurz vor ihrer Abreise nach Stuttgart in einer kleinen, gut sortierten Bonner Buchhandlung erworben hatte. Sie liebte die englische Sprache und las daher gerne die Originalfassungen der aktuellen Romane, doch an diesem Abend glitten ihre Augen an den Buchstabenkolonnen entlang, ohne deren Sinn wirklich zu erfassen. Vielleicht lag es an den schweren Akkorden des gewaltigen Klavierstücks, die seit geraumer Zeit durch das geöffnete Fenster des Musikzimmers nach draußen drangen und ihre Aufmerksamkeit auf sich zogen.

Eine Weile lang versuchte sie dennoch, sich auf den Text zu konzentrieren. Als sich die Geschichte nach wie vor nicht formen wollte, legte sie resignierend ein hellgelbes Lesezeichen zwischen die Seiten und klappte das Buch zu.

Sie wusste, was er spielte.

Schmerzhaft schön durchzog das *Prélude cis-Moll* von Rachmaninoff die zarte Idylle des gepflegten Gartens mit seinen blühenden Stauden und den Buchsbaumhecken. In jedem einzelnen Ton spürte Mathilda die Last, die sich auf seine Schultern gelegt hatte, seit jenem Moment vor ein paar Tagen, da er durch Zufall von seinem leiblichen Vater erfahren hatte. Sie bedauerte, dass es ihm so schwerfiel, darüber zu sprechen. Immerhin vermochte er an seinem Instrument auszudrücken, was ihn bewegte. Eindringlich, aufwühlend.

Mit einem Mal brach die Musik ab. Ein lauter Knall ließ Mathilda aus ihrem weiß lackierten Gartensessel auffahren. Das Buch rutschte von ihrem Schoß und blieb im Gras neben dem lauschigen Sitzplatz unter dem großen Apfelbaum liegen. Die Musik war verstummt.

Einer sorgenvollen Ahnung folgend, lief sie eilig zur Terrassentür, die den parkähnlichen Garten mit dem Seitentrakt des Villenanwesens verband. Dort befand sich neben der Bibliothek und einem kleinen Atelier auch das Musikzimmer.

Er begegnete ihr bereits auf dem Flur.

»Wo willst du hin?«, fragte Mathilda.

Er ignorierte nicht nur ihre Frage, sondern schien förmlich durch sie hindurchzusehen, während er sich an ihr vorbeidrängte. Die Tür des Musikzimmers hinter ihm stand offen, das Zittern der Saiten des großen Flügels lag noch in der Luft und zeugte von der Wucht, mit welcher er den Deckel zugeworfen hatte.

»Martin!« Mathilda drehte sich um und wollte ihm folgen.

Er blieb kurz stehen. Sein Blick huschte flackernd über ihr Gesicht. »Lass mich bitte in Ruhe, Mathilda«, sagte er leise, aber unmissverständlich.

Die Schärfe in seinen Worten versetzte ihr einen Stich, doch sie zögerte nur einen Wimpernschlag lang. Dann folgte sie ihm mit einigem Abstand durch den langen Flur in den vorderen Teil des Hauses und durch den Küchentrakt hinaus zur ausgebauten früheren Remise, in der neben einer alten Kutsche die Automobile der Familie standen.

Er schien nicht zu bemerken, dass sie hinter ihm war. Mit raumgreifenden Schritten bewegte er sich über den gewundenen Kiesweg, der zu den Nebengebäuden führte. Genauso brachial, wie er vorhin den Klavierdeckel zugeschlagen hatte, öffnete er dann das grün gestrichene Doppeltor zur Garage und ging hinein.

Mathildas Unruhe wuchs. Sein Verhalten war eigenartig, er wirkte getrieben. Besorgt folgte sie seiner schlanken, athletischen Gestalt hinein in das Halbdunkel, blieb aber im Schatten der Tür stehen. Wie würde er reagieren, wenn er sie bemerkte?

Nachdem sich ihre Augen an das Zwielicht gewöhnt hatten, erkannte sie die leeren Stellplätze der Automobile von Judith und Viktoria – beide waren noch nicht aus Stuttgart zurückgekehrt. Auch von Theo war nichts zu sehen, dem Chauffeur, der sich ungeachtet seines hohen Alters zuverlässig um den Wagenpark seiner Herrschaft kümmerte.

Martin hatte inzwischen zielstrebig ein Fahrzeug angesteuert, das etwas zurückversetzt in einer Nische stand. Vorsichtig entfernte er das riesige Leinentuch, mit dem es abgedeckt war, und Mathilda erkannte das grüne Cabriolet, welches Judith einst von Victor geschenkt bekommen hatte. Wann es wohl das letzte Mal bewegt worden war?

Martin öffnete den Wagenschlag an der Fahrerseite, ließ ihn offen und setzte sich in das Fahrzeug. »Steig ein«, sagte er beiläufig, während er die Armaturen und Schalthebel begutachtete.

Mathilda zuckte zusammen.

»Martin ...« Die Situation war ihr unangenehm.

»Glaubst du, ich habe dich nicht bemerkt?« Sein Tonfall war nun eine Nuance weicher.

»Ich ...« Sie schüttelte den Kopf und ging zum Fahrzeug. »Wo fährst du hin?«

Er antwortete nicht. Stattdessen versuchte er, den Motor zu starten. Doch außer einem jammernden Geräusch gab der Wagen nichts von sich. »Das war zu erwarten«, murmelte er verärgert. »Ich kann mich nicht daran erinnern, dass dieses Vehikel auch nur ein einziges Mal auf Anhieb angesprungen wäre.« Er stieg wieder aus, umrundete das Cabriolet und betätigte eine Kurbel, die sich zwischen den Scheinwerfern befand. Sofort sprang der Wagen an. »Na bitte«, murmelte er leise vor sich hin und nahm erneut seinen Platz am Steuer ein.

»Ich ... komme mit.« Bevor er anfahren konnte, öffnete Mathilda rasch den Wagenschlag auf der Beifahrerseite.

Er nickte, wartete, bis sie eingestiegen war, und setzte dann rückwärts aus der Garage. Das Cabriolet lief nun einwandfrei. Mit Sicherheit hatte Theo dafür gesorgt, dass es fahrtüchtig blieb.

Sie fuhren die Auffahrt hinunter und zum Tor hinaus auf die Straße passierten den Degerlocher Zahnradbahnhof und bogen schließlich auf die Alte Weinsteige ein. Vertraute Wege, auch nach all der Zeit, die Mathilda in Bonn gelebt hatte und nur selten in Stuttgart gewesen war.

Die Abendsonne warf ihr bezauberndes Licht auf die Hügel und Weinberge, welche die Stadt umgaben. Imposante Villen prägten die Halbhöhenlagen und zeugten von der wirtschaftlichen Blüte vergangener Jahre. Zugleich war es eines der Panoramen, die die württembergische Metropole unverwechselbar machten.

Der Abend war herrlich mild, und wäre Martin nicht wieder in trübes Schweigen verfallen, hätte Mathilda die Fahrt in vollen Zügen genossen. So aber belastete sie die Kluft, die zwischen ihnen stand.

»Wie lange wirst du in Stuttgart bleiben, Martin?«, fragte sie in der Hoffnung, ihn über ein unverfängliches Thema aus der Reserve locken zu können.

»So lange, wie ich hier gebraucht werde.« Er klang nun ruhiger, fuhr jedoch so zügig die steile Strecke hinunter, dass Mathilda nervös ihre Finger in den abgewetzten Ledersitz grub.

»Hast du den Sommer über kein Engagement?«

»Nein.«

»Du warst aber schon unterwegs in diesem Jahr, nicht wahr?«

»Ja. In Prag und Paris.«

»Ah. Über längere Zeit dann?«

»Jeweils ein paar Wochen.«

Seine Einsilbigkeit war anstrengend, und Mathilda fragte sich, warum sie sich überhaupt so um ihn bemühte. Ihr Kontakt während der letzten Jahre war spärlich gewesen, nur hin und wieder hatte er einen Kartengruß aus irgendeiner Stadt geschickt, in der er gastierte. Stets war sie es gewesen, welche die Verbindung gesucht hatte – er war zurückhaltend geblieben.

Sie betrachtete ihn verstohlen von der Seite, den Mann, der sie anzog, seit sie ihm als Zwölfjährige zum ersten Mal auf der Treppe der Rothmann-Villa begegnet war. Sein Profil mit der scharf geschnittenen Nase und den geschwungenen Lippen war ihr genauso vertraut wie die Lachfältchen um seine aufmerksamen, blauen Augen, das markante Kinn, die blonden, kurz geschnittenen Haare, die sich lockten, wenn er sie länger trug. Selbst jetzt, da Sorge und innere Not seine Züge verdunkelten, war da etwas Strahlendes, Einnehmendes an ihm, das sie faszinierte. Ihre kindliche Schwärmerei war längst reiferen Gefühlen gewichen: Respekt und Zuneigung, und einem unerklärlich tiefen Vertrauen.

Mit einem inneren Seufzen richtete sie ihren Blick wieder nach vorn. Sie hatten den Talkessel erreicht. Hohe Bürgerhäuser mit klassizistisch verzierten Fassaden flankierten die Römerstraße, die auf einen grünen Hügel zulief, die Karlshöhe, eine auffällige Erhebung mitten in der Stadt. Mathilda begann zu ahnen, wohin Martin wollte.

Noch immer fuhr er schnell, umkurvte in einem viel zu engen Radius einen Fahrradfahrer, der einen großen, vollbeladenen Korb auf seinen Gepäckträger montiert hatte und unter dieser Last Schlangenlinien fuhr. Ein Fußgänger, der soeben die Straße überquerte, wich nicht nur dem Fahrrad aus, sondern auch dem überholenden Cabriolet.

Sie atmete auf, als sie Radfahrer und Fußgänger unbeschadet hinter sich gelassen hatten und auf eine Straßenkreuzung zuhielten.

Plötzlich tauchte die Silhouette eines Automobils auf. »Vorsicht!«

Ihr Schrei stand noch in der Luft, als Martin mit aller Kraft auf die Bremse trat. Der Wagen brach seitlich aus, schleuderte über die Kreuzung zur Mörikestraße und blieb mit lautem Tuckern quer zur Fahrbahn stehen. Ein nachfolgendes Motorrad schlitterte an ihnen vorbei, fing sich aber wieder und setzte seinen Weg fort; der Maybach aber, der unachtsam in die Kreuzung eingefahren war, hatte bereits das Weite gesucht.

»Verflucht!« Martin versetzte dem Lenkrad einen Fausthieb.

»Beruhige dich«, sagte Mathilda leise und legte ihre Hand auf seinen Unterarm.

Seine Hand schloss sich so fest um das Lenkrad, dass die Knöchel weiß hervortraten. Dann atmete er tief aus, rangierte hin und her, bis das Auto wieder in Fahrtrichtung stand, und fuhr hastig weiter.

Mathilda versuchte, den Schrecken abzuschütteln, der ihr

noch in den Gliedern steckte, und unterdrückte zugleich einen Kommentar hinsichtlich seines Fahrstils.

Kurz darauf bogen sie in die Humboldtstraße ein. Nun gab es keine Zweifel mehr am Ziel dieser Fahrt.

Die Villa des Maschinenbauunternehmers Ebinger lag ein Stück hangaufwärts. Als sie näher kamen, fiel Mathilda sofort das cremefarbene Mercedes-Cabriolet auf, das auf der Straße davor geparkt war. »Deine Mutter ist hier«, stellte sie fest.

»Es sieht ganz danach aus«, erwiderte er gepresst und schloss zu Judiths Wagen auf. »Ich frage mich nur, warum sie auf der Straße steht und nicht in den Hof gefahren ist.«

»Vielleicht hat sie es eilig.« Mathilda strich angespannt über den weichen Jerseystoff ihres blau geblümten Sommerkleides. »Hast du vor, da hineinzugehen?«

»Natürlich.«

»Ich … ich würde das nicht tun.«

»Warum nicht? Ich habe ein Recht auf Erklärungen.«

»Ja, schon. Aber es wäre vielleicht gut, dafür einen ruhigeren Moment zu wählen. Wenn du weniger aufgewühlt bist.«

»Wann gibt es schon einen passenden Moment für so etwas?« Er fuhr sich mit der Hand durchs Haar. »Außerdem wäre es spätestens mit meiner Volljährigkeit an der Zeit gewesen, mich über meine Herkunft aufzuklären.«

»Sie hatten bestimmt gute Gründe, es nicht zu tun.«

»Dafür gibt es keinen einzigen Grund. Ein Kind in dem Glauben aufwachsen zu lassen, dass der Mann, der im Hause lebt, sein leiblicher Vater sei, obwohl es eine glatte Lüge ist … das ist einfach ungeheuerlich!«

»Victor war dir in jeder Hinsicht ein Vater, Martin. Wer weiß, was geworden wäre, hätte Max Ebinger die Vaterschaft anerkannt und Ansprüche auf dich erhoben.«

»Wenigstens wäre es die Wahrheit gewesen.« Martin ließ den Motor weiterlaufen und starrte auf das Armaturenbrett.

Mathilda spürte, dass er zögerte. Die grimmige Entschlossenheit, mit der er hierhergefahren war, hatte einer vagen Unsicherheit Platz gemacht. Sie sah, wie sein Unterkiefer mahlte. »Lass uns weiterfahren«, sagte sie ruhig.

Er antwortete nicht. Stattdessen starrte er auf das riesige Tor, hinter dem das große Anwesen der Ebingers lag. »Wenigstens weiß ich jetzt, warum sie zu allen Familienfesten eingeladen waren. Meine *Paten*!«

»Sie sind deine Großeltern. Bestimmt war es auch für sie nicht einfach. Sie haben doch sonst keine Enkelkinder. Nur dich!«

»Wer weiß das schon.« Er lachte bitter.

Mathilda ignorierte seine Andeutung. »Sie wollten Teil deines Lebens sein. Wenn nicht als deine Großeltern, dann zumindest als deine Paten. Sie lieben dich, da bin ich mir ganz sicher. Sonst hätten sie diese Nähe nicht gesucht.«

»Das ist doch keine Liebe. Das ist … ach, ich weiß auch nicht, was das ist …«

»Martin«, unterbrach ihn Mathilda mit sanfter Entschlossenheit. »Was hältst du davon, wenn wir ein Stückchen weiterfahren und einen Spaziergang machen? Wenn du dann immer noch mit ihnen reden willst, können wir auf dem Rückweg noch einmal hier haltmachen.«

Er schüttelte zwar den Kopf, legte zugleich aber den Rückwärtsgang ein, stieß einige Meter zurück und fuhr die Humboldtstraße weiter hinauf. Kurz vor der Kehre am Aufgang zur Karlshöhe stellte er den Wagen ab und stieg aus.

»Du hast recht«, meinte er, während er ihr zuvorkommend den Wagenschlag öffnete. »Ich sollte erst einmal meinen Kopf lüften.« Mit einem schwachen Lächeln bot er ihr seine Hand.

Überrascht von seinem plötzlichen Stimmungswandel nahm Mathilda diese Offerte an. Ein leichtes Flattern rührte sich in ihrem Inneren, als sich seine Finger um die ihren schlossen. Er half ihr aus dem Wagen und führte sie einige Schritte bis zum Fuß einer steinernen Treppe, deren nahezu zweihundert steile Stufen von der Humboldtstraße auf die Karlshöhe führten. *Stäffele* wie diese waren so typisch für Stuttgart wie die Weinberge, deren rebenbestandene Hänge seit Jahrhunderten durch solch urwüchsige Treppchen erschlossen wurden.

Nachdem sie die ersten Stufen erklommen hatten, gab er ihre Hand wieder frei und ging voran.

Der Weg nach oben war anstrengend, selbst für Mathilda und Martin, die beide gern Sport trieben. So stiegen sie schweigend die Anhöhe hinauf. Nur ihrer beider Atem war zu hören und der Tritt ihrer Schuhe auf den mit Gras und wilden Blumen bewachsenen Stufen. Erstaunlicherweise empfand Mathilda die Stille zwischen ihnen keineswegs als unangenehm, so wie während der Autofahrt zuvor, sondern auf eigenartige Weise einvernehmlich.

Auf der Gipfelkuppe angekommen, suchte Mathilda einen Platz, an dem sie durch den dichten Bewuchs einen Blick auf das Häusermeer Stuttgarts erhaschen konnte, das zu ihren Füßen lag. Die ersten Schatten des Abends legten sich über den Talkessel, während die Sonne Streifen in hellem Gelb und sanftem Orange an den blauen Horizont malte. Das Licht verfing sich auf den umgebenden Hügeln und bekränzte das malerische Panorama.

Martin war einige Schritte hinter ihr stehen geblieben.

Er räusperte sich. »Erstaunlich!«

»Ja. Die Aussicht ist herrlich.« Mathilda beschattete ihre Augen mit der Hand, ihr Haar hatte sie in Wellen gelegt und im Nacken locker zusammengesteckt.

»Ich meine, es ist erstaunlich, dass ich offenbar der Einzige bin, der nicht Bescheid wusste«, fuhr er fort.

»Ah, das meinst du.« Mathilda drehte sich zu ihm um. »Die wenigsten wussten Bescheid, Martin«, erwiderte sie. »Sonst wäre im Laufe der Jahre etwas durchgesickert. Im Gegenteil. Ich denke, das Geheimnis wurde gut gehütet.«

Er schüttelte den Kopf. Sie versuchte, in seinem Gesicht zu lesen. Er schien mit den Gedanken weit weg zu sein.

»Martin …«

»Warum, Mathilda?«, brach es aus ihm heraus. »Warum?«

Er schlug die Hände vor das Gesicht. »Warum kann Victor nicht mein Vater sein?«

Mit wenigen Schritten war sie bei ihm. »Er *ist* dein Vater.«

Martin schluchzte trocken. »Du weißt, was ich meine.«

Als sich der ganze Kummer löste und er heftig zu zittern

begann, schlang sie vorsichtig die Arme um seine Mitte. Er wies sie nicht ab, im Gegenteil. Dankbar nahm er ihren Trost an und drückte sie fest an sich. Sie schloss die Augen.

So standen sie eine Weile in wissendem Verstehen. Und sie hielt ihn, während er um seinen Vater trauerte, den er in diesen Tagen gleich zwei Mal verloren hatte.

Dann spürte sie, wie seine Hände über ihren Rücken wanderten. Eine plötzliche Sehnsucht stieg in ihr auf, gefolgt von einem geradezu unpassenden Glücksgefühl. Als er mit seinen Lippen ihren Scheitel berührte, durchliefen sie Schauer. Unwillkürlich schmiegte sie sich an ihn, jede Faser ihres Körpers reagierte auf diese langersehnte Nähe.

Schließlich nahm er ihr Gesicht in beide Hände und betrachtete es lange. In seinen hellen Augen stand ungläubige Zärtlichkeit.

Kaskaden aufgestauter Empfindungen lösten sich, als sein Mund endlich den ihren streifte, fragend zunächst, dann bittend, schließlich erobernd. Ein leichter Wind strich durch die Wipfel der Bäume und das leise Rauschen der Blätter verflocht sich mit dem abendlichen Gesang der Vögel zu einem sommerlichen Liebeslied, das die Natur ihnen komponierte. Und Mathilda war es, als trage der scheidende Tag diese Melodie weiter, über Dächer, Flure und Wälder, Seen und Felder, weit über das Land.

8. KAPITEL

Vor der Villa Ebinger,
eine halbe Stunde später

Judith startete ihren Wagen. Josefine Ebinger hatte die großen Tore zur Zufahrt des Anwesens öffnen lassen, damit sie bequem wenden konnte. Als sie schließlich die Humboldtstraße hinunterfuhr und den Weg nach Degerloch einschlug, leuchtete der Himmel in zarten Gelb- und Orangetönen, die sich noch intensiviert hatten, als sie vor ihrem Zuhause ankam, das Victor immer *Die Schokoladenvilla* genannt hatte. Auch hier standen die großen, schmiedeeisernen Gitter der Zufahrt bereits offen, sodass sie gleich die Garage ansteuern konnte.

Der Stellplatz neben Judiths war leer – Viktoria war noch nicht nach Hause gekommen. Offensichtlich dauerte das Inventarisieren der Edelkakaosorten länger als geplant.

Judith stieg aus und stellte fest, dass auch das grüne Cabriolet fehlte. Die Abdeckung lag schlampig hingeworfen in einer Ecke. Vielleicht hatte Martin es abgedeckt, um eine Spritztour damit zu unternehmen – wenngleich er die Plane bestimmt aufgeräumt hätte, in solchen Dingen war er nicht nachlässig. Aber auch er wirkte unkonzentriert und fahrig, seit das Familienleben in tausend Stücke zersprungen war. Es würde einige Zeit brauchen, es wenigstens notdürftig zusammenzusetzen.

Judith seufzte. Die Frage, warum Victor hatte sterben müssen – sie rumorte Tag und Nacht in ihrem Kopf, raubte ihr den Schlaf und ließ sie auch tagsüber nicht los. Victor, ihr Fels, ihr Geliebter, ihr Vertrauter. Der Mann, der ihr die Hand gereicht hatte, als sie am Abgrund stand. Wie sollte sie ohne seine Kraft, seinen Humor, seinen Weitblick jemals wieder echte Freude empfinden?

Sie rief sich zur Ordnung, versuchte die schweren Gedanken einzufangen. Victor würde zu Recht erwarten, dass sie Stärke zeigte. Für das, was sie gemeinsam erschaffen hatten, für ihre beiden Kinder und für alle, denen sie Verantwortung schuldete.

Nachdenklich ging sie hinüber zum Haus. Dora hatte ihr Kommen schon bemerkt und hielt ihr die Türe auf. »Guten Abend, Frau Rheinberger.« Ihr Lächeln wärmte Judiths Herz. Bei aller innerer Not – sie war nicht allein.

»Guten Abend, Dora. Wie schön, dass ich so liebevoll empfangen werde.«

Dora ließ sie vorbeigehen und schloss dann die Tür hinter ihr. »Sie waren lange aus.«

»Ich bin noch bei den Ebingers vorbeigefahren.«

Dora nahm Judith die Handtasche ab. »Wie geht es dem Herrn Ebinger?«

»Nicht so gut. Die Lunge …«

»Ja, die macht ihm schon lange Malheur.«

Judith nickte seufzend, während sie ihre Handschuhe auszog. »Ach, Dora. Jetzt, da es ihm so schlecht geht und weil … Victor … nicht mehr …« Sie unterbrach sich und trat vor den großen Spiegel in der Eingangshalle, den zwei große, chinesische Porzellanvasen mit verschlungenen Drachenmotiven flankierten.

»Wegen Ihrem Sohn?«, fragte Dora vorsichtig nach.

Judith nickte. »Sie denken, dass es jetzt an der Zeit wäre, die Wahrheit zu sagen.« Sie zog die Nadel aus dem kleinen schwarzen Filzhut mit schmaler Krempe, der seitlich auf ihrem Haar saß. Im Spiegelbild sah sie die Haushälterin etwas versetzt hinter sich stehen. Dora, die schon so viele Jahre an ihrer Seite war, einst als Zofe, und dann, als sich die Ereignisse in ihrem Leben überschlagen hatten, auch als Vertraute, Mitwisserin, Ratgeberin. Dora hatte das Drama um Martins Geburt hautnah mitbekommen und war nicht zuletzt deshalb eine der Konstanten in Judiths Leben. So wie es Victor gewesen war.

»Diese Frage ist doch immer wieder aufgekommen, Frau Rheinberger. Oder nicht?«

»Aber jetzt noch einmal all diese Dinge aufwühlen …« Judith reichte Dora Hut und Nadel. »Wir müssen uns doch erst einmal neu finden und sehen, wie alles weitergeht …«

»Ich möchte Ihnen nichts vorschreiben, doch ich kann das Ehepaar Ebinger schon verstehen. Vor allem, wenn es dem Herrn Ebinger schlechter geht.«

»Ich ja auch.« Judith tat einen tiefen Atemzug. »Aber Martin würde eine solche Nachricht schockieren.«

Ein lautes Klirren ließ die beiden Frauen aufschrecken.

»Des war koi Absicht!« Das Hausmädchen hockte am Übergang der Eingangshalle zum großen Flur auf dem Boden und sammelte die Scherben eines Kruges ein. »Aua!« Sie steckte einen Finger in den Mund, offensichtlich hatte sie sich geschnitten.

»Tine!«, sagte Dora streng. »Was hast du hier zu suchen? Wohin wolltest du mit dem Krug? Du hattest eigentlich den Auftrag, im Dorf Eier und Milch zu besorgen.«

»Der Krug ist rumgstanden. Weiß i doch net, wer den vergessen hat.« Tine richtete sich auf und wickelte ihre weiße Schürze um den verletzten Daumen. »Und Eier und Milch könnet mir doch liefern lassen. Da muss i doch net extra ins Dorf gehn!«

Judith war unwohl. Wie viel hatte das Hausmädchen von ihrer Unterhaltung mitgehört? Es fehlte gerade noch, dass Gerüchte im Ort die Runde machten. Sie traute Tine nicht recht. Die Siebzehnjährige kam aus einem kleinen Weiler auf der Schwäbischen Alb, lebte bei Verwandten in Degerloch und sprach einen kaum verständlichen Dialekt. Über das hätte Judith hinweggesehen, nicht aber über zwei Eigenarten, die sich immer mehr herauskristallisierten: Tine hatte ihre Augen und Ohren überall. Und sie war recht geschwätzig. Judith war längst klar, dass sie mit Dora über eine Neubesetzung der Hausmädchen-Stelle sprechen musste. Sie warf ihrer Haushälterin einen sorgenvollen Blick zu.

Dora verstand sofort. »Du gehst jetzt in die Küche und lässt dir von Gerti den Finger verbinden«, befahl sie dem Hausmädchen. »Dann machst du die Scherben hier weg und besorgst alles, was dir aufgetragen wurde. Anschließend polierst du das Silberbesteck. Und bevor du nach Hause gehst, möchte ich noch einmal mit dir sprechen.«

Das Flackern in Tines Blick, der von Dora zu ihr wanderte, ließ ein ungutes Gefühl in Judith zurück. Sie atmete auf, als sich das Hausmädchen endlich zum Gehen wandte.

Auch Dora sah Tine nach, bis diese in Richtung des Küchentrakts verschwunden war. Judith nickte ihr zu und ging voraus zu der breiten, geschwungenen Treppe, die zur *Beletage* und weiter in die Schlafräume im zweiten Stock führte.

»Ich bin mir nicht sicher, was sie mitgehört hat«, meinte Dora mit gedämpfter Stimme, als sie kurz darauf in Judiths Zimmerflucht angelangt waren.

»Wir müssen davon ausgehen, dass sie etwas aufgeschnappt hat, Dora. Die Frage ist, ob sie etwas damit anfangen kann. Ich denke nicht.«

»Mag sein.« Dora legte Hut und Handtasche auf der Kommode ab und räusperte sich. »Darf ich ganz offen sein, Frau Rheinberger?«

»Natürlich. Das weißt du doch.«

»Ich glaube, es wäre nicht gut, wenn Martin durch Gerüchte erfahren würde, dass es etwas gibt, das … wie soll ich es sagen … das verschwiegen wird.«

Judith schluckte. »Nein … nein, das sollte er nicht.«

»Es muss ja nicht gleich heute sein, Frau Rheinberger.«

Judith schüttelte den Kopf und schloss einen Moment lang die Augen. Ausgerechnet jetzt, wo sie ohnehin an allen Ecken und Enden zu kämpfen hatte, rüttelte das Leben plötzlich an diesem verborgenen Kapitel ihrer Vergangenheit. Nicht nur durch den Vorfall mit Tine. Auch das Gespräch mit Artur und Josefine Ebinger vorhin hatte Judith mehr bewegt, als sie sich eigentlich eingestand. Die beiden wollten ihren Enkel endlich anerkennen.

»Ich werde darüber nachdenken«, sagte Judith schließlich zu Dora, die gerade zum Ankleidezimmer ging, um ein Kleid für das Abendessen herauszusuchen.

»Das ist gut«, erwiderte Dora über die Schulter.

Während diese nebenan zugange war, entledigte sich Judith ihres Kostüms. Die Miederwäsche und die Strümpfe behielt sie an und setzte sich auf das breite Doppelbett.

Sie fühlte sich überfordert. Die Sache mit Weber, der ihr die Firma wegnehmen wollte. Das Alleinsein. Und jetzt noch Martin …

»So, Frau Rheinberger.« Dora kehrte mit einem wadenlangen Kleid aus schwarzem Wollstoff zurück.

»Wir werden heute etwas später essen«, meinte Judith, als sie sich in das schlichte Gewand helfen ließ. »Vicky ist noch nicht zu Hause, und Martin scheint ebenfalls unterwegs zu sein.«

»Das stimmt, Frau Rheinberger«, erwiderte Dora. »Er ist weggefahren und hat das Fräulein Mathilda mitgenommen. Ich hatte vergessen, es Ihnen zu sagen.«

»Das macht nichts. Es ist gut, wenn die beiden sich verstehen.« Judith drehte Dora den Rücken zu, damit diese den langen Reißverschluss schließen konnte. »Ich werde mich noch etwa eine halbe Stunde ins Arbeitszimmer zurückziehen, um zu telefonieren. Würdest du bitte dafür sorgen, dass gegen neun Uhr im Speisezimmer serviert wird? Ich weiß, das ist sehr spät.«

»Es ist ja eine Ausnahme, Frau Rheinberger. Ich gebe Gerti Bescheid.«

Kurz darauf saß Judith an Victors Schreibtisch und nahm den Hörer des Telefons ab. Die Verbindung nach München war rasch vermittelt. »Hélène Bachmayr am Apparat.« Ihre Mutter war zu Hause.

»*Maman?* Wie schön, dich zu hören!«

»Judith, mein Kind! Was gibt es denn?«

Eine sorgenvolle Pause entstand. »Nichts Besonderes, *Maman*. Wir kämpfen uns durch.«

»Ich denke viel an euch, Judith. Es hat mir so leidgetan, dass wir nach der Beerdigung sofort zurückfahren mussten, wegen des Ladens.«

»Ja, das war schade. Auch Karl und Elise konnten nicht bleiben. Deshalb möchte ich gerne, dass die Familie noch einmal zusammenkommt. Es gibt einige Dinge, die wir besprechen sollten.«

»Steckst du in Schwierigkeiten?«

»Nein, nein. Mach dir keine Sorgen. Aber die neue Situation betrifft doch uns alle.«

»Wir wollten ohnehin noch einmal nach Degerloch kommen, Judith. Hast du schon einen Termin im Auge?«

»Wie wäre der dreiundzwanzigste August? Das ist ein Sonntag. Karl hat bereits zugesagt.«

»Einen Augenblick, ich schaue kurz in unseren Kalender.«

Judith hörte ein Rascheln. Anschließend fragte ihre Mutter ihren Ehemann Georg leise nach seinen Plänen für die nächste Zeit.

»Judith?«

»Ich bin noch dran.«

»Also bei Georg steht an diesem Samstag zwar eine Theatervorstellung an, ein Sommertheater, aber er hat ohnehin keine großen Ambitionen hinzugehen. Wenn es dir recht ist, kommen wir bereits am Freitag davor.«

»Das passt ganz wunderbar, *Maman*. Ehrlich gesagt wäre es schön, dich hier zu wissen. Wie lange könnt ihr bleiben?«

»Ich bleibe, solange du mich brauchst, Judith, nur Georg müsste am Sonntag wieder zurück nach München fahren. Die Verhandlungen wegen des Verkaufs unserer Buchhandlung gehen dem Ende zu, da kann er nicht lange wegbleiben.«

Judith fühlte sich sofort leichter. Ihre Mutter stand ihr recht nah, auch wenn das Verhältnis nicht immer unbelastet gewesen war. Hélène hatte ihre Familie vor über dreißig Jahren verlassen, um am Gardasee ein neues Leben zu beginnen und Judith und ihre beiden kleinen Zwillingsbrüder in Degerloch zurückgelassen. Inzwischen waren die Wunden verheilt, auch wenn es viele Jahre und noch mehr Gespräche gebraucht hatte, bis Judith klar geworden war, dass eine Gemütskrankheit ihrer Mutter keine andere Wahl gelassen hatte. Gefangen in einer unglücklichen Ehe mit einem cholerischen und herrischen Mann, hatte Hélène durch diese Flucht versucht, sich zu retten, auch um den Preis, ihre Kinder nicht wiederzusehen. Judith hatte ihr längst vergeben.

»Ich freue mich, *Maman*. Danke! Und bring deine Staffelei mit!«

»Aber natürlich! Ich ohne meine Farben, das wäre ja wie ein Jahr ohne Sommer.«

Judith meinte, Hélènes feines Lächeln am Telefon zu spüren. »Vicky wird die Gelegenheit sicherlich nutzen und sich ein paar Malstunden von dir geben lassen, *Maman*.«

»Gern! Du wirst sehen, Judith, wir machen uns die Zeit so schön wie möglich. Es wird brauchen, bis die Wunden heilen, aber glaub mir, irgendwann wird es besser.«

»Ich … hoffe es.«

»Ich teile dir im Laufe der nächsten Woche unsere Ankunftszeit mit.«

»Ja, das ist gut. Grüß mir Georg und habt noch einen schönen Abend!«

»Das richte ich gerne aus. Umarme Vicky und Martin von mir. Bis bald!«

Judith legte auf und ging an einen kleinen Beistelltisch, auf dem Victor immer eine exzellente Auswahl an Wein und

Spirituosen bereitgehalten hatte. Konzentriert schenkte sie sich einen 1930er Armagnac ein.

Mit dem Glas in der Hand trat sie ans Fenster und sah hinaus in den Garten. Die Sonne war noch nicht untergegangen. Das weiche Abendlicht lockte in die verspielte Anlage mit ihren verschlungenen Kieswegen, den Bachläufen, den raffiniert in Szene gesetzten Skulpturen und den natürlich gestalteten Blumenbeeten. Vielleicht würde sie später noch zu einem kleinen Spaziergang aufbrechen.

Der Armagnac brannte in ihrer Kehle. Sie trank nur selten Weinbrand oder Schnaps, und schon nach den ersten Schlucken ließ die drückende Traurigkeit in ihr ein wenig nach. Sie beschloss, sich noch einmal genau die Urkunden zu den Anteils- und Inhaberverhältnissen der Schokoladenfabrik anzusehen. Wenn Weber in den nächsten Tagen wiederkam, wollte sie vorbereitet sein.

Die Akten befanden sich im Tresor des Arbeitszimmers. Judith stellte das Glas auf dem Schreibtisch ab, holte die Unterlagen heraus und setzte sich auf den mit hellbraunem Leder bezogenen Bürostuhl. Martin hatte bereits einen Teil davon durchgesehen, allerdings wusste sie nicht, wie weit er gekommen war. Sie vertiefte sich in die Papiere.

Es war alles so, wie sie es vertraglich vereinbart hatten. Victors Anteile gingen im Falle seines Todes zu achtzig Prozent auf Judith über. Jeweils zehn Prozent entfielen auf Viktoria und Martin, wobei Judith Viktorias Anteile bis zu deren Volljährigkeit verwaltete. Mit ihrer Einberufung in die Geschäftsführung nach ihrem einundzwanzigsten Geburtstag im Januar mussten Viktorias Anteile neu bewertet werden. Judiths Bruder Karl Rothmann war mit zwanzig Prozent Gesellschafter im Unternehmen, hatte aber keinen Posten in der Geschäftsführung inne und spielte mit dem Gedanken, seine Anteile an Judith zu verkaufen. Anton hatte seinen Erbteil bereits vor mehr als fünfundzwanzig Jahren auf Judith und Victor überschrieben, als er Kapital für die Gründung seiner Klavierfabrik benötigt hatte. De facto hielt sie also zweiundsiebzig Prozent der Firma und war im Augenblick alleinige Geschäftsführerin.

Sie legte die Dokumente zur Seite und leerte das Glas mit dem Armagnac. Dann ging sie noch einmal zum Tresor. Es gab eine Sache, die drängte und zu der sie keine Unterlagen in der Schokoladenfabrik hatte finden können: Es existierte eine Art der Beteiligung an einem amerikanischen Süßwarenhersteller in New York. Victor hatte ihr zwar seinerzeit von den Vereinbarungen diesbezüglich erzählt, aber Judith war mit ihren eigenen Aufgaben in der Schokoladenfabrik mehr als ausgelastet gewesen, sodass sie sich nicht weiter darum gekümmert hatte.

Nun war der amerikanische Geschäftspartner Victors auf dem Weg nach Stuttgart. Dabei handelte es sich wohl um einen der Enkel des Unternehmensgründers, der bestrebt schien, die Zusammenarbeit neu zu verhandeln. In einem Telegramm hatte er seinen Besuch für den fünften August angekündigt. Bis dahin musste sie umfassend im Bilde sein.

Aufmerksam durchforstete sie den Inhalt des Tresors aus

lackiertem Wurzelholz. Victor hatte alle seine Unterlagen stets fein säuberlich geordnet und beschriftet: Familienangelegenheiten, die Erbschaftssachen ihrer beider Väter, Versicherungsunterlagen, Bankdokumente, Aktien und Beteiligungen. Hier suchte sie als Erstes – ohne Erfolg. Dann endlich, zuunterst, auf dem mit grünem Filz bezogenen Boden des Faches, fand sie schließlich eine schwarze Mappe: *SweetCandy Ltd. / Robert Miller, USA*. Das war es.

Sie atmete auf, kehrte an den Schreibtisch zurück und machte sich daran, den Vorgang durchzusehen. Eine Viertelstunde später nahm sie noch einmal den Telefonhörer zur Hand und rief ihren Bruder Anton an.

9. KAPITEL

Die Schokoladenfabrik Rothmann,
etwa zur selben Zeit

Das Besondere war der Duft. Er lockte mit seiner unverkennbaren, feinen Süße, erfüllte den Raum, übte einen nahezu verführerischen Sog aus. Folgte man seinem lautlosen Ruf, gelangte man zur Quelle des köstlichen Aromas, einem schimmernden Wasserfall aus flüssiger Schokolade, der sich über mehrere Kaskaden träge in ein halbrundes Becken aus jadegrüner Emaille ergoss. Flankiert wurde der exquisite Strom von einer Landschaft aus künstlichen Kakaobäumen, Farnen und exotischen Blütenpflanzen. Der Bug eines nachgebildeten Handelsseglers ragte aus dem Grün, ein offener Sack mit Kakaobohnen stand daneben, der Aufdruck auf dem Sisal bezeugte die südamerikanische Herkunft. Eine große Sonnenscheibe, die gut sichtbar an der Schiffswand lehnte, erinnerte an die Völker der Maya und Azteken, die den Kakao einst tief in ihrer Kultur verankert hatten. Die goldene Farbe der Nachbildung blätterte hier und da ab, ohne die Wirkung des Symbols zu schmälern.

Auf einem alten Rumfass stand eine irdene Schale mit sommerlichem Obst. Viktoria war in Eile, konnte aber nicht widerstehen, eine der leuchtend roten Erdbeeren zu nehmen, in die warme Schokolade zu tauchen und genüsslich zu vernaschen, kaum dass die zartschmelzende Kuvertüre angetrocknet war. Seit sich der Schokoladenwasserfall vor sieben Jahren das erste Mal seinen Weg über die beheizbaren Marmorsteine gesucht hatte, war dies ein Ritual, das sie stets vollzog, wenn sie in der *Schokoladen-Welt* vorbeischaute.

»Jetzt ist mein Eis runtergefallen!«, kreischte in diesem Moment eine hohe Mädchenstimme.

Viktoria sah in Richtung des Eisverkaufsstands, der die *Schokoladen-Welt* zur Straßenseite hin dominierte. Zwei Mädchen standen mit ihren Eiswaffeln vor der langen Theke, an der man aus vielerlei Sorten *Gefrorenem* wählen konnte. Die Waffel des kleineren Mädchens war leer, ein Rest Schokoladeneis tropfte auf den Boden und gesellte sich zu dem dort bereits liegenden, nougatfarbigen Eishäufchen.

Die Größere schleckte an ihrem Erdbeereis. »Ach, Charlotte«, meinte sie mitfühlend. »Da hast du zu arg mit deiner Waffel rumgefuchtelt!«

Die Mundwinkel des jüngeren Kindes wanderten nach unten. »Was mach ich denn jetzt?«, jammerte sie weinerlich.

»Komm her, Charlotte«, meinte Trude Schätzle, die Verkäuferin, die hinter der Eistheke stand. »Ich gebe dir noch einmal Eiscreme auf deine Waffel.«

»Ich hab aber kein Geld mehr.«

»Du bekommst sie umsonst.« Ruhig füllte Trude Schätzle die Waffel auf.

»Danke.« Charlotte machte einen artigen Knicks und naschte selig das Eis von ihrer Waffel.

Während die beiden eifrig schleckend die *Schokoladen-Welt* verließen, ging Viktoria an den beiden Glasvitrinen vorbei, in denen Kakaobohnen unterschiedlicher Anbauländer ausgestellt waren. Zu jeder Sorte gab es eine kleine Information hinsichtlich Herkunft und Geschmack. Eine größere Tafel beschrieb anhand bunter Illustrationen die einzelnen Arbeitsschritte der Verarbeitung, von der Ernte bis hin zur Verschiffung nach Europa. Die Weltkarte, auf denen die Hauptanbaugebiete in Südamerika und Afrika markiert waren, weckte Fernweh in Viktoria. Sie seufzte unwillkürlich. Eines Tages würde sie sich aufmachen und reisen, exotische Länder erkunden, die Welt mit eigenen Augen sehen. Ihre Zeit in Frankreich hatte ihr gezeigt, was es hieß, über den Tellerrand hinauszublicken und sich auf ganz neue Menschen und Erfahrungen einzulassen. Stuttgart, das war ihr schon jetzt bewusst, würde ihr auf Dauer zu eng werden.

»Guten Abend, Fräulein Rheinberger!« Trude Schätzle, die schon seit vielen Jahren im Rothmannschen Schokoladenladen angestellt war, kam hinter der Eistheke hervor. »Ich hatte gar nicht bemerkt, dass Sie hier sind.«

»Sie waren ja auch beschäftigt«, antwortete Viktoria lächelnd.

»Ach, die beiden Mädchen. Die kommen beinahe jeden

Tag vorbei«, meinte die Verkäuferin. »Auch wenn sie sich nicht immer ein Eis oder etwas Süßes leisten können.«

»Ich würde bestimmt auch regelmäßig vorbeischauen, wenn ich noch ein Kind wäre«, gab Viktoria zu. »Die Verlockung ist einfach zu groß.«

»Sie *sind* als Kind regelmäßig zum Naschen hergekommen!« Die Verkäuferin zwinkerte ihr wissend zu.

Viktoria schmunzelte. Dann zeigte sie auf einen runden Verkaufstisch, auf dem die Neuheiten der Schokoladenfabrik präsentiert wurden. »Darf ich Ihnen etwas zeigen, Frau Schätzle?«

»Ja, gerne!«

Sie traten an den Tisch. Viktoria legte eine Kladde ab, die sie vom Büro mitgebracht und unter ihren Arm geklemmt hatte, nahm anschließend eine Papiertüte aus ihrer Handtasche und stellte sie zu den hübsch arrangierten Schokoladendegustationen.

»Was ist denn das?«, fragte Trude Schätzle.

»Packen Sie es aus!«

Neugierig holte die Verkäuferin einige Pralinés aus der schmucklosen Verpackung. Dann sah sie Viktoria fragend an. »Sie sehen recht schlicht aus.«

»Sind dabei aber raffiniert und außergewöhnlich. Lavendelpralinés.«

»Haben Sie die aus Frankreich mitgebracht?«

Viktoria nickte. »Ich würde sie gerne ins Sortiment aufnehmen, aber meine Mutter befürchtet, dass die Stuttgarter sie nicht mögen.«

»Darf ich versuchen?«, fragte Trude Schätzle.

»Natürlich. Probieren Sie nur!«

Die Verkäuferin nahm eine der hellbraunen Halbkugeln und biss vorsichtig hinein.

Viktoria beobachtete ihre Reaktion. Sie wusste genau, wie sich der Geschmack des Konfekts entwickelte, wie das üppige Aroma der Vollmilchschokolade einer dezenten Lavendelnote Platz machte, bevor sich beides zu einem harmonischen Gesamtklang verband.

Trude Schätzle ließ sich Zeit. »Das ist … sehr fein«, sagte sie dann. »Wirklich, so etwas habe ich noch nicht probiert.«

»Nicht wahr?«

»Ich denke, dass wir es gut verkaufen würden. Die Leute erwarten doch immer was Neues.« Sie steckte sich den Rest des Pralinés in den Mund. »Mhm. Köstlich. Und so, wie ich Sie kenne, Fräulein Rheinberger, werden Sie Ihre Mutter bald überzeugt haben.«

Viktoria lächelte zufrieden.

»Haben Sie noch einen Augenblick Zeit, Fräulein Rheinberger?« Trude Schätzle streifte die Finger an ihrer weißen Schürze ab. »Mir fällt gerade ein, dass ich etwas habe, das ich Ihnen unbedingt zeigen möchte.«

Ohne Viktorias Antwort abzuwarten, verschwand sie durch einen schmalen Durchgang im Hinterzimmer der *Schokoladen-Welt*. Dort konnten die Angestellten ihre Jacken und Taschen aufbewahren und sich während ihrer Pausen aufhalten.

Als sie zurückkehrte, hielt sie eine Tafel Schokolade in

der Hand. Die Verpackung war markant – hellgelb mit roter Aufschrift.

»Hier. Die hat mir meine Schwester aus der Schweiz mitgebracht, als sie letztens bei uns zu Besuch war. Es handelt sich um eine *weiße Schokolade.*«

»Weiße Schokolade?« Viktoria nahm ihr die Tafel ab. »Ah, interessant – von Nestlé.«

»Genau. Meine Schwester lebt in der Nähe von Cham in der Schweiz.«

»Davon hatten Sie mir früher schon einmal erzählt.«

»Probieren Sie bitte, Fräulein Rheinberger!«

Die Verpackung raschelte leise, als Viktoria sie öffnete. Zum Vorschein kam eine Schokoladentafel von milchig heller Farbe. Viktoria brach sich eine kleine Ecke ab und kostete. »Mhm.«

»Gut?«

»Ja. Sie schmeckt zwar nicht nach Schokolade, aber herrlich cremig und sahnig.«

Trude Schätzle wirkte zufrieden.

»Hat Ihre Schwester etwas davon gesagt, wie diese Schokolade hergestellt wird?«, wollte Viktoria wissen.

»Nein. Aber das werden Sie sicherlich bald herausfinden, Fräulein Rheinberger.«

Viktoria wickelte sorgfältig die Verpackung wieder um die Tafel. »Darf ich die Schokolade mitnehmen, Frau Schätzle? Ich würde sie Ihnen auch bezahlen.«

»Selbstverständlich dürfen Sie das. Und eine Bezahlung nehme ich nicht an.«

»Dann nehmen Sie die restlichen Lavendelpralinés mit nach Hause.«

»Nun hab ich zu danken.« Plötzlich wurde die Verkäuferin still. Dann seufzte sie tief. »Wie gut, dass Sie zu Hause sind, Fräulein Rheinberger. Seit Ihr Vater …«

»Ist schon gut, Frau Schätzle«, unterbrach Viktoria, die sofort einen Kloß im Hals spürte. »Natürlich bin ich nach Hause gekommen. Das ist doch selbstverständlich.«

»Sie bleiben in Stuttgart, gell, Fräulein Rheinberger?«

»Ja, ich bleibe.«

»Ich dachte nur – Ihr Vater war so stolz auf Sie, weil Sie in Frankreich gelernt haben. ›Wenn meine Vicky wiederkommt‹, hat er immer gesagt, ›dann wird sie mit ihren Ideen die ganze Fabrik umkrempeln‹.«

Viktoria schluckte. Noch war es unbegreiflich, dass ihr Vater sie niemals mehr in die Arme schließen würde.

»Ich muss weiter, Frau Schätzle.«

»Und ich schließe ab.« Die Verkäuferin sah auf die Uhr. »Es ist schon nach sieben.«

»Dann werde ich mich beeilen. Aber ich muss noch einige Bestände aufnehmen, in der alten Schwimmhalle.«

»Ach, die Schwimmhalle.« Trude Schätzle wirkte wehmütig. »Das waren noch Zeiten, als wir dort zum Schwimmen gehen konnten.«

»Sie ist ja auch erst seit gut drei Jahren geschlossen«, erwiderte Viktoria. »Ich weiß noch, wie schwer sich mein Vater und meine Mutter mit dieser Entscheidung getan hatten.«

»Das wussten wir alle. Trotzdem fanden wir es furchtbar schade.«

»Es war eine Kapitulation vor den Realitäten. Auf Dauer war ihr Unterhalt einfach zu teuer.«

»Immerhin. Ein paar Jahre haben wir sie genießen können. Andere Fabrikanten hätten so etwas niemals eingerichtet.«

»Meine Eltern wollten den Geist des neuen Fabrikbaus verwirklichen. Nachdem die alten Gebäude abgebrannt waren und sie ohnehin alles neu aufbauen mussten.«

»Was ihnen gelungen ist … aber wenn ich daran denke, dass Sie und Ihre Freundin damals fast umgekommen wären in dem Feuer …«

»Ohne Anton …« Viktoria schüttelte den Kopf. »Er hat uns gerettet.« Die Bilder der Katastrophennacht des Jahres 1926 suchten sie bis heute in ihren Träumen heim. »Am besten, wir denken nicht mehr daran.«

»Ja, Fräulein Rheinberger. Es ist alles gut ausgegangen und das ist das Wichtigste.«

»Das stimmt.« Viktoria nahm ihre Kladde vom Tisch und wandte sich zum Gehen. »Haben Sie noch einen schönen Abend, Frau Schätzle! Und kommen Sie gut nach Hause.«

ര

Ein eigenartiges Gefühl beschlich Viktoria, als sie die alte Schwimmhalle betrat. Sie versuchte, es zu verdrängen. Gewiss hatten sie die Erinnerungen an das schreckliche Feuer aufgewühlt. Doch was sollte ihr hier schon passieren, in dem riesigen Raum, der inzwischen als Lager für die Edelkakaosorten genutzt wurde? Außer ihr selbst, ihrer Mutter und dem Produktionsleiter hatte niemand Zutritt.

Gemeinsam hatten sie heute Morgen beschlossen, die aktuellen Vorräte zu überprüfen, da die Lieferungen von Edelkakaobohnen in den letzten Monaten unregelmäßig geworden waren. Deutschland hatte die Importe gedrosselt, angeblich, um sich von Auslandslieferungen unabhängig zu machen. Für Kakaobohnen allerdings gab es keine Alternativen außer den Importen aus Südamerika, Asien oder Afrika. Insbesondere die südamerikanischen Edelsorten waren für den feinen Geschmack der Rothmann Schokolade unverzichtbar. Folglich mussten sie noch genauer planen und die Bevorratung neu kalkulieren. Viktoria hatte sich bereit erklärt, diese Aufgabe zu übernehmen.

Sorgfältig schloss sie die schwere Eisentür hinter sich. Die Luft war mäßig warm und trocken und vom Aroma der lagernden Kakaobohnen durchzogen. Durch die schmalen Oberlichter fiel die Abendsonne nur gedämpft herein und erzeugte ein anstrengendes Halbdunkel. Viktoria schaltete die Beleuchtung ein und ließ ihre Augen durch die Halle wandern.

Sisalsäcke mit Kakaobohnen unterschiedlicher Provenienzen stapelten sich sowohl im einstigen Schwimmbecken als auch entlang der weiß gefliesten Wände. Die einzelnen Sorten waren mit Holzpaneelen voneinander abgetrennt und durch Schilder gekennzeichnet, sodass man sich sofort zurechtfand.

Viktoria öffnete ihre Kladde und zog einen kurzen Bleistift aus der Jackentasche ihres dunkelblauen Kostüms. Dann stieg sie die vier Stufen in das einstige Schwimmbecken hinab und begann dort mit ihrer Arbeit.

Der Arriba-Kakao aus Ecuador zählte zu den hochwertigen Sorten. Viktoria öffnete einen der Säcke und ließ die hellbraunen, rundlichen Bohnen durch ihre Finger gleiten. Waren die Bohnen gleichmäßig, von der richtigen Form und Farbe? Hatte sich die Kakaomotte eingenistet oder Schimmel gebildet? Bei den hier lagernden Sorten war die Qualitätskontrolle schon erfolgt, deshalb verzichtete Viktoria darauf, einige Bohnen durchzuschneiden, um die Kerne genauer zu prüfen. Sie wusste, dass die des Arriba dunkelbraun waren und je nach Lichteinfall schwach violett schimmerten. Und je dunkler der Kern, desto besser war die Qualität des Kakaos.

Langsam ließ sie die Bohnen zurück in den Zentnersack gleiten und zählte die Säcke. Zwanzig Stück zu je einem Zentner – das würde nicht mehr lange reichen.

Sie ging weiter zu den Sorten aus Venezuela: Chuao, Marakaibo, Puerto Cabello und Caracas. Alle gehörten zu den weltweit teuersten Kakaoklassen und hier waren die Bestände auf ein bis zwei Zentnersäcke geschrumpft. Gleich morgen würde sie in Hamburg die bereits vor Wochen getätigten Bestellungen anmahnen.

So arbeitete sie sich durch die Lagerbestände, sah hin und

wieder in die Säcke, notierte Besonderheiten. Sie war so konzentriert, dass sie nicht merkte, wie der Abend fortschritt. Erst ein leises Rascheln ließ sie aufmerken.

Sofort waren ihre Sinne geschärft. Sollten sich hier Mäuse oder, schlimmer noch, Ratten eingenistet haben? Sie lauschte eine Weile, doch es blieb alles still. Kopfschüttelnd nahm Viktoria ihre Arbeit wieder auf. Vielleicht ein Luftzug, denn die Lagerräume wurden über ein eigenes Rohrsystem mit Filtern stets gut belüftet.

Etwa eine Viertelstunde später war Viktoria am Ende ihrer Bestandsaufnahme angelangt und machte sich auf den Weg zur Tür.

Da fiel ihr der Schatten auf. Nicht der eines Nagetiers, sondern ein menschlicher Umriss. Er glitt über die Wand und verschwand in einer Ecke des Raums.

Viktoria stockte der Atem. Inzwischen war sicherlich niemand mehr in den Lagerräumen, der ihr zu Hilfe kommen könnte, wenn ihr etwas zustieße. Und die Spätschicht in der Produktion würde sie nicht hören, dafür waren die Maschinen zu laut. Allenfalls, wenn noch Kakaobohnen benötigt werden würden, fände sich ein Mitarbeiter hier ein. Doch da der Tagesbedarf an Kakaobohnen stets in einem separaten Raum bereitgehalten wurde, um von dort aus mit Förderbändern direkt an ihren Verarbeitungsort transportiert zu werden, war dies höchst unwahrscheinlich. Selbst ihre Mutter war heute schon außer Haus.

Viktoria bewegte sich langsam in Richtung der Eisentür, hoffend, dass ihre Sinne sie getäuscht hatten. Dabei umklammerte sie ihre Kladde, bereit, zuzuschlagen, falls sie angegriffen würde.

Plötzlich hörte sie ein Husten. Ein tiefes, röchelndes Geräusch. Jemand stöhnte.

Viktoria brach der Schweiß aus, aber dennoch hielt sie inne. So hörte sich niemand an, der einen Überfall oder Diebstahl plante. Wer auch immer sich in der alten Schwimmhalle versteckt hielt, er war in Not.

Langsam legte Viktoria die Kladde ab. »Ist da jemand?«

Keine Antwort.

Ihre Augen flogen über die hellen Wände, suchten die Stapel an Kakaosäcken ab.

Wieder dieses Husten, rasselnd, keuchend.

»Wo sind Sie?« Vorsichtig begann Viktoria, den Raum abzusuchen. Heftige Atemgeräusche wiesen ihr schließlich den Weg zu einer Nische, in der die Sackkarren standen, mit denen die Kakaosäcke transportiert wurden.

»Nicht!« Die männliche Stimme klang schwach und brüchig. »Ich bin … morgen weg.«

»Und wer sind Sie?« Viktoria spähte in die dunkle Ecke hinein. »Ich möchte Ihnen helfen.«

»Nein, nicht …«

Und dann sah sie ihn. Er hatte sich in eine Ecke gedrückt, als wolle er mit seiner Umgebung verschmelzen. Der Blick, mit dem er ihr begegnete, war flackernd und voller Angst. Er war bleich und ausgemergelt und zitterte am ganzen Leib. Sein Haar war geschoren worden und wuchs unregelmäßig nach, die Kopfhaut war voller Wunden.

»Sie brauchen einen Arzt!«, rief sie erschrocken.

»Nein …«, flüsterte er. »Man darf mich nicht finden.«

Je länger Viktoria den kauernden Mann betrachtete, desto sicherer war sie sich, ihn zu kennen. »Was auch immer geschehen ist – ich werde Ihnen helfen. Dazu muss ich aber wissen, wer Sie sind.«

Er schwieg.

»Bitte«, insistierte Viktoria.

Mit einer Geste der Verzweiflung fuhr er sich schließlich über die Augen.

»Ich bin …« Er hustete. »Ich bin Robert Fetzer. Mathildas Vater.«

10. KAPITEL

Eine Stunde später im Küchentrakt der Rothmann-Villa

»Fräulein Rheinber…!«

»Pssst, Gerti. Nicht so laut.«

»Aber, Fräulein Rheinberger«, sagte die Köchin nun im Flüsterton. »Warum schleichen Sie sich denn hier zum Hintereingang herein?«

»Das erkläre ich Ihnen gleich.« Viktoria sah sich in der Küche um, konnte aber keine Spur der anderen Dienstboten entdecken. »Wer ist noch im Haus?«

»Theo ist unterwegs, Besorgungen machen. Tine deckt im Speisezimmer. Dora ist bei ihr. Ihre Mutter ist im Arbeitszimmer.«

»Ist mein Bruder da?«

»Nein. Er ist weggefahren.«

»Das ist schlecht«, meinte Viktoria. »Gerti – ich habe ein Problem.«

»Sie? Um Himmels willen!«

»Schschscht.« Viktoria legte den Zeigefinger an die Lippen, weil die Köchin in ihrer Aufregung wieder etwas lauter geworden war. »Ich muss jemanden in Theos Zimmer bringen.«

»Wie bitte?«

»Ich habe … Robert mitgebracht.«

»Wen?«

»Den Robert. Sie wissen schon. Mathildas Vater.«

»Den *roten* Robert?« Ungläubigkeit und Entsetzen standen der Köchin ins Gesicht geschrieben. »Ich dachte, den hätten sie eingesperrt, weil er doch ein Kommunist ist.«

»Ich erzähle Ihnen alles, aber zuerst müssen Sie mir helfen.«

Die Köchin schüttelte zwar energisch den Kopf, meinte aber dann: »Gut, ich pass auf, dass niemand etwas mitbekommt. Wie lange brauchen Sie?«

»Zehn Minuten. Nein … eher fünfzehn«, flüsterte Viktoria und machte sich sofort auf den Weg zurück zu ihrem Automobil, das sie in die Garage gefahren hatte.

»Kommen Sie«, sagte sie leise zu Robert Fetzer, der auf der Rückbank lag. »Ich bringe Sie in Theos Zimmer. Dann können wir besprechen, wie es weitergehen soll.«

Robert Fetzer richtete sich mühsam auf. Seine Augen wirkten glasig.

Viktoria reichte ihm ihre Hand, aber anstatt diese zu nehmen, stützte er sich keuchend auf seine Unterarme. Dann nahm er die letzten Kräfte zusammen und schob sich aus dem Wagen.

Gebeugt folgte er Viktoria über den Kiesweg zum Lieferanteneingang, dann durch die Küche über den Flur des Küchentrakts bis zu Theos Zimmer, das dieser schon seit Jahrzehnten bewohnte.

Mit einem leisen Seufzen schloss Viktoria vorsichtig die Tür und lehnte sich dagegen. »Gott sei Dank.«

»Ich muss … Ihnen wohl dankbar sein, Fräulein Rheinberger.« Robert Fetzer unterdrückte ein Husten.

»Das wäre angebracht.« Sie holte tief Luft. »Ich muss Sie dringend bitten, sich ganz ruhig zu verhalten, bis wir eine Lösung haben, wie es mit Ihnen weitergehen soll. Im Haus ist ein neues Hausmädchen, Tine. Wir sind uns nicht sicher, welcher Gesinnung sie anhängt. Auf jeden Fall ist es besser, wenn sie nicht erfährt, dass Sie hier sind.«

Robert nickte und zeigte mit zittriger Hand auf einen schmalen Holzstuhl, der in einer Ecke der schlicht, aber wohnlich eingerichteten Kammer stand. »Darf ich …?«

Viktoria sah, dass er wieder in sich zusammensank, stieß sich rasch von der Tür ab und packte ihn am Oberarm. Sie deutete auf Theos Bett: »Legen Sie sich doch hin.«

Robert Fetzer schüttelte den Kopf.

»Jetzt haben Sie sich nicht so. Wenn Sie mit einem lauten Knall vom Stuhl fallen, ist wirklich niemandem geholfen.«

Robert Fetzers Augen verengten sich. Es war ihm sichtlich zuwider, sich von ihr Anweisungen geben zu lassen, doch sein Zustand ließ ihm keine Wahl. Noch einmal sammelte er seine Kräfte, schüttelte ihre Hand ab, schleppte sich die wenigen Schritte bis zu Theos Bett und legte sich erschöpft hin.

»Gut.« Viktoria wandte sich zum Gehen. »Ich lasse Sie jetzt allein. Später bringt Ihnen Gerti etwas zu essen. Und dann sehen wir, wie es weitergeht.«

൭

Robert war kalt. Immer wieder überlief ihn ein Zittern. Er versuchte zu schlafen, fand aber keine Ruhe. Daher lauschte er auf die Geräusche im Haus, die ihm aus fernen Tagen noch eigenartig vertraut waren. Wie lange war es her, dass er hier als Laufbursche gedient hatte? Mehr als dreißig Jahre mussten es sein.

Er legte sich eine Hand über die Stirn und schloss die Augen.

Sich den Herrschaften hier anzuvertrauen, war wahnwitzig. Wer wusste schon, auf welcher Seite die standen. Wenn es um ihre Vorteile ging, waren sie doch alle gleich, die Kapitalisten. Aber in Stuttgart, nein, im ganzen Land fand man kaum mehr sichere Verstecke. Einer wie er fiel auf, gezeichnet durch die Jahre im Lager und im Gefängnis. Ein Wunder, dass ihm die Flucht geglückt war, zusammen mit diesem Doktor Ackermann, dem Zeitungsmenschen, mit dem man ihn vom Gefängnis in Welzheim nach Dachau hatte verlegen wollen. Auf freier Strecke war ihr Transport angehalten worden, es hatte einen Tumult gegeben, dann hatte man Ackermann aus dem Wagen gezogen. Robert war hinterhergestolpert und einfach gerannt. Weg, nur weg. Erst in einem Waldstück war er stehen geblieben, mit rasendem Herzen und schmerzender Lunge, und hatte ängstlich gelauscht, ob ihm jemand gefolgt war.

Doch es war niemand hinterhergekommen. Er war allein gewesen. Und – frei.

Wer auch immer hinter diesem Überfall gesteckt hatte, Ackermanns Helfer oder sonst irgendwer – er würde es wohl nie erfahren.

Frei!

Die Ungeheuerlichkeit dieser Erkenntnis war ihm erst nach und nach bewusst geworden, unterwegs, als er sich auf müden Beinen in Richtung Nordwesten geschleppt hatte. Die Sonne war sein Kompass gewesen, Hunger und Durst quälende Begleiter. Bis er sicher wusste, wo er sich geografisch befand, hatte es eine ganze Weile gedauert. Ulm war nicht weit gewesen, das hatte ihm Hoffnung gegeben, bis nach Hause laufen zu können. Was folgte, war eine einzige Quälerei gewesen. Er hatte seine schwache Konstitution verflucht und die noch immer spürbaren Folgen seiner Zitterkrankheit aus der Zeit des großen Krieges. An manchen Tagen hatte er kaum einen Kilometer geschafft.

Hin und wieder war er auf Bauernhöfe gestoßen, deren Bewohner zwar wortkarg und abweisend gewesen waren, aber dennoch meistens einen Kanten Brot oder einen Becher mit Milch für ihn übrig gehabt hatten. Die Nächte hatte er auf dem Waldboden verbracht, nur hin und wieder hatte er sich als heimlicher Gast auf einen Heuboden gewagt. Er konnte von Glück sagen, dass es sommerlich warm gewesen war. Im Winter hätte er diesen Marsch nicht überlebt.

Robert wandte den Kopf und hob die Lider. Inzwischen hatte die Dämmerung eingesetzt. Er war wohl doch eingenickt.

Das Kissen unter seinem kahlen Schädel fühlte sich so zart und weich an. Nach all den Jahren in den Lagern Heuberg, Kuhberg und zuletzt im Welzheimer Gefängnis wusste er gar nicht mehr, wie es war, in einem richtigen Bett zu liegen, anstatt auf einer brettharten Pritsche.

Schon wollten ihm die Augen wieder zufallen, als er auf dem Flur plötzlich Schritte vernahm. Alarmiert setzte er sich auf und lauschte.

War er hier in Sicherheit? Oder würden die Rothmanns ihn ausliefern? Leises Lachen, eine Tür schlug zu. Dann war es wieder still.

Robert atmete erleichtert aus und ließ sich zurück in die Kissen sinken.

Die Schokoladenfabrik war seine letzte Zuflucht gewesen, denn die Wohnung in Stuttgart-Ostheim, in der er mit seiner Frau Luise zuletzt gewohnt hatte, war mittlerweile an eine fremde Familie vermietet. Auch die meisten seiner Mitstreiter aus KPD-Zeiten waren nicht mehr aufzufinden – einige hatten sich ins Ausland abgesetzt, die meisten aber waren interniert worden, so wie er. Ja, die Kommunisten hatte man als Erstes geholt, damals, dreiunddreißig, nachdem die Nationalsozialisten an die Macht gekommen waren.

Das Stuttgart, das er kannte, gab es nicht mehr. Und einen Platz für ihn erst recht nicht. Einige Tage lang hatte er sich im Keller seines einstigen Arbeitgebers, der Zigarettenfabrik

Waldorf-Astoria, verkrochen, die inzwischen liquidiert worden war. Die häufigen Durchsuchungen von Häusern in der Nähe hatten ihn jedoch weitergetrieben. Er war in den Weinbergen umhergeirrt, hatte nachts in Parks geschlafen. Längst hatte Verzweiflung das Gefühl von Freiheit verdrängt. Er war gefangen, ohne eingesperrt zu sein.

Wieder Schritte.

Verflucht. Was ging da vor? Er musste raus hier, verschwinden, bevor sie ihn fanden und mitnahmen.

Er richtete sich auf und schob die Beine über die Bettkante. Gerade, als er aufstehen wollte, öffnete sich mit einem heftigen Schlag die Tür.

»Robert? Meine Güte, Robert!«

»Luise?« Robert begann wieder zu zittern.

»Wie kannst du es wagen!«

»Wie … was …?«

»Du kommst also einfach hierher!« Luise Fetzer war außer sich. »Nach all den Jahren! Wo du doch immer so gegen die Rothmanns gewettert hast, erwartest du jetzt, dass sie dich hier verstecken! Weißt du, wie gefährlich das ist? Für das ganze Haus?«

»Ich …«

»Verachtet und beschimpft hast du sie! Während du deinen *Klassenkampf* …«, sie betonte das letzte Wort, musste dann plötzlich schlucken und fuhr erst nach einem tiefen Atemzug fort, »… geführt hast, in Moskau warst und alles darangesetzt hast, die Zukunft unserer Tochter zu zerstören, haben wir hier immer eine Zuflucht gehabt!«

»Bitte, Luise, seien Sie leiser«, beschwichtigte nun Viktoria Rheinberger, die hinter seiner Frau ins Zimmer gekommen war. »Wir sollten keine Aufmerksamkeit erregen.«

»Ohne die Rothmanns …«, wisperte Luise nun gedämpft, aber nicht weniger erregt, »ich … ich weiß nicht, was aus uns geworden wäre. Und als sie dich geholt haben, Robert, da wäre ich auf der Straße gestanden, wenn ich hier nicht ein Zimmer bekommen hätte.«

»Luise …« Robert hatte das Gefühl, als zöge es ihm den Boden unter den Füßen weg.

»Ach, Robert. So viele Jahre habe ich ausgeharrt an deiner Seite, obwohl ich dieses Leben niemals haben wollte! Versammlungen, Heimlichkeiten, immer gegen alles wettern. Das ist doch kein Zustand.«

»Luise, ich denke, es ist genug«, hörte er eine weitere Stimme sagen und erkannte die Haushälterin Dora, die im Türrahmen stand. Sie wechselte rasch einen Blick mit Viktoria Rheinberger, dann musterte sie ihn scharf, kam näher und fasste Luise vorsichtig am Arm. »Kommen Sie, Luise …«

Luise wehrte sich nicht gegen die Berührung. Doch bevor sie ging, wandte sie sich noch einmal zu ihm um: »Eines noch: Sollte es irgendwann einmal möglich werden – dann lasse ich mich von dir scheiden!«

11. KAPITEL

Die Klavier- und Flügelmanufaktur A. Rothmann,
tags darauf

»Es war gut, dass du gleich angerufen hast!« Anton Rothmann führte Judith durch einen langen Flur in sein Büro, das über den Produktionsräumen seines Klavierbauunternehmens in der Stuttgarter Augustenstraße lag.

»Ich bin wirklich froh, dass du mir hilfst, Anton.« Judith ging voraus in das Büro ihres Bruders, das schlicht und geschmackvoll im Stil des Bauhauses eingerichtet war. Sie nahm auf einem der bequemen Freischwingerstühle Platz, die einen rechteckigen Konferenztisch mit Glasplatte einrahmten, und legte ihre Unterlagen ab. »Jeden Tag kommt etwas Neues auf mich zu.«

»Das kann ich mir gut vorstellen. Möchtest du etwas trinken?«

»Ein wenig Wasser, bitte.«

»Gern.« Anton schenkte ihr aus einer Karaffe ein und stellte das Glas vor sie auf den Tisch. Dann setzte er sich zu ihr. »Wenn es dir recht ist, schaue ich mir die Vorgänge gleich an«, meinte er mit Blick auf die Dokumente.

»Ja, natürlich.« Sie schob ihm die Mappe der SweetCandy Ltd. hin und schwieg, während er die Dokumente durchging. Hin und wieder nippte sie an ihrem Wasserglas und betrachtete ihn aufmerksam von der Seite.

Vor Kurzem hatte er seinen vierzigsten Geburtstag gefeiert. Erste graue Strähnen zogen sich durch sein dunkles Haar, am Hinterkopf wurde es allmählich lichter. Wo war nur die Zeit geblieben?

Judith und ihre jüngeren Brüder waren einander eng verbunden. Das mochte daran liegen, dass sie, die dreizehn Jahre Ältere, den Zwillingen die Mutter ersetzt hatte, nachdem Hélène Rothmann weggegangen und nicht mehr wiedergekommen war. Karl, der andere Zwilling, lebte mit seiner Familie seit einigen Jahren in Berlin. Gemeinsam mit seiner Frau Elise führte er dort eine kleine Manufaktur für Möbel im Bauhausstil. Trotz der Entfernung bestand ein intensiver Kontakt nach Stuttgart, sie schrieben und telefonierten regelmäßig.

Zu Anton, der mit seiner Frau Serafina und dem achtjährigen Sohn Emil in einer Wohnung in der obersten Etage der Klavierfabrik wohnte, war die Beziehung ohnehin eng. Beide Unternehmen, die Schokoladen- und die Klavierfabrik, hatten sich stets unterstützt, und Anton war der Erste gewesen, der Judith nach Victors Tod beigesprungen war.

»Gut, das hier ist eindeutig. Ich kenne diesen Vorgang«, meinte Anton nun, und Judith richtete ihre Aufmerksamkeit wieder auf die Akten. »Victor hatte sich mit mir beraten, als sich diese Investitionsmöglichkeit aufgetan hat, und ich habe ihm damals unseren Anwalt in New York empfohlen, John Carollo. Der Mann ist wirklich exzellent, er betreut auch die Dependance meiner Klavierfabrik in New York.«

»Von John Carollo hat er auch mir gegenüber immer wieder gesprochen. Aber ich habe mich nicht weiter in diese Sache eingearbeitet.«

»Musstest du ja auch nicht. Victor hat mich hinzugezogen, weil ich Erfahrung mit den USA hatte.«

»Victor hat der SweetCandy Geld geliehen.«

»Ja, für eine sehr lukrative Verzinsung.« Anton nickte und zog einige Verträge heraus. »Und zwar … achtzigtausend Reichsmark. Das war …«, Anton blätterte um, »… im August 1932. Hier ist der Kreditvertrag mitsamt der Werte in Dollar.«

»So habe ich es auch verstanden.«

»Die Besonderheit dabei ist, dass die SweetCandy eine Unternehmensbeteiligung als Sicherheit hinterlegt hat«, erläuterte Anton.

»Das heißt, wenn der Kredit nicht zurückgezahlt werden kann, gehört uns ein Teil der SweetCandy«, stellte Judith fest.

»Genau. Das Darlehen kann gewandelt werden, das heißt, es besteht die Option, die Darlehensschuld samt Zinsen in eine Unternehmensbeteiligung umzuwandeln, wenn eine Rückzahlung nicht erfolgt.«

»Wie ich gesehen habe«, fuhr Judith fort, »sind die Zinsen für das letzte Jahr nicht gezahlt worden. Möglicherweise steckt SweetCandy in Zahlungsschwierigkeiten.«

»Daran habe ich auch gedacht.« Anton sah noch einmal in die Papiere. »In diesen Vertrag ist eine Frist von vier Jahren eingearbeitet. Victor hat das Darlehen also auf vier Jahre gewährt. Mit dem Ende der Frist könnt ihr entweder den Kredit zurückfordern oder eure Ansprüche geltend machen.«

»Das heißt, dass *wir* entscheiden, ob wir die Rückzahlung des Kredits möchten oder eine Beteiligung am Unternehmen.«

»Ganz genau.«

»Angenommen, ich würde die Option ausüben – ist es richtig, dass ich dann die Mehrheit an der SweetCandy habe?«

Anton blätterte noch einmal durch den Vertrag. »Also hier steht ... dass ihr einundfünfzig Prozent der Anteile an der SweetCandy haltet – wenn ihr die Option ausübt. Damit hättet ihr die Mehrheit.«

Judith nickte. »Und die einzuhaltende Frist endet am einunddreißigsten August dieses Jahres, nicht wahr?«

»So ist es.«

»Dann müssen wir jetzt entscheiden, was wir tun möchten.«

»Genau. Und um das zu tun, müssen wir so schnell wie möglich feststellen, wie SweetCandy zu bewerten ist. Ich nehme noch heute Kontakt zu unserem Anwalt in New York auf.«

»Andrew Miller wird am fünften August hierherkommen.«

»Wie bitte? Er kommt nach Stuttgart?«

»Er hat telegrafiert.«

Anton rieb sich nachdenklich über die Stirn. »Dann möchte er ganz sicher verhandeln. Wenn er sich eigens aus den Staaten auf den Weg hierher macht … hat er dir mitgeteilt, worum es genau geht?«

»Nein. Vermutlich geht er davon aus, dass wir informiert sind.«

»Oder er hofft, dass du es nicht bist. Er möchte sich sicherlich in eine gute Position bringen.«

»Ich habe wirklich keine Ahnung. Victor scheint ihm jedenfalls vertraut zu haben, sonst hätte er sich niemals auf dieses Geschäft eingelassen.«

»Davon gehe ich auch aus. Dennoch. Du weißt selbst, dass jeder, der ein Unternehmen führt, im Zweifel seine eigenen Interessen verfolgen muss. Das tun wir alle. Ich möchte auch kein Gespenst an die Wand malen, aber wenn er persönlich bei dir vorstellig wird, dann hat er vermutlich triftige Gründe dafür.«

Judith sah ihn unsicher an. »Vielleicht, weil Victor gestorben ist …«

»Diese Sache könnte man problemlos über Anwälte regeln.«

»Dann werden wir wohl abwarten müssen, was Andrew Miller uns zu sagen hat.«

»Lass mir die Verträge hier, Judith, ich sehe sie noch mal in Ruhe durch.«

»Das wäre mir recht, Anton. Ach, und es gibt noch einige Dinge, die gerade aus dem Ruder laufen …«

»Erzähl.«

Judith hatte gerade Luft geholt, als es an der Tür klopfte. »Anton?«, sagte eine Frauenstimme.

»Stört es dich, wenn Serafina dabei ist?«, fragte ihr Bruder.

»Nein, ganz im Gegenteil!«

Anton stand auf und öffnete die Tür.

»Ich habe Butterbrezeln mitgebracht!« Serafina balancierte einen Korb ins Büro. »Es ist Mittag.«

Der feine Duft des Laugengebäcks erfüllte den Raum und Judith fühlte sich sofort wohler. Mit ihrer Schwägerin und den Brezeln schwappte zugleich eine wunderbare Welle Lebensfreude herein. Genauso wie damals vor gut zehn Jahren, als Serafina wie ein Wirbelwind aus Berlin in die Schokoladenvilla gefegt war und ihnen einige aufregende Wochen beschert hatte. Dass Anton sie schließlich geheiratet hatte, war nicht nur für ihn eine gute Entscheidung gewesen. Mit ihrer klugen und zupackenden Art bereicherte sie die ganze Familie.

Serafina hatte den Korb mitten auf den Tisch gestellt und war noch einmal hinausgegangen, um Kaffee zu holen. Zehn Minuten später saßen sie schließlich alle um den Konferenztisch.

Judith biss in ihre Brezel, die außen schön kross und innen weich war, so wie es sein musste. Die Butter schmolz auf der Zunge. »Das ist genau das Richtige, Serafina«, sagte sie zu ihrer Schwägerin. »Ich glaube, ich esse im Augenblick zu wenig.«

»In der Tat, Judith. Wir machen uns Sorgen um dich.«

»Das müsst ihr nicht. Vicky hat sich an einer Art Schokoladencreme versucht, die man auf ein Brot streichen kann. Ich werde sie einmal mit einem Stück Brezel probieren.«

»Wirklich? Schokolade auf einer Brezel?« Serafina war skeptisch.

»Ich könnte mir das gut vorstellen.« Judith schnippte ein paar Brezelkrümel von ihrem fein gestreiften, weiß-grauen Sommerkleid. »Aber … was ich euch sagen wollte: Ortsgruppenleiter Weber ist bei uns vorstellig geworden.«

»Ein furchtbarer Mensch«, erwiderte Anton. »In welcher Angelegenheit?«

»Er möchte, dass wir die Schokoladenfabrik verkaufen. An die Adler-Schokoladenwerke, die gerade stark expandieren.«

»Und sicherlich linientreu sind«, warf Serafina ein. »Allein der Name …« Sie zog die Stirn kraus.

»Ganz gewiss«, entgegnete Judith. »Seine Argumentation bezog sich aber vor allem darauf, dass Frauen in der Führung eines Unternehmens nichts zu suchen hätten.«

»Das wundert mich nicht.« Serafina klang verächtlich.

»Damit habe ich ehrlich gesagt gerechnet«, stellte Anton fest. »Dass die Nationalsozialisten die Frauen lieber hinter dem Herd sehen als in der Wirtschaft, geben sie schließlich überall kund. Ich hätte nur nicht gedacht, dass sie derart schnell auf die neuen Verhältnisse in der Schokoladenfabrik reagieren.«

»Ich werde mich nicht darauf einlassen.«

»Aber wirst du es schaffen, ihnen auf Dauer Paroli zu bieten?«, zweifelte Anton. »Am Ende erfinden sie irgendeine Sache, die sie dir anhängen können, und du landest womöglich sogar hinter Gittern.«

Judith legte die Brezel weg. »So weit gehen die nicht.«

»Denen ist alles zuzutrauen.«

Judith stützte den Kopf in beide Hände. »Was schlägst du vor, Anton?«

»Ich denke, dass du zunächst abwartest, was sich mit der SweetCandy ergibt. Überlege dir diese Option. Ein Standbein in New York wäre derzeit nicht das Schlechteste.«

»Dann müssten wir aber jemand finden, der dort unsere Interessen wahrnimmt.«

»Richtig. Vielleicht eines deiner Kinder?«

Antons Vorschlag traf Judith unvorbereitet. Ihre Kinder nach Amerika schicken? Jetzt? »Martin sieht seine Bestimmung in der Musik«, argumentierte sie nach einer kurzen Gedankenpause. »Er wird sicherlich bald wieder ein Engagement im Ausland annehmen.«

»Martin hat einen anderen Weg vor sich, das sehe ich ähnlich wie du. Vicky?«

»Vicky fehlt doch noch Erfahrung! Wie sollte sie eine so große Aufgabe stemmen?«

»Unterschätze deine Tochter nicht, Judith«, warf Serafina ein. »Ich traue ihr einiges zu.«

»Nun ja, im Moment ist sie zu jung. Bis sie dort tatsächlich einsteigen kann, wird noch einige Zeit ins Land ziehen«, gab Anton Judith recht. »Allerdings geht es im Moment erst einmal nur darum, unterschiedliche Möglichkeiten durchzuspielen.«

»Ich werde … darüber nachdenken.« Judith rieb sich die Schläfen. Es gab so vieles, was sie entscheiden musste.

»Gut.« Anton stand auf, ging ans Fenster und sah auf die Augustenstraße hinab. »Da draußen wirkt alles so unbeschwert«, sagte er leise. »Die Leute gehen ihrem Tagwerk nach, so wie immer. Dabei wissen wir nicht, wohin Deutschland treibt.«

Judith trank ihr Glas aus. Sie musste seine Argumente ernst nehmen. Vielleicht waren Andrew Miller und seine amerikanische Firma nicht nur eine weitere Belastung, sondern auch eine neue Möglichkeit. Sie stand auf. »Ich verabschiede mich. Im Büro wartet einiges an Arbeit auf mich.«

»Das kann ich mir vorstellen.« Anton drehte sich um, kam auf sie zu und nahm sie in den Arm. »Vergiss nicht. Wir sind für dich da.«

»Immer«, bekräftigte Serafina.

12. KAPITEL

Das Stuttgarter Mineralbad Berg,
am 1. August 1936

»Es ist wie ein Bad in Champagner«, meinte Viktoria und ließ sich wohlig in das warme, kohlensäurehaltige Wasser gleiten, welches ein angenehmes Prickeln auf der Haut erzeugte.

»Allerdings!«, antwortete Serafina neben ihr am Beckenrand. Sie hatte die Augen geschlossen und schien vor sich hin zu dösen. »Auch wenn ich finde, dass der Effekt im Winter noch spektakulärer ist als im Sommer.«

»Auf der einen Seite hast du recht. Auf der anderen ist es einfach herrlich, im Freien zu baden!« Viktoria machte ein paar langsame Schwimmzüge, drehte sich auf den Rücken und blinzelte in den blauen Nachmittagshimmel, an dem träge einige Schäfchenwolken dahinzogen. Das Leben könnte so einfach sein. Sie genoss die Leichtigkeit ihres vom Wasser getragenen Körpers genauso wie den sanften Widerstand, den das nasse Element ihren Bewegungen entgegensetzte. Man konnte gar nicht anders, als zur Ruhe zu kommen. Und genau danach sehnte sie sich im Augenblick, denn die vergangenen Tage hatten nichts als Aufregung und Anspannung gebracht.

Glücklicherweise war es nicht schwer gewesen, Serafina zu einem Besuch im Mineralbad zu überreden. Schon seit Kindertagen waren sie gerne gemeinsam zum Schwimmen gegangen, denn Viktorias Mutter hatte durch die Arbeitsbelastung in der Firma nur selten Zeit gehabt etwas Derartiges mit ihr zu unternehmen.

Ein paar Wasserspritzer trafen Viktorias Gesicht. Noch im Umdrehen spritzte sie zurück und hörte Serafina leise lachen. »Wie früher!« Dass ihre Tante zehn Jahre älter war als sie, merkte man ihr nicht an. Serafina war schon immer für alle möglichen Späße zu haben gewesen. »Hast du dich denn schon eingelebt zu Hause, Vicky?«, fragte sie. »Schließlich warst du lange weg!«

In gemächlichen Zügen schwammen sie das große, nahezu quadratische Schwimmbecken hinunter, welches an allen vier Seiten von eingeschossigen Badekabinen aus Holz eingerahmt wurde.

»Ja und nein, ehrlich gesagt«, antwortete Viktoria. »Auf der einen Seite habe ich das Gefühl, nie weg gewesen zu sein. Auf der anderen ist mir vieles doch fremd geworden. Nicht so sehr zu Hause in Degerloch, aber die Stadt und die Menschen. Ja, und … Papa fehlt überall. Mutter ist völlig überlastet, denn sie muss sich um so vieles gleichzeitig kümmern. Und ich bin noch nicht genug eingearbeitet, um sie wirklich unterstützen zu können.«

»Sicherlich bist du ihr eine wichtige Hilfe.«

»Ich versuche mein Bestes.« Viktoria seufzte. »Aber wir haben noch ein ganz anderes Problem.«

»Möchtest du davon erzählen?«

»Deswegen wollte ich heute mit dir schwimmen gehen. Damit wir uns in Ruhe unterhalten können.« Sie hielt kurz inne. »Stell dir vor, bei uns ist Robert Fetzer untergetaucht, Mathildas Vater.«

»Was soll das heißen, untergetaucht?«

»Er versteckt sich bei uns.«

»Wie kann denn das sein? Er war doch im Gefängnis.«

»Irgendwie ist es ihm gelungen zu fliehen. Genaueres hat er bisher nicht erzählt.«

»Und weshalb versteckt er sich ausgerechnet bei euch?«

»Er hat wohl keinen anderen Ausweg mehr gesehen. Seine Frau lebt ja auch bei uns, seit ihr die Wohnung in Ostheim gekündigt wurde.«

»Das weiß ich. Dennoch – er hat euch doch richtiggehend gehasst. Als strammer Kommunist seid ihr ihm immer ein kapitalistischer Dorn im Auge gewesen.«

»Mir wäre auch lieber, er hätte sich eine andere Zuflucht gesu…« Viktoria verschluckte sich am Wasser und hustete.

Serafina berührte sie leicht am Arm. »Am besten, wir ziehen uns um. Es ist ohnehin bald Zeit zu gehen.«

Viktoria nickte, räusperte sich noch ein paarmal, und schwamm dann zum Ausstieg des Beckens voraus.

Sie verließen das Wasser und nahmen ihre Handtücher.

»Nun, es gibt es wohl keine schlüssige Erklärung dafür,

dass Robert Fetzer ausgerechnet bei euch Hilfe sucht«, nahm Serafina den Faden ihres Gesprächs wieder auf, während sie zu den Umkleidekabinetten gingen.

»Er hat versucht, sich in Stuttgart zu verstecken«, antwortete Viktoria, »aber er wurde immer wieder aufgescheucht. Als ich ihn im Lager gefunden habe, war er am Ende seiner Kräfte.«

»Er hat sich in der Schokoladenfabrik versteckt?«

»Ja, in der alten Schwimmhalle.«

»Und du hast ihn mit nach Hause genommen?«

»Was hätte ich denn tun sollen? In der Firma ist viel zu viel Betrieb. Über kurz oder lang hätte man ihn dort gefunden.«

»Über kurz oder lang finden sie jeden, Vicky. Darüber brauchen wir uns keine Illusionen zu machen.« Serafina öffnete die Tür zu einer der Umkleidekabinen. »Wir sehen uns gleich wieder.«

»Ja, bis gleich.« Viktoria zog sich ebenfalls in eine der Holzkabinen zurück und nahm ihre Badehaube ab. Eigentlich hätte sie noch Lust auf ein Luft- und Sonnenbad im Park gehabt, der dem Bad angeschlossen war. Die weitläufigen Rasenflächen inmitten eines alten Baumbestandes luden dazu ein. Heute allerdings war keine Zeit mehr dafür, und auch Serafina hatte angedeutet, noch etwas anderes vorzuhaben.

In einem hellgelben Sommerkleid und mit locker zusammengebundenem Haar trat Viktoria kurz darauf wieder in die Sonne hinaus.

Als sie zum Ausgang schlenderten, hakte Serafina sich bei ihr unter. »Wärst du damit einverstanden, dass ich Anton von dieser Sache mit Robert berichte, Vicky?«

»Natürlich.«

»Denn bei aller Nächstenliebe kann er nicht auf Dauer bei euch in Degerloch bleiben. Zumal euch der Ortsgruppenleiter bereits im Visier hat.«

»Woher weißt du das?«

»Deine Mutter war gestern bei uns. Sie hat in einigen Dingen Antons Rat gesucht und bei dieser Gelegenheit kam die Sprache auch auf den Weber. Von Robert Fetzer hat sie allerdings nichts gesagt.«

»Sie weiß nichts von ihm.«

Serafina stutzte. »Wie bitte?«

»Wir waren uns alle einig, dass es im Augenblick zu viel für sie ist.«

»Aha … nun ja, wenn sie Robert Fetzer bei euch entdecken, dann stehen wir mit Sicherheit alle auf ihrer Liste.«

Viktoria nickte. »Ich weiß. Deshalb habe ich dich ja ins Vertrauen gezogen.«

Inzwischen hatten sie die Neckarstraße erreicht und nahmen die Straßenbahn der Linie 21 zurück in die Stadt.

»Kommst du denn nachher mit zu Alois Eberle?«, fragte Serafina, als sie am Alten Postplatz ausstiegen. »Wir schauen uns dort die Eröffnungsfeier zu den Olympischen Spielen an.«

»Ach ja, Olympia! Das hatte ich ganz vergessen.« Viktoria schulterte ihre Tasche. »Eigentlich wollte ich noch einmal ins Büro. Auf meinem Tisch stapelt sich einiges an Arbeit.«

»Dann holen wir dich später ab. In etwa einer Stunde?«

»Ich sollte wirklich etwas tun.«

»Willst du tatsächlich im Büro sitzen, während ganz Deutschland die Olympiade feiert?«

Viktoria überlegte kurz. »Also gut. Holt mich ab. In einer Stunde.«

ಌ

Es war kurz nach drei Uhr, als Viktoria zum Tor der Schokoladenfabrik hinunterging. Serafina und Anton warteten dort bereits mit ihrem Sohn Emil.

»Ich freue mich, dass du mitkommst!«, Anton legte ihr den Arm um die Schultern. »Hast du deine Mutter nicht davon überzeugen können, diesen Nachmittag ebenfalls mit uns zu verbringen?«

»Ich habe es ihr angeboten, aber sie ist schon vor einer halben Stunde nach Degerloch zurückgefahren. Genauer gesagt hat Theo sie abgeholt.«

»Theo sollte eigentlich nicht mehr Auto fahren«, wandte Anton ein. »Das haben wir schon mehrmals mit ihm besprochen.«

»Du kennst ihn ja. Einmal in der Woche besteht er darauf, einen von uns zu kutschieren. Und da er sich ansonsten damit zufriedengibt, zusammen mit dem Gärtner den Park zu pflegen und in der Garage nach dem Rechten zu sehen, darf er uns hin und wieder chauffieren.«

»Eigentlich hätte er seinen Ruhestand verdient«, erwiderte

Anton. »Er sieht ja kaum mehr etwas. Und wenn er die Neue Weinsteige entlangschleicht, bildet sich hinter ihm eine kilometerlange Schlange.«

Beim Gedanken an dieses Bild musste Viktoria lächeln. »Er denkt nicht daran aufzuhören. Da muss er schon tot umfallen. Jeden Morgen sitzt er in aller Herrgottsfrühe bei Gerti in der Küche und lässt sich von ihr Kaffee und Hefezopf servieren.«

»Ja, die Gerti. Sie ist auch nicht mehr die Jüngste«, meinte Anton trocken.

»Aber noch voller Elan.« Serafina lachte. »Lasst uns gehen. Sonst fangen sie in Berlin ohne uns an.«

Der achtjährige Emil hüpfte munter voraus, als sie den Weg in die Hauptstätter Straße einschlugen, in der Alois Eberle lebte und arbeitete. Die drei Erwachsenen folgten ihm.

»Ich habe Anton von Robert erzählt«, sagte Serafina zu Viktoria.

»Es war wirklich allerhöchste Zeit, uns zu informieren, Vicky«, meinte Anton. »Du weißt doch, dass du auf mich zählen kannst.«

»Vielleicht hätte ich euch gleich Bescheid geben sollen. Aber …«

»Es ist nun nicht mehr relevant, Vicky.« Immer wenn Anton unter Anspannung stand, fiel er einem gerne ins Wort. »Jetzt ist der Fetzer nun einmal bei euch im Haus, und wir müssen sehen, dass wir ihn da wieder rausbekommen.« Er sah zu Viktoria. »Das war jetzt etwas salopp formuliert. Du weißt, wie ich das meine.«

»Natürlich.« Viktoria vertraute Anton blind. Als sie zehn Jahre alt gewesen war, hatte er sie und Mathilda aus den Flammen der brennenden Schokoladenfabrik gerettet, und noch heute fühlte sie sich in seiner Nähe sicher und geborgen. Er würde ihnen helfen, die richtige Entscheidung zu treffen.

»Und Judith weiß wirklich nichts von ihm?«, hakte er nach.

»Nein. Ich habe zwar ein schlechtes Gewissen, es ihr zu verheimlichen, aber sie hat ohnehin so viel um die Ohren, dass ich sie damit nicht auch noch belasten möchte.«

»Dann lassen wir es vorerst dabei.«

Sie erreichten Alois Eberles Haus und klingelten.

»Kommt nur rein«, begrüßte Alois sie herzlich. »Ich hab schon gedacht, ich müsst die Olympiade heute allein angucken.«

»Guten Tag, Onkel Alois!« Emil reichte dem alten Mann artig die Hand und verschwand im nächsten Augenblick in der Werkstatt.

»Und? Hast du deinen Fernsehapparat zum Laufen gebracht?«, fragte Anton, während sie dem Jungen folgten.

Alois runzelte die Stirn. »Na, net so recht …«

»Ist schon gut«, antwortete Anton in scherzendem Tonfall, »ich habe ehrlich gesagt auch nicht damit gerechnet, die Eröffnungsfeier heute in Ton *und* Bild verfolgen zu können.«

»In Bild net, in Ton schon.« Dass es Alois in seiner Erfinderehre kränkte, sein Husarenstück nicht fertiggebracht zu haben, war ihm deutlich anzumerken.

»Das macht doch nichts, Alois«, tröstete Serafina. »Dann genießen wir eben die Rundfunkübertragung.«

»Das liegt doch nicht an dir, Alois. Ich wette, du hast getan, was du konntest«, sagte Anton.

»Die schaffen es halt net, weiter als achtzig Kilometer um Berlin rum zu senden. Sapperlot!«, knurrte Alois. »Bei der nächsten Olympiade, ich schwör drauf, da hab ich hier Fernsehen!«

Die vier waren während des Gesprächs in die Werkstatt hinübergewechselt, wo Alois einige Stühle im Halbkreis um sein kombiniertes Rundfunk- und Fernsehgerät gruppiert hatte. Viktoria und Serafina setzten sich. Auf der Werkbank, die er ein wenig freigeräumt hatte, stand der Mostkrug, der zu Alois gehörte wie die Kakaobutter zur Schokolade.

Anton schenkte Serafina und Viktoria ein, reichte ihnen ihre Getränke und nahm sich anschließend selbst einen der blau glasierten Steingutbecher. Dann begab auch er sich an seinen Platz.

Alois nestelte an den Knöpfen des Rundfunkempfängers herum, bis klar und deutlich der *Olympia Weltsender* durch die Werkstatträume tönte: *»… mehr als hunderttausend Zuschauer aus fern und nah haben sich hier im neu gebauten Olympiastadion versammelt und warten auf das Erscheinen des Führers. Über uns kreist der Zeppelin Hindenburg. Was für ein Tag, den wir heute erleben dürfen, alle Welt blickt nach Berlin! Jetzt! Soeben geht unser Führer Adolf Hitler durch den Glockenturm … dort wird er vom Internationalen Olympischen Komitee und dem Olympischen Organisations-Komitee begrüßt …«*

Fanfaren ertönten. Viktoria wurde klar, dass ihr in der Hektik der vergangenen Wochen die Größe der Olympischen Spiele gar nicht richtig bewusst geworden war. »Hunderttausend Zuschauer?«, fragte sie ungläubig in die Runde.

»In der Tat«, antwortete Anton. »Großereignisse liegen unserem *Führer.*« Das letzte Wort hatte einen spöttischen Unterton.

»Für ihn hätten es sicherlich noch ein paar Zuschauer mehr sein dürfen«, fügte Serafina an und verzog verächtlich das Gesicht.

»… schreitet der Führer durch das Spalier der Aktiven der Völker auf dem Maifeld hin zum Stadion … der große Moment steht kurz bevor …«

»Auf jeden Fall inszeniert er sich wieder selbst. Unerträglich.« Anton leerte seinen Becher und stand auf, um sich nachzuschenken.

»Es ist sechzehn Uhr! Pünktlich betritt der Führer das Stadion!« Die Stimme des Reporters überschlug sich. *»Die Menschen erheben sich, sie salutieren, die Hände sind zum Führergruß erhoben … jetzt schreitet der Führer die Marathontreppe hinab, gefolgt vom Internationalen Olympischen Komitee und dem Olympischen Organisations-Komitee. Welch ein denkwürdiger Tag! Nun kommt ein kleines Mädchen auf den Führer zu, er beugt sich zu ihr hinab, sie hat einen Blumenstrauß in der Hand und übergibt ihn nun! Eine reizende, eine bewundernde Geste … Der Führer hat nun seine Ehrenloge erreicht.«*

Alois holte sein Schnupftuch aus der Hosentasche und schnäuzte sich gründlich die Nase.

»Hisst Flagge!«, kam es aus dem Lautsprecher und ein an-

derer Reporter übernahm das Mikrofon. »*Nun steigen sie empor, die Flaggen der teilnehmenden Nationen, die sich eingefunden haben, um mit diesen Spielen den Sport und den Führer zu ehren …*«

Viktoria lief ein Schauer über den Rücken. Noch durch den Äther war die pathetische Stimmung zu spüren, die im Stadion herrschen musste. Und als die Olympiaglocke zu läuten begann, bekam das ganze Szenarium einen sakralen Anklang. Es wirkte wie eine große Huldigung, nicht an den Sport, sondern an die Person, die sich *Führer* nannte. Sie bedauerte, dass Alois' Fernsehübertragung nicht funktioniert hatte.

»*… hier laufen sie ein, die Helden unserer Tage. Die griechische Olympiamannschaft ist die erste von neunundvierzig Nationen …*«

Marschmusik untermalte den Einlauf der Mannschaften ins Stadion. Als die Franzosen ihre Arme zum Hitlergruß erhoben, gab es Jubelrufe. Dass die Amerikaner ihn verweigerten, sorgte für Unmutsäußerungen, die der Reporter mit drastischen Worten unterstrich.

Viktoria ließ sich von Anton noch einen Most bringen, Alois erklärte Serafina derweil die Funktionsweise der Ikonoskop-Kamera von Telefunken, die eigens für die Olympischen Spiele hergestellt worden war und aufgrund ihrer Ausmaße *Fernsehkanone* getauft worden war. »Verstehst du, was wir hätten sehen können, wenn es mit dem Empfang hingehauen hätte?«, schloss der alte Tüftler mit Leidenschaft in der Stimme.

Serafina nickte verständnisvoll mit dem Kopf. »In vier Jahren dann, Alois.«

»... jetzt marschieren sie ein, die deutschen Kämpfer, die ihrem Vaterland in allen Disziplinen Ehre machen werden ...«

»Wenn er weiterhin so laut schreit, wird er die Eröffnungsfeier nicht zu Ende moderieren können«, meinte Anton sarkastisch.

»Es sind zwei«, gab Serafina zu bedenken.

»Zwei was?«, fragte Alois.

»Zwei Reporter«, entgegnete Serafina.

Plötzlich gab der Rundfunkempfänger ein lautes Rauschen von sich, die Stimmen der Reporter klangen verzerrt, es war kaum mehr zu verstehen, was sie sagten. Viktoria lachte, sie spürte, wie ihr der Most ein wenig zu Kopf stieg. »Die beiden haben jetzt aber doch recht schnell ihre Stimmen verloren«, scherzte sie. Serafina und Anton lachten mit.

Alois eilte unterdessen zu seinem Apparat, überprüfte in Windeseile alle Stecker und versuchte so lange verschiedene Einstellungen, bis der Sender wieder einwandfrei zu hören war.

»Jetzt haben wir die Ansprachen verpasst«, stellte er fest. »Na, des macht auch nix. Die sagen eh immer das Gleiche.«

»Psst ...« Serafina hielt den Finger an die Lippen. »Horcht!«

»Ich verkünde – die Spiele von Berlin – zur Feier – der elften Olympiade neuer Zeitrechnung – als eröffnet!«

Die letzten beiden der hart gesetzten Worte Hitlers gingen nicht nur im lauten Jubel der Zuschauer, sondern auch in einem unerträglich durchdringenden Bohrgeräusch unter.

Anton war sofort auf den Beinen. »Emil!«

Am gegenüberliegenden Ende der Werkstatt stand der Junge und bearbeitete konzentriert ein daumendickes Stück Holz.

»Aber Papa!«, protestierte er, als Anton ihm das elektrische Werkzeug abnahm. »Ich kann das!«

»Erstens ist es gefährlich, zweitens ist es zu laut, und drittens hast du grundsätzlich nichts an den Geräten zu suchen, Emil! Das gilt hier genauso wie in der Klavierfabrik.«

»Aber es kann doch gar nichts kaputtgehen! Alois hat gar keine so wertvollen Sachen hier …« Emil sah sehnsüchtig auf die Bohrmaschine, die Anton noch in den Händen hielt. »Außerdem sieht sie aus wie eine Pistole, findest du nicht auch?«

Viktoria gefiel die Begeisterung des Jungen. Sie sah, wie Alois schmunzelnd aufstand. »Na, du hast ja bewiesen, dass du ein Loch mit meiner neuen *EMHA*-Bohrmaschine bohren kannst. Jetzt räumen wir sie weg, sonst läufst du am Ende mit einem Loch in der Hand nach Haus.«

»Ich bin doch nicht blöd und bohre mir ein Loch in die Hand!« Emil sah ihn entrüstet an. »Ich habe ein Loch in das Brett gebohrt. Da seht ihr es!« Er zeigte auf sein Werkstück.

Alois nickte anerkennend. »Mal seh'n, was wir draus machen.«

»Ich wollte eine Mausefalle bauen.«

»Wir bauen sie zusammen weiter, Emil. Aber net heut«, versprach Alois.

»Au ja … und Alois?«, hakte der Junge nach. »Wie heißt denn die Bohrmaschine genau? Pistolen-Bohrmaschine?«

»Nein, das ist eine Drehstrom-Bohrmaschine.«

»Drehstrom-Bohrmaschine«, echote Emil und setzte eine erwachsene Miene auf. Er nickte wissend, als Anton die Bohrmaschine an Alois übergab, der sie wieder an ihren Platz brachte.

In diesem Moment klingelte es.

»Das wird Herr Stern sein«, sagte Anton. »Er wollte nachkommen.«

»Machst du ihm auf, Emil?«, bat Alois.

Emil nickte und machte sich auf den Weg zur Tür.

Viktoria sah Anton derweil ein paar Worte mit Alois wechseln. Beide machten recht ernste Mienen. Alois runzelte die Stirn. Doch bevor sich Viktoria weitere Gedanken machen konnte, kehrte Emil zusammen mit Isaak Stern zurück. Der schickte einen raschen Gruß in die Runde, während der Rundfunkempfänger gerade die letzten Töne von Richard Strauss' Olympiahymne spielte.

»… er läuft über die südliche Aschenbahn zum Westtor«, wusste der Reporter zu berichten. *»Jetzt erscheint er an der Olympia-Feuersäule … und … Fritz Schilgen entfacht das Olympische Feuer! Das Olympische Feuer brennt!«*

»Der Fackelläufer ist angekommen!«, sagte Stern beeindruckt. »Ich habe den Weg der Fackel während der vergangenen zwei Wochen genau verfolgt. Das erste Mal in der Geschichte der Spiele wurde die Flamme in Olympia entzündet und durch so viele Länder in ein Stadion getragen.«

Alle richteten ihre Aufmerksamkeit wieder auf das Geschehen in Berlin.

»Wollen Sie einen Most, Herr Stern?«, fragte Alois leise.

»Nein danke, Herr Eberle. Sehr freundlich von Ihnen«, flüsterte Stern zurück.

Sie hörten zu, wie der Ölzweig überreicht und der olympische Eid geleistet wurde. Beim *Halleluja* von Händel holte Alois einen Teller mit belegten Broten aus seiner Wohnung und bot jedem davon an.

»Dürfen jüdische Sportler nun teilnehmen an den Spielen?«, fragte Serafina.

»Offiziell schon. Aber ich habe gehört, dass es ihnen nicht leicht gemacht wird«, antwortete Stern. »Helene Mayer soll für Deutschland im Fechten starten.«

»Das scheint mir eine Art Alibi-Zulassung zu sein«, wandte Anton ein, und Serafina ergänzte: »Bestimmt gab es Interventionen aus dem Ausland.«

»Die gab es definitiv, Frau Rothmann«, antwortete Stern. »Und auch wenn wir alle Hoffnung haben, dass sich das Leben für uns Juden durch Olympia wieder normalisiert, bleiben große Zweifel. Es sind ja nicht nur wir, die drangsaliert werden. Auch Mitglieder anderer Gruppierungen wie der KPD sperren sie ein. Den Nationalsozialisten ist nicht zu trauen. Olympia hin, Olympia her.«

»Des glaub ich auch«, bestätigte Alois, stand auf und drehte das Rundfunkgerät ein wenig leiser. Viktoria sah, wie Anton zu ihm hinging und noch einmal leise mit ihm sprach, während sich Serafina und Isaak Stern weiter unterhielten und nebenbei die Berichterstattung aus Berlin verfolgten.

Schließlich machte Anton eine auffordernde Handbewegung in Viktorias Richtung. Sie sah ihn fragend an, stand dann aber auf, ohne recht zu wissen, was er vorhatte.

»Wir holen noch Most«, sagte Alois beiläufig in die Runde und ging auf den Flur hinaus. Serafina und Stern waren in ihr Gespräch vertieft und reagierten nicht. Emil hatte einige Holzklötze bemalt und zu Eisenbahnwaggons umfunktioniert. Er war gerade dabei, aus Draht einen Schienenparcours um die Stühle der Erwachsenen herumzulegen.

Alois, Anton und Viktoria stiegen über seinen Aufbau hinweg und verließen die Werkstatt. Am Abgang zum Keller blieb Alois stehen.

»Ich hab eine Idee. Wegen dem Robert.«

»Wegen Robert?«, fragte Viktoria überrascht. »Wer hat dir …«

»Ich habe es ihm vorhin gesagt, Vicky. Als wir die Bohrmaschine aufgeräumt haben«, erklärte Anton. »Lass hören, Alois.«

»Mir gehört ein Wengerterhäusle, gar net weit weg von euch, am Scharrenberg.«

»Du hast eine Hütte in den Weinbergen? Auf dem *Haigst*?«, fragte Anton nach.

»Genau. Es ist schon alt, aber wenn man des ein bissle herrichten tät, dann könnt er sich dort eine Weile verstecken. Zumindest bis zum Winter.«

13. KAPITEL

Der Stuttgarter Schlosspark,
am Morgen des 5. August 1936

Andrew hatte unruhig geschlafen. Ab drei Uhr war er endgültig wach gelegen und schließlich aufgestanden, um sich noch einmal mit den Vertragsunterlagen zu beschäftigen. Von den heutigen Gesprächen hing der Fortbestand seiner Firma ab, also hatte er noch einmal verschiedene Argumentationsketten durchgespielt.

Als es draußen allmählich hell geworden war, hatte er beschlossen, einen ausgedehnten Spaziergang zu unternehmen. Bewegung half ihm stets, sich zu fokussieren und gleichzeitig eine innere Ruhe herzustellen. Beides würde er heute brauchen. Also hatte er sich angezogen und von seinem Quartier in der Eberhardstraße zu den Schloßgarten-Anlagen aufgemacht, eine Empfehlung des *Grieben Reiseführers*, den er in einer Buchhandlung der Stadt erstanden hatte.

Nun stand er vor dem beschriebenen Zugang zum Park in der Schillerstraße. Stuttgart war noch nicht richtig erwacht, doch das schmucke Gittertor war bereits geöffnet. Vorbei an zwei historischen Wachhäuschen ging er hinein in den Park, der ihn mit einer Skulptur begrüßte, die von einem mit hohen Platanen bestandenen Wiesengrund eingehegt wurde. Er umrundete den steinernen Mann, dessen Kopf im Schoß eines Hirten ruhte, und bog unmittelbar dahinter von der breiten Promenade auf einen schmalen Weg ab.

Die Stille hier tat gut. Um diese Morgenstunde war außer ihm niemand unterwegs. Das Morgenlicht durchdrang die Baumgruppen und verhieß einen sonnigen Tag. Ein leichter Dunst zeugte vom Gewitter der vergangenen Nacht.

Andrew ordnete ein letztes Mal seine Gedanken.

Er war der alleinige Inhaber der SweetCandy Ltd. und entsprechend hoch war der Druck, der auf ihm lastete. Sein Großvater, der Firmengründer, hatte ihm vor acht Jahren die Leitung der bis dahin prosperierenden Firma übergeben und erwartete zurecht, dass er das Unternehmen erfolgreich weiterführte. Aber die Zeiten waren schwierig geworden. Zuerst der Zusammenbruch der New Yorker Börse und die darauffolgende Krise, die nahezu alle Wirtschaftszweige erfasst hatte. Dann eine kurze Phase der Erholung, bevor dieser unerklärliche Auftragsschwund eingesetzt hatte, der ihn zunehmend in einen Liquiditätsengpass trieb. Sein Handlungsspielraum war auf ein Minimum geschrumpft, was er sich in den vor ihm liegenden Verhandlungen auf keinen Fall anmerken lassen durfte, wollte er nicht alle Trümpfe verspielen. Das Schwierigste im Augenblick war, dass er kaum einschätzen konnte, was ihn heute erwartete.

Das fröhliche Gluckern eines kleinen Bachlaufs lenkte Andrews Aufmerksamkeit wieder auf seine Umgebung. Zwischen Hecken und Bäumen tauchte eine Ruine auf. Zwei gerade Freitreppen liefen in einem eigenartig freistehenden Arkadenbogen zusammen, dahinter lagen die Reste eines Säulengangs. Glaubte man dem Reiseführer, so handelte es sich um die Überbleibsel eines einst recht beeindruckenden Lusthauses aus dem Zeitalter der Spätrenaissance. Er ließ seinen Blick über die steinernen Zeugen früheren höfischen Lebens gleiten. Die Europäer besaßen eine reichhaltige Kultur, die aus längst vergangenen Zeiten schöpfte, weit mehr, als es in der vergleichsweise jungen Historie seiner amerikanischen Heimat der Fall war. Schon als Junge hatten ihn die griechische Antike, das alte Ägypten, aber auch das Mittelalter in Deutschland interessiert. Unzählige Stunden hatte er in der reich bestückten Bibliothek seines Großvaters verbracht und fasziniert alles studiert, was dort zu finden gewesen war: Bildbände, Bücher, alte Karten. Die vielen historischen Gebäude, die sich ihm hier in Stuttgart auf Schritt und Tritt präsentierten, ließen einen Teil dieser Geschichten lebendig werden.

Andrew ging weiter, während die Sonne allmählich höher stieg und seine Umgebung in unterschiedliche Grünschattierungen tauchte. Er konzentrierte sich auf den Weg und besann sich noch einmal auf das, was nun vor ihm lag.

Victor Rheinberger war ihm als ein fairer Partner in Erinnerung. Als Andrew im Vorfeld seiner Reise letzte Erkundigungen über Rothmann Schokolade eingezogen hatte, war ihm mitgeteilt worden, dass Rheinberger erst kürzlich verstorben war. Das machte die ganze Sache unberechenbarer, denn im Zusammenspiel mit ihm hätte er gewusst, was ihn erwartete. Harte Verhandlungen, aber ein Gegenüber, das vernünftig argumentierte und klar abwog. Blieb zu hoffen, dass seine Witwe entweder ähnlich überlegt oder in gewisser Hinsicht beeinflussbar war. Das könnte es sogar leichter machen.

Andrew wechselte auf die Hauptallee des Parks, die schnurgerade auf eine weitere Skulpturengruppe der griechischen Mythologie inmitten eines malerischen Sees zuführte. An den Nymphen, die versuchten, den schönen Hylas ins Wasser zu ziehen, blieb er eine Weile stehen. In gewisser Hinsicht spiegelte die Darstellung seine eigene Situation, mit dem entscheidenden Unterschied, dass es keine hübschen, hilfreichen Nymphen waren, die an ihm zerrten, sondern unbekannte, dunkle Kräfte.

Noch einmal sog er tief die frische Morgenluft ein. Dann machte er sich auf den Rückweg.

Die Schokoladenfabrik, gegen zehn Uhr am selben Tag

Viktoria beobachtete ihre Mutter, die ungewohnt nervös in ihrem Büro auf und ab ging. Das schwarze Kostüm mit der grauen Bluse, das sie trug, machte sie noch blasser, als sie ohnehin schon war. Noch in Frankreich hatte Viktoria beschlossen, auf Trauerkleidung zu verzichten. Ihrem Vater wäre es nicht wichtig gewesen, und für sie selbst hätte schwarze Kleidung nur noch mehr Tristesse bedeutet. In ihren Sommerkleidern kam wenigstens ein Hauch von Normalität in diese Tage. Für den Anlass heute hatte sie sich allerdings für ein Kostüm in gedecktem Dunkelblau entschieden, das eine weiße Bluse aufhellte.

Anton saß bereits am Besprechungstisch, hatte sämtliche Unterlagen zu SweetCandy Ltd. vor sich liegen und machte Notizen auf ein Blatt Papier. Er wirkte konzentriert, aber gelassen.

Sie selbst hatte schlecht geschlafen, weil Robert am Vorabend, als er die Toilette aufsuchen wollte, beinahe Tine über den Weg gelaufen wäre. Mathilda hatte das Hausmädchen in letzter Minute abgefangen.

Noch hatte Robert nicht in das Wengerterhäuschen übersiedeln können, das ihnen von Alois angeboten worden war. Es war in baufälligem Zustand und um längere Zeit darin wohnen zu können, musste es wenigstens notdürftig instand gesetzt werden. Im Augenblick schafften Mathilda und Martin das notwendige Baumaterial dorthin. Unauffällig, denn es sollte niemand darauf aufmerksam werden, dass sich auf dem vernachlässigten Weinbergstück am Waldrand etwas Ungewöhnliches tat. Zur Tarnung hatte Alois zudem begonnen, seinen Hang von Unkraut zu befreien und die Reben zu pflegen, aber die Arbeit in der Steillage war recht mühselig für ihn. So einfallsreich sein Geist noch war, so forderte das Alter körperlich doch seinen Tribut.

Es klopfte.

Judith drehte sich um. Viktoria, die an ihrem Schreibtisch gesessen hatte, stand auf. Auch Anton erhob sich.

»Herr Miller ist da, Frau Rheinberger.«

»Führen Sie ihn bitte herein, Fräulein Rosental.«

Der Mann, der kurz darauf den Raum betrat, war deutlich jünger, als Viktoria es erwartet hatte. Sie schätzte ihn auf Ende zwanzig. Er hatte seinen Hut abgenommen und behielt ihn in der Hand, während er eine höfliche Verbeugung andeutete: »Frau Rheinberger?«

Judith nickte und ging auf ihn zu.

»Mein Name ist Andrew Miller«, sagte er in flüssigem Deutsch mit leicht amerikanischem Akzent. »Ich freue mich sehr, dass Sie mich heute empfangen.« Seine Stimme klang angenehm, tief und ein wenig rau.

Judith ging auf ihn zu und reichte ihm die Hand. »Willkommen bei der Firma Rothmann, Herr Miller.«

»Anton Rothmann«, stellte sich nun Viktorias Onkel vor. »Ich hoffe, Sie haben einen angenehmen Aufenthalt in Stuttgart.«

»Eine sehr interessante Stadt«, entgegnete Miller und gab auch Anton die Hand. Dann wanderte sein Blick zu Viktoria, die noch immer an ihrem Schreibtisch stand.

»Darf ich Ihnen meine Tochter Viktoria vorstellen, Herr Miller?«, hörte Viktoria ihre Mutter sagen. »Sie ist seit einigen Wochen hier tätig und wird in wenigen Monaten Mitglied der Geschäftsführung.«

»Es freut mich sehr, Fräulein Rheinberger.« Sein Händedruck war fest, aber behutsam. Zugleich sah sie in ein Paar tiefgründige, graue Augen, die interessiert, aber nicht aufdringlich auf ihr ruhten. Sein kurzes, schwarzes Haar hatte er locker zurückgestrichen, ein sympathisches Lächeln spielte um seinen Mund.

»Nehmen Sie doch Platz, Herr Miller.« Die Stimme ihrer Mutter veranlasste ihn, Viktorias Hand loszulassen.

»Gerne.« Er räusperte sich. »Danke.«

Sie setzten sich alle um den Konferenztisch.

»Ihr Deutsch ist ausgezeichnet, Herr Miller«, meinte Anton. »Darf ich davon ausgehen, dass wir die Gespräche auf Deutsch führen können?«

»Das dürfen Sie, Herr Rothmann.« Andrew Miller lehnte die Zigarre ab, die Judith ihm anbot.

»Haben Sie denn deutsche Wurzeln, Herr Miller?« Die Frage war Viktoria herausgerutscht, noch ehe sie wirklich nachgedacht hatte. »Entschuldigen Sie bitte«, schob sie sofort nach, »das war unangemessen neugierig von mir. Sie sind uns natürlich keinerlei Auskunft hinsichtlich Ihrer Herkunft schuldig.«

»Mein Großvater stammt aus Deutschland«, antwortete er nach kurzem Zögern. »Und ich bin in seinem Hause aufgewachsen. Er bestand darauf, zu Hause Deutsch zu sprechen.«

»Ah, gut.« Viktoria strich sich eine Haarsträhne hinter das Ohr. Es fiel ihr schwer, ihn nicht die ganze Zeit anzusehen. Eine gewisse Lässigkeit machte seine distanzierte Höflichkeit sehr attraktiv.

»Hatten Sie eine gute Reise?«, erkundigte sich Anton, und Viktoria zwang ihre Aufmerksamkeit auf ihren Onkel.

»Ja, danke, es war alles bestens«, antwortete Miller, während er einige Unterlagen aus seiner Aktentasche holte und auf den Tisch legte.

»Nun«, lenkte Judith das Gespräch auf das eigentliche Thema. »Sie haben um einen Termin in unserem Hause nachgesucht, Herr Miller.«

»In der Tat.« Er deutete auf das Vertragswerk, das zuoberst lag. »Es geht um das Darlehen, das Ihr verstorbener Mann Victor Rheinberger der SweetCandy Ltd. gegeben hat.« Er räusperte sich. »Ich ... möchte Ihnen noch mein Beileid aussprechen, Frau Rheinberger. Ich habe Victor sehr geschätzt.«

»Ich danke Ihnen«, entgegnete Judith mit fester Stimme.

Einen Augenblick lang herrschte Schweigen im Raum, dann nahm Andrew Miller das Gespräch wieder auf. »Wie Sie bestimmt wissen, steht die Fälligkeit dieses umfangreichen Kredits unmittelbar bevor.«

»Zum einunddreißigsten August. Wir sind im Bilde, Herr Miller«, antwortete Judith.

»Nun – ich bin nach Stuttgart gekommen, um Ihnen einen interessanten Vorschlag zu machen, Frau Rheinberger«, sagte Miller. Viktoria hatte den Eindruck, als wolle er von Beginn an die Federführung in diesem Gespräch übernehmen.

»Dann bitte ich Sie, uns diesen Vorschlag genauer zu erläutern«, forderte Judith ihn auf.

»Dazu würde ich gerne ein wenig ausholen«, begann Miller. »Sehen Sie. Unser Betrieb ist seit jeher in Familienbesitz, so wie der Ihre auch. Mein Großvater Robert Miller war übrigens eng mit Friedrich Rheinberger befreundet, dem Vater Ihres verstorbenen Mannes.«

Judith merkte auf. »Tatsächlich? Stammt Ihr Großvater aus Berlin?«

»Ja. Er hat die Stadt mit fünfundzwanzig Jahren in Richtung New York verlassen, um dort neu anzufangen.«

»Und über all die Jahre hat er den Kontakt zu meinem Schwiegervater gehalten?«

»In der Tat. Bis eines Tages keine Briefe mehr kamen. Einige Monate später informierte uns Victor darüber, dass sein Vater verstorben sei. Wir haben uns dann sporadisch ausgetauscht, weil Victor sich für die Eröffnung eines Zweigbetriebes in den Vereinigten Staaten interessiert hatte.«

»Das war ein Vorschlag meines Bruders Karl, der damals noch in der Geschäftsführung war, das ist richtig. Allerdings haben wir die Sache nicht ernsthaft weiterverfolgt«, erläuterte Judith.

»Als dann neunundzwanzig die New Yorker Börse kollabierte«, fuhr Miller fort, »waren viele Unternehmen davon betroffen, auch wir. Zunächst konnten wir den Betrieb weiterführen, auf niedrigem Niveau, aber immerhin. Dann forderte unsere Hausbank Kredite in nicht unwesentlicher Höhe zurück. Eine solche Summe war in der Kürze der Zeit nicht aufzubringen. Ich erinnerte mich an die Anfrage aus Deutschland. Und dann haben wir Kontakt zu Victor aufgenommen.«

»Und er hat mit Ihnen die vorliegende Kreditvereinbarung ausgehandelt.«

»Richtig.«

»Anfang der Dreißiger war es gewiss schwierig, Kreditgeber zu finden«, meinte Anton. »SweetCandy wäre nicht das erste Unternehmen, das es in den Ruin getrieben hätte.«

Miller nickte. »Die amerikanischen Banken steckten in der Krise. Das Geld aus Deutschland hat uns über diese Zeit hinweggeholfen.«

»Dann sind Sie inzwischen wieder profitabel?«, wollte Judith wissen.

Miller zögerte mit seiner Antwort.

»SweetCandy war und ist ein gesundes Unternehmen«, sagte er schließlich. »Wir stellen Süßwaren von höchster Qualität her und haben einen über Jahrzehnte gewachsenen Kundenstamm. Außerdem besitzen wir eine Reihe einzigartiger Rezepturen, die wir in den nächsten Jahren zur Marktreife bringen möchten.«

Viktoria sah den kurzen Blick, den Judith und Anton wechselten.

»Dann möchten Sie uns heute eine Rückzahlung des Kredits anbieten, Herr Miller?«, fragte Judith. »Mitsamt der Zinsen?«

»Nicht … direkt.« Eine konzentrierte Falte zeigte sich auf Millers Stirn. »Ich möchte Ihnen vorschlagen, die Laufzeit des Kredites zu verlängern.«

»Warum sollten wir das tun?«, fragte Judith.

»Ihr Geld wäre weiterhin bestens angelegt«, antwortete Miller. »Ich würde Ihnen sogar eine höhere Verzinsung anbieten.«

»Dann besteht im Augenblick ein Liquiditätsproblem?«, erkundigte sich Anton.

»Ich will ehrlich sein, Herr Rothmann. Wir mussten in neue Maschinen investieren und sehen unser Kapital im Augenblick dort gebunden. Eine Verlängerung des Kreditvertrages für einen Zeitraum von zwei Jahren würde uns sehr entlasten.«

»Darüber müssen wir uns erst beraten, Herr Miller«, erklärte Judith.

»Davon bin ich ausgegangen …«

Eine Tür knallte. »Heil Hitler!«

Viktoria zuckte zusammen und sah durch die verglaste Bürowand in den Schreibsaal. »Weber«, flüsterte sie.

Judith nickte und sah besorgt zur Tür. Anton und Viktoria standen auf. Auch Miller erhob sich.

Stampfende Schritte, dann sprang die Bürotür auf. »Heil Hitler! Frau Rheinberger, ich überbringe Ihnen ein wichtiges Schreiben. Die Firma Rothmann ist per Gerichtsbeschluss zum Oktober dieses Jahres an die Adler-Schokoladenwerke verkauft. Die Modalitäten der Übergabe …«

»Einen Moment, bitte, Herr Ortsgruppenleiter«, unterbrach ihn Anton. »Wie Sie sehen, haben wir wichtigen Besuch aus den Vereinigten Staaten.« Er deutete auf Miller.

»Good morning!«, grüßte Andrew geistesgegenwärtig auf Englisch.

Weber war irritiert. »Was … wie …« Er rückte seine Uniform zurecht. »Das spielt keine Rolle. Jeder kann hören, was ich zu sagen habe. Ihnen wird eine Frist bis zum zweiten Oktober dieses Jahres eingeräumt, um Ihre Fabrik für die Übernahme durch die Adler-Schokoladenwerke vorzubereiten. Der Kaufpreis beträgt fünfzigtausend Mark. Er wird Ihnen ausbezahlt, sobald der Verkauf notariell beglaubigt ist.«

»Wie bitte?« Judith, die sich neben ihre Tochter gestellt hatte, wirkte geschockt. »Fünfzigtausend Mark? Die Firma ist das Zehnfache wert!«

»Mindestens!«, warf Anton ein.

»Ich hatte Sie gewarnt, Frau Rheinberger. Ein angemessenes Angebot haben Sie hochmütig ausgeschlagen. Ich sag ja, Weiber sollte man keine Geschäfte machen lassen.« Weber trat vor und legte einen Umschlag auf den Tisch. »Es ist alles geregelt. Der Notartermin ist am zweiten Oktober. Ich empfehle Ihnen, zu erscheinen, sonst werden wir Sie enteignen. Ohne Entschädigung. Heil Hitler!«

14. KAPITEL

Andrew sah dem hellbraun uniformierten Mann nach, dessen Worte noch im Raum nachhallten. Er mochte kaum glauben, was er soeben gehört hatte, noch dazu in einem Ton, der jeder Zivilisiertheit spottete. Auch wenn ihm bewusst war, dass die nationalsozialistische Regierung in Deutschland einen erschreckenden Machtapparat aufgebaut hatte, die eigene Bevölkerung und vor allem die Juden terrorisierte, so war es etwas ganz anderes, dies hautnah mitzuerleben. Zumal er in den letzten Tagen eher den Eindruck gehabt hatte, dass das Leben hier doch einen recht normalen Gang nahm, zumindest in den Städten, die er auf seiner Reise bisher berührt hatte.

Sein Blick wanderte zu Viktoria Rheinberger. Sie stand bei ihrer Mutter, hatte ihr solidarisch eine Hand auf die Schulter gelegt. Die andere aber war zur Faust geballt. Ihre Haltung war beeindruckend aufrecht, und aus ihrem Gesicht sprachen weder Angst noch Verunsicherung, sondern Abneigung und Wut.

Anton Rothmann räusperte sich. »Wir müssen uns bei Ihnen entschuldigen, Herr Miller. Dieser … Besuch war nicht geplant.«

»Es ist schon gut, Herr Rothmann. Der Herr hat sich selbst diskreditiert.«

»Komm, setz dich doch wieder hin, Mama.« Viktoria drängte ihre Mutter sanft zurück zum Tisch. Judith Rheinberger war noch sichtlich geschockt und schüttelte den Kopf, folgte aber der Aufforderung ihrer Tochter.

»Wir können unser Gespräch gerne zu einem anderen Zeitpunkt fortsetzen«, bot Andrew an. »Ich habe vollstes Verständnis, wenn Sie sich nun erst einmal besprechen möchten.«

Viktoria sah zu ihm hin. Eine leichte Röte hatte ihre Wangen überzogen. »Ja, ich denke, das sollten wir …«

»Nein«, rief Judith. »Bleiben Sie, Herr Miller.«

Viktoria schaute irritiert zu ihr, dann zu Anton Rothmann.

Der wiederum nickte Andrew zu und kehrte selbst an den Tisch zurück.

»Wie Sie wünschen.« Auch Andrew nahm wieder Platz.

»Vicky, Liebes, hol uns bitte einen Schnaps.« Judith fächerte sich mit einem Stück Papier Luft zu. »Ich denke, den können wir jetzt brauchen.«

Viktoria nahm das Gewünschte samt dazugehörigen Gläsern aus einer Vitrine und schenkte allen einen fein duftenden Birnenbrand ein.

»Zum Wohl!« Judith stürzte den Schnaps hinunter und atmete tief durch. »So. Jetzt liegen die Karten auf dem Tisch. Wie Sie sehen, Herr Miller, haben auch wir unsere Schwierigkeiten.«

Andrew nickte. »Das bedauere ich.«

»Dann … wo waren wir stehen geblieben?«, versuchte Anton Rothmann an das ursprüngliche Gespräch anzuknüpfen.

»Ich schlug vor, das der SweetCandy eingeräumte Wandeldarlehen um einen Zeitraum von zwei Jahren zu verlängern«, erwiderte Andrew.

»Angesichts dessen, was uns hier blüht, würde es durchaus Sinn machen, das Engagement beizubehalten«, sagte Judith. »Was meinst du, Anton?«

Anton zupfte sich nachdenklich am Kinn. »Wenn ich die Unterlagen und Konten richtig begutachtet habe, sind Sie mit den Zinsen für den letzten Abrechnungszeitraum im Verzug, Herr Miller. Das ist keine unerhebliche Summe.«

»Dessen bin ich mir bewusst. Sie werden am Ende der verlängerten Laufzeit sämtliche Zinsen samt Zinseszins erhalten.«

»Sie erwarten also, dass wir Ihnen nicht nur eine Verlängerung des Darlehens gewähren, sondern zugleich die fälligen Zinsen stunden?«, fragte Judith.

Andrew merkte, wie ihm warm wurde. Hier hatten sie den für ihn schwierigsten Punkt der Verhandlungen erreicht. »Ich erwarte, dass sich die SweetCandy schon in absehbarer Zeit wieder in einer komfortablen Gewinnzone bewegt.« Er lockerte seinen Hemdkragen. In diesem Büro war es wirklich stickig. »Sie profitieren dann von Zinsen, die weit über dem liegen, was derzeit marktüblich ist. Außerdem bleibt Ihr Vermögen sicher angelegt.«

Judith nickte. Eine nachdenkliche Stille entstand. »Ich

könnte mir vorstellen, dass Victor eine solche Verlängerung durchaus in Erwägung gezogen hätte. Zumal es sich um ein Engagement aus seinem Privatvermögen handelt, das nichts mit der Schokoladenfabrik zu tun hat«, meinte sie schließlich.

»Das mag sein«, erwiderte Anton. »Aber bevor wir uns diesbezüglich festlegen, müssen die Bedingungen noch einmal genauer ausgearbeitet werden. Denn sollte Ihr Unternehmen bis zum neuen Fälligkeitstag insolvent sein, Herr Miller, ist unser Schaden beträchtlich.«

»Nun …«, setzte Andrew an,

»Entschuldigen Sie, Herr Miller, wenn ich Sie unterbreche.« Überrascht sah Andrew zu Viktoria, die ihm recht dreist ins Wort gefallen war. »Aber was spricht eigentlich dagegen, anstelle der Rückzahlung oder Verlängerung des Darlehens die Beteiligung zu wählen? Zum einunddreißigsten August, so wie es im Vertrag niedergelegt ist?«

»Ich würde nichts überstürzen, Viktoria«, bremste Judith ihre Tochter. »Jetzt Hals über Kopf an einem Unternehmen beteiligt zu sein, von dem wir nicht einschätzen können, was es wert ist … da würde ich mir zuvor überlegen, das Geld woanders zu investieren. Zum Beispiel in der Schweiz.«

»Diesbezüglich bin ich deiner Meinung, Judith«, gab Anton seine Einschätzung ab. »Nimm es mir nicht übel, Vicky.«

Viktoria sah ihren Onkel nachdenklich an, dann wandte sie sich an Andrew. »Ich könnte mir gut vorstellen, die Beteiligung zu wählen. Ein Ableger in den USA – das könnte eine gute Entscheidung für die Zukunft sein. Nicht zuletzt, wenn man bedenkt, was hier so geschieht …« Sie deutete auf den Umschlag, den Weber auf dem Tisch zurückgelassen hatte.

»Wenn ich etwas anmerken darf, Fräulein Rheinberger«, versuchte Andrew Viktorias Position zu entkräften, »so ist es durchaus ambitioniert, ein Unternehmen im Ausland zu führen.«

»Wir könnten Sie weiterhin als Geschäftsführer bestellen, Herr Miller.« Viktoria lächelte ihn herausfordernd an. »Und so von Ihrer Erfahrung profitieren.«

»Das müssen wir noch einmal gründlich durchdenken«, schränkte Judith Rheinberger sofort ein und Andrew atmete innerlich auf, zumal sie sofort Unterstützung von Anton Rothmann erhielt: »Deine Ideen sind allesamt gut, Vicky, aber eine so weitreichende Entscheidung braucht Erfahrung und Weitblick.«

»Ah. So.« Viktoria strich sich mit einer energischen Bewegung eine Haarsträhne zurück. Die milde Zurückweisung von Mutter und Onkel traf sie, das sah man ihr an.

»Wir werden die Sache in aller Ruhe diskutieren und die verschiedenen Standpunkte abwägen«, sagte Anton Rothmann. »Auch bezüglich einer Verlängerung des Wandeldarlehens.«

Andrew erkannte eine unerwartete Gemeinsamkeit zwischen Viktoria und sich selbst. Es schien das Los jener zu sein, die aus der Familie heraus in die Unternehmensnachfolge eintraten, dass sie zu lange als Kind betrachtet wurden. Ihm war es genauso ergangen. In seinem Fall war es die

Rolle des Enkels gewesen, die er mühsam hatte abstreifen müssen. Er konnte Viktoria gut verstehen.

Für sich selbst allerdings atmete er auf. Wenn Judith Rheinberger das Zepter in der Hand behielt, bestanden gute Chancen, seine Interessen durchzusetzen. Sie schien weniger risikofreudig zu sein und im Augenblick zudem mit der unsicheren Situation ihres Unternehmens stark gefordert. Anton Rothmann war seines Wissens kein Mitglied der Geschäftsführung, sondern führte eine Klavierfabrik, hatte allerdings eine Niederlassung in New York. Gut möglich, dass er auf Viktorias Kurs einschwenkte.

Vorerst aber war alles gesagt.

»Ich werde mich nun verabschieden.« Andrew sammelte seine Unterlagen ein. »Wie lange werden Sie für Ihre Entscheidung brauchen?«

»Einige Tage«, antwortete Anton Rothmann.

»Darf ich Sie zum Abendessen einladen, Herr Miller? Zu uns nach Degerloch?« Die spontane Offerte von Judith Rheinberger überraschte nicht nur Andrew. Auch Anton wirkte verdutzt. Viktoria dagegen zeigte keine erkennbare Regung.

»Ja, gewiss. Gerne.« Andrew nahm sein Notizbuch zur Hand.

»Sagen wir nächste Woche?«, fuhr Judith fort. »Dann können wir störungsfrei das verhandeln, was unsere Abwägungen ergeben haben.«

»An welchen Tag haben Sie denn gedacht, Frau Rheinberger?«

»Ich würde Donnerstag, den dreizehnten vorschlagen. Um neunzehn Uhr?«

Andrew hielt den Termin fest. Dann stand er auf. Eine gute Woche war es bis dahin. Die freien Tage könnte er nutzen, um nach Berlin zu fahren und einige der olympischen Wettkämpfe anzusehen. Und sich nebenbei einen Eindruck vom Confiserie-Angebot der Hauptstadt machen.

»Besten Dank für die freundliche Einladung«, sagte er und reichte allen die Hand. »Ich werde pünktlich sein.«

Im Hinausgehen fing er einen gedankenvollen Blick von Viktoria auf.

Sie hatte unglaublich schöne, blaue Augen.

15. KAPITEL

Alois Eberles Weinberghäusle auf dem Haigst,
am 8. August 1936

»Hörst du das?«, fragte Mathilda und legte Martin einen Finger auf die Lippen.

Er umfasste sie fester und lauschte. Zunächst war alles still, dann vernahm auch er ein leises Klopfen. Sofort erhöhte sich sein Puls. Vorsichtig löste er sich von ihr und schob sie vom Fenster des kleinen Weinberghäuschens weg, das sie soeben abgedichtet hatten.

»Wer könnte das sein?«, wisperte Mathilda. »Meinst du, sie haben gemerkt, dass wir hier etwas …«

Martin schüttelte angespannt mit dem Kopf. »Noch besteht keine große Gefahr. Wir haben keine Einrichtung hergebracht, die darauf schließen ließe dass hier bald jemand einziehen könnte.«

Das Klopfen wanderte ein wenig weiter. Jemand schien um das Häuschen aus Holz herumzugehen, das auf einem Sockel aus Steinquadern errichtet worden war.

Martin überlegte, ob er nachschauen sollte, zog es aber vor, bei Mathilda zu bleiben. Angespannt warteten sie ab.

Schließlich zeigte ein Scharren an der Holztür, dass jemand hereinwollte. Alois? Aber der kündigte sich immer an, indem er ein Lied pfiff, meistens war es *Auf der Schwäbsche Eisebahne.*

Martin stellte sich hinter die Tür und machte sich bereit, den Eindringling zu überwältigen. Als sie schließlich aufging, legte er dem hereintretenden Mann von hinten den Arm um den Hals.

»Was zum Teufel …«, rief dieser.

Martin ließ ihn sofort los. »Anton! Hast du uns erschreckt!«

»Ich habe euch wohl eher gestört«, gab Anton zurück und grinste. »Deshalb habe ich überhaupt angeklopft.«

Martin grinste ebenfalls. »Wenn du schon hier bist, dann kannst du gleich mit anpacken.«

»Das hatte ich vor«, entgegnete Anton. »Alois hat mich um Hilfe gebeten. Einige Latten draußen müssen gerichtet werden.«

»Material liegt bereit.«

»Das habe ich gesehen. Komm, wir erledigen das gleich gemeinsam. Zu zweit geht es schneller.« Anton wandte sich wieder zur Tür.

Martin nahm Zange, Hammer und Nägel von einem kleinen, altersschwachen Tisch, der in der Mitte des Raumes stand.

»Gebt Bescheid, wenn ihr mich braucht«, sagte Mathilda. »Ich mache so lange mit dem Fenster weiter.«

Ein leichter Wind wehte durch den Haigst mit seinen Weingärten, die so steil waren, dass sie mit Trockenmauern gestützt werden mussten. Was mühsame Handarbeit bedeutete, sah malerisch aus, insbesondere jetzt im Hochsommer, wenn die Reben in saftigem Grün standen. Die unmittelbar an Alois' Weinberg angrenzenden Waldgebiete zogen sich bis nach Sonnenberg und Kaltental.

Anton machte sich daran die schadhaften Latten zu reparieren und die völlig morschen zu ersetzen. Martin trat zu ihm, um ihm zur Hand zu gehen.

»Sie ist hübsch geworden, unsere Mathilda«, bemerkte Anton, während sie arbeiteten.

Martin nickte.

Auch wenn sie versuchten, ihre Zuneigung zueinander zu verbergen, ahnte die Familie bereits, was zwischen ihnen vorging. Die Liebe zu Mathilda hatte ihn wie eine große Welle überrollt, an jenem Abend auf der Karlshöhe, als er innerlich so zerrissen gewesen war, dass er weder aus noch ein gewusst hatte. Sie war da gewesen, zärtlich und warm, hatte ihn gehalten, und als sie sehr spät an diesem Abend nach Degerloch zurückgefahren waren, hatte er gespürt, wie das Leben wieder Kontur bekam. Seither konnte er sich mit dem Ungeheuerlichen auseinandersetzen, von dem er erfahren hatte. Mit jedem Tag gelang es ihm ein wenig besser, die zersplitterten Teile seines Selbst wieder zusammenzusetzen.

Sie arbeiteten ohne große Worte. Nur das Knirschen des Holzes war zu vernehmen und das Hämmern, wenn sie die Nägel einschlugen. Hin und wieder kam ein Weinbauer über den Schimmelhüttenweg gegangen, aber keiner beachtete sie weiter.

»So«, meinte Anton knapp drei Stunden später, »das hätten wir geschafft!«

Martin betrachtete die instand gesetzten Außenwände. »Es ging schneller als gedacht. Gut, dass die Latten schon auf die richtige Länge gesägt waren.«

Anton grinste. »Und mit unseren Pianistenhänden sind wir nun einmal bestens geeignet für derartige Holzarbeiten. Wir sollten uns nur nicht auf die Finger hämmern.«

Martin lachte und begann, das Werkzeug einzusammeln. »Deine Erfahrung mit Holzarbeiten ist von großem Wert. Ich habe mich bisher nicht allzu oft als Zimmermann betätigt.«

»Aber du bist geschickt, Martin. Ich würde dich vom Fleck weg in meiner Klavierfabrik anstellen.«

»Sei vorsichtig, was du sagst«, scherzte Martin. »Vielleicht komme ich eines Tages auf dein Angebot zurück.«

Ein leises Pfeifen ließ sie aufhorchen.

»Heute ist es *Muß i denn zum Städtele hinaus …*«, bemerkte Martin und drehte sich zum Schimmelhüttenweg um. Auch Anton sah über die Schulter. Dort marschierte Alois entlang, munter pfeifend und eine *Weinbutte* auf dem Rücken tragend.

Martin ging ihm entgegen. »Du hast dir zu viel Gewicht aufgeladen, Alois! Lass dir helfen!« Er nahm ihm die Butte ab und ging an seiner Seite die letzten Meter bis zum Weinberghäuschen.

»Das Werkzeug da drin muss nachher ins Häusle«, meinte

Alois, als Martin den hohen Trog abstellte. Dann zog der alte Erfinder ein Taschentuch aus seinem blauen *Wengerterkittel*, wischte sich die Stirn ab und begutachtete die Reparaturen. »Da habt ihr's ja schon weit gebracht heut.«

»Dank Anton«, antwortete Martin. »Nächste Woche müssen wir uns an das Dach machen.« Er deutete auf das geziegelte Satteldach.

»Ja, das ist undicht«, bestätigte Alois. Er steckte sein Taschentuch wieder ein. »Seid ihr fertig für heut?«

»Drin gibt es noch einiges zu tun«, entgegnete Martin.

»Allerdings nicht für mich«, entschuldigte sich Anton. »Ich erwarte noch einen Kunden aus Bonn.«

»Mach's gut, Anton«, sagte Alois und schulterte die Butte. »Ich geh schon mal rein.«

»Bis bald, Alois«, erwiderte Anton. Als Alois in der Hütte verschwunden war, legte er Martin eine Hand auf die Schulter. »Eines noch – Edgar Nold hat mich angerufen.«

»Edgar? Vaters bester Freund aus München? Er war doch erst zur Beerdigung bei uns in Stuttgart. Was wollte er denn?«

»Albrecht von Braun ist gestorben. An einem Herzanfall.«

»Albrecht von Braun?« Martin überliefen Grauen und Erleichterung zugleich. »Da wird Mutter … froh sein.«

»Im Grunde genommen sind alle froh«, erwiderte Anton. »Die Gefängnisleitung überstellt seinen Leichnam in den nächsten Tagen an die Angehörigen, und Edgar möchte dafür sorgen, dass er sofort beerdigt wird.«

Albrecht von Braun hatte Judith einst heiraten wollen. Mit Victors Hilfe war Judith dieser arrangierten Ehe entkommen, woraufhin Albrecht aus Rache vor Jahren ein verheerendes Feuer in der Schokoladenfabrik gelegt hatte. Bis auf das Bürogebäude war alles niedergebrannt. Viktoria und Mathilda hätten dabei fast ihr Leben verloren. Albrecht, den man rasch gefasst hatte, war daraufhin zu lebenslangem Zuchthaus verurteilt worden.

»Kein schönes Leben. Und auch kein schöner Tod«, stellte Martin fest.

»In der Tat.« Anton drückte ihm noch einmal die Schulter und ließ ihn schließlich los. »Eins noch – das, was wir hier machen, ist ebenfalls brandgefährlich, Martin. Robert kann das Weinberghäuschen allenfalls ein paar Wochen lang bewohnen. Dann muss eine andere Lösung für ihn gefunden werden.«

»Ich weiß, Anton. Verlass dich auf mich. Und auf Mathilda.«

Drinnen packte Alois mit Mathilda derweil die Weinbutte aus. Nachdem sie eine Stichsäge, eine große Zange, mehrere Schraubenzieher und passende Schrauben in unterschiedlicher Größe auf den Tisch gelegt hatten, kamen einige Dachpfannen zum Vorschein.

»Da hast du aber schwer getragen«, meinte Mathilda und nahm vorsichtig den ersten Ziegel heraus.

»Ha ja. Und ich habe längst net alles mitbringen können«, erwiderte Alois und griff ebenfalls in die Butte. »Anton oder Martin sollen die anderen Ziegel mit dem Auto transportieren.«

»Das hätten sie schon heute machen können, wenn du Bescheid gegeben hättest«, tadelte Mathilda. »Diese Schlepperei ist doch nicht notwendig!«

»Ich hab die Ziegel erst vorhin bekommen«, rechtfertigte sich Alois. »Und einfach ein paar davon in die Butte getan.«

Ein leises Pfeifen, ein Quietschen, dann stand Martin in der Tür.

»Das war das *Heidenröslein* von Schubert!«, lachte Mathilda.

»Richtig!« Martin zwinkerte ihr zu. »Ich dachte, ich mach es mal wie Alois.«

»Ich tät aber so was net pfeifen«, meinte Alois trocken. »Das kennt doch kein Mensch!«

»Schau, Martin! Alois hat Dachziegel gebracht!« Mathilda deutete auf die Butte.

»Wenn du dieser Tage Zeit hast, kannst du den Rest in meiner Werkstatt abholen«, meinte Alois.

»Jederzeit. Passt es dir morgen?«

»Ha ja, bei mir passt's immer.« Alois setzte sich auf den Hocker, der neben dem Tisch stand.

Martin begann, die restlichen Dachziegel aus der Butte zu nehmen. »Anton hat mich gerade darauf angesprochen, dass Robert nicht für unbegrenzte Zeit hierbleiben kann.«

»Das hatten wir doch auch nicht vor«, antwortete Mathilda. »Ich dachte, bis in den späten Herbst vielleicht.«

»Ich fürchte, dass es nicht so lange dauern darf, Mathilda.«

Sie sah ihn fragend an. »Aber wie sollen wir so schnell einen anderen Aufenthaltsort für ihn finden?«

»Wir müssen.« Martin strich ihr über die Wange. »Aus meiner Sicht wäre die Schweiz eine Möglichkeit. Dorthin ist es nicht allzu weit von Stuttgart aus.«

Alois räusperte sich. »Da hat er recht.«

Mathilda seufzte. »Also müssen wir einen Weg in die Schweiz finden.«

»Darüber habe ich mir in den letzten Tagen bereits Gedanken gemacht«, meinte Martin. »Wegen der Olympischen Spiele sind derzeit viele Menschen aus dem Ausland unterwegs. Sie reisen kreuz und quer durch das Land und solange das so ist, könnte es etwas leichter sein, ihn in Sicherheit zu bringen. Wenn danach alles wieder seinen gewohnten Gang geht, wird die Überwachung sicherlich wieder zunehmen.«

»Des denk ich auch«, brachte sich Alois ein. »Deshalb hab ich mich ein bissle umgehört. Dein Vater hat sicher keinen Pass mehr.«

»Nein«, antwortete Mathilda. »Der wurde ihm im Lager abgenommen.«

»Es gibt einen Fotografen, unten in Stuttgart, der uns helfen könnt. Er heißt Otto Scholl und hat sein Geschäft in der Rotebühlstraße.«

»Fälscht er Pässe?«, fragte Martin geradeheraus.

»Ich melde euch bei ihm an«, antwortete Alois.

16. KAPITEL

Das Olympiastadion in Berlin,
am 9. August 1936

Die Sonne hatte sich durch die Wolken gekämpft, an diesem Sonntagnachmittag in Berlin, und die Temperatur war angenehm. Ideales Sportwetter also, und die Stimmung im ausverkauften Olympiastadion brodelte dem Finale der 4-mal-100-Meter-Staffel entgegen. Andrew hatte bereits die Vorläufe am Samstag gesehen und rechnete fest mit einem Sieg der Amerikaner.

Die Besetzung jedenfalls war erstklassig. Neben Ralph Metcalfe, Foy Draper und Frank Wykoff startete Jesse Owens, der im Laufe dieser Spiele bereits drei Goldmedaillen gewonnen hatte. Das dürfte dem deutschen *Führer* kaum gefallen. Doch Andrew war sich zugleich der Tatsache bewusst, dass Jesse Owens, als Farbiger auch in seiner eigenen Heimat mit Vorurteilen und Anfeindungen zu kämpfen hatte. Dabei war Owens nicht nur ein begnadeter Sportler, sondern auch ein sympathischer, bescheidener Kerl, der stets ein breites Lächeln auf den Lippen trug. Fairness war für den jungen Mann aus Oakville in Alabama kein leeres Versprechen, und damit kam er dem olympischen Gedanken vielleicht näher als mit all seinen Siegen.

Andrew richtete seine Aufmerksamkeit auf das sportliche Geschehen in der Arena. Der Lärmpegel im Stadion sank. Das Publikum fand sich in einvernehmlicher, erregter Stille zusammen, wie immer vor dem Start.

Der Stadionsprecher verkündete die bevorstehende Disziplin: *»Vier mal hundert Meter Staffel – Männer. In die Entscheidung sind gekommen: Argentinien, Deutschland, Holland, Amerika, Italien, Kanada.«*

Die Startläufer der genannten sechs Nationen begaben sich in ihre Position.

»Auf die Plätze – fertig!« Dann erfolgte der Startschuss.

Mit angehaltenem Atem folgte Andrew dem Rennen, welches der Sprecher engagiert kommentierte: *»Owens, der schnellste Mann der Welt, der Erste in Amerikas Staffel, geht spielend in Führung, vorbei am Italiener Mariani – erster Wechsel, Metcalfe hat den Stab – steigert vorbei an Kanada, gibt im zweiten Wechsel an Draper – und Draper fliegt davon … vergrößert den Abstand – dritter Wechsel, letzter Wechsel mit Frankie Wykoff, der rast dem Sieg entgegen …«*

Gebannt verfolgten alle den Schlussspurt des letzten amerikanischen Läufers. *»Erster Amerika in neuer Weltrekordzeit von 39,8!«*, verkündete der Kommentator atemlos.

Nicht einmal vierzig Sekunden hatte die amerikanische Staffel zum Sieg gebraucht und krönte damit diesen Spieltag.

Der Jubel kannte keine Grenzen. Die überwiegend deutschen Zuschauer schien es nicht zu kümmern, dass es eine ausländische Nation war, die soeben den Weltrekord aufgestellt hatte. Sie feierten den Sport.

Von seinem Platz aus hatte Andrew die Führerloge an der Südseite des Stadions gut im Blick. Hitler war anwesend, umgeben von seiner Entourage. Andrew erkannte Goebbels und Göring, beides allgegenwärtige Gesichter in den Zeitungen. Die drei zeigten keinerlei Regung angesichts des amerikanischen Sieges. Andrew fragte sich, was das deutsche Volk an diesem abweisenden Mann mit dem dunklen, eigenwilligen Oberlippenbart fand. Dem stets gepriesenen Bild des arischen Helden entsprach weder er noch einer der beiden anderen. Hitler und Goebbels waren dunkelhaarig, Goebbels dazu noch klein und schmächtig, Görings Bauch hingegen sprengte beinahe die Knöpfe seiner weißen Uniform. Es wirkte eigenartig, dass diese Männer die deutsche Staatsspitze verkörpern sollten. Andrew schüttelte den Kopf. An der Führerloge entlang lief der Bruch zwischen dem Deutschen Reich der Olympiade und dem Deutschen Reich der Politik. Erst im vergangenen März waren deutsche Soldaten vertragswidrig in das Rheinland einmarschiert. Diese Dinge durfte man bei aller olympischer Euphorie nicht vergessen.

Das Stadion rüstete zur Siegerehrung. Da die Niederländer beim Wechsel den Stab verloren hatten, rückte Deutschland auf Rang drei vor und gewann nach den Italienern die Bronzemedaille. Als die Athleten auf dem Siegerpodest standen und die amerikanische Hymne erklang, überlief Andrew eine Gänsehaut. Und er wurde sich bewusst, an diesem Augusttag in Berlin, ganz nah an den Wurzeln der Familie seines deutschen Großvaters, wie sehr er sich mit seiner amerikanischen Heimat verbunden fühlte.

Es war die richtige Entscheidung gewesen, kurz entschlossen nach Berlin zu kommen, auch wenn ihn die Zimmersuche in der überfüllten Stadt einige Nerven gekostet hatte und lediglich mit einer recht bescheidenen Absteige belohnt worden war. Die Wettkampf-Atmosphäre war einzigartig, keiner hier vermochte sich dem Sog zu entziehen, den Olympia entfaltete. Und eines musste man den Deutschen lassen: Die Spiele waren an organisatorischer Perfektion nicht zu überbieten. Das kolossale, beflaggte Stadion tat sein Übriges, um jedem Einzelnen den Eindruck zu vermitteln, Teil eines erhabenen Spektakels zu sein. Ganz zu schweigen vom olympischen Feuer, das auf stille Art eine symbolische Verbindung zu den antiken Ursprüngen der Spiele schuf. Grandios.

Er verließ seinen Platz, bevor das Gros der Zuschauer sich auf den Weg nach Hause machte, und schlug den Weg zu den Rängen der internationalen Presse ein. Schon während der letzten Tage hatte er hin und her überlegt, ob er nach Eleanor Holm suchen sollte, die hier – sofern ihre Aussage gestimmt hatte – als Berichterstatterin für die *Associated Press* tätig sein musste. Da er morgen früh den Zug zurück nach Stuttgart nehmen wollte, war heute die letzte Gelegenheit, sie wiederzusehen.

Er fand sie ohne Mühe. Mit Schreibblock und Stift bewaffnet saß sie, strahlend wie immer, an einem der weißen

Pulte, die in langen Reihen für die Journalisten aufgebaut worden waren.

Sie erkannte ihn sofort. »Andrew! Wie schön, Sie hier zu sehen!« Die Kollegen, die in ihrer Nähe saßen, drehten sich zu ihm um. Er grüßte mit einem kurzen Kopfnicken, bevor er sich wieder an Eleanor wandte: »Die Freude ist ganz auf meiner Seite. Sie haben es tatsächlich in die Elite der Olympia-Korrespondenten geschafft.«

Sie lachte. »Und es ist ganz wunderbar!«

»Das freut mich, besonders nach dem Debakel auf der Überfahrt.«

Der Reporter neben Eleanor flüsterte ihr etwas ins Ohr.

»Oh, ja. Natürlich«, hörte er sie antworten.

»Andrew«, meinte sie dann bedauernd. »Wir müssen noch ein paar Interviews führen. Deshalb …«

»Selbstverständlich«, versicherte Andrew. »Es war ohnehin kühn von mir, Sie einfach so zu überfallen.«

Er wollte sich schon zurückziehen, als sie den anderen Journalisten einen entschuldigenden Blick zuwarf und ihren Platz verließ, um sich für einen Augenblick zu ihm zu gesellen, in den engen Raum zwischen den Rängen. »Wie lange sind Sie denn in Berlin, Andrew?«, fragte sie leise.

»Nur bis morgen. Nächste Woche habe ich bereits wieder einen wichtigen geschäftlichen Termin in Stuttgart.«

»Dann könnten wir uns doch heute Abend auf einen Drink treffen. Vielleicht kommt noch der eine oder andere Kollege dazu.«

»Sie müssen sich nicht verpflichtet fühlen …«

»Ach nein, ich fühle mich nicht verpflichtet.« Sie lächelte. »Wir werden gegen acht Uhr im *Horcher* sein … das ist in der … ich habe den Straßennamen vergessen, aber das finden Sie auf alle Fälle! Jeder in Berlin kennt *das Horcher.*«

Gegen halb acht ging Andrew über den bewimpelten und beflaggten Kurfürstendamm. Unter den Bäumen des breiten Boulevards mit seinen großzügigen Gehwegen flanierten unzählige Menschen, genossen den Sommerabend und die festliche Stimmung, ließen sich von den unterschiedlichen Lokalitäten locken und an den Tischen nieder, die draußen aufgestellt worden waren. Andrew nahm die Eindrücke in sich auf, spazierte mit dem Strom und wunderte sich erneut, wie die Stadt derart kosmopolitisch wirken konnte, obwohl die Haltung der Nationalsozialisten eigentlich ganz anderes erwarten ließ. Ein Widerspruch, den er gedanklich nur schwer auflösen konnte. Vermutlich würde erst die Zeit nach der Olympiade zeigen, wie es tatsächlich weiterging mit dem Deutschen Reich.

Kurz vor der Kaiser-Wilhelm-Gedächtniskirche mit ihren zahlreichen Türmchen bog Andrew rechts in die Augsburger Straße ab. Von dort aus war es nur noch ein kurzer Weg, bis er die Lutherstraße erreichte und damit sein Ziel, das Restaurant *Horcher.*

Als er das Lokal betrat, wunderte er sich, wie nobel und intim zugleich die Atmosphäre war. Nur wenige Tische fanden sich in dem lang gezogenen, mit Leder ausgekleideten Gastraum, alle besetzt von augenscheinlich gut betuchten Gästen, darunter einige Männer in Uniform, deren Abzeichen auf höhere Ränge hinwiesen.

Ein tadellos gekleideter Herr war bereits zur Stelle: »Haben Sie reserviert, Monsieur?«, fragte er auf Französisch. Augenscheinlich handelte es sich um den Inhaber des Hauses Otto Horcher, der die Gäste meist persönlich begrüßte. So war es Andrew erzählt worden.

»Andrew! Hier sind wir!« Eleanors Stimme erreichte ihn über die Köpfe der Anwesenden hinweg, die irritiert aufsahen. Die kesse Schwimmerin störte sich nicht daran und winkte ihm fröhlich zu.

Andrew wurden Hut und Sommermantel abgenommen. Horcher führte ihn über den dicken Perserteppich zu der heiteren Runde, die bereits hingebungsvoll dem Champagner frönte.

»Wie schön, dass Sie kommen konnten!« Eleanor reichte ihm die Hand. »Darf ich vorstellen? Das sind James und Bob.« Sie deutete auf die beiden Herren, die mit ihr um den runden Tisch saßen. Andrew ging davon aus, dass es sich ebenfalls um Journalisten handelte und nannte mit einer angedeuteten Verbeugung seinen Namen, bevor er Platz nahm.

»Bringen Sie uns bitte noch eine Flasche *Drappier*«, orderte Eleanor. Andrew wäre eher nach einem Gin gewesen, aber er sagte nichts.

»Das *Horcher* ist das beste Restaurant in Berlin«, erklärte Bob vielsagend und sein Kollege, James, nickte.

Nur wenig später stand ein neuer, silberner Champagnerkühler auf dem Tisch. Während der Kellner einschenkte, reichte ihnen der *Maître* des Hauses die Speisekarten und sprach auf Französisch seine Empfehlungen aus. Andrew hätte sich beinahe an seinem Champagner verschluckt, als er die Preise auf der Karte sah.

Das *Horcher* war kein Restaurant der gehobenen Klasse, es war auch keines der Spitzenklasse. Das *Horcher* gehörte zur absoluten Luxusklasse. Er ließ sich nicht anmerken, dass er sich ein Essen hier eigentlich gar nicht leisten wollte. Sein Vermögen steckte in der SweetCandy, deshalb hatte er seine persönlichen Ausgaben drastisch reduziert.

Er hätte sich besser erkundigen sollen. Nicht nur nach dem Weg, sondern auch nach der Preislage des *Horcher,* doch dafür war es nun zu spät. Er bestellte die Kalbsröllchen auf Artischockenböden.

Während sie auf das Essen warteten, entspann sich ein lockeres Gespräch über das unstete Berliner Wetter. Mitten im August zeigte Petrus sich launisch und unterkühlt. Auch den einen oder anderen Regenschauer hatte er in petto.

»Das hätten sie sich anders gewünscht hier«, meinte Bob und zündete sich eine Zigarette an. »Bei allem Perfektionismus – das Wetter können sie nicht beeinflussen, die Nazis.«

»Hitze wäre viel schlimmer«, entgegnete Eleanor, und Andrew gab ihr im Stillen recht.

Der erste Gang wurde serviert. Eleanor genoss ein Schildkrötenparfait, Bob und James lobten den Rheinlachs,

Andrew die Kalbsröllchen. Sie waren vom Champagner zu einem leichten Wein übergegangen.

Die Zeit bis zum Hauptgang nutzten Bob und James, um vom Weitsprung-Drama zu erzählen, ein Ereignis, das bereits jetzt Olympiageschichte geschrieben hatte.

»Das war ja ganz zu Beginn der Spiele, am vierten August«, plauderte James. »Owens hatte schon zwei Sprünge in der Qualifikation vergeben. Wenn er den dritten auch verhunzt hätte, dann wäre er raus gewesen aus dem Wettkampf. Aber dieser Hüne von einem Deutschen, Luz Long, nahm Jesse zur Seite. Ich schwöre, der hat ihm einen Tipp gegeben.«

»Ja, das hat er auf jeden Fall«, bestätigte Eleanor. »Sie haben getuschelt, das ist vielen aufgefallen!«

»Owens hat den Weitsprung doch gewonnen«, hakte Andrew nach, der das olympische Geschehen in Stuttgart nur sporadisch verfolgt hatte.

»Oh ja, mit acht Metern null sechs«, bestätigte Bob. »Aber die hätte er gar nicht springen können, wenn er morgens die Qualifikation nicht geschafft hätte.«

»Und anschließend sind sie Arm in Arm durch das Stadion gelaufen, der Neger und der Weiße. Das war ein Bild!«, schwärmte James.

Der *Maître* erschien und zelebrierte den Hauptgang. Andrews *Medaillons Horcher* wurden serviert. Eleanor setzte bei diesem Gang aus, Bob und James hatten sich in auffälliger Eintracht *Faisan de presse* bestellt, dessen Sauce auf einem Spiritusrechaud am Tisch flambiert wurde, und Andrew fragte sich flüchtig, ob die beiden mehr füreinander waren als nur Journalistenkollegen.

Das Essen war ausgezeichnet, die Laune stieg mit jedem Glas ausgesuchten Weines. Schließlich wurde auf zartem Porzellan das Dessert gebracht, Baumkuchen, eine Spezialität des Hauses. Während sich Andrew mit einer silbernen Gabel das erste Stück Gebäck abstach, beugte sich Eleanor auf einmal vor und sah sie alle an. »Also, ich glaube nicht, dass die Leute hier so schlecht sind, wie man sagt.«

Andrew merkte auf, Bob und James wirkten irritiert. »Wie meinst du das?«, fragte Bob.

»Dass sie die Juden schlecht behandeln, zum Beispiel. Davon ist nichts zu merken.«

»Ja, man hat davon gehört«, entgegnete Bob. »Vielleicht verstecken sie es einfach gut, weil so viele Ausländer hier sind.«

James nickte. »Mir hat zu denken gegeben, dass sie Stoller und Glickman heute nicht haben starten lassen. Beides Juden. Auch wenn Owens und Metcalfe den Sieg heimgebracht haben, glaube ich kaum, dass es eine sportliche Entscheidung war. Unsere Funktionäre haben vor den Deutschen gekuscht.«

»Owens meinte sogar, dass er zu müde für den Start sei, nachdem er schon drei Goldmedaillen gewonnen hatte«, meinte Bob. »Trotzdem haben sie ihn nominiert.«

»Stoller und Glickman waren in hervorragender Form«, fuhr Bob fort. »In den Testläufen haben beide Draper geschlagen. Und das nicht einmal knapp.«

»Ganz genau«, antwortete James.

»Ach was«, sagte Eleanor und tupfte sich die Mundwinkel mit ihrer Stoffserviette ab. »Der Trainer wird seine Gründe dafür gehabt haben, Owens und Metcalfe auszuwählen.« Sie legte die Serviette zurück auf ihren Schoß. »Und alles andere hier ist großartig. Vor allem die Partys.« Sie zeigte wieder ihr breites Lächeln. Inzwischen erschien es Andrew nicht mehr strahlend, sondern aufdringlich.

»Du hattest einfach Glück, Eleanor«, gab Bob zu bedenken. »Wer von uns kassiert schon ein paar Tausend Dollar für seinen Job?«

»Der Preis dafür war hoch.« Eleanor lachte bitter. »Ich wäre lieber selbst gestartet, als zu berichten, das könnt ihr mir glauben. Aber was nützt es, sich zu grämen? Man muss genießen, was man hat. Ich liebe die *Heil Hitlers,* das ist so lustig, und ich liebe die Uniformen und die Flaggen hier. Und auch die *guys* sind richtig sympathisch.« Unvermittelt dämpfte sie ihre Stimme. »Hitler hat mit mir persönlich gesprochen. Er meinte, dass es nicht besonders gescheit gewesen sei von Brundage, dass er mich suspendiert hat, nur wegen ein paar Gläsern Champagner.« Sie hob ihr Glas. »Also! Genießen wir Berlin!«

Wenig später beglichen sie die Rechnung und traten, stilvoll durch den Inhaber persönlich verabschiedet, hinaus auf die Lutherstraße.

»Wir nehmen noch einen Drink in der Kakadu-Bar«, meinte Eleanor und hakte sich bei Andrew unter. »Sie kommen doch mit?«

Mit einem Mal war Andrew allem überdrüssig. Der Zwiespältigkeit der Olympiade, dem ganzen Trubel, der Nähe zu Eleanor, die sich an diesem Abend wie ein Glamor-Girl gab. Nicht einmal die Aussicht auf einen Gin oder einen Whiskey konnte ihn locken.

Die Erinnerung an ein Paar blaue Augen gab den Ausschlag. »Vielen Dank für das Angebot, Eleanor. Aber ich werde nicht mehr mitkommen. Ich darf morgen meinen Zug nicht verpassen. Er geht in aller Frühe.«

17. KAPITEL

Die Villa Rothmann,
am frühen Abend des 13. August 1936

Viktoria hatte es sich am Tisch im großen Salon gemütlich gemacht und legte ein *Panorama-Mosaik*. Stück für Stück setzte sie die einzelnen, bemalten Holzteilchen zu einem Bild zusammen, eine Landschaft mit Wiesen, Bäumen, Häusern und einem See. Sie liebte dieses Spiel, auch wenn es beinahe so alt war wie sie selbst. Es erinnerte sie an ihre Kindheit. Zugleich konnte sie dabei ihre Gedanken wandern lassen und die waren gerade bei Luc in Frankreich, von dem sie seit ihrer Abreise nichts mehr gehört hatte. Sie nahm es ihm nicht übel. Auch für sie waren die unbeschwerten Tage von Voiron weit weg. Das Leben brachte jeden Tag neue Herausforderungen, und ihm dürfte es ähnlich ergehen.

Es läutete.

Vermutlich war es Onkel Anton, der sich schon etwas früher einfand als vereinbart – um neunzehn Uhr sollte das Abendessen mit Herrn Miller stattfinden.

»Herrrrrrrgottttsss …«, kam es aus dem riesigen Vogelbauer, der auf einem eigenen Tisch an der Wand stand.

»Sei still, Pepe! Du weißt, dass du das nicht sagen darfst!«, schalt Viktoria ihren Graupapagei, den sie von ihrem Onkel Karl vor fast zehn Jahren geschenkt bekommen hatte. »Sprich: Das ist feiiiinn!« Sie betonte die letzten Laute.

»Vickieeeee … dasss issst … Ssswwwwweeeinnn!«

Viktoria schüttelte lachend den Kopf. Wie sehr man sich auch bemühte, diesem Vogel anständige Dinge beizubringen – er verfiel immer wieder in alte Gewohnheiten. Vom ersten Tag an hatte er mit Inbrunst Schimpfwörter vorgetragen, und alle Versuche, ihm dies auszutreiben, waren vergeblich gewesen. Karl hatte immer gelacht und gemeint, das läge daran, dass Pepe die ersten Jahre seines Papageienlebens in einem Pfarrhaushalt verbracht hätte.

Der graue Vogel mit dem auffallend roten Schwanz flatterte aufgeregt in seinem Käfig hin und her.

»Jetzt gib doch Ruhe!«, schimpfte Viktoria und stand auf, um ihren gefiederten Freund zu beruhigen.

Kaum hatte sie den Vogelbauer erreicht, richtete sich Pepe kerzengerade auf: »Heiillll Himmmmmel!«

»Pepe!«

Ein tiefes, warmes Lachen ließ Viktoria herumfahren. »Wer ist … oh, Herr Miller, Sie sind schon da?«

»Wenn es keine Umstände macht?« Andrew Miller trat ein, auf seinem Gesicht lag ein amüsierter Ausdruck. »Ich hatte mich mit dem Weg verschätzt und bin nun einige Minuten zu früh dran.«

Dora folgte ihm auf dem Fuß. »Ich dachte, ich führe ihn in den Salon, bis das Essen serviert wird.« Sie wirkte verlegen. »Ich wusste nicht, dass Sie hier sind.«

»Es ist alles gut, Dora, ich danke dir«, entgegnete Viktoria. »Holst du uns dann bitte rechtzeitig?«

»Aber natürlich.« Dora nahm die Klinke in die Hand, doch anstatt die Tür zuzuziehen, ließ sie sie ein Stückchen offen, als sie sich auf den Weg in den Küchentrakt machte.

Diese Geste entlockte Andrew Miller ein weiteres Schmunzeln.

»Heiiilll! Hiimmmmmmmel!« Pepe war in seinem Element.

»Was sagt er da eigentlich?«, fragte Miller und kam näher zum Käfig. »Heil *Himmel?*«

»Ähm … ja. Das ist …«

»Ah, ich kann es mir denken. So ruft man dem Mann zu, der *Führer* genannt wird, nicht wahr?«

Viktoria räusperte sich und überlegte fieberhaft, ob sie ihm die Wahrheit sagen sollte. »So ähnlich«, meinte sie dann. »Wir hier vermeiden den direkten … *Führergruß*.«

»Amen!«, fügte Pepe an.

»Amen?!« Millers Belustigung nahm sichtlich zu. »Er kann beten! *Good Lord*!«

Nun musste auch Viktoria lachen. »Pepe hat einige Begriffe im Repertoire, die er gerne verwendet. Darunter sind ein paar fromme Worte, wenn Sie so wollen.«

»Ah, Pepe heißt er. Das passt zu ihm!«

»Pepe, Vickieeeee! Herrrrrrrgotttttss …«

»Pepe!« Viktoria klopfte leicht an die Gitterstäbe.

Der Papagei wechselte beleidigt die Stange und begann, sein Lieblingslied zu pfeifen: *Kommt ein Vogel geflogen.* Viktoria hatte es ihm beigebracht, als sie selbst noch ein Kind gewesen war. »Nun«, meinte sie entschuldigend, »er hat seinen eigenen Kopf, unser Pepe.«

»Ein Graupapagei, nicht wahr?«, fragte Miller. »Ich weiß, dass diese Tiere gut sprechen lernen, wenn man mit ihnen übt.«

»So ist es«, seufzte Viktoria. »Nur abgewöhnen lässt er sich leider nichts.«

»Nicccchhhhts … Schwaachhhhhh … koppfffffl!«, gurrte Pepe allerliebst, als wolle er Viktorias Worte unterstreichen.

»Er hat gewiss schon für lustige Situationen gesorgt«, entgegnete Miller.

»Für lustige und für … weniger lustige.« Sie wandte sich zu ihm um. »Darf ich Ihnen etwas zu trinken anbieten, Herr Miller? Um die Wartezeit zu überbrücken?«

»Eine gute Idee.«

Viktoria ging zu einer Kommode, auf der einige Alkoholika standen.

»Einen Schnaps? Weinbrand? Oder lieber einen Whisky?«

»Gerne einen Whisky.«

Viktoria schenkte ein Glas ein und reichte es ihm. Als er es nahm, strich er ihr versehentlich mit zwei Fingern über den Handrücken. Sie sah zu ihm auf. Ein nachdenklicher Ausdruck lag auf seinem Gesicht.

»Sollen … möchten Sie sich setzen?« Sie deutete auf einen

der Stühle am Tisch und bemerkte, dass ihre Hand leicht zitterte. Was war nur mit ihr los?

Er ging zum Tisch. Als er sich setzte, fiel sein Blick auf ihr Mosaik. »Ah, ein Puzzle!«

Viktoria war dankbar, dass er unbefangen weitersprach. »Hin und wieder lege ich die Bilder recht gern. Zum einen erinnern sie mich an meine Kindheit, zum anderen kommt man dabei zur Ruhe.«

»Puzzles sind etwas Großartiges!« Miller besah sich interessiert das halb fertige Mosaik. »In den Staaten werden sie inzwischen aus Pappe gestanzt.«

»Wirklich?«

»Es grassiert ein richtiges Puzzlefieber mit unzähligen Motiven. In New York bekommt man sie an jeder Straßenecke.«

Viktoria kam eine Idee. »Aus Pappe dürften sie nicht allzu teuer in der Herstellung sein.«

»Nein. Die Produktionskosten sind gering. Sie werden gestanzt.«

»Dann wären sie doch ein gutes Werbemittel, meinen Sie nicht? Eine Schokoladentafel als Motiv, vielleicht mit Früchten oder dem Emblem des Herstellers …«

»Das wird tatsächlich gemacht, Fräulein Rheinberger! Ich würde sogar sagen, dass der Hauptteil der hergestellten Puzzles Werbezwecken dient. Über alle Branchen hinweg.«

Viktoria war begeistert. »Man könnte solche Puzzlespiele den Pralinenpackungen beilegen. Den hochwertigen natürlich, als zusätzlichen Anreiz, sie zu kaufen. Oder Punkte auf

Schokoladentafeln aufdrucken. Wenn genügend zusammengekommen sind, meinetwegen zehn oder fünfzehn, kann man sie gegen ein Puzzle eintauschen. Oder … ein richtiges Puzzle aus Schokolade … ach, mir fallen sofort hunderttausend Dinge ein …«

»Vicky, ähm … Fräulein Rheinberger, Herr Miller?« Dora steckte den Kopf zur Tür herein. Sie mussten ihr Klopfen überhört haben.

»Ist es so weit, Dora?«, fragte Viktoria.

»Ja. Frau Rheinberger und Herr Rothmann warten im Speisezimmer.«

Judith und Anton begrüßten Herrn Miller zuvorkommend, aber distanziert, was Viktoria sofort auffiel. Sie wunderte sich darüber, denn bei der letzten Vorbesprechung am gestrigen Nachmittag hatten Judith und Anton beschlossen, den Kredit in Millers Sinne zu verlängern. Eigentlich sollten keine größeren Unstimmigkeiten zu erwarten sein.

Sie sah zu Andrew Miller, der aufmerksam war, ansonsten aber keine Regung erkennen ließ. Mit einem leisen Dankeschön nahm er den gekühlten Champagner entgegen, den Anton ihnen ausschenkte. Sie stießen an und wechselten ein paar höfliche Floskeln, ehe sie sich zu Tisch begaben. Viktoria nahm an der Seite ihrer Mutter, Andrew Miller neben Anton Platz.

Tine servierte den ersten Gang, eine kräftige Brühe mit Maultaschen darin. Miller schien diese Spezialität während seines Aufenthaltes in Stuttgart bereits kennengelernt zu haben, denn er zeigte keinerlei Überraschung, als die durch den Spinatanteil grünlich gefärbte Fleischfüllung zum Vorschein kam.

Man unterhielt sich über das Wetter und die Olympischen Spiele. Miller erzählte davon, dass er ein paar Tage in Berlin verbracht hatte, um einige Wettbewerbe im Olympiastadion zu sehen.

»Da wäre ich wirklich gern dabei gewesen«, meinte Anton. »Allein wegen der vielen Technik.«

»Es war in der Tat beeindruckend«, erwiderte Andrew. »Ich hätte nicht erwartet, dass alles so perfekt gemacht ist. Allein die Fernsehübertragung ist ein Wunderwerk. Die Organisatoren haben wirklich nichts dem Zufall überlassen.« Er sah Viktoria an. »Berlin hätte Ihnen ganz gewiss gefallen!«

»Oh ja«, erwiderte Viktoria. »Nicht nur wegen der Olympischen Spiele. Ich mag die Stadt. Auch wenn ich noch nicht oft dort war.«

Der Hauptgang wurde serviert, und Andrew lobte den fein gewürzten Hackbraten mit Spätzle und Rahmsoße. Gertis Spätzle waren schon immer Viktorias Leibspeise und nur schweren Herzens verzichtete sie auf die zweite Portion, die sie sich im trauten Familienkreis niemals entgehen lassen würde.

Hin und wieder spürte Viktoria Andrews Augen auf sich ruhen. Als sie seinen Blick nach einer Weile erwiderte, las sie eine interessierte Nachdenklichkeit darin.

Der Nachtisch kam in vier tassenartigen Steingutförmchen – kleine, locker gebackene, nicht zu süße Kuchen.

Gerti servierte sie persönlich. Tine reichte das Kirschkompott dazu.

»Ein interessantes Gebäck«, bemerkte Miller. »Wie nennt es sich?«

»Das sind *Pfitzauf*.«

Miller sah Viktoria fragend an.

»Eine Spezialität von hier«, erklärte sie ihm schmunzelnd. »Allerdings schmecken sie besser mit einer Schokoladensoße. Finde ich jedenfalls.«

Er nickte. »Schokoladensoße könnte ich mir durchaus dazu vorstellen. Aber auch das Kompott ist ausgezeichnet, nicht zu säuerlich und nicht zu süß. Und der Orangenlikör darin macht es besonders.« Sein Lächeln verursachte Viktoria ein Gefühl im Magen, als habe sie zu ihrem Pfitzauf einen Schwarm Schmetterlinge verspeist. Sie versuchte, diese Regung zu unterdrücken, und konnte doch nicht anders, als sein Lächeln ehrlich zu erwidern.

൏

Eine halbe Stunde später wechselten sie vom Speisezimmer ins Arbeitszimmer. Nachdem sie um einen kleinen Besprechungstisch Platz genommen hatten, reichte Anton Rothmann einen fruchtigen Mirabellenschnaps als Digestif. »Ein Eigendestillat, Herr Miller. Möge er wohl bekommen!«

Andrew kostete. Die Schärfe des Alkohols wich rasch einem angenehmen Obstaroma. »Er schmeckt ausgezeichnet!«

Ein zweites Glas lehnte Andrew dennoch ab. Heute brauchte er einen klaren Kopf, denn er war sich nicht sicher, was ihn nun erwartete. Sowohl Frau Rheinberger als auch Anton Rothmann hatten sich während des Essens freundlich, aber recht kühl gegeben. War es ihnen peinlich, dass er von den Drohungen wusste, die über der Schokoladenfabrik schwebten?

»Zigarre?«

»Nein, danke.« Andrew rauchte nur äußerst selten, nachdem er vor Jahren eine schwere Atemwegserkrankung durchgestanden hatte.

Zu seiner Verwunderung verzichtete auch Anton Rothmann auf die obligatorische Zigarre, klappte die Zigarrenkiste zu und stellte sie zur Seite. Dann schien er seine Gedanken zu sammeln.

»Herr Miller«, sagte er schließlich. »Uns erreichte heute am späten Nachmittag der Anruf eines New Yorker Bankhauses. Wir wurden vor einem weiteren Engagement in Ihrem Unternehmen gewarnt.«

»Wie bitte?« Ein Moment lang rang Andrew irritiert um Fassung. Zugleich bemerkte er die Überraschung, mit der Viktoria erst ihren Onkel, dann ihre Mutter ansah. Für sie schien diese Information genauso plötzlich zu kommen wie für ihn. Judith Rheinberger warf einen Blick zu ihrer Tochter hin und schüttelte leicht den Kopf, während Anton Rothmann seine Aufmerksamkeit weiter auf Andrew gerichtet hielt.

»Darf ich fragen, um welches Bankhaus es sich handelt?«, hakte Andrew nach. »Die Hudson Bank?«

»In der Tat.«

»Und mit wem haben Sie dort gesprochen?«

»Mit dem Leiter der Kreditabteilung«, entgegnete Anton.

»Und welche Begründung fand dieser Herr für seine Warnung?«

Andrew mochte kaum glauben, dass das renommierte Bankhaus eine solche Aktion initiierte.

»Der Anrufer teilte uns mit, dass die SweetCandy keinen Cent mehr wert sei. Und dass Gelder – sollten wir weiter investieren – in Ihr Privatvermögen wandern.«

»Das sind massive Anschuldigungen.« Andrew versuchte, sich seine Unruhe nicht anmerken zu lassen. »Sollte dies der Wahrheit entsprechen, dann wäre ich ein Betrüger.« Er sah Anton Rothmann offen an. »Konnte dieser Mann seine Aussage belegen? Oder stellte er Beweise in Aussicht?«

»Ich arbeite schon seit einigen Jahren mit einem Rechtsanwalt in New York zusammen, der unter anderem auf internationale Wirtschaftsangelegenheiten spezialisiert ist – John Carollo. Ich habe ihn sofort kontaktiert. Er wird die Hintergründe ermitteln.«

»John Carollo ist mir bestens bekannt. Er genießt schon lange auch unser Vertrauen in wirtschaftsrechtlichen Fragestellungen. Deshalb hatten wir ihm unter anderem die Ausarbeitung des Darlehensvertrages zwischen Victor Rheinberger und mir übertragen.«

»Ganz genau. Er arbeitet hin und wieder für die *ICC*, die Internationale Handelskammer, in New York. Ich konnte meinen Schwager damals nur darin bestärken, Herrn

Carollo mit dieser Angelegenheit zu betrauen«, sagte Anton.

»Sehen Sie, Herr Rothmann. Und John Carollo hätte Ihren Schwager mit Sicherheit gewarnt, wenn er die SweetCandy als Risikogeschäft oder gar als unseriös eingestuft hätte. Somit haben wir einen gemeinsamen Vertrauensmann.«

Einen Moment lang herrschte angespannte Stille im Raum, die nur vom regelmäßigen Ticken einer großen Standuhr durchbrochen wurde.

»Der Mitarbeiter der Hudson Bank hatte zudem angeboten«, fuhr Anton Rothmann schließlich fort, ohne näher auf Andrews Antwort einzugehen, »uns den gegebenen Kredit samt sämtlicher aufgelaufener Zinsen sofort zurückzuzahlen – wenn wir im Gegenzug die Beteiligung an der SweetCandy Ltd. an die Hudson Bank in New York City übertragen.«

»Tatsächlich?« Andrew mochte kaum glauben, was er da hörte. »Ein solches … Geschäftsgebaren ist reichlich ungewöhnlich. Sind Sie sich sicher, dass es sich um die Hudson Bank handelte?«

»Selbstverständlich bin ich mir sicher, Herr Miller.«

»Ich wundere mich nur, dass sie mit *Ihnen* Kontakt aufgenommen hat und nicht mit Frau Rheinberger selbst.«

»Die Bank hat mit *uns* Kontakt aufgenommen.« Anton Rothmann blieb vage.

Andrew überlegte fieberhaft, wie er weiter vorgehen sollte. »Wenn ich darf«, sagte er schließlich, »lege ich Ihnen ausdrücklich dar, in welcher Situation sich die SweetCandy Ltd. augenblicklich befindet.«

Anton lehnte sich zurück. »Nur zu!«

Judith Rheinberger und Viktoria dagegen setzten sich aufrechter hin. Vor allem in Viktorias Zügen spiegelten sich Ungläubigkeit und Neugier, zugleich wirkte sie angespannt und erwartungsvoll.

Andrew blieb angesichts der veränderten Bedingungen keine andere Wahl, als sich weitestgehend zu erklären in der Hoffnung, dass ihm geglaubt wurde.

»Es begann vor etwa einem Jahr«, begann er, »als aus nicht nachvollziehbaren Gründen große Aufträge storniert wurden. Meistens wurde die Qualität bemängelt. Manchmal führte man auch ein angeblich nachteilig verändertes Sortiment an, in einigen Fällen fehlte jede Stellungnahme. Zeitgleich hatten wir viel Geld in einen modernen Maschinenpark investiert. Ein Teil der dafür benötigten Finanzmittel stammte aus dem Privatvermögen meines Großvaters Robert Miller. Der Rest wurde über Bankkredite finanziert. Gewährt von der Hudson Bank.«

»Das gibt es ja nicht …«, rief Viktoria, woraufhin ihre Mutter einen Finger an die Lippen legte.

»Mir erscheint es ebenfalls eigenartig zu hören, dass ebendieses Bankhaus darum bemüht ist, den Kreditvertrag zu übernehmen, der zwischen Victor Rheinberger und der SweetCandy besteht. Damit bestünde die Möglichkeit, uns aus der Inhaberschaft zu drängen«, sagte Andrew.

»Ich verstehe. Da es zu starken Umsatzrückgängen gekommen ist, können die Kredite nun nicht mehr bedient werden«, folgerte Judith.

»Und das Bankhaus versucht, sich irgendwie abzusichern. Würde die Option zur Beteiligung auf die Hudson Bank übergehen, hätte sie im Falle einer Insolvenz von Sweet-Candy bessere Zugriffsmöglichkeiten auf das Unternehmen«, fügte Anton an.

»Oder es bestehen andere Gründe, von denen wir nichts ahnen.« Andrew sah nacheinander von Viktoria zu Anton Rothmann und schließlich zu Judith Rheinberger. »Ich kann Sie nur bitten, mir Ihr Vertrauen zu schenken. Das mag sich zunächst wenig überzeugend anhören, doch wie Sie bereits wissen, waren mein Großvater und Victor Rheinbergers Vater enge Freunde. Ohne diese Verbindung bestünde das Wandeldarlehen nicht«, betonte Andrew. »Geben Sie mir die Chance, das Unternehmen in der Hand der Familie Miller zu halten und nicht den Interessen eines Bankhauses auszusetzen, das keinerlei ideellen Werte damit verbindet.«

Anton Rothmann sah seine Schwester an, die sichtlich hin- und hergerissen war. »Judith, wir …«

»Victor hat ihm vertraut«, sagte Judith entschlossen. »Herr Miller – Ihre Firma befindet sich in akuten Schwierigkeiten. Was können Sie denn als Sicherheiten anbieten, wenn wir auf das Angebot der Hudson Bank verzichten und stattdessen den Kredit verlängern?«

»Die SweetCandy wird bald wieder in die Gewinnzone kommen. Nicht nur, weil wir eine lange Tradition haben. Wir besitzen modernste Herstellungsverfahren und eine große

Auswahl feinster Rezepturen für Confiserie-Produkte. Diesen Unternehmenszweig bauen wir im Übrigen gerade aus.«

»Eine eher vage Basis für die Bewertung eines Unternehmens«, stellte Anton fest.

»Das sehe ich allerdings genauso«, bestätigte Judith. »Sie verstehen sicher, Herr Miller, dass wir allein auf diese Aussage hin keine Finanzentscheidungen von solch enormer Tragweite fällen können.«

»Ich appelliere nochmals an das Vertrauen, auf dem unsere Geschäftsbeziehungen seit jeher beruhen und das unsere Unternehmen schon so lange verbindet«, erwiderte Andrew. »Und biete Ihnen die Exklusivrechte an unseren neuen Rezepten und Verfahren als Sicherheit. Mehr kann ich nicht tun.«

»Mutter, Onkel Anton«, sagte Viktoria und ihr Ton klang entschlossen. »Es gibt kaum Möglichkeiten, von diesem Arbeitszimmer aus festzustellen, wie es um die SweetCandy tatsächlich bestellt ist. Was haltet ihr davon, wenn ich nach New York reise?«

18. KAPITEL

Das Fotografische Atelier Otto Scholl in der Rotebühlstraße,
am 14. August 1936

Es roch nach Chemie und Papier. Mathilda rümpfte unwillkürlich die Nase, als sie zusammen mit Martin dem jungen Burschen folgte, der sie durch die Atelierräume zu Otto Scholl führte, dem Inhaber des gleichnamigen Fotoateliers. Doch der Geruch war rasch vergessen angesichts der außergewöhnlichen Kulissen, welche das riesige Fotografenstudio beherbergte.

Für nahezu jede Gelegenheit, so schien es Mathilda, konnte ein passendes Szenenbild kreiert werden.

Auf großen Holzplatten waren unterschiedliche Hintergründe aufgebracht, die auf schmalen Schienen liefen. Dadurch ließen sich die einzelnen Elemente verschieben. Die Motive wirkten verblüffend echt. Landschaftsbilder, Stadtansichten, Straßenszenen, eine Rennstrecke – sogar der Weltraum mit unterschiedlichen Planeten. Besonders gut gefielen Mathilda die Kinoplakate. Um die Illusion perfekt zu machen, gab es eine Vielzahl passender Requisiten. Neben den üblichen Tischen, Stühlen und Brüstungselementen entdeckte Mathilda ein Automobil älterer Bauart, ein Motorrad, eine Zapfsäule, eine Straßenlaterne, die Theke einer Bar. Es gab eine Ecke mit diversen Instrumenten, hohen Kerzenleuchtern und Pflanzen. Eine Wand war verspiegelt, eine andere mit künstlichen Fenstern und Spitzenvorhängen versehen, eine dritte zeigte Reliefs, die an alte Burgen erinnerten. Dazwischen standen Fotokameras und Scheinwerfer zur Beleuchtung.

»Das ist ja wie in einem Filmstudio«, wisperte sie Martin zu.

»Ja, er lässt sich immer etwas Neues einfallen, der Scholl«, raunte Martin zurück. »Daher kennt er den Alois. Der hilft ihm bei manchen technischen Sperenzchen.«

Vorbei an drei Säulen eines dorischen Tempelfragments gelangten sie in ein Hinterzimmer. Der Lehrjunge, der sie begleitete, klopfte zweimal an die Tür. Auf ein kurzes »Ja« hin öffnete er die Tür und ließ Mathilda und Martin eintreten. Dann zog er sich zurück.

»Grüß Gott, Herr Rheinberger«, sagte der lange, schmale Mann, der an einem geöffneten Schrank stand und durch dicke Brillengläser einen Stapel mit Fotografien betrachtete.

»Guten Tag, Herr Scholl«, erwiderte Martin. »Ich habe jemanden mitgebracht.«

Der Fotograf drehte sich zu ihnen um. »Ah?«

»Das ist meine Ziehschwester«, stellte Martin vor. »Mathilda Fetzer.«

Mathilda grüßte, doch Scholl streifte sie nur mit einem kurzen Blick. »Hat alles funktioniert?«, fragte er Martin dann übergangslos und ohne seinen Platz am Schrank zu verlassen.

»Es sollte alles in Ordnung sein«, gab Martin zurück. »Ich habe die Aufnahmen allerdings selbst angefertigt. Ich hoffe, sie sind verwendbar.«

»Dann werden wir sie uns gleich einmal ansehen.« Scholl zog eine der breiten Schubladen auf, die das Schrankinnere beherbergte, und suchte weitere Fotografien heraus. Nach einer kurzen Inspektion nickte er zufrieden, schloss Schubladen und Schrank und ging an einen Tisch, auf dem neben einer schlichten Lampe einige Schreibutensilien lagen. Ohne sich hinzusetzen, nahm er einen Bleistift und begann, die Rückseiten der Bilder zu nummerieren. »Entschuldigen Sie bitte«, sagte er und Mathilda bemerkte, dass er ganz leicht lispelte. »Aber diese Bildersammlung wird gleich abgeholt. Ich bin sofort bei Ihnen.«

Wenige Minuten später legte er den Bleistift weg, sortierte die Fotografien in einen Pappkarton und wandte sich ihnen zu. »So, dann geben Sie mir bitte die Kamera.«

Martin trat zu ihm und stellte seine neu erworbene Rolleicord Spiegelreflexkamera auf den Tisch. Scholl nahm das Gerät vorsichtig in die Hand. »Kommt mit!«, sagte er knapp.

Sie verließen den Raum und querten noch einmal das Atelier. Unterwegs wies Scholl seinen Burschen an, den Karton mit den Fotografien aus dem Hinterzimmer zu holen. Dann schob der Fotograf rasch drei der bemalten Holzhintergründe zur Seite und legte eine in wildem Blumenmuster tapezierte Wand frei. Mathilda sah Martin fragend an, doch der zuckte nur mit den Achseln.

Derweil griff Scholl hinter den Schirm einer Wandlampe. Dort musste irgendein versteckter Mechanismus sitzen, denn mit einem leisen Klacken sprang die Wand plötzlich einige Zentimeter auf.

»Eine Tür!«, sagte Mathilda überrascht zu Martin. Der drückte unauffällig ihre Hand.

Scholl griff in den Spalt und schob die eine Hälfte der Wand in die andere. Dann nickte er Martin und Mathilda zu. Sie folgten dem Fotografen in einen spärlich beleuchteten, schmalen Flur. Mit einem erneuten Knopfdruck verschloss Scholl die große Schiebetür zum Atelier.

Der Flur mündete in eine steile Treppe, die wiederum in einem gut gefüllten Weinkeller endete. Hinter einem der Weinregale versteckte sich ein ähnlicher Mechanismus wie zuvor in der Atelierwand. Das Regal rutschte rumpelnd zur Seite und machte eine weitere Tür zugänglich. Scholl schloss sie auf.

Hatte Mathilda der Geruch in den oberen Studioräumen bereits gestört, so verursachte er ihr hier unten richtiggehenden Brechreiz. Martin zog ein Taschentuch aus seinem Jackett und gab es ihr. Sie hielt es vor Nase und Mund.

»Hier unten gibt es keine gute Lüftung«, sagte Scholl entschuldigend, setzte sich an einen der zwei Schreibtische, die in dem relativ großen, lang gezogenen Raum standen, und knipste eine kleine Lampe an. »Der Pass ist so weit vorbereitet. Sobald ich das Passbild entwickelt habe, kann ich ihn fertigstellen.«

Martin räusperte sich. »Es sind zwei Personen. Robert und Luise Fetzer. Hat Alois das nicht gesagt?«

»Nein«, entgegnete Scholl, der ein passähnliches Dokument aus einer Schütte nahm, die auf dem Schreibtisch stand. »Ein Ehepaar?«

»Es handelt sich um meine Eltern«, sagte Mathilda.

»Das dachte ich mir«, meinte Scholl. »Wir können einen zweiten Pass ausstellen, das ist kein Problem. Die Kosten …«

»Übernehme ich«, warf Martin sofort ein. »Das notwendige Foto habe ich bereits aufgenommen. Die Geburtsurkunde fertigen Sie auch an?«

»Selbstverständlich. Die gehört immer dazu.«

Mathilda ließ das Taschentuch sinken und machte einen Schritt zu Scholl hin, der noch immer mit dem Pass ihres Vaters beschäftigt war.

»Kommen Sie ruhig her.« Der Fotograf winkte sie näher. »Sehen Sie, das ist ein unglaublich leichter Karton, speziell für täuschend echte Schweizer Pässe. Fest und biegsam zugleich.«

Er ließ sie das Büchlein befühlen. Es hatte tatsächlich eine andere Haptik als die Ausweisdokumente des Deutschen Reichs. Sie blätterte hinein und las die persönlichen Angaben. Aus Robert Fetzer war Leonhard Schnyder geworden, wohnhaft in Zürich.

»Das ist unglaublich.« Mathilda wurde erst jetzt richtig

bewusst, dass sie sich in einer Fälscherwerkstatt befand. Mitten in Stuttgart. Alois hatte viele Kontakte, aber dass er sich auf solch gefährliches Terrain begab, hätte sie nicht erwartet.

»Es ist nicht einfach, aber wenn man es ein paarmal gemacht hat, wird es zur Routine«, erklärte Scholl. »Man muss auf die richtige Papierqualität achten. Dann lassen sich die Wasserzeichen und die Strukturen der Stempel gut aufarbeiten.«

»Und das alles hier«, Mathilda deutete auf die verschiedenen Apparate im Raum, »brauchen Sie dafür?«

»Ja. Fotogravur, Lichtdruck ... immer wieder kommt ein Gerät dazu, das uns besser macht.«

»Konstruiert und hergestellt von Alois Eberle?«, fragte Martin.

»Ohne Alois wären wir längst nicht so gut ausgestattet«, erwiderte Scholl. Dann sah er Mathilda und Martin an. »Er hat mir versprochen, dass ich Ihnen vertrauen kann.«

»Das können Sie«, versicherte Martin.

Mathilda war klar, in welch große Gefahr sich jeder begab, der mit dieser Fälscherwerkstatt befasst war. Fast wäre es ihr lieber gewesen, man hätte sie nicht hierhergeführt.

»Gibt es eigentlich kein Problem mit dem Lehrbuben?«, fragte Martin. »Ihm wird doch sicherlich nicht entgangen sein, dass es hier ein ... Speziallabor gibt.«

Scholl sah ihn ernst an. »Er ist der Sohn eines Freundes. Halbjude. Die Eltern möchten nach Amerika emigrieren, sitzen aber in England fest. Sobald es möglich ist, reist er ihnen nach. So lange lebt er hier – als mein Neffe, dessen Eltern verstorben sind.«

Mathilda merkte, wie sie ein leichtes Grauen überlief. Dieser junge Bursche, der vielleicht vierzehn oder fünfzehn Jahre alt war, musste unter falscher Identität leben. Und das im Land seiner Geburt, das ihm Heimat war, dessen Sprache er sprach und dessen Traditionen er kannte. Mit welchem Recht wurde er auf einmal ausgesondert? Gewiss, auch ihr Vater lebte im Untergrund. Aber seine Verfolgung basierte nicht auf der Religion eines Elternteils. Er hatte eine freie persönliche Entscheidung getroffen, deren Konsequenzen er nun tragen musste.

»Wissen Sie, Herr Rheinberger«, sagte Scholl in die entstandene Stille hinein. »Das hier – das mache ich aus Überzeugung. Und zwar aus vollster. Und wenn ich dafür ins Lager gehen muss oder erschossen werde, so habe ich doch getan, was ich konnte, um dieser Unmenschlichkeit etwas entgegenzusetzen. Und wenn nur ein einziges Menschenleben dadurch gerettet werden konnte.«

»Sie haben bereits mehr Leben gerettet«, stellte Martin fest. »Viel mehr, nicht wahr?«

Scholls Gesicht wurde weich. »Sehr viel mehr.«

19. KAPITEL

Vor den Pforten des früheren Residenzstädtchens Urach,
am 16. August 1936

Viktoria war eine flotte Fahrerin. Entsprechend zügig legte sie die Strecke zwischen Degerloch und dem beschaulichen Ermstal zurück, eine Gegend, die sie und Mathilda schon als kleine Mädchen gerne gemocht hatten. Dort stieg die Schwäbische Alb aus einem hügeligen Vorland auf, eine raue, aber auf eigene Art malerische Gegend. Die in blassblauen Farbtönen schimmernden Flanken des Albrückens waren seinerzeit schon von Eduard Mörike als *Blaue Mauer* besungen worden. Pittoreske Burgruinen krönten sie in unregelmäßigen Abständen.

An diesem Sommertag leuchteten die bewaldeten Steigungen des Albtraufs der Jahreszeit gemäß in sattem Grün, als sie das Sträßchen nach Urach entlangfuhren.

»Erstaunlich!«, meinte Andrew Miller neben ihr. »Ich hätte nicht gedacht, dass es hier so schön ist!«

»Ja, im Sommer ist es herrlich!«, antwortete Viktoria.

»Im Herbst verwandelt sich alles in ein unglaubliches Farbenspiel«, sagte Mathilda, die mit Martin im Fond saß. »Rot, orange, golden …«

»Und ich mag vor allem das Frühjahr, wenn die Buchen ihre ersten Blätter austreiben«, bekannte Martin. »Alles ist frisch und jung, voller Leben.«

»Bleibt für mich nur noch der Winter«, stellte Miller trocken fest. »Da ist es vor allem … *snow white*?«

Alle lachten.

»Besuchen Sie diese Gegend oft?«, fragte er und sah Viktoria von der Seite an.

»Früher ja«, entgegnete Viktoria und konzentrierte sich darauf, einem Haufen Pferdeäpfel auszuweichen, der auf der Straße lag. Hier draußen waren die Bauern noch mit Fuhrwerken unterwegs.

»Vicky und ich waren in den vergangenen Jahren überhaupt nicht mehr hier«, antwortete Mathilda. »Es ist wunderbar, alles wiederzusehen.«

»In den vergangenen Jahren?« Miller schien erstaunt. »Gab es denn keine Gelegenheit dazu?«

»Ich habe in Bonn studiert, und Vicky war in Frankreich. Wir sind beide erst seit einigen Wochen wieder ganz zu Hause«, erklärte Mathilda, während Viktoria nach rechts von der Straße abbog und den Wagen in die Ausbuchtung eines Feldweges rangierte.

»In Bonn und in Frankreich?« Miller wirkte beeindruckt. »Da haben Sie beide schon einiges erlebt.«

»Auf jeden Fall haben wir eine wunderbare Zeit gehabt«,

meinte Viktoria und bemerkte selbst die unterschwellige Wehmut in ihren Worten. Sie machte den Wagen aus und zog die Handbremse an. »Wir sind da.«

»Unser Theo wird wieder schimpfen, weil du das Auto mit Dreck und Gras verunstaltet hast«, meinte Martin grinsend, als sie ausstiegen.

»Ach, in Wirklichkeit macht er es doch gerne sauber«, erwiderte Mathilda. »Ihr werdet sehen. Er wird es putzen und wienern, bis es glänzt.«

Viktoria knuffte ihren Bruder liebevoll in die Seite. Martin zwickte sie sanft in die Nase und holte anschließend einen Weidenkorb aus dem Auto, dessen Inhalt mit einem rot-weiß karierten Leinentuch abgedeckt war. Lediglich der schmale Hals einer Weinflasche lugte heraus. Aus den Augenwinkeln bemerkte Viktoria, dass Miller ihre kleine Szene amüsiert beobachtet hatte.

Sie machten sich auf den Weg, hinein in den schattigen Wald. Selbst zu dieser frühen Nachmittagsstunde drang nur wenig Licht durch die dicht belaubten Baumkronen. Auf dem Boden raschelte das trockene Laub, das viele der hier wachsenden Buchen erst im Frühjahr abgeworfen hatten, als die jungen Triebe durchgestoßen waren.

»Wo führen Sie mich denn eigentlich hin, Fräulein Rheinberger?«, fragte Andrew Miller in launigem Ton. »Ich dachte, wir machen ein Picknick, keine Wanderung!«

Viktoria, die mit Mathilda einige Schritte vorausging, drehte sich um: »Ich habe aber auch gesagt, dass für das Picknick ein wenig Anstrengung vonnöten ist, Herr Miller.«

Sie erwiderte das herausfordernde Lächeln, das er ihr zuwarf. Zugleich war ihr, als spanne sich ein unsichtbares Band von ihm zu ihr, zart noch und vorsichtig, und doch von unausweichlicher Selbstverständlichkeit.

Bald darauf kündete munteres Gurgeln von einem nahen Bachlauf. Die Bäume wichen zurück und machten einem übermütigen Flüsschen Platz, das den Forstweg von einem weitläufigen Wiesengrund trennte; eine Art Gebirgsbach *en miniature*, mit kleinen Stromschnellen und Wasserfällen, Strudeln und Bassins, in denen das Wasser Atem schöpfte, um kurz darauf mit neuer Kraft weiterzufließen.

Mathilda suchte sich sofort eine flache Uferstelle, schlüpfte aus ihren Schuhen und watete mit einem leisen Juchzen ins Wasser. Martin tat es ihr gleich. Hand in Hand genossen die beiden das kühle Nass.

»Ich hätte eigentlich gedacht, dass auch Sie sich erfrischen, Fräulein Rheinberger«, neckte Andrew Miller, der neben Viktoria stehen geblieben war.

»Das würde ich gerne, Herr Miller, aber wie Sie selbst sehen, ist die Badestelle bereits belegt«, scherzte Viktoria zurück.

Dass er heute mitgefahren war, machte sie glücklicher, als sie sich eingestehen wollte. Wie gut, dass sie Martin noch am Donnerstagabend von der geschäftlichen Situation der SweetCandy erzählt hatte – und zugleich von ihrer Idee, nach Amerika zu reisen, um sich vor Ort ein Bild des Unternehmens zu machen. Sie wusste, dass sie Martins Einschätzung vertrauen konnte.

Ihr Bruder war zwar weniger impulsiv, aber genauso ideenreich wie sie. Am nächsten Morgen hatte er deshalb den Vorschlag gemacht, Andrew Miller zu einer Ausflugsfahrt einzuladen, um ihn näher kennenzulernen. Und Miller hatte zugesagt.

So hatten sie ihn vorhin an der Zahnradbahnstation in Degerloch abgeholt, während der Rest der Familie bei Alois Eberle die Abschlussfeier der Olympischen Spiele verfolgte. Ihre Mutter war überrascht gewesen, dass Viktoria sich dieses Ereignis entgehen ließ, hatte aber nicht weiter nachgehakt. Und Martin hatte für sportliche Wettkämpfe ohnehin noch nie viel übriggehabt. Dass Miller dabei war, wussten allerdings weder Judith noch Anton. Sie hätten es nicht gutgeheißen.

»Sollen wir ein Stück vorausgehen?«, fragte Miller vorsichtig.

Viktoria warf einen Blick auf ihren Bruder und Mathilda, die bis zu den Knien im Wasser standen und sich gegenseitig nass spritzten. Sie nickte.

Das Sonnenlicht warf ein faszinierendes Schattenspiel auf den Weg, als sie bachaufwärts weitergingen. Andrew wirkte sehr sportlich in Wanderhose und hellem Hemd, dessen Ärmel er ein Stück aufgekrempelt hatte.

»Darf ich nachfragen, ob Ihre Mutter und Ihr Onkel sich schon zu Ihren Reiseplänen geäußert haben?« Das Gluckern des Baches untermalte seine Frage.

Viktoria seufzte. »Haben sie nicht, leider. Ich hoffe nun, dass mein Bruder mir in dieser Angelegenheit zur Seite stehen wird.«

»Ah! Darf ich deshalb heute seine Bekanntschaft machen?«

Er war sehr direkt, und Viktoria schätzte das. Dadurch entstand eine ehrliche Unkompliziertheit. »Ja. Das ist der Grund, weshalb wir Sie eingeladen haben.«

»Gut. Es gibt nur wenige Dinge, für die ich die Übertragung der olympischen Abschlussfeier hätte ausfallen lassen«, antwortete er augenzwinkernd. »Aber das ist es mir wert.«

Viktoria warf in einer lockeren Bewegung ihr Haar in den Nacken. »Mir auch.«

Miller war ihrer Geste mit den Augen gefolgt. Viktoria drehte den Kopf zu ihm hin und hielt seinen Blick fest.

Er räusperte sich. »Darf ich Sie Viktoria nennen?«

»Ja … ja, natürlich, gerne.«

»Und sagen Sie doch bitte Andrew zu mir.«

»Gut … Andrew.« Viktoria lächelte.

»So ist es einfacher. Und Viktoria ist ein sehr schöner Name. Die Siegerin. Er passt zu Ihnen.«

»Hoffen wir, dass ich ihm Ehre mache«, entgegnete Viktoria, bückte sich nach einem der hellen Kalksteinkiesel auf dem Boden und holte aus.

»Nicht werfen!«, warnte Miller plötzlich und legte ihr sanft die Hand auf den Arm. »Sehen Sie dort?«

Viktoria entdeckte den gräulich braun gefiederten, rundlichen Vogel mit weißer Brust sofort, der auf einem Stein am Bachlauf saß.

»Das ist die Wasseramsel«, flüsterte sie. »Wie schön, dass sie immer noch da ist.«

»Sie kennen diesen Vogel?«

»Ja. Wir haben ihn schon oft gesehen.«

Der Stein in Viktorias Hand fiel zurück auf den Boden, doch Andrew hielt noch einen Wimpernschlag lang den Körperkontakt, bevor er sie losließ und einen Schritt zurücktrat.

Die Wasseramsel begann, in aller Ruhe ihr Gefieder zu pflegen.

»Es ist wirklich idyllisch hier«, meinte Andrew, als sie ihren Weg fortsetzten. »Zu Hause in New York drehe ich morgens manchmal eine Runde im Central Park, bevor ich ins Büro gehe. Da ist die Luft noch frisch, und es sind nicht allzu viele Menschen unterwegs.«

»Ich habe schon davon gehört. Der Park muss sehr groß sein.«

»Das ist er. Eine grüne Oase mitten in der Stadt. Sie werden ihn hoffentlich bald mit eigenen Augen sehen.«

»Im Augenblick haben weder meine Mutter noch mein Onkel die Erlaubnis gegeben. Da ich noch nicht volljährig bin, kann ich ohne eine solche nicht reisen.«

»Sie werden sich bestimmt durchsetzen«, meinte Andrew zuversichtlich und zwinkerte ihr zu. »Vor allem, wenn Ihr Bruder ein gutes Wort für diese Sache einlegt.«

»Hoffen wir das Beste.«

»Sie brauchen übrigens ein Visum, um in die USA einreisen zu können. Deshalb sollte eine Entscheidung nicht mehr allzu lange hinausgezögert werden.«

»Stimmt ... daran habe ich noch nicht gedacht!« Viktoria sah ihn an. »Darf ich fragen, wann Sie denn zurückreisen?«

»Mein Schiff läuft am neunten September von Hamburg aus. Und es hätte – wenn ich wagen darf, diesen Vorschlag zu machen – durchaus Vorteile, wenn Sie sich dazu entschließen könnten, dieselbe Passage zu nehmen. Dann könnten wir unterwegs bereits einige Dinge vorbereiten.«

Angesichts dieser Idee überlief Viktoria ein aufregendes Prickeln. Sie fing ihre Gefühle jedoch rasch wieder ein. Was auch immer sich zwischen ihnen abspielte – hier ging es in allererster Linie um die SweetCandy Ltd. und ein mögliches Engagement von Rothmann Schokolade in New York.

Das respektvolle Lächeln, das er ihr nun zuwarf, ließ ihre Knie dennoch weich werden. »Ich werde … so bald wie möglich mit meiner Mutter sprechen.«

»Das wäre sinnvoll, Viktoria. Sollten Sie Hilfe bei der Beschaffung von Ticket und Visa benötigen, geben Sie mir bitte Bescheid. Ich verfüge über entsprechende Kontakte.«

»Das ist gut zu wissen. Ich danke Ihnen, Andrew.« Sie blieb stehen und legte einen Finger an die Lippen. »Hören Sie?«

»Nein.« Er wirkte irritiert. »Das heißt … doch, ich höre ein Rauschen. Meinten Sie das?«

»Genau!« Sie ging einige Schritte voraus, bis ihr Ziel durch die überhängenden Zweige der Bäume zu sehen war. Als weiße Gischt schoss das Wasser aus einem schmalen Zulauf auf die karstigen Felsen, verästelte sich und floss über moosbedeckte Steine dem Bachlauf zu, der ihren Weg begleitet hatte.

»Wunderschön!«

»Er führt gerade recht viel Wasser«, stellte Viktoria fest. »Es gab auch schon Sommer, in denen nur noch ein kleines Rinnsal übrig geblieben war.«

»Und im Winter ist er vereist?«

»Durchaus. Wenn es kalt genug …«

»Vicky!«, unterbrach sie ein lautes Rufen. »Wartet auf uns!«

Sie drehten sich beide um und sahen Martin und Mathilda an der letzten Wegbiegung auftauchen.

»Da sind sie!«, meinte Andrew grinsend.

~

Für ihr Picknick wanderten sie noch einmal ein langes Stück leicht bergauf durch den Wald bis zu einer imposanten Burgruine.

»Bemerkenswert! Was ist das hier einmal gewesen?«, fragte Andrew, als sie die steinernen Zeugnisse mittelalterlichen Lebens erreicht hatten.

»Eine gräfliche Burg«, erklärte Martin. »Sie ist schon sehr alt. Der allererste Bau datiert meines Wissens aus dem 11. Jahrhundert.«

»Schade, dass sie so verwüstet ist.«

»In ihrer Anfangszeit war sie wohl ein gräflicher Stammsitz. Im Laufe der Jahrhunderte wurde sie immer wieder erweitert, als Festung genutzt und in Kriegen zerstört. Schließlich hat man sie ganz aufgegeben und in Teilen abgebrochen. Es war damals üblich, die Steine für andere Bauwerke zu verwenden, die man wichtiger fand.«

Andrew ließ den Blick über die Anlage schweifen. Die hoch aufragenden Reste des Burggiebels mit seinen Fensteröffnungen und der Verlauf der Mauerfragmente deuteten an, wie groß und mächtig die Anlage einst gewesen sein musste.

Mathilda hatte Martin den Picknickkorb abgenommen und auf einer ebenen, von der Natur zurückeroberten Stelle des Burghofs das Tuch ausgebreitet. Gemeinsam mit Viktoria breitete sie darauf eine kleine Mahlzeit aus – Brot, Wurst und Käse. Das Bild der beiden Frauen inmitten der rauen Umgebung erinnerte Andrew an ein Gemälde. Wäre er in den bildenden Künsten bewandert, hätte er jetzt eine Staffelei aufgebaut und die Szene auf Leinwand gebannt. Besonders faszinierend fand er Viktoria, wie sie auf der dünnen Decke saß, die Knie angezogen, das blonde Haar offen und nur mit zwei Kämmen an den Seiten zurückgesteckt, die Haut leicht gebräunt. Sie scherzte mit Mathilda, während sie den Käse in kleine Würfel schnitt. Ihr Lachen klang fröhlich, ihre Stimme hell, ihre ganze Persönlichkeit war natürlich und unkompliziert, und gerade das machte sie für ihn so anziehend.

»Wollen wir uns dazusetzen, Herr Miller?«, fragte Martin Rheinberger.

Sie nahmen bei Mathilda und Viktoria auf dem Boden Platz und ließen sich das Mitgebrachte schmecken. Martin öffnete den Wein, und da sie keine Gläser dabeihatten, ging die Flasche reihum. Bis sie zur Neige war, hatten sie beschlossen, sich mit Vornamen anzusprechen.

»Gerti hat uns einen Nachtisch eingepackt!«, freute sich

Mathilda, als sie eine Schachtel aus Pappe aus dem Korb zauberte.

»Lass mich sehen!« Viktoria beugte sich ein wenig zu ihrer Freundin hinüber, wobei sie das Knie von Andrew streifte, der neben ihr saß. »Schokoladenkuchen mit Rotwein!«

»Schokoladenkuchen mit Rotwein?« Diese Kombination war Andrew völlig unbekannt, schmeckte aber ausgezeichnet.

»Aus Schokolade kann man so viel machen«, meinte Viktoria und leckte sich einen dunklen Krümel von der Unterlippe. »Ich hätte große Lust, etwas ganz Neues auszuprobieren.«

»Haben Sie denn schon eine bestimmte Vorstellung?«, fragte Andrew nach.

»Eine weiße Schokolade«, antwortete sie prompt.

»Das ist in der Tat sehr interessant. Davon habe ich noch nichts gehört, obwohl ich mich auf der Reise von Hamburg nach Stuttgart einige Tage bei Stollwerck in Köln aufgehalten habe«, erzählte Andrew. »Gibt es denn schon einen Hersteller, der eine weiße Schokolade im Sortiment hat?«

»Nestlé hat vor einigen Jahren eine weiße Schokolade entwickelt, Stollwerck meines Wissens noch nicht«, antwortete Viktoria. »Was hat Sie denn zu Stollwerck geführt?«

»Wir haben über eine Kooperation verhandelt«, erwiderte Andrew. »Stollwerck hat Tausende von *Schokoladenautomaten* in New York aufgestellt, und ich habe ein Angebot für die Bestückung eines Teils dieser Automaten abgegeben.«

»Gab es denn eine Ausschreibung?«

»Nein. Es war meine eigene Initiative.«

»Mhm.« Viktoria wagte es offensichtlich nicht, ihn nach dem Ausgang seiner Gespräche zu fragen. Andrew musste innerlich schmunzeln, denn dass es sie sehr interessierte, konnte er ihr an der Nasenspitze ansehen.

»Wie dem auch sei«, meinte sie nach kurzem Zögern, »meine Mutter ließ sich bisher noch nicht für eine weiße Schokolade begeistern.«

»Das ändert sich bestimmt«, tröstete Martin. »Sie hat derzeit einfach zu viele Probleme und weiß nicht, welches sie zuerst lösen soll.«

»Und eines davon bin vermutlich ich«, stellte Andrew fest.

»Vielleicht sind Sie aber auch eine *Lösung*, Andrew«, entgegnete Viktoria. »Selbst wenn Sie das gar nicht sein möchten.«

»Die besten Lösungen haben sich dann gefunden, wenn beide gewinnen«, meinte Andrew. Viktoria nickte.

Sie fanden andere Gesprächsthemen. Olympia, die Staaten, natürlich Schokolade, und schließlich die Musik.

»Spielen Sie eigentlich ein Instrument, Andrew?«, fragte Martin, der sich zu Andrews Erstaunen als professioneller Pianist zu erkennen gab.

»Doch … ja. Saxofon.«

»Tatsächlich? Ich würde Sie gerne einmal hören!«, meinte Martin.

»Ich habe mein Instrument nicht mit auf die Reise genommen«, schränkte Miller ein. »Wenn Sie mich spielen hören möchten, müssten Sie nach New York kommen.«

Martin grinste. »Ich hoffe sehr, dort eines Tages ein Engagement zu erhalten. Vorerst aber werde ich mich mit Europa begnügen müssen.« Er schien einen Moment nachzudenken. »Aber wissen Sie was? Unser Onkel Anton spielt heute Abend mit seiner Jazzband im *Stadtgarten-Café*. Kommen Sie doch einfach mit! Und zuvor könnten Sie uns eine Kostprobe Ihres Könnens auf dem Saxofon in der Werkstatt unseres Onkels geben. Dort hortet er immer Ersatzinstrumente.«

»Ja … also, natürlich gern!« Die Aussicht, heute noch Musik machen zu können, war ebenso unerwartet wie verlockend.

»Die Musik hat schon so manches Eis gebrochen«, meinte Viktoria lächelnd.

20. KAPITEL

Die Schokoladenfabrik, zwei Tage später,
am 18. August 1936

Ungläubiges Entsetzen erfasste Judith, als sie mit ihrem Auto an diesem Morgen auf das Eingangstor der Schokoladenfabrik zusteuerte. Schwarze Schriftzüge verunstalteten die hellen Mauern, nicht nur außen, für jedermann sichtbar, sondern auch im Innenhof. *BAUHAUS-SCHANDOBJEKT! KEINE JUDEN IN DEUTSCHEN FABRIKEN! KAUFT KEINE ROTHMANN SCHOKOLADE!*

Geistesabwesend grüßte sie den besorgt dreinblickenden Pförtner, der ihr das elektrisch betriebene Tor öffnete. Dann parkte sie ihren Wagen. Als sie gerade ausgestiegen war, kam ihr Betriebsleiter Ferdinand Schmitz auf sie zu.

»Wir werden die Schmierereien sofort entfernen, Frau Rheinberger.«

»Ja, bitte. So schnell wie möglich! Wann ist das denn passiert, Herr Schmitz? Heute Nacht?«

»Offensichtlich. Als der Pförtner seine letzte Runde gemacht hat, war noch nichts zu sehen.«

Judith schüttelte den Kopf.

Während der vergangenen Wochen hatte es so gut wie keine Angriffe gegen jüdische Mitbürger mehr gegeben, sämtliche Boykott- und Verbotsschilder waren abgehängt worden, die Aufrufe in den Zeitungen verstummt. Vorgestern noch hatte die Regierung mit viel Pomp und Ehren die Schlussfeier der Olympischen Spiele inszeniert. Das olympische Feuer war noch keine achtundvierzig Stunden erloschen – und nun das.

Judith holte tief Luft. »Danke, Herr Schmitz.«

Der Betriebsleiter nickte. »Die Flugblätter haben wir bereits eingesammelt, Frau Rheinberger.«

»Welche Flugblätter?«

»Die Frühschicht hat auf dem gesamten Werksgelände Flugblätter gefunden. Der Inhalt war dem ähnlich, was auf den Wänden steht.«

»Noch vor wenigen Jahren hätte man in solchen Fällen Anzeige erstattet«, seufzte Judith. »Inzwischen muss man davon ausgehen, dass die Polizei diese Aktionen unterstützt.« Sie rang die Hände. »In welchen Zeiten leben wir eigentlich?«

»Ich bin ganz Ihrer Meinung, Frau Rheinberger«, erwiderte Schmitz mit gedämpfter Stimme. »Es ist nur so … möglicherweise müsste man wirklich darüber nachdenken, die Mitarbeiterschaft … anzupassen.«

»Wie meinen Sie das?«, herrschte Judith ihn an. »Soll ich

unsere jüdischen Arbeiter etwa auf die Straße setzen? Das ist doch unmenschlich.«

»Ich möchte Ihnen wirklich nicht zu nahe treten, Frau Rheinberger, aber vielleicht haben wir eines Tages keine andere Wahl, als den Vorgaben der Oberen zu folgen.« Schmitz wirkte gekränkt. »Das wird noch ein Tanz auf dem Vulkan.«

»Ich kann und ich werde mich nicht verbiegen lassen«, antwortete Judith aufgewühlt, zumal sie spürte, dass Schmitz recht haben könnte. »Wir können doch nicht unsere Werte aufgeben und alles, was wir für richtig halten, über Bord werfen. Das ist ja …«

»Genau das ist es.« Schmitz sprach noch leiser. »Es ist eine Diktatur. Dessen müssen wir uns bewusst sein. Ich entschuldige mich für meine Offenheit, Frau Rheinberger. Aber die Situation ist zu ernst.«

Das Gespräch mit Schmitz ließ Judith den ganzen Vormittag nicht los. Nachdenklich ging sie ihrer Arbeit nach, kontrollierte Rechnungsbelege, prüfte die Mahnungen, gab Bestellungen frei. Aber ihr Kopf war anderswo.

War das wirklich die Zukunft? Die völlige Unterdrückung durch ein Regime, das jede Menschlichkeit vermissen ließ? Fast war ihr, als hörte sie Victors Stimme, der den Tag der Machtergreifung durch Adolf Hitler im Januar dreiunddreißig mit deutlichen Worten kommentiert hatte: »Eine andere Ära ist angebrochen. Möge Gott geben, dass ich mich täusche, aber ich befürchte, es kommen verdammt schwere Zeiten auf uns zu.«

Es ließ sich nichts mehr schönreden oder verdrängen. Sein Gespür hatte ihn nicht getrogen.

Judith warf einen Blick auf die Kakaolieferungen. Viktoria hatte eine ganze Reihe von Nachbestellungen getätigt, aber keine einzige war bestätigt worden. Wenn sie nicht bald Kakaobohnen erhielten, würde die Produktion demnächst stillstehen. Ganz abgesehen davon, dass sie Bestellungen nur unter Vorbehalt annehmen konnten, sodass die Kunden zur Konkurrenz abwanderten. Die Situation war wirklich bitterernst.

Sie sah sich nochmals genau die Bestände an. Dann nahm sie den Telefonhörer ab und ließ sich mit dem Hamburger Handelskontor verbinden, das ihnen die Ware lieferte.

»Hier Hansen, Handelskontor.«

Judith kannte Herrn Hansen bereits seit vielen Jahren. »Rothmann Schokolade in Stuttgart, hier spricht Judith Rheinberger.«

»Guten Morgen, Frau Rheinberger. Was darf ich für Sie tun?«

»Ich habe soeben festgestellt, dass unsere Lieferungen nicht bestätigt worden sind, Herr Hansen. Weder für den Arriba noch für die venezolanischen Sorten. Das ist bisher noch nie vorgekommen. Würden Sie bitte prüfen, woran das liegen könnte?«

»Einen Augenblick, Frau Rheinberger.«

Judith wartete einige Minuten, bis ihr Gesprächspartner sich wieder meldete.

»Ich bedauere, Frau Rheinberger. Ihre Bestellungen dürfen nicht ausgeliefert werden.«

»Was soll das heißen, Herr Hansen? Wieso sollten wir nicht mehr beliefert werden? Wer hat das angeordnet?«

»Ich darf Ihnen keine weiteren Auskünfte dazu erteilen.« Trotz seiner hanseatischen Höflichkeit war ihm sein Bedauern anzumerken. »Es tut mir leid.«

»Das kann doch nicht wahr sein. Herr Hansen, Sie beliefern uns seit Jahrzehnten, mein Mann war mehrfach bei Ihnen in Hamburg. Wir haben immer pünktlich bezahlt.«

»Daran liegt es nicht, Frau Rheinberger. Selbst wenn ich wollte – ich darf Ihnen nichts dazu sagen.«

»Herr Hansen.« Judith atmete hörbar ein. »Sollten Sie irgendeine Möglichkeit finden, uns doch noch zu beliefern, dann zahle ich vorab. Und über Preis.«

»Ich würde gerne mehr für Sie tun, Frau Rheinberger, aber uns sind die Hände gebunden. Ich wünsche Ihnen alles Gute.«

»Warten Sie, Herr Han...« Noch bevor sie ihren Satz beendet hatte, hörte sie ein leises Knacken in der Leitung. Hansen hatte aufgelegt.

Ungläubig starrte Judith auf den Telefonhörer in ihrer Hand. War es möglich, dass Webers Arm bis nach Hamburg reichte? Dass Herr Hansen ihnen in diesem Augenblick die Zusammenarbeit aufgekündigt hatte?

Sie versuchte, die aufkeimende Verzweiflung im Zaum zu halten. So schnell würde sie sich nicht geschlagen geben. Sobald Viktoria im Haus war, sollte sie sämtliche Kakaoimporteure in Deutschland abfragen. Irgendjemand musste ihnen doch Kakaobohnen verkaufen! Sie würde von vornherein einen Preis anbieten, den niemand ablehnen konnte, der auch nur ein Minimum an Geschäftssinn besaß. Restlos *alle* Händler im Deutschen Reich konnte auch ein Ortsgruppenleiter Weber nicht beeinflussen. Geld öffnete immer Türen. Notfalls mussten sie nach Holland ausweichen. Den Kakao von dort zu beziehen, käme sie zwar um einiges teurer, wäre aber immer noch besser, als wenn die Maschinen stillstünden. Vor allem, wenn Weber sie mit dieser Aktion in die Knie zwingen wollte.

Müde barg Judith den Kopf in ihren Händen. Über Stirn und Schläfen zog ein drückender Schmerz, ihre Schultern fühlten sich verkrampft an. Wohin sollte das alles führen?

Sie schloss erschöpft die Augen, und bald zogen Bilder vorbei, flüchtig, und doch so klar, als wäre alles erst gestern gewesen. Der Tag, an dem Victor den schwer verletzten Karl nach Hause gebracht hatte und sie sich das erste Mal begegnet waren. Die Blicke, mit denen er sie stets angesehen hatte, wenn sie sich in der Schokoladenfabrik begegnet waren. Victor, der sie in ihrer dunkelsten Stunde bei Schwester Henny abholte …

»Mama?« Viktorias Stimme holte Judith in die Wirklichkeit zurück. »Schläfst du?«

»Ach, Kind …« Judith hob die Lider. Seit Victors Tod hatte sie furchtbar schlechte Nächte. »Ich bin wohl … einen Moment eingenickt.«

Viktoria hatte einen Aktenordner dabei, den sie auf ihren Schreibtisch legte.

»Ich war bei Anton«, sagte sie. »Er hat seinen Stuttgarter

Anwalt konsultiert und ihn das Schreiben von Weber prüfen lassen.«

Judith merkte auf. »Und? Was kam dabei heraus?«

»Er wird die Übernahme anfechten und alle damit verbundenen Termine. Allerdings meinte er, dass die Gerichte inzwischen fast ausschließlich zugunsten von nationalsozialistischen Interessen entscheiden.«

»Also bekommen wir lediglich einen Aufschub?«

»Ich würde sagen, wir bekommen etwas Zeit, um die nächsten Schritte zu planen.«

»Hat der Anwalt gesagt, wie groß dieses Zeitfenster sein wird?«

»Nein. Das ist im Augenblick nicht abschätzbar. Wir müssen die Fristen, die Weber gestellt hat, auf jeden Fall im Hinterkopf behalten.«

Es klopfte.

Lydia Rosental trat ein, sie hatte die Post dabei. Ihr Gesicht war kreideweiß und ihre Hände zitterten, als sie Judith die Umschläge übergab.

Judith nahm den Stapel entgegen. »Fühlen Sie sich nicht gut, Fräulein Rosental? Machen Sie sich wegen der Schmierereien Gedanken?«

»Das … das ist es nicht. Jedenfalls nicht nur. Entschuldigen Sie bitte, Frau Rheinberger …« Fräulein Rosental wollte den Raum wieder verlassen, aber Viktoria war rasch bei ihr und fasste sie fürsorglich am Arm.

»Möchten Sie uns erzählen, was passiert ist?«

Da Lydia Rosental nicht gleich antwortete, führte Viktoria sie an ihren Schreibtisch und ließ sie dort Platz nehmen.

»Gestern Abend wurde … die Apotheke meiner Eltern in Ludwigsburg überfallen«, brach es aus ihr heraus. »Einige vermummte Gestalten. Vermutlich war es SS.«

»Mein Gott! Wie geht es Ihren Eltern jetzt?« Viktoria war entsetzt.

»Sie sind beide nur leicht verletzt und zu Hause. Aber ihre Apotheke … ist vollkommen zerstört. Die Polizei weigert sich zu ermitteln.«

»Brauchen sie Hilfe? Finanzieller Art, meine ich?«, fragte Judith.

Lydia Rosental schüttelte den Kopf. »Das wird nichts nützen. Selbst wenn man alles wieder aufbauen würde – wer sollte denn in Zukunft dort einkaufen? Seit gestern hängen die Boykottschilder wieder an vielen Läden.« Sie schluckte. »Und jetzt werden auch hier solche … Botschaften hinterlassen. Und deshalb …« Sie holte tief Luft. »Deshalb werde ich Deutschland … verlassen. Frau Rheinberger, ich muss meine Stelle zum Ende des Monats kündigen. Ich werde mich um meine Eltern kümmern und zugleich um die Möglichkeit der Ausreise in ein Land, in dem wir sicher sind und ganz …«, sie rang mühevoll nach Luft, »… normal leben können.«

»Sie werden gehen?«, fragte Viktoria ungläubig.

»Sie sind eine unserer besten Kräfte!«, ergänzte Judith. »Möchten Sie es sich nicht noch einmal überlegen?« Zugleich wurde ihr klar, dass sie selbst nicht anders entschieden hätte.

»Das ist sehr freundlich von Ihnen. Aber wir haben keine Wahl.« Lydia Rosental hatte wieder etwas Farbe im Gesicht, als sie aufstand. »Auch wenn es bedeutet, die Heimat zu verlieren. Wir leben seit vielen Generationen in Ludwigsburg und Stuttgart, haben uns nichts zuschulden kommen lassen. Warum wir hier nicht mehr erwünscht sind, nur weil wir ein anderes Bekenntnis haben, werden wir nie verstehen.«

»Es wird sehr schwierig werden, die Lücke, die Sie hinterlassen, zu füllen.« Judith ging zu Lydia Rosental und legte ihr die Hand auf den Arm. »Sie können so lange hier arbeiten, bis die Abreise unmittelbar bevorsteht, Fräulein Rosental. Wir sind froh um jeden Tag, den wir sie haben.« Dann ging sie zu ihrem Schreibtisch und nahm eine Kassette heraus, in der sich immer eine gewisse Summe privaten Geldes befand. Ihr entnahm sie eintausend Mark und legte die Scheine in die Hand ihrer Mitarbeiterin.

Lydia Rosental wollte etwas entgegnen, aber Judith unterbrach sie sofort. »Dies hier ist kein Almosen, sondern der Dank für eine jahrelange, großartige Zusammenarbeit. Ich möchte Ihnen wenigstens so viel mit auf den Weg geben, dass Sie die ersten Wochen in aller Ruhe nach einem neuen Auskommen suchen können. Ganz egal, wohin Ihr Weg Sie führt.«

21. KAPITEL

Im Küchentrakt der Villa Rothmann,
am 22. August 1936

Auf dem Herd stand ein riesiger Kochtopf. Darin köchelten Zwiebeln, Sellerie, Möhren, Lorbeer, Knochen und ein großes Stück fein durchwachsenes Siedfleisch zu einer kräftigen Rinderbrühe ein. Der würzige Duft zog durch die Küche in den angrenzenden Flur und lockte Theo an, der sich in einem unbeobachteten Augenblick ein paar Löffel der Suppe abzweigte. Als die Köchin das bemerkte, schickte sie ihn sofort in die Garage hinaus, um die ohnehin blitzblanken Fahrzeuge noch einmal zu wienern. Immerhin erwartete man langersehnten Besuch. Die Familie würde zusammenkommen, aus München und Berlin und Stuttgart. Die Aufregung war im ganzen Haus zu spüren, freudig diesmal, nicht mehr ganz so schwer mit Trauer belastet wie zur Beerdigung des gnädigen Herrn vor vier Monaten.

Gerti hatte sich mit Judith und Dora ausgiebig über die Mahlzeiten beratschlagt, die man zu diesem Anlass servieren wollte. Nun stand sie schon seit dem frühen Morgen in der Küche und bereitete vor, was sich vorbereiten ließ. Das Hausmädchen sollte sie unterstützen, erwies sich aber bald als zweifelhafte Hilfe – Tine schnitt sich in den Finger, ließ ein Ei auf den Boden fallen, verwechselte Zimt und Muskat und begann schließlich, über Zahnschmerzen zu jammern. Da Gerti davon ausging, dass sie einfach keine Lust mehr auf Küchenarbeit hatte, ignorierte sie die Beschwerden und herrschte das Mädchen an, sie mit ihren Klagen in Ruhe zu lassen.

Derweil füllte sich der kühle Keller mit Tortenböden, Hefegebäck, frisch gebackenem Brot, vorgekochten Kartoffeln, Markklößchen und *Flädle*, die morgen als Einlage in die heiße Suppe wandern würden. Der Sauerbraten war bereits seit Tagen eingelegt und zog in einer Marinade aus Essig, Senf- und Pfefferkörnern, Lorbeerblättern, Nelken und Wacholderbeeren seiner geschmacklichen Vollendung entgegen.

»Mir tut der Zahn ehrlich so weh«, hob Tine am späten Nachmittag wieder an und unterstrich ihr Leiden mit einigen Tränen, die – so jedenfalls wirkte es auf Gerti – übertrieben dramatisierend ihre Wangen hinabkullerten. Die Köchin konnte sich ein ärgerliches Schnauben nicht verkneifen. »Dann geh halt zum *Kuchler*! Der wird dir den Zahn schon ziehn!«

Tine runzelte die Stirn. »Erst mach i mir ein Wickel …«

»Wer so Zahnweh hat, dass er nicht arbeiten kann, geht zum Kuchler. Sonst wird weitergeschafft«, befahl Gerti. Wäre ja noch schöner, wenn das Weibsstück sich ausgerechnet jetzt ein paar freie Stunden erzwang, wo jede Hand gebraucht wurde. Die Herrschaft hatte für dieses Wochenende sogar zwei weitere Mädchen angestellt, weil es zu viel wurde für das fest angestellte Personal. Auch die Frau Fetzer packte an, wo immer es ging. Und Theo half gern, konnte aber nicht mehr so, wie er wollte. Auch wenn er noch rüstig war, so befand er sich mittlerweile doch weit in den Siebzigern.

Gerti war gerade dabei, Gemüse und Fleisch aus der Brühe zu fischen, als Tine plötzlich das Handtuch neben die Spüle warf, wo sie gerade mit dem Abwasch beschäftigt gewesen war. »So ein Mist!«

Die Köchin sah zu Theo, der an dem großen Holztisch der Dienerschaft saß und den Kaffee schlürfte, den sie ihm hingestellt hatte. Der alte Chauffeur, dessen letzte Haare genauso schlohweiß geworden waren wie sein üppiger Backenbart, hob irritiert den Kopf. »Was hat sie denn?«

»Ich hab Zahnweh!«, rief Tine. »Und i geh jetzt!«

»Theo, bring die Tine bitte gleich zum Kuchler«, meinte Gerti und versuchte, gelassen zu bleiben. »Der soll ihr mal reingucken.«

»I muss net …«

»Komm, Tine.« Theo stand auf und nahm seine Chauffeursmütze. »Wir fahren mit dem Wagen.«

Tine murmelte noch etwas Unverständliches, folgte ihm aber. Gerti atmete auf.

Kaum hatte sie die Suppe abgeseiht, kam das Fräulein Mathilda herein. »Ist das Hausmädchen bei dir, Gerti?«

»Nicht mehr«, antwortete Gerti. »Theo ist mit ihr zum Kuchler.«

»Ah.« Mathilda überlegte. »Gerti, wir müssen meinen Vater heute hier wegbringen. Judith und Viktoria sind gerade zum Bahnhof gefahren, um Hélène abzuholen. Alois' Häuschen ist so weit hergerichtet. Wenn Tine auch weg ist, dann können wir das jetzt über die Bühne bringen.«

Gerti nickte. Ihr war es nur recht, wenn der rote Robert endlich wieder aus dem Haus kam, der alte Kommunist. Seit Wochen hauste er schon auf dem Dachboden, und ständig hatten sie Angst, dass ihn jemand entdeckte. Und sie musste ihm immer das Essen bringen, mehrfach am Tag, treppauf und treppab. Sie war schließlich auch nicht mehr die Jüngste.

»Ach, bringen Sie ihn weg, Fräulein Mathilda«, sagte sie deshalb voller Inbrunst. »Es ist für uns alle besser.«

»Das sehe ich genauso. Wenn Theo und Judith mit ihren Autos unterwegs sind, dann nehmen wir das Cabriolet.«

Gerti zuckte mit den Schultern. Es war ihr herzlich egal, wer den roten Robert womit wegschaffte. Hauptsache, es kehrte wieder Ruhe ein.

»Gerti – du passt bitte auf, hier und an der Vordertür. Dora ist bei den Mädchen, die die Zimmer herrichten.«

»Das mache ich!« Gerti legte die Schöpfkelle zur Seite. »Ich bringe nur noch schnell die Suppe in den Keller.«

Es war alles gut gegangen. Martin hatte Robert zum Auto gebracht und war mit ihm bis zum Schimmelhüttenweg gefahren. Dort hatte er ihn an einer mit Alois vereinbarten

Stelle abgesetzt, um anschließend den Wagen an einem unauffälligen Platz zu parken. In der Zwischenzeit hatte auch Mathilda mit ihrem Fahrrad den Weinberg erreicht und traf auf Alois und Robert, als diese gerade die letzten Meter zum Weinberghäuschen zurücklegten. Sie lehnte ihr Fahrrad an dessen Rückseite und schloss sich den Männern an.

»Es ist net grad ein Hotelzimmer«, meinte Alois, nachdem sie eingetreten waren, »aber für eine Weile wird's scho gehn.«

Mathilda sah zu ihrem Vater, der mit zusammengekniffenen Augen Strohsack und Bettzeug, Nachttopf, Hocker und Tisch besah, auf den sie eine schlichte Vase mit Wiesenblumen gestellt hatte, um die Hütte ein wenig wohnlicher zu gestalten. Auf zwei schmalen Regalbrettern stand ein Paar grau-blau glasierte Steingutbecher, etwas Geschirr und einige Lebensmittel. »Ich hoffe, dass es nicht für allzu lange sein wird, Vater.«

»Ich habe keine Ansprüche«, antwortete Robert. Es klang resigniert.

Körperlich hatte er sich von den Strapazen der Haft und der Flucht erholt, seine Seele aber kämpfte noch immer mit dem Erlebten. Während der vergangenen Wochen hatte er kaum geredet; die meiste Zeit hatte er auf dem Bett in seiner alten Gesindekammer unter dem Dach gelegen und an die Decke oder aus dem kleinen Fenster gestarrt.

Zu Mathildas Verwunderung war es ihre Mutter gewesen, die regelmäßig nach ihm gesehen hatte. Sie wolle die Familie damit entlasten, hatte sie Mathilda gesagt, zumal Judith noch immer nichts von dem heimlichen Mitbewohner wusste. Es war wohl ihre Art, Dankeschön zu sagen für die viele Unterstützung, die man ihr in der Schokoladenvilla über viele Jahre hinweg hatte zukommen lassen. Und als ihr nahegelegt worden war, dass sie ihren Mann begleiten sollte, weil ein Ehepaar unverdächtiger schien als ein allein reisender Herr, hatte sie ohne Umschweife zugesagt. Mathilda war froh darüber. In der Schweiz war ihre Mutter sicherer als in Stuttgart, wo sie jederzeit der Komplizenschaft mit einem untergetauchten Kommunisten bezichtigt werden konnte. Und sobald Robert in Sicherheit war, konnte sie entscheiden, wie es für sie selbst weitergehen sollte.

Während Robert stehen blieb, stellte Alois seinen Rucksack unter den Tisch und setzte sich auf den Hocker. Fast im selben Moment stieß Martin zu der kleinen Gruppe. »Ich denke, uns hat niemand gesehen«, meinte er, während er die Tür schloss. Einige Schweißtropfen auf seiner Stirn zeugten von der ausgestandenen Sorge.

»Mir ist auch nichts aufgefallen«, antwortete Mathilda. »Hoffen wir, dass wir uns nicht täuschen.«

Martin nickte und legte den Arm um sie. »Wo ist deine Mutter?«

»Sie ist in der Markthalle«, antwortete Mathilda, »und macht noch letzte Besorgungen. Ganz bestimmt bringt sie auch etwas besonders Leckeres für Oscar und Emil mit.«

»Die beiden Racker. Ich freue mich schon auf sie!«

Mathilda lächelte. Sie wusste, wie sehr Martin seine Cousins liebte, die mindestens so umtriebig waren, wie es ihre Väter als Kinder gewesen waren.

»Und, wie gefällt es dir hier?«, fragte Martin Robert, der

noch immer mitten im Raum stand und nicht zu wissen schien, was er von allem halten sollte.

»Ich denke, alles ist recht, was mir den Hals rettet.« Robert ging nun doch zu der provisorischen Bettstatt und setzte sich darauf. »Besser als ein blanker Boden ist es allemal.«

»Es ist wichtig, dass du die Bettsachen immer wegräumst, falls je irgendjemand hierherkommen sollte«, mahnte Martin. »Es gibt eine Falltür in den Kellerraum. Dort schiebst du es einfach hinein.«

Robert nickte müde und legte sich hin, ohne Schuhe oder Jacke auszuziehen.

»Also, dieses Jahr wird es nix mehr mit dem Wein«, wechselte Alois das Thema. »Aber vielleicht mach ich mit dem Wengert doch weiter, auch wenn der Robert weg ist. Wenn die Zeiten schwerer werden, dann hat man wenigstens was zum Trinken.«

»Noch ist alles zu bekommen«, wandte Martin ein. »Ich glaube nicht, dass so schnell eine Hungersnot kommt.«

»Ich hab's Anton schon gesagt – bevor das Jahrzehnt vorbei ist, haben wir Krieg. Darauf verwette ich mein ganzes Mostfass. Dem Hitler ist net zu trauen.«

»Mögest du dich in diesem Fall irren, Alois«, antwortete Martin. »Auch wenn deine Prognosen sonst oft zutreffend sind.«

Alois nickte nachdenklich. Dann stand er auf und zog den Rucksack unter dem Tisch hervor. »Ich hab übrigens die Pässe!«

»Schon?«, fragte Martin erstaunt.

»Ja. Der Scholl hat sich beeilt.« Er kramte im Rucksack und zog ein Exemplar von Hitlers *Mein Kampf* hervor.

»Was …?«, fragte Martin entsetzt.

»Wart's ab!« Alois schlug das Buch auf. Im Inneren war eine Aussparung in die Seiten geschnitten, in der die beiden Schweizer Pässe lagen.

»Genial!«, entfuhr es Mathilda.

»Gell?«, meinte Alois zufrieden. »Zu irgendwas muss das Ding ja zu gebrauchen sein.«

Da ihr Vater keine Regung zeigte, griff Mathilda in das umfunktionierte Buch und nahm die beiden hellbraunen Reisepässe mit dem aufgedruckten Schweizer Schild heraus. Scholl hatte Gebrauchsspuren eingearbeitet, sodass man nicht mehr erkennen konnte, dass sie ganz neu gemacht worden waren.

»Leonhard Schnyder«, las sie leise, als sie den ersten aufschlug. »Vater, das musst du dir einprägen: Ab jetzt heißt du Leonhard Schnyder.«

»Mhm.« Robert murmelte etwas Unverständliches.

»Ich meine es ernst!« Mathildas Stimme wurde streng. »Davon hängt dein Leben ab! Und das von Mutter!«

»Ja«, entgegnete Robert matt. »Ich heiße Leonhard Schnyder.«

»Und Mutter …«, sie schlug das zweite Dokument auf. »Dorli Schnyder. Gut. Ihr wohnt in Zürich.«

»Das ist sehr gute Arbeit!«, lobte Martin, der ihr über die Schulter geschaut hatte. »Jetzt müssen wir nur noch nach der besten Reisemöglichkeit suchen.«

»Es sind noch Fremde in der Stadt«, wusste Alois. »Viele waren in Berlin und sind jetzt auf der Durchreise. Vielleicht können sie dort mitfahren.«

»Dann muss es vermutlich schnell gehen«, sagte Martin. »Ich denke, dass die meisten Ausländer in absehbarer Zeit nach Hause zurückkehren.«

»Das stimmt«, bestätigte Mathilda. »Und … ein weiteres Problem könnte sein, dass Mutter und Vater kein Schwyzerdütsch sprechen.«

»Des hab ich auch schon gedacht«, antwortete Alois. »Deshalb wär es geschickt, sie bei einer Schweizer Reisegruppe unterzubringen. Wenn alle drum herum Dialekt sprechen, können sie still sein und fallen dann bei den Kontrollen nicht auf.«

»Allerdings müsste man das den Schweizern erklären«, gab Martin zu bedenken. »Und ob irgendjemand dieses Risiko auf sich nimmt?«

Eine Weile herrschte Stille. Nur das leise Schnarchen von Robert zeigte, dass er eingeschlafen war.

»Hoffentlich wird er nicht lauter«, meinte Mathilda mit Blick auf ihren Vater. »Sonst legt er die Spur hierher selbst.«

»Ich denk nicht, dass man draußen etwas hört. Und in der Nacht ist hier eh keiner unterwegs«, erwiderte Alois. »Ich hab eher Sorge, dass er irgendwann die Nerven verliert.«

»Wir dürfen wirklich nicht mehr lange warten«, sagte Mathilda.

22. KAPITEL

Im Garten der Villa Rothmann,
am Nachmittag des 23. August 1936

Die lange Tafel unter dem Apfelbaum im Garten der Schokoladenvilla war festlich gedeckt. Auf einer weißen Tischdecke aus Damast schimmerten Gläser, Porzellan und Silberbesteck; kleine Sträußchen mit blauen Kornblumen und weißen Rosen setzten frische Akzente. Obst in gläsernen Schalen leuchtete in verschiedenen Farben und zeigte, dass der Sommer allmählich in seine Reife überging.

Judith saß in einem Gartenstuhl und sah auf ihre Familie, glücklich darüber, dass alle gekommen waren, und zugleich unfassbar traurig, weil einer unwiederbringlich fehlte. Noch im letzten Jahr hatte Victor an ihrer Seite die Rede gehalten anlässlich des Sommerfestes, das sie stets im August zusammenführte.

Dennoch war die Stimmung gelöst an diesem warmen Sonntagnachmittag. Soeben kamen Anton und Serafina zusammen mit Karl und Elise nach einem Spaziergang den gewundenen Gartenweg herauf. Karl hielt seine acht Monate alte Tochter Ursula auf dem Arm, die an seiner Schulter eingeschlafen war. Oscar und Emil hatten ihre eigenen Pläne und spielten an dem kleinen Bachlauf, der die Gartenanlage der Villa durchzog.

Judiths Blick wanderte weiter zu den riesigen Glastüren, die die Villa zur Veranda hin öffneten. Von dieser führten einige breite Stufen in den Garten. Die beiden Flügel waren weit geöffnet, luden die Gäste nach draußen und den Sommer ins Haus. Theo legte letzte Hand an die Lampions, die für eine festliche Stimmung sorgen würden, sobald die Sonne untergegangen war. Die beiden für dieses Wochenende engagierten Dienstmädchen brachten Kaffee, heiße Schokolade und Limonade nach draußen. Eine der beiden, Fanny, würde sie in eine Festanstellung übernehmen, denn dem Hausmädchen Tine hatte Judith gestern gekündigt. Dieser Schritt war nicht nur wegen Tines Neugierde überfällig gewesen. Nachdem Theo sie wegen Zahnschmerzen zum Zahnarzt gebracht und in der Nähe im Wagen auf sie gewartet hatte, war ihm ein Mann mit ockerfarbener Uniform und roter Armbinde mit Hakenkreuz aufgefallen. Ein Mitglied der SA. Tine hatte recht vertraut mit diesem gesprochen, bevor sie in das Haus des Dentisten Kuchler gegangen war. Als Judith von Theo darüber informiert worden war, hatte sie sofort das Entlassungsschreiben formuliert. Zurück blieb eine gewisse Sorge, dass Tine möglicherweise Spitzeldienste für Weber geleistet hatte. Denkbar wäre es, sie mussten wachsam sein.

Luise Fetzer trug ein Tablett mit Kuchen herbei und stellte es auf den Tisch. Judith mochte Luise. In ihrer bescheidenen und hilfsbereiten Art war sie keine Belastung des Haushalts, ganz im Gegenteil, und sie würde fehlen, wenn sie demnächst mit ihrem Mann in die Schweiz ging.

Judith stand auf, um Luise den Kuchen abzunehmen, damit diese in der Küche weitere Platten holen konnte. Doch noch bevor sie die Tafel erreichte, entdeckte sie aus den Augenwinkeln ihre Mutter Hélène, die mit ihrem Ehemann Georg Bachmayr von einem Besuch bei ihrer Künstlerfreundin Ida Kerkovius in Stuttgart zurückgekehrt war. Sie nickte Luise entschuldigend zu und ging dann zu ihrer Mutter.

»*Maman*!« Die beiden Frauen umarmten sich. »Wie war es bei Ida?«

»Ach, Judith. Künstlerisch eine wahre Freude, du weißt, wie herrlich Ida mit Farben umgeht. Aber es bedrückt sie sehr, dass ihre Werke dermaßen geächtet werden.«

»Ich werde niemals verstehen, weshalb ihre Bilder verboten wurden«, meinte Judith.

»Jeder, der einen eigenen Kopf hat, gilt heutzutage als entartet. In der Malerei genauso wie in der Literatur oder der Musik.« Hélène schüttelte den Kopf. »Die Kunst wird im Keim erstickt.«

»Des is so, weil die net woll'n, dass ma denkt«, meinte Georg in seinem gemütlichen Münchner Dialekt. »Deshalb müss'ma ja auswandern. Mei, des san Zeit'n!«

»Aber heute genießen wir unsere Familie.« Hélène ließ

das Thema fallen, wie immer, wenn sie etwas zu sehr belastete. »Und morgen werde ich meine Staffelei hier aufbauen und dieses herrliche Motiv malen!« Sie zeigte auf den alten Apfelbaum, an dessen Zweigen bereits die ersten kleinen Früchte hingen. Darunter nahmen Martin und Mathilda gerade ihre Plätze ein, zugewandt und zärtlich, ein schönes Bild.

Auch Hélène bemerkte die liebevolle Szene. »Und hier entsteht vielleicht schon die nächste Generation«, meinte sie schmunzelnd.

»Das ist gut möglich«, seufzte Judith. »Hoffentlich haben sie eine gute Zukunft.«

»Ich wünsche es ihnen.« Hélène drückte Judiths Hand. »Wir vertreten uns noch ein wenig die Füße.« Sie hakte ihren Mann unter. »Komm, Georg.«

Judith sah den beiden nach, als sie in Richtung des Tennisplatzes davonschlenderten. Die Liebe war spät gekommen zu ihrer Mutter Hélène, vor allem, da sie sie lange Zeit gar nicht hatte sehen wollen. Doch Georg hatte über Jahrzehnte beharrlich um sie geworben. Heute waren sie ein Paar, das sich nicht nur aufmerksam und respektvoll behandelte, sondern sich in allen Dingen vorbehaltlos unterstützte.

Judith atmete tief durch. Sie sah, wie Luise zurück ins Haus ging, gefolgt von Fanny. In der Gewissheit, dass Luise nun Unterstützung haben würde, beschloss Judith, sich einen kleinen Moment der Ruhe zu gönnen, bevor sie sich wieder in den Trubel stürzte. Letzte Nacht hatte sie nicht besonders gut geschlafen.

Sie entfernte sich ein Stückchen von der nachmittäglichen Gesellschaft und steuerte das abseits gelegene kleine Labyrinth aus Buchsbaum an, welches Victor vor einigen Jahren hatte entwerfen lassen, damit die Kinder darin Verstecken spielen konnten – oder für *Verliebte*, wie er mit einem vielsagenden Lächeln gemeint hatte. Und an so manchem Sommerabend hatte er sie an der Hand genommen und sich hierher mit ihr zurückgezogen – für eine kleine Auszeit vom Alltagsgeschehen, welches ihr betriebsames Leben mit sich gebracht hatte.

Als Judith die Steinbank erreichte, welche die verträumte Mitte des Labyrinths markierte, wunderte sie sich über die abgerissenen Zweige, die dort verstreut lagen. Fast schien es, als wäre jemand mitten durch die Hecken gehastet. Alarmiert sah sie sich um, konnte aber niemanden entdecken. Doch an eine entspannte Pause war nun nicht mehr zu denken. Stattdessen folgte sie aufmerksam den verschlungenen Wegen zum gegenüberliegenden Ausgang der Anlage. Überall entdeckte sie Beschädigungen an den sonst so gepflegten Buchssträuchern – aber keine Erklärung. Sie trat aus dem Irrgarten und ließ ihren Blick sorgfältig über diese äußere Ecke ihres Parks wandern – aber auch hier schien alles so zu sein wie immer. Schließlich beschloss sie, nicht selbst weiterzusuchen, sondern Theo zu bitten, später nach dem Rechten zu sehen.

Ein letztes Mal umrundete sie das Labyrinth, dann ging sie zurück zum Haus. Dabei fiel ihr auf, dass Emil und Oscar nicht mehr am Bachlauf spielten. Und mit einem Schmunzeln wurde ihr klar, wer sich augenscheinlich im Labyrinth herumgetrieben hatte. Diese Racker. Anton würde sie ernsthaft ermahnen müssen.

Im selben Augenblick vernahm sie eine vertraute Stimme. »Ach, meine liebe Judith!« Es war Josefine Ebinger, die an Doras Arm gerade die Veranda überquerte.

»Josefine!« Judith eilte den beiden entgegen.

»Danke für Ihre Hilfe, Dora.« Josefine ließ die Haushälterin los und drückte Judith herzlich an sich. »Schön, dass du mich eingeladen hast.«

»Ich freue mich, dass du da bist!« Judith hakte die Ältere unter. »Wie geht es Artur?«

»Ach, er wäre wirklich gern gekommen.« Josefine wirkte unglücklich. »Aber er schafft es derzeit nicht aus dem Haus.«

»Bisher hat er sich immer wieder erholt, Josefine«, sagte Judith. »Bestimmt geht es ihm bald wieder besser.«

»Ich hoffe, dass du recht hast … Ach sieh, dort ist Martin!« Josefines Gesicht hellte sich auf, als sie ihren Enkel am Tisch erblickte.

»Komm«, meinte Judith und ging mit ihr zu Martin und Mathilda, die sich leise unterhielten. »Darf ich euch unterbrechen«, fragte sie das ins Gespräch vertiefte Pärchen lächelnd. »Josefine würde sich gerne zu euch setzen. Das ist euch doch recht, nicht wahr?«

»Ja, natürlich«, meinte Mathilda, warf Martin dabei aber einen Blick zu, der Judith irritierte.

Martin nickte zwar, ließ aber die Herzlichkeit vermissen, mit der er den Ebingers normalerweise gegenübertrat.

»Martin, du kümmerst dich doch um Josefine?«, vergewisserte sich Judith.

»Ach, das macht er ganz bestimmt, nicht wahr, Martin? Er ist doch mein Patensohn.« Josefine strahlte Martin an, der eigenartig distanziert wirkte. »Artur konnte heute nicht kommen, Martin«, fuhr die gepflegte alte Dame fort, »er ist zu schwach. Aber im November, da will er unbedingt seinen Geburtstag feiern.« Sie wandte sich noch einmal an Judith. »Ihr kommt doch am achten November zu uns? Er wird fünfundachtzig, und wünscht sich eine Familienfeier.«

»Wird denn Max dabei sein?«, fragte Judith.

Bei der Erwähnung dieses Namens verdunkelten sich Martins Züge weiter.

»Vermutlich nicht«, beantwortete Josefine in diesem Augenblick Judiths Frage. »Er hält sich derzeit in London auf. Es wird wohl Ende November werden, bis er wieder bei uns vorbeikommen kann.«

Judith sah, dass Mathilda eine Hand auf Martins Arm legte, so, als wolle sie ihn beruhigen. Eigenartig.

»Wir kommen ganz bestimmt«, versicherte Judith rasch und drückte der alten Frau die Hand. »Ich muss jetzt in der Küche nach dem Rechten sehen. Wir unterhalten uns später, einverstanden?«

Auf Josefines Nicken hin machte sich Judith auf den Weg ins Haus, begleitet von einem unguten Gefühl.

»Mama!« Noch auf der Veranda flog Viktoria auf sie zu und umarmte sie. »Es tut mir leid, ich bin ein wenig zu spät dran. Dir macht es doch nichts aus, wenn Andrew, ähm …

Herr Miller, heute dazukommt, nicht wahr? Wir müssen noch so vieles besprechen.« Nun sah Judith auch Herrn Miller, der in respektvoller Entfernung an der Schwelle zur Verandatür stand. Das war wieder typisch für ihre Viktoria. Sie überließ nichts dem Zufall oder gar anderen, sie schuf Tatsachen.

»Selbstverständlich darf Herr Miller dazukommen«, meinte Judith. »Wenn er nun schon einmal da ist.«

»Danke!« Viktoria warf ihrer Mutter eine Kusshand zu und lief zurück zu dem stattlichen Amerikaner, der ihr erwartungsvoll entgegensah.

Judith wusste genau, was in ihrer Tochter vorging, und es bereitete ihr durchaus Kopfzerbrechen. Doch sie musste den Dingen ihren Lauf lassen, denn inzwischen war nach Rücksprache mit Anton und Martin die Entscheidung gefallen, dass Vicky in die USA reisen würde. Isaak Stern, der ab Oktober die Leitung von Antons New Yorker Betrieb übernehmen sollte, würde sie begleiten. Andrew Miller hatte seine Hilfe angeboten, was die Besorgung der Schiffspassagen und der Einreisepapiere anging und damit möglich gemacht, dass die Reisepläne überhaupt so schnell in die Tat umgesetzt werden konnten. Alle drei würden dasselbe Schiff nach New York nehmen.

An Viktorias Seite kam er nun auf sie zu und begrüßte sie mit einer angedeuteten Verbeugung. »Vielen Dank, dass ich an Ihrer Familienfeier teilnehmen darf, Frau Rheinberger. Viktoria hat mich spontan eingeladen. Eigentlich wollte ich nur einige Details unserer Reise besprechen, deshalb habe ich mir erlaubt, heute Nachmittag vorbeizukommen. Am Montag habe ich einen Termin im amerikanischen Konsulat, zu dem Ihre Tochter mich begleiten sollte.«

»Das ist sehr freundlich von Ihnen, Herr Miller. Seien Sie uns willkommen«, sagte Judith und nickte ihm zu. »Ich bin wirklich froh, dass Sie sich um so vieles kümmern. Ganz herzlichen Dank dafür.«

»Es ist ja auch in meinem Interesse, Frau Rheinberger. Sie haben mir Ihr Vertrauen geschenkt – nun möchte ich mich dessen würdig erweisen.«

Viktoria zog Miller mit einem breiten Lächeln weiter und steuerte unmittelbar auf ihren Bruder und Mathilda zu. Die jungen Leute schienen sich untereinander bestens zu verstehen. Gebe Gott, dass alles einen guten Weg nahm.

»Ach, gnädige Frau, endlich kommen Sie!«, rief Gerti, als Judith schließlich die Küche betrat, in der es nach so vielen feinen Gerichten duftete, dass man die einzelnen Gaumenfreuden überhaupt nicht mehr zuordnen konnte. »Ich bin fast fertig. Wann möchten Sie auftragen lassen?«

Judith sah auf ihre Armbanduhr. »Jetzt ist es gleich vier Uhr. Ich würde vorschlagen, wir beginnen um sieben mit der Vorspeise.«

Eine Viertelstunde später im großen Salon

»Er kann *Du blöde Vettel* sagen!«, behauptete Emil und steckte einen Finger in den Vogelkäfig.

»Glaub ich nicht!«, widersprach Oscar und schob ebenfalls einen Zeigefinger durch die Gitterstäbe.

»Herrrrgottttsack!«, krächzte Pepe und wandte sich demonstrativ ab.

»Siehst du!«, meinte Oscar triumphierend. »Er sagt schon immer *Herrgottsack* und nicht *Du blöde Vettel!*« Er überlegte kurz. »Was heißt das überhaupt, *Du blöde Vettel?*«

Emil, der mit seinen acht Jahren älter und, wie er selbst befand, deutlich erfahrener war als sein um zwei Jahre jüngerer Cousin, machte ein wichtiges Gesicht: »Das ist eine *alte Oma.*«

»Aber was ist an einer alten Oma so schlimm, dass Pepe das sagen muss?«, fragte Oscar nach und brachte den Älteren damit in Erklärungsnot.

»Das ist nicht nur eine alte Oma, sondern auch eine böse …«

Der Papagei rückte näher an die Kinder heran. »Rrrrrrotzlöfffel!«

»Aua!!!« Mit schmerzverzerrtem Gesicht zog Emil seinen Finger zurück. »Der hat mich gebissen!«

»Papageien können doch gar nicht beißen«, wunderte sich Oscar, brachte seinen Finger aber sicherheitshalber aus der Gefahrenzone.

»*Der* kann das!« Emil besah sich die schmerzende Stelle.

»Aaamen! Aaamen!«, verkündete Pepe lauthals angesichts der erfolgreichen Verteidigung seines Reviers.

»Zeig mal!«, bat Oscar.

Emil hielt ihm den Finger vor die Nase.

»Aber das blutet ja gar nicht!«, meinte Oscar enttäuscht. »Da ist ja nur ein dunkler Fleck!«

»Das ist eine richtige Verletzung. Da, es blutet!« Er zeigte auf eine winzige, offene Stelle, gab sich aber tapfer. »Ich glaube, der Pepe braucht Bewegung, deshalb hat er gebissen.«

»Aber er hüpft doch immer in seinem Käfig herum!«

»Aber da drin kann er doch nicht fliegen«, nuschelte Emil und lutschte an seiner Verletzung. »Vicky hat ihn schon mal im Zimmer fliegen lassen.«

»Wirklich?« Oscar wurde ganz aufgeregt. »Du meinst, er fliegt dann hier herum, so wie er im Urwald herumfliegt?«

»Klar!«

»Und dann geht er wieder zurück in seinen Käfig?«

»Ja. Vicky hat ihm das beigebracht. Das hat sie mal erzählt.« Emil war sich zwar nicht ganz sicher, aber dass der Vogel manchmal aus dem Käfig durfte, das hatte er schon gesehen.

»Uiiii, stell dir vor, der fliegt hier …«

Emil beschloss, Mut zu beweisen. Er trat wieder an den Vogelbauer und öffnete vorsichtig die Gittertür. Dann schuf er rasch Abstand zwischen sich und dem Käfig.

Pepe beäugte die plötzlich entstandene Fluchtmöglichkeit und rutschte Stück für Stück an den Durchlass heran.

»Jetzt!«, raunte Emil Oscar zu, als sich der Papagei auf den Rand des Türchens hockte. »Gleich fliegt er los!«

Oscar starrte mit großen Augen auf den Käfig, und Emil wähnte sich im tiefsten Dschungel, als der Vogel schließlich losflatterte.

Doch statt des erwarteten eleganten Flugs durch den Salon vollführte er einen ziemlich schrägen Halbkreis, der an den bodenlangen Spitzengardinen des Fensters endete. Ein feines Reißen zeigte an, dass der Vorhang den scharfen Krallen des Papageis nur wenig entgegenzusetzen hatte, und zu allem Überfluss begann Pepe auch noch, den feinen Stoff anzuknabbern.

»Der macht das ja kaputt!«, flüsterte Oscar, fasziniert und verängstigt zugleich.

»Das kann man neu machen«, wisperte Emil zurück. »Ich glaube, Dora hat immer so was da.« Sicher war er sich da keineswegs.

Die Buben starrten bange zum Fenster. »Heiiiil Himmmmmel!«, kreischte Pepe, als er seinen Flug fortsetzte und über ihre Köpfe hinweg eine ballistische Kurve auf den Schrank beschrieb.

»Uiiii!«, machte Oscar.

»Was ist denn hier los?«

Eine verärgerte Männerstimme ließ Emil vor Schreck zusammenfahren. »Papa, ähm, wir haben …«

»Ihr habt den Papagei herausgelassen?« Anton sah auf den Schrank, auf dem Pepe gerade sein Geschäft verrichtete.

»Emil hat ihn rausgelassen«, stellte Oscar richtig.

»Du kannst Pepe doch nicht einfach fliegen lassen«, schimpfte Anton. »Da muss man einige Dinge beachten.«

»Er wollte sich halt bewegen …« Emil fiel nicht viel zur Verteidigung ein.

»Ihr geht jetzt raus hier, alle beide«, befahl Anton. »Und ich versuche, den Vogel wieder in den Käfig zu bekommen!«

»Ja, Papa«, sagte Emil kleinlaut.

»Übrigens«, fügte Anton noch an. »Soeben hat mir eure Tante Judith auf dem Flur von eurem Abenteuer im Gartenlabyrinth berichtet. Ich erwarte, dass ihr euch auf der Stelle für die Beschädigungen dort entschuldigt. Und morgen werdet ihr Theo helfen, es wieder in Ordnung zu bringen.«

»Das Labyrinth?«, fragte Emil ehrlich erstaunt. »Wieso sollen wir uns entschuldigen?«

»Das wisst ihr besser als ich!« Anton wurde ärgerlich.

»Aber Papa«, versicherte Emil. »Wir waren doch gar nicht im Labyrinth! Ehrlich nicht!«

23. KAPITEL

Es dämmerte. Die Dienstmädchen entzündeten die Laternen und Luise die Kerzen in den großen Einmachgläsern, die sie soeben auf der Tafel verteilt hatte. Ein weiches Licht breitete sich über dem Garten der Schokoladenvilla aus, das konzertante Zirpen der Zikaden vervollkommnete die Sommerabendstimmung. Der Nachtisch, eine große Schokoladentorte, war aufgegessen, das Geschirr abgetragen, und man saß gemütlich zusammen, während die Kinder ins Bett gebracht wurden. Für die Buben war es höchste Zeit geworden. Noch kurz vor dem Abendessen hatten Emil und Oscar versucht, Judiths Mercedes in der Garage zu starten, und es war allein Theos Aufmerksamkeit zu verdanken gewesen, dass sie nicht eine heimliche Spritztour damit unternommen hatten. Zur Strafe hatten die beiden auf ihre abendliche Gewürzschokolade verzichten müssen.

Jetzt war etwas Ruhe eingekehrt. Serafina und Elise waren bei den Kindern, denn Emil würde diese Nacht in der Schokoladenvilla bleiben. Judith brachte Josefine Ebinger nach Hause, Martin und Mathilda hatten sich in eine ruhige Ecke des Gartens zurückgezogen. Eine Karaffe Weißwein,

Whiskey, Obstler und frisch gemachte Zitronenlimonade standen auf dem Tisch, dazu ein Teller mit Käsegebäck, Gertis Spezialität.

Andrew ließ sich von Anton einen Whiskey einschenken. »Danke, mein Freund.« Dann griff er in seine Jackentasche und beförderte eine quadratische Schokoladentafel zutage. »Das wollte ich euch gerne zeigen!«

»Ein Zaubertrick?«, schmunzelte Anton. »Diese Schokolade ist allerdings von der Konkurrenz!«

»Das weiß ich«, erwiderte Andrew lachend. »Ich habe sie mir heute gekauft, weil ich sie interessant fand.«

»Eine *Sportschokolade* im Quadrat. Diese Form kam vor vier Jahren auf den Markt«, wusste Anton, »und sie verkauft sich wirklich gut. Das Unternehmen hat seinen Sitz in Waldenbuch, das ist nicht weit von hier.«

»Eine Schokolade, die in jede Jackentasche passt«, ergänzte Viktoria. »Das war übrigens die Idee einer Frau.«

»Wie gut, dass auf sie gehört wurde«, sagte Andrew und es klang ehrlich. »Aus einem solchen Schokoladenquadrat kann man viel machen.« Er öffnete die Verpackung und bot allen davon an. »Geschmacklich ist sie bestimmt nicht so gut wie die Rothmann-Ware.« Er zwinkerte Viktoria zu.

»Auf gar keinen Fall«, bekräftigte Viktoria und naschte ein Stückchen. »Unsere Schokolade ist die Beste.« Sie nahm sich ein Glas Limonade, bevor sie fortfuhr. »Aber man könnte sich wirklich an andere Formen wagen. Wir hatten doch schon einmal über ein Schokoladenpuzzle gesprochen.«

»Ich erinnere mich. Und ich könnte mir das für den amerikanischen Markt durchaus vorstellen«, antwortete Andrew.

»Wäre das herstellungstechnisch denn möglich?«, fragte Anton.

»Grundsätzlich schon«, erwiderte Andrew. »Zumindest als *Limited Edition* während der Wintermonate. Im Sommer ist es ohnehin schwierig mit Schokolade. Wenn man dann Puzzleteile zusammenlegen möchte, zerfließt einem alles zwischen den Fingern.«

»Die Teile sollten ohnehin nicht zu klein sein«, fügte Viktoria an. »Und einen hohen Kakaoanteil enthalten, damit sie stabiler sind. Mit Milchschokolade wird da nichts draus.«

»Genau.« Andrew nickte. »Hoher Kakaoanteil, gute Kühlung, große Puzzleteile. In den Staaten machen wir uns gleich an erste Versuche.«

»Gern!« Viktoria hätte am liebsten sofort damit begonnen.

»*Sure*! Du kannst unsere Entwicklungsabteilung nutzen. Ich bin gespannt auf deine Experimente! Du wirst natürlich am Gewinn beteiligt, sollte die Sache konkret und erfolgreich werden.«

»Ich werde mein Bestes geben!« Sein Vertrauen machte sie glücklich. Etwas Wundervolles hatte sich zwischen ihnen aufgebaut, eine innige Verbundenheit, die umso erstaunlicher war, als sie sich körperlich bisher kaum nahe gekommen waren. Ihr Misstrauen aber, was seine geschäftlichen Absichten betraf, war verflogen. Er war ein Unternehmer, der unverschuldeterweise in Not geraten war und nun einen

Ausweg suchte. Wer würde das nicht? Und auch, wenn ihre Mutter sich noch schwertat mit der Tatsache, dass sie nach Amerika ging, so sah auch diese mittlerweile deutlich die Chancen, welche ein mögliches amerikanisches Standbein mit sich bringen würde. Viktoria war froh, dass Judith ihm die Verlängerung des Kredits zugesagt hatte. Im Gegenzug musste Andrew ihr Einsicht in die Buchhaltung, die Produktionsräume des Unternehmens und die Rezepturen gewähren, damit sie prüfen konnte, wie es um die SweetCandy wirklich stand. Stern würde sie dabei unterstützen.

»Du wirst eine Bereicherung für unseren Betrieb sein«, meinte Andrew nun. »Pass auf! Am Ende lassen wir dich nicht mehr nach Stuttgart zurückfahren!«

»Vielleicht *möchte* ich auch gar nicht mehr nach Hause, Andrew«, erwiderte sie und merkte erstaunt, dass in diesen eigentlich scherzhaft gemeinten Worten mehr Wahrheit steckte, als sie sich eingestehen wollte. »Allerdings«, schränkte sie sofort ein, »könnte ich das Mutter niemals zumuten.«

»Abgesehen davon, dass wir dich alle sehr vermissen werden, Vicky – mach dir keine Sorgen um Mutter«, sagte Karl, der sich vor einigen Minuten zu ihnen gesellt hatte. »Elise und ich werden sie unterstützen, solange du in New York bist.« Er grinste verschmitzt. »Du weißt, dass ich lange Zeit zusammen mit Judith und Victor die Schokoladenfabrik geleitet habe. Und in sechs oder sieben Jahren vergisst man nicht alles.«

»Das hört sich alles … ganz wunderbar an.« Viktoria war

irritiert. »Aber … aber wie wollt ihr von Berlin aus Mutter wirklich unter die Arme greifen?«

»Auch bei uns hat sich vieles verändert, Vicky.« Karl klang mit einem Mal traurig und resigniert. »Wir werden nicht mehr nach Berlin zurückkehren. Unsere Sachen sind bereits auf dem Weg nach Stuttgart. Wir werden vorerst hierbleiben und irgendwann versuchen, in die Schweiz zu emigrieren.«

»Wie bitte?« Viktoria war überrascht. »Das kommt plötzlich. Warum?«

»Unser Möbelatelier gibt es nicht mehr. Man hat es als *entartet* deklariert und geschlossen.« Er zündete sich eine Zigarette an. »Sie kamen am späten Abend, wie sie es so oft tun. Haben alles kurz und klein geschlagen. Es war … fürchterlich.«

»Aber weshalb waren eure Möbelstücke *entartet*?« Viktoria konnte kaum glauben, was sie da hörte.

»Weil wir uns am Bauhausdesign orientiert haben. Das ganze Bauhaus wird ausgerottet. So wie alles, was denen nicht passt.« Man hörte Karl die Wut deutlich an. »Aber andere Möbel wollten wir nicht anbieten. Wir sind von diesen Formen überzeugt, ästhetisch und funktional gab es nie etwas Besseres.«

»Ich mag euren Stil sehr gerne, den habt ihr ja auch beim Neubau unserer Schokoladenfabrik umgesetzt«, entgegnete Viktoria nachdenklich. »Und deshalb ist sie mit beleidigenden Sprüchen vollgeschmiert worden.«

»Wir müssen wirklich achtsam sein«, meinte Anton besorgt. »Alois hat das schon vorausgesehen. Dass es so schnell geht mit den Veränderungen, hätte ich allerdings nicht gedacht.«

»Wir werden die nächsten Wochen dazu nutzen, uns verschiedene Möglichkeiten zu überlegen«, sagte Karl. »Ehrlich gesagt bereitet mir die größte Sorge dieser Weber, der die Schokoladenfabrik im Visier hat. Er war bestimmt auch derjenige, der die Schriftzüge dort hat anbringen lassen. Judith meint, dass sie ihm Paroli bieten kann. Das bezweifle ich. Wenn Weber Rückhalt auf höherer Parteiebene hat, dann wird es richtig gefährlich.«

»Noch bin ich nicht abgereist.« Viktoria wurde mit einem Mal die ganze Tragweite der Situation bewusst. »Wenn ihr mich hier braucht, bleibe ich.«

»Du musst reisen, Vicky«, entgegnete Karl entschlossen, und Anton nickte. »Für dich und für die Firma.«

In diesem Moment kam Judith über die Veranda, gefolgt von den Hausmädchen mit zwei Sektkübeln und Luise mit einem Tablett voller Champagnerkelche.

»Was hat Mutter vor?«, fragte Anton verdutzt. »Gibt es etwas Besonderes zu feiern?«

Viktoria schüttelte den Kopf, Karl steckte sich eine weitere Zigarette an.

»Meine Lieben«, meinte Judith, als sie den Tisch erreichte. »Ich möchte, dass wir zusammen anstoßen. Auf Victor.«

»Oh ja«, sagte Viktoria. »Papa würde das sicherlich freuen.«

Anton kümmerte sich gleich um die Perlweinflaschen. »Oh, du meinst es gut, Judith! Degerlocher Champagner!«

»Victor mochte ihn so gern!« Judith sah sich suchend um. »Wo sind eigentlich die anderen?«

»Martin und Mathilda kommen dort hinten«, stellte Karl mit breitem Grinsen fest, und Viktoria war froh, dass sich die bedrückte Stimmung löste.

»Serafina und Elise sind bei den Kindern«, sagte Anton. »Auf sie brauchen wir nicht zu warten.« Er füllte die Gläser.

»Das denke ich auch. Wenn sie die Rasselbande endlich zur Ruhe gebracht haben, werden sie sich erst einmal ausgiebig austauschen«, wusste Karl und nickte Martin und Mathilda zu, die sich zu ihnen setzten.

»Also gut«, meinte Judith und hob ihr Glas. »Auf unsere … Familie.« Als ihre Stimme stockte, stand Viktoria auf und nahm sie in den Arm. »Wir sind eine ganz wunderbare Familie, Mama. Und Papa wird immer bei uns sein.«

Sie stießen an, mit dem feinen Obstschaumwein aus Degerlocher Herstellung, der weit über die Grenzen des Ortes hinaus geschätzt war.

»Unglaublich«, meinte Andrew anerkennend. »Was ist das Geheimnis dieses Champagners?«

»Er wird aus Schweizer Gelbmöstlerbirnen hergestellt. Der Saft lagert fünf Jahre, bevor er weiterverarbeitet wird«, erklärte Judith. »Wir servieren ihn immer zu besonderen Anlässen. Heute hatte ich ehrlich gesagt ganz vergessen, vor dem Abendessen damit anzustoßen.«

»Das war nicht deine Schuld, Judith, sondern das Werk von Emil und Oscar«, erklärte Karl sofort. »Mit ihren Schnapsideen haben sie alle ziemlich auf Trab gehalten.«

»Allerdings!« Judith lachte.

»Aber ich finde, er schmeckt auch jetzt richtig gut, unser *Degerlocher Sekt*«, meinte Anton und leerte sein Glas. »Wie wär's, Andrew – machen wir ein wenig Musik? Du hast uns vor dem Konzert letzten Sonntag ja eindrücklich gezeigt, was du kannst.«

»*Oh, yeah*, gern! Aber – habt ihr denn Instrumente?«

»Hier gibt es ein Musikzimmer«, meinte Viktoria und drehte sich zum Haus um. »Sollen wir … Wer ist denn das?«

»Wer?«, fragte Karl.

»Da ist doch jemand. Neben der Veranda.« Im Halbdunkel konnte Viktoria nur schemenhaft eine schmale Silhouette ausmachen, die sich vor den nur schwach beleuchteten Fenstern des Musikzimmers hin- und herbewegte.

Die unbekannte Person kam langsam auf sie zu und blieb schließlich auf halbem Weg zwischen Veranda und Festtafel stehen.

Viktoria fuhr ein Schreck in die Glieder, als sie ihn erkannte.

»Vater!«, flüsterte Mathilda entsetzt.

24. KAPITEL

Die Villa Rothmann, am nächsten Tag, 24. August 1936

Sie waren mit Hunden gekommen. Das Bellen hatte man weithin über den Haigst gehört, dazu die aggressiven Rufe der Männer und die Motoren der Fahrzeuge, die den Schimmelhüttenweg entlanggefahren waren. Was sie genau gebrüllt hatten, war zwar nicht zu verstehen gewesen, aber dass sie auf der Suche nach irgendjemandem gewesen waren, hatte Robert sofort gewusst. Alarmiert war er aus einem leichten Dämmerschlaf aufgefahren, hatte versucht, sich rasch zu orientieren. Woher er letzten Endes die Kraft genommen hatte, das Bettzeug wie vereinbart durch die Falltür zu stoßen und das Wengerterhäuschen zu verlassen, wusste er nicht mehr. In der Rückschau erschienen ihm die Ereignisse unwirklich – seine kopflose Flucht am helllichten Nachmittag durch Weinberge und Wald, der Sturz, der ihn einige Meter bergab hatte rutschen lassen. Und dazu die ständige Angst, dass die Hunde ihn wittern könnten. Sie war auch dann nicht gewichen, als er schließlich die Rothmann-

Villa erreicht hatte und in den Garten geschlichen war. Während die Familie feierte, hatte er sich in einem Buchsbaumlabyrinth versteckt und auf der Steinbank in der Mitte ein wenig ausgeruht. Näher kommende Schritte hatten ihn erneut aufgeschreckt. Panisch hatte er sich durch die akkurat geschnittene Hecke gezwängt und hinter einige Koniferen an der Außenmauer zurückgezogen, kopflos und noch immer voller Angst. Erst als die Panik nachgelassen hatte, war ihm klar geworden, dass er sich zu erkennen geben musste. Eine andere Möglichkeit war nicht mehr geblieben.

Nun lag er auf demselben Bett in der Mansarde, welches er erst zwei Tage zuvor verlassen hatte und fühlte sich, als hätte man ihn durch einen Fleischwolf gedreht. Wie viel konnte ein Mensch ertragen?

Er stöhnte.

»Tut es arg weh?«, fragte Luise und sah von ihrem Buch auf. Schon seit gestern Nacht saß sie bei ihm, nachdem sie seine Wunden versorgt und ihm etwas zu essen und zu trinken gebracht hatte.

»Es … geht schon.« Er zwang die Worte heraus, da er ihr nicht noch mehr Sorgen machen wollte, als sie ohnehin schon hatte.

Sie nickte. Seine treue Luise. Was hatte er ihr nur angetan in all den Jahren.

»Luise …«

»Ja?«

»Es tut mir leid. Du bist … so viel stärker als ich.« Er versuchte sich an einem schiefen Lächeln.

Sie nickte und sah ihn nachdenklich an.

Warum konnte man manche Dinge nicht ungeschehen machen?

Die letzten Wochen hatten Robert dazu gezwungen, ehrlich auf sich und sein Leben zu schauen. In einzelnen Sequenzen waren Bilder und Ereignisse vor seinem inneren Auge abgelaufen und hatten Erkenntnisse gebracht, die mindestens so schmerzhaft waren wie die Wunden, die er sich in der letzten Nacht zugezogen hatte.

»Weißt du, Luise – ich habe wirklich gedacht, ich stehe auf der richtigen Seite.«

Schon immer hatte er einen ausgeprägten Gerechtigkeitssinn besessen, und als er vor Jahrzehnten als Laufbursche im Hause der Rothmanns angefangen hatte, war ihm der Klassenunterschied zwischen dem Gesinde und den Herrschaften bald unerträglich gewesen.

»Warum«, fuhr er fort, auch wenn ihm das Sprechen schwerfiel, »haben manche so viel und andere viel zu wenig?«

Luise legte ihr Buch zur Seite. »Auf manche Fragen gibt es keine einfachen Antworten. Ungerechtigkeit wird es immer geben. Die Menschen sind verschieden.«

»Schon. Aber … dass es schon mit der Geburt festgelegt ist. Wer in Reichtum hineingeboren wird, nichts dafür getan hat – der hat das einfach … nicht verdient.«

»Viele haben dafür gearbeitet, Robert. Sieh nur Robert Bosch an. Man kann es schon zu etwas bringen, wenn man sich anstrengt.«

»Bosch kam aus keiner armen Familie.«

»Aber auch aus keiner reichen. Vor allem aber hat er etwas aus sich gemacht.« Luise strich das dünne Laken glatt, mit dem sie ihn zugedeckt hatte. »Doch lassen wir das jetzt. Du bist schwach. Wir besprechen diese Dinge dann, wenn es dir wieder besser geht.«

»Nein … Luise, ich muss das jetzt sagen. Ich habe dich nicht gut behandelt. Und ich möchte, dass du mich verstehst.«

»Manches werde ich nie verstehen, Robert. Lange Zeit fand ich wichtig, was du gemacht hast, weil es vieles verbessert hat für die Arbeiter bei Bosch. Überhaupt für die Leute, die jeden Tag darum kämpfen müssen, ihren Unterhalt zu verdienen. Dafür, dass man als Arbeiter eine Würde hat und Rechte. Aber irgendwann … hast du nicht mehr für die Menschen gekämpft, sondern für … ich weiß nicht, wie ich es nennen soll – eine Idee. Die KPD hat dich geblendet.«

»Für mich war es der einzig richtige Weg.« Robert sah sie an. Seit Jahren zum ersten Mal, vielleicht zum ersten Mal überhaupt, sah er bewusst die Frau an, die er geheiratet hatte. Ihr blasses, feines, von Fältchen durchzogenes Gesicht, das so viel Wärme ausstrahlte und doch von vielen Kämpfen erzählte, wirkte müde. Das Leben an seiner Seite hatte sie gezeichnet. Und doch war da eine Stärke in ihr, die er bewunderte.

Die Reue drohte übermächtig zu werden. Wie hatte er so blind sein können für alles, was ihm hätte wichtig sein müssen? Seine tapfere Frau, seine kluge Tochter, die ihr Leben nicht nur ohne ihn, sondern gegen seine Verbohrtheit hatten bewältigen müssen. Er konnte die Güte der Rothmanns anerkennen, die er stets als Klassenfeind betrachtet hatte, ohne deren Hilfe sie aber hoffnungslos ins Elend gestürzt wären. Er war Parolen hinterhergejagt und hatte sich in eine Ideologie verstiegen, die ohne Weiteres in eine ebensolche Diktatur hätte münden können wie die der Nationalsozialisten. Was hätte er dann getan? Mit Macht in den Händen? Hätte er all diejenigen, die nicht in sein kommunistisches Weltbild passten, ebenso grausam behandelt wie die Nazis nun ihn? Hätte er, ohne mit der Wimper zu zucken, den Rothmanns alles weggenommen – die Fabrik, die Villa – und an diejenigen verteilt, die es seiner Meinung nach *verdient* gehabt hätten? Wäre das nicht genau dieselbe Willkür gewesen?

Diese Fragen quälten ihn, aber er konnte sie nicht weiter vertiefen – nicht jetzt. Dazu fehlte ihm die Kraft. Sollte er irgendwann in Sicherheit sein, sollte er die Chance bekommen, sein Leben noch einmal neu zu beginnen, dann würde er einen Weg suchen, mit dieser Erkenntnis wirklich Gutes zu tun für die Menschen.

Luise hielt ihm ein Glas Wasser hin. Eine schlichte Geste, und doch so unendlich wertvoll.

»Danke.«

Es klopfte.

Luise stand auf und öffnete die Tür. »Vicky! Mathilda!«

»Wir haben einen Vorschlag für euch«, sagte Viktoria Rheinberger leise und schloss die Tür.

»Ist Ihre Frau Mutter sehr böse?«, fragte Robert vorsichtig.

»Nun ja. Sie ist enttäuscht, dass wir ihr nichts gesagt haben«, antwortete Viktoria. »Und ich kann sie verstehen. Aber zum einen ist es jetzt nicht mehr zu ändern, zum anderen würde ich es wieder so machen.«

Mathilda trat derweil an Roberts Bett. »Ihr reist morgen Abend ab. Mit dem Zug. Herr Miller wird euch begleiten.«

»Herr Miller?«, fragte Luise verwundert. »Ich dachte, Karl …«

»Nein, nicht Karl«, entgegnete Mathilda. »Wenn es irgendeinen Hinweis darauf gegeben hat, dass sich ein entflohener Häftling auf dem Haigst versteckt hatte und deshalb gestern Nachmittag eine Razzia durchgeführt wurde, dann ist die Gefahr zu groß, dass sie misstrauisch werden. Vor allem, wenn einer aus der Familie mitfährt. Zumal ihr Schweizer Pässe habt, aber kein Schwyzerdütsch sprecht.«

»Wir haben letzte Nacht noch lange diskutiert«, fuhr Viktoria entschlossen fort. »Herr Miller hat von sich aus angeboten mitzufahren. In seiner Gegenwart werdet ihr möglicherweise nicht so genau kontrolliert. Und wenn doch, kann er sich einschalten und für Ablenkung sorgen.«

Luise schüttelte den Kopf. »Ich möchte nicht, dass er sich in Gefahr bringt.«

»Wir haben keine große Wahl. Wir hatten angedacht, euch in einer Schweizer Reisegruppe unterzubringen, aber das ist auf die Schnelle nicht zu organisieren gewesen.«

Luise sah Robert an. »Hast du genügend Kraft?«

Robert richtete sich ein wenig auf. »Es muss sein. Ich reise.«

»Ich werde Herrn Miller heute Nachmittag zum Konsulat der Vereinigten Staaten begleiten«, sagte Viktoria. »Bei dieser Gelegenheit gehen wir zum Bahnhof und besorgen die Fahrkarten. Möge alles gutgehen.«

25. KAPITEL

Die Schokoladenfabrik, am 25. August 1936

Viktoria machte sich Sorgen. Auch wenn Andrew ihr versprochen hatte, gut aufzupassen, so wartete sie doch ungeduldig darauf, dass er wie vereinbart anrief und ihnen mitteilte, dass er, Robert und Luise Zürich wohlbehalten erreicht hatten. Zwei Tage würde er mit den Fetzers dort verbringen, um ihnen bei der Zimmersuche zu helfen. Anschließend musste Luise sich nach einer Arbeit umschauen.

Aber würden sich die beiden wirklich durchschlagen können? Viktoria sorgte sich nicht nur, dass die Schweizer Behörden irgendwann auf das deutsche Ehepaar aufmerksam werden würden und sie am Ende gar auswiesen. Vielmehr beschäftigte sie die Tatsache, dass Luise Fetzer nun für ihren Mann sorgen musste, von dem sie seit Jahren getrennt gelebt hatte. Sie wollte sich als Haushaltshilfe oder als Näherin verdingen, aber das war nicht das, was sie alle Luise wünschten. Auch wenn Mathilda froh war, dass ihre Mutter außer Landes und somit in Sicherheit war, würde man sich noch weitere Gedanken um ihre Zukunft dort machen müssen. Luise verdiente ein selbstbestimmtes Leben.

»Vicky?« Ihre Mutter trat neben sie. »Hast du die Kakaobohnen-Lieferung mit den Holländern festgemacht?«

»Ja. Allerdings keine nennenswerte Menge. Und zu einem exorbitanten Preis. Aber immerhin liefern sie Anfang nächster Woche.«

»Zum Glück. Dann können wir vorläufig weiterproduzieren.« Viktoria spürte Judiths Hand schwer auf ihrer Schulter. »Du wirst mir fehlen, Vicky.«

Viktoria schmiegte sich in die Hand ihrer Mutter. »Ich möchte dich eigentlich nicht allein lassen, Mama. Wer weiß, wie es hier weitergeht.«

»Und genau deshalb wirst du fahren.«

»Ach, Mama.«

»Hast du die Fahrkarte für deine Schiffspassage?«

»Ja. Und das Visum werden wir am kommenden Dienstag abholen.«

»Gut.« Judith seufzte. »Unser Weg hier ist ungewiss. Wenn ich daran denke, mit welchen Mitteln Karl und Elise aus ihrer Manufaktur vertrieben wurden, dann wird mir angst und bange.« Judith drückte Viktorias Schultern und ging an ihren Schreibtisch zurück. »Möglicherweise«, fuhr sie fort, »wird Amerika für Rothmann Schokolade tatsächlich die Zukunft sein. Deshalb ist deine Reise so wichtig.«

Viktoria nickte. »Ich werde mein Bestes geben, das verspreche ich dir.«

»Ich weiß. Und wenn Andrew Miller wirklich so vertrauenswürdig ist, wie es scheint, dann bin ich guten Mutes.« Sie nahm einen Aktenordner. »Übrigens habe ich dir alle erforderlichen Vollmachten ausgestellt, Vicky. Zusätzlich werden wir auch Isaak Stern Prokura erteilen. Somit bist du voll handlungsfähig.«

Viktoria stand auf und umarmte ihre Mutter. »Ich weiß dein Vertrauen zu schätzen, Mama. Wenn du mich aus irgendeinem Grund wieder in Stuttgart brauchst, dann telegrafierst du, einverstanden?«

»Das werde ich. Ansonsten aber freue dich auf deine Reise, Vicky. Ich weiß, wie sehr du dich nach der großen weiten Welt sehnst.«

»War das so auffällig?«

»Ich kenne doch meine Tochter.« Judith lächelte.

Viktoria erwiderte ihr Lächeln. »Ich bin ehrlich gesagt sehr froh, dass dir Elise und Karl unter die Arme greifen«, sagte sie dann. »Zumindest vorerst.«

»Ja, das ist eine große Hilfe. Wir werden vor allem versuchen, einiges an Geldern und Werten aus dem Unternehmen abzuziehen. Falls die Übernahme kommt, haben wir wenigstens ein Auskommen.«

»Möchtest du eventuell in die Schweiz gehen? Ich meine, Karl denkt ernsthaft daran, und Großmutter redet auch immer davon. Georg ist ja schon dabei, alles in München zu verkaufen.«

»Ja, das ist mit Sicherheit eine Möglichkeit. Anton und Serafina stellen ähnliche Überlegungen an.«

Viktoria nickte. »Für die würde sich auch New York anbieten … und für dich eigentlich auch.« Sie seufzte. »Irgendwie kann ich mir gar nicht vorstellen, dass sich unsere Familie plötzlich in alle Himmelsrichtungen verstreut.«

»Ich mag auch nicht daran denken, Vicky. Aber es ist wichtig, den Tatsachen ins Auge zu sehen. Die Sache mit Robert Fetzer hat mich einiges gelehrt. Schau …«

Das Telefon klingelte.

»Das könnte Andrew sein«, rief Viktoria und hob ab.

Es war tatsächlich ein Auslandsgespräch aus Zürich. Viktoria fiel ein Stein vom Herzen, als Andrew ihr mitteilte, dass sie sicher über die Grenze gekommen waren. Näheres besprachen sie nicht, denn sie mussten damit rechnen, dass ihre Telefone abgehört wurden.

»Eine Sorge weniger«, meinte Judith.

»Ich bin heilfroh, dass alles gut gegangen ist«, sagte Viktoria. »Die Fetzers sind in Sicherheit. Und jetzt ist es auch für Martin und Mathilda wieder leichter. Vielleicht wird Martin dann wieder der Alte.«

»Ist dir auch aufgefallen, dass er sich verändert hat?«

»Ja. Er wirkt oftmals so nachdenklich. So kenne ich ihn gar nicht.«

Judith nickte zustimmend. »Wollen wir hoffen, dass er seine Leichtigkeit bald wieder zurückgewinnt.«

»Ich schau jetzt mal in unsere Schokoladenküche.« Viktoria strich ihr Kleid glatt. »Mir geht die Idee einer weißen Schokolade durch den Kopf.«

»Wie kommst du denn auf weiße Schokolade?«

»Ach, Trude Schätzle hat mir da etwas gegeben.«

»Na, dann probiere es aus. Ich bin gespannt!« Judith nickte ihr zu.

Viktoria sah noch einmal über ihren Schreibtisch und machte sich dann auf den Weg in die Versuchsküche. Und während sie mit Milchpulver, Zucker, Kakaobutter und Vanille experimentierte, fiel ihr plötzlich Luc ein. Das war eine Möglichkeit! Hatten sie nicht an ihrem letzten Abend in Voiron ein Codewort ausgemacht? *Chocolat.* Sie musste ihm telegrafieren. Bestimmt fand er einen Weg, sich mit ihr in Verbindung zu setzen. Oder mit Mathilda, für den Fall, dass er sich erst meldete, wenn sie schon auf dem Weg nach Amerika war. Luc könnte Luise Fetzer nach Voiron holen. Bei *Bonnat* gab es immer eine Menge zu tun. Dort würde Mathildas Mutter einen neuen Anfang schaffen.

Erleichtert konzentrierte sich Viktoria auf die Zutaten in ihrer Rührschüssel. Die helle Schokoladenkreation, die dabei entstand, war von einer ansprechenden Farbe, aber die Konsistenz ließ zu wünschen übrig. Krümelig und klebrig verweigerte sich die Masse jeder Form, und als sie ihr Werk probierte, verzog Viktoria das Gesicht. Sie schmeckte viel zu süß.

Die Entwicklung einer weißen Schokolade hatte sie sich einfacher vorgestellt. Aber sie war nicht gewillt aufzugeben. Sie würde eine weiße Schokolade herstellen, die feiner und cremiger war als alles, was es bisher gegeben hatte. Hatte Andrew nicht versprochen, ihr in der Entwicklungsabteilung der SweetCandy freie Hand zu lassen? Diese Chance würde sie nutzen.

26. KAPITEL

An Bord der SS Manhattan,
am Abend des 16. September 1936

Die Abende an Bord waren bezaubernd schön. Wenn sich die Sonne allmählich in der endlosen Weite des Horizonts verlor, funkelnde Lichtspiele auf die Kronen der Wellen zauberte und mit ihrem Abendrot die Ahnung eines neuen Morgens hinterließ, wurde Viktorias Herz frei und weit.

So war es auch an diesem, ihrem letzten Abend auf der SS Manhattan. Noch lud das Meer mit seiner schimmernden Unendlichkeit zum Träumen ein, schien alles Schwere weit entfernt im Niemandsland zwischen zwei Kontinenten. Unvorstellbar, dass diese Reise bald enden sollte. Dafür waren die vergangenen Tage zu intensiv, zu eindrücklich gewesen, hatten nicht zuletzt sie und Andrew zu viele wundervolle Augenblicke geteilt. Wie würde es werden, wenn sie wieder an Land waren?

»Wehmütig?«

Auch wenn sie auf ihn gewartet hatte, überlief Viktoria

ein wohliges Gefühl, als sie seine Stimme hinter sich vernahm. Sie sah über die Schulter und drehte sich dann langsam zu ihm um. Er sah umwerfend aus in seinem Smoking, dessen Schnitt seine schmalen Hüften und seine breiten Schultern betonte.

»Ja. Wehmut ist schon dabei.« Sie lehnte sich an die Reling, während er gleichzeitig näher kam und dicht vor ihr stehen blieb. Das Kribbeln auf ihrer Haut verstärkte sich. »Zugleich kann ich es kaum erwarten, New York zu sehen«, ergänzte sie leise.

Seine Augen wanderten über ihr Gesicht und die weich aufgesteckten Locken. Sie wusste, dass sie hübsch aussah, mit ihrer sonnengebräunten Haut und dem cremefarbenen, bodenlangen Satinkleid, das ihren Körper umfloss.

»Es geschieht nicht oft, dass ich dieses Kompliment mache, Viktoria. Aber du siehst … hinreißend aus.«

Sie schlug die Augen nieder, eine Regung, die eigentlich gar nicht typisch für sie war. Andrew bemerkte es und bot ihr seine Hand. »Darf ich dich zum *Farewell Dinner* bitten, Viktoria? Ich freue mich, in dir eine so wunderschöne Frau als Tischnachbarin zu haben.«

Sie nickte und legte ihre Hand in die seine. Dann machten sie sich auf den Weg in den *Dining Salon* des Schiffes.

Der große Saal war festlich erleuchtet und aufwendig geschmückt. Girlanden aus zarten Rosen und glitzernden Strasssteinen zierten die Wände und die schmalen, umlaufenden Galerien des Raumes. Auf den ovalen Tischen funkelten Kristallgläser neben feinstem Porzellan und Silberbesteck, kleine Laternen setzten farbige Akzente.

Andrew führte Viktoria zum Tisch N° 02, am dem sie schon während der gesamten Passage ihre Mahlzeiten eingenommen hatten. Das ältere Ehepaar, welches ihnen dort Gesellschaft leistete, war bereits anwesend und begrüßte sie höflich. Isaak Stern dinierte zu Viktorias Bedauern in einem anderen Speisesaal.

Leise Unterhaltung durchzog den *Dining Salon*, der sich allmählich mit den Schiffsgästen der *Cabin Class* füllte, die sich mit dem letzten *Dinner* dieser Überfahrt verwöhnen lassen wollten. Einige davon hatten Andrew und Viktoria in den vergangenen Tagen kennengelernt – wie den Musikprofessor aus Russland, der sich immer furchtbar aufregte, wenn ein Mitspieler seine Disk beim Shuffleboard-Spiel aus dem Wertungsfeld schoss. Oder den weit gereisten amerikanischen Ingenieur mit ungarischen Wurzeln, der nach einigen Drinks im *Palm Club* Liebesgedichte mit tragischem Inhalt rezitierte und darüber stets ein paar Tränen vergoss. Für rege Aufmerksamkeit hatte zudem eine exzentrische, stark geschminkte Engländerin gesorgt, Lady Duffeley, die keinen Schritt ohne ihre Angorakatze tat, für die sie nach eigenen Angaben deshalb den vollen Ticketpreis bezahlt hatte. Auch heute saß das hellgraue Tier mit ernstem Gesichtsausdruck auf einem eigenen Stuhl neben seiner adeligen Besitzerin und schlug gelangweilt mit seinem buschigen Schwanz gegen die Lehne.

Die Brass Band des Schiffs stimmte leise ihre Instrumente

und machte sich bereit, den Abend musikalisch zu umrahmen.

»Dieses Dinner wird einzigartig werden«, meinte Andrew und lächelte Viktoria zu. »Glaub mir.«

»Ich bin sehr gespannt. Allerdings erscheint es mir fast dekadent, einen solchen Abend zu erleben, während zu Hause möglicherweise Schlimmes passiert.«

Andrew wurde ernst. »Dieser Gedanke kommt natürlich auf. Aber ich bin mir sicher, dass dir deine Familie diese Freude von Herzen gönnt.«

»Das tut sie gewiss.« Viktoria lächelte schwach. »Und sie könnte es sicherlich nicht verstehen, wenn ich mich darüber gräme.«

»Lass es uns genießen. Und dankbar sein.« Er sah sie an. »Für mich ist es ein Geschenk.«

»Ja, du hast recht. Dankbarkeit ist viel besser als ein schlechtes Gewissen.«

»An den großen Geschehnissen auf der Welt können wir nicht viel ändern. Aber wir können versuchen, dort Gutes zu tun und unser Bestes zu geben, wo es möglich ist.«

Viktoria nickte. »Das hast du in der furchtbaren Situation mit Robert und Luise getan, Andrew. Vermutlich weißt du gar nicht, wie sehr du uns allen geholfen hast.«

»Das war selbstverständlich für mich und das Risiko abschätzbar. Wenn sie mich einsperren, diese Nationalsozialisten, riskieren sie diplomatische Schwierigkeiten.«

»Dennoch …«

Einer der schwarz-weiß livrierten Stewards trat an ihren

Tisch. »*Good evening. Hope you've had a pleasant day today! Would you like to start your dinner with a drink?*«

»Möchtest du etwas trinken, Viktoria? Champagner?«

»Sehr gerne.«

»Sure, we'll have some champagne«, orderte Andrew.

»Very well, Sir.«

Auch ihre Tischnachbarn bestellten Champagner und unterhielten sich dann leise auf Englisch. Die beiden waren Amerikaner, die in Philadelphia lebten und auf der Rückreise von Verwandtenbesuchen in Deutschland waren, sie gaben sich äußerst taktvoll und dezent. Dadurch hatte an ihrem Tisch bei den Mahlzeiten während der letzten Woche stets eine ruhige und angenehme Stimmung geherrscht.

Kurz darauf standen vier Champagnerflöten mit perlendem, blassgoldenem Schaumwein vor ihnen, auch an den anderen Tischen waren die Aperitifs ausgeschenkt. Nach und nach wurde der Saal abgedunkelt, bis in der Schwärze der leuchtende Schriftzug *Till We Meet Again* hervortrat, der, zusammengesetzt aus unzähligen kleinen Lämpchen, eine Wand erhellte. Die Gespräche erstarben.

In die erwartungsvolle Stille hinein intonierte nun die Brass Band derart gefühlvoll den Song *Till We Meet Again*, dass Viktoria eine Gänsehaut über Schultern und Arme lief.

Smile the while you kiss me sad adieu
When the clouds roll by, I'll come to you
Then the skies will seem more blue

Down in lovers lane, my dearie,
Wedding bells will ring so merrily
Every tear will be a memory
So wait and pray each night for me
Till we meet again.

Der wunderschöne Text des Liedes erfüllte den Raum, und obwohl von zwei Liebenden die Rede war, wanderten Viktorias Gedanken zu ihrer Familie in Stuttgart, zu ihrer Mutter, zu Martin und Mathilda. Zu ihren Onkeln und deren Familien, zu Gerti und den Angestellten der Schokoladenvilla. Auch dort wohnte die Liebe.

Als der letzte Akkord der Bläser verklang und das Deckenlicht wieder aufflammte, lag eine besinnlich-melancholische Stimmung über der Abendgesellschaft. Viktoria blinzelte eine Träne weg.

Die Band wechselte zu einem fröhlichen, schnellen Stück, und unter Applaus betrat schließlich der Kapitän der SS Manhattan den Raum. In seiner kurzen Ansprache dankte er den Gästen für ihr Vertrauen und Gott für die ruhige, sichere Überfahrt, wünschte den Passagieren alles Gute und einen unvergesslichen Abend und schloss seinen Toast mit den Worten: *»Until we meet again – on board of the SS Manhattan!«*

Das leise Klirren unzähliger Kristallgläser durchflutete den Saal.

»Wie gut, dass ich mich vor fast zwei Monaten auf den Weg nach Deutschland gemacht habe«, sagte Andrew leise, als sein Sektkelch sanft den von Viktoria berührte. »Mir scheint, als hätte ich diese Reise nur unternommen, um dir zu begegnen.«

Viktoria merkte, wie ihr die Röte in die Wangen stieg. Sie wollte etwas erwidern, aber ihre Stimme versagte den Dienst. So nickte sie nur und hoffte, dass er in ihren Augen las, dass es ihr genauso ging.

Während die Vorspeise serviert wurde, webte die Band einen dezenten musikalischen Teppich im Hintergrund. Viktorias Blick schweifte über die appetitlich arrangierten Häppchen auf ihrem Teller – Honigmelone, Räucherlachs, Bratbirne, geräucherte Sardellen und andere Leckereien.

»Du hast in dieser Woche viel über die SweetCandy erfahren, Viktoria«, meinte Andrew, während er die weiße Stoffserviette entfaltete und auf seine Knie legte. »Wenn ich nicht aufpasse, übernimmst du bei erstbester Gelegenheit die Geschäftsführung.«

»Das kann durchaus passieren. Die Frauen in meiner Familie bevorzugen verantwortungsvolle Positionen.« Sie lächelte ihn verschmitzt an und probierte die fein gewürzte Bratbirne. »Die schmeckt ausgezeichnet.«

»Die Küche an Bord ist exzellent«, bestätigte Andrew und kehrte sofort zu ihrem humorigen Gespräch zurück: »Würdest du in Erwägung ziehen, mir zumindest eine unbedeutende Stellung in der Produktion zu überlassen? Damit ich ein kleines Auskommen habe?«

»Ich werde darüber nachdenken.« Viktoria zwinkerte ihm zu und leerte ihr Champagnerglas. Der aufmerksame

Steward schenkte aus der Flasche nach, die in einem silbernen Sektkübel auf dem Beistelltisch stand.

Andrew prostete ihr noch einmal zu. »Auf die wunderbaren Frauen der Familie Rheinberger!«

Auf die *horsd'œuvre* folgte eine Tomatenessenz. Sie hatte genau die richtige Note, feinwürzig und nicht zu sauer.

»Du hast mir in den letzten Tage Einblicke in viele deiner Geschäftsvorgänge gegeben, Andrew«, meinte Viktoria und tauchte ihren silbernen Löffel in die hellrote Flüssigkeit, durch die das Porzellan des Tellers schimmerte. »Ich danke dir für dein Vertrauen.«

»Ich habe keine andere Wahl«, erwiderte Andrew. »Nun weißt du, wie ernst es um die Firma wirklich steht.«

»Selbst die Verlängerung unserer Kreditlaufzeit verschafft dir nur eine Atempause.«

»*Indeed.* In wenigen Wochen sind wir zahlungsunfähig.«

»Kann dein Großvater nicht noch einmal Geld zuschießen?«

»Der Großteil seines Vermögens ist in Immobilien und anderen Werten gebunden. Um diese zu Geld zu machen, müsste er verkaufen. Davor schreckt er zurück.«

»Wenn er die Firma weiterhin in deiner Hand wissen will, wird ihm nichts anderes übrig bleiben.«

»Er hat Sorge, dass noch mehr Geld vernichtet wird. Erst wenn wir die Ursache der Krise wirklich kennen, wird er wieder investieren.«

»Das ist durchaus verständlich. Dann müssen wir diese herausfinden.« Sie merkte, wie ihr Ehrgeiz erwachte.

»Du bist eine erstaunliche Frau, Viktoria«, sagte Andrew ernst. »Als ich damals nach Stuttgart kam, ging es mir vor allem darum, eine Übernahme der SweetCandy durch euch zu verhindern. Inzwischen habe ich das Gefühl, keine Konkurrenz, sondern vor allem in dir eine Mitstreiterin gefunden zu haben, mit der ich den Kampf gegen die Kräfte aufnehmen kann, die meiner Firma schaden wollen.«

»Ich … ich weiß gar nicht, was ich sagen soll, Andrew. Dein Vertrauen bedeutet mir mehr, als du ahnst. Denn sosehr ich meine Familie liebe und so gut wir miteinander auskommen – sich als Kind im eigenen Unternehmen zu beweisen, ist schwer.«

Er nickte. »Du sprichst mir aus der Seele. Mir ging es lange Zeit genauso.« Einen Augenblick lang hielt er inne, schien zu überlegen. »Eines solltest du noch wissen: Ich habe eine Cousine. Grace«, fuhr er dann zögernd fort. »Sie arbeitet ebenfalls bei der SweetCandy.«

»Deine Cousine? In welcher Funktion?«

»Sie ist in vieles involviert. Vor allem aber hat sie die Buchhaltung und die Finanzen unter sich.«

»Dann ist sie nach dir die wichtigste Führungskraft?«

»Und der Produktionsleitung, ja. Weißt du – Grace ist das uneheliche Kind von Großvaters Tochter, meiner Tante, die in Boston lebt. Dort ist Grace aufgewachsen. An ihrem einundzwanzigsten Geburtstag kam sie nach New York und forderte von meinem Großvater eine Anstellung in der SweetCandy.«

»War so etwas nicht ohnehin für sie vorgesehen?«

»Zunächst nicht. Zwischen meiner Tante und Großvater gab es immer wieder Streitigkeiten.«

»Dafür konnte ja Grace nichts.«

»So habe ich es auch gesehen und mich bei Großvater für sie eingesetzt.«

»Das spricht für dich, Andrew. Ich bin schon gespannt darauf, sie kennenzulernen. Wie ist denn dein Verhältnis zu Grace?«

»Gut. Sie ist sehr ehrgeizig und treibt vieles voran. Schwierig ist, dass sie unserem Großvater ständig vorwirft, sie übergangen zu haben, weil er die SweetCandy mir übertragen hat.«

»Da kann ich sie schon verstehen«, meinte Viktoria. »Gerecht ist das nicht.«

»Mag sein. Aber ich wollte erst einmal sehen, wie die Zusammenarbeit funktioniert. Wenn die Krise ausgestanden ist, kann man über eine Beteiligung reden.«

Inzwischen waren sie beim Fischgang angekommen. Das Lachssteak war butterzart, die Pilze *au four* und die Sauce béarnaise passten ausgezeichnet dazu.

Viktoria erinnerte sich an eine Frage, die sie schon länger umtrieb, die zu stellen sie sich bisher aber nicht getraut hatte: »Darf ich fragen … was mit deinem Vater ist? Hat dein Großvater seine Kinder bewusst übergangen, was die Firmenanteile angeht?«

»Bei seiner Tochter war es eine bewusste Entscheidung, da diese wenig Verantwortungsbewusstsein zeigte. Im Augenblick wissen wir nicht einmal genau, wie ihre Verhältnisse sind. Mein Vater dagegen …«

»Du musst es nicht erzählen«, sagte Viktoria schnell, da sie Andrews Zögern bemerkte.

»Doch«, erwiderte er. »Ich erzähle es dir. Meine Eltern … sind vor vielen Jahren bei einem Kutschenunglück ums Leben gekommen.«

»Oh nein!« Viktoria legte betroffen ihre Gabel zur Seite. »Das tut mir leid. Wie alt bist du damals gewesen?«

»Vier Jahre.«

»Mein Gott, noch ein kleiner Junge.«

Andrew nickte. »Meine Großeltern haben mich aufgenommen und großgezogen.«

»So ist dein Bezug zu deinem Großvater also ein ganz anderer als der von Grace.«

»Ja. Er hat damals die Vaterrolle für mich übernommen.«

»Da hast du großes Glück gehabt.«

Der Steward räumte die Teller ab.

»Auf der einen Seite – ja, war es ein Glück.« Andrew hatte einen leichten Weißwein zum Fisch bestellt und nahm einen Schluck. »Aber nicht nur. Großvater ist herrisch und befehlsgewohnt. Er hat stets Höchstleistungen von mir erwartet. Und Dankbarkeit. Solange meine Großmutter noch lebte, fing sie diesen Druck etwas auf. Nach ihrem Tod vor zehn Jahren wurde es unerträglich für mich.«

»Hast du dich gewehrt?«

»Natürlich. Allerdings steckte ich in einer Zwickmühle. Wir waren aufeinander angewiesen. Deshalb habe ich versucht, nicht zu streiten, sondern zu überzeugen.«

»Und? Warst du erfolgreich?«

»*Sometimes yes, sometimes no.* So, wie es eben immer ist.«

»Manchmal ändern sich die Menschen. Ich habe gute Erinnerungen an meinen Großvater, also an den Vater meiner Mutter. Aus Erzählungen aber weiß ich, dass er so despotisch gewesen sein muss, dass meine Großmutter ihn deswegen verlassen hat.«

Andrew nickte. »Vielleicht ist es auch ein Problem dieser Generation, wer weiß. Inzwischen ist er über achtzig.« Er rieb sich mit einer Hand die Schläfe, eine nachdenkliche Geste. »Ich möchte nicht anklagen. Er hat gewiss sein Bestes gegeben. Ihm verdanke ich eine hervorragende Ausbildung. Er hat mir sein Unternehmen anvertraut. Und doch habe ich unter ihm gelitten. Inzwischen konnte ich meinen Frieden mit ihm machen. Wichtig ist, dass man schlechte Erfahrungen dort lässt, wo sie hingehören – in die Vergangenheit. Wir stehen mitten im Leben, und die Verantwortung für das, was wir daraus machen, liegt allein bei uns.« Er zeigte ein schiefes Grinsen, verschmitzt und jungenhaft. Viktoria hätte ihn am liebsten in den Arm genommen. »Und nun … lass uns nach vorne sehen … und den nächsten Gang genießen!«

27. KAPITEL

Im Anschluss an das *Farewell Dinner* schlenderten Viktoria und Andrew über das Oberdeck. Der Wind hatte aufgefrischt, und als Andrew merkte, dass Viktoria fror, zog er sein Jackett aus und legte es ihr über die Schultern.

Sie genoss seine Körperwärme, die der Stoff an sie weitergab, und atmete den Duft seines Rasierwassers, der sie umschmeichelte. »Ich kann kaum glauben, dass wir morgen schon in New York sind.« Sie zog die Jacke enger um sich.

»Du wirst auf eine völlig andere Welt treffen«, antwortete Andrew, »und ich freue mich sehr darauf, sie dir zu zeigen. Das Hotel, das ich für dich ausgesucht habe, liegt übrigens nahe dem Washington Square Park, unweit meiner Wohnung.« Er zwinkerte ihr zu. »Deine Mutter meinte, ich solle ein Auge auf dich haben.«

Viktoria lachte. »Das kann ich mir gut vorstellen. Sie weiß, dass ich recht neugierig bin … und ein wenig abenteuerlustig. Hast du dich auch um Herrn Sterns Unterkunft gekümmert?«

»Nein, das hat dein Onkel übernommen. Herr Stern wird in der Nähe der Klavierfabrik wohnen.«

»Wir haben Herrn Stern kaum gesehen auf dieser Überfahrt«, bedauerte Viktoria.

»Ich denke, dass er einiges vorzubereiten hatte. Auch auf ihn wartet eine sehr große Aufgabe«, erwiderte Andrew. »Aber ich habe seine Adresse in New York.«

Sie blieben an der Reling stehen und sahen zwischen zwei Beibooten hinaus auf das Meer, über das die Nacht ihre weiche Dunkelheit gebreitet hatte. Die Lichter der hell beleuchteten SS Manhattan spiegelten sich in den Wellen, während das Schiff unbeirrt durch die Wasser des Atlantiks pflügte und die letzten der etwa dreitausendfünfhundert Seemeilen zwischen Hamburg und New York zurücklegte.

»Wir wirken fast wie ein Stern in den Weiten des Alls«, sagte Andrew. Er stand so dicht hinter ihr, dass sie seinen Körper an ihrem Rücken spürte.

»Das ist ein passender Vergleich«, antwortete Viktoria und wagte kaum, sich zu rühren, um den Zauber des Augenblicks nicht zu brechen.

»Möchtest du tanzen?«, fragte er nah an ihrem Ohr.

»Ja … gern«, antwortete Viktoria.

»Komm.« Er nahm ihre Hand.

Sie verließen das *Sun Deck*, wechselten auf das geschützte Promenadendeck mit seinen hölzernen Liegestühlen und erreichten schließlich einen der Nachtclubs an Bord. Eine breite Treppe führte in den modernen, großzügig gestalteten Raum, über dem in gedämpftem Licht die Zigarettenschwaden standen. Helle Stuhlpolster kontrastierten mit der

Möblierung aus dunklem Holz, großflächig aufgemalte asiatische Motive schmückten die Wände.

Andrew führte Viktoria an die Bar und bestellte zwei *Sidecars*. Sie sahen dem Barkeeper zu, wie er mit geübter Hand den Cocktail aus Cognac, Cointreau und frisch gepresstem Zitronensaft mixte, mit Orangenzeste garnierte und auf den Tresen stellte.

Viktoria nahm ihr Glas. »Auf New York!«

»Auf dich!«, erwiderte Andrew lächelnd und prostete ihr zu.

Sie nippte. »Hmmm. Der schmeckt gut! So frisch!«

»Kennst du ihn nicht?«

»Nein. Ich habe bisher kaum Cocktails getrunken.«

»Dann bin ich froh, dass ich die richtige Wahl für dich getroffen habe.«

Sie sahen zur Tanzfläche und beobachteten eine Weile die Feiernden, die sich dort drängten. Eine Big Band spielte flotten Swing.

»Sollen wir es wagen?«, fragte Andrew, als er schließlich sah, dass ihr Cocktailglas leer war. »Es sind zwar sehr viele Leute, aber …«

Sie stellte ihr Glas ab. »Es ist mir nicht zu voll. Ich tanze gerne.«

Auch Andrew stellte sein Glas zurück auf den Tresen und reichte ihr die Hand. »Dann … darf ich bitten?«

Sie mischten sich unter die Tanzenden, ließen sich mitnehmen von der ausgelassenen Stimmung. Bald wurden die Blicke, die sie wechselten, tiefer und bedeutungsvoller, und als die Musik zu einem ruhigeren Titel von *Freddy Martin & His Orchestra* überging, nahm Andrew sie liebevoll in seine Arme.

A Melody from the Sky.

Sie genoss seine Nähe, während er sie sicher und liebevoll durch jeden einzelnen Ton der sinnlich-beschwingten Melodie führte. Bald gab es nur noch sie beide. Zwei Menschen im Einklang mit sich und mit der Musik, verbunden durch die unergründlichen Wege des Schicksals und bewegt von derselben Hoffnung auf eine Zukunft, die sie willkommen heißen und gestalten konnten.

Und dann, später an diesem Abend, als der letzte Ton verklungen war und Andrew sie fragend ansah, folgte Viktoria ihm in seine Kabine, ohne Zweifel und voll banger Vorfreude auf das, was geschehen würde.

൭

Eine Stehlampe erhellte Andrews Kabine mit ihrem gedämpften Licht. In seinen grauen Augen standen Zuneigung und Begehren, aber auch eine achtsame Rücksicht. Seine Hand auf ihrem Rücken fühlte sich schützend und aufregend zugleich an, und Viktoria war sich sicher, dass er ihr Herz hören konnte, so heftig schlug es in ihrer Brust. Er hielt sie im Arm und sein Streicheln war voll zurückgehaltenem Drängen, verlangend und unendlich zärtlich. Viktoria schloss die Augen.

Er umfasste ihre Wangen mit seinen Händen, hob ihren

Kopf an und als seine Lippen die ihren in einem ersten, sanften Kuss berührten, lief ein Zittern durch Viktorias Körper.

»Bist du dir sicher … dass wir …«, fragte er leise an ihrem Mund.

Statt einer Antwort schmiegte sich Viktoria an ihn, umfasste mit einer Hand seinen Nacken.

Ermutigt nahm er erneut ihre Lippen, und sie öffnete sich ihm, zeigte, wie sehr sie ihn wollte, und die Spannung, die sich während der letzten Wochen zwischen ihnen aufgebaut hatte, brach sich unwiderruflich Bahn.

Er streifte die Träger ihres Kleides von ihren Schultern, und ohne diesen Halt glitt der zarte Stoff in einer fließenden Bewegung hinunter bis auf ihre Hüften. Sie sah die Bewunderung in seinem Gesicht, als er ihre nackte Brust betrachtete, sie sacht mit den Knöcheln seiner Finger streichelte und sich an ihrer Reaktion erfreute. Viktoria wimmerte leise, während er eine Spur hauchzarter Küsse von ihrem Mund über ihren Hals bis zu ihrem Schlüsselbein legte, wieder ihre Lippen fand und sie schließlich sanft gegen die Kabinenwand drückte. Schwer atmend stützte er sich mit einem Arm neben ihrem Kopf ab, presste seine Stirn gegen die ihre, strich mit seiner freien Hand über Taille und Hüfte, wobei das helle Abendkleid wie beiläufig ganz zu Boden rutschte.

Viktoria spürte das Beben, das durch seinen Körper ging, als er sie auf seine Arme nahm und zum Bett trug. Ohne ihren Blick loszulassen, zog er sein Jackett aus, löste seine Krawatte und die Knöpfe seines Hemdes und warf beides auf einen Stuhl neben dem Bett. Und als die letzten Kleidungsstücke fielen, konnte sich Viktoria kaum sattsehen an seinem gut gebauten Körper. Seine Augen streichelten sie, als er zu ihr kam. Hände glitten über nackte Haut, Berührungen drückten aus, was Worte nicht mehr zu sagen vermochten.

Und so zeigten sie einander ihre Liebe, bedächtig und behutsam. Lustvolle Seufzer perlten von Viktorias Lippen, mischten sich mit seinem verhaltenen Stöhnen, während der Rhythmus ihrer Körper sie weitertrieb bis zu jenem Punkt, an dem das Jetzt mit der Ewigkeit verschmolz.

28. Kapitel

Die allerersten Strahlen der Morgensonne stahlen sich durch das Bullauge und kitzelten Viktoria wach. Sie lag noch in Andrews Armen, ermattet von den Geschehnissen der vergangenen Nacht und zugleich erfüllt von Tatendrang und Freude. Glücklich betrachtete sie ihren Geliebten, dessen Kopf an ihrer Schulter ruhte. Sein Haar war zerzaust, ein dunkler Bartschatten lag auf seinen Wangen und der versonnene Ausdruck zufriedenen Schlafes auf seinem Gesicht. Einem Impuls folgend streichelte sie ihm sanft über die Stirn.

Mit einem verhaltenen Murmeln kam er zu sich, hob den Kopf und blinzelte sie verschmitzt an. »*Did you sleep well, Miss Rheinberger?*«

»Ja, ich habe sehr gut geschlafen.«

»*Fine.*« Er zog sie in seine Arme. »*So I shall give you my morning gift.*«

»*Please* …«, flüsterte sie, bevor er ihre Lippen mit einem verlangenden Kuss verschloss und sie zurück in die Kissen drängte.

Eine Stunde später stand Andrew unter der Dusche, und als sie das gleichmäßige Plätschern des Wassers hörte, zog

Viktoria sein Hemd über ihren nackten Körper, nahm ihr Abendkleid, verließ seine Kabine und huschte verstohlen in ihre, die schräg gegenüberlag.

Der mit edlem Holz ausgekleidete Raum entsprach exakt dem von Andrew, war mit Sessel, Tisch, kleiner Kommode, Sekretär und einem komfortablen Bett ausgestattet, auf dessen Nachttisch täglich frische Blumen arrangiert wurden. Bilder mit verschiedenen Stadtansichten hingen an den Wänden. Man wähnte sich kaum an Bord eines Schiffes, sondern in einem bestens ausgestatteten Hotel.

Viktoria zog sich Andrews Hemd über den Kopf und vergrub noch einmal ihre Nase darin, atmete seinen Duft, bevor sie es auf ihr Bett legte. Dann ging sie in das angrenzende Badezimmer – ein geradezu unanständiger Luxus an Bord eines Ozeandampfers. Sie stützte sich mit den Händen auf dem weißen, rechteckigen Waschbecken aus Porzellan ab und betrachtete ihr Gesicht im Spiegel darüber. Sah man es ihr an, dass sie heute Nacht zum ersten Mal in den Armen eines Mannes gelegen hatte? Eine leichte Röte hatte ihre Wangen überzogen, ihre Lippen waren ein wenig voller als sonst. Und ihre Augen – ihre Augen erzählten strahlend von erlebtem Glück. Sie lächelte ihrem Spiegelbild zu, stieg dann in die Badewanne und drehte die Dusche auf, die darüber angebracht war. Das herabströmende Wasser prickelte angenehm auf ihrer Haut, und die Rosenseife, die in einer kleinen Porzellanschale bereitlag, verbreitete einen zarten Duft.

Sie wusch Körper und Haar, trocknete sich ab und wählte für ihre Ankunft in New York ein rosé und lindgrün gestreiftes Sommerkleid mit angeschnittenen Ärmeln. Dazu kombinierte sie einen flachen, cremefarbenen Hut mit dunkelrotem Samtband, dessen schwungvolle Krempe raffiniert eine Augenbraue verdeckte.

Es klopfte, und Viktoria öffnete.

»Lust auf ein herzhaftes Frühstück?« Andrew wirkte frisch und ausgeruht.

൬

Eine gute Stunde später.

Es war alles gepackt, die Kabinen geräumt. Viktoria und Andrew standen mit vielen anderen Passagieren auf dem Sonnendeck, um das verspätete Einlaufen der SS Manhattan in den Hafen mitzuerleben. Ungeduldige Aufregung hatte sich breitgemacht, man kommentierte die Manöver des Schiffes, bedauerte das Ende der Reise und freute sich zugleich auf das, was einen nun erwartete.

Schon vor geraumer Zeit war die amerikanische Küstenlinie am Horizont aufgetaucht und bald darauf der New Yorker Hafen aus der Ferne zu erkennen gewesen. Schlepperboote hatten sie in Empfang genommen und eskortierten sie nun das letzte Stück des Weges.

»Rechts siehst du Coney Island mit seinen Stränden und Vergnügungsparks«, erklärte Andrew. Er hatte einen Arm um ihre Schultern gelegt. »Und auf der linken Seite … Staten Island.«

Das Schiff schob sich weiter in Richtung Manhattan, passierte Liberty Island. Zahlreiche Fotoapparate wurden gezückt, um den ersten Blick auf die Freiheitsstatue festzuhalten, die sie mit ihrer hoch in den Morgenhimmel gereckten Fackel begrüßte.

»Die Figur soll die römische Göttin der Freiheit, Libertas, darstellen«, erläuterte Andrew. »Bartholdi, der französische Schöpfer der Statue, hat aber wohl seine Mutter in ihrem Gesicht verewigt.«

»Eine schöne Geste, wenn ein Sohn so an seine Mutter denkt.«

»Siehst du die zerbrochene Kette an ihrem Fuß?«, fragte Andrew und deutete auf den Bereich, an dem der Faltenwurf der steinernen Robe den monumentalen Sockel berührte. »Sie steht für das Ende der Sklaverei.«

Viktoria nickte. »Das Ende einer furchtbaren Zeit.« Sie deutete auf den Arm der Statue. »Und … die Fackel ist golden?«, fragte sie.

»Ja, als Zeichen der Aufklärung.«

»Vernunft und Freiheit.« Viktoria seufzte. »Werte, die in Deutschland gerade mit Füßen getreten werden.«

»Ganz genau. Freiheit und Vernunft. Ich wünsche deinem Land, dass es bald einen anderen, einen besseren Weg findet.«

»Das hoffe ich. Das hoffe ich so sehr.« Viktorias Gedanken flogen nach Hause, zu ihrer Mutter und all ihren Lieben.

Im Angesicht der Freiheitsstatue wurde ihr bewusst, wie eng die Schlinge bereits war, die sich um das Lebenswerk ihrer Familie gelegt hatte. Gab es überhaupt noch eine Zukunft in Stuttgart?

»Ist alles in Ordnung, Viktoria?« Andrew sah sie besorgt an.

»Jaja … natürlich. Ich habe nur gerade an meine Heimat gedacht.«

»Das kann ich gut verstehen. Ich bin froh, dass du hier bei mir bist.« Er drückte sanft ihre Schulter und richtete den Blick wieder auf die mit blaugrüner Patina überzogene kupferne Figur, die sich nun direkt neben ihnen befand. »Ihre Krone besitzt übrigens exakt sieben Zacken.«

Viktoria nahm die Ablenkung dankbar an. »Hat es mit dieser Zahl auch eine besondere Bewandtnis?«

»Sie repräsentiert die sieben Weltmeere und die sieben Kontinente.«

Viktoria neigte den Kopf, sodass ihre Wange Andrews Hand auf ihrer Schulter berührte. »Alles bewundernswert durchdacht. Und sie steht an der richtigen Stelle, die römische Göttin der Freiheit. Hier. Vor der Küste Amerikas.«

»In der Tat. Und das seit genau fünfzig Jahren.« Liebe und Stolz lagen in Andrews Worten.

Das Schiff verlangsamte sein Tempo. Die markante Skyline der Wolkenkratzer Manhattans erhob sich nun unmittelbar vor ihnen in den blauen, wolkenlosen Himmel. Ein unglaublicher Anblick, der sich Viktoria tief einprägte. In den zahllosen Fensterscheiben der riesigen Hochhäuser spiegelte sich glitzernd das Sonnenlicht, als das Schiff in den Hudson River und das Hafenbecken von New York einfuhr und mithilfe der Schlepperboote schließlich festmachte.

Nachdem Viktoria hinter Andrew und Isaak Stern, der sich an diesem Morgen zu ihnen gesellt hatte, die hölzerne Gangway hinuntergegangen war und festen Boden unter den Füßen spürte, drehte sie sich noch einmal um. Sie wollte einen letzten Blick auf das Schiff erhaschen, auf dem sie nicht nur die längste Reise ihres bisherigen Lebens zurückgelegt hatte, sondern zugleich die wichtigste. Das Schwanken unter ihren Füßen ignorierend, ließ sie ihre Augen den schwarzen, hohen Bug entlangwandern, hoch zu den mehrstöckigen Aufbauten und den blau-weiß-rot lackierten Schornsteinen. Sie dachte zurück an die Spaziergänge mit Andrew über die verschiedenen Decks, bei Wind und Sonne, begleitet von angeregter Unterhaltung. An die Gesellschaftsspiele im Salon, die ruhigen Stunden im Liegestuhl auf dem Promenadendeck. Unvergesslich die lustigen Partien Shuffleboard mit den anderen Passagieren oder das Schwimmen im Hallenpool. Hin und wieder hatte Andrew sich in die gut sortierte Bibliothek zurückgezogen, während sie selbst auf dem Sportdeck ihrem Bewegungsdrang nachgegeben hatte, bevor sie wieder zusammengekommen waren, um an der Zukunft der SweetCandy zu arbeiten.

Sie wandte sich zu Andrew um und lächelte.

Er bot ihr seinen Arm, und sie hakte sich unter. »*Welcome to New York, Viktoria*«, sagte er. »Willkommen in meiner Heimat.«

29. KAPITEL

Die Schokoladenfabrik in Stuttgart,
am 22. September 1936

»Ja, gewiss, Herr Lindemann. Sie bekommen Ihre Lieferung sobald wie möglich.« Judith versuchte, ruhig zu bleiben, während ihr Kunde sich immer mehr in Rage redete.

»Ich habe Ihnen gesagt, Frau Rheinberger, dass ich so nicht weitermachen kann. Wenn die Ware bis Samstag nicht bei uns eingetroffen ist, storniere ich die gesamte Bestellung!«

»Ich … ich werde mein Möglichstes tun, Herr Lindemann. Lassen Sie uns noch ein paar Tage Zeit. Wir erwarten …«

»Jaja, Sie erwarten die Kakaobohnen in den nächsten Tagen. Das haben Sie mir nun schon zum dritten Mal gesagt. Ohne Ihnen nahetreten zu wollen, Frau Rheinberger, aber ohne Ihren Mann ist Rothmann Schokolade nicht mehr das, was es einmal war. Sie liefern nicht pünktlich, und wenn wir etwas bekommen, dann ist es unvollständig. Ich weiß nicht, wo in Ihrem Unternehmen der Fehler liegt, aber mir scheint, Sie sind mit Ihrer Aufgabe überfordert. Also … Sie wissen Bescheid. Samstag. Ansonsten werden wir uns von anderen Schokoladenherstellern beliefern lassen.«

Ein Klacken. Herr Lindemann hatte das Gespräch beendet.

Judith legte den Telefonhörer auf die Gabel und barg ihr Gesicht in beiden Händen. Sie wusste, dass er recht hatte. Sie konnten die Nachfrage nicht mehr befriedigen. Nicht weil so viele Bestellungen vorlagen. Sondern weil sie keine Rohstoffe mehr hatten und nicht produzieren konnten.

»Judith?« Ihr Bruder Karl kam ins Büro. »Meine Güte, Judith, was ist denn passiert?« Besorgt legte er den Arm um ihre Schultern.

»Lindemann wird den Auftrag am Samstag stornieren. Er kann nicht länger auf seine Lieferung warten.«

»Er ist nicht der Einzige. Koch, Beyer … sie alle haben Fristen gesetzt.« Karl zog sich einen Stuhl heran und setzte sich neben sie. »Wir müssen davon ausgehen, dass wir nicht aufgrund eines Rohstoffengpasses keine Kakaobohnen mehr erhalten, sondern dass das Ganze System hat.«

»Karl …« Judith hob den Kopf und sah ihren Bruder an. »Denkst du wirklich, dass wir von den Lieferanten boykottiert werden?«

»Ja, das denke ich. Und allein mit den Lieferungen aus Holland, wenn wir überhaupt welche ergattern können, lässt sich der Betrieb nicht aufrechterhalten. Zumal sie viel zu teuer sind. Das lässt sich nicht mehr in die Preise einkalkulieren.«

»Ich weiß«, gab Judith zögerlich zu und atmete tief aus. »Ich weiß.«

Karl lehnte sich an ihren Schreibtisch. »Übrigens hat unser Rechtsanwalt Dr. Bauer geschrieben. Er meinte, wir sollten den Adler-Schokoladenwerken ein Angebot unterbreiten. Die warten nur darauf, die Enteignung vollziehen zu können. Dann ist die Fabrik weg, ohne dass wir überhaupt einen Pfennig dafür bekommen.«

»Du würdest aufgeben? Weißt du, was das für Victor bedeutet hätte?«

»Aufgeben ist das nicht. Es ist eine Frage der Vernunft, Judith.« Er deutete auf die offenen Bestellungen und den Stapel unbezahlter Rechnungen auf ihrem Schreibtisch. »Wir können diesen Kampf nicht gewinnen«, sagte er eindringlich, »da stecken Mächte dahinter, gegen die wir chancenlos sind.«

»Weißt du eigentlich, was du da von mir verlangst?« Sie stand auf und ging ans Fenster. »Da draußen steht unsere Fabrik, das Erbe unseres Vaters und meines Mannes. Das Gebäude trägt deine Handschrift. Und die deiner Frau! Ihr habt sie gestaltet. Selbst der Großbrand hat uns nicht in die Knie gezwungen. Und jetzt sollen wir einfach … aufgeben?« Sie schüttelte den Kopf.

»Ich möchte den Teufel nicht an die Wand malen, Judith. Aber das hier, das ist gefährlich. Da braut sich viel mehr zusammen, als wir ahnen.«

Judith lehnte sich mit der Stirn gegen die Fensterscheibe, spürte die feuchte Kühle. »Es gibt bereits ein Angebot, Karl. Schon vor einigen Wochen hat sich ein Herr Ebben bei mir gemeldet. Ihm gehört die Hallesche Schokoladenfabrik. Ich habe ihm klipp und klar gesagt, dass wir nicht verkaufen.«

»Warum hast du mir nichts davon erzählt?« Karl schüttelte den Kopf.

»Ich habe niemandem davon erzählt.« Judith schloss die Augen. »Ich habe mich ja nicht einmal selbst näher damit beschäftigt.«

»Nun ja, Judith, ich kann dich auf der einen Seite schon verstehen. Auf der anderen Seite weißt du selbst, dass es keinen Sinn macht, den Kopf in den Sand zu stecken.«

»Natürlich, Karl.« Judith drehte sich zu ihrem Bruder um. »Es kam alles so schnell. Und meinte Dr. Bauer nicht, dass wir noch etwas Zeit haben?«

»Er hat mittlerweile die Terminsetzung des Vertrags angefochten und Formfehler reklamiert. Letzten Endes ohne Erfolg.«

»Woher weißt du das?«

»Ich habe gerade eben mit ihm gesprochen. Weber wird seinen Plan durchsetzen, das ist keine Frage von Monaten mehr. Die Olympiade hat uns eine Atempause verschafft, und jeder hat darauf gehofft, dass sich die Politik mit ihr verändert. Ein Trugschluss. Nun gehen die Nationalsozialisten wieder mit aller Härte vor. Wer sich ihnen in den Weg stellt, wird weggeräumt. So einfach ist das.« Er atmete durch. »Ich habe ein Haus in der Schweiz gemietet. Elise und die Kinder werden nächste Woche abreisen. Mutter und ich bleiben hier bei dir, bis wir eine Lösung für die Fabrik gefunden haben. Bitte, Judith … überlege dir gut, wie lange du kämpfen willst. Und um welchen Preis.«

෴

Die Villa Rothmann, am Spätnachmittag

Mathilda klopfte an die Tür des Arbeitszimmers. Als sich nichts rührte, drückte sie vorsichtig die Klinke herunter. Martin musste hier sein, jedenfalls hatte er ihr nach dem Mittagessen gesagt, einiges an Schriftverkehr erledigen zu wollen.

Sie hatte den Nachmittag mit Oscar verbracht, war mit ihm im Wald unterwegs gewesen, um unter einer mitgebrachten Lupe alle möglichen Krabbeltiere zu begutachten. Anschließend hatten sie im Schatten des Apfelbaums eine Runde *Fang den Hut* gespielt und einen kalten Kakao getrunken. Jetzt, da sie Oscar in Elises Obhut zurückgebracht hatte, wollte sie Martin fragen, ob er nicht Lust hätte, sie ins Kino zu begleiten.

Vorsichtig drückte sie die Arbeitszimmertür auf.

»*Merci, Monsieur … oui, très bien. J'arriverai le 1er octobre.*« Martin stand am Schreibtisch, den Hörer des Telefons in der Hand.

Sie wollte die Tür schon wieder schließen, als er sie bemerkte und in den Raum hereinwinkte. Sie trat ein.

»*Oui, d'accord … je vais signer le contrat à Paris. Merci beaucoup. Et à bientôt.*« Er legte auf. »Das war mein Klavierprofessor in Paris.«

»Ah …«

»Ich habe ihn schon vor einigen Tagen kontaktiert und gefragt, ob es die Möglichkeit eines neuen Engagements gäbe.«

Mathilda spürte, wie sich ein Kloß in ihrem Hals bildete. »Und er hat dir eines verschafft?«

»Ja.« Er schien ihre Verunsicherung zu bemerken. »Mathilda, das bedeutet auf keinen Fall, dass sich zwischen uns irgendetwas ändert. Ganz im Gegenteil. Wenn ich irgendwann eine Familie ernähren möchte, dann muss ich arbeiten.«

Sie nickte.

»Ich hole dich nach, sobald es geht, Mathilda.«

Sie wollte sich mit ihm freuen. Es war großartig, wenn er ein Engagement bekam, zumal es in Deutschland kaum mehr annehmbare Angebote gab. Und dennoch war da eine nagende Traurigkeit.

Sie richtete den Blick durch das offene Fenster nach draußen in den Garten und sah dort Martins Großmutter Hélène an einem großformatigen Bild arbeiten.

»Wie lange, denkst du, wirst du weg sein?«

»Den Winter über. Sobald ich genügend Mittel habe, um uns beiden ein angemessenes Leben zu ermöglichen, kommst du nach.«

Stuttgart ohne Martin, das mochte sich Mathilda gar nicht mehr vorstellen. Zumal ihr selbst eine Aufgabe fehlte. Hin und wieder half sie zwar in der Schokoladenfabrik aus – aber sie war Juristin, hatte viel Zeit und Kraft in ihr Studium gesteckt. Es fiel ihr schwer, zu akzeptieren, dass sie diesen Beruf möglicherweise nie würde ausüben dürfen.

»Mathilda.« Er ging um den Schreibtisch herum und nahm sie in die Arme. »Ich glaube, du machst dir unnötige Sorgen. Wir finden eine Lösung für uns beide.«

Sie umfasste seine Taille und lehnte sich an ihn. »Hoffentlich.«

Auf dem Gang rumorte es. »Ich denke, wir bekommen gleich Besuch«, meinte Martin schmunzelnd und ließ sie los. In diesem Augenblick ging die Türe auf und Judith kam herein, einen Aktenordner unter dem Arm. »Ah. Ihr seid hier?«

»Ja. Ich habe eben mit Paris telefoniert. Ab dem ersten Oktober habe ich dort ein Engagement.«

»Wirklich?« Judith war genauso überrascht wie zuvor Mathilda. »Das ist gut, Martin. Wir gehen schwierigen Zeiten entgegen. Am besten nimmst du Mathilda gleich mit.«

Sie setzte sich an den Platz hinter dem Schreibtisch, den Martin gerade geräumt hatte. »Gleich kommen Karl und …«

»Wir sind schon da«, entgegnete Anton und bugsierte seinen Bruder mit ins Zimmer.

»Ich denke, wir gehen, Mathilda.« Martin zwinkerte ihr zu.

»Ich denke, ihr bleibt«, erwiderte Karl. »Es betrifft uns alle.«

Sie verteilten sich auf die Sitzgelegenheiten im Raum.

»Brauche ich einen Schnaps?«, fragte Martin vorsichtshalber. »Dann schenke ich mir schon mal einen ein.«

»Gut möglich«, erwiderte Anton.

»Was ist denn passiert?« Mathilda hörte die Besorgnis in Martins Stimme.

Sie sah, wie Judith traurig den Kopf schüttelte und Karl fürsorglich zu ihr hinging.

Es war Anton, der die Situation erklärte: »Karl hat gegen Mittag erfahren, dass es unserem Anwalt nicht gelungen ist, die Enteignung der Schokoladenfabrik weiter hinauszuzögern. Vor etwa einer Stunde ist Ortsgruppenleiter Weber erschienen. Bei ihm waren drei SA-Leute. Sie erklärten die Firma ab dem 2. Oktober für beschlagnahmt. Wir haben also noch zehn Tage Zeit, um für ein Wunder zu beten – oder die Bürogebäude zu räumen.«

»Oh mein Gott!«, entfuhr es Mathilda.

Martin sah besorgt zu seiner Mutter. »Wie soll es jetzt weitergehen?«

»Es gibt praktisch keinen Handlungsspielraum mehr«, erklärte Karl. »Angeblich wird die Firma Adler-Schokoladenwerke den Betrieb binnen vier Wochen übernehmen, um hier Koffeinschokolade zu produzieren.«

»Beschlagnahmt – das bedeutet, dass sie nichts bezahlen werden.« Unterschiedliche Szenarien liefen vor Mathildas innerem Auge ab. Sie spürte eine unbändige Wut auf eine Obrigkeit, die keine Grenzen mehr kannte. »Ich habe einen Vorschlag, Judith«, meinte sie schließlich.

»Ja?«, fragte Judith tonlos.

Martin schenkte einen Schnaps ein und drückte ihn seiner Mutter in die Hand.

»Die Enteignung ist offenbar nicht mehr aufzuhalten.« Mathilda setzte sich aufrecht hin. »Aber … einfach so würde ich denen die Schokoladenfabrik nicht überlassen.«

»Was würdest du tun?«, fragte Anton. »Verkaufen?«

»Ja, genau«, entgegnete Mathilda. »Außerdem würde ich zugleich versuchen herauszufinden, in wessen Namen Weber handelt.«

»Das wird schwierig«, meinte Anton. »Wie sollten wir das anstellen?«

»Über euren Anwalt, vielleicht?«, schlug Mathilda vor. »Möglicherweise hat Weber gar keine große Rückendeckung von seinen Vorgesetzten. Dann könnte man anders vorgehen, als wenn wirklich einflussreiche Leute hinter ihm stehen.«

»Bis vor drei Jahren hätten wir eine solche Situation recht gut einschätzen können«, meinte Judith. »Aber heutzutage …«

Karl nickte verständnisvoll. »Das geht uns allen so. Sprichst du mit Dr. Bauer, Anton? Am besten nimmst du Mathilda gleich dazu.«

Anton nickte.

»Und wegen des Verkaufs«, wandte Karl sich wieder an Judith. »Wir brauchen das Geld für einen Neuanfang. Und den wird es in Stuttgart so schnell nicht geben. Also sollten wir schauen, dass wir Vermögen außer Landes schaffen können.«

»Vielleicht ist Vicky in New York am Ende die Rettung«, meinte Mathilda. »Ich könnte mir vorstellen, dass sie mit Andrew zusammen einiges bewegen kann.«

»Aber das geht erst, wenn die SweetCandy wieder auf dem richtigen Weg ist. Und ich habe einfach meine Zweifel, ob und wann das geschehen wird«, gab Anton zu bedenken.

»Bitte!« Ruhig, aber bestimmt legte sich Judiths Stimme über die Diskussion. »Was Herrn Miller betrifft, Anton, so habe *ich* ein gutes Gefühl.« Sie holte tief Luft. »Und was die Schokoladenfabrik angeht … ich werde verkaufen. Dein Gedanke, Mathilda, ist absolut richtig. Mir liegt zudem daran, das Unternehmen in gute Hände zu geben. Und es gibt bereits einen Interessenten.«

30. KAPITEL

Die SweetCandy Ltd. in New York,
am 23. September 1936

Die Entwicklungsabteilung von Andrews Süßwarenfabrik war ein Paradies. Schon bei der ersten Besichtigung der weitläufigen Räume hatte Viktoria gespürt, dass hier ihr Platz war. Im Gegensatz zur Versuchsküche der Schokoladenfabrik in Stuttgart war die Produktneuentwicklung der SweetCandy unglaublich groß und mit modernster Technik ausgestattet, darunter mehrere elektrische Kühlschränke, ein Luxus, den sie sich in Deutschland nicht hatten leisten können.

Bereits am Tag nach ihrer Ankunft in New York hatte Andrew ihr hier einen festen Arbeitsplatz einrichten lassen, den Viktoria seither aufsuchte, wann immer sie Zeit dafür fand. Eine lange Tischplatte, die wahlweise gekühlt oder erwärmt werden konnte, bot genügend Platz für Kreativität. Der Bereich war zudem üppig ausgestattet mit Töpfen, Schüsseln und Pfannen in unterschiedlichen Größen,

Blechen, Kuchenformen und zahlreichen Utensilien für die Pralinenherstellung. An metallenen Haken an der Wand hingen Schneebesen, Kochlöffel, Paletten und vieles mehr. Unmittelbar an die Tischplatte schloss ein Elektroherd an. Viktoria fühlte sich wie im Schokoladenwunderland.

Heute Nachmittag war ein Gespräch mit Isaak Stern und Andrews Anwalt John Carollo anberaumt, um die Möglichkeiten der SweetCandy auszuloten und die nächsten Schritte zu planen. Den Vormittag aber wollte Viktoria dazu nutzen, die Rezeptur ihrer weißen Schokolade weiter auszufeilen, nachdem die ersten Versuche in Stuttgart misslungen waren.

Sie band eine weiße Schürze vor ihr hellblaues Baumwollkleid und setzte eine weiße Haube auf ihr Haar, das sie im Nacken zu einem geschlungenen Knoten zusammengesteckt hatte. Dann stellte sie die Zutaten zusammen. In der Versuchsphase arbeitete sie mit kleinen Mengen, deren Verhältnis sie genau notierte, sodass im Erfolgsfall eine rasche Adaption für die Produktion im größeren Stil vorgenommen werden konnte.

Sie wog Zucker ab und zerrieb ihn mit dem Mörser zu Zuckerstaub. Anschließend schlitzte sie eine Vanilleschote auf und kratzte das Mark heraus. Dann füllte sie eine der Pfannen mit Wasser, erhitzte es auf dem Elektroherd, stellte eine Schüssel mit Kakaobutter hinein und wartete, bis diese flüssig wurde. Mit einem Schneebesen rührte sie Staubzucker und Milchpulver ein und achtete darauf, dass sich alle Zutaten gut verbanden. Schließlich goss sie die Masse in eine Langtafelform und schob sie vorsichtig in den Kühlschrank.

»Guten Morgen, Viktoria! Du bist aber schon früh bei der Arbeit!«

Überrascht sah Viktoria über die Schulter. »Guten Morgen, Grace! Ja, Andrew hat mich heute Morgen mitgenommen.«

Viktoria blieb Andrews Cousine gegenüber distanziert. Obwohl Grace sie von ihrer ersten Begegnung an mit offenen Armen empfangen hatte, brauchte diese nicht zu wissen, dass sie die Nächte bei Andrew verbrachte.

»Was hast du denn heute Morgen schon Gutes gezaubert?«, fragte Grace.

»Eine weiße Schokolade.«

»Eine weiße Schokolade? Wie ist denn das möglich? Schokolade muss doch braun sein, oder?«

»Das habe ich zunächst auch gedacht. Eigentlich ist es aber recht simpel: Man verwendet nur Kakaobutter und Milchpulver. Keine Kakaomasse.«

»Das hört sich sehr interessant an. Lass mich wissen, ob dein Experiment geglückt ist, okay?«

»Wenn es geglückt ist – gern.« Viktoria wischte sich die Hände an einem Handtuch ab.

»Weißt du, wann die Sitzung heute ist?« Grace ließ ihren Blick noch einmal über Viktorias Arbeitsfläche schweifen, fast so, als wolle sie ihre Ausstattung überprüfen. »Also die bei Andrew?«

»Die ist um zwei Uhr am Nachmittag.« Viktoria begann, Topf, Schüssel und Arbeitsutensilien in das Spülbecken zu stellen.

»Um zwei Uhr am Nachmittag? Bist du dir sicher?«

»Ja, natürlich. Andrew hat mich heute Morgen noch einmal darauf hingewiesen. Warum fragst du?«

»*Oh my god!*« Grace griff sich an die Stirn. »Ich dachte, sie wäre erst um fünf Uhr. Das ist aber ungünstig! Ich habe heute am frühen Nachmittag einen Termin bei einem wichtigen Kunden in New Jersey. Und du weißt ja, wie es im Moment um die SweetCandy steht. Den kann ich unmöglich absagen.«

»Hat Andrew dir denn nicht Bescheid gegeben?«

»Doch, doch … natürlich hat er das. Aber ich bin mir sicher, dass er fünf Uhr gesagt hat und nicht zwei. Vermutlich hat er sich einfach vertan.« Sie dachte nach. »Dürfte ich dich um einen Gefallen bitten, Viktoria?«

»Nun ja, wenn ich helfen kann …«

»Wäre es dir möglich, die Sitzung für mich zu protokollieren? Dann kann ich alles nacharbeiten.« Sie sah Viktoria fragend an. »Ich hoffe, es macht dir nicht allzu viel Umstände?«

»Wenn dir Stichworte reichen?«

»Ja, natürlich.« Grace umarmte sie. »Oh, ich danke dir so sehr! Kann ich mir die Mitschrift dann gleich morgen Vormittag holen?«

Viktoria war die Nähe unangenehm, die Grace herstellte. »Ich muss schauen …«, sagte sie daher reserviert.

»Ich bräuchte die Aufzeichnungen nur für zwei Stunden, Viktoria. Einfach, um sie durchzulesen. Danach bekommst du alles sofort wieder zurück.«

»Nun …«, Viktoria zögerte noch immer, wollte es sich

aber nicht mit Grace verscherzen. Schließlich war ihr Wunsch nachvollziehbar. »Also gut. Dann hole sie dir morgen früh.«

»Gut. Bist du wieder hier zu finden? Oder in Andrews Büro?«

»Morgens bin ich vermutlich wieder hier.«

»Das wäre ideal, Viktoria. Sagen wir, um neun Uhr hier, dann verpassen wir uns nicht. Und wir brauchen Andrew ja nicht mit solchen banalen Dingen zu belästigen wie einem Protokoll. Er hat genug zu tun.«

»Allerdings. Dann um neun Uhr.«

Zur selben Zeit in Andrews Büro

»Eleanor!« Andrew sah überrascht auf, als Eleanor Jarrett flotten Schrittes in sein Büro kam. Seine Sekretärin machte eine hilflose Handbewegung, so, als wäre es ihr nicht gelungen, die temperamentvolle Besucherin aufzuhalten.

»Andrew!« Eleanor lachte breit. »Mit mir hast du offensichtlich nicht gerechnet.«

»Wahrlich nicht.« Weder hatte er mit ihr gerechnet, noch war es ihm sonderlich recht, dass sie ohne Vorankündigung hier hereinschneite. Zumal um diese doch recht frühe Stunde. »Was kann ich für dich tun?«

»Du darfst mir erst einmal eine Zigarette anbieten.« Eleanor zwinkerte ihm zu und ließ sich auf einem der mit dunkelblauem Samt bezogenen Polsterstühle nieder, die sich in einer Ecke seines Büros um einen runden Tisch aus Mahagoniholz gruppierten.

Andrew blieb nichts anderes übrig, als sein Zigarettenetui zu nehmen und sich zu ihr zu setzen. »Du bist doch sicherlich nicht nur hier, um eine Zigarette zu rauchen?«

Sie zündete sich die Zigarette an und blies in einer eleganten Bewegung den Rauch in die Luft. »Natürlich nicht. Auch wenn mich wirklich interessiert hat, wie … es sich anfühlt, in deinem Büro zu rauchen.« Während sie über ihren Scherz lachte, schweifte ihr Blick durch den Raum, über die dicken Teppiche auf dem feinen Parkettboden und die ausgesuchten Möbel. »Hübsch!«

Andrew setzte sich zur ihr in die Sitzgruppe. »Nun, was führt dich her?«, hakte er nach.

»Kennst du Brenda Frazier?«

»Brenda Frazier?« Andrew meinte den Namen schon einmal gehört zu haben, konnte sich aber nicht mehr erinnern, in welchem Zusammenhang. »Nein. Zumindest nicht persönlich.«

»Brenda ist die Debütantin der Saison!«

»Nun ja, ich befasse mich nicht mit den … Debütantinnen der Saison.« Die High Society New Yorks, die Vanderbilts, die Rockefellers und wie sie alle hießen, die ihren Reichtum über die schweren Jahre der Weltwirtschaftskrise gerettet hatte, war ihm unsympathisch und fremd.

»In Brendas Fall solltest du es.« Sie machte eine bedeutungsvolle Geste mit ihrer Zigarette. »Denn die SweetCandy hat die einmalige Chance, dort mit ihren Produkten vertreten zu sein.«

»Wie bitte? Bei einem Debüt?«

»Ach, Andrew ...« Sie verdrehte die Augen. »Nun sei doch nicht so abweisend. Ich habe die süße Brenda zusammen mit einem anderen Journalisten für das *Life Magazine* interviewt, für das ich seit meiner Rückkehr aus Berlin hin und wieder arbeite.« Ihre Zigarette knisterte, als sie daran zog. »Sie wird übrigens als *Belle of her Season* gehandelt, die Aufmerksamkeit ist ungeheuer groß. Sie macht Werbung für *Woodbury* und *Studebaker*. Im November wird sie auf der Titelseite der *Life* erscheinen.« Sie machte eine bedeutungsvolle Pause und sah ihn an. »Nun«, fuhr sie dann fort, »während des Interviews äußerte Brenda den Wunsch, am Abend ihres Debüts ein paar besondere Süßigkeiten zu präsentieren. Ihre Mutter, die sie durch die ganzen Vorbereitungen treibt, nahm diese Idee begeistert auf. Und da kamst du mir in den Sinn.«

»Aha.«

»Ich habe dich empfohlen, Andrew, und sie waren wirklich angetan. Wenn du Interesse daran hast, unterbreite ihnen doch ein Angebot.« Sie betrachtete die glimmende Zigarettenspitze. »Das ist alles.«

»Ähm ... nun, ja, das ist sicherlich interessant.« Andrew räusperte sich.

»Na also.« Eleanor zog ein letztes Mal an ihrer Zigarette und drückte sie dann in den Aschenbecher aus Marmor auf dem Tisch. Die Glut erlosch. »Es werden mehr als eintausend Gäste erwartet, die Illustrierten berichten bereits. Die Publicity könnte von unschätzbarem Wert sein.«

Andrew zögerte mit seiner Antwort. »Eleanor … ich weiß nicht, was dich dazu motiviert hat, ausgerechnet unser Unternehmen für einen so wichtigen Auftrag zu empfehlen. Aber … danke. Dies ist in der Tat eine interessante Möglichkeit, und ich werde darüber nachdenken.«

»Wunderbar!« Eleanor stand auf und zog die Handschuhe an, die sie in der Hand gehalten hatte. »Weißt du, ich habe dich von Anfang an gemocht. Du bist so erfrischend anders als andere Männer. Und du hast mir zugehört, damals auf dem Schiff, als es mir nicht gut ging.«

»Nachdem Brundage dich suspendiert hatte?«

Sie nickte. »Das war einer der Tiefpunkte meines Lebens.«

»So kam es mir damals gar nicht vor. Ich meine, du hattest ja schon einen neuen Plan.«

»Das Angebot der *Associated Press* war meine Rettung. Dennoch hat mich Brundages Entscheidung tief getroffen. Weißt du, was es für eine Sportlerin bedeutet, nicht bei Olympia starten zu dürfen?«

»Ich kann es mir vorstellen …«

»Das kannst du nicht, aber das ist auch nicht schlimm. Auf jeden Fall hat mir unser Gespräch damals geholfen. Du hast mir einfach zugehört. Und mir einen Drink spendiert.«

»Ich glaube, das waren sogar zwei.« Andrews innere Anspannung ließ nach.

Eleanor lachte. »Das ist gut möglich.« Sie stand auf, ging

zu ihm hin und legte einen Augenblick lang ihre Hand auf seine Schulter. »Mag sein, dass ich manchmal ein wenig unbekümmert, vielleicht sogar aufdringlich erscheine. Aber ich lasse mich einfach nicht in die üblichen Schablonen pressen, die für uns Frauen vorgesehen sind. Mein Leben ist so bunt wie es die Gedanken in meinem Kopf sind. Betrachte meine Vermittlung zwischen Brenda und der SweetCandy einfach als ein kleines Dankeschön, okay?«

»Ich weiß gar nicht, was ich sagen soll …« Andrew erhob sich ebenfalls.

»Ich würde mich freuen, viele Köstlichkeiten der Sweet-Candy auf Brendas Ball zu sehen.« Sie grinste.

»Ein solches Angebot abzulehnen, wäre geradezu leichtfertig.« Andrew zwinkerte ihr zu.

»Ganz genau. Ich lasse dir den Kontakt der Fraziers zukommen.«

»Danke.« Andrew begleitete sie zur Tür. Als er ihr diese aufhielt, blieb sie noch einmal stehen. »Mein Mann Art Jarrett spielt in den nächsten Wochen einige Konzerte hier in New York – komm doch vorbei, wenn du möchtest.«

Andrew kannte die Musik von Art Jarrett. Er war Leader einer ausgezeichneten Big Band und zudem ein begnadeter Sänger. Vor einigen Jahren hatte er mit seiner Version von *Georgia on my Mind* sogar einen Platz in den Charts erreicht. Eigentlich wäre ein Konzert von Jarrett eine schöne Gelegenheit, Viktoria auszuführen. Sie liebte guten Swing, das hatte er an jenem Abend in Stuttgart gemerkt, an dem er mit ihrem Onkel Anton zunächst gespielt und anschließend bis in die frühen Morgenstunden gefeiert hatte. »Eine gute Idee, Eleanor. Kannst du mir die Termine zukommen lassen?«

»Aber gerne!« Sie zwinkerte ihm zu, dann zog eine ungewohnte Ernsthaftigkeit über ihr Gesicht. »Ich wünsche dir wirklich von Herzen alles Gute. Du bist einer der wenigen ehrlichen Kerle, die mir begegnet sind. Und Kerle gab es einige.«

31. KAPITEL

Einige Stunden später in Andrews Büro

»Wir werden bis heute Abend warten müssen«, murmelte Viktoria an Andrews Mund. »In einer halben Stunde ist unser Meeting …«

Andrew stoppte ihre Ermahnung mit einem ausgiebigen Kuss, lockerte dann aber seine Umarmung. »Du hast ja recht.« Er lächelte sie verschmitzt an. »Auch wenn ich wünschte, die Besprechung wäre schon vorbei und wir könnten nach Hause …«

Viktoria lachte, zog ihre Jacke aus und setzte sich in die Sitzgruppe. »Ich habe uns etwas zu essen mitgebracht.« Mit einer schwungvollen Bewegung zauberte sie eine Papiertüte auf den Tisch.

»Ah, gut. Wenigstens ein kleines Lunch.«

»Genau. Ich habe schon bemerkt, dass du tagsüber so gut wie nichts isst.«

Andrew grinste. »Du kümmerst dich schon wie eine Mutter um mich.«

»Eher wie eine Geschäftspartnerin, die von ihrem Geschäftspartner Höchstleistungen erwartet.« Sie schmunzelte, wickelte einige Sandwiches aus und bot Andrew davon an.

Sie bissen nahezu zeitgleich in das helle Toastbrot, das mit Hühnerbrust, kross gebratenem Bacon, Salat und Tomaten belegt war. Viktoria mochte diesen in praktische Dreiecke geschnittenen Snack. Es gab ihn in vielen Varianten, und er lag nicht so schwer im Magen.

»Ich habe eine Aufgabe für dich«, meinte Andrew, nachdem er die erste Sandwich-Ecke verzehrt hatte. »Das heißt, wenn du Lust dazu hast.«

»Erzähl!«

»Wir haben das Angebot bekommen, eines der New Yorker Debüts zu beliefern.«

»Ein Debüt?«

»Ach richtig, du kennst diesen Brauch ja gar nicht. Also: In den angesehenen Familien New Yorks ist es üblich, die Töchter formal in die Gesellschaft einzuführen.«

»Davon habe ich schon aus England gehört«, fiel Viktoria ein. »Dort werden adelige Mädchen mit einem großen Ball bei Hofe eingeführt.«

»Ja, dort hat diese Tradition ihre Wurzeln. In New York sind es eben nicht die Aristokraten wie in England, die sich damit selbst feiern, sondern vermögende und einflussreiche Familien.«

»Geldadel«, witzelte Viktoria.

»Wenn du so willst.« Andrew lachte. »Auf jeden Fall geben diese Familien Unsummen dafür aus, ihre Töchter als erwachsen und heiratsfähig zu präsentieren. Und gleichzeitig protzen sie ein wenig mit ihrem Reichtum.«

Viktoria hörte eine gewisse Verachtung aus Andrews Worten heraus. »Du magst diese Leute nicht?«

»Ich mag diese Art zu leben nicht. Es ist so künstlich und oberflächlich. Grauenvoll.«

»Aber du könntest nun ein gutes Geschäft dort machen?«

»In der Tat. Auch wenn es mir widerstrebt, kann ich es mir in der augenblicklichen Situation nicht leisten, guten Umsatz zu verlieren. Ich würde diese Aufgabe allerdings gerne an dich übergeben. Und zwar vollständig.«

»Das traust du mir zu?« Viktoria konnte kaum glauben, dass er ihr nach wenigen Tagen bereits so viel Verantwortung übertrug.

»Selbstverständlich traue ich dir das zu. Ich hätte dich nicht gefragt, wenn ich daran zweifeln würde. Und das hat auch nichts mit unserer … *special relationship* zu tun.«

»Du ahnst nicht, wie sehr mich das freut.« Viktoria strahlte ihn an. »Was wird denn erwartet?«

»Pralinen, Konfekt, solche Dinge.«

Viktoria musste gar nicht lange nachdenken. »Eigentlich ist es viel zu schade, nur Pralinen und Konfekt anzubieten. Ich könnte mir ein hochexklusives Büfett mit Naschereien vorstellen. Kleine Kuchen, Eiscreme, natürlich Schokolade und Konfekt und Pralinen, aber eben noch viel mehr. Mir fallen sofort tausend schöne Dinge ein.«

»Das habe ich mir gedacht«, meinte Andrew. »Allerdings

ist die Zeit denkbar knapp. Wenn wir den Auftrag gewinnen möchten, müssen wir uns in den nächsten Tagen bewerben.«

»Dann beginne ich heute noch mit den Vorbereitungen und stelle ein Angebot zusammen, zu dem sie nicht Nein sagen können.« Viktoria wurde allmählich bewusst, welch unglaubliche Chance sich da auftat. »Weißt du eigentlich, was das für die SweetCandy und auch für mich bedeutet? Stell dir vor – ich kreiere ein Büfett für eine der wichtigen Familien New Yorks. Und angenommen, die Gäste dort mögen es. Dann können wir sicherlich mit weiteren Aufträgen rechnen.«

»Das ist richtig. Allerdings handelt es sich um eine schwierige Kundschaft. Wir versuchen es. Sollte es nicht funktionieren, darfst du dich auf keinen Fall grämen«, dämpfte Andrew ihre Euphorie. »Und noch eines: Du wirst vielleicht auf große Herzlichkeit treffen. Sie werden deine Ideen loben, sich begeistert zeigen. Aber es kann passieren, dass dieselben Personen dich im nächsten Augenblick mit einem kalten Lächeln auf den Lippen fallen lassen.«

»Das kann einem in Europa auch passieren. Man muss ein Stück weit vertrauen können«, entgegnete Viktoria und nahm seine Hand. »Dir habe ich ja auch vertraut. Und ich hoffe nicht, dass *du* mich mit einem kalten Lächeln fallen lässt – nur weil du Amerikaner bist.«

Er streichelte sanft ihre Finger. »Niemals. Dafür fühle ich mich dir schon zu sehr verbunden.«

Viktoria überlief eine Welle der Zärtlichkeit für diesen ungewöhnlichen Mann, der sich in ihr Leben und in ihr Herz gestohlen hatte.

»Viktoria …«

»Ja?« Viktoria sah ihm aufmerksam in die Augen, da er ungewöhnlich unsicher klang.

Andrew hielt ihren Blick fest. »Du musst wissen, dass ich das, was zwischen uns geschieht, nicht auf die leichte Schulter nehme.«

»Du meinst … dass ich dein Bett teile?«

Er nickte.

»Ich teile dein Bett, weil ich es möchte, Andrew. Weil ich das für dich empfinde, was … dafür notwendig ist. Und eben – weil ich dir vertraue. Das habe ich von Anfang an.«

Er nahm ihre Hand fester und zog sie vorsichtig von ihrem Stuhl auf seinen Schoß. »Das habe ich gespürt, Viktoria. Und es ist mir wichtig, dass du weißt, wie ernst ich es mit dir, mit uns, meine. Sobald sich die Situation mit der SweetCandy beruhigt hat und ich vor allem weiß, wer uns an den Kragen will, werde ich in aller Form um dich werben.«

Mit seinen Worten löste er eine weitere Kaskade tiefer Empfindungen in ihr aus. »Ich … kann es kaum erwarten.«

Er drückte sie fest an sich. »Es liegt nicht daran, dass ich jetzt keinen Kopf dafür hätte, Viktoria. Aber ich möchte dich keinerlei Gefahren aussetzen. Deshalb ist es im Augenblick besser, wenn niemand weiß, wie sehr wir einander verbunden sind.«

»Ich verstehe.« Viktoria seufzte. »Ich habe ja noch mein Hotelzimmer.«

»Ja, das behalten wir vorerst, auch wenn du bei mir lebst. Man weiß nie …«

»Gut.« Sie legte eine Hand auf seine Wange. »Auch wenn ich mich wiederhole: Ich vertraue dir.«

Er dreht den Kopf und küsste ihre Handinnenfläche. »Ich werde dich nicht enttäuschen, Viktoria. Niemals.«

൭൬

Viktoria fühlte eine ungewohnte Nervosität, als sie an Andrews Seite im Aufzug zu einem der beiden Besprechungszimmer fuhr, über die das Unternehmen verfügte. Die SweetCandy war ein Fabrikkomplex mit drei höheren Gebäuden, der im westlichen Manhattan nahe dem Hudson River stand. Produktion und Büroräume gingen über mehrere Etagen, was interessante Abläufe ermöglichte. Beispielsweise lagerten die Vorräte an Zucker und Kakaobohnen in den obersten Stockwerken, von denen aus sie über ein ausgeklügeltes Rohrsystem zu den Maschinen geführt wurden. So baute sich die ganze Herstellung von oben nach unten auf. Im Souterrain waren die Kühlräume, die Verpackungs- und Sortiermaschinen. Das Angebot der SweetCandy war deutlich breiter als das der Rothmanns, denn Andrew stellte neben Schokoladenprodukten auch Kekse, Riegel und Gummibonbons her.

Eine Viertelstunde später hatten sie sich um einen großen ovalen Tisch versammelt. Außer ihr und Andrew waren der Anwalt John Carollo, Andrews Großvater Robert Miller und Isaak Stern zugegen.

Andrew begrüßte jeden einzeln und kam dann ohne Umschweife zur Sache: »Ich denke, wir alle wissen, worum es in der heutigen Zusammenkunft geht. Und auch, wie ernst die Lage ist.« Er ließ den Blick über die Anwesenden schweifen. »Wir müssen die drohende Insolvenz dieses Unternehmens abwenden. Durch die Verlängerung des *Wandeldarlehens* durch Judith Rheinberger ist glücklicherweise ein gewisser Spielraum entstanden, dennoch bleibt die Auftragslage desaströs. Des Weiteren fehlen die Zahlungseingänge für einige größere Lieferungen.«

»Du reagierst viel zu spät!«, bemerkte Andrews Großvater in schneidendem Ton. »Ich hatte dir bereits bei den ersten Unregelmäßigkeiten dazu geraten, diesen konsequent nachzugehen.«

»Es hat sich um Neukunden gehandelt«, konterte Andrew. »Es ist unmöglich, bei jedem umfassende Nachforschungen anzustellen. Kleinere Ausfälle sind mit einkalkuliert. Das hast du nicht anders gehandhabt.«

Der distinguierte, weißhaarige Mann ballte die rechte Hand zur Faust, entgegnete aber nichts mehr. Viktoria, die Robert Miller heute zum ersten Mal begegnete, stellte eine große äußere Ähnlichkeit zwischen den beiden fest, auch wenn Robert Miller deutlich hagerer war und seinem Blick die Wärme fehlte, die sie in Andrews Augen sah.

»Die Sache besitzt möglicherweise eine viel größere Dimension«, fuhr Andrew fort. »Während meines Aufenthalts in Stuttgart wurde der Familie Rheinberger von dritter Seite geraten, ihr Engagement in der SweetCandy zu beenden.«

»Welche dritte Seite?«, fragte Robert Miller barsch.

»Von der Hudson Bank«, antwortete Andrew.

»Ah, der Hudson Bank.« Robert Miller neigte den Kopf zur Seite. »Unsere Bank hat sich also direkt an die Familie Rheinberger gewandt.«

»So ist es«, erwiderte Andrew. »Judith Rheinberger wurde eine recht hohe Summe für die Ablösung der Kredite angeboten, mit denen sie bei uns engagiert ist.«

Robert Miller schüttelte leicht den Kopf.

»Ich muss davon ausgehen, dass es um die Anteile an der SweetCandy geht«, fuhr Andrew fort. »Denn im Gegenzug wären die mit dem Wandeldarlehen verbundenen Ansprüche auf die Firmenanteile von Judith Rheinberger an die Hudson Bank übergegangen.«

»Es ist in der Tat ungewöhnlich, dass sich die Hudson Bank an Mrs. Rheinberger wendet«, brachte sich nun Carollo ein. »Allerdings hat die Bank die Modernisierung der SweetCandy vor einigen Jahren finanziert. Du hast die Kreditverträge damals mit ausgearbeitet, Großvater.«

»Und dabei außerordentlich günstige Konditionen verhandelt«, betonte Robert Miller. »Das Bankhaus ist etabliert und vertrauenswürdig. Hier wirst du keinen Ansatzpunkt für Unregelmäßigkeiten finden, Andrew.«

»Warum dann dieses Angebot seitens der Hudson Bank an die Rheinbergers?«

»Dabei geht es schlicht um weitere Sicherheiten«, erklärte Carollo. »Und das ist durchaus verständlich angesichts der Höhe der bereitgestellten Gelder.«

»Wie bitte?«, fragte Andrew ungläubig. »Ohne mein Wissen?«

»Du bist dabei, mein Lebenswerk zu ruinieren, Andrew.« Robert Miller sprach nun leise, aber genauso scharf wie zuvor. »Meinst du, ich sehe da einfach zu? Auch wenn die Vorgehensweise ungewöhnlich erscheint, so hat die Bank in jeder Hinsicht meine volle Unterstützung.«

Viktoria ging diese Bemerkung durch und durch, ebenso wie Andrews sichtliche Betroffenheit.

»Du hättest ja dein Haus als Sicherheit hinterlegen können, Großvater«, sagte er jetzt. »Aber hinter meinem Rücken zu dulden, dass weitere Kredite in Anspruch genommen werden … das ist ungeheuerlich!«

»Du wirst unverschämt, Andrew!« Robert Miller erhob sich. »Ohne mich und meine Firmengründung wärst du gar nichts.«

Viktoria sah dem Disput fassungslos zu. Nebenbei beobachtete sie den Anwalt, in dessen Miene sie allerdings nichts lesen konnte.

Andrew atmete tief durch. »Nur, damit wir uns richtig verstehen: Du, Großvater, wusstest von der Aktion der Bank und hast sie gutgeheißen.«

Robert Miller blinzelte ihn an und setzte sich. »Du wirst sehen, dass ich richtig gehandelt habe.«

»Das würde dann bedeuten, dass die Hudson Bank die Mehrheit an der SweetCandy übernehmen könnte – wenn wir es nicht aus der Verlustzone schaffen.«

»Es soll dich anspornen, Andrew, alles zu geben!«

»Es setzt mich massiv unter Druck, Großvater.«

»Das Bankhaus hat das Recht, seine Kredite bestmöglich abzusichern«, wandte nun Carollo ein. »Ausfälle dieses Ausmaßes können sich auch renommierte Institute in der jetzigen Zeit nicht leisten.«

»Aber als der alleinige Inhaber und Direktor der SweetCandy«, entgegnete Andrew, »habe ich das Recht auf umfassende Information. Wer hinter meinem Rücken gegen die Interessen der Gesellschaft agiert, begeht Untreue und schadet ihr.«

»Du warst ja nicht da«, erklärte Robert Miller. »Weil du unbedingt nach Europa reisen musstest.«

»Darf ich … etwas sagen?«, meldete sich Viktoria zu Wort.

Robert Miller sah sie misstrauisch an.

Der Anwalt zog lediglich eine Braue nach oben.

»Meine Mutter wird diesen Kredit nicht an die Hudson Bank übertragen. So viel steht fest. Wichtiger ist aus meiner Sicht, dass die SweetCandy wieder in die Gewinnzone kommt.«

»Das ist richtig.« Andrew nickte ihr dankbar zu.

»Deshalb müssen die ganzen Stornierungen und Reklamationen genauer betrachtet werden«, fügte sie an.

»Genau«, brachte sich nun Isaak Stern ein. »Zudem müssen Miss Rheinberger und ich die Aussicht beurteilen, ob und wann die SweetCandy wieder schwarze Zahlen schreibt. Das ist die wesentliche Basis dafür, wie Judith Rheinberger ihr Engagement künftig beurteilen wird.«

»Im Augenblick«, sagte Andrew offen, »wären wir nicht in der Lage, die Darlehen zurückzuzahlen. Wir können nicht einmal die Zinsen bedienen.«

»Deshalb ist es wichtig, jeden Geschäftsvorgang, der nicht plausibel erscheint, gründlich zu prüfen«, meinte der Anwalt. »Könnte das nicht Ihre Cousine durchführen, Mr. Miller?«

»Grace? Durchaus.«

»Ich würde mich ebenfalls in die entsprechenden Kundenakten einarbeiten«, bot Viktoria an. »Das heißt, wenn du mir Einsicht gewährst, Andrew.«

»Die bekommt ihr, du und Mr. Stern«, erwiderte Andrew. »Das hatte ich ja zugesichert.«

Isaak Stern nickte. »Gut. Wir teilen die Kunden in Gruppen ein und schauen uns insbesondere die Erstbesteller der letzten Monate genauer an. Haben sie storniert, reklamiert, nicht bezahlt? Wie verhält es sich mit einer Kontrollgruppe aus Kunden, die in den letzten zwei Jahren regelmäßig bestellt hat? Laufen diese Aufträge problemlos durch? Oder gibt es auch hier Unregelmäßigkeiten?«

»Eine vernünftige Vorgehensweise. Als Anwalt der Sweet-Candy empfehle ich allerdings das Sechsaugenprinzip. Insbesondere dann, wenn Dritte – in diesem Falle Miss Rheinberger und Mr. Stern – den Wert eines Unternehmens ermitteln sollen.«

»Grace wird selbstverständlich dabei sein«, erwiderte Andrew. »Sie ist diejenige, die sich in der Buchhaltung am besten auskennt.«

»Ist sie zuverlässig?«, wollte Stern wissen.

»Absolut. Ich habe keinerlei Gründe, ihr zu misstrauen«, erwiderte Andrew.

»Ich werde mich zudem weiter um die Produktpalette kümmern«, meinte Viktoria. »Und um die Entwicklungsabteilung der SweetCandy. Es gibt einige vielversprechende Ansätze, die ich auf ihre Umsetzbarkeit hin prüfen werde.«

»Gut. Dann würde ich sagen, wir treffen uns wieder, wenn erste Ergebnisse vorliegen.« Der Anwalt packte seine Sachen zusammen und stand auf. »Sie entschuldigen mich? Ich habe einen Anschlusstermin.«

Als alle zur Tür hinaus waren, setzte sich Andrew noch einmal an den Besprechungstisch. »Wenn ich wenigstens im Ansatz verstehen könnte, was hier wirklich gespielt wird. Glaub mir, Viktoria, ich zerbreche mir seit Wochen den Kopf darüber, wem die Insolvenz der SweetCandy nützen könnte.«

Viktoria trat hinter seinen Stuhl, legte ihre Hände auf seine Schultern und begann, ihn mit kreisenden Bewegungen zu massieren. »Gibt es irgendeinen Konkurrenten, dem du vielleicht einmal geschadet hast? Oder einen Kunden, dem es wirtschaftlich nicht gut geht und der versucht, auf diese Art und Weise aus seinen Schulden herauszukommen? Ein ehemaliger Freund, der noch eine Rechnung offen hat …«

»Nein«, unterbrach Andrew ihren Redefluss. »Es gibt nichts dergleichen. Jedenfalls nichts, was signifikant herausstechen würde. Wenn man lange genug sucht, ließe sich wohl bei jedem irgendein Grund finden. Selbst die Hudson Bank könnte ganz andere Interessen verfolgen, als nur ihre Kredite abzusichern. Wer weiß das schon.«

Viktoria nahm ihre Hände von Andrews Schultern, griff zu Papier und Bleistift und setzte sich auf den Stuhl neben ihm.

»Lass uns doch einmal alle Beteiligten aufnotieren. Dann können wir jede einzelne Partei anschauen, in Beziehung zueinander setzen und mögliche Motive überlegen.«

»Das ist gar keine so schlechte Idee.« Andrew lehnte sich zu ihr hinüber, fasst sie im Sitzen um die Taille und küsste sie auf die Wange. Dann wanderten seine Lippen in ihren Nacken.

Sie drückte ihn vorsichtig weg. »Also, was ist? Machst du mit?«

»*Anytime.*« Er biss ihr verspielt ins Ohrläppchen.

32. KAPITEL

Die Schokoladenfabrik in Stuttgart, am 25. September 1936

Mathilda saß an Viktorias Schreibtisch im Büro der Schokoladenfabrik. Vor ihr lagen die Listen mit dem Inventar der Firma, die sie mithilfe von Karl und den Schreibfräulein angefertigt hatte. Sie war dabei, eine Zwischenbilanz vorzubereiten. Dadurch sollte der Verkauf des Unternehmens nun rasch über die Bühne gehen.

Mathilda war froh, dass Judith ihr Angebot, in dieser Zeit fest im Unternehmen mitzuarbeiten, angenommen hatte. Das Gefühl, gebraucht zu werden und ihr Wissen einzubringen, beflügelte sie und ließ sie sogar ein wenig vergessen, dass Martin bereits seine Koffer packte. Er würde Stuttgart am Dienstag in Richtung Paris verlassen.

Während sie einen Bleistift anspitzte, um einige Posten zu aktualisieren, klopfte es an die Bürotür. Mathilda stand auf und öffnete.

»Guten Morgen, Mathilda!« Es war Anton, der hereinkam, eine dunkelbraune Ledermappe unter dem Arm.

»Guten Morgen, Anton. Judith und Karl sind gerade auf dem Werksgelände unterwegs.«

»Ah. Der Käufer?«, fragte Anton und ging zum Besprechungstisch.

»Ja, Herr Ebben von der Halleschen Schokoladenfabrik. Ich selbst habe ihn allerdings noch nicht gesehen.«

»Das ist nicht weiter schlimm. Ich wollte ohnehin zu dir.«

»Zu mir?« Neugierig setzte sich Mathilda zu Martins Onkel. »Da bin ich gespannt.«

»Ich habe mit Dr. Bauer gesprochen.« Anton lächelte. »Er war sehr beeindruckt von deinem Wissen. Und deinem scharfen Verstand.«

»Danke.« Mathilda spürte, wie ihr das Blut in die Wangen stieg. Sein Lob freute sie – und machte sie zugleich ein wenig verlegen.

»Dr. Bauer hat die Vorgänge der letzten Wochen zusammengefasst.« Anton holte einen Aktenordner aus seiner Ledermappe und schlug ihn auf. »Seine Ergebnisse …«, er blätterte durch die obenauf liegenden Seiten, »… habe ich hier.«

»Und zu welchem Resultat ist er gekommen?«, fragte Mathilda.

»Aus seiner Sicht sollte es möglich sein, die Firma kurzfristig zu verkaufen. Wenn der Käufer entsprechend mitspielt und das mit dem Geldtransfer reibungslos funktioniert.«

»Sehr gut.«

»Nun muss der Notartermin vorbereitet werden. Dazu

sollten auch wir alles noch einmal einer Überprüfung unterziehen. Könntest du das für uns übernehmen?«

»Das mache ich sehr gerne.« Mathilda nickte. »Allerdings … fehlt mir vielleicht doch die Erfahrung. Immerhin geht es um Judiths Existenz.«

»Du hast eine sehr präzise Art, dich mit den Vorgängen auseinanderzusetzen.« Anton schob ihr den Aktenordner hin. »Wir trauen es dir ohne Einschränkung zu.«

»Dann … mache ich mich selbstverständlich sofort an die Arbeit.«

Anton nickte. »Bis wann kannst du fertig sein? Ungefähr zumindest?«

»Da ich einen Teil der Unterlagen bereits kenne – spätestens übermorgen. Ist das ausreichend?«

»Je früher, desto besser.«

»Darüber bin ich mir völlig im Klaren.«

Anton stand auf. »Ich muss weiter, Mathilda. Ich hoffe, ich bin nicht unhöflich.« Er verschloss seine Ledermappe. »In meiner Klavierfabrik staut sich die Arbeit, seit Herr Stern nicht mehr da ist.«

Mathilda erhob sich ebenfalls. »Das kann ich mir gut vorstellen, Anton. Gut, dass wir zusammenrücken in diesen Turbulenzen.«

»Allerdings. Und Serafina entlastet mich, wo es ihr möglich ist«, meinte Anton. »Im Augenblick ist es auch eine große Hilfe, dass wir Emil nach der Schule nach Degerloch bringen können und seine Großmutter auf ihn aufpasst. Wir haben momentan viel zu wenig Zeit für ihn.«

»Hélène macht das mit Hingabe und Freude«, entgegnete Mathilda.

»Das merken wir. Emil ist begeistert. Ich hätte niemals gedacht, dass sie sich so gut auf einen kleinen Jungen einstellen kann.« Anton lächelte.

»Sie hat sich fest vorgenommen, ihrer Familie beizustehen in dieser schweren Zeit.«

»Ich weiß.« Anton sah Mathilda ernst an und ein kaum merklicher Schatten zog über sein Gesicht. »Das ist für sie selbst vermutlich genauso wichtig wie für Judith.«

»Weil sie … euch damals verlassen hat?«, fragte Mathilda vorsichtig.

»Ja.« Anton seufzte. »Auch wenn wir inzwischen oft darüber gesprochen haben, ihre Gründe kennen und jetzt, da wir erwachsen sind, auch einigermaßen nachvollziehen können, ist es wichtig, dass sie ihre Rolle in der Familie einnimmt. Für alle. Ein Akt der Reue und der Versöhnung, wenn du so willst.«

»Und vor allem ein Akt der Liebe«, ergänzte Mathilda mit einem Augenzwinkern. »Aber das versteht ihr Männer einfach nicht so gut wie wir Frauen.«

Nachdem Anton gegangen war, setzte sich Mathilda wieder an den Besprechungstisch und befasste sich mit den Unterlagen. Akribisch durchforstete sie den Ordner anhand der Aufzeichnungen des Rechtsanwalts, prüfte Einzelheiten unter Zuhilfenahme der Gesetzbücher, die auf einem Regal im Büro standen, verglich den Vorgang mit Fallbeispielen, die sie im Studium durchgenommen hatten. Ihre Anmerkungen schrieb sie mit Bleistift in Dr. Bauers Zusammenfassung, stellte manches infrage, ergänzte an anderer Stelle.

Zwischen dem gesammelten Material fiel ihr schließlich eine Skizze auf. Als sie diese näher betrachtete, stellte sie fest, dass Dr. Bauer wohl tatsächlich versucht hatte, Webers Hintermänner ausfindig zu machen – zumindest soweit er dies in der Kürze der Zeit hatte tun können. Einige Namen standen dort, mit Pfeilen verbunden. Manche davon waren wieder durchgestrichen.

Zunächst schien alles willkürlich, der Zusammenhang konfus, aber je länger Mathilda die Skizze studierte, desto klarer wurde ihr, was Dr. Bauer damit meinte. Er hatte wohl absichtlich unsauber und verwirrend gearbeitet, damit sich nicht ohne Weiteres nachvollziehen ließ, welche Informationen sich in dieser Grafik verbargen.

Wenn ihre Lesart korrekt war, dann handelte Weber vermutlich auf eigene Faust. Sein Auftraggeber waren die Adler-Schokoladenwerke, die ihm im Erfolgsfall eine nicht näher bezifferte Summe als Vermittlungsentgelt in Aussicht gestellt hatten.

Sollte dies der Wahrheit entsprechen, dann würde es einiges leichter machen.

Sie wandte sich wieder den Verträgen zu und war bald so vertieft in ihre Arbeit, dass sie erschrocken aufsah, als erneut die Bürotür aufging.

Karl trat ein und hielt einem kräftigen Mann die Tür auf. »Nach Ihnen, Herr Ebben.« Dann bemerkte er, dass Mathilda nicht an ihrem Schreibtisch, sondern inmitten einer Menge Unterlagen am Besprechungstisch saß.

»Ah, Mathilda. Das ist Herr Ebben aus Halle an der Saale. Ich hatte ihn bereits angekündigt.«

Der gepflegte, grauhaarige Mann nickte ihr freundlich zu.

»Wenn es gerade nicht möglich ist, dass wir hier verhandeln, gehen wir in ein anderes Zimmer.« Karl wirkte nervös.

Mathilda schob die Papiere ein wenig zusammen. »Ich mache selbstverständlich Platz. Soll ich hinausgehen?«

»Nein. Solltest du Zeit haben, dann wäre es gut, wenn du bei unserer Besprechung dabei sein könntest«, meinte Karl und wandte sich an seinen Begleiter. »Herr Ebben, darf ich Ihnen Mathilda Fetzer vorstellen. Sie ist schon lange ein geschätztes Mitglied unserer Familie und arbeitet sich gerade in diverse rechtliche Fragestellungen ein.«

Ebben gab ihr die Hand. »Guten Tag, Fräulein Fetzer. Es freut mich aufrichtig, Ihre Bekanntschaft zu machen.«

»Ganz meinerseits, Herr Ebben.« Mathilda stand auf.

»Sie sind Juristin?« In Ebbens Worten schwang ein gewisser Respekt mit.

»In der Tat, Herr Ebben. Ich habe Jura studiert. In Bonn.«

»Sehr schön, sehr schön. Kennen Sie sich in Wirtschaftsrecht aus?«

»Soweit es im Studium vermittelt wurde, ja. Ich durfte meine Kenntnisse bisher nicht anwenden.«

»Bemerkenswert.« Ebben wandte sich an Karl. »Ein Fräulein mit einer solchen Ausbildung könnte sich irgendwann als Glücksfall erweisen.«

»Das tut sie bereits jetzt«, antwortete dieser und zwinkerte Mathilda zu.

In diesem Moment kam Judith herein. Sie war etwas außer Atem.

»Entschuldigt bitte, ich wurde aufgehalten.« Sie sah in die Runde. »Habt ihr schon angefangen?«

»Nein«, antwortete Karl und bot Herrn Ebben einen Platz an. »Bitte!«

»Danke.« Ebben setzte sich auf den Stuhl, der Mathilda gegenüberstand.

Karl wählte den Platz neben ihr, und nachdem Judith rasch einen Blick auf Mathildas Schreibtisch geworfen und die Listen mit dem Inventar an sich genommen hatte, gesellte sie sich zu der kleinen Versammlung am Besprechungstisch.

»Ich hoffe, unsere Führung hat Ihnen einen ausreichenden Überblick über unser Unternehmen verschafft«, begann Judith.

»Ich bin bestens im Bilde«, antwortete Ebben.

»Dürfen wir davon ausgehen, dass Sie … weiterhin Interesse haben?«, hakte Karl nach.

»In der Tat, in der Tat.« Ebben zückte ein Notizbuch, in dem er offensichtlich seine Eindrücke festgehalten hatte.

Da er zunächst nicht weitersprach, herrschte unsicheres Schweigen. Karl sah Judith an, Judith wiederum ließ ihren Blick immer wieder zu Ebben wandern, der sich in seine Notizen vertieft hatte. Mathilda wusste nicht, was sie von dem Ganzen halten sollte, weil sie bei der Werksführung nicht dabei gewesen war.

Schließlich räusperte sich Ebben. »Frau Rheinberger. Ich weiß um Ihre Situation und möchte Ihnen versichern, dass ich diese nicht ausnutzen werde, um den Preis herunterzuhandeln.« Er klappte sein Notizbuch zu. »Ich biete Ihnen den Betrag von zweihundertfünfzigtausend Mark für Ihre Firma mit allem Inventar.«

Überraschte Stille flutete den Raum.

»Das … ist ein angemessenes Angebot«, stellte Judith schließlich fest.

»Allerdings«, bekräftigte Karl und sah seine Schwester aufmunternd an.

Judith wirkte erleichtert und bedrückt zugleich, und Mathilda konnte ihre Gefühlsmelange gut nachvollziehen. Innerhalb weniger Monate verlor sie ihren Mann und ihre Firma. Das war nur schwer zu ertragen.

»Bis wann darf ich mit Ihrer Entscheidung rechnen?« Ebben wirkte nach außen hin entspannt, doch Mathilda bemerkte, dass er mit dem Daumen unruhig über den Rücken seines Notizbuches strich.

»Geben Sie uns bitte Zeit bis morgen«, meinte Judith.

»Gut, gut, Frau Rheinberger.« Er erhob sich. »Um das Geschäft rasch absichern zu können, habe ich den vorgeschlagenen Kaufpreis vorsorglich beim Bankhaus von Braun hinterlegen lassen. Sollten Sie dem Verkauf zustimmen, können wir das Geschäft umgehend abwickeln. Dann sehen wir uns morgen um zehn Uhr in diesem Büro?«

»Das ist ja ein Ding!«, meinte Karl, als Ebben den Raum verlassen hatte. »Er will tatsächlich kaufen. Und zu einem guten Preis. So …«, er schnippte mit Daumen und Mittelfinger der rechten Hand, »… sind wir mit einem Schlag einen Teil unserer Sorgen los. Und haben Weber ausgespielt.«

»Ja, so wird es wohl sein.« Judith setzte die Entwicklung sichtlich zu. Sie wirkte müde.

»Du wirst die Schokoladenfabrik ohnehin verlieren, Judith.« Karl warf Judith einen mitfühlenden Blick zu, in seiner Stimme allerdings lag Entschlossenheit. »Ich kann diesen Ebben zwar noch nicht richtig einschätzen. Aber der Kaufpreis ist wirklich angemessen, angesichts der Umstände.«

Mathilda sagte nichts. Sie fühlte sich nicht berechtigt, in diese intime Entscheidung einzugreifen, die Judith treffen musste. Als sie sah, dass Judith weinte, stand sie auf und holte ihr ein Taschentuch.

»Danke.« Die Bewegung, mit der Judith sich die Tränen abwischte, wirkte barsch, beinahe verzweifelt.

»Judith«, setzte Karl noch einmal an. »Ich kann mir vorstellen, was in dir vorgeht. Aber wir haben keine Wahl. Weber würde über kurz oder lang seine Interessen durchsetzen.«

Judith zerknüllte das Taschentuch in ihrer Hand, unfähig, eine Antwort zu geben.

Karl ließ ihr einige Minuten Zeit. Auch ihm waren Anspannung und Traurigkeit deutlich anzusehen.

»Dass es so gekommen ist, Judith«, meinte er schließlich, »bedauern wir alle. Aufrichtig und zutiefst. Aber unsere Gefühle dürfen uns in dieser Sache nicht leiten. Hier geht es um die Gestaltung einer Zukunft, die im Ungewissen liegt. Und dafür wäre ein Kapitalstock, wie er uns gerade eben angeboten wurde, von unschätzbarem Wert.«

»Verstehst du nicht, Karl?«, sagte Judith leise. »Seit Victors Tod gleitet mir alles aus der Hand! Wenn er dort oben sehen könnte, was geschieht …«

»Dann würde er dir raten, den einzigen Weg zu gehen, der bleibt. Ebbens Angebot bedeutet nicht ein Ende all dessen, was geschaffen wurde. Es bedeutet vielmehr, dass wir weitermachen können. Irgendwann.«

Judith sank in sich zusammen. Mathilda befürchtete schon, sie könnte unter dem Druck zusammenbrechen, als sie plötzlich den Kopf hob. »Also … also gut. Wenn es keinen anderen Weg mehr gibt … dann stimme ich einem Verkauf zu.« Sie rieb sich mit den Händen über die Wangen. »Würdest du bitte ganz genau prüfen, was wir beachten müssen, Mathilda? Nimm Anton und Dr. Bauer dazu. Seht zu, dass alles hieb- und stichfest ist. Wir besprechen es dann gemeinsam.« Noch einmal fuhr sie sich mit dem Taschentuch über ihr verweintes Gesicht. Dann richtete sie sich auf. »Du hast recht, Karl. Lasst uns die Zukunft in die Hand nehmen. Auch wenn es bedeutet, zunächst alles zu verlieren.«

Die Villa Rothmann, gegen halb drei Uhr
am nächsten Morgen

Mathilda saß am Sekretär in ihrem Zimmer. Sämtliche Lampen brannten und sorgten für eine taghelle Beleuchtung. Auf allem, was als Ablage dienen konnte, hatte sie Akten und Papiere ausgebreitet. Sie musste mit dem Durcharbeiten der Verträge fertig werden, auch wenn das bedeutete, dass sie in dieser Nacht keinen Schlaf mehr finden würde.

Fieberhaft prüfte sie Seite für Seite, notierte ihr Fazit, übertrug die Ergebnisse in ein Arbeitspapier, auf dessen Basis das abschließende Verkaufsgespräch mit Herrn Ebben am nächsten Tag stattfinden sollte. Insbesondere musste sie sicherstellen, dass ein Verkauf rechtlich nicht mehr anfechtbar war, und sich vergewissern, dass das Geld tatsächlich auf einem Konto des Bankhauses von Braun deponiert war.

Am Kaufpreis würde sich nichts mehr ändern.

Mathilda wusste, dass auch Dr. Bauer alles noch einmal auf Herz und Nieren prüfte. Er würde bei der morgigen Konferenz anwesend sein und hatte zudem versprochen, einen befreundeten Notar mitzubringen, der wiederum Kontakte zum Grundbuchamt hatte. Wichtig war, dass alle Übertragungsformalitäten ohne großes Aufsehen und binnen Stunden über die Bühne gingen.

Gegen halb vier Uhr hatte sie das Wichtigste geschafft. Einem Verkauf dürfte nichts entgegenstehen, wenn sie es schafften, den straffen Zeitplan einzuhalten.

Sie gähnte und rieb sich die Augen. Am besten, sie gönnte sich jetzt ein wenig Schlaf, konzentrieren konnte sie sich ohnehin nicht mehr. Lieber stand sie zeitig wieder auf, um alles zu rekapitulieren und für die Sitzung um zehn Uhr zu sortieren.

Sie hatte sich gerade ihr Nachthemd über den Kopf gezogen, als leise knarrend ihre Zimmertür aufging. Erschrocken fuhr sie herum.

»Schscht! Ich bin es!«

»Martin! Hast du mich erschreckt! Was hast du denn da auf dem Tablett? Kaffee?«

Er schüttelte den Kopf. »Nein. Kaffee gibt es morgen früh.« Er stellte das Tablett ab und reichte ihr den großen, blumenverzierten Steingutbecher. »Wenn ein Mitglied dieses Hauses nachts in die Küche schleicht, kommt dabei fast immer eines heraus: Die Rothmannsche Würzschokolade.«

»Ah, wunderbar.« Mathilda freut sich über seine Aufmerksamkeit. »Ich wollte gerade zu Bett gehen. Ein Schlaftrunk kommt mir gerade recht.« Sie nippte an der köstlichen, heißen Schokolade.

»Also in diesem Bett schläfst du heute Nacht jedenfalls nicht«, stellte Martin mit Blick auf ihre mit Papieren übersäte Liegestatt fest.

»Wieso nicht? Ich kann das alles zusammenschieben …«

»Ich habe eine viel bessere Idee. Und deine wertvolle Arbeit kann liegen bleiben bis morgen … vielmehr bis später.« Er deutet auf die kleine Uhr auf dem Kaminsims.

»Was schlägst du vor?«

»Ich entführe dich!« Er nahm ihre Hand. »Vertraust du mir?«

Sie nickte und stellte ihren Becher ab. Mit einem verschmitzten Gesichtsausdruck zog er sie hinaus auf den Flur und über eine Treppe in die zweite Etage, in der er zwei Räume bewohnte.

Kaum hatte sich die Tür hinter ihnen geschlossen, spürte sie seine Lippen auf ihrem Mund. »Du schmeckst nach Schokolade. Sehr lecker!«

Mathilda kicherte.

Dann wurden seine Zärtlichkeiten inniger, drängender. Bald ging ihrer beider Atem schneller, verloren sie sich in ihrer Umarmung, erfasste durchdringende Hitze ihre Körper.

Mathilda hatte diesen Augenblick herbeigesehnt und auch ein bisschen gefürchtet, doch nun war das, was kam, ebenso selbstverständlich wie unausweichlich. Sie liebte ihn und er liebte sie, und jeder Schritt, den sie in diesen frühen Morgenstunden miteinander gingen, jede Berührung, jede Bewegung, fühlte sich wundervoll und richtig an.

Als sie später eng umschlungen auf seinem Bett lagen, war Mathilda wohlig erschöpft, aber viel zu wach, um zu schlafen.

Martin war eingenickt, kurz nachdem er sich von ihr gelöst hatte. Jetzt regte er sich vorsichtig und strich ihr sanft über das Haar. »Ich hoffe, ich habe dich nicht überrumpelt«, sagte er vorsichtig.

»Doch, das hast du«, erwiderte Mathilda und lachte leise.

»Ich hatte das nicht geplant.«

»Nicht?« Sie drehte sich auf den Bauch und legte eine Hand auf seine Brust. »Dafür bist du aber erstaunlich zielstrebig vorgegangen.«

»Vielleicht hat mein Unterbewusstsein da autark gehandelt, wer weiß«, scherzte er und drückte sie an sich.

»Wann geht denn dein Zug am Dienstag?« Der Gedanke, bald ohne ihn zu sein, trieb ihr nun doch die Tränen in die Augen.

»Am Morgen. Aber noch bin ich da.«

»Wann wirst du wiederkommen? Zum Geburtstag deines Großvaters?«

»Ich lege keinen besonderen Wert darauf. Aber ich werde Mutter wohl den Gefallen tun.«

»Dann sehen wir uns im November.«

»Allein das ist die Reise wert.« Sie ahnte das schiefe Lächeln, das im Dunkel der Nacht über sein Gesicht zog.

»Du bist noch immer verletzt«, stellte sie fest.

»Natürlich bin ich verletzt«, antwortete er, und sie hörte die unterdrückten Gefühle in seinen Worten. »So etwas steckt man nicht einfach weg. Stell dir vor, du wärst an meiner Stelle.«

»Bisher hast du niemandem davon erzählt, dass du um die Sache mit deinem leiblichen Vater weißt. Dabei wolltest du eigentlich sofort mit den Ebingers reden.«

»*Du* hast mir davon abgeraten, Liebling. Weißt du nicht mehr?«

Mathilda erinnerte sich in der Tat an den wunderbaren

Nachmittag auf der Karlshöhe. »Wie könnte ich diesen Tag vergessen«, meinte sie. »Und es war richtig, nicht mehr bei Artur und Josefine vorbeizufahren.«

»Natürlich war es richtig. Und im Augenblick hat Mutter so viele Sorgen, da kann ich ihr nicht auch noch mit einem uralten Geheimnis Kummer bereiten. So viel Verstand habe ich.«

»Ach.« Sie zwickte ihn neckend in die Seite. »Wirklich?«

»Du bist recht frech, Mathilda.« Er strich verlangend über ihre Brust. »Dafür sollte ich dich noch einmal … es sei denn, es geht dir zu schnell …«

Eine Stunde später schlich Mathilda sich in ihr Zimmer zurück und nahm die allerletzten Vorbereitungen für den Verkauf der Schokoladenfabrik in Angriff.

33. KAPITEL

New York City, Manhattan,
Upper East Side, am 2. Oktober 1936

Ein hoher, schmiedeeiserner Zaun mit kreuzförmigen Zacken grenzte das Grundstück des fünfstöckigen Gebäudes aus hellem Sandstein zur Straße hin ab. Es strahlte etwas Barockes aus mit seinen verzierten Rundbogenfenstern und den vorgewölbten, von üppigem Dekor getragenen, steinernen Balustraden. Zugleich fügte es sich widerstandslos in seinen Platz zwischen zwei Mehrfamilienhäuser ähnlicher Bauart ein, so, wie es die unweit der 5th Avenue verlaufende, schnurgerade 75th Street vorgab.

»New York ist anders als Stuttgart, nicht wahr?«, fragte Eleanor.

»Oh ja«, erwiderte Viktoria. »Völlig anders.« Viktoria kam mit der englischen Sprache sehr gut zurecht, auch wenn sie mit Andrew nach wie vor Deutsch sprach.

»Ich war diesen Sommer in Berlin«, erklärte Eleanor. »Daher kann ich mir vorstellen, wie Manhattan auf dich wirkt.«

»Es ist alles sehr … gerade.«

Eleanor nickte lachend. »Andrew muss dir unbedingt einmal Long Island oder Ocean Grove zeigen. Das wird dir sicherlich gefallen.«

»Mir gefällt Manhattan sehr gut, *trotz* seiner geraden Straßen«, meinte Viktoria schmunzelnd. »Eigentlich vermisse ich Deutschland überhaupt nicht.«

Das stimmte zwar nicht ganz, aber wenn Viktoria das Herz schwer wurde, dann deshalb, weil sie von ihrer Familie getrennt war. Stuttgart selbst fehlte ihr nicht. Zumindest bisher.

Sie gingen die wenigen Schritte zur Eingangstür des recht noblen Domizils, und Eleanor betätigte die Klingel. Viktoria war ein wenig angespannt. Was würde sie erwarten?

»Sei unbesorgt.« Eleanor schien Viktorias Nervosität zu spüren. »Brenda ist reizend. Sie freut sich sehr auf dich.«

Sie meldeten sich beim Portier an. In einem schmalen, ratternden Aufzug ging es dann hinauf in den vierten Stock. An der Wohnungstür wurden sie bereits von einem adrett gekleideten Hausmädchen erwartet, das sie höflich hereinbat, ihnen beim Ablegen der Mäntel half und sie anschließend zu einer Doppeltür mit vergoldeten Knäufen führte.

Viktoria hielt überrascht den Atem an, als das Mädchen die Tür öffnete und sie eintreten ließ. Der Raum, den sie erblickten, war mit üppigen barocken Holzmöbeln ausgestattet. Die in schimmerndem Dunkelrot und Grün gemusterten Bezüge der verschnörkelten Stühle griffen die Farben des kostbaren Teppichs auf, der den Holzboden bedeckte. Von der stuckverzierten Decke hingen zwei Kristalllüster, vor den Fenstern feine, helle Spitzengardinen, eingerahmt von schweren, dunkelroten Samtvorhängen. Auf einem prächtigen Kamin aus dunkelrotem Marmor stand allerlei Nippes.

Grünpflanzen rahmten ein Sofa ein, auf dem drei Frauen saßen und Tee tranken. Als sie den Besuch bemerkten, unterbrachen sie ihre leise Unterhaltung.

»Eleanor!« Die bildhübsche, schwarzhaarige junge Frau in der Mitte stand sofort auf, stellte ihre Tasse auf ein Glastischchen und umarmte Eleanor. »Wie schön, dich zu sehen!«

»Oh, Liebes, ich freue mich auch!« Eleanor erwiderte die Umarmung und gab dann den beiden Frauen die Hand, welche sitzen geblieben waren. »Lady Williams-Taylor. Mrs. Watriss. Besten Dank für die Einladung. Darf ich Ihnen Miss Viktoria Rheinberger vorstellen? Man nennt sie auch *The German Chocolate Queen.*«

»Oh!« Die ältere der beiden Damen, in scharlachrot gekleidet und die gefärbten, rotbraunen Haare zu kuriosen Rollen drapiert, gab sich wie eine englische Lady. »Willkommen, Miss Rhynburger.« Sie sprach gekünstelt.

Viktoria hätte beinahe einen Knicks gemacht. Im letzten Augenblick überlegte sie es sich anders und reichte Lady Williams-Taylor die Hand.

»Ich hoffe, Sie werden diesem großen Namen ausreichend Ehre machen«, erklärte nun die zweite Dame in einem kleingemusterten Kleid, das sich mit den verschlungenen Blumenranken des Sofas biss. Ihr Gesichtsausdruck war distanziert, beinahe arrogant. »Für Brendas Debüt ist nicht einmal das Beste gut genug.«

»Selbstverständlich wird sie das!«, antwortete Eleanor, bevor Viktoria etwas sagen konnte. »Sie hat eine großartige Show ausgearbeitet! So etwas hat es in New York noch nicht gegeben, Mrs. Watriss!«

»Oh Mum! Ich kann es kaum erwarten, alles zu sehen!«, rief Brenda und klatschte in die Hände. Ihre Mutter warf ihr einen strengen Blick zu.

Während sich Lady Williams-Taylor zurücklehnte und den schwarzen Pudel mit rosafarbenem Halsband kraulte, der auf ihrem Schoß lag, stand Mrs. Watriss auf und deutete auf einen runden Holztisch, der vor dem Fenster stand. »Dann möchte ich Sie bitten, uns Ihre Vorschläge zu unterbreiten.«

Brenda, ihre Mutter und Viktoria nahmen Platz, Eleanor setzte sich auf das Sofa und unterhielt sich leise mit Lady Williams-Taylor. Das Hausmädchen servierte Tee.

Unter den erwartungsvollen Augen von Mutter und Tochter öffnete Viktoria ihre Tasche, nahm eine Mappe heraus und schlug sie auf. Auf Andrews Anraten hin hatte sie ihre Ideen nicht einfach nur hingeworfen, sondern jeden einzelnen Posten des Büfetts auf einer eigenen Seite dargestellt – versehen mit einem klangvollen Namen und einer detailreichen Skizze.

Der Vorbereitungsaufwand für diese Präsentation war immens gewesen, deshalb hatte Andrew ihr Sally, eine Angestellte aus der Entwicklungsabteilung, zur Seite gestellt.

Die junge Frau war einfallsreich und handwerklich geschickt und versprühte eine unbekümmerte, ansteckende Fröhlichkeit. Vor allem aber hatte sie ein gutes Gespür für den amerikanischen Geschmack. Die vielen Stunden, die sie zusammengearbeitet hatten, waren leicht und inspirierend gewesen und hatten vergessen lassen, unter welchem Zeitdruck sie standen.

»Lassen Sie uns mit einer Art Entrée beginnen.« Viktoria legte Brenda den ersten Papierbogen vor, doch noch bevor sie mit ihren Erläuterungen beginnen konnte, legte ihre Mutter die Hand auf das Blatt und zog es zu sich.

Brenda zeigte keine Reaktion, drehte nur leicht den Kopf, um ihrerseits einen Blick auf die Zeichnung zu erhaschen.

»Ich habe mehrere Themenbereiche zusammengestellt«, fuhr Viktoria fort. »Diese würden wir entsprechend aufwendig arrangieren, sodass die Gäste sich allein durch die Dekoration in eine eigene Welt versetzt fühlen dürfen. Beginnen wir mit dem Thema *Gold and Champagne*. Hier stellen wir eine Auswahl an feinsten Champagnertrüffeln zusammen, ausdekoriert mit essbarem Blattgold inmitten eines Goldschatzes in exotischer, kolonialer Umgebung. Selbstverständlich werden wir hierfür die feinsten Champagnersorten der Welt mit edelsten Kakaosorten verbinden.«

Mrs. Watriss betrachtete zwar interessiert die Zeichnungen, auf denen die einzelnen Champagnerpralinen dargestellt waren, sagte aber nichts. Lediglich in Brendas Augen funkelte es.

Viktoria fühlte sich verunsichert. »Wie Sie sehen, Mrs. Watriss, sind die Namen der Pralinen von den Champagnersorten abgeleitet.«

Da noch immer keine Reaktion zu erkennen war, legte Viktoria der Dame den nächsten Themenkomplex vor. »Unter *Sparkling Confiserie* fassen wir nicht nur allerlei Arten von Nuss-Nougat-Konfekt, Marzipan und Likörpralinen zusammen, sondern auch eine Auswahl feinster Miniaturkuchen. Wie Sie sehen, bereiten wir die berühmtesten Torten dieser Welt *en miniature* zu. Jede einzelne von Hand. Aus Fondant formen wir Rosen und andere Blüten, Perlenschnüre und so manche Illusion. Die Silberplatten, auf denen diese Kunstwerke präsentiert werden, besetzen wir mit Strasssteinen und Perlen.«

Ungerührt blätterte Mrs. Watriss durch die Skizzen.

Viktoria beschloss, sich auf ihre Präsentation zu konzentrieren und die distanzierte Haltung der Dame zu ignorieren. Sie hatte nichts zu verlieren und ein hervorragendes Angebot.

Also fuhr sie fort, erklärte und erläuterte, schmückte alles ein wenig aus und sah dabei immer wieder Brenda an, die bisher zwar nur still danebensaß, deren Begeisterung aber dennoch spürbar war. Eine makellose Schönheit, wirkungsvoll geschminkt, die halblangen Haare zu einer akkuraten und zugleich schmeichelnden Wellenfrisur gelegt, in einem sichtlich teuren, zartgelben Nachmittagskleid, das ihr hervorragend stand – und dennoch umweht von einer unterschwelligen Tragik, die Viktoria nicht näher benennen konnte. Vielleicht war es die Umgebung hier, die einem goldenen Käfig glich, der von ihrer Mutter und ihrer Großmutter bewacht wurde. Oder die Perfektion, die sie ausstrahlte und die gewiss anstrengend war. Konnte ein junges Mädchen auf diese Weise überhaupt sie selbst sein? Der Preis für Reichtum und ein aufsehenerregendes Debüt, stellte Viktoria fest, war hoch.

Mit einem Mal fühlte sie sich frei. Ihr Leben war derzeit gewiss nicht einfach, aber es war selbstbestimmt. Diese Erkenntnis ließ sie beschwingt zum raffinierten Abschluss ihrer Ausführungen übergehen. Es war zugegebenermaßen ein Wagnis, aus dem simplen Thema *Red Fruit and Chocolate* den Höhepunkt des Angebots zu zaubern, doch als sie ihre Erläuterungen beendete, kam unerwarteterweise Leben in Mrs. Watriss.

»Das ist sensationell, Miss Rheinberger! *Very impressive!*«

Eleanor und Lady Williams-Taylor unterbrachen ihre Unterhaltung. Brenda sah ihre Mutter an.

»Wir werden Sie engagieren«, sagte Mrs. Watriss zu Viktoria. »Scheuen Sie keine Mühen. Und lassen Sie uns innerhalb von drei Tagen Ihren Kostenvoranschlag zukommen.«

Viktoria verschlug es die Sprache.

Glücklicherweise erkannte Eleanor ihre Verlegenheit sofort und sprang ihr bei: »Wunderbar, Mrs. Watriss. Ich habe Ihnen nicht zu viel versprochen, nicht wahr? Miss Rheinberger wird Brendas Debüt eine kostbare, süße Krone aufsetzen.«

»Und Sie werden berichten?«, vergewisserte sich Mrs. Watriss.

»Selbstverständlich. Es werden mehrere Reporter unseres Magazins dabei sein«, versprach Eleanor.

»Ausgezeichnet!« Erstmals zeigte Mrs. Watriss ein Lächeln. Es wirkte siegesgewiss und bestätigte Viktoria, dass Brendas Debüt vor allem das ehrgeizige Vorhaben ihrer Mutter war.

Eleanor nahm ihre Handtasche. »Dann machen wir uns wieder auf den Weg.«

Viktoria verstand die Aufforderung und packte die ausgebreiteten Papierbögen zusammen.

»Mrs. Watriss, Lady Williams-Taylor. Wir sehen uns spätestens zum Fototermin für Brenda.« Eleanor gab den Damen zum Abschied die Hand, ließ noch einige höfliche Floskeln fallen und umarmte Brenda. Dann schob sie Viktoria in Richtung Tür.

Als sie das Haus verlassen hatten und in Richtung der 5th Avenue gingen, um noch ein wenig durch den Central Park zu spazieren, begann Viktoria zu lachen.

»Was hast du?«, fragte Eleanor erstaunt.

»*The German Chocolate Queen*! Wie bist du denn darauf gekommen?«

»Ach, das.« Eleanor schmunzelte vielsagend. »Das ist mir heute Morgen beim Zähneputzen eingefallen.«

»Wie bitte?«

»Mir kommen die besten Ideen immer beim Zähneputzen.« Eleanor hakte sich bei Viktoria unter. »Glaub mir, dieser Name wird in New York bald Tagesgespräch sein.«

»Du machst Scherze!«

»Keineswegs. *The German Chocolate Queen* versprüht all das, was die Leute anlockt. Glamor, Vergnügen, Genuss – und dazu etwas Fremdartiges. Du wirst an Brendas Seite die New Yorker Society erobern.«

»Darf mir das etwas Angst machen, Eleanor?«

»Durchaus. Andrew muss gut auf dich aufpassen, damit dich dieses Haifischbecken nicht verschlingt.«

34. KAPITEL

Die Schokoladenfabrik in Stuttgart, am selben Tag

»Heil Hitler!«

Ortsgruppenleiter Weber marschierte durch den Schreibsaal in Judiths Büro ein, flankiert von vier SA-Männern. Er hatte auf eine Ankündigung verzichtet, aber sie waren vorbereitet: Mit dem heutigen Tag lief die Frist ab, die er ihnen gesetzt hatte.

Judith richtete sich kerzengerade auf. Ihr Blick wanderte zu Herrn Ebben, der am Besprechungstisch saß und Rechnungen und Mahnungen durchsah. Er nickte ihr beruhigend zu und lehnte sich in seinem Stuhl zurück. Es war alles besprochen.

Judith selbst stand an Viktorias Schreibtisch, auf dem sie all das an persönlichen Dingen zusammengetragen hatte, was sie mitnehmen wollte. Weber deutete sofort auf die kleine Ansammlung. »Ich sehe, dass Sie Ihre Sachen gepackt haben, Frau Rheinberger. Zeit genug haben wir Ihnen gelassen.« Er zog die Jacke seiner Uniform glatt. »Wie angekündigt sind die Adler-Schokoladenwerke von heute an alleinige Eigentümer dieses Unternehmens mitsamt aller Maschinen und Vorräte, die sich darin befinden.« Er sprach mit völlig unangemessenem Pathos.

»Nein. Das sind sie nicht«, erwiderte Ebben unaufgeregt, aber bestimmt.

»Was zum Teufel … Wer sind Sie überhaupt?« Weber fixierte Herrn Ebben, der seinem Blick ruhig standhielt.

»Ebben mein Name. Mir gehört die Hallesche Schokoladenfabrik. Und seit dem achtundzwanzigsten September dieses Jahres die Firma Rothmann Schokolade.«

Webers Gesichtsfarbe wechselte von rot zu blass und wieder zurück. »Ich muss widersprechen! Diese Firma gehört mit Ablauf des heutigen Tages den Adler-Schokoladenwerken. Ich fordere Sie hiermit auf, das Gebäude und das Gelände umgehend zu verlassen!«

Herr Ebben stand auf und schlenderte seelenruhig zu Judiths Schreibtisch. »Die Adler-Schokoladenwerke sind insolvent.«

Weber wurde wieder blass. Er schien überrascht. »Nein … davon weiß ich nichts.« Er überlegte kurz. »Und folglich glaube ich Ihnen kein Wort.«

»Dann setze ich Sie hiermit davon in Kenntnis.«

»Ich sagte gerade eben, dass ich Ihnen kein Wort glaube.«

Herr Ebben zuckte mit den Schultern. »Das ändert nichts an der Tatsache, Herr Ortsgruppenleiter. Die Adler-Schokoladenwerke haben in den vergangenen Monaten versucht, mit einer ähnlichen Strategie wie hier bei Rothmann Schokolade diverse Süßwarenfirmen zu übernehmen. Dafür versprachen sie ihren Helfershelfern hohe Prämien. Das dürfte ein hübsches Sümmchen für Sie sein.«

»Adler agiert im Sinne des Führers und wird als kriegswichtig eingestuft.« Weber überging Ebbens Hinweis auf Korruption.

»Kriegswichtig?« Ebben strich sich über seinen gepflegten Bart. »Wissen Sie da möglicherweise schon mehr als wir?«

»Nein«, gab Weber mit einem kaum merklichen Zögern zurück. »Es ist nur eine verständliche Vorsichtsmaßnahme des Führers. Falls Deutschlands Feinde angreifen, müssen wir vorbereitet sein.«

»Interessant.« Ebben stand auf und trat zu dem deutlich kleineren Weber, der einen halben Schritt zurückwich. »Im Übrigen«, fuhr er fort, »hat Adler die ausgelobten Prämien nur vereinzelt ausbezahlt.«

»Ich habe keine Prämie bekommen«, behauptete Weber.

»Wie dem auch sei. Die Adler-Schokoladenwerke haben die Folgen der Weltwirtschaftskrise besonders hart zu spüren bekommen, da sie viel ins Ausland exportiert hatten. Nachdem auch noch ihre Bank ins Trudeln geraten war und notwendige Kredite verweigert hatte, wurde es eng. Aber einer solchen Krise mit Betrug beikommen zu wollen, ist nun einmal kontraproduktiv. Wenn Sie von dem versprochenen Geld etwas bekommen, Herr Weber, dann seien Sie froh – und lassen Sie es vor allem niemanden wissen. Es gibt bereits viele Leute, die leer ausgegangen sind und gerne noch etwas vom Kuchen abhaben würden.«

»Abgesehen davon, dass ich Ihre Behauptungen erst einmal nachprüfen werde, Herr … Herr …«

»Ebben, wie ich bereits sagte.«

»Also, selbst wenn das stimmt, was Sie sagen, Herr Ebben, so ist die Firma Rothmann Schokolade dennoch ein Unternehmen, das in mehreren Punkten gegen die Vorgaben der Regierung verstößt. Zum einen wird es von Frauen geführt …«

»… was nicht verboten ist«, kommentierte Ebben beiläufig.

»… zum anderen sind hier noch immer jüdische Arbeiter beschäftigt! Damit widersetzt sich Rothmann Schokolade eindeutig den Vorgaben des Reiches!«

»Das wiederum werden wir überprüfen, Herr Ortsgruppenleiter«, erklärte Ebben gelassen, »und das Richtige veranlassen.«

»Das ändert nichts an der Tatsache, dass wir die Firma Rothmann enteignen. Deshalb steht das Geld aus einem Verkauf nicht Frau Rheinberger zu, sondern uns.«

»In diesem Fall irren Sie sich, Herr Ortsgruppenleiter«, erwiderte Judith, ihren ganzen Mut zusammennehmend. »Die Aufforderungen und Beschlüsse, die Sie uns zukommen ließen, enthielten gleich mehrere Fehler, aber vor allem einen entscheidenden. Sie waren explizit an meinen verstorbenen Mann Victor Rheinberger gerichtet. Das Unternehmen gehörte zu diesem Zeitpunkt jedoch bereits mir – als seiner Alleinerbin.«

»Damit werden Sie nicht durchkommen!«, brüllte Weber,

während seine Eskorte in allen vier Ecken des Büros Posten bezog. »Und überhaupt – Frauen sind keine Geschäftspartner im Sinne des Führers.«

»Es tut mir leid, Herr Weber«, schaltete sich nun wieder Herr Ebben ein. »Aber rechtlich ist der Verkauf an die Hallesche Schokoladenfabrik bereits notariell geprüft und vollzogen und somit nicht mehr anfechtbar. Sie müssten uns schon einen Betrug nachweisen – wodurch wir uns selbstverständlich genötigt fühlen würden, sofort die strafrechtliche Verfolgung einer möglichen Adlerschen Insolvenzverschleppung auszulösen. Außerdem …«, er hielt Weber ein Schreiben hin, »… geschah alles im Interesse des Deutschen Reiches. Sehen Sie? Wir werden hier künftig *Scho-Ko-Kola* produzieren, auf ausdrücklichen Wunsch von Heinrich Himmler. Neben den bewährten Rothmann-Spezialitäten, versteht sich.«

Weber zuckte sichtlich zusammen, als er den Namen des Reichsführers der SS hörte, auch seine Männer gaben ihre starre Haltung auf, wirkten auf einmal unsicher. Auf der falschen Seite zu stehen, konnte in diesen Tagen unwägbare Folgen haben, selbst für die, die sich auf der richtigen Seite wähnten.

»*Scho-Ko-Kola* ist ein Produkt der Adler …«, erklärte Weber empört.

»War es, Herr Weber, war es«, erklärte Ebben geduldig. »Die Hallesche Schokoladenfabrik hat die Lizenz dafür kürzlich von Adler erworben.«

Weber schüttelte ungläubig den Kopf und schien sich erst

einmal sammeln zu müssen. Dann wandte er sich an Judith: »Auch wenn alles, was hier behauptet wird, stimmen sollte – was überprüft werden muss –, sorge ich auf jeden Fall dafür, dass Sie das Geld, das Ihnen Herr Ebben bezahlt hat, nicht behalten dürfen. Der Erlös steht allein der Stuttgarter NSDAP zu.«

»Da bin ich völlig anderer Ansicht«, erwiderte Judith ruhig.

»Wir erwarten Herrn Himmler in den nächsten Wochen hier«, schob Ebben rasch nach. »Er hat bereits angekündigt, sich die Produktion zeigen lassen zu wollen.«

Judith wunderte sich über diese Ankündigung, aber sie erzielte den wohl gewünschten Effekt: Die SA-Leute wurden unruhig.

»Er wird sich bestimmt für alle interessieren, die uns Steine in den Weg legen …«, fuhr Ebben fort.

Die unverhohlene Drohung tat ihre Wirkung.

Weber fixierte Ebben und anschließend jeden einzelnen seiner Männer. Dann gab er ihnen ein Zeichen.

»Heil Hitler!« Ihm fiel es sichtlich schwer, den Arm ruhig zu halten, den er in die Höhe hob.

Sie entfernten sich, allerdings weitaus weniger selbstherrlich als bei ihrem Aufmarsch eine halbe Stunde zuvor.

Als sie zur Tür hinaus waren, sank Judith auf den Stuhl vor Viktorias Schreibtisch. Ihre Knie zitterten so sehr, dass sie fürchtete, sie würden sie nicht mehr tragen.

Ebben stand auf und trat zu ihr. »Gut gemacht!«

Judith nickte, konnte die Tränen aber nicht mehr aufhalten.

»Ich verspreche Ihnen, Frau Rheinberger, dass wir die Schokoladenfabrik in Ihrem Sinne weiterführen werden. Wissen Sie, wenn wir redlichen Leute zusammenhalten können, dann müssen wir das tun. Wir sind ohnehin viel zu wenige heutzutage.«

»Welch ein Albtraum!«

»Da haben Sie recht. Immerhin haben wir diese Mischpoke mit ihren eigenen Waffen geschlagen: Lug und Trug.«

»Also wird Herr Himmler nicht zu uns kommen?«

»Grundgütiger. Nein, nein.« Ebben schmunzelte.

»Hoffen wir, dass es damit vorbei ist«, seufzte Judith. »Sicher bin ich mir da keineswegs.«

»Ich stehe hinter Ihnen, Frau Rheinberger«, versicherte Ebben. »Und ich habe meine Kontakte.«

Judith atmete aus. Der erste, wichtige Schritt war geschafft. Weber würde sich zwar nicht so leicht geschlagen geben, aber Ebben war ihm gewachsen. Den restlichen Kampf mussten die beiden unter sich austragen.

Denn der volle Kaufpreis für die Rothmann Schokoladenfabrik befand sich zu diesem Zeitpunkt bereits auf einem neu angelegten Konto in der sicheren Schweiz. Ebben hatte es sich vom Bankhaus von Braun auszahlen lassen und Karl in bar überreicht, der es, aufgeteilt in zwei Koffer, über die Grenze geschmuggelt hatte.

Zu Judiths Angst und Traurigkeit gesellte sich ein verhaltenes Triumphgefühl. Selbst wenn noch einige Klippen zu umschiffen waren, so gab es doch eine neue Hoffnung für sie und ihre Familie.

35. KAPITEL

New York, Greenwich Village,
am frühen Morgen des 20. Oktober 1936

Eine ermattete Ruhe lag an diesem Morgen über den Dächern von Greenwich Village, jenem unkonventionellen Stadtviertel New Yorks, durch das noch schwach der Geist der Boheme der Zwanzigerjahre wehte. Es war Heimat für Menschen unterschiedlicher Couleur und Nationalitäten, eine Mischung, die man in den anderen Stadtteilen vergeblich suchte. Hier wohnte man billig, gingen die Uhren anders – selbst die Straßen scherten aus dem Gittermuster aus, das dem Rest Manhattans übergestülpt worden war. Arme Literaten lebten neben Malern und Bildhauern, Musiker neben Schauspielern, und dazwischen fanden sich diejenigen, deren Karrieren irgendwann gescheitert waren und die nun versuchten, sich irgendwie über Wasser zu halten.

Andrew wohnte schon seit gut zwei Jahren in Greenwich Village, unweit des Washington Square Park. Nicht nur, weil es günstig war, wie er Viktoria erklärt hatte, sondern weil er das Andersartige, Bunte dieses Viertels schätzte. Und inzwischen konnte sie ihn gut verstehen.

Wie immer waren sie zeitig aufgestanden, hatten gemeinsam gefrühstückt und waren nun auf dem Weg in die Firma. In der Nacht hatte es geregnet, und Viktoria lauschte dem Klang ihrer Absätze auf dem feuchten Asphalt, während sie durch die Straßen gingen. Sie liebte diese Morgenstunde, in der noch ein Hauch der vorangegangenen Nacht lebendig war, auch wenn die letzten Besucher die Bars und Jazzclubs verlassen hatten und die dicken Samtvorhänge der zahlreichen Theater gefallen waren. Am Abend würde diese eigene Welt von Neuem erwachen.

»Was hast du heute alles vor?« Andrew legte Viktoria den Arm um die Schultern. Er sprach Deutsch mit ihr, wie immer, wenn sie zu zweit waren.

»Heute Morgen werde ich mit Grace weiter die Kundenlisten durchgehen«, antwortete sie. »Und am Nachmittag wird Brenda Frazier vorbeikommen.«

»Ah! Die Vorbereitungen für das Debüt?«

»Genau. Wir haben etwas ganz Besonderes geplant, Sally und ich.«

»Darauf bin ich schon sehr gespannt.«

»Das darfst du sein. Ich verrate erst einmal noch nichts«, meinte Viktoria bedeutungsvoll. »Und du? Was steht auf deiner Agenda?«

»Mein Großvater hat sich angekündigt. Er traktiert mich nahezu täglich mit Fragen und Vorschlägen.«

»Schade, dass er glaubt, dir nicht vertrauen zu können.«

»Er hat Angst um sein Lebenswerk.« Andrew hielt die offene Handfläche in die Luft und drehte sie prüfend hin und her. »Es fängt an zu regnen.«

Nun spürte auch Viktoria die ersten Tropfen.

»Wer als Erster an der Subway ist«, rief Andrew und spurtete los.

Viktoria wusste, dass dies als Aufforderung zu einem Sprint gemeint war, ließ ihn rennen und spazierte gemächlich hinterher. Lachend erreichte sie mit deutlichem Abstand den Eingang zur Washington Square Station, wo er grinsend auf sie wartete.

Sie tauchten in die mobile Unterwelt der Stadt ein, dorthin, wo es nach Eisen roch, das Vibrieren der ein- und ausfahrenden Bahnen zu spüren war und zahllose Menschen eng gedrängt ein Stück ihres Weges teilten, bevor die Subway sie wieder ins Tageslicht entließ.

Für Andrew und Viktoria war es nur eine Station bis zur 14th Street. Die SweetCandy lag nördlich von Greenwich Village im Westen von Chelsea, unweit des Hudson Rivers und dem lebhaften Treiben an dessen Docks.

Im Eingangsbereich der Firma trennten sie sich mit einem schnellen Gruß, denn nach wie vor behielten sie das Geheimnis ihrer Liebe für sich. Während Andrew noch einen Rundgang durch die Produktion machen wollte, begab sich Viktoria direkt zu den Büroräumen im dritten Stock.

Das rasselnde Surren des Aufzugs war ihr inzwischen genauso vertraut wie der Weg durch die Flure und die Geräusche, die sie hier empfingen – das Klappern von Schreib- und

Rechenmaschinen, gedämpfte Unterhaltung, das Rascheln von Papier, das Klingeln der Telefonapparate.

Sie erreichte das Büro von Andrews Cousine und ging mit einem freundlichen Morgengruß durch das Vorzimmer. Die Mädchen lächelten aufgeschlossen, eines stand auf und öffnete ihr die Tür zum Office.

»*Good morning, Viktoria.*« Grace, die meistens vor allen anderen zu arbeiten begann, erwartete sie wie immer mit einem strahlenden Lächeln.

»Miss Rheinberger!« Auch Isaak Stern war schon da und stand auf, um Viktoria den Mantel abzunehmen.

»Guten Morgen. Habt ihr schon angefangen?« Viktoria legte ihre Handtasche ab.

»Wir haben schon einige Vorgänge herausgesucht, aber wirklich begonnen haben wir noch nicht«, erwiderte Grace.

Viktoria setzte sich an den Besprechungstisch, auf dem sich diverse Aktenordner stapelten. »Dann können wir gleich dort weitermachen, wo wir gestern aufgehört haben.«

»Ganz genau.«

Sie vertieften sich in Kundenlisten und Rechnungen, so wie an den Tagen zuvor. Grace sortierte die fraglichen Kunden aus, Isaak Stern sah sie sich näher an. Viktoria hielt schriftlich fest, was ihnen auffiel. Auf diese Weise hatten sie bereits einige Firmen identifiziert, die ihres Erachtens nach näher überprüft werden sollten.

Auch an diesem Morgen dauerte es nicht lange, bis Grace innehielt. »Hier. Peter Baker. Kundennummer … drei-achteins. Bestellung am dreißigsten April. Reklamation am dritten Mai. Das ist unlogisch. Er hat reklamiert, bevor die Ware bei ihm ankommen konnte.«

»In der Tat.« Isaak Stern verglich die Bestell- mit den Lieferdaten. »Notieren Sie, Miss Rheinberger?«

Viktoria schrieb Namen und Kundennummer sowie die Daten auf.

»Was hatte Mr. Baker denn bestellt?«, wollte Stern wissen.

»Einen Posten Fruchtgummi für fünfhundert Dollar. Und Schokoladenriegel für eintausend Dollar. Er beliefert damit kleinere Kioske.«

»Hat er alles reklamiert?«

»Nein, nur einen Teil.« Grace blätterte zwischen den Listen hin und her. »Moment ... inzwischen ist tatsächlich eine Zahlung eingegangen. Über siebenhundertzwanzig Dollar für den Teil der Ware, die angeblich nicht zu beanstanden war. Der Rest dieser Forderung ist nach wie vor offen.«

»Schauen Sie doch bitte nach, ob dieser Kunde noch mehr Rechnungen nicht oder nicht vollständig bezahlt hat, Miss Miller«, bat Stern.

Grace prüfte die letzten Bestellungen noch einmal nach und schüttelte den Kopf. »Nein. Alle anderen sind beglichen. Allerdings ist die letzte Bestellung schon mehr als drei Monate her. Das ist eigenartig. Gerade über die Sommerzeit brauchen die Kioske immer Nachschub.«

»Ich werde mit Andrew darüber sprechen«, meinte Viktoria.

»Das brauchst du nicht, das übernehme ich«, bot Grace

an. »Du hast im Moment doch so viel mit dem Frazier-Debüt zu tun.«

»Das ist aufmerksam von dir, Grace. Danke.«

»Ich könnte auch mit ihm …«, setzte Stern gerade an, als es klopfte.

»Wer ist da?«, fragte Grace, und eines der Schreibmädchen aus dem Vorzimmer kam herein. »Miss Miller, es wäre jetzt die Firma da, mit der sie über die Zuckerpreise sprechen wollten.«

»Ach richtig! Das hatte ich ganz vergessen.« Sie wandte sich an Viktoria und Isaak Stern. »Können wir später fortfahren? Sagen wir, in einer Stunde? Bis dahin bin ich sicher fertig.«

»Wir können auch so lange weitermachen«, sagte Stern.

»Ach, das müssen Sie nicht. Ich finde die Kunden doch viel schneller als ihr. Macht derweil eine Pause.« Sie nickte den beiden zu und verließ das Büro.

Stern lehnte sich zurück. »Eigentlich sollten wir fortfahren. Ich habe später selbst einen Termin in der Klavierfabrik. Ein neuer Kunde.«

»Dann machen wir das«, sagte Viktoria. »Grace wird es uns sicherlich nicht übel nehmen.«

Während sich Stern den Aktenordner heranzog, der noch auf Graces Platz lag, fiel Viktorias Blick auf einen schmalen Büroschrank, dessen Türen einige Millimeter offen standen. Das war ungewöhnlich für Grace, die immer penibel darauf achtete, alles unter Verschluss zu halten.

Viktoria stand auf, um die Türen zu schließen, doch als sie es versuchte, bemerkte sie einen Widerstand.

»Was ist denn, Fräulein Rheinberger?« Stern sah von den Akten auf.

»Nichts Besonderes, Herr Stern.« Sie öffnete den Schrank ganz, um herauszufinden, was die Türen blockierte. »Ich wollte nur diesen Schrank …« Sie stutzte. Einer der darin verwahrten Aktenordner stand etwas zu weit heraus. Es gelang ihr nicht, ihn die fehlenden Zentimeter hineinzuschieben, denn auch hier gab es ein Hindernis.

Stern war inzwischen aufgestanden und neben sie getreten. »Kann ich Ihnen helfen?«

»Ich weiß nicht …« Viktoria nahm den Ordner ganz heraus, gab ihn Stern und tastete in die entstandene Lücke.

Sie stieß auf eine dicke Mappe, die entweder zwischen den Ordnern gestanden hatte oder von einem der oberen Regalböden heruntergerutscht war. Als sie sie näher betrachtete, fiel ihr die mit Bleistift vorgenommene, dünne Beschriftung auf: *Special Clients.*

»Das ist ja interessant«, meinte Stern, der ihr über die Schulter sah. »Vielleicht sollten wir uns das einmal näher anschauen.«

Sie kehrten an den Tisch zurück, und Viktoria schlug die Mappe auf.

Alles war penibel sortiert, nach Alphabet und nach Datum. Sie nahmen die ersten Vorgänge heraus.

»Das sind ganz normale Kundenlisten«, stellte Viktoria fest. »Aber warum sind sie aussortiert?«

Stern zupfte sich nachdenklich am Kinn. »Alle diese

Kunden haben zwischen dem ersten und zehnten August 1935 erstmals bei der SweetCandy Ltd. bestellt, also vor gut einem Jahr. Jeder tätigte exakt drei Bestellungen.« Er blätterte weiter. »Davon wurde die erste jeweils korrekt abgewickelt und bezahlt. Bei der zweiten sind nur noch Teilzahlungen erfolgt und für die dritten Aufträge überhaupt keine Zahlungen mehr eingegangen.«

»Das folgt ja einem richtiggehenden Muster«, stellte Viktoria fest.

Stern nickte. »Und hier …«, er reichte ihr einen Vorgang und deutete auf das letzte Blatt, »… ist die zugehörige Mahnung. Mit dem Vermerk: *Forderung abgeschrieben.*«

»Ist das bei allen diesen Kunden so?«, fragte Viktoria.

Stern sah die Mappe weiter durch und nickte. »Konsequent. Bei allen.«

»Vielleicht hat Grace diese Kunden bereits ausgelistet. Damit sie nicht mehr beliefert werden?«

»Das kann durchaus sein.«

»Wissen Sie was, Herr Stern? Wir notieren uns die Namen und legen die Mappe wieder zurück.«

»Wir könnten das Fräulein Miller doch einfach fragen?«

»Schon … aber ich könnte mir vorstellen, dass sie es nicht goutieren würde, wenn sie erfährt, dass wir ohne ihr Einverständnis an ihrem Schrank gewesen sind.«

Isaak Stern sah Viktoria unschlüssig an. Sie merkte, dass er die Sache gern geklärt hätte.

»Bestimmt ergibt sich irgendwann eine günstige Gelegenheit, Grace zu befragen«, fügte Viktoria an.

»Nun, gut.« Isaak Stern nahm ein leeres Blatt Papier. »Dann lassen Sie uns anfangen.«

Er teilte die Liste, schob den oberen Stapel zu Viktoria hin und sie begannen, die Namen zu notieren.

Sie waren fast fertig, als es im Vorzimmer rumorte.

Viktoria sah zu Isaak Stern.

Der schob ruhig seine Unterlagen zusammen und gab sie ihr. Viktoria legte ihre darauf und schlug die Mappe zu. Dann brachte sie alles zurück in den Schrank und stellte den Ordner wieder davor, den Stern auf Graces Schreibtisch abgelegt hatte. Die Schranktüren drückte sie in etwa so weit zu, wie sie sie vorgefunden hatte. Stern sammelte derweil sämtliche Notizen ein und steckte sie in seine Aktenmappe.

Viktoria schaffte es gerade noch zurück an ihren Platz. Dann wirbelte Grace mit gewohntem Schwung in den Raum.

»Ach, das war ein erfolgreiches Gespräch! Wir bekommen den Zucker fortan zu einem absoluten Sonderpreis!« Grace lächelte breit, ihre Zähne blitzten weiß zwischen den kirschrot geschminkten Lippen. »Andrew wird sehr zufrieden sein.«

»Hast du den Lieferanten gewechselt?«, wollte Viktoria wissen.

»Ja. Der bisherige war teuer und unzuverlässig.« Sie setzte sich. »Danke, dass ihr gewartet habt. Wo waren wir stehen geblieben?«

»Peter Baker«, meinte Stern.

»Ah, genau.«

Sie fuhren mit ihrer Arbeit fort, doch Viktorias Gedanken kehrten immer wieder zu der Kundenliste im Schrank zurück. Warum hielt Grace sie zurück? Irgendetwas schien mit diesen Kunden nicht zu stimmen.

Kurz vor Mittag verabschiedete sich Isaak Stern. »Ich stehe morgen Vormittag wieder zur Verfügung«, meinte er.

»Möglicherweise bin ich dann nicht dabei«, erwiderte Viktoria. »Das kommt darauf an, wie viel Zeit ich auf das Frazier-Debüt verwenden muss.«

»Aus meiner Sicht ist das kein Problem, Viktoria«, sagte Grace. »Ich arbeite einstweilen allein mit Mr. Stern weiter. Er soll dich dann über unsere Ergebnisse informieren.«

Stern nickte. »Nehmen Sie sich die Zeit, die Sie für Ihre anderen Aufgaben brauchen, Miss Rheinberger. Ich kümmere mich um diese Dinge hier und werde Ihnen und Ihrer Frau Mutter regelmäßig berichten.«

»Gut.« Viktoria wäre es zwar lieber gewesen, die Überprüfungen weiterhin zu begleiten, aber sie sah ein, dass diese Aufteilung sinnvoll war. Stern war in kaufmännischen Belangen ausgebildet und erfahren. Sie selbst musste nicht nur das Debüt vorbereiten, sondern auch die Rezepturen und Verfahren der SweetCandy begutachten. Damit war sie in nächster Zeit mehr als ausgelastet.

»So, ich habe eine Verabredung zum Lunch«, meinte Grace, nachdem Stern den Raum verlassen hatte. »Wollen wir es für heute gut sein lassen?«

»Wie du meinst.« Viktoria stand auf und nahm ihre Handtasche. »Ach, Grace, was ich dich noch fragen wollte …«

»Ja?«

»Diese … Unregelmäßigkeiten, denen wir nachgehen, gibt es ja nun schon eine Weile. Ein Jahr etwa, nicht wahr?«

»So … in etwa. Vielleicht ein wenig länger.« Grace hatte einen Taschenspiegel und einen Lippenstift aus ihrer Schreibtischschublade geholt und zog sorgfältig ihre Lippen nach.

»Habt ihr bisher noch gar keine Aufstellungen diesbezüglich gemacht? Ich meine, von Kunden, die von Anfang an ein ähnlich auffälliges Bestellverhalten zeigten und bei denen Forderungen offen sind?«

»Nein.« Grace klappte ihren Taschenspiegel zu. »Warum?«

36. KAPITEL

In einer eleganten Bewegung entstieg Brenda Frazier dem schwarz lackierten Cadillac, der soeben vorgefahren war. Während der Fahrer den Wagenschlag hinter ihr schloss und sich zurück ans Steuer setzte, kam sie mit einem freundlichen Lächeln auf Viktoria zu, die vor dem Eingang der SweetCandy auf sie gewartet hatte.

»Willkommen, Miss Frazier!« Sie reichte der jungen Frau die Hand. »Schön, dass Sie herkommen konnten.«

»Gerne … und bitte sagen Sie Brenda!« Brenda ließ ihren Blick über die Backsteinfassade mit den großen Fenstern gleiten. »Ich freue mich, hier zu sein.«

»Bist du allein?« Viktoria wunderte sich, dass weder Mutter noch Großmutter als Begleitung aufmarschiert waren, registrierte dies aber mit großer Erleichterung.

»Oh, ja. Mum hat einen kurzfristigen Termin bei ihrer Schneiderin. Und Grandma fühlte sich nicht wohl.«

Eine derart ausführliche Antwort hatte Viktoria nicht erwartet, freute sich aber über die vertrauliche Basis, die Brenda damit schuf. »Dann wünsche ich deiner Großmutter, dass es ihr bald wieder besser geht.«

Brenda kicherte und wirkte dadurch auf einmal nicht mehr wie ein verwöhntes *Upper Class Girl*, sondern wie eine ganz normale Siebzehnjährige. »Ich nicht!«

Viktoria wusste nicht, was sie antworten sollte. Glücklicherweise ließ Brenda das Thema gleich wieder fallen und machte nur hin und wieder eine beiläufige Bemerkung über ihre Vorliebe für Süßigkeiten, als sie Viktoria durch die Eingangshalle und einen schmalen Flur in die Entwicklungsabteilung der SweetCandy folgte. Durch die hohen Fenster sah man die goldenen Reflexe der Oktobersonne auf dem ansonsten grau dahinziehenden Hudson River. Über den Himmel wanderten noch vereinzelte Regenwolken.

Sally wartete bereits auf sie. Die anderen Mitarbeiterinnen hatten sich an ihre Arbeitsplätze zurückgezogen, nur hin und wieder riskierte eine von ihnen einen neugierigen Seitenblick. Viel würden sie nicht zu sehen bekommen, denn der Bereich, in dem der heutige Termin stattfinden sollte, war mit großen, weißen Tüchern abgehängt worden.

Mit einem Mal wirkte Brenda nervös. Viktoria legte ihr beruhigend die Hand auf den Arm. »Es ist gewiss aufregend für dich. Aber du kannst unbesorgt sein. Das, was wir vorhaben, ist außergewöhnlich, aber nicht schmerzhaft. Höchstens ein bisschen unangenehm.«

»Ich kann mir überhaupt nicht vorstellen, was nun auf mich zukommt«, erwiderte Brenda, während sie auf einem Stuhl Platz nahm, der inmitten der provisorischen Kabine stand. Auf dem langen Tisch daneben hatte Sally bereits alles ausgelegt, was sie für ihr Werk brauchten.

»Zunächst muss das Make-up entfernt werden, Brenda.« Sally griff nach einem Wattebausch. »Darf ich? Oder möchtest du es lieber selbst tun?«

»Oh, nein, nein. Das überlasse ich dir.«

Brenda schloss die Augen, während Sally sie sorgfältig abschminkte. Als die Farbe entfernt war, tupfte Viktoria Brendas Gesicht mit einem feuchten, angewärmten Handtuch ab. Sie war erstaunt, wie verletzlich die junge Frau wirkte, die unter den dicken Make-up-Schichten zum Vorschein gekommen war.

»So. Wir tragen nun eine dünne Lage Vaseline auf dein Gesicht und deinen Haaransatz auf. Das muss leider sein. Aber sonst löst sich der Gips nicht mehr aus deinen Haaren.« Viktoria legte Brenda einen leichten Umhang um, damit die Kleidung geschützt war.

Brenda musterte sie einen kurzen Moment lang irritiert. Dann machte sie wieder die Augen zu. »Bitte achtet darauf, dass ihr mein Gesicht nicht ruiniert.«

»Sei unbesorgt.«

Viktoria cremte Brenda vorsichtig ein. Als sie sicher war, keine Stelle ausgelassen zu haben, band sie ein Tuch um Brendas Haaransatz.

»Gut«, sagte sie dann zu Sally. »Fangen wir an.«

Während Viktoria Brenda vorbereitet hatte, war Sally damit beschäftigt gewesen, Gipsbinden in unterschiedliche Größen zu schneiden und anzufeuchten. Nun reichte sie Viktoria eine nach der anderen. Viktoria wiederum verteilte sie in mehreren Lagen sorgfältig auf Brendas Gesicht, Hals und Dekolleté und drückte jede Lage sanft an. Lediglich die Augen sparte sie aus.

Während der Gips trocknete, räumte Sally den Arbeitsplatz auf; Viktoria blieb bei Brenda. Nach zehn Minuten löste sie ihr sanft die Maske vom Gesicht.

»Und? Ist es gelungen?«, wollte Brenda gleich wissen.

Viktoria begutachtete ihr Werk. »Ja. Es ist perfekt.« Sie legte die Maske zur Seite und entfernte die Gipsreste von Brendas Nase, Stirn, Wangen und Hals.

»Darf ich mich anschauen?«, fragte Brenda.

Viktoria reichte ihr einen Handspiegel.

»Mum darf mich auf keinen Fall so sehen«, meinte Brenda, während sie sich kritisch betrachtete und mit den Fingerspitzen vorsichtig über ihr durch die Behandlung gerötetes Gesicht tupfte.

»Sie ist recht streng, deine Mutter«, stellte Viktoria fest.

»Gewiss. Sie ist streng. Und ehrgeizig. Aber das gehört dazu. Sonst wird es kein *richtiges* Debüt.«

»Ich verstehe.« Offensichtlich hatte sich Brenda gut mit ihrer Situation arrangiert. Viktoria beschloss, nicht weiter in sie zu dringen. Stattdessen trug sie eine beruhigende Creme auf Brendas Gesicht auf.

»Du bist doch aus Deutschland, nicht wahr?«, fragte Brenda, als Viktoria fertig war.

»Ja.« Viktoria verschloss den Cremetiegel und verrieb die letzten Cremereste an ihren Händen.

»Ich war letztes Jahr dort. In München. Kennst du das?«

»Ich selbst bin aus Stuttgart, aber selbstverständlich kenne ich München. Dort lebte meine Großmutter.«

Brenda nickte. »Ich habe Munich geliebt. Es war herrlich!«

»Was hast du in München gemacht? Urlaub?«

Brenda lachte. »Oh, nein, nein. Ich habe dort studiert. Deutsch und Englisch.« Die letzten Worte sagte sie auf Deutsch.

»Tatsächlich?« Diese Eröffnung erstaunte Viktoria. »Und wie lange?«

»Ein Jahr. Dann musste ich nach Hause zurück.« Brenda wurde nachdenklich. »Ich wäre gerne in Deutschland geblieben. Es ist so … anders. Stell dir vor – die Leute sind in die Oper gegangen, weil sie die *Musik lieben*. Und nicht nur, weil sie gesehen werden wollen, so wie hier in New York.«

»Sind die Unterschiede denn wirklich so grundlegend?«

»Oh ja.«

Brenda hatte offenbar eine weitaus feinere Wahrnehmung, als ihre sonstige Attitüde vermuten ließ.

»Hast du deine Mutter nicht gefragt, ob du in Deutschland bleiben und weiterstudieren kannst?«

»Doch, natürlich. Aber sie hat mich überzeugt, dass es schrecklich wäre, wenn ich mein Debüt verpasse. Das lässt sich nie mehr nachholen, weißt du?«

»Mhm.« Viktoria nahm Brenda Umhang und Haarband ab. »Vielleicht hat sie aber auch daran gedacht, dass die politische Situation in Deutschland schwierig ist. Und sie dich lieber hier in den Staaten weiß.«

»Ach nein, das hat sicherlich keine Rolle gespielt. Außerdem war es nicht so schlimm in München – jedenfalls nicht für mich. Aber jetzt ist es ohnehin entschieden.«

Brenda stand auf und trat neugierig an den Arbeitstisch, auf dem ihr Gipsabdruck lag. »Ich bin wirklich sehr gespannt, wie es am Ende aussehen wird.«

Viktoria gesellte sich zu ihr. »Du hast ein wunderschönes Gesicht, Brenda. Also wird auch dein Abbild aus Schokolade wunderschön!«

»Ich kann es mir einfach noch nicht richtig vorstellen.«

»Wir werden so lange daran arbeiten, bis es perfekt ist.«

»Perfekt«, seufzte Brenda. »Mutter macht immer alles perfekt. Sie hat mich schon mit zwölf auf Diät gesetzt, weil ich ihrer Meinung nach zu dick war. Und später die Sehnen meiner Füße verlängern lassen, damit ich hohe Schuhe tragen kann.«

»Wie bitte?« Viktoria war geschockt. Dass Mrs. Watriss für das Debüt ihrer Tochter keine Kosten scheute, war eine Sache. Aber dass sie das Mädchen zu Diäten und sogar einer Operation gezwungen hatte, war unfassbar.

»Es waren so furchtbare Schmerzen, Viktoria. Sechs Monate hat es gedauert, bis ich wieder richtig gehen konnte.« Brenda strich mit dem Zeigefinger über ihr eigenes Antlitz aus Gips. »Aber am Ende ist alles gut geworden. Ich kann jetzt wunderschöne Schuhe tragen!«

Am Abend desselben Tages

»Wohin entführst du mich denn?«, fragte Viktoria neugierig, während sie aus dem Fond des Taxis heraus die vorbeiziehenden Gebäude betrachtete. Eigentlich war sie müde nach diesem vollen Tag, aber Andrew hatte darauf bestanden, sie auszuführen. Deshalb waren sie nur kurz nach Hause gegangen, um sich umzuziehen, und hatten anschließend in einem kleinen Restaurant ein hervorragendes Dinner genossen; nun ging es in Richtung Broadway und Viktoria ahnte, dass er etwas Besonderes für sie ausgesucht hatte.

An der 50th Street hielt das Taxi an. Andrew bezahlte den Fahrer, half ihr beim Aussteigen und bot ihr nonchalant den Arm. Schon nach wenigen Schritten fiel Viktoria eine große, schwungvolle Leuchtreklame ins Auge: *Winter Garden.*

Viktoria zog Andrew zum Schaukasten, der davorstand.

»Aha. Ziegfeld Follies«, las Viktoria laut. »Welche Torheiten gibt es denn da zu sehen?«

Andrew lachte. »Einige. Warte es ab.«

Er besorgte die Karten und führte sie zu ihren Plätzen inmitten des großzügigen, üppig ausgestatteten Theaterraumes. Viktoria sah sich um und stellte fest, dass in New York wirklich alles sprichwörtlich *bigger* war als in Deutschland. Auch die Theatersäle.

»Und? Gefällt es dir hier?«

»Ich fühle mich wie in einem Hollywoodfilm«, bekannte Viktoria. »Es ist großartig, Andrew.«

»Warte ab, bis du die Show siehst.«

»Ich freue mich schon darauf.« In diesem Moment fiel Viktoria etwas ein, das sie ihn schon den ganzen Abend über hatte fragen wollen: »Das mag jetzt etwas plötzlich kommen, Andrew, und nicht so ganz hierherpassen, aber … weißt du eigentlich, dass Grace eine … besondere Kundenliste führt?«

»Sie führt sicherlich mehrere. Du weißt doch, wie gern sie Dinge sortiert.«

»Schon. Aber diese Liste enthält ausschließlich Kunden, die innerhalb eines bestimmten Zeitraumes im letzten Jahr bei euch bestellt haben und mit den Zahlungen in Verzug gekommen sind.«

»Nun, das ist an sich ja nicht verwerflich, im Gegenteil.«

»Diese Vorgänge folgen alle demselben System. Das ist auffallend. Sagt dir der Begriff *Special Clients* etwas?«

»Nicht direkt. Grace hatte etwas Derartiges im Hinblick auf eine Kundengruppe erwähnt, aber zugleich gesagt, dass sie sich der Sache annimmt. Ich war ihr eigentlich recht dankbar dafür. Sicherlich hat sie dafür gesorgt, dass diese Kunden nicht mehr von uns beliefert wurden.«

»So war es. Immer nach der dritten Bestellung, wenn die Forderung abgeschrieben war, gab es einen Sperrvermerk – aber nur wenige Tage später einen neuen Kunden, der orderte. Nach exakt demselben Muster.«

Andrew schüttelte den Kopf. »Das ergibt doch gar keinen Sinn.«

»Eigentlich nicht. Es sei denn …«

»Du meinst, dass Grace etwas damit zu tun hat? Das kann ich mir beim besten Willen nicht vorstellen.«

»Zumindest weiß sie davon, tut aber nichts dafür, dieses Spiel endgültig zu unterbinden.«

Im Saal wurden die Lichter gedimmt.

Viktoria sprach leiser und lehnte sich zu Andrew hinüber, damit er sie besser verstehen konnte. »Das Eigenartigste aber war, dass sie geleugnet hat, eine solche Liste überhaupt zu führen.«

Im selben Moment setzte die Musik ein. Der Vorhang hob sich und gab den Blick frei auf ein Ensemble bildhübscher Revuemädchen.

37. KAPITEL

Andrews Apartment in Greenwich Village,
am 25. Oktober 1936

Andrew stand am Herd und briet Rühreier mit Speck. Der würzige Duft zog durch die beiden kleinen Zimmer, die er bewohnte, und veranlasste Viktoria, endgültig aufzustehen, sich einen seiner warmen Pullover überzuziehen und zu ihm in die Küche zu gehen.

»Guten Morgen.« Sie schmiegte sich an ihn.

»Ausgeschlafen?«

»Ahmm … nein.« Sie hatten fast die ganze Nacht durchgearbeitet und sich erst am frühen Morgen für ein paar Stunden hingelegt.

Andrew legte zärtlich seinen freien Arm um sie, während er mit der anderen den Pfanneninhalt umrührte. »Hungrig?«

»Sehr!«

»Die Eier sind gleich fertig. Machst du uns Toast dazu?«

»Gerne.« Viktoria nahm zwei helle Brotscheiben und steckte sie nacheinander in den Toaster, ein Gerät, das sie bisher nicht gekannt hatte, welches aber überaus praktisch war.

Andrew verteilte die Rühreier auf zwei Teller, Viktoria stellte das Brot dazu und schenkte zwei Gläser Orangensaft ein. Dann setzten sie sich an den winzigen Küchentisch und genossen ihr Frühstück.

»Wir haben heute noch einiges vor uns«, meinte Viktoria mit Blick auf die Papierstapel und Ordner, die überall in der Wohnung verteilt waren.

»Allerdings«, erwiderte Andrew. »Das Schwierigste wird werden, die richtigen Schlüsse und Konsequenzen aus dem zu ziehen, was wir hier zusammentragen.«

»Das ist richtig.« Viktoria nippte an ihrem Orangensaft und sah zum Fenster hinaus auf die Ulme, die vor dem schmalen Mietshaus stand und deren Krone die Sicht auf das Nachbarhaus nahm. Ihre orangerot gefärbten Blätter hatten dem kräftigen, kalten Oktoberwind nicht viel entgegenzusetzen, der heute durch die Straßen wehte. Es würde nicht mehr lange dauern, bis die Krone völlig entlaubt die Ankunft der ersten Schneeflocken erwartete. »Wollen wir weitermachen?«, fragte sie Andrew.

»Ja. Bringen wir es hinter uns.« Andrew stand auf.

Sie räumten gemeinsam ab und setzten sich dann wieder auf den Boden im Wohnzimmer, weil die vielen Unterlagen, die sie begutachteten, auf keinem Tisch der Wohnung Platz gefunden hatten.

Grace wusste nicht, dass sie und Andrew die Buchhaltung überprüften. Sie hatte sich bereits am Freitagnachmittag in ein langes Wochenende verabschiedet, weil eine ihrer Freundinnen heiratete und sie zu diesem Anlass nach Boston fahren wollte. Für Viktoria und Andrew hatte sich somit eine gute Gelegenheit geboten, ihr Büro zu durchsuchen.

Vieles hatten sie vor Ort überprüft, aber einige Kunden und Lieferanten wollten sie sich in Ruhe näher anschauen, unter anderem die Liste mit den *Special Clients*, die Viktoria bei Grace entdeckt hatte. Deshalb hatten sie die wichtigsten Dokumente mit zu Andrew nach Hause genommen.

Im Laufe der vergangenen Nacht waren sie schon recht weit gekommen. Durch die Arbeit der letzten Wochen kannte sich Viktoria recht gut mit dem Kundenstamm des Unternehmens aus, und die wesentlichen Problemfälle waren identifiziert. Nun gingen sie die Lieferanten durch.

Und im Laufe des Sonntags ergaben sich auch hier interessante Einzelheiten.

Einige wichtige Handelspartner hatten aufgrund nicht bezahlter Rechnungen die Zusammenarbeit aufgekündigt. An ihre Stelle waren andere Unternehmen getreten, die maßlos überteuerte Rechnungen gestellt hatten.

»Selbst wenn die Qualität der Kakaobohnen exzellent ist, so sind dies absolut ungerechtfertigt hohe Preise«, stellte Andrew fest.

»Und du hast davon gar nichts gemerkt?«

»Manches ist mir schon aufgefallen. Aber da Grace unter anderem die Buchhaltung verantwortet und mir immer wieder versichert hat, dass alles in Ordnung ist, habe ich es nicht weiterverfolgt. Ich weiß, das ist sträflich.«

»Allerdings. Du willst nicht, dass sie Mitinhaberin wird, aber du vertraust ihr blind. Das ist für mich ein Widerspruch.«

»Ist es.« Er seufzte und der verzweifelte Unterton schmerzte Viktoria. Sie stand auf, setzte sich neben ihn und legte ihm eine Hand auf den Rücken. »Ich denke, du bist recht schnell in eine große Verantwortung hineingerutscht. Dein Großvater hat dir die Führung des Unternehmens übergeben und große Erwartungen in dich gesetzt, obwohl du noch sehr jung warst.«

»Er wäre gerne in der Geschäftsführung geblieben. Aber vor fünf Jahren hatte er eine schwere Herzerkrankung. Und da nicht absehbar war, ob er sich wieder ganz erholt, war es wichtig, die Firma handlungsfähig zu halten.«

»Das kann ich verstehen.«

»Als es ihm dann besser ging, fing er an, mir ständig reinzureden. Das war schwierig.«

»Du hattest deinen Ehrgeiz.«

»Natürlich hatte ich Ehrgeiz. Es ist einfach schwierig, wenn dir jemand ständig im Nacken sitzt und dich wie … einen kleinen Jungen behandelt. Selbst vor der Belegschaft. Damit hat er meine Autorität untergraben.«

»Das ist das Los, wenn man das Kind einer Unternehmerdynastie ist. Man kann niemals ganz erwachsen werden.«

»Es mag sein, dass es Familien gibt, in denen es funktioniert. Bei uns war es schwierig. Aber wie dem auch sei … Fest steht, dass der SweetCandy geschadet werden soll.«

»Und zu diesem Zweck wurden Kunden und Lieferanten manipuliert.«

»Danach sieht es aus.« Andrew nickte. »Das ist Betrug.«

»Lass uns die Beträge grob zusammenrechnen. Damit wir eine Vorstellung von der Größenordnung bekommen.«

Noch während sie alles summierten, fiel Viktoria eine Rubrik auf, die in einem der Ordner ganz hinten abgeheftet war mit dem Vermerk: *privat*. Sie sah näher hin.

»Du, Andrew?«

»Mh?«

»Wer lebt denn im *London Terrace*?«

»Im *London Terrace*? Warum fragst du?«

»Hier ist ein Mietvertrag aus dem Jahr 35. Februar 1935.«

»Darf ich das einmal anschauen?«

Viktoria reichte ihm den Mietvertrag und beobachtete, wie er irritiert durch die Seiten blätterte. »Überwiesen wurde die Miete von einem unserer Firmenkonten. Mieter ist – die SweetCandy.« Andrew griff sich an die Stirn. »Das ist von Grace unterschrieben.«

»Habt ihr dort vielleicht einmal ein Apartment für Mitarbeiter angemietet? Und vergessen, es zu kündigen?«

»Nicht dass ich wüsste. Und ein solcher Fehler würde Grace ganz bestimmt nicht unterlaufen.«

»Vielleicht wohnt sie selbst dort?«

»Grace? Das wäre eigenartig. Sie bewohnt ein ganzes Stockwerk im Haus meines Großvaters.«

»Und dort hält sie sich regelmäßig auf?«

»Mein Gott, Viktoria, sie ist eine erwachsene Frau. Bisher

hatte ich keinen Grund, ihr nachzuspionieren. Vielleicht hat sie einen Freund und möchte es nicht kundtun. Oder eine Freundin, wer weiß?«

»Am besten fragst du sie. Wegen der Wohnung meine ich, nicht wegen ihres Privatlebens.«

Andrew grinste. »Vielleicht hängt ihr Privatleben ja mit dieser Sache zusammen?«

»Meinst du?«

»Ausschließen lässt sich das nicht. Aber wegen der anderen Dinge wird sie mir Rede und Antwort stehen müssen.«

»Hat sie überhaupt die Berechtigung, solche Verträge zu unterschreiben? Wenn nicht, könnte der Mietvertrag ungültig sein.«

»Sie besitzt weitreichende Vollmachten.« Er hielt inne. »Bisher hatte ich keinen Grund, ihr zu misstrauen.«

Er wirkte niedergeschlagen.

»Ich würde vorschlagen, dass wir unsere Ergebnisse noch einmal durchgehen«, meinte Viktoria und drückte liebevoll seinen Arm. »Morgen werde ich dann die fraglichen Firmen kontaktieren. Wärst du damit einverstanden?«

»Okay.« Andrew atmete tief durch. »Und danach holen wir uns etwas zu essen.«

38. Kapitel

Die Villa Rothmann, am 8. November 1936

»Habt ihr etwas von Vicky gehört?«, fragte Martin am Frühstückstisch und schenkte sich eine Tasse Kaffee ein. Erst am Vortag war er aus Frankreich gekommen, wirkte frisch und ausgeglichen.

»Sie meldet sich regelmäßig«, antwortete Judith und beobachtete ihn zufrieden. »Wir tauschen allerdings nur Belanglosigkeiten aus. Für den Fall, dass unser Kontakt überwacht wird. Aber sie scheint sich ohne Schwierigkeiten eingelebt zu haben und gut zurechtzukommen.«

»Es ist nur recht, wenn sie kein Heimweh hat.« Martin gab Milch und Zucker in den Kaffee und rührte um. »Und wie fühlt es sich für dich an, Mutter? Ohne Vicky?«

»Ach, weißt du. Natürlich vermisse ich sie, aber so kann sie wichtige Erfahrungen machen. Und dass sie im Ausland zurechtkommt, hat sie ja schon in Voiron bewiesen. Außerdem – auch du hast damals in Paris studiert, und nicht in Stuttgart.«

»Das stimmt. Und es war eine gute Zeit.« Martin legte den Kaffeelöffel mit einem leisen Klirren auf die Untertasse. »Aber bis heute genieße ich es, nach Hause zu kommen. Und wenn es nur für ein paar Tage ist.«

»Das ist schön.« Judith zwinkerte ihrem Sohn zu. »Vor allem Mathilda hat es diesmal kaum erwarten können.«

Martin lächelte vielsagend und trank seinen Kaffee.

»Und … ich auch nicht«, fügte Judith lächelnd an, legte eine Scheibe Schinken auf ihr Brot und klopfte die Schale ihres Frühstückseies auf.

»Wie geht es in der Schokoladenfabrik?«, fragte Martin. Er nahm einen Apfel aus dem Obstkorb und biss hinein.

»Herr Ebben macht das ganz hervorragend. Allerdings werde ich mich vermutlich nie … ganz damit abfinden können, dass wir die Firma verloren haben.« Sie griff nach der Kaffeekanne, aber Martin war schneller und schenkte ihr nach. »Danke. Noch bezieht er mich in einige Dinge mit ein. Allerdings wird er die Schokoladenwelt schließen und lediglich im alten Schokoladenladen ein kleines Café weiterbetreiben. Den Leuten ist nicht mehr so sehr nach Zerstreuung.«

»Den Leuten wäre es schon nach Zerstreuung«, widersprach Martin und Bitterkeit schwang in seinen Worten mit. »Aber sie dürfen sich nicht mehr nach eigenem Gusto vergnügen. Selbst das Unterhaltungsprogramm wird einem in Deutschland jetzt vorgeschrieben.«

Die Tür zum Speisezimmer klapperte.

»Mathilda!« Judith sah den zärtlichen Ausdruck, der über das Gesicht ihres Sohnes zog.

»Guten Morgen!« Mathilda wirkte so glücklich, wie schon lange nicht mehr.

Martin stand auf und rückte ihr den Stuhl neben sich zurecht. Als Mathilda sich setzte, bemerkte Judith den schmalen Ring an ihrem linken Ringfinger. »Sagt nur …«, fragte sie vorsichtig, »… gibt es Neuigkeiten?«

Mathilda strich sich verlegen über ihr blau geblümtes Kleid.

»Die gibt es«, sagte Martin und zwinkerte Judith zu. »Mathilda wird mich nächste Woche nach Paris begleiten. Und bleiben.«

»Oh!« Judith fühlte sich überrumpelt. »Geht das nicht ein bisschen … schnell?« Wenn nun auch noch Mathilda das Haus verließ, würde es einsam werden in der großen Villa. »Und heiraten solltet ihr davor ja auch noch …«

»Das wollten wir dir heute Abend eigentlich in aller Ruhe sagen. Ja, wir werden heiraten. Allerdings in Frankreich. Wir haben schon alle nötigen Papiere beisammen.«

»Nun …« Judith erinnerte sich an die turbulenten Anfänge ihrer eigenen Ehe und versuchte, ihre Verlustgefühle so gut es ging beiseitezuschieben. Ihr Sohn war über dreißig, Mathilda zweiundzwanzig Jahre alt. Die beiden planten ihre Zukunft, das war nur natürlich und richtig. Und einen neuen Weg für ihr eigenes Leben würde sie selbst finden müssen. Der Gang der Welt, das war Judith schmerzlich bewusst, ließ sich nicht aufhalten.

Sie stand auf und nahm ihren Sohn und ihre künftige Schwiegertochter in den Arm. »Ich freue mich für euch.

Lasst uns also eure Verlobung feiern. Ich werde mich gleich darum kümmern. Viel Zeit bleibt ja nicht, ein Fest zu organisieren …«

»Sei nicht böse, Mutter, aber vorerst möchten wir das alles noch für uns behalten – einverstanden?«, bat Martin. »Und deshalb auch keine Feier. Schon gar nicht auf die Schnelle.«

Judith schluckte. Die Ablehnung versetzte ihr einen Stich. »Das … ist natürlich eure Entscheidung.« Sie kehrte an ihren Platz zurück. »Ach übrigens – Karl hat sich telefonisch gemeldet«, schnitt sie rasch ein anderes Thema an und versuchte, Gelassenheit an den Tag zu legen. »Ihm, Elise und den Kindern geht es gut. Sie haben eine Wohnung in Zürich gemietet. Und sie sind dabei, eine neue Schrift zu entwickeln.«

»Eine neue Schrift?«, fragte Mathilda.

»Ich habe das auch nicht so richtig verstanden«, erwiderte Judith. »Es geht um Schriften, wie sie mit der Schreibmaschine geschrieben werden.«

»Wie ist er denn zu dieser Aufgabe gekommen?«, wollte Martin wissen.

»Der Auftrag wurde ihm wohl durch den Bankberater vermittelt, bei dem er das Konto für uns eingerichtet hat.«

»Unser Onkel Karl.« Martin schüttelte lachend den Kopf. »Er ist einfach immer für eine Überraschung gut.«

»Allerdings.« Judith reichte Mathilda die Butter. »Und noch etwas. Wir werden heute Nachmittag um vier Uhr zur Geburtstagsfeier bei den Ebingers erwartet. Ihr kommt doch mit?«

Martins Lächeln erlosch.

»Natürlich gehen wir mit, Judith«, antwortete Mathilda schnell. »Martin ist doch eigens deswegen aus Paris gekommen.«

»Gut.« Judith war erleichtert. Der alte Ebinger war sehr krank und keiner wusste, wie lange er noch lebte.

»Fünfundachtzig wird er, nicht wahr?«, vergewisserte sich Mathilda.

»Genau«, erwiderte Judith.

»Ich habe ein … Klavierstück für ihn«, sagte Martin.

»Wie schön!« Judith war überrascht. »Ich weiß aber nicht, ob der Flügel dort gestimmt ist.«

»Dann muss ich eben auf einem verstimmten Flügel spielen. Das Leben klingt … auch nicht immer wohltemperiert.«

»Wird Ebingers Sohn eigentlich auch erwartet?«, wollte Mathilda wissen. »Max heißt er doch, nicht wahr?«

»Nein. Max hält sich derzeit in England auf«, erwiderte Judith. *Gott sei Dank,* fügte sie in Gedanken an. »Er wird erst an Weihnachten wieder nach Stuttgart kommen.«

~

Gegen halb vier am Nachmittag brach seine Mutter auf. Martin hatte beschlossen, mit Mathilda separat zu fahren, weil sie abends noch ins Kino gehen wollten.

Nun stand er in der Eingangshalle und wartete auf Mathilda, die sich noch zurechtmachte. Das Hausmädchen Fanny war mit dem Staubwedel unterwegs und verscheuchte hingebungsvoll die frechen Körnchen, die für einen Moment aufstoben, um sich kurz darauf an anderer Stelle wieder niederzulassen.

Er war nervös und sah in den Spiegel, um sicherzugehen, dass seine Krawatte korrekt saß. Dabei schalt er sich in Gedanken. Die Ebingers hatten immer zu seinem Leben gehört, von Anfang an. Nur weil er jetzt wusste, dass sie …

»Martin?«

Er hörte Mathildas Stimme und drehte sich zur Treppe um.

Dort stand sie, in einem wadenlangen hellen Nachmittagskleid mit Spitzeneinsätzen, das ihr zarte Figur umspielte, feine Handschuhe an den Fingern und einen farblich passenden Hut auf dem locker aufgesteckten Haar. Ein paar rötliche Strähnen ringelten sich um ihr Gesicht. Er mochte es sehr, wenn sie ihre Locken gewähren ließ und sie nicht in die strengen Frisuren presste, die derzeit überall zu sehen waren.

»Du bist wunderschön!« In diesem Moment konnte er sein Glück kaum fassen.

Sie stieg die letzten Stufen zu ihm herunter, beschwingt und mit der ihr eigenen kraftvollen Lebensfreude. Er erwartete sie am Treppenabsatz und küsste sie zärtlich auf die Stirn.

»Ach, Kinder, hier seid ihr!« Seine Großmutter Hélène kam in die Eingangshalle, eine Leinwand unter dem Arm, und unterbrach den Augenblick der Zweisamkeit. »Ich wollte euch noch ein Geschenk für Herrn Ebinger mitgeben.« Sie drehte das Bild um. »Wie findet ihr es?«

»Es ist … unglaublich!« Mathildas Bewunderung war echt. Sie mochte Hélènes neuen Malstil, das wusste Martin.

Und auch ihm gefielen die großflächigen Klatschmohnblüten, deren verschwimmende Konturen durch kräftige Farbkontraste aufgefangen wurden, wodurch das Bild Struktur bekam und einen Rest Gegenständlichkeit behielt.

»Das freut mich!« Hélène hielt es Martin hin. »Nehmt ihr es mit?«

»Natürlich nehmen wir es mit … Aber sag, Großmutter, möchtest du denn nicht mitkommen und es Artur selbst übergeben? Ich meine, das ist doch ein ganz besonderes Geschenk.«

»Nein, nein«, winkte Hélène ab. »Das muss wirklich nicht sein.«

»Bitte, komm doch mit«, meinte nun auch Mathilda. »Du gehst ohnehin viel zu wenig aus. Wir würden uns so sehr freuen!«

Hélène zögerte. »Also, ich weiß nicht … ich müsste mich ja erst noch umziehen.«

»Ganz und gar nicht. Dein Kleid ist wunderschön«, versicherte Mathilda und das stimmte. Die kleinen roséfarbenen Blüten auf dunkelblauer Seide standen Hélène sehr gut.

»Aber ihr wollt doch anschließend ins Kino …«

»Du kannst mit Judith nach Hause fahren, Großmutter, das sollte kein Problem sein«, sagte Martin nun mit Nachdruck.

»Ich hätte noch zu tun – ein neues Motiv.« Sie schien sich partout nicht durchringen zu können.

»Das neue Bild kann warten.« Martin sah sie auffordernd an. »Und es kommen auch keine anderen Gäste, weder der Sohn noch sonst wer. Du siehst, keines deiner Argumente ist wirklich stichhaltig.«

Hélène atmete tief durch. »Ganz offensichtlich habt ihr diesen Nachmittag bereits für mich verplant.«

»Nun, so viele Gelegenheiten, zusammen zu sein, haben wir ja nicht mehr«, meinte er. »Folglich sollten wir sie nutzen.«

»Also gut.« Hélène gab sich geschlagen. »Lasst mich nur noch schnell meinen Hut und meine Handtasche holen. Hältst du so lange das Bild?«

39. KAPITEL

Um kurz vor vier Uhr bog Martin in die geschwungene Auffahrt der Villa Ebinger ein. Judiths Auto parkte bereits auf dem gekiesten Platz neben dem Anwesen. Martin stellte den Mercedes, mit dem sie gekommen waren, daneben und half seiner Großmutter beim Aussteigen. Mathilda holte derweil das Gemälde aus dem Wagen und reichte es an Hélène weiter. Dann begaben sie sich an die Tür und klingelten.

Ein Hausmädchen öffnete, unmittelbar gefolgt von Josefine Ebinger selbst. »Martin! Mathilda! Wie schön, dass ihr es einrichten konntet! Ach, Artur wird sich sehr freuen!«

Sie umarmte Martin und Mathilda und bemerkte dann Hélène, die etwas versetzt hinter den beiden stand. »Frau Rothm…, ähm, Bachmayr, das ist ja eine Überraschung! Willkommen!«

»Guten Tag, Frau Ebinger«, Hélène nickte Josefine Ebinger zu, da sie mit dem Bild in den Armen keine Hand zum Gruß frei hatte. »Die beiden«, fügte sie entschuldigend an und sah zu Martin und Mathilda, »haben darauf bestanden, dass ich mitkomme. Ich möchte Ihnen keinesfalls Umstände bereiten …«

»Ach nein, gar nicht! Das ist wunderbar! So wird der Tag heute zu einem richtigen Festtag. Und stellt euch vor: Artur geht es heute so gut, dass er aufgestanden ist! Jetzt kommt herein!«

Sie führte ihre Gäste durch die langen Flure in ein repräsentatives Speisezimmer, öffnete eine der Flügeltüren und ließ sie eintreten.

Martin kannte den Raum. Die wuchtigen Holzmöbel im Stil des vergangenen Jahrhunderts machten ihn düster und schwer, vor allem im Zusammenspiel mit den dicken Teppichen, üppigen Kristalllüstern und zahlreichen, goldgerahmten Ölgemälden an den Wänden.

Erinnerungen an längst vergangene Tage stiegen auf, da sie hier um den ovalen Esstisch versammelt gewesen waren. Er, als Kind, gemeinsam mit seinen Eltern und Vicky, zu Geburtstagen, an Ostern oder einem der Weihnachtstage. Damals war ihm das Speisezimmer heimelig erschienen. Heute wirkte es wie eine angestaubte Filmkulisse. Diese widersprüchlichen Gefühle waren schwer auszuhalten.

Nur mühsam widerstand er der Versuchung, Mathilda an die Hand zu nehmen und nach draußen zu entführen, um mit ihr trotz des windigen Novembertages einen langen Spaziergang zu unternehmen. Er würde diesen Nachmittag überstehen, so, wie er die letzten Wochen und Monate überstanden hatte, und dann die Vergangenheit ruhen lassen. In wenigen Tagen begannen er und Mathilda ihr neues, gemeinsames Leben in Paris, weit weg von Stuttgart. Darauf musste er sein Augenmerk richten.

»Martin!« Die heisere, brüchige Stimme Artur Ebingers holte ihn in die Wirklichkeit zurück. »Es ist mir … eine Freude …«

Martin ging zu dem gebrechlichen alten Mann hin, den man in einem Rollstuhl an den Tisch geschoben hatte. »Herzlichen Glückwunsch zu deinem Geburtstag, Artur«, sagte er und spürte, wie ihn eine ungewollte Welle der Zuneigung zu seinem Großvater überlief. »Ich freue mich auch, hier bei dir zu sein.« Er legte ihm eine Hand auf die Schulter.

Artur Ebinger hielt sie mit steifen, kühlen Fingern fest, für einen innigen Augenblick, bevor er seinen Arm mit einem rasselnden Atemzug wieder sinken ließ.

Martin drückte ihm noch einmal sanft seine Schulter, dann setzte er sich neben Judith. Mathilda begrüßte Artur ebenfalls und gesellte sich anschließend zu ihnen.

Hélène, die sich im Hintergrund gehalten hatte, trat vor und räusperte sich. »Herr Ebinger …«

»*Maman?*« Judith sah ihre Mutter überrascht an; augenscheinlich merkte sie erst jetzt, dass Hélène mitgekommen war.

»… darf ich Ihnen anlässlich Ihres Geburtstags heute einen kleinen Blumengruß überreichen?«, fuhr Hélène mit einem entschuldigenden Seitenblick auf Judith fort. »Ich hoffe, Ihren Geschmack getroffen zu haben.« Sie hob ihr Geschenk in die Höhe, sodass alle am Tisch es betrachten konnten.

»Das ist … ein sehr hübsches Bild«, sagte Artur Ebinger.

»Danke, Frau …« Ein Hustenanfall schüttelte ihn und Martin war nun doch froh, hergekommen zu sein. Womöglich war dies der letzte Geburtstag, den sie gemeinsam feierten.

»Es ist wirklich ganz reizend«, bestätigte derweil Josefine und bat eines der Hausmädchen, das Gemälde an die Wand neben dem Geschenketisch zu stellen. Anschließend umarmte sie Hélène. »Ich danke Ihnen. Wir werden einen besonders schönen Platz dafür aussuchen.«

»Dann … freue ich mich.« Hélènes Unsicherheit wunderte Martin. Er kannte sie zwar als zurückhaltend, aber nicht als nervös.

»Setz dich doch zu Mathilda, *Maman*«, meinte Judith fürsorglich und Hélène folgte dankbar ihrem Vorschlag.

Nachdem alle versorgt waren, nahm Josefine neben ihrem Mann Platz. In dem Blick, mit dem sie Artur dabei ansah, erkannte Martin auf einmal etwas, was ihm bisher nie aufgefallen war – die ganze Tiefe einer reifen Liebe. Diese Erkenntnis war bewegend. Und als ihre Augen anschließend zu ihm weiterwanderten, löste sich etwas von der Härte, mit der er sein Inneres zu hüten suchte. Ein Teil von ihm begann sich vorsichtig darüber zu freuen, dass diese beiden wertvollen Menschen, die seinen Lebensweg von Anfang an mit Güte und Herzenswärme begleitet hatten, seine leiblichen Großeltern waren.

Während des nachmittäglichen Kaffees wich endlich die Anspannung, die sich in Martin im Vorfeld des Besuchs bei seinen Großeltern aufgebaut hatte. Auch seine Mutter wirkte so unbefangen wie schon lange nicht mehr. Die Hausmädchen brachten Kaffee und Tee, trugen Apfelkuchen und Hefezopf und eine prächtige Torte auf, deren Sahnekuppel mit geraspelter Schokolade, Sahnetupfen und Kirschen garniert war.

»Eine neue Kreation eurer Köchin?«, fragte Judith Josefine, während eines der Hausmädchen das Gebäck vorsichtig anschnitt und auf die Teller verteilte.

»Ja, die hat sie eigens für uns heute gebacken«, antwortete Josefine. »Das Rezept dafür ist angeblich von einem Bekannten, der in Tübingen ein Café betreibt.«

Judith stach ihre Gabel in den mit feinen Sahneschichten und Kirschen geschichteten Schokoladenbiskuit und probierte. »Mhmm. Das ist sehr gut. Schokoladig, sahnig. Und ich schmecke einen kräftigen Kirschschnaps heraus.«

»Allerdings. Und zwar deutlich«, bestätigte Josefine schmunzelnd.

»Aber … es ist ausgewogen«, befand Judith. »Nicht zu viel und nicht zu wenig Alkohol. Meinst du, ich darf das Rezept haben?«

»Selbstredend«, entgegnete Josefine. »Ich lasse es dir aufschreiben, dann kannst du es heute Abend mitnehmen.«

Martin genoss die Torte und hörte zu, beteiligte sich aber, genau wie Artur und seine Großmutter, nicht an der Fachsimpelei.

»Also, dieses Rezept muss ich Vicky gleich morgen nach Amerika telegrafieren«, meinte Judith. »So etwas kennt man dort bestimmt nicht. Hat die Torte denn einen speziellen Namen?«

»Man nennt sie *Schwarzwälder Kirschtorte*«, erläuterte Josefine.

»Tatsächlich?«, erwiderte Judith. »Dann wurde sie wohl im Schwarzwald erfunden.«

»Nein, angeblich nicht.« Josefine schüttelte den Kopf. »Sie soll von diesem Konditor entwickelt worden sein, der unserer Köchin das Rezept gegeben hat.«

»Warum heißt sie dann *Schwarzwälder* Kirschtorte?«, fragte Mathilda. »Wäre *Tübinger* oder *Schwäbische* Kirschtorte dann nicht passender?«

»Keine Ahnung. Vielleicht, weil die Kirschen so aussehen wie die roten Bollenhüte der Schwarzwälder Tracht?« Josefine zuckte mit den Schultern. »Oder weil Schwarzwälder Kirschwasser darin verwendet wird?«

»Oder die Raspelschokolade an dunkle Tannenwälder erinnert?«, mutmaßte Mathilda.

»Wie dem auch sei. Der Name ist schön und passend. Und sie schmeckt wunderbar.« Judith kratzte den letzten Rest Sahne von ihrem Teller.

»Und weil es so gut passt, gibt es jetzt eine Runde Kirschwasser«, verkündete Josefine. »Allerdings eines aus Degerloch und nicht aus dem Schwarzwald.«

Am Spätnachmittag im Musikzimmer der Ebinger-Villa

Noch immer verursachte das Musikzimmer der Ebingers Beklemmungen in Judith. Daher hatte sie es in all den Jahren gemieden und nur dann notgedrungen aufgesucht, wenn Ebingers zu einem Hausmusikabend geladen hatten.

Heute aber kam sie nicht umhin. Martin würde ein kleines Klavierkonzert spielen, es war sein Geschenk an Artur. Die Vorfreude darauf half Judith, ihren Widerwillen zu unterdrücken, und als sie gemeinsam mit den anderen auf den hohen Stühlen mit den samtbezogenen Lehnen Platz nahm, stellte sich sogar eine zurückhaltende Vorfreude ein. Die Hausmädchen verteilten Perlwein.

Martin hatte Artur im Rollstuhl vom Speisezimmer bis ins Musikzimmer geschoben und neben Josefines Platz gestellt, anschließend sein Sektglas entgegengenommen und es in wenigen Schlucken geleert.

Nun trat er an den Flügel, dem die Zeichen der Zeit bereits deutlich anzumerken waren, und wartete ruhig, bis sich die Aufmerksamkeit aller auf ihn richtete.

»Lieber Artur«, begann er, und Judith war froh, dass von der Verstimmung, die sie einige Wochen lang an ihm bezüglich der Ebingers wahrgenommen hatte, nichts mehr übrig geblieben zu sein schien.

»Als mein … Pate«, fuhr Martin fort, »warst du stets eine feste Größe in meinem Leben. Von Kindheit an war in der Humboldtstraße hier … ein zweites Zuhause für mich. Ich möchte dir – und auch Josefine – mit diesem musikalischen Gruß für das danken, was ihr für mich getan habt.« Mit einem Kopfnicken anerkannte er den leisen Beifall der Gäste, nahm Platz und ließ die ersten, fein gesetzten Töne erklingen.

Wie immer fand er unmittelbar in sein Spiel, die Melodie perlte von seinen Fingern wie der Sekt, den sie eben getrunken hatten, und bereits nach wenigen Takten hatte er sein Publikum gefangen genommen. Judith bemerkte einen feuchten Schimmer in Arturs Augen.

Das Stück war eine Eigenkomposition mit einem gefälligen Thema, das er raffiniert und in unterschiedlichen Stilen interpretierte. Als er geendet hatte und unter Applaus um eine Zugabe gebeten wurde, entschied er sich für einen Walzer von Chopin, tiefgründig und poetisch.

Noch während Martin dessen letzten Akkord hielt, ließ ihn ein leises Geräusch in Richtung Tür schauen. Judith sah, wie er erstarrte.

»Ist heute Konzert?« Eine samtige Männerstimme legte sich über den Nachhall der Musik.

Judith wusste sofort, wem sie gehörte. Auch wenn es Jahrzehnte her war, hätte sie sie unter Zehntausenden erkannt. Langsam drehte sie sich um, das bleierne Gewicht ignorierend, das sich plötzlich auf ihre Brust legte.

Dort an der Tür stand Max Ebinger, noch immer groß und kräftig, aber mit seinem grauen Haar und den unübersehbaren Spuren des Lebens in seinem Gesicht eine deutlich ältere Version des attraktiven jungen Mannes, der ihr einst den Kopf verdreht hatte.

Er wirkte überrascht, reagierte aber unbeeindruckt auf die Situation, in die er ganz offensichtlich völlig unvermutet hineingeraten war. Aufmerksam ließ er seinen Blick über die Anwesenden schweifen. Er blieb allerdings weder an Judith noch an seinen Eltern oder an Martin hängen, sondern an … ihrer Mutter. Hélène aber hielt ihm den Rücken zugekehrt, es war, als hätte sie seine Ankunft gar nicht bemerkt. Stattdessen konzentrierte sie sich auf ihren Enkelsohn, der sich inzwischen erhoben hatte und unschlüssig neben dem Flügel stand.

Judith wusste nicht, was sie davon halten sollte.

»Lasst euch nicht stören«, sagte Max ruhig und machte Anstalten, sich wieder zurückzuziehen, aber Josefine hatte sich wieder einigermaßen gefasst und ging zu ihm hin. »Max … das ist eine große Überraschung!«

»Als solche war es gedacht«, antwortete Max und nahm sie in den Arm. Nach kurzem Zögern kam er näher, um auch seinen Vater zu umarmen. »Alles Gute zum Geburtstag!«

»Max …« Artur Ebinger war sichtlich erschüttert.

»Wir dachten, du bist in England!« Josefine hatte sich eine Hand auf die Brust gelegt, ihr Atem ging aufgeregt und schnell.

»Das war ich auch …«

Auf einmal ertönten schwere, traurige Akkorde. Laut und unmissverständlich unterbrachen sie das Gespräch.

Alle sahen zum Flügel.

Martin hatte wieder Platz genommen und hieb auf die Tasten ein. Sein Gesicht war beängstigend blass, der Blick starr auf seine Hände gerichtet.

Aus den Augenwinkeln sah Judith, wie Josefine Max auf einen Stuhl zog. Der setzte sich widerstrebend.

Judith wünschte sich weit weg und wollte doch bleiben, um ihres Sohnes willen. Die Situation war unerträglich. Warum hatte Josefine nicht zugelassen, dass Max seinem Impuls nachgab und den Raum verließ? Sie wusste doch um die besonderen Beziehungen, die zwischen ihm, ihr und Martin bestanden.

Judith wollte sich zwingen, zum Flügel zu schauen, doch ihre Augen wanderten unwillkürlich wieder zu den Ebingers. Josefine hielt mit einer Hand die ihres Mannes, die andere aber umklammerte die ihres Sohnes. Und ihr eigener mütterlicher Instinkt sagte Judith, warum Josefine es nicht fertiggebracht hatte, Max hinausgehen zu lassen: Einmal in ihrem Leben durfte Josefine Ebinger ihre Familie vollständig wissen, waren Ehemann, Sohn und Enkel ganz nah bei ihr.

Judith wurde klar, wie groß der Schmerz der beiden Ebingers gewesen sein musste, dass sie ihren einzigen Enkelsohn niemals hatten offiziell anerkennen dürfen. Manchmal zahlten andere den Preis für das eigene Glück. Diese Wahrheit war schmerzhaft.

Die abgehackten Töne der Musik veranlassten sie, wieder zu Martin zu sehen.

Was war nur in ihn gefahren? Er malträtierte das Klavier, als habe es etwas verbrochen.

Plötzlich nahm er die Hände von den Tasten, stand auf und ging direkt auf Max zu. »Warum?« Er packte ihn bei den Schultern und zog ihn von seinem Stuhl hoch. »Warum?«

Die Erkenntnis überkam Judith wie ein Schock. Er wusste es! Woher auch immer, aber Martin wusste, dass Max sein Vater war. Sie spürte, wie das Blut aus ihren Adern wich.

»Was ist denn? Bist du verrückt geworden?« Max versuchte, sich aus Martins Umklammerung zu befreien, aber der Jüngere gab nicht nach. Mit der Kraft der Verzweiflung versuchte er, Max niederzuringen.

Judiths Schockstarre löste sich.

Sie gab Josefine ein Zeichen, dass sie ihren Mann aus dem Raum bringen sollte. Diesmal reagierte die alte Dame sofort und schob den Rollstuhl mit dem sichtlich betroffenen alten Ebinger zur Tür.

Inzwischen stand Mathilda bei Martin und redete beruhigend auf ihn ein. Erleichtert bemerkte Judith, dass er schließlich losließ. Max machte einige Schritte zur Seite, fuhr sich über sein Jackett und strich sich die Haare aus dem Gesicht.

»Warum?« Martin wandte sich nun an alle, die noch da waren. »Warum habt ihr mir nie etwas gesagt? Mutter?« Er sah sie direkt an. »Warum … habt ihr mich in einer solchen Lüge leben lassen?«

»Martin.« Judith wusste nicht, was sie sagen sollte. »Lass uns das in Ruhe zu Hause besprechen.«

Martin schüttelte den Kopf. »So viele Jahre lang habe ich geglaubt, dass Victor Rheinberger mein Vater ist. Und dann …« Er schluchzte trocken. »Und dann muss ich zufällig erfahren, dass *er* … mein … Erzeuger … ist.« Er zeigte mit zitterndem Finger auf Max.

»Was zur Hölle geht hier vor?« Max sprach nicht laut, aber mit schneidender Schärfe. Er sah zu Judith. »Hast du hierfür eine Erklärung? Was habt ihr ihm erzählt?«

Mit einem Mal stand Judith jene Ballnacht bei den Ebingers vor Augen, in der ihr junges Leben zerbrochen war. In der sie aus dem Ballsaal geflohen, durch die Flure geirrt und schließlich hier im Musikzimmer gestrandet war, in der Hoffnung, dem Irrsinn entkommen zu sein, der sie in den Abgrund ziehen wollte. Jene Nacht, in der Max an diesem Flügel gesessen und in der der Champagner genauso prickelnd geschmeckt hatte wie seine Küsse …

»Max«, sagte Judith leise. »Es … ist wahr.«

Max lachte. Ungläubig, verwirrt.

»Max«, sagte Judith und auf einmal fühlte es sich richtig an, diese Worte auszusprechen. »Martin ist dein Sohn.«

40. KAPITEL

Gab es Momente, die alles infrage stellten, woran man geglaubt hatte? Und alles auf den Kopf, was bisher sicher und verlässlich erschienen war? Die einen zweifeln ließen an der Wirklichkeit und den Selbstverständlichkeiten, die sie ausmachten?

Bereits in jenem Augenblick, da sie Max im Raum gewusst hatte, war es Hélène gewesen, als durchliefe sie ein heftiger Stromstoß. Alle ihre Sinne hatten reagiert. Wellen der Angst und der Sehnsucht waren über sie hinweggegangen.

Mit aller Macht stemmte sie sich gegen diesen Sog.

Max war Vergangenheit.

Georg war ihre Gegenwart und ihre Zukunft, ihr Gefährte, ihr Fundament. Ihr *Mann.* Hélènes Gefühle ihm gegenüber waren von Zuneigung geprägt, von Wertschätzung und Verlässlichkeit. Sie hatten sich eingerichtet in vielen gemeinsamen Jahren, verstanden sich ohne große Worte, teilten ihre Freuden und trugen die Lasten des Lebens gemeinsam, so wie sie es sich am Tag ihrer Hochzeit versprochen hatten.

Max aber war der Funke, der Hélène entzündete, sie in

Flammen setzte. Selbst heute noch, nach so vielen Jahren, reagierte sie auf ihn, als hätte er sie erst gestern das letzte Mal in den Armen gehalten. Die Glut war nie ganz erloschen, auch wenn sie irgendwann aufgehört hatte, ihn zu vermissen. Hätte sie geahnt, dass er ihr heute hier begegnen würde – sie wäre niemals hergekommen.

Niemals.

Düster und bedrohlich standen zudem Judiths ungeheuerliche Worte im Raum, kollidierten mit Hélènes unkontrollierbaren Gefühlen.

»*Martin ist dein Sohn.*«

Hélène wollte es nicht glauben und wusste doch, dass es stimmte. Verzweifelt versuchte sie, zu begreifen, rechnete nach.

Martin war im Juni 1904 auf die Welt gekommen. Wenn er das Kind von Max war, dann musste er im September gezeugt worden sein – kurz bevor Max nach Italien abgereist war.

Das bedeutete, dass Max sich ihrer Tochter genähert hatte, obwohl er wusste, dass er Stuttgart verlassen würde. Oder war es eine längere Liebschaft gewesen? Als sie ihm in Riva begegnet war, hatte er keinen Zweifel daran gelassen, dass seine Italienreise geplant gewesen war und er nicht vorhatte, dauerhaft nach Stuttgart zurückzukehren. Von einer verlassenen Braut war keine Rede gewesen.

Hélène schloss die Augen, versuchte, sich an die Zeit in Riva zurückzuerinnern.

Max war kein Kind von Traurigkeit, das hatte sie wohl gewusst – und hingenommen. Sie wusste, dass ihre Beziehung nicht exklusiv gewesen war, dass es andere Frauen gegeben hatte. Die Kunst hatte ihr über die vielen Enttäuschungen und Verletzungen hinweggeholfen, denen sie dadurch ausgesetzt gewesen war, und auch über die Einsamkeit, wenn er wochen-, manchmal auch monatelang umhergereist war, ohne ihr zu sagen, wie lange er fort sein würde. Immer wieder hatte sie ihn mit offenen Armen empfangen, froh, dass er zu ihr zurückgefunden hatte, müde und übersättigt vom extremen Leben, das er in diesen Zeiten geführt hatte.

»*Martin ist dein Sohn.*«

Ihm musste damals bewusst gewesen sein, dass er vom Bett der Tochter in das der Mutter gewechselt hatte. Leichtfertig und ohne Gewissensbisse. Und sie dadurch heute der unerträglichen Tatsache aussetzte, dass ihr Enkel *sein* Sohn war. Der Sohn ihres einstigen Liebhabers. Der Liebe ihres Lebens.

Langsam drehte sie sich zu ihm um, sah ihn mit hängenden Schultern neben Martin und Mathilda stehen, den Blick auf Judith gerichtet, ungläubig und misstrauisch.

Hélène glaubte Judith.

Welche Gründe hätte ihre Tochter haben sollen, eine solche Geschichte zu erfinden? Ganz im Gegenteil. Judith hatte das Geheimnis um Martins Herkunft offensichtlich mit aller Macht gehütet. Selbst Martin schien erst kürzlich davon erfahren zu haben.

Obwohl es sie innerlich zu zerreißen drohte, wusste sie, was sie zu tun hatte. »Max!«

Langsam bewegte sie sich auf ihn zu. Sein Blick wechselte irritiert von Judith zu ihr. Unsicher beobachtete er jeden ihrer Schritte.

Schließlich blieb sie unmittelbar vor ihm stehen, sah ihm in die Augen, versuchte, ihren Herzschlag im Zaum zu halten.

Dann holte sie aus und schlug ihm mit aller Kraft mitten ins Gesicht.

Max hob erschrocken die Hand an die Wange, auf der sich ihre Finger abzeichneten.

»Du bist ein solcher Dreckskerl, Max.« Sie hörte selbst die verletzte Kälte in ihren Worten. »Wie konntest du nur?«

Dann verließ sie das Musikzimmer, lief den Gang entlang, unfähig, irgendetwas zu empfinden. An der Garderobe nahm sie Hut und Mantel und trat hinaus in den windigen Novemberabend.

∾

Fassungslos hatte Martin mit angesehen, wie seine Großmutter Max geohrfeigt hatte. In den wenigen Worten, die sie gesagt hatte, war mehr enthalten gewesen als nur die Wut einer Mutter auf den Mann, der ihre schwangere Tochter sitzen gelassen hatte. Die Szene war von einer nicht zu leugnenden Intimität getragen gewesen.

»Was ist da passiert, Max?« Judith sprach aus, was Martin nicht zu denken wagte.

Max schüttelte nur den Kopf. »Bitte. Frag nicht.«

»Was war zwischen meiner Mutter und dir?«, insistierte Judith. »Warst du … warst du ihr *Liebhaber*?«

Wie seine Mutter, so hoffte auch Martin inständig auf ein klares Nein und sah ungläubig zu Max, auf dessen Wange sich Hélènes Finger abzeichneten.

»Wenigstens jetzt bist du mir die Wahrheit schuldig«, sagte Judith verächtlich.

»Du hast mir auch nicht die Wahrheit erzählt, Judith.« Max schüttelte den Kopf. »Ich wusste bis zum heutigen Tag nicht, dass du … schwanger geworden bist.«

»Hätte das denn etwas geändert? Du warst weg und keiner wusste, wohin. Bis wir wieder etwas von dir gehört hatten, waren die Weichen bereits anders gestellt.«

»Victor Rheinberger. Er hat … ihn wirklich … einfach als sein Kind anerkannt?«

»Er hat ihn nicht nur anerkannt. Er hat ihn angenommen und geliebt als sein eigenes Kind.« Judiths Stimme stockte. »Im Nachhinein war es gut, dass du weggegangen bist und wir … kein Paar geworden sind. Ich darf mir nicht vorstellen, wie mein Leben verlaufen wäre, wenn ich dich hätte heiraten müssen.«

»Aber warum hast es du geheim gehalten? Ich hätte dich unterstützt. Und meine Eltern – sie hätten sich über ein Enkelkind gefreut.«

»Womit hättest du mich unterstützt? Mit Geld?« Judith lachte bitter. »Deine Eltern haben es von Anfang an gewusst. Und sie waren für uns da. Weshalb, glaubst du, haben wir sie als Martins Paten in unser Leben eingebunden?« Sie hielt seinen Blick. »Aber du hast mir noch nicht die Frage nach meiner Mutter beantwortet. Seid ihr ein Paar gewesen?«

»Judith.« Max rang spürbar mit sich. »Nicht alle Menschen nehmen den geraden Weg. Ich habe mir manche Umwege erlaubt. Tu das in gewisser Hinsicht bis heute.«

»Jetzt hör auf, dich zu winden, Max. Sag es.«

»Wenn du es unbedingt wissen willst.« Max stieß den Atem aus. »Ja. Ja, wir waren ein Paar.«

Jetzt, wo die Wahrheit schonungslos im Raum stand, glaubte Martin die Erschütterung zu spüren, die seine Mutter erfasste. Und auf einmal wusste er, warum manche Geheimnisse besser nicht ans Licht gezerrt wurden. Unwissenheit konnte eine Gnade sein. Er spürte, wie Mathildas Hand sich in seine schob, und drückte sie dankbar.

»Hélène war die Frau, die am längsten in meinem Leben gewesen ist«, fuhr Max fort. »Und die einzige, die je mein Herz berührt hat. Aber irgendwann war auch das … vorbei.«

»Irgendwann bist du also auch ihrer … überdrüssig gewesen.« In Judiths Augen trat ein gefährliches Funkeln. »Hast du kein schlechtes Gewissen, die Menschen auf diese Weise zu … benutzen?«

»Ich habe sie nicht ben…«

Ehe er seinen Satz beenden konnte, trat Judith vor Max hin, hob die Hand und verpasste ihm ebenfalls eine schallende Ohrfeige. »Das ist einfach nur erbärmlich.«

Nur selten hatte Martin seine Mutter so voller Wut erlebt.

»Das habe ich … vermutlich verdient«, meinte Max und verzog das Gesicht.

»Allerdings!«

»Judith. Was passiert ist … es tut mir leid.«

»Das sollte es.« Mit einem tiefen Seufzer rieb sich Judith die Handfläche. »Wenn Victor den heutigen Tag erlebt hätte …«

»Es tut mir wirklich leid, Judith«, wiederholte Max. »Auch wenn es nichts mehr ändert.«

»Ach, Max …« Judith rieb sich über die Schläfe, wirkte auf einmal müde und erschöpft. Sie setzte sich auf den nächstbesten Stuhl.

»Würdet ihr mir *bitte* erzählen, was genau damals geschehen ist«, hörte Martin sich auf einmal sagen. »Ich finde, ich habe ein Recht darauf, zu erfahren, wie sich alles zugetragen hat.«

Judith schien unangenehm berührt. »Später, Martin«, antwortete sie ausweichend.

»Nein«, erwiderte Martin. »Ich möchte es jetzt wissen. Alles.« Er setzte sich. Mathilda stellte sich an seine Seite und legte ihm eine Hand auf die Schulter. Sie so nah bei sich zu spüren, gab ihm Kraft.

Judith faltete die Hände in ihrem Schoß, schien zu überlegen. Und begann schließlich, stockend zu erzählen.

Von der unseligen Verlobung, die ihr Vater arrangiert und ausgerechnet auf dem Ballabend bei den Ebingers verkündet hatte, bis hin zu den Geschehnissen im Musikzimmer.

Auf Martin wirkte die Geschichte wie ein böses Märchen, so, als wäre sie aus der Zeit gefallen.

»Heute«, sagte seine Mutter abschließend, »hätte ich ganz

anders reagiert. Aber heute haben wir Frauen auch mehr Rechte. Und mehr Mut.«

»Weißt du, Judith«, ergänzte Max ruhig. »Wir hatten beide recht viel Champagner getrunken. Und dann stand so viel im Raum. Deine Verlobung. Die offizielle Übertragung von Vaters Maschinenfabrik auf mich, obwohl ich das gar nicht wollte.« Er rieb sich den Nacken. »Auch wenn ich, als der Erfahrenere, dem Ganzen hätte Einhalt gebieten müssen, so waren wir beide an diesem Abend doch irgendwie verloren gewesen.« Er sah Judith mit einem Blick an, der seine Betroffenheit viel deutlicher zeigte als seine Worte.

»Sehen wir doch das Gute, das daraus entstanden ist«, sagte auf einmal Mathilda. »Ohne diese Nacht wäre Martin nicht auf der Welt. Ob es richtig gewesen ist, alles unter den Teppich zu kehren, kann im Nachhinein niemand mehr beantworten. Aber ich bin von Herzen froh, dass … ihr zu viel Champagner getrunken hattet.« Sie zauste Martin zärtlich das Haar.

»Mathilda …«, antwortete Judith. »Auch wenn sich deine Worte sehr salopp anhören für all das, was geschehen ist und was ich durchgemacht habe …«

»Entschuldige bitte«, sagte Mathilda rasch und eine leichte Röte überzog ihre Wangen. »Ich wollte dir … euch … nicht zu nahe treten.«

»Lass mich erst ausreden«, bat Judith lächelnd. »Die Nacht hatte schlimme Folgen, daran gibt es nichts zu beschönigen. Wahr ist aber definitiv, dass aus all dem Unglück etwas Kostbares entstanden ist.«

Sie sah noch einmal zu Max. »Dein Verhalten damals war schäbig. Die Sache mit dir und … meiner Mutter ist letzten Endes nicht die meine. Zu diesem Zeitpunkt hatte sie uns bereits verlassen und ihr eigenes Leben begonnen. Zudem sind Jahrzehnte vergangen.«

»Das mit Hélène war vielleicht nicht recht, wenn man die üblichen moralischen Maßstäbe anlegt«, meinte Max, ohne dass er um Verständnis zu heischen schien. »Und vermutlich entschuldigt auch nicht einmal die Tatsache, dass sie eine große Liebe für mich war, irgendetwas. Dennoch haben wir zu keinem Zeitpunkt leichtfertig oder verantwortungslos gehandelt. Wir haben diese Beziehung bewusst gelebt. Weißt du, Judith, die Liebe hat so viele Gesichter.«

Judith betrachtete ein wenig verlegen ihre rechte Hand, an der noch immer ihr Ehering glänzte. »Das … mag sein. Es ist ohnehin nicht mehr zu ändern. Aber eines ist sicher: Ich werde dich niemals als den Vater meines Sohnes betrachten können.«

»Das musst du nicht, Mutter«, sagte Martin. »Auch ich betrachte ihn nicht … als meinen Vater.« Es fiel ihm schwer, zu formulieren, was ihn gerade bewegte. »Aber … vielleicht kannst du verstehen, dass …« Er holte noch einmal tief Luft, »… dass ich den Mann gerne kennenlernen möchte, von dem ich abstamme.«

Max sah ihn überrascht an.

Und obwohl Martin äußerlich sehr seiner Mutter glich, fand er in den Gesichtszügen von Max Ebinger ein kleines bisschen sich selbst wieder. So schwer alles war und so viel

Schmerz darin lag – auf widersinnige Art und Weise fühlte er sich auf einmal vollständig.

»Dass du Max näher kennenlernen willst, Martin, das ist dein … gutes Recht«, antwortete Judith nun, um die richtigen Worte ringend. »Vielleicht war es ein Fehler, dir diesen Teil deines Selbst … vorzuenthalten. Ich werde euch nicht im Weg stehen. Doch bitte ich darum, dass das alles … nicht bei uns zu Hause stattfindet. Noch nicht.«

»Das respektiere ich selbstverständlich, Mutter«, erwiderte Martin. »Ich danke dir.«

Mathilda strich über Martins Hand, dann ging sie zu Judith hin und fasste sie am Ellenbogen. »Was meinst du, wollen wir nach Artur und Josefine sehen?«

»Ja.« Judith nickte ihr zu. »Das ist eine gute Idee.«

Nachdem die beiden Frauen hinausgegangen waren, setzte sich Max an den Flügel und schlug einige Töne an. »Er ist gar nicht mehr verstimmt. Das hört sich gut an!«

»Das ist mir vorhin auch aufgefallen.« Martin lächelte unsicher. »Vielleicht war mein Onkel hier und hat ihn gestimmt.«

»Dein Onkel?«

»Anton, ja. Er ist Klavierbauer.«

»Ah!« Max begann, einen leichten Swing zu spielen. »Ich war die letzten Monate in London. Und habe dort einige interessante Musiker getroffen.« Er lächelte Martin zu, ein wenig unsicher noch, aber offen. »Setz dich doch zu mir! Mich interessiert, was du dazu meinst.«

Martin kam seinem Angebot nach. »Gern! Ich bin zwar

in der Klassik zu Hause, spiele aber hin und wieder Jazz in einem Pariser Lokal.«

Max hielt einen Moment inne und sah Martin noch einmal ernst an. »Ich weiß, dass dein Vater tot ist, Martin. Aber ich lebe. Und ich möchte dir gerne meine Freundschaft anbieten. Vielleicht erwächst daraus im Laufe der Zeit etwas … Besonderes.«

Martin nickte.

Sie begannen zu spielen, mal der eine, mal der andere, dann beide gemeinsam. In jedem Ton schwang Trost mit, zaghaftes Verstehen und neue Hoffnung. Und so legte sich die Musik wie ein heilender Wundbalsam auf Martins Seelenschmerz.

41. KAPITEL

New York, Manhattan, 42nd Street, am 18. November 1936

»Was hat deine Mutter denn geschrieben?«, fragte Andrew, während sie die Stufen der Subway Station an der 42nd Street hinaufstiegen.

»Das erzähle ich dir später«, antwortete Viktoria, »es ist so viel … und so unglaublich.«

Andrew sah sie besorgt an. Mit ähnlichem Blick hatte er ihr heute Morgen den dicken Umschlag mit blauem Luftpostaufkleber überreicht – in Judiths schwungvoller Handschrift adressiert an Viktoria Rheinberger, c/o SweetCandy Ltd. in Manhattan, New York. Auch Viktoria war sofort klar gewesen, dass irgendetwas vorgefallen sein musste. Die Korrespondenz mit Stuttgart war aus Sicherheitsgründen noch immer recht spärlich, welchen Anlass also hatte Judith, einen mehrseitigen Brief zu schreiben? Zum Lesen hatte Viktoria sich in eines der Besprechungszimmer zurückgezogen – und den restlichen Vormittag dazu gebraucht, sich wieder einigermaßen zu fangen.

Ein eisiger Wind machte Viktoria frösteln, als sie den Subway-Schacht verließen. Schneeflocken tanzten vom Himmel, wurden auf der viel befahrenen 42nd Street aber sofort zu grauem Matsch. Der Winter in New York, das hatte sie inzwischen erfahren, kam früh – und er war bitterkalt.

Inzwischen hatte Viktoria das Raster der Straßenführung in Manhattan verinnerlicht. Die wenigen *Avenues* verliefen längs, von Nord nach Süd, die unzähligen *Streets* quer, von Ost nach West, und so verband auch die 42nd Street den East River schnörkellos mit dem Hudson River.

Viktoria zog den warmen Wintermantel mit Pelzbesatz fest um sich, den sie erst kürzlich gekauft hatte. Andrew bemerkte es und legte ihr fürsorglich den Arm um die Schultern, während sie sich dem Pulk der Passanten auf dem Bürgersteig anschlossen. Als sie gegen Mittag in sein Büro gekommen war, hatte er sofort gewusst, dass etwas nicht stimmte, und sie sanft, aber bestimmt dazu überredet, mit ihm Essen zu gehen. In eine Lokalität, die sie noch nicht kannte. Und tatsächlich tat es ihr gut, sich unter Menschen zu mischen, die Fetzen des ihr inzwischen vertrauten New Yorker Slangs zu hören und die Betriebsamkeit der Stadt zu spüren.

Zu Fuß waren sie deutlich schneller als die unzähligen Autos, die sich hupend durch den Stau auf der verstopften Fahrbahn quälten und ihre Abgase in den grauen Winterhimmel bliesen. Autofahren in Manhattan war vor allem ein Geduldsspiel. Deshalb fuhr Andrew so gut wie nie selbst, nutzte, wenn überhaupt, nur hin und wieder ein Taxi.

Den unwirtlichen Temperaturen zum Trotz saß an der

einen oder anderen Ecke der 42nd Street ein unerschrockener Schuhputzerjunge, der, tief vermummt, mit seiner Bürste auf eine Holzkiste trommelte, um Kunden anzulocken. Viktoria taten die jungen Burschen leid. An einem solchen Tag würden sie kaum etwas einnehmen. Armut und Reichtum lagen in New York noch näher beieinander als in Stuttgart.

Vorbei an den hübschen Auslagen der vielen Ladengeschäfte, erreichten sie schließlich das Restaurant, welches Andrew ausgesucht hatte. Große blaue Leuchtbuchstaben über dem Eingang sandten das Wort *Cafeteria* in den Dunst dieses Novembertages.

Drinnen empfing sie nicht nur angenehme Wärme, sondern ein großer, sauberer Gastraum mit einem langen, verglasten Tresen, auf dem das reichhaltige kulinarische Angebot arrangiert war.

Aus einem Metallkasten rechts des Eingangs schaute das Ende eines blauen Pappkärtchens heraus. Andrew zog daran und unter dem unerwartet zarten Klang eines Glöckchens gab der Automat einen Bon preis, um im nächsten Moment das Ende eines neuen nachzuschieben. Viktoria tat es Andrew gleich und fühlte sich durch den hellen Ton augenblicklich in das kleine Café der Stuttgarter Schokoladenfabrik versetzt. Auch dort gab es ein feines Bimmeln, sobald man den Gastraum betrat.

»Die Tabletts sind da drüben«, meinte Andrew und deutete in Richtung Tresen. Achte darauf, dass du den Bon nicht verlierst!«

Sie nahmen sich ein braunes Tablett, legten Besteck und Papierserviette darauf und setzten es auf die Ablage aus vernickelten Rohren, die vor dem Tresen mit den ausgestellten Mahlzeiten angebracht waren.

»Ach, du liebe Zeit, hier gibt es ja so viel!« Viktoria schob ihr Tablett vor Andrew über die Ablage, vorbei an gebratenen Würstchen und Fleisch, Kartoffeln in vielerlei Varianten, unterschiedlichem Gemüse und vielem mehr. »Um das alles zu probieren, müssten wir den restlichen Tag hier verbringen.«

»Selbst *die* Zeit würde nicht reichen«, meinte Andrew schmunzelnd und bestellte bei einem der Köche, die hinter dem Tresen die Kundenwünsche entgegennahmen, eine Roulade mit Kartoffelpüree und einen Salat. Der Mann stellte den entsprechenden Teller auf die Theke, während ein stark geschminktes Mädchen mit rosa Häubchen Viktoria nach ihren Wünschen fragte. Sie entschied sich für eine Suppe, Fisch und Kartoffelbällchen mit Rosenkohl.

»Dürfte ich Ihren Bon haben«, fragte sie freundlich, als Viktoria ihre Teller auf das Tablett stellte.

»Oh, natürlich!« Viktoria reichte ihr das blaue Kärtchen. Mit einer Zange lochte die Angestellte den Preis hinein und gab es ihr zurück.

Andrew hatte derweil zwei Gläser mit Orangensaft besorgt. Auf ein Dessert verzichtete Viktoria, auch wenn vor allem die kleinen Kuchen wirklich lecker aussahen. So viel Hunger hatte sie nicht.

Die beladenen Tabletts in der Hand balancierend, suchten sie sich einen freien Platz an einem der polierten Tische der *Cafeteria.* Andrew legte seinen Hut auf die Ablage unter der Tischplatte, Viktoria schälte sich aus den Ärmeln ihres Mantels, behielt ihn aber an ihrem Platz. Eine Garderobe gab es nicht, die meisten Gäste zogen ihre Mäntel gar nicht erst aus.

»Also dann«, meinte Andrew und prostete ihr mit seinem Orangensaft zu. »Lass es dir schmecken.«

Viktoria schnupperte an ihrer Tomatensuppe. »Sie riecht nicht besonders intensiv.«

Andrew grinste. »Die Tomaten hier kannst du nicht mit denen in Deutschland vergleichen. Sie werden meist unreif geerntet und verarbeitet. Warte …« Er schob ihr Pfeffer und Salz hin, die neben Öl, Essig und einem Zuckerstreuer auf dem Tisch standen. »Vielleicht schmeckt es dann ein wenig besser.«

»Danke.« Viktoria würzte ihre Suppe nach und probierte.

»Und?«, fragte Andrew und schnitt ein Stück von seiner Roulade ab. »Wie ist sie?«

»Eigentlich ganz gut«, meinte Viktoria. »Sie schmeckt aromatischer, als sie riecht. Möchtest du versuchen?«

Er kostete und ließ Viktoria im Gegenzug von seinem Menü probieren.

»Es ist natürlich keine kulinarische Offenbarung hier«, fügte er an.

»Das nicht«, erwiderte Viktoria. »Aber für ein schnelles Lunch finde ich es nicht schlecht.« Zudem gefiel ihr die ungezwungene Atmosphäre hier.

Der Fisch und die Beilagen schmeckten sogar recht lecker.

»Erzählst du mir nun von dem Brief?«, fragte Andrew, als sie ihre Mahlzeit beendet hatten und zwei Tassen mit dampfend heißem Kaffee vor ihnen standen.

Viktoria sah zu den großen Fensterscheiben der Cafeteria hinaus, vor denen noch immer die Flocken fielen. »Martin, also mein Bruder … ist nicht das Kind … meines Vaters.«

»Wie bitte? Das stand in dem Brief?« Andrew war die Ungläubigkeit deutlich anzusehen.

»Das ist die Zusammenfassung, ja.«

»Herrje!« Er fuhr sich mit der Hand in den Nacken. »Das sind ja unerwartete Neuigkeiten.«

Viktoria nickte.

»Es tut mir leid«, meinte Andrew. »Ich hätte dich nicht dazu drängend dürfen, mir zu berichten.«

»Ist schon gut, Andrew. Ich hätte es dir ohnehin erzählt. Allerdings habe ich erst einmal Zeit gebraucht, diese … Botschaft zu verarbeiten.« Viktoria nahm ihre Kaffeetasse in beide Hände und blies in die heiße Flüssigkeit. Ihren Schock mit ihm teilen zu können, machte es irgendwie leichter. »Offensichtlich wusste Martin es schon länger, weil er entsprechende Papiere gefunden hatte«, fuhr sie fort. »In all der Aufregung um die Schokoladenfabrik wollte er Mutter aber nicht auch noch mit dieser Sache belasten.« Sie nippte an ihrer Tasse. »Vor einer guten Woche kam es zu einem zufälligen Aufeinandertreffen seines … leiblichen Vaters, meiner Mutter und meiner Großmutter.«

»Konnten sie sich dabei aussprechen?«, fragte Andrew.

»Wie man es nimmt«, erwiderte Viktoria. »Würde all das, was Mutter mir in ihrem Brief geschrieben hat, in einem Roman stehen – ich hätte dem Autor eine überbordende Fantasie bescheinigt. Denn es ist nicht nur so, dass dieser Max Ebinger der leibliche Vater meines Bruders ist. Er ist auch noch … der frühere Liebhaber meiner Großmutter.« Sie lachte auf. »Kannst du dir das vorstellen, Andrew?«

Andrew schwieg zunächst, sortierte ganz offensichtlich seine Gedanken. »Es mag eigenartig klingen«, sagte er dann, »aber ich glaube, dass auf dieser Welt nichts unmöglich ist.«

»Wie meinst du das? Findest du es nicht … abartig?«

»Nein. Nicht so wie du.«

Viktoria schüttelte den Kopf und stellte ihre Tasse ab.

»Wir sind nun einmal Menschen.« Er legte eine Hand auf die ihre. »Unsere Gefühle lassen sich nicht immer beherrschen. Genauso wenig immer erklären.«

»Das nicht, aber …«

»Liebe fragt nicht, Viktoria. Und sie geht manchmal eigenartige Wege. Auch wenn ich den genauen Sachverhalt noch nicht kenne, so wird sich für alles bestimmt eine Erklärung finden. Ob wir diese dann nachvollziehen können, sei dahingestellt.«

»Das ist eine … ungewöhnliche Einstellung.«

»Sagen wir, es ist eine offene Einstellung. Orientiert an der Menschlichkeit.« Andrew trank seinen Kaffee aus. »Natürlich braucht es eine Weile, so etwas zu verarbeiten. Wenn ich dir als Außenstehender dazu einen Rat geben darf: Versuche, niemanden zu verurteilen. Du kannst alles hinterfragen, kannst dich wundern, Zweifel hegen – aber versuche, keine vordergründigen moralischen Maßstäbe anzusetzen. Denen genügen die wenigsten Menschen. Und den anderen gelingt es meistens nur, ihre Abgründe gut genug zu vertuschen.«

Seine Worte enthielten so viel Sinnhaftigkeit, dass Viktoria eine Minute brauchte, um sie wirklich zu verstehen. Aber er hatte recht. Viktoria war wie selbstverständlich davon ausgegangen, eine perfekte Familie zu haben. Einen Vater, der sie gefördert und beschützt, eine Mutter, die sie liebevoll auf ihren Schritten ins Leben und ins Frausein begleitet hatte, einen großen Bruder, zu dem sie aufsehen konnte. Daher fiel es ihr schwer, das Drama zu ertragen, das sich auf einmal hinter dieser Harmonie auftat. Zu erkennen, dass auch bei ihnen manches nicht so gewesen war, wie es nach außen hin schien.

»Dein Vertrauen ist erschüttert, Viktoria, und das ist völlig normal«, setzte Andrew noch einmal mit sanfter Stimme an. »Aber unabhängig von den Umständen, die deine Eltern dazu bewogen haben, über Martins leiblichen Vater so hartnäckig zu schweigen«, fuhr er fort, »so großartig war es, wie Victor Martin als sein Kind angenommen hat. Er konnte wie du behütet aufwachsen, seine Talente entfalten, sich auf seine Eltern verlassen. Das ist ein hohes Gut. Bedenke dies, wenn du deiner Mutter zurückschreibst.«

»Ich werde es versuchen.« Sie lächelte schwach.

»Wollen wir zurückgehen?«, fragte Andrew. »Um zwei Uhr habe ich einen Termin mit John Carollo. Du bist doch dabei?«

»Selbstverständlich.«

»Gut.« Andrew erhob sich, setzte seinen Hut auf, bat Viktoria um ihren Bon und bezahlte ihrer beider Verzehr an der Kasse. Dann bot er ihr seinen Arm.

Heftiges Schneetreiben begleitete sie auf ihrem Weg zur Subway.

ൟ

Eine Stunde später in Andrews Büro

John Carollo war pünktlich wie immer. »Haben Sie denn etwas herausfinden können hinsichtlich der abgeschriebenen Forderungen?«, fragte er, kaum dass sie sich an den Besprechungstisch gesetzt hatten, und steckte sich eine Zigarette an.

»Wir sind dabei, diesen Vorgang intern zu untersuchen«, antwortete Andrew. »Zunächst dachten wir, dass meine Cousine Grace Miller etwas damit zu tun hat, aber ganz offensichtlich liegt die Schuld bei einem unserer Buchhalter, der vor einigen Wochen nach Aussage meiner Cousine von einem Tag auf den anderen gekündigt hat.«

»Interessant.«

»Wir haben versucht, seinen jetzigen Aufenthaltsort ausfindig zu machen oder seine neue Arbeitsstelle, aber er scheint wie vom Erdboden verschluckt.«

»Eigenartig. Vielleicht wurde er eingeschleust und wieder abgezogen, als die Nachforschungen begonnen haben?«

»Möglich.«

»Wir sollten das im Auge behalten«, meinte Carollo und zog an seiner Zigarette. »Nun zu dem, was *ich* diesbezüglich Neues mitteilen kann. Die Rechnungs- und Lieferanschriften der auf besagter Liste angegeben Adressen sind nicht mehr existent. Im Augenblick versucht einer meiner Mitarbeiter herauszufinden, ob hinter diesen mutmaßlichen Scheinfirmen ein einziger Strippenzieher sitzt. Hier würde ich Miss Miller gerne noch einmal hinzuziehen.«

»Selbstverständlich können Sie auf Grace zurückgreifen. Am besten vereinbaren Sie mit ihr direkt einen Termin«, erwiderte Andrew und rieb sich über die Stirn. »Ich hoffe, dass man hierzu überhaupt noch etwas nachvollziehen kann. Wenn jemand die Absicht hat zu betrügen, verwischt er mit Sicherheit die Spuren.«

»In vielen Fällen aber nicht gut genug. Lassen Sie uns abwarten, Mister Miller.«

Andrew nickte und sah dann zu Viktoria, die aufmerksam zugehört hatte. »Hier im Haus hat Miss Rheinberger zusammen mit Mr. Stern und Grace einiges erarbeitet. Möchtest du berichten, Viktoria?«

»Gern.« Viktoria setzte sich aufrechter hin. »Die allerersten Unregelmäßigkeiten gab es vor etwa einem Jahr. Zunächst waren die Fälle vereinzelt, sodass sie nicht auffielen. Dann begann das Ganze, eine gewisse Systematik anzunehmen, ganz besonders auffällig ist dies bei besagter Liste der

Special Clients. Zudem finden sich bei den Lieferanten einige fragliche Vorgänge, insbesondere bezüglich überhöhter Preise. Aber davon wissen Sie bereits.«

Carollo nickte und drückte seine halb gerauchte Zigarette aus. »In der Tat. Die Fakten liegen so weit auf dem Tisch. Ich habe inzwischen mit einem Ihrer Kunden wegen eines angedrohten Produktmangel-Prozesses gegen die Sweet-Candy Kontakt aufgenommen. Er sprach von üblichen Vorgängen bei Unstimmigkeiten im Geschäftsleben und auch davon, dass Sie glimpflich davongekommen wären. Wenn er tatsächlich einen Prozess angestrengt hätte, wäre es mit Sicherheit zu Schadensersatzforderungen gekommen.«

»Niemals. Unsere Lieferung war einwandfrei. Entweder sie wurde manipuliert, oder die Reklamation war Betrug.«

»Diese Sache ist ja nun durch Vergleich geregelt, deshalb würde ich es auf sich beruhen lassen«, riet Carollo. »Ob sie mit den anderen Auffälligkeiten zusammenhängt, lässt sich nur vermuten, nicht beweisen.«

»Das stimmt«, erwiderte Viktoria. »Ich stelle mir aber eine andere Frage: Wer hat die Möglichkeit, derart viele Kunden zu einem Betrug zu bewegen? Derjenige muss doch zum einen über die entsprechenden Kontakte, zum anderen über eine gewisse Macht verfügen. Sonst lässt sich so etwas doch gar nicht umsetzen.«

»Da haben Sie vollkommen recht, Miss Rheinberger«, stimmte Carollo zu. »Ich werde mich diesbezüglich noch einmal mit der Hudson Bank in Verbindung setzen. Möglicherweise verfolgt dort ein Mitarbeiter eigene Interessen.«

»Tun Sie das. Es wäre zudem interessant, endlich zu wissen, warum die Hudson Bank unbedingt unsere Kredite wollte«, sagte Viktoria. »Es wundert mich, dass hierzu noch keine Erkenntnisse vorliegen. Meiner Ansicht nach sollten wir die Unterlagen der betroffenen Kunden noch einmal dahingehend untersuchen, ob sie Konten bei der Hudson Bank haben.«

»Das würde durchaus Sinn machen«, stimmte Carollo zu. »Auch dies wäre eine Aufgabe für Miss Miller. Denn einem seriösen Bankhaus Unregelmäßigkeiten nachzuweisen, ist alles andere als einfach. Das braucht seine Zeit.« Er räusperte sich. »Lassen Sie uns das Ganze doch einmal größer denken – möglicherweise haben wir es mit einem Verbrechersyndikat zu tun. Allerdings müssen wir mit dahingehenden Recherchen sehr vorsichtig sein.«

»Es gibt eine eng vernetzte Mafia in New York«, sagte Andrew. »Aber ich glaube nicht, dass sie etwas mit unserer Sache zu tun hat. Die hätten längst härtere Saiten aufgezogen. Ein Menschenleben gilt denen nicht viel.«

»Das ist zwar richtig«, antwortete Carollo. »Doch da andere Ansatzpunkte kaum greifen, sollten wir diese Möglichkeit durchaus in Betracht ziehen.«

»Ist das Ihr Ernst, Mister Carollo?« Andrew wurde sichtlich nervös. »Sie wissen, was es bedeuten würde, wenn tatsächlich die Mafia hinter alldem steht?«

»Sonst würde ich es nicht aussprechen. Seit dem Ende der Prohibition ist deren ertragsreichstes Geschäftsfeld weggebrochen. Sie drängen nun in andere Wirtschaftszweige.«

»Und der Immobilienmarkt ist einer davon«, folgerte

Andrew. »Möglicherweise sehen sie in der SweetCandy ein lukratives Spekulationsobjekt.«

»Selbst wenn es zahlreiche andere Unternehmen gibt, die sie leichter haben könnten?«, gab Andrew zu bedenken.

»Manhattan hat so gut wie keine freien Flächen mehr«, erklärte Carollo. »Die Preise steigen ins Astronomische. Da ist jede Firma interessant.«

Andrew schüttelte den Kopf.

»Wenn Mister Carollo diese Möglichkeit in Erwägung zieht, dann solltest du es auch tun«, meinte Viktoria.

»Sollte es sich wirklich so verhalten, dann steht uns ein schwerer Kampf bevor, Mister Miller.« Carollo griff nach seinem Hut. »Diese Männer sind nicht gerade dafür bekannt, einmal gefasste Pläne fallen zu lassen.«

»Ist es hier wirklich so leicht, jemanden um sein Eigentum zu bringen?«, fragte Viktoria. »Ich mag das alles nicht glauben.«

»Nun ja, leicht ist es nicht. Aber wenn man skrupellos und gut vernetzt ist in New York, dann ist nichts unmöglich. Nun gilt es, schlauer zu sein als der Gegner.« In den Augen des Anwalts blitzte so etwas wie Kampfeslust auf. »Sie hören von mir!«

»Ich weiß nicht«, meinte Viktoria, nachdem Carollo gegangen war, »aber irgendwie habe ich den Eindruck, dass dieser Anwalt um den heißen Brei herumredet.«

»Wir haben einfach mehrere Szenarien durchgespielt«, erwiderte Andrew.

»Aber sag ehrlich«, beharrte Viktoria. »Was genau will er denn jetzt tun?«

»Er wird sich umhören, ob die New Yorker Mafia in diese Sache verstrickt ist.«

»Und wenn er herausfindet, dass es so ist, dann wird es schwierig.«

»Allerdings.«

»Du hast Angst, Andrew.«

»Angst nicht. Aber berechtigte Sorge.«

»Angenommen, es verhielte sich so. Die … Mafia … möchte tatsächlich die SweetCandy. Dann könnte es doch sein, dass diese Leute die Hudson Bank benutzen, um ihr Ziel zu erreichen.«

Andrew sah sie an. »Wenn die Mafia dahintersteckt, ist alles möglich.«

Sie schwiegen beide.

»Viktoria«, meinte Andrew. »Wir werden sehr gut aufpassen müssen.«

»Ich weiß.«

»Wenn es dir zu gefährlich erscheint, dann sag es mir ehrlich.«

»Wie bitte? Meinst du, ich lasse dich in einer solchen Situation allein?« Viktoria schüttelte den Kopf. »Ich werde das Debüt für Brenda Frazier vorbereiten, die Schokoladenkreationen nacharbeiten, die in euren Rezeptsammlungen sind und neue Ideen ausprobieren. Mich wirst du so schnell nicht los.«

Andrew lächelte und nahm ihre Hand. »Du bist wunderbar, Viktoria.«

Viktoria streichelte seine Finger. »Mir fällt noch etwas ein. Aber das ist wirklich – gewagt.«

»Was meinst du damit?«

»Ich traue mich kaum, es dir vorzuschlagen. Aber es wäre eine Option: Du verkaufst die SweetCandy an meine Mutter, und sie zahlt alle Gläubiger aus. Damit hätte die Hudson Bank keinen Zugriff mehr.«

»Das ist in der Tat gewagt«, erwiderte Andrew, und seine Bedenken waren ihm deutlich anzuhören. »Was glaubst du, was die Mafia macht, wenn sie merkt, dass ihr Deal platzt?«

»*Wenn* die Mafia denn damit zu tun hat. Das wissen wir ja noch gar nicht. Und falls sie es ist – wird sie sich eine neue Strategie überlegen müssen. Bis dahin haben wir Tatsachen geschaffen.«

»Das werden sie nicht auf sich beruhen lassen.«

»Wer weiß? Das mag vielleicht naiv klingen, Andrew, aber manchmal wenden sich solche Leute dann lieber anderen Objekten zu. Solchen, die sie schneller und leichter zum Ziel kommen lassen.«

»Meine Güte, Viktoria, du weißt wirklich nicht, was es hieße, sich mit der Mafia anzulegen.« Andrew sah sie eindringlich an. »Aber gesetzt den Fall, ich stimme einem solchen Deal zu – woher möchte deine Mutter denn die Mittel dafür nehmen?«

»Meine Mutter hat die Schokoladenfabrik in Deutschland zu einem guten Preis verkauft. Das habe ich zwischen den Zeilen ihres Briefes gelesen. Und auch, dass ich mich mit meinem Onkel Karl in Verbindung setzen soll. Er hat den ganzen Erlös offensichtlich in die Schweiz transferiert. Ich denke, sie möchte, dass ich informiert bin, weil ich Ansprüche auf Anteile der Schokoladenfabrik gehabt hätte.«

»Käme für sie ein Investment in New York überhaupt infrage?«

»Das müssten wir sie fragen. Aber wenn sie dazu bereit wäre – würdest du es in Erwägung ziehen?«

Andrew rieb sich den Nacken. »Lass mich darüber nachdenken, Viktoria. Das bedeutet nicht, dass ich dir nicht vertraue, ganz im Gegenteil. Aber ein solcher … Coup … hat weitreichende Folgen. Und zwar für alle, die daran beteiligt sind!«

42. KAPITEL

Die Klavier- und Flügelmanufaktur A. Rothmann, am Spätnachmittag des 23. November 1936

Der typische Geruch nach Leim, Lack und Holz erweckte sofort ein warmes, vertrautes Gefühl in Judith. Zügig durchquerte sie den großen Ausstellungsraum von Antons Klavierfabrik, in dem Besucher von neuen und gebrauchten Tasteninstrumenten empfangen wurden. Sie sah Anton an einem großen, schwarz lackierten Flügel stehen, ins Gespräch mit einer älteren Dame vertieft, die das prächtige Instrument gerade interessiert in Augenschein nahm.

»Gehst du schon voraus, Judith?«, rief er ihr zu. »Die anderen sind in der Wohnung.«

Judith nickte und verließ die Ausstellung in Richtung Werkstatt. Wie vermutet, saß dort ihr Neffe Emil und bastelte mit einigen Holzresten.

»Was wird denn das?«, fragte sie interessiert.

»Ein Turm«, antwortete Emil und hämmerte konzentriert einen Nagel in die Bretter.

»Pass auf, dass du dir nicht auf die Finger haust«, ermahnte Judith.

»Ich hau mir nie auf die Finger.« Emil schien sich von ihrer Fürsorge gestört zu fühlen.

»Na, dann ist es ja gut.« Judith fuhr ihm mit der Hand durch seinen dunklen Haarschopf. »Ich schaue mir deinen Turm an, wenn ich wieder gehe, einverstanden?«

»Ja, Tante Judith.« Emil schüttelte den Kopf, als wolle er das zerzauste Haar wieder ordnen, und suchte in dem neben ihm liegenden Bretterstapel nach dem nächsten passenden Stück.

Judith drückte ihm rasch ein paar Schokoladenbonbons in die Hand und machte sich dann auf den Weg in die Wohnräume im zweiten Stock der Manufaktur.

Ihre Schwägerin empfing sie herzlich und bat sie gleich ins Speisezimmer, wo Karl bereits an der gedeckten Tafel saß. Es duftete nach Apfelkuchen und Kaffee.

»Judith!« Karl stand sofort auf und drückte sie herzlich.

»Schön, dass du gut angekommen bist, Karl«, meinte Judith. »Man weiß ja nie, was unterwegs passiert.«

»Natürlich sind die Grenzkontrollen streng, aber ich bin vorsichtig. Mach dir keine Sorgen!«

Sie setzten sich, und noch während Serafina den Kaffee ausschenkte, kam Anton herein. »Ich bin etwas verspätet, tut mir leid. Aber einen großen Flügel verkaufe ich derzeit nicht mehr alle Tage.«

Serafina servierte den frisch gebackenen Apfelkuchen, während alle sich nach dem gegenseitigen Befinden erkundigten.

»Ihr hattet hier ja recht viel Aufregung zu verkraften«, meinte Karl. »Ehrlich gesagt mussten auch wir diese ganzen Neuigkeiten erst einmal schlucken. Das mit deinem Sohn, und dann auch noch die Sache mit Mutter …«

»Allerdings«, seufzte Judith und legte ihre Kuchengabel auf den Tellerrand. »Es war ein Schock für alle und natürlich habe ich so etwas wie … ein schlechtes Gewissen. Aber selbst dann, wenn ich noch einmal vor derselben Entscheidung stünde, wüsste ich nicht, ob ich anders handeln würde. Unter den damaligen Umständen blieb uns eigentlich keine große Wahl.«

»Die Entscheidung habt ihr, du und Victor, gemeinsam getroffen, daran hat keiner etwas zu kritisieren«, erwiderte Karl. »Dennoch hätte ich zumindest eurem Sohn irgendwann die Wahrheit gesagt, spätestens als er volljährig wurde. Ich finde, ein Kind hat ein Anrecht darauf.«

Seine Worte trafen Judith. »Im Nachhinein hast du sicherlich recht. Aber irgendwann hatten wir alles so verinnerlicht, diese Lüge, wenn du so willst, dass es keine Rolle mehr spielte. Es stand schlichtweg nicht mehr zur Debatte, darüber noch ein Wort zu verlieren.«

»Ist schon gut, Judith«, meinte Karl versöhnlich. »Es war schwer genug für euch damals. Wer weiß, was wir gemacht hätten in so einer Situation. Aber sag, wie geht es Martin jetzt?«

»Er ist mit Mathilda nach Paris abgereist«, antwortete Judith. »Die beiden haben einen Umweg über die Schweiz gemacht, um Mathildas Eltern in Zürich zu besuchen. Ansonsten scheint es, als habe er alles recht gut verkraftet. Er … hält Kontakt zu Max Ebinger, das scheint ihm wichtig zu sein. Was wirklich in ihm vorgeht, kann ich nicht sagen. Das weiß man bei Martin nie so genau.«

»Zum Glück ist Mathilda bei ihm«, stellte Serafina fest, und Judith nickte.

»Auch wenn die Umstände gewiss nicht glücklich waren, so finde ich es gut, dass endlich alles ans Tageslicht gekommen ist.« Anton sah Judith an. »Serafina und ich wussten übrigens schon … länger davon.«

Judiths Kuchengabel fiel mit einem leisen Klirren auf den Porzellanteller. »Ihr wusstet es?«

»Ja. Durch Zufall.« Serafina legte ihr in einer beruhigenden Geste die Hand auf den Arm.

»Nach dem großen Brand habe ich in Victors Arbeitszimmer auf euch gewartet«, sagte Anton. »Und auf dem Schreibtisch lagen alle möglichen Papiere. Ich war an der Hand verletzt, ein Stapel rutschte mir herunter, und da … fiel das Papier aus einer Mappe.«

»Das ist ja nicht schlimm. Aber warum habt ihr nichts gesagt?«, fragte Judith.

»Es war eure Angelegenheit. Allerdings haben wir dadurch manches besser verstanden. Euer Verhältnis zu den Ebingers zum Beispiel.«

»Nun ist es ohnehin nicht mehr zu ändern«, meinte Karl ruhig. »Weder die Tatsache, dass ihr es verschwiegen hattet, noch die Umstände, unter denen es bekannt geworden ist.«

»Wie geht es denn deiner Mutter, Judith?«, wollte Serafina

wissen. »Sie war bei uns, gleich nachdem alles herausgekommen war bei Herrn Ebingers Geburtstag, und hat sich von Anton nach Degerloch bringen lassen.«

»Nicht so gut«, antwortete Judith. »Sie ist recht schnell abgereist, ohne Groll zwar, aber völlig durcheinander. Sie konnte mit der Situation einfach nicht umgehen. Wir haben inzwischen einige Male telefoniert. Sie hat Schuldgefühle. Und ich glaube zudem, dass sie noch immer nicht ganz über die Liaison mit Max hinweg ist.«

»Sie sollte mir leidtun«, meinte Karl. »Aber ich kann kein Mitleid empfinden. Wie man sich bettet …«

»Ich kann es ihr schon nachfühlen«, widersprach Anton. »Und ich wünsche ihr, dass sie ihren Frieden damit machen kann. Aber lasst uns jetzt über das sprechen, weshalb wir heute hier zusammengekommen sind: Die Entwicklung in New York. Du hast mit Vicky telefoniert, Karl. Würdest du uns auf den neuesten Stand bringen?«

»In der Tat«, erwiderte Karl. »Andrews Süßwarenfabrik ist wohl zur Zielscheibe von Immobilienspekulanten geworden, die dafür gesorgt haben, dass die Umsätze im letzten Jahr rasant zurückgegangen sind. Die Gefahr ist groß, dass Andrew alles verliert. Jetzt stehen grundsätzliche Überlegungen im Raum, wie man die SweetCandy retten könnte.«

»Ich gehe davon aus, dass mein Darlehen weiterhin gestundet werden soll«, stellte Judith fest.

»Ganz genau. Damit hätte er zunächst neuen Handlungsspielraum. Zunächst bis zum ersten Januar.« Karl hatte sich in seinem Stuhl zurückgelehnt.

»Wie beurteilen Herr Stern und Vicky dieses Vorgehen?«, fragte Judith.

»Beide befürworten es. Vicky sieht in den Verfahren und auch den Produktentwicklungen der SweetCandy großes Potenzial für die Zukunft. Herr Stern stützt die These, dass Andrew betrogen worden und ohne eigenes Verschulden in diese wirtschaftliche Notlage geraten ist. Im Augenblick versuchen sie, den oder die Urheber des Betrugs ausfindig zu machen.«

Judith ließ sich Karls Worte durch den Kopf gehen. Am liebsten hätte sie selbst mit ihrer Tochter, Andrew und Herrn Stern gesprochen, aber nach wie vor mussten sie davon ausgehen, dass Telefon und Briefverkehr überwacht wurden. Die Kommunikation über Karl in der Schweiz abzuwickeln, war der sicherere Weg.

»Angenommen, ich stunde bis Anfang des neuen Jahres«, stellte Judith ihre Überlegung in den Raum. »Wie will die SweetCandy ihre Liquidität erhalten? Da gab es doch bereits im Sommer Probleme. Allein mit der Kreditverlängerung wird es dann wohl nicht getan sein.«

»So ist es. Du müsstest noch einmal Geld zuschießen«, sagte Anton.

»Ah.«

»Zunächst einmal geht es darum, Bankkredite abzulösen«, erläuterte Karl. »Die Hudson Bank, also das Geldinstitut, das diese Kredite gewährt hat, verfolgt womöglich eigene Interessen, da sie eine Grundschuld auf das Fabrikgrundstück eingetragen hat. Würdest du diese auslösen, wäre die Gefahr beseitigt, dass sie sie geltend macht.«

»Zugleich ginge die Grundschuld auf mich über?«

»Ganz genau. Und damit hast du nicht nur den Zugriff auf die einundfünfzig Prozent der Fabrik und der Gesellschaft SweetCandy durch eine mögliche Umwandlung deines Darlehens, sondern auch auf das Grundstück.«

»Dann ist die Entscheidung eigentlich klar«, konstatierte Judith.

»Das denke ich auch«, erwiderte Karl. »Allerdings braucht die SweetCandy darüber hinaus eben weitere Mittel, um den Betrieb aufrechtzuerhalten.«

»In Summe würden unsere Kapitalreserven fast vollständig dort eingesetzt«, sagte Judith. »Damit gehen wir ein hohes Risiko ein. Und nehmen uns die Möglichkeit, die Schokoladenfabrik in Stuttgart zurückzukaufen.«

»Wir wissen, dass du dir Hoffnung auf einen Rückkauf machst, Judith«, antwortete Anton. »Aber es wäre in der augenblicklichen Situation falsch, darauf zu spekulieren. Ein Investment dieser Größenordnung in New York ...«

»... bedeutet, dass die Rothmann Schokoladenfabrik künftig in New York ihren Sitz hat«, stellte Judith fest. »Dann möchte ich aber auch, dass sie Rothmann Schokolade heißt. Das bin ich Victor schuldig.«

»Das ist dein gutes Recht«, erwiderte Karl. »Ich denke, darüber werdet ihr sicherlich sprechen können.«

»Das müssen wir«, entgegnete Judith. »Wir investieren eine enorme Summe und geben hier in Stuttgart fast alle Möglichkeiten auf.«

»Über die Ausgestaltung muss natürlich diskutiert werden, Judith«, sagte Karl. »Da kann und wird sich Andrew nicht querstellen. Was das Wagnis angeht, so ist ein Grundstück in Manhattan von enormem Wert, da die Preise ständig steigen. Damit wäre dein Geld abgesichert.«

»Eine große Unbekannte bleibt dennoch«, erklärte Judith. »Die Frage, wer die SweetCandy in den Ruin treiben will.«

»Möglicherweise hat der Spuk ein Ende, sobald der Hudson Bank der Zugriff auf das Grundstück genommen ist«, meinte Anton.

»Wie schätzt ihr die Chancen dafür ein?«, fragte Judith und sah von Anton zu Karl.

»Das ist von hier aus schlecht einzuschätzen«, erwiderte Karl. »Aber alles in allem …«

»… müssen wir etwas wagen«, unterbrach ihn Judith. »Ich werde eine Nacht darüber schlafen. Bis morgen treffe ich meine Entscheidung.«

Die Villa Rothmann,
gegen sieben Uhr abends am selben Tag

Nachdem Judith von ihrem Besuch bei Anton zurückgekehrt war, hatte sie das Auto in der Garage geparkt und war über den Seiteneingang in den Dienstbotentrakt der

Schokoladenvilla gelangt. Unzählige Gedanken waren ihr auf der Fahrt durch den Kopf gegangen, die sie erst einmal ordnen musste.

In der Küche fand sie Theo und Gerti vor, die miteinander zu Abend aßen. Kurz entschlossen setzte sie sich zu ihnen an den Tisch.

»Ich bringe Ihnen gleich etwas hinauf, gnädige Frau!« Gerti war es sichtlich unangenehm, dass Judith sie beim Essen überrascht hatte.

»Ach, Gerti«, meinte Judith. »Warum soll ich denn oben alleine essen? Dora besucht eine Verwandte. Ich würde gerne bei euch bleiben, wenn es recht ist?«

»Ja, selbstverständlich!«, nuschelte Theo, der sich gerade einen Wurstzipfel in den Mund gesteckt hatte.

Gertis Wangen röteten sich zwar, aber auch sie nickte. »Natürlich. Ich hol Ihnen nur schnell einen Teller.«

Sie besorgte Teller, Besteck und Becher und deckte Judiths Platz. »Ich habe eine Sülze gemacht …«

»Fein. Das ist jetzt genau das Richtige für mich.« Judith nahm sich von der Sülze und eine Scheibe Brot und aß mit gutem Appetit. Seit Martin, Mathilda und auch ihre Mutter abgereist waren, fühlte sie sich in dem großen Anwesen manchmal ein wenig verloren, erst recht dann, wenn Dora nicht da war.

»Die Fanny ist heute schon nach Hause gegangen«, erklärte Gerti. »Sie hat sich nicht wohlgefühlt.«

»Vielleicht bekommt sie die Grippe«, meinte Theo.

»Na, hoffentlich nicht«, erwiderte Gerti.

Eine Weile aßen sie schweigend. Dann klopfte es auf einmal laut und heftig an die Tür des Dienstbotentrakts.

Gerti sah verwundert zu Theo. Der zuckte mit den Schultern und stand auf, um die Tür zu öffnen.

Schon von Weitem erkannte Judith Tines Stimme. Was um Himmels willen hatte das ehemalige Dienstmädchen hier zu suchen?

»Frau Rheinberger, gnädige Frau«, stammelte Tine verlegen, als Theo sie in die Küche führte. »Entschuldiget Sie, dass ich einfach so daherkomm. Aber ich muss Ihne dringend ebbes sagen.«

»Worum geht es denn?«, fragte Judith.

»Ich wollt Sie warnen.«

»Warnen? Wovor?«

»Da gibt es Leut, gnädige Frau, die wollet Ihnen Böses.«

Judith merkte, wie sie unruhig wurde, versuchte aber, sich nichts anmerken zu lassen. »Inwiefern wollen diese Leute mir Böses, Tine? Du musst mir schon genauer Auskunft geben.«

»Also. Ich hab einen Freund, der ist bei der … SA.«

»Ich weiß«, brummelte Theo. »Hab dich im Sommer ja mit ihm gesehen.«

»Der hat mir jedenfalls gsagt, ich muss ein paar Buben suchen, damit die hier blöde Sachen auf die Wände schreiben.«

»Tine!«, rief Gerti. »Was soll denn das nun wieder heißen?«

»Ha, so Sprüch halt. Die die gnädige Frau Rheinberger ärgern, und ihr auch Angst machen. Was genau, wollt der mir noch aufschreiben. Also, mein Freund wollt des aufschreiben.«

»Darf ich dich fragen, warum du mich warnen willst, Tine?«, fragte Judith ruhig.

Nun fing Tine an zu schluchzen. »Der hat mi verlassen, der hundsliederliche *Seggl*. Und jetzt … und jetzt … bin ich i einfach so unglücklich.«

»Also hast du Liebeskummer«, stellte Judith fest. »Und möchtest dich an ihm rächen, indem du mir seine Pläne verrätst?«

»Vielleicht …« Nun zögerte Tine. »Der hat eine neue Freundin in Stuttgart unten.«

»Jetzt sag doch das, was für die gnädige Frau wichtig ist«, schimpfte Gerti. »Dein Liebeskummer interessiert niemanden.«

»Es ist … es ist«, schnupfte Tine. »Es ist ja noch mehr gewesen …«

»Dann raus damit!« Theo klang mittlerweile genauso ungeduldig wie Gerti.

»Also, schon als ich hier gearbeitet hab, hat er mir, also mein Freund, immer gsagt, ich soll meine Augen offen halten. Aber ich hab net gwusst, was er genau meint. Ich hab ihm halt erzählt, was es bei der Herrschaft zum Essen gibt und welche Kleider das Fräulein Viktoria neu gekauft hat …«

»Und das hat ihn nicht besonders interessiert«, mutmaßte Gerti.

»Noi. Der hat gsagt, ich soll im Arbeitszimmer beim Saubermachen gucken, oder zuhorchen, wenn jemand da ist und die Herrschaft sich mit dem unterhält. Aber ich hab mir des doch nie richtig merken können, was die alles verzählt haben. Und so schnell konnt ich au net lesen, wenn da was auf dem Schreibtisch gelegen ist …«

»Ein Glück ist dieses Kind so dumm«, hörte Judith Theo leise murmeln.

»Und als ich jetzt keinen gfunden hab, der was auf die Villa schreibt, da hat er rumgebrüllt und gsagt, dass er Ärger kriegt und dass ich mir mehr Mühe geben soll und dass ich zu allem zu blöd bin … und dass er mi jetzt verlässt.«

Theo verschluckte sich vor Kopfschütteln beinahe an einem Stück Brot.

»Tine«, begann Judith vorsichtig. »Weißt du vielleicht, ob es die Idee deines Freundes war, unsere Wände zu beschmieren? Oder gibt es jemanden, der ihn damit beauftragt hat?«

»Ich weiß doch au net …« Tine wischte sich mit dem Handrücken über die rot geweinten Augen.

»Hat er irgendwann einmal einen Namen genannt?« Judith ließ nicht locker.

Tine überlegte und knetete dabei ihr Taschentuch, das sie im Laufe ihres Gefühlsausbruchs aus der Tasche ihres Rockes gezogen hatte.

»Es ist immer einer aus Stuttgart unten raufgekommen. Mit dem hat er sich in der Wirtschaft getroffen, zum Bier. Ich glaub, der hat … Weber geheißen. Aber genau kann i des nimmer sagen.«

Obwohl sie mit dieser Möglichkeit gerechnet hatte, überlief es Judith heiß und kalt.

»Weber?«

Tine schnäuzte sich. »Ja, ich glaub. Der hat immer von

einem Weber gschwätzt. Des fällt mir deshalb ein, weil er gsagt hat, dass ich den Namen nie sagen darf. Zu nie-man-dem.« Die letzten Wortsilben dehnte sie, so wie es im Schwäbischen oft geschah, wenn sich jemand um eine deutliche Aussprache bemühte.

»Ist gut, Tine. Du kannst gehen.« Judith suchte zwei Mark aus ihrer Tasche heraus und gab sie dem Mädchen.

Tine machte einen schiefen Knicks. »Danke, gnädige Frau.«

»Wenn du noch einmal etwas hörst, Tine, dann kommst du gleich zu uns, hörst du?«, sagte sie eindringlich.

»Ja, Frau Rheinberger.«

Nachdem das ehemalige Dienstmädchen gegangen war, sahen sich Gerti und Theo sorgenvoll an.

Judith seufzte.

Konnte es sein, dass Weber seine Niederlage nicht verwunden hatte und Rache suchte? Dass sie sich auf einen Kleinkrieg mit einem in seiner Ehre gekränkten Ortsgruppenleiter einlassen musste?

In Stuttgart, das wurde immer deutlicher, gab es kaum mehr eine Zukunft für sie. Victor war tot, die Schokoladenfabrik verkauft, ihre Familie in alle Winde verstreut.

Was blieb vom Glück? Ein Grab, verlorene Träume, unzählige Erinnerungen.

Aber auch Hoffnung. Zart, verwundbar, und zugleich voller Kraft. Gespeist aus einem ursprünglichen Wunsch nach Leben, den Judith in sich fühlte.

Es half nichts, am Gestern festzuhalten.

Gestalten konnte sie nur das Morgen.

43. Kapitel

Zürich, Schweiz, am Nachmittag des 6. Dezember 1936

Judith bog von der Münstergasse in die Spiegelgasse ein und lief suchend an den mehrstöckigen Gebäuden entlang, die sich einen kleinen Hügel hinaufzogen. Die Nummer dreizehn lag auf der linken Seite, ein Mietshaus mit einem farbig gestalteten Erker. Sie blieb stehen und ließ ihren Blick an der über vier Stockwerke hohen Fassade nach oben gleiten. Ein schmaler Dachvorsprung bildete den Übergang zu einem blaugrauen Dezemberhimmel, dem es kaum gelang, Licht in die enge Gasse zu bringen.

Ein Radfahrer klingelte.

Judith erschrak und machte einen Schritt zur Seite, um ihn passieren zu lassen. Dann trat sie an die Haustür, studierte die Klingelschilder und läutete bei *Fetzer.*

Es dauerte eine Weile, bis sie Schritte auf der Treppe vernahm und die Tür geöffnet wurde.

»Frau Rheinberger!« Robert Fetzer war sichtlich überrascht. »Ähm … was führt Sie denn hierher?«

»Grüß Gott, Robert«, erwiderte Judith, erleichtert, dass Robert sie nicht von vornherein abwies. »Ich bin derzeit bei meinem Bruder zu Gast und dachte, ich statte Ihnen und Luise einen kleinen Besuch ab.«

»Ah … ja, meine Luise ist gerade nicht da.« Er kratzte sich mit einer verlegenen Geste an seinem nahezu kahlen Kopf. »Sie ist noch bei einer Kundin. Aber sie kommt sicher bald nach Hause.« Er dachte kurz nach. »Möchten Sie denn so lange raufkommen und auf sie warten?«

»Wenn es möglich ist, gern.«

Judith folgte ihm in eine Mansardenwohnung. Anderthalb Zimmer, beengt, aber ordentlich und wohnlich.

»Bitte setzen Sie sich doch, Frau Rheinberger.« Robert deutete auf einen kleinen, rechteckigen Esstisch, auf dem eine rot-weiß karierte Tischdecke lag.

Judith nahm auf einem der zwei schlichten Holzstühle Platz, Robert setzte sich ihr gegenüber und legte seine Hände gefaltet vor sich auf den Tisch.

»Wie geht es Ihnen denn?«, fragte Judith.

»So weit … ordentlich. Ich habe halt immer noch … keine Arbeit.« Er wirkte frustriert.

»Davon hat Karl berichtet«, erwiderte Judith. »Ich denke, dass Sie einfach Geduld brauchen.«

»Mich will doch niemand mehr.«

»So dürfen Sie nicht denken.«

»Es fällt mir schwer, an eine gute Zukunft zu glauben.« Robert schüttelte den Kopf. »Man kann nur hoffen, dass man durchkommt.«

Judith fiel es schwer, aufmunternde Worte zu finden. So verfielen sie für eine Weile in unangenehmes Schweigen. Überdeutlich nahm sie die Geräusche des Hauses wahr, einen tropfenden Wasserhahn, das Schreien eines Säuglings, das regelmäßige Ticken einer kleinen Pendeluhr.

Schließlich holte sie tief Luft. »Ich weiß nicht, ob ich noch länger warten soll. Vielleicht wird es heute doch später bei Luise.«

Robert zuckte mit den Achseln. »Eigentlich gibt sie immer recht genau Bescheid, meine Luise, aber man weiß ja nie …«

In diesem Moment vernahm man Schritte auf den letzten Treppenstufen und einen Schlüssel, der im Schloss umgedreht wurde.

»Das ist sie!« Robert stand sofort auf und ging seiner Frau entgegen.

Luise war erschreckend blass. Mit einer erschöpften Geste drückte sie die Tür hinter sich zu. Dem begrüßenden Kuss ihres Mannes wich sie aus.

»Wir haben Besuch«, sagte Robert.

Jetzt erst bemerkte Luise Judith. Sie stellte den Korb mit Stopfwäsche ab, den sie unter einem Arm getragen hatte, und fuhr sich mit dem Handrücken über die Stirn. Dann ging sie zu Judith, begrüßte sie mit einer herzlichen Umarmung und setzte sich auf den Stuhl, den Robert kurz zuvor geräumt hatte. »Entschuldige bitte«, sagte sie müde. »Dass ich so spät komme.«

»Um Himmels willen, Luise, du brauchst dich doch nicht

zu entschuldigen. Du konntest ja nicht wissen, dass ich in Zürich bin und euch heute Nachmittag besuche.«

»Ja, leider. Und ich muss gleich noch einmal weg, Maß nehmen.«

Judith sah Luise prüfend an. »Mute dir nicht zu viel zu«, sagte sie dann. Robert zog sich in einen alten Sessel zurück, der in der gegenüberliegenden Ecke des Raumes stand.

»Warum ich heute hier bin, Luise«, fuhr Judith fort. »Ich wollte dich fragen, ob du Kontakt zu Viktorias Freund in Frankreich aufnehmen konntest.«

»Ah, du meinst diesen Luc?«

»Genau.«

»Ja, wir haben uns geschrieben. Er wird uns ein Telegramm schicken, sobald er uns nach Voiron holen kann. Im Augenblick schaut er sich nach Arbeitsmöglichkeiten um. Für uns beide.« Sie sah zu ihrem Mann.

»Das ist eine gute Nachricht«, meinte Judith erleichtert. »Ich hoffe, dass Luc mit seinen Bemühungen Erfolg hat. Dann wird es leichter, vor allem für dich, Luise.«

Der Blick, den Judith von Luise auffing, bestätigte nicht nur ihre Sorge, dass Mathildas Mutter sich körperlich übernahm. Sie war zudem in die Gemeinschaft mit einem Ehemann zurückgezwungen, zu dem sie keinerlei inneren Bezug mehr hatte. Das war eine enorme seelische Belastung.

»Das würde ich mir wünschen, Judith.« Luise rieb sich die Schläfen.

»Meldet sich Mathilda regelmäßig bei dir?«, fragte Judith.

»Das tut sie. Sooft es eben geht. Aber sie und Martin haben selbst viel zu tun, das weißt du ja, Judith.«

»Natürlich. Und es ist vollkommen richtig, dass die Jugend ihren eigenen Weg geht.« Judith stand auf. »Ich mache mich dann mal auf.«

»Zu Karl und Elise?«

»Ja. Dort kommt nachher der Nikolaus vorbei. Besser gesagt die Schweizer Version davon. Ich bin schon sehr gespannt.«

»Davon habe ich noch gar nichts gehört«, erwiderte Luise und erhob sich ebenfalls. »Danke, dass du vorbeigekommen bist, Judith. Ich weiß das sehr zu schätzen. Nächstes Mal gibst du Bescheid, ja? Damit ich mir ein wenig Zeit nehmen kann.«

∾

Die Storchengasse in Zürich, am selben Abend

»Juhu!« Oscar riss seine Ärmchen in die Höhe. »Schau, Tante Judith! Ich habe dein letztes Hütchen gefangen!«

»Ach, du liebe Zeit.« Judith machte ein entsetztes Gesicht. »Tatsächlich!«

»Ich hab gewonnen!«, krähte der Kleine fröhlich, sprang von seinem Platz am Esstisch auf, auf dem sie seit über einer Stunde sein Lieblingsspiel *Fang den Hut* spielten, und vollführte einen ausgelassenen Siegestanz durchs Zimmer.

»Ich hab gewonnen!«, verkündete er seiner kleinen Schwester, die mit ihrer Mutter auf dem Boden saß und mit Bauklötzen spielte. Während das Baby hingebungsvoll an einem Holzklotz nagte, baute Elise ihrer Tochter geduldig ein Häuschen.

Plötzlich war ein lautes Klopfen an der Wohnungstür zu vernehmen.

Oscar schlug aufgeregt eine Hand vor den Mund. »Kommt er jetzt?«, fragte er atemlos. »Der *Samichlaus*?«

»Ich denke schon«, erwiderte Karl, legte die Zeitung beiseite, in der er gelesen hatte, und stand von seinem Platz auf dem Sofa auf. »Und der Schmutzli ist sicherlich auch dabei.«

»Der … Schmutzli …« Oscar zog sich wieder zu Judith zurück, die noch immer am Tisch saß.

Elise nahm die kleine Ursula und setzte sich mit ihr auf das Sofa.

Karl öffnete die Tür, und als er kurz darauf wiederkehrte, folgte ihm ein großer Mann mit weißem, langem Bart. Auf dem ebenfalls schlohweißen Haar saß eine rote Bischofsmütze, unter seinem roten Umhang trug er ein langes weißes Leinengewand.

»Ich habe gehört, dass hier Kinder auf mich warten«, sagte der Samichlaus in leichtem Schwyzerdütsch.

Oscar steckte einen Finger in den Mund, ging ein wenig auf die Bischofsgestalt zu und betrachtete den Mann neugierig. Dann bemerkte er auf einmal die dunkelbraun gekleidete, unheimliche Gestalt, die hinter dem Samichlaus ins

Zimmer getreten war. »Der … der Schmutzli!«, rief er erschrocken und flüchtete sich in Judiths Arme.

Judith schlang die Arme um ihren Neffen und spürte, wie der kleine Bubenkörper zitterte. »Keine Sorge, Oscar«, sagte sie beruhigend. »Der tut dir nichts.«

Oscar schüttelte nur den Kopf und schmiegte sich noch enger an Judith.

Judith warf Karl einen warnenden Blick zu und der reagierte prompt. »Ich glaube, Schmutzli, hier waren alle Kinder brav«, sagte er. »Du kannst draußen auf den Samichlaus warten.«

Der Schmutzli drohte kurz mit seiner Weidenrute, folgte dann aber Karls Wunsch und verließ die Wohnung.

»Ja, stimmt das denn?«, fragte nun der Samichlaus. »Waren denn wirklich alle Kinder brav hier?«

»Da! Daaaaa!«, rief Ursula, und alle lachten.

Selbst dem Samichlaus war ein Schmunzeln anzusehen, und so traute Oscar sich aus seiner Deckung. »Dein Bart ist so lang«, stellte er fest. »Und so weiß!«

»Ich bin ja auch schon alt«, entgegnete der Samichlaus. »Aber sag, Bueb, kannst du mir ein Versli aufsagen?«

»Mhm«, machte Oscar. »Ich hab es vergessen.«

»Vielleicht hilft dir dein Papa beim Erinnern?«

Karl kniete sich neben seinen Sohn. »Wir können doch ein Nikolauslied, Oscar.«

Oscar schüttelte den Kopf.

»Doch, Oscar«, sagte Karl. »Wir singen es zusammen.« Und dann stimmte er das Lied *Lasst uns froh und munter sein* an.

Oscar fiel zögernd ein, und Karl beließ es bei der ersten Strophe. Dann richtete er sich auf und nahm seinen Sohn an der Hand.

»Das war sehr schön«, meinte der Samichlaus zufrieden und schlug das große Buch auf, das er dabeihatte. »Jetzt schauen wir einmal, was der Samichlaus von dir weiß.«

Oscar umklammerte Karls Hand und wartete ergeben auf die Liste seiner Streiche. »Na, so viel steht hier nicht. Du ärgerst manchmal deine Schwester?«

»Sie ärgert mich ja auch«, relativierte Oscar.

»Trotzdem. Du bist der Ältere. Bist ab jetzt lieb zu ihr.«

Oscar nickte zögernd.

»Und dann hast du … den Vogelkäfig deiner Tante offen gelassen, sodass der Papagei Pepe davongeflogen ist.«

»Das war ich nicht«, wehrte sich Oscar. »Das war der Emil.«

»Wer ist denn der Emil?«

»Sein Cousin«, antwortete Karl an Oscars Stelle. »Und das mit dem Papagei war ein Gemeinschaftswerk der beiden.«

»Aha!« Der Samichlaus runzelte die Stirn, klappte das Buch zu und öffnete den Jutesack, den er dabeihatte. »Jetzt versprichst du mir, dass du so etwas nicht mehr machst.«

»Nein, das mache ich nicht mehr. Das geht ja auch gar nicht«, erklärte Oscar ehrlich. »Der Pepe ist jetzt in Amerika.«

Judith musste sich ein Lachen verkneifen, als der Samichlaus irritiert aufsah. Dann aber glitt ein Lächeln über sein Gesicht. Er langte in seinen Sack.

»Jetzt komm her, Oscar«, sagte er gutmütig und legte eine Orange in die Hand, die Oscar ausstreckte. Anschließend zog er eine Tafel Schokolade hervor.

»Schokolade!«, rief Oscar. »Davon haben wir früher immer ganz viel gegessen. Weil meine Tante hat eine Schokoladenfabrik!«

෴

»Hast du gesehen, wie der geguckt hat, der Samichlaus?«, fragte Oscar seinen Vater, als der Samichlaus nach einer letzten Ermahnung wieder gegangen war.

»Weißt du, Oscar, für die meisten Kinder ist es etwas ganz Besonderes, wenn sie eine Tafel Schokolade geschenkt bekommen«, erklärte Karl. »Deshalb war er so verdutzt, als du ihm erklärt hast, dass deine Tante eine Schokoladenfabrik hatte und für dich Schokolade etwas ganz Normales ist.«

Oscar sah auf die Gaben in seiner Hand. »Da kann ich doch nichts dafür. Aber jetzt esse ich meine Orange.« Er ging zum Tisch und legte die Orange und den Apfel darauf. »Schneidest du sie mir, Tante Judith?«

»Ich mache das«, sagte Elise, setzte Ursula auf den Boden und holte ein Messer.

»Ich hätte Lust auf einen kleinen Spaziergang«, meinte Karl indes. »Kommst du mit, Judith?«

»Ja, gern.«

Sie zogen Stiefel und Mäntel an und machten sich nach

einem kurzen Abschiedsgruß an Elise und die Kinder auf den Weg an das Ufer des Zürichsees.

»Schade, dass *Maman* und Georg heute nicht dabei sein konnten«, meinte Judith, während sie den gekiesten Weg entlanggingen. »Dass sie ausgerechnet jetzt nach München fahren mussten, wo ich zu euch komme …«

»Sie hatten einen Termin wegen Bildverkäufen, da ist es verständlich, dass sie hinfahren mussten.«

»Ich weiß«, sagte Judith.

»Aber du siehst sie ja an Weihnachten, wenn wir alle zusammen feiern.«

»Ja. An Weihnachten«, meinte Judith gedankenverloren. »Ach, Karl. Ich weiß einfach nicht recht, wie es für mich weitergehen soll. Im neuen Jahr.«

»Die Sache mit Weber lässt dir keine Ruhe, nicht wahr?«, fragte Karl.

»Das auch. Es ist ein seltsames Gefühl, wenn man ständig Angst davor haben muss, dass irgendetwas passiert.«

»Das glaube ich dir.«

»Ich fühle eine so eigenartige Stimmung in mir. Ich möchte … aufbrechen. Vielleicht nicht für immer, aber für eine längere Zeit.«

»Das finde ich gut!«, entgegnete Karl. »Anton und Serafina schmieden ja auch bereits Auswanderungspläne nach Amerika.«

»Ja, Anton redet immer wieder davon.« Judith hakte sich bei ihrem Bruder unter und gemeinsam gingen sie weiter. »Mir schwirren unterschiedliche Ideen im Kopf herum. Ob ich zu euch nach Zürich kommen möchte, oder aber mich eine Weile bei Martin und Mathilda in Paris einquartiere …«

»Beides gute Optionen«, meinte Karl.

Judith nickte. »Aber wenn ich ehrlich bin, zieht es mich woandershin.«

»New York.« Karl grinste.

»Ja.«

»Das habe ich mir schon gedacht! In New York ist deine Tochter, und bald wirst du dort wohl eine Firma besitzen, Judith.«

»Möglicherweise. Vor allem aber möchte ich noch einmal ganz neu beginnen.«

»Viktoria wird froh sein, dich bei sich zu wissen.«

»Du meinst, es wäre der richtige Schritt?«

»Natürlich.« Karl drückte ihren Arm. »Das weißt du selbst. Komm, lass uns ans Wasser gehen.«

»Gern.«

Sie verließen den Weg und gingen über ein Rasenstück zum Ufer.

Karl nahm einen Kieselstein vom Boden auf und schnippte ihn über die dunkle Oberfläche des Sees, sodass er mehrmals auf der Wasseroberfläche abprallte, bis er schließlich seine Sprungkraft verlor und versank.

»Gut gemacht!«, sagte Judith und lächelte ihren Bruder an.

»Du wirst nicht mehr zurückkommen, Judith«, stellte Karl fest.

»Ich weiß es nicht.«

»Aber ich.« Karl warf noch einen Kieselstein.

Judith sah dem Stein nachdenklich nach. »Danke für alles, Karl«, sagte sie schließlich.

»Ach, das ist doch selbstverständlich.« Karl nahm sie in den Arm. »Wir gehören schließlich alle zusammen.«

Eine Weile standen sie eng umschlungen, spürten das Band einer Familie, in der man sich immer aufeinander verlassen konnte.

»Ich werde dich vermissen«, sagte Karl schließlich.

44. Kapitel

Die SweetCandy Ltd. in New York,
am 11. Dezember 1936

»Sie ist wunderschön!« Sally betrachtete hingerissen die Büste von Brenda Frazier aus Schokolade, die auf Viktorias Arbeitstisch stand.

»Ja, sie ist ganz gut gelungen«, erwiderte Viktoria. »Auch wenn uns die schwierigste Aufgabe noch bevorsteht.«

Im jetzigen Stadium war Brendas Antlitz kaum zu erkennen. Nachdem alle Versuche mit weißer Schokolade an deren niedrigem Schmelzpunkt gescheitert waren, hatte Viktoria sie aus Bitterschokolade mit außergewöhnlich hohem Kakaoanteil gefertigt. Nur entfernt erinnerte sie deshalb an Brenda mit ihrem hell gepuderten Teint.

Um die Illusion perfekt zu machen, würden sie die elegante, dunkelbraune Büste in den Tagen vor dem Debüt mit mehreren Schichten weißer Schokolade überziehen und anschließend Brendas Gesichtszüge aufmalen. Alles sollte so detailgetreu wie möglich werden, Sally hatte dazu bereits mit

Lebensmittelfarbstoffen experimentiert. Für den Schmuck würden sie *essbare Diamanten* herstellen, die sich ohnehin als Grundthema durch das gesamte Büfett zogen.

»Ist das die Perücke?«, fragte Sally neugierig und deutete auf einen quadratischen Karton in hellem Blau, der neben der Schokoladenplastik stand.

Viktoria nickte und hob den Deckel an. Zwischen mehreren Lagen weißen Seidenpapiers fand sich eine Nachbildung von Brenda Fraziers Debütantinnen-Frisur.

»Wie hübsch!«, flüsterte Sally beeindruckt, während Viktoria die Perücke herausnahm und von allen Seiten begutachtete. »Wird Brenda wirklich genau diese Frisur an ihrem Debüt tragen?«

»So hat es mir ihre Mutter mitgeteilt«, erwiderte Viktoria. »Also wird es der Wirklichkeit recht nah kommen.«

Viktoria hatte den künstlichen Haarschopf erst heute Vormittag in einem kleinen Geschäft für Theaterausstattungen abgeholt, welches ihr von Eleanor vermittelt worden war. Das kleine Team dort arbeitete für einige bekannte Bühnen in New York und verfügte deshalb über die entsprechende Expertise.

»Drehst du die Büste bitte ein Stückchen auf die Seite, Sally?«, bat Viktoria. »Dann können wir die Haare anprobieren.«

Sally bewegte den Schokoladenkorpus um etwa fünfundvierzig Grad. »Ist es so gut?«

Viktoria nickte und setzte die Perücke behutsam auf den mit einem Netz aus Draht präparierten Hinterkopf der Büste. Dann drehte sie die Figur vorsichtig einmal im Kreis, um sie von allen Seiten begutachten zu können.

»Es passt!« Sally klatschte begeistert in die Hände. »Wie wundervoll!«

Auch Viktoria betrachtete zufrieden, wie sich die schwarzen Locken völlig natürlich um den Schokoladenkopf schmiegten. »Wenn wir alles mit der weißen Schokolade überzogen haben, wirkt sie absolut echt«, sagte sie zu Sally.

Gemeinsam lösten sie vorsichtig das Haarteil und legten es zurück in den Karton.

»Gut«, meinte Viktoria erleichtert. »Es ist nichts gebrochen. Wir setzen sie ihr erst wieder auf, wenn wir sie für das Debüt fertig machen.«

»Ich bin schon unheimlich gespannt, was die Leute sagen werden.« Sally nahm den Karton und stellte ihn auf ein Regal hinter Viktorias Arbeitsplatz. »So etwas Aufregendes habe ich bisher noch nicht erlebt.«

Viktoria lächelte, während sie die Büste anhob und zu einem der Kühlschränke brachte, den sie eigens dafür leer geräumt hatten. Sie passte gerade so hinein.

Noch sechzehn Tage bis zu Brendas Ball. Und es lag noch jede Menge Arbeit vor ihnen.

»Was ist eigentlich mit dem Schokoladenpuzzle?«, fragte Sally, als Viktoria an ihren Tisch zurückgekehrt war.

»Darum kümmern wir uns jetzt.« Schon seit sie Andrew in Stuttgart davon erzählt hatte, war Viktoria die Idee eines Schokoladenpuzzles nicht mehr aus dem Kopf gegangen, und im Zuge der Vorbereitungen für Brendas Debüt hatten sich diese konkretisiert.

»Sind die Formen denn da?«

»Ja, das sind sie. Zum Glück. Du kannst schon einmal die Schokolade schmelzen, Sally.«

»Neunzig Prozent?«

»Ganz genau.«

Gemeinsam mit Sally hatte sie lange über eine mögliche Umsetzung nachgedacht und dann die Form eines Scherenschnitts gewählt. Brenda war geduldig Modell gesessen, damit Viktoria ihr Profil skizzieren konnte, um dieses anschließend auf dicke Pappe zu übertragen. Für das in einzelne Puzzlestücke unterteilte Abbild ihrer Debütantin hatte sie eigene Blechformen anfertigen lassen, die sie nun zum Gießen der einzelnen Puzzleteile verwenden würden.

Sally hatte bereits den Herd angemacht und schmolz in einem Topf klein gehackte Schokolade zu einer glatten Masse. Wie bei der Büste arbeiteten sie auch hier mit einem sehr hohen Kakaoanteil. Viktoria arrangierte derweil die Formen auf einem Blech mit kühlbarem Boden. Sobald die Schokoladenmasse richtig temperiert war, goss Sally vorsichtig die Formen damit aus. Viktoria rüttelte sanft am Blech, damit sich die Schokoladenmasse gleichmäßig verteilte.

»Morgen werden wir sehen, ob es funktioniert hat«, meinte Viktoria.

»Und du willst wirklich für jeden Gast ein Puzzle herstellen?«, fragte Sally, während sie das Blech in den Kühlschrank schob. »Da haben wir dann ja viel zu tun.«

»Das schon. Aber die Puzzles lassen sich gut vorbereiten. Außerdem hat Andrew zugesagt, dass er einige Mitarbeiterinnen abstellt, die das weitgehend übernehmen.«

»Dann fangen wir morgen damit an?«

»Wenn mit unserem Probepuzzle alles gut funktioniert hat, dann ja.« Viktoria ging ans Waschbecken und wusch ihre Hände ab. »Und du wirst die Mädchen anleiten, Sally. Einverstanden?«

»Natürlich. Gern.« Sally machte sich daran, den Arbeitsplatz zu reinigen. »Hast du dir eigentlich schon Gedanken darüber gemacht, wie du diese Puzzles verpacken willst?«

»Ja«, antwortete Viktoria. »In einer flachen Pralinenschachtel, auf der Brendas Profil aufgedruckt ist.«

»Oh, das ist eine gute Idee.«

»Und auf der Unterseite«, fügte Viktoria an, »steht mein eigenes Label: *The German Chocolate Queen.*«

൭൫

Gegen drei Uhr am Nachmittag desselben Tages

»Und? Wie war dein Tag bisher?«, fragte Andrew, als er Viktoria wie am Morgen verabredet in der Eingangshalle der SweetCandy abholte.

»Sehr gut!« Viktoria stand auf. »Die Büste von Brenda wird genau so, wie ich sie mir vorgestellt habe.«

»Das freut mich.« Andrew hielt ihr die Tür auf. »Ich habe uns ein Taxi bestellt. Schau, es ist schon da!«

»Wirklich? Wo möchtest du denn hin?«

»Warte es ab.«

Draußen war es zwar kalt, aber wolkenlos. Andrew legte ihr fürsorglich die Hand auf den Rücken, während sie zu dem wartenden Auto gingen.

»Die Formen für das Schokoladenpuzzle sind auch schon angekommen«, meinte Viktoria, nachdem sie eingestiegen waren und der Fahrer sich in den dichten Verkehr eingefädelt hatte. »Wir haben sie gleich mit Schokolade befüllt.«

»Und? Hat es funktioniert?«

»Das Ergebnis werden wir morgen sehen, wenn sie aus der Kühlung kommen.«

»Ich bin sehr gespannt!«

»Oh ja!« Viktoria griff nach Andrews Hand. »Weißt du, dass ich manchmal kaum glauben kann, dass ich hier bin, Andrew? Innerhalb weniger Wochen hat sich mein Leben so sehr verändert.«

»Und es wird sich noch viel mehr verändern.« Andrew erwiderte ihren Händedruck. »Ich habe heute mit Karl telefoniert. Deine Mutter hat die Gelder freigegeben, die wir so dringend brauchen. Karl hat sie angewiesen.«

»Wirklich? Hoffentlich gibt es keine Probleme. Auslandsüberweisungen sind manchmal tückisch.«

»Jetzt gehen wir davon aus, dass alles gut geht.« Andrew lächelte ihr zuversichtlich zu. »Übrigens soll ich dich von John Carollo grüßen.«

»Ah richtig! Du hattest heute einen Termin mit ihm.«

»Genau, wir waren zum Lunch verabredet. Er wird noch einmal alle Möglichkeiten prüfen, die wir haben, um eine Insolvenz abzuwenden. Zudem meinte er, dass sich die Hinweise verdichten, dass die Mafia hinter der Betrugsserie steckt.«

»Das ist keine gute Nachricht.«

»Nein. Aber dann wissen wir wenigstens, mit wem wir es zu tun haben.«

»Hmm. Was will Carollo jetzt tun?«

»Er meinte, dass er Verbindungen habe, die er in einem solchen Fall spielen lassen könne.«

»Wie bitte? Er hat Verbindungen in solche Kreise hinein?«

»Das ist hier nicht unüblich, Viktoria. Die letzten Jahre haben viel verändert, die Prohibition, die Wirtschaftskrise. Gerade Anwälte mussten oft nach allen Seiten hin agieren.«

»Wenn du meinst.« Viktoria sagte nichts mehr dazu, aber ein deutliches Unbehagen blieb.

Inzwischen waren sie auf die 5th Avenue eingebogen, doch bereits nach wenigen Metern scherte der Fahrer aus der Autoschlange aus und hielt an der Seite. »Wir sind da, Mister.«

Viktoria sah aus dem Fenster.

»Oh! Wir sind am *Empire State Building*!«

»So ist es.« Andrew bedankte sich und bezahlte. Dann stiegen sie aus.

Viktoria ließ den Blick an der beeindruckenden Fassade aus Granit und Kalkstein entlang nach oben wandern, dessen blockartige Architektur nicht nur dadurch an Eleganz gewann, dass sie sich nach oben hin mehrfach verjüngte, sondern auch durch die unzähligen Fenster, die sie durchbrachen und dadurch zu einem eigenen Gestaltungselement wurden. Seit ihrer Ankunft in New York hatte sie das riesenhafte Gebäude ständig vor Augen gehabt, durch seine Lage in Midtown Manhattan war es ein steter Blickfang. Besucht hatte sie es bisher noch nicht.

»Wollen wir?« Andrew bot ihr den Arm, und sie betraten die gigantische Eingangshalle aus Marmor.

Zunächst wusste Viktoria nicht, wohin sie als Erstes schauen sollte – so viele Eindrücke strömten auf sie ein. Sie bewunderte die mit Silber und Blattgold veredelte Decke in Gestalt eines Sternenhimmels, die eine Sonnenscheibe und Planeten mit den Darstellungen von Industriegetrieben und Zahnrädern verband, und richtete ihren Blick anschließend auf das beeindruckende Relief des Empire State Buildings inmitten eines Strahlenkranzes am schmalen Kopfende der rechteckigen Lobby. Zwei Marmorsäulen flankierten das Mosaik.

»Ein bisschen fühle ich mich hier an Europa erinnert«, raunte Andrew ihr zu, als sie sich auf den Weg nach oben machten. »Sie hat etwas Historisches, diese Lobby, obwohl sie erst fünf Jahre alt ist.«

Ein eisblauer Winterhimmel spannte sich über das atemberaubende Panorama, das sie auf der Aussichtsplattform in der 86. Etage empfing. New York lag ihnen zu Füßen, man sah auf den winterlichen Central Park, die glänzenden

Bänder des Hudson River und des East River, die Brooklyn Bridge, die Freiheitsstatue.

»Siehst du das Chrysler-Gebäude dort drüben?«, fragte Andrew und zeigte auf ein weiteres hohes Bauwerk, nicht weit entfernt.

Viktoria nickte. »Von hier oben kann man die Spitze richtig gut erkennen. Spektakulär!«

»Dank ihr war das Chrysler genau ein Jahr lang das höchste Gebäude der Welt – und wurde dann vom Empire State Building geschlagen.«

»Eine Art Wettlauf der Architekten?«

»Und der Investoren. Für die es allerdings ein Desaster ist. Wirtschaftlich gesehen. Die Büroräume sind nur zum Teil vermietet.«

»Da wollten sie wohl zu hoch hinaus …«

»Und das in den schweren Zeiten der Großen Depression. Das ist eben auch New York.« Andrew legte eine Hand auf die Brüstung der Aussichtsterrasse und sah hinunter auf die Straßen, auf denen sich Autos, Straßenbahnen und Passanten tummelten. Winzig kleine Punkte, doch alle in Bewegung. »*This city never sleeps.* Aber wenn du weiterschaust, erkennst du, dass auch New York endlich ist.«

Viktoria ließ den Blick über das Häusermeer mit seinen Straßenschluchten schweifen, bis er am Horizont hängen blieb, wo das Grau und das Braun in einen Blaugrünton gingen.

»Heute ist die Sicht wirklich gut«, meinte Andrew, nahm sie an die Hand und ging mit ihr ein Stück die Plattform entlang, bis sie über die Südspitze Manhattans hinausblicken konnten. »Man sieht bis New Jersey und weiter.«

»Das ist beeindruckend.« Viktoria konnte sich gar nicht sattsehen, sowohl an der pulsierenden Stadt als auch an der Landschaft, die sich an ihren Grenzen erahnen ließ.

»Ich kann mir gar nicht vorstellen, wie man so ein riesengroßes Gebäude wie dieses hier überhaupt plant«, meinte Viktoria, als sie sich wieder auf den Weg nach unten machten, weil immer mehr Menschen auf die Aussichtsplattform strömten.

»Allerdings. Vor allem, wenn man bedenkt, dass es in nur einem Jahr gebaut worden ist.«

»In einem Jahr? Wie ist das möglich?«

»Durch die Stahlkonstruktion. Und ein genaues Timing aller Abläufe. Dennoch ist es ein Wunderwerk.«

»Ich hätte Lust auf einen Hot Dog«, meinte Viktoria, nachdem sie das Empire State Building verlassen hatten und Andrew dabei war, ein Taxi herbeizuwinken.

»Einen Hotdog? Eigentlich wollte ich dich zum Dinner einladen. Und zwar richtig feudal.«

»Gibt es denn einen besonderen Anlass?«

»Warte es ab.« Andrew sah sie vielsagend an. »Zunächst habe ich aber noch etwas anderes vor.«

Ein Taxi hielt, und sie stiegen ein. »Fahren Sie uns bitte nach Brooklyn«, wies er den Fahrer an.

Wieder standen sie im dichten New Yorker Verkehr. Durch das Autofenster sah Viktoria die Gebäude Manhattans vorbeiziehen, die sie eben noch von oben betrachtet hatte, und dachte wieder einmal daran, wie anders es hier doch war als in Deutschland.

»Nicht alles ist gut in New York«, sagte Andrew plötzlich. »Auf der einen Seite gibt es immensen Reichtum, wie bei den Fraziers. Auf der anderen leben sehr viele Menschen in Armut. Das ist nicht zuletzt eine Folge der großen Wirtschaftskrise zu Beginn dieses Jahrzehnts. New York erholt sich nur langsam davon.«

Viktoria nickte. »Das hat sich bis nach Deutschland ausgewirkt. Ich kann mich noch gut daran erinnern, dass die Menschen in Stuttgart Schlange standen und mein Vater mir erklärt hat, dass sie Arbeit suchen. Auch wenn ich das damals, mit vierzehn Jahren, nicht in seiner ganzen Tragweite verstanden habe und unsere Fabrik gut davongekommen ist.«

»Ich habe so viele Firmen zusammenbrechen sehen, Viktoria, das war die Hölle.«

»Wie ist es euch ergangen damals?«

»Auch die SweetCandy hat großes Glück gehabt – Großvaters Geld, seine Erfahrung und guten Kontakte haben uns gerettet. Und der Kredit deines Vaters.«

»Spielen die Folgen davon noch eine Rolle bei den Schwierigkeiten, welche die SweetCandy im Moment hat?«

»Nicht unmittelbar. Aber natürlich hat sie überall ihre Spuren hinterlassen.«

Sie fuhren über die Brooklyn Bridge, jene lange Straßenbrücke, die den East River querte und Manhattan mit dem

Stadtteil Brooklyn verband. Sobald sie die andere Seite erreicht hatten, dirigierte Andrew den Fahrer nach rechts.

»Fahren Sie bitte durch Brooklyn Heights.«

»Welche Straße?«

»Keine besondere, fahren Sie einfach durch. Wir kehren dann ohne Halt wieder nach Manhattan zurück.«

»Wie Sie wünschen.« Der Taxifahrer begann, die Straßen abzufahren. Hübsche Häuser aus braunrotem Sandstein ließen die Gegend nicht nur gediegen, sondern auch einladend und familiär erscheinen.

»Gefällt es dir hier?«, fragte Andrew.

»Oh ja! Es ist wunderschön!«

»Ich liebe diese *brownstone houses*«, meinte Andrew. »Und ich würde eines Tages sehr gerne in einem leben.«

»Das kann ich gut nachvollziehen.« Viktoria sah eine junge Frau mit einem Kinderwagen vor einem der Häuser stehen.

Andrew folgte ihrem Blick. Er lächelte in das Schweigen hinein, das auf einmal entstand. Nur das Brummen des Taxis war zu hören.

»Viktoria …«, sagte er dann und wirkte auf einmal angespannt. »Eigentlich hatte ich dich auf dem Empire State Building etwas fragen wollen. Aber … dann waren mir zu viele Leute dort.«

»Was … wolltest du mich fragen?« Viktorias merkte, wie seine Unruhe auf sie überging.

»Wie lange kennen wir uns jetzt?«

»Etwas mehr als … vier Monate?«

»Mir kommt es vor, als kenne ich dich bereits mein Leben lang. Ehrlich gesagt kann ich mir gar nicht mehr vorstellen … ohne dich zu sein.« Andrews warme Stimme verursachte ihr eine Gänsehaut. »Innerhalb dieser kurzen Zeit haben sich unsere Leben auf eine Weise aufeinander zubewegt, die mir fast … surreal erscheint.«

»Mit geht es genauso«, bekannte Viktoria leise.

»Ich habe mir lange überlegt, ob ich diesen Schritt gehen soll. In der jetzigen Situation könnte es so wirken, als wolle ich … daraus einen Vorteil ziehen.« Er fuhr sich mit einer Hand durchs Haar und atmete tief ein. »Dennoch.« Er sah sie an. »Viktoria … kannst du dir vorstellen … meine Frau zu werden?«

Viktoria las so viel in seinen grauen Augen. Zuneigung, Vertrauen, Wertschätzung. Und sie fühlte den Widerhall dieser Gefühle tief in ihrem Inneren. »Ich bin bereits deine Frau, Andrew. Seit jener Nacht auf der SS Manhattan.«

»Heißt das … ja?«

»Das heißt es. Ja.« Viktoria lächelte ihn an. Ein starkes Glücksgefühl überkam sie, so eindringlich, dass sie meinte, mit ihrem inneren Strahlen ganz New York erhellen zu können.

»Mein Gott, Viktoria …« Andrew zog sie in seine Arme, streichelte ihr Gesicht, küsste sie lange und ausgiebig. »Ich kann es gar nicht fassen.«

Der Taxifahrer sah lächelnd in den Rückspiegel.

»Jetzt habe ich dir diese wichtige Frage auf einer simplen Taxifahrt durch Brooklyn gestellt.« Andrew schüttelte lachend den Kopf. »Da siehst du, wie nervös ich bin. Eigentlich hatte ich es ganz anders geplant.«

»Du hast den perfekten Augenblick gewählt. In einem Taxi auf der Fahrt durch Brooklyn – unserem künftigen Zuhause.«

»Nun ja, noch kann ich es mir nicht leisten, dir eines der *brownstones* zu kaufen.«

»*Noch* nicht«, meinte Viktoria zuversichtlich. »Außerdem – wer sagt denn, dass *du* das Häuschen kaufen musst? Vielleicht werde *ich* es kaufen? Für uns.«

»Wir werden es gemeinsam kaufen. Als Mr. und Mrs. Miller.«

»Und dann werden wir darin zehn Kinder großziehen.«

»Zehn?« Andrew zog scherzhaft die Augenbrauen hoch.

»Ich wollte schon immer eine große Familie.«

»Vielleicht fangen wir zunächst mit einem an.« Andrew gab dem Fahrer ein Zeichen. »Fahren Sie uns bitte zum Plaza.«

»Zum Plaza?«, fragte Viktoria. »Ist das nicht ein wenig teuer?«

»Wenn ich dir schon im Taxi den Heiratsantrag gemacht habe, dann kann es gar nicht teuer genug sein für den Moment, in dem ich dir deinen Verlobungsring anstecke.«

45. KAPITEL

Die SweetCandy Ltd. in New York,
am Morgen des 21. Dezember 1936

Seit einer Woche hatte die Welt ein anderes Antlitz. Die Menschen, die Viktoria begegneten, lächelten, selbst die Rastlosigkeit New Yorks wirkte weniger hektisch und distanziert. Was sie auch angepackt hatte in diesen Tagen, es war ihr leichtgefallen.

Noch immer konnte sie ihr Glück kaum fassen. Jeden Morgen vergewisserte sie sich, dass dies wirklich ihr Leben war, und kein Traum, aus dem sie jederzeit erwachen konnte.

An ihrer rechten Hand trug sie Andrews Ring. Ein Erbstück aus dem Besitz seiner Großmutter, zu der er einen innigen Bezug gehabt hatte, und Viktoria bedeutete es viel, diesen Ring zu tragen. Besonders schön fand sie zudem, dass der mit Diamanten besetzte goldene Reif aus Deutschland stammte. So verbanden sich in ihm die beiden Kontinente, von denen sie stammten.

Doch während der letzten Tage war noch viel mehr passiert.

Andrew hatte mit dem Geld ihrer Mutter sämtliche Kredite bei der Hudson Bank abgelöst. John Carollo hatte ihn zwar gebeten, damit noch zu warten, da er einige wichtige Dinge in New Jersey erledigen musste und gern dabei gewesen wäre, aber Andrew war nicht auf den Wunsch des Anwalts eingegangen. Er hatte keine Zeit verlieren wollen und Viktoria war ganz seiner Meinung gewesen.

Nun gehörte Judith Rheinberger der Grund und Boden, auf dem die SweetCandy stand. Zudem hatte Viktorias Mutter weiteres Geld angewiesen, damit die SweetCandy das laufende Geschäft aufrechterhalten konnte. Der Maßnahmenkatalog, den Andrew dafür hatte vorlegen müssen, beinhaltete neben gezielten Sparmaßnahmen auch wesentliche Änderungen im Gefüge von Kunden und Lieferanten. Andrews Cousine Grace hatte alles ohne erkennbare Regung hingenommen und entgegen Viktorias Erwartungen sogar freundlich reagiert, als Andrew ihr mitgeteilt hatte, dass sich ihr Arbeitsvertrag ändern würde. Insbesondere verlor sie einige Unterzeichnungsberechtigungen, weil er ausschließen wollte, dass sie wie bisher an ihm vorbei agieren konnte. Grace hatte zwar ihr Bedauern ausgedrückt, aber ohne Zögern unterschrieben – und ihnen bei dieser Gelegenheit zur Verlobung gratuliert. Vielleicht war Viktorias Misstrauen ihr gegenüber doch übertrieben gewesen, zumal sie für alle Unstimmigkeiten, die Andrew mit ihr besprochen hatte, wohl eine plausible Erklärung parat gehabt hatte. Selbst der Mietvertrag für die Wohnung im *London Terrace* war offenbar im Auftrag des Großvaters zustande gekommen, der das Apartment einem Freund zur Verfügung gestellt hatte.

Den heutigen Tag nutzten Andrew und Viktoria nun dazu, ein zweites Büro direkt neben seinem einzurichten. Viktoria würde künftig für die Produktentwicklung und den Einkauf der SweetCandy verantwortlich sein, und Andrew hatte darauf bestanden, dass sie auch räumlich eng zusammenarbeiteten.

»Es ist wirklich schön hier bei dir«, meinte Andrew, als er einige Ordner in ihren Aktenschrank räumte.

»Du bist doch nicht etwa neidisch auf mein Büro?«, neckte sie ihn.

»Ich?«, gab er augenzwinkernd zurück. »Nein. Oder vielleicht doch … ein bisschen.«

»Du darfst mich jederzeit besuchen«, bot Viktoria großzügig an.

»Überlege dir gut, was du sagst. Am Ende ziehe ich gleich hier ein!«

»Gern!« Viktoria lachte.

Sie mochte den Raum, den sie in einem zarten Gelb hatte streichen lassen. Die Möblierung war deutlich schlichter gewählt als die von Andrews Zimmer, das noch von seinem Großvater eingerichtet worden war.

»Also dann hole ich gleich meine …«, setzte Andrew ihren Flirt fort, als das Telefon klingelte.

Er eilte in sein Zimmer, ließ die Verbindungstür zu Viktorias Büro aber offen.

»Ja? Ja, hier Miller, SweetCandy. Ja … stellen Sie durch!«

Viktoria legte die Stempel auf ihren Schreibtisch, die sie gerade hatte einsortieren wollen, und ging zu ihm hinüber. Sie vermutete ein Gespräch aus Übersee.

Als er sie sah, nickte er und winkte sie zu sich.

»Ja, Frau Rheinberger? Schön, Sie zu hören. Wie geht es Ihnen? … Das freut mich. Ja …, uns geht es so weit auch gut.«

Viktoria lehnte ihr Gesicht an seines, um wenigstens ein paar Fetzen dessen mitzubekommen, was ihre Mutter sagte.

»Ja, es ist alles gut gegangen. Die Grundschuld ist auf Sie übergegangen«, erklärte Andrew. »Wie bitte? Ja! Sie haben sich also entschieden …«

Er verstummte plötzlich.

Viktoria sah ihn fragend an.

»Gut. Selbstverständlich«, fuhr er dann fort. »Nein, nein … das ist Ihr gutes Recht, Frau Rheinberger … ich werde alles veranlassen, was von unserer Seite aus nötig ist.« Er holte tief Luft.

»Was ist denn?«, wisperte Viktoria.

»Frau Rheinberger, ehe wir weitersprechen … Ihre Tochter steht hier neben mir und würde Sie gern ebenfalls sprechen … ja? Einen kleinen Moment …« Er reichte Viktoria den Hörer, setzte sich in seinen Schreibtischstuhl und rieb sich mit zwei Fingern die Nasenwurzel.

»Mama?«, fragte Viktoria vorsichtig. »Ist etwas passiert?«

»Ah, Vicky, wie schön dich zu hören!« Die Leitung

rauschte etwas, aber dennoch war Judiths Stimme deutlich zu vernehmen.

»Ich freue mich auch. Aber ich mache mir auch Sorgen …« Viktoria nestelte nervös am Telefonkabel.

»Uns geht es allen gut«, versicherte ihre Mutter rasch. »Ich rufe aus einem anderen Grund an, Vicky. Ich habe Herrn Miller gerade mitgeteilt, dass ich die Anteile aus dem Wandeldarlehen tatsächlich umwandeln werde.«

»Äh … ja?« Viktoria war verwirrt. Einerseits freute sie sich, sah aber auch Andrews Enttäuschung. »Dann gehört die SweetCandy dir?«

»Ich halte ab ersten Januar einundfünfzig Prozent der Anteile, die restlichen bleiben bei Herrn Miller.«

»Dann besitzt du die Mehrheit.«

»Ja.« Ihre Mutter räusperte sich. »Ich habe es mir gut überlegt, Vicky.«

»Das weiß ich, Mama.«

»Ich habe verschiedene Gründe dafür. Zum einen gibt Weber keine Ruhe, und ich habe den Eindruck, dass er mir persönlich schaden will. Und dann – unser Zuhause, unsere Schokoladenvilla ist so leer. Das Leben ist weitergezogen.«

»Was meinst du damit, Mama?«, fragte Viktoria.

»Ich verbringe die Weihnachtstage und den Jahreswechsel noch hier bei Karl. Im neuen Jahr kehre ich nach Stuttgart zurück und werde anfangen zu packen.«

»Heißt das … du kommst zu uns? Nach New York?«

»Ja, Kind. Und das nicht nur für ein paar Wochen.«

»Für immer?«

»Auf jeden Fall für längere Zeit.«

»Wie wunderbar! Ich freue mich!«, rief Viktoria so laut, dass Andrew verwundert aufsah. »Dann wirst du zu unserer Hochzeit hier sein, Mama«, fügte sie etwas leiser an.

»Du … ihr … ihr heiratet?«

»Überrascht dich das?« Viktoria lächelte in sich hinein.

»Nun … eigentlich nicht. Ich habe nur nicht erwartet, dass es so schnell geht.«

»Ich … auch nicht«, meinte Viktoria und hielt Andrews Blick fest. »Aber abgesehen von unserem persönlichen Glück bleibt die SweetCandy dadurch in Familienbesitz. Ich gebe dich noch einmal an Andrew weiter. Bis bald, Mama! Wir kümmern uns um die Tickets für die Überfahrt. Gib so schnell wie möglich Bescheid, wann du reisen kannst.«

Viktoria gab Andrew den Hörer. Dann begab sie sich zurück in ihr eigenes Büro und räumte einige Bücher in die offenen Regale ein, während sie dem restlichen Gespräch zwischen Andrew und ihrer Mutter zuhörte. Es ging vor allem um die Abstimmung von Terminen, da Karl wohl schon einiges in die Wege geleitet hatte.

»Ich würde meine Mutter gerne abholen«, sagte Viktoria, nachdem Andrew aufgelegt hatte und sich wieder zu ihr gesellte.

»Du willst nach Stuttgart reisen?«

»Ja. Auch um … Abschied von meiner Heimat zu nehmen. Wer weiß, was die Jahre bringen.«

Andrew sah sie verständnisvoll an. »Ich kümmere mich um die Fahrkarten.«

»Mir reicht eines …«

»Ich komme mit, Viktoria. Als dein künftiger Mann möchte ich gerne an deiner Seite sein. Das heißt, wenn es dir recht ist.«

»Ja, natürlich! Ich bin froh, wenn du mich begleitest …« Sie hielt inne.

Auf dem Gang waren mit einem Mal laute Schritte und herrische Stimmen zu hören. »Was ist denn da los?«

»Keine Ahnung.« Andrew ging zurück in sein Büro.

Doch noch bevor er seinen Schreibtisch erreichte, wurde die Tür aufgestoßen und drei Herren in dunkler Uniform betraten den Raum. Die Damen aus dem Vorzimmer hatten sie nicht aufhalten können.

»Mr. Miller?«

»Was kann ich für Sie tun, Gentlemen?«

»Sie sind verhaftet wegen dringenden Tatverdachts des gewerbsmäßigen Betrugs.«

»Wie bitte?« Der Schreck durchlief Viktoria wie ein elektrischer Schlag. Mit wenigen Schritten war sie in Andrews Büro und sah, wie ihn einer der Männer am Arm packte.

»Das muss ein Irrtum sein, meine Herren«, verteidigte sich Andrew. »Wie kommt es zu dieser Anschuldigung?«

»Das wird die Vernehmung ergeben«, antwortete der Mann.

»Informiere sofort John Carollo«, warf Andrew Viktoria auf Deutsch zu, während ihm Handschellen angelegt wurden.

»Andrew …!«

»Es wird sich alles aufklären«, sagte Andrew zu Viktoria, aber in dem letzten Blick, mit dem er sie ansah, bevor sie ihn hinausführten, spiegelte sich derselbe Schock, der Viktoria in den Gliedern steckte.

Sobald sich die Tür hinter ihm geschlossen hatte, wählte sie mit zitternden Fingern die Nummer von John Carollo.

46. KAPITEL

Die Anwaltskanzlei von John Carollo,
eine Stunde später

»Ja, das habe ich verstanden … ob das ausreichende Beweise sind, sei allerdings dahingestellt …« John Carollo stand an seinem Schreibtisch, den Telefonhörer in der Hand, und sah zum Fenster seiner Kanzlei in der Lexington Avenue hinaus. »Und dann würden wir auf eine vorübergehende Freilassung gegen Kaution bestehen … ja, prüfen Sie das bitte.«

Viktoria versuchte verzweifelt, Haltung zu bewahren. Seit Andrew abgeführt worden war, konnte sie kaum einen klaren Gedanken fassen.

»Ich bestehe darauf, meinen Mandanten heute noch zu sehen … um sechs Uhr? Gut. Danke.«

Er legte auf und sah Viktoria an. »Es ist sehr wahrscheinlich, dass er das Gefängnis gegen Kaution verlassen kann. Das kommt darauf an, wie schnell Sie die geforderte Summe aufbringen können.«

»Ich kümmere mich gleich darum!« Viktoria spürte, wie

die Erleichterung durch ihren Körper zog. »Wie hoch ist der Betrag?«

Carollo notierte eine Summe und schob ihr den Papierbogen hin. »Recht hoch. Zwanzigtausend Dollar.«

Viktoria schluckte. »Das ist wirklich viel.«

»Weisen Sie es auf mein Konto an. Ich kümmere mich darum.« John Carollo stand noch immer vor seinem Schreibtisch und blätterte in den Unterlagen.

»Ja, also ich …«, setzte Viktoria an.

»Im Übrigen«, unterbrach sie Carollo, »bräuchte ich noch die eine oder andere Auskunft von Ihnen.«

»Ja, natürlich.« Viktoria rieb sich die Schläfen. Ihr Kopf schmerzte.

Carollo schien gefunden zu haben, wonach er suchte, denn er zog ein offiziell aussehendes Dokument aus dem Stapel und setzte sich. »Ich werde mich erst einmal informieren müssen, was hier genau vorgeht. Ohne konkrete und fundierte Hinweise wird kein Strafbefehl ausgestellt.« Er setzte seine Brille auf.

»Wissen Sie das denn noch nicht?«

»Ich weiß bisher nur, *was* ihm vorgeworfen wird. Nicht *wer* die Vorwürfe erhebt.«

»Ach so.«

»Ich hoffe mehr zu erfahren, wenn ich Mr. Miller nachher im Gefängnis besuche. Deshalb würde ich gerne wissen, ob Ihnen in letzter Zeit irgendetwas ungewöhnlich vorgekommen ist.«

Viktoria überlegte. »Sie wissen ja selbst, dass die Hudson

Bank kurzfristig versucht hat, ihre Ansprüche auf die Sweet-Candy geltend zu machen – gleich nachdem meine Mutter angekündigt hatte, die Kredite zurückzuzahlen.«

»Das war zu erwarten gewesen. Aber da die Gelder aus Deutschland pünktlich eingegangen sind, dachte ich, dass Sie die Verbindlichkeiten getilgt hätten.«

»Das haben wir auch. Daran kann es nicht liegen.«

»Gibt es noch irgendetwas, das Sie beobachtet haben, Miss Rheinberger?«

»Eigentlich nichts Außergewöhnliches.« Viktoria dachte nach. »Andrews Großvater hat sich vorerst zurückgezogen, nachdem er erfahren hat, dass meiner Mutter nun das Fabrikgrundstück gehört, aber ich denke, das wird sich wieder geben. Die ganze Entwicklung war ein Schock für ihn.«

»Verständlich.« Carollo nickte. »Was ist mit Andrews Cousine, Grace Miller?«

»Grace? Sie hat unerwartet positiv reagiert«, erwiderte Viktoria, »obwohl Andrew ihre Stelle umgestaltet hat.«

»Gut. Dann bleibt sie?«

»Ja, sie bleibt. Jetzt ist sie allerdings auf dem Weg nach Boston – sie möchte die Weihnachtstage bei ihrer Mutter dort verbringen. Andrew hat ihr freigegeben bis nach Neujahr.«

»Mhm.« Carollo wirkte für einen Augenblick geistesabwesend.

»Mr. Carollo«, fragte Viktoria. »Haben Sie denn irgendetwas erfahren im Hinblick auf die Hintermänner des Betrugs an der SweetCandy? Hat sich der Verdacht erhärtet, dass wirklich … die Mafia … hinter alldem steckt? Und womöglich auch hinter Andrews Festnahme?«

Carollo klopfte nachdenklich mit dem Stift auf seinen Schreibtisch. »Das ist denkbar. Aber Nachforschungen in diesem Bereich müssen vorsichtig durchgeführt werden. Wenn ich etwas erfahre, informiere ich Sie umgehend, Miss Rheinberger.«

»Ich verstehe. Brauchen Sie sonst noch Informationen?«

»Nein, Miss Rheinberger. Ich bin so weit im Bilde. Wir telefonieren, wenn Sie das Geld für die Kaution bereit haben. Dann gebe ich Ihnen die entsprechenden Daten durch.«

»Danke.« Viktoria stand auf. »Ich werde noch einmal in die Firma gehen. Sie erreichen mich dort bis mindestens acht Uhr.«

»Gut. Dann weiß ich Bescheid.« Carollo brachte sie zur Tür. »Kopf hoch. Wir tun unser Möglichstes.«

൬

Später am Abend in der Entwicklungsabteilung der SweetCandy

Viktoria war auf der Bank gewesen und hatte die Kaution anweisen lassen. Sie hoffte inständig, dass die Transaktion ohne Verzögerung abgewickelt wurde, damit Andrew bald freikam. Carollo war wohl nach wie vor bei ihm, um die Zusammenhänge seiner Festnahme zu ermitteln. In einem kurzen Telefonat hatte er angedeutet, dass das Prozedere für eine Freilassung, selbst auf Kaution, einige Tage in Anspruch nehmen könnte. Viktoria kannte sich im amerikanischen Rechtssystem nicht aus, daher blieb ihr nichts anderes übrig, als diese Aussage hinzunehmen.

Nun hatte sie sich in die Entwicklungsabteilung zurückgezogen, denn nach Hause wollte sie nicht. Hier, umgeben von ihren Arbeitsutensilien und vertrautem Schokoladenduft, würde sie sich heute Nacht nicht ganz so allein fühlen wie in Andrews Apartment.

»Miss Rheinberger?«, fragte Sally vorsichtig.

»Ach, Sally«, erwiderte Viktoria und sah von ihrem Arbeitstisch auf. »Du bist noch da?«

»Ja. Und ich bleibe, bis du gehst.«

»Das musst du nicht. Vielleicht verbringe ich die Nacht hier.«

Sally stellte sich demonstrativ an ihren Arbeitsplatz direkt neben Viktorias. »Auf mich wartet niemand. Also bleibe ich auch. Wir haben eh noch so viel zu tun.«

Da hatte sie recht. Brenda Fraziers Debüt rückte ebenso stetig näher wie die Weihnachtstage.

»Also gut«, seufzte Viktoria. »Versuchen wir, die Zeit sinnvoll zu nutzen.«

Sie hatte zahlreiche Listen mit den einzelnen Arbeitsgängen angefertigt und über ihrem und Sallys Arbeitsplatz aufgehängt. Jeder Tag war durchgeplant, damit am Abend des sechsundzwanzigsten Dezembers alles fertig sein würde. Und perfekt.

»Ich verstehe nicht, warum die Fraziers ihr Debüt so kurz nach Weihnachten geben«, erklärte Sally kopfschüttelnd und sprach Viktoria damit aus der Seele.

»Ich nehme an, sie wollen einfach die größtmögliche Aufmerksamkeit erhalten.«

»Die bekommen sie eh.«

»Da magst du recht haben, Sally.«

Die nächsten Stunden arbeiteten sie hoch konzentriert. Zunächst verpackten sie die restlichen Schokoladenpuzzles, die Sally mithilfe einer Gruppe von Arbeiterinnen hergestellt hatte. Anschließend produzierten sie große Mengen weißer Schokolade, die sie zu Pralinenhohlkörpern gossen.

Während sie darauf warteten, dass diese im Kühlschrank aushärteten, probierten sie die getrockneten Erdbeeren, die Viktoria noch im September hergestellt hatte, als sie kurz nach ihrer Ankunft in New York die letzten Früchte der Saison ergattert und vorsorglich für künftige Versuche mit Schokolade konserviert hatte.

»Ich finde, die schmecken recht gut«, meinte Sally, nachdem sie ein paar davon gegessen hatte.

Auch Viktoria mochte den süß-säuerlichen Geschmack. »Das harmoniert bestimmt ganz besonders gut mit der weißen Schokolade. Aber ich habe da noch eine andere Idee.« Aus einer Schublade zog sie eine kleine Dose heraus, nahm den Deckel ab und schüttete einen Teil des Inhalts vorsichtig auf ein kleines Tellerchen.

»Was ist denn das?«

»Lavendel.«

»Lavendel?«, fragte Sally ungläubig, zerrieb einige der lilafarbenen Blüten in der Hand und schnupperte daran. »Das riecht sehr gut. Aber ob es in der Schokolade gut schmeckt?«

»Es schmeckt außergewöhnlich. Vielleicht mag es nicht jeder, aber ich glaube kaum, dass man in New York Lavendelschokolade kennt.«

»Das glaube ich auch nicht …«

»Ich habe die getrockneten Lavendelblüten aus Europa mitgebracht. Du erinnerst dich, dass ich in Frankreich eine Ausbildung zur Chocolatière gemacht habe? Von dort stammt die Idee mit der Lavendelschokolade und auch der Lavendel.«

»Wie willst du sie zubereiten?«

»Ich würde sagen, wir versuchen es auf zweierlei Arten. Einmal mit weißer Schokolade und einmal mit Milchschokolade.«

»Interessant …«

»Du wirst sie mögen, Sally. Ganz bestimmt!«

»Womit fangen wir an?«

»Mit den Erdbeeren in weißer Schokolade.«

Während Viktoria Schokoladentafelformen bereitstellte, erhitzte Sally weiße Schokolade und goss die Formen damit aus. Viktoria bestreute sie mit den getrockneten Erdbeeren.

»Mhm, das sieht wirklich sehr fein aus!« Sally betrachtete verzückt die roten Früchte auf dem Cremeweiß der Schokolade. »Und ist doch so einfach!«

»Die einfachen Rezepte sind manchmal die Besten«, antwortete Viktoria zufrieden. »Für Brenda machen wir diese Tafeln und Erdbeerpralinen. Die Pralinen füllen wir mit einer Sahnemasse und Erdbeermarmelade. Verzieren werden wir sie mit den getrockneten Erdbeeren.«

»Die Sahnemasse mit Champagner?«

»Aber natürlich! Und jetzt versuchen wir uns an den Lavendelpralinés. Hackst du bitte Milchschokolade?«

Sally tat, wie ihr geheißen. Viktoria kochte derweil Sahne auf und schüttete einen Esslöffel Lavendelblüten hinein. Anschließend gab Sally die gehackte Milchschokolade in die Lavendelsahne, während Viktoria geduldig rührte, bis sich alles zu einer homogenen Masse verbunden hatte. Sie fügten etwas Butter hinzu und zogen die so entstandene *Ganache* etwa einen Zentimeter dick auf ein Blech auf.

»So«, meinte Sally, als sie das Blech zum Kühlschrank trug, »jetzt müssen wir warten.«

»Ja«, erwiderte Viktoria. »Und morgen überziehen wir sie mit dunkler Schokolade und gezuckerten Lavendelblüten.«

»Wolltest du nicht auch weiße Schokoladenpralinés mit Lavendel herstellen?«

»Das machen wir morgen. Wenn wir die weißen Hohlkörper zur Verfügung haben. Einen Teil davon mit Erdbeerfüllung, den anderen mit Lavendel.«

Sie spülten ihre Arbeitsutensilien, dann sah Viktoria auf die Uhr. Es war fast drei Uhr früh.

»Sollen wir uns an die essbaren Diamanten machen?«, fragte Sally. »Es wäre gut, wenn wir die fertig hätten.«

Viktoria gähnte. »Stimmt.«

»Aber wenn du müde bist, dann können wir auch morgen …«

»Nein, nein. Ich kann ohnehin nicht schlafen. Hast du dir ein Rezept für essbare Diamanten überlegt, Sally?«

»Sogar zwei! Eines aus Gelee, das andere aus Zucker. Dann sehen wir gleich, welche Version echter wirkt.«

»Gut. Fangen wir an.«

Sally füllte mehrere Tüten granulierte Gelatine in einen Topf mit kaltem Wasser und ließ sie quellen. Derweil löste Viktoria Zucker in Wasser auf und ließ es so lange einkochen, bis das Wasser verdampft war. Bevor der Zucker braun wurde, nahm sie ihn vom Herd und goss die Masse in Bonbonformen, die Diamanten ähnelten.

Derweil erhitzte Sally die Gelatine, rührte Zucker unter und befüllte ebenfalls die entsprechenden Formen damit.

Bis sie damit fertig waren, begannen die Mitarbeiter der Frühschicht bereits mit der Arbeit. Das Rumoren im Haus ließ Viktoria an Andrew denken. Hoffentlich hatte dieser Albtraum bald ein Ende.

Sie fuhr sich mit dem Handrücken über die Stirn. »Geh nach Hause, Sally. Ich lege mich im Büro noch etwas hin.«

»Nein, das lohnt sich nicht.« Sally wusch sich die Hände. »Hättest du etwas dagegen, wenn ich mich im Pausenraum ein wenig ausruhe?«

»Nein. Mach das ruhig. Wir treffen uns um zehn Uhr wieder. Ich hoffe, du findest ein wenig Schlaf.«

47. KAPITEL

Andrews Büro, am 22. Dezember 1936, gegen neun Uhr am Vormittag

»Wach auf, meine Liebe!« Wie durch dichten Nebel drang Eleanors Stimme an Viktorias Ohr.

»Mhm«, machte Viktoria, ohne die Augen aufzuschlagen. Eigentlich wollte sie nur ihre Ruhe haben.

»Viktoria! Komm schon! Das kann hier doch nicht bequem sein!«

Viktoria blinzelte nun doch und sah in Eleanors verschwommenes Gesicht. Langsam richtete sie sich in Andrews Schreibtischstuhl auf, in dem sie eingeschlafen war. Alle ihre Glieder schmerzten.

»Na also«, Eleanor zog sich einen Stuhl heran und setzte sich ihr gegenüber. »Geht es dir gut?«

Viktoria antwortete nicht und rieb sich stattdessen die Augen. »Was machst du denn schon so früh hier, Eleanor?«,

»Ich wollte fragen, wie die Vorbereitungen für Brendas Debüt laufen.«

»Gut.« Viktoria gähnte.

»Gut?«, hakte Eleanor nach. »Ich hoffe doch, es läuft alles ganz fantastisch!«

»Ja. Es läuft alles ganz fantastisch«, erwiderte Viktoria müde.

Eleanor sah sie prüfend an. »Was ist los, Viktoria?«

Viktoria holte tief Luft. »Andrew ist im … Gefängnis.« Auf einmal strömten die Tränen. Erschöpfung, Angst und Sorge brachen sich Bahn.

Eleanor kam sofort zu ihr auf die andere Seite des Schreibtisches und legte tröstend den Arm um sie. »Möchtest du mir erzählen, was passiert ist?«

Viktoria nickte, brachte aber keinen Ton heraus.

»Weißt du was?«, meinte Eleanor fürsorglich. »Jetzt gibt es erst einmal einen Kaffee und etwas zu essen. Nach einem anständigen Frühstück sieht die Welt gleich ganz anders aus.«

»Ich … ich kann nicht«, erwiderte Viktoria. »Ich muss weitermachen mit den Vorbereitungen für Brenda.«

»Nein.« Eleanor schüttelte energisch den Kopf. »In diesem Zustand wird dir ohnehin nichts gelingen. Wir gehen frühstücken und du erzählst mir, was passiert ist. Und dann werde ich hier mit dir eine mehrseitige Reportage über die *German Chocolate Queen* machen. Diese Werbung, Viktoria, wird eure Firma nach vorn katapultieren, glaub mir.«

»Wirklich? Das tust du für mich?«

»Dafür wirst du auch etwas für mich tun. Denn ich möchte mit dir eine exklusive Schokoladenlinie entwickeln, so wie die Sportschokolade, von der du mir erzählt hast.« Sie grinste und Viktoria war sich nicht sicher, wie ernst sie das mit der Sportschokolade meinte.

»Du willst wirklich eine eigene Schokolade herausbringen? Eine, die deinen Namen trägt?«

»Genau. Näheres besprechen wir dann, wenn Brendas Debüt vorüber ist.« Eleanor lächelte. »Und jetzt lass uns rasch in die Cafeteria gehen. In etwa einer Stunde kommt einer unserer Fotografen hierher. Er wird sagenhafte Bilder von dir und deiner Arbeit machen. Du wirst sehen – bald sind eure Auftragsbücher voll.«

Sie verließen Andrews Büro und gingen zum Aufzug. Plötzlich griff Viktoria sich an Stirn: »Ich muss Sally Bescheid geben. Wir wollten uns um zehn Uhr wieder treffen.«

Eleanor nickte. »Natürlich. Ich warte in der Halle.«

Eine Stunde später waren sie wieder zurück in der Sweet-Candy. Viktoria fühlte sich deutlich besser. Zum einen hatte das Frühstück tatsächlich ihre Lebensgeister geweckt, zum anderen hatte sie Eleanor von der Sache mit Andrew berichten und sich damit ein wenig Ballast von der Seele reden können. Eleanor hatte sich zuversichtlich gezeigt, dass Andrew aufgrund der Kautionszahlung bald auf freien Fuß kommen würde.

In der Eingangshalle der Firma wartete bereits der Fotograf – er stellte sich als Mike vor, und gemeinsam machten sie sich auf den Weg in die Entwicklungsabteilung. Unterwegs schoss Mike bereits die ersten Bilder.

»Das duftet aber fein!«, meinte Eleanor, als sie die Produktentwicklung erreichten.

»Das stimmt!«, bestätigte Mike. »Ich hoffe, wir dürfen auch ein wenig Schokolade probieren.«

Viktoria öffnete die Tür. »Selbstverständlich.«

»Viktoria!«, rief Sally, als sie den Raum betraten. Um sie herum standen einige der zehn Mitarbeiterinnen der Abteilung und schienen ihr bei irgendetwas zuzuschauen. »Wir sind gerade dabei, die weißen Hohlkörper zu füllen!«

»Das ist wunderbar, Sally«, antwortete Viktoria und wandte sich an Eleanor und Mike. »Gerade entsteht eine der Spezialitäten für Brendas Ball – weiße Erdbeertrüffel.«

»Das hört sich exquisit an!«, meinte Eleanor erwartungsvoll, schlug ihre Kladde auf und machte sich sofort einige Notizen.

Derweil drückte Mike bereits wieder auf den Auslöser und hielt fest, wie Sally mit einem Spritzbeutel zunächst einen Klecks Erdbeermarmelade und anschließend eine mit Champagner verfeinerte Ganache in die Pralinenhohlkörper füllte. Zuletzt wurde das Praliné mit etwas weißer Kuvertüre verschlossen.

Während die Mädchen Sally zur Hand gingen, stellte Eleanor Viktoria zahlreiche Fragen, insbesondere zu ihrem Werdegang und der Schokoladenfabrik in Stuttgart, und schrieb voller Begeisterung mit. Schließlich lenkte sie das Gespräch auf die Vorbereitungen für Brendas Büfett. Hier wollte Eleanor vor allem Bilder sprechen lassen, Aufnahmen, die die Neugier der Leser weckten, ohne zu viel zu verraten. Mike fotografierte die Zutaten und die arbeitenden Mädchen. Über die Verwendung der einzelnen Produktaufnahmen würde Eleanor dann entscheiden, wenn sie den Bericht fertiggestellt hatte.

Schließlich klappte Eleanor die Kladde zu und umarmte Viktoria. »Das war sehr eindrücklich, meine Liebe! Danke!«

»Ich muss *dir* danken, Eleanor! Ich bin schon sehr gespannt, was du daraus machst.« Sie winkte Sally zu sich. »Wir haben noch etwas vorbereitet.«

Sally überreichte Eleanor ein Schächtelchen mit Proben der Debütpralinen.

»Für euch und für die Redaktion«, meinte Viktoria.

Eleanor nahm es, hob kurz den Deckel und spähte hinein. »Oh, danke schön! Wir werden sie uns schmecken lassen!«

»Weißt du schon, wann der Bericht erscheint?«, fragte Viktoria, als sie Eleanor und Mike zum Ausgang begleitete.

»Anfang nächster Woche. Ich lasse dir eine Ausgabe zuschicken.«

Am Abend desselben Tages

Viktoria war zufrieden, aber völlig erschöpft, als sie sich am Abend auf den Weg nach Greenwich Village machte. Nachdem Eleanor und Mike gegangen waren, hatten sie und Sally noch stundenlang weitergearbeitet. Neben den Erdbeertrüffeln waren auch beide Varianten an essbaren Diamanten geglückt. Zudem hatten sich einige Mitarbeiterinnen der Entwicklungsabteilung nach einer Verkostung der Lavendelpralinés lobend geäußert – nur Sally war der Geschmack zu intensiv gewesen. Viktoria aber war sich sicher, dass die verwöhnte Festgesellschaft einen neuen Geschmack, vielleicht in Verbindung mit einem passenden Drink, ganz besonders interessant finden würde.

Draußen in der kalten Dezemberluft legte Viktoria ein rasches Tempo vor, weil sie schnell zu Hause sein wollte, und war schon fast an der Subway Station, als sie vor sich eine Frauengestalt in einem dicken Wintermantel wahrnahm, die ihr vage bekannt vorkam. Unwillkürlich passte sie sich den Schritten der Dame an. Doch erst in dem Moment, da die Fremde am Abgang zur Subway vorbeilief, erkannte sie im schwachen Licht der Straßenlaternen … Grace Miller.

Viktoria war perplex. Andrews Cousine sollte eigentlich in Boston sein. Was hatte sie denn noch hier in New York zu suchen?

Ohne groß darüber nachzudenken, heftete sie sich an Graces Fersen. Einsetzender Schneefall und das Halbdunkel des Winterabends machten es schwierig, sie nicht aus den Augen zu verlieren. Glücklicherweise dauerte es nicht lange, bis sie an der Ecke eines riesigen Gebäudekomplexes stehen blieb, den Schnee von ihrem pelzbesetzten Mantel streifte und dann in einen der überdachten Zugänge einbog, zwischen denen jeweils die amerikanische Flagge wehte. Bevor sie endgültig hineinging, hielt Grace noch einmal inne und sah sich vorsichtig um.

Viktoria, die an der gegenüberliegenden Straßenseite der West 23rd Street stand, senkte den Kopf, beobachtete Graces Gestalt aber weiterhin aus den Augenwinkeln. Denn diese stand direkt vor dem *London Terrace*, jenem exklusiven, mächtigen Wohnkomplex mit Swimmingpool, Sporthalle und diversen Restaurants, in dem Grace im Vorjahr angeblich für einen Freund ihres Großvaters ein Apartment gemietet hatte.

Was ging hier vor?

Bewohnte Grace das Apartment hier am Ende selbst? Oder stattete sie jenem Freund einen Besuch ab?

Grace war mittlerweile im Gebäude verschwunden. Viktoria wartete noch einige Minuten, ging dann langsam über die Straße und betrat durch eine Doppeltür aus Messing und Glas die Lobby des Häuserblocks.

Der Eingang wurde von Portiers flankiert, die Uniformen im Stil der englischen Polizei trugen. Von Grace war nichts mehr zu sehen, vermutlich war sie bereits mit dem Aufzug auf dem Weg in eines der oberen Stockwerke.

Viktoria überlegte kurz, was sie nun tun sollte und stand dabei offenbar sichtlich unschlüssig in der Halle herum, sodass einer der *doormen* sie ansprach: »Kann ich Ihnen helfen, Miss?«

»Äh, nein … ja.« Viktoria überlegte fieberhaft, was sie antworten sollte. »Ich habe im Vorbeilaufen zufällig eine frühere Freundin hier hineingehen sehen und wollte sie ansprechen – aber sie ist nun schon weg.«

»Wie heißt denn Ihre Freundin?«

»Grace Miller.«

»Ich bedauere, aber in diesem Haus wohnt niemand mit Namen Grace Miller.«

»Nein?«

»Ich muss Sie leider bitten, das Haus zu verlassen, Miss.«

»Bitte. Es ist sehr wichtig.«

»Noch einmal. Es tut mit leid.« Der Ton des Portiers wurde bestimmter.

»Dann besucht sie … eine Freundin«, versuchte Viktoria es noch einmal. »Ja, sie besucht hier sicherlich eine Freundin. Ich werde … einfach nach oben fahren und nachsehen.«

»Das ist nicht möglich, Miss.« Der Portier stand wie eine Wand zwischen Viktoria und den Aufzügen. »Bitte verlassen Sie diese Lobby. Sonst muss ich die Polizei rufen.«

Viktoria tat einen Schritt zurück.

War es möglich, dass Grace unter falschem Namen hier lebte? Oder mit dem Freund des Großvaters bekannt war, der sich angeblich hier eingemietet hatte? Viktoria ärgerte sich, dass sie Andrew nicht nach dem Namen dieses Mannes gefragt hatte. Dann wäre es jetzt womöglich einfacher. Im Augenblick konnte sie nichts ausrichten.

»Danke«, murmelte sie und wandte sich zum Gehen.

Als sie auf die Straße trat, hatte dichtes Schneetreiben eingesetzt. Sie hätte sich ein Taxi anhalten können, aber sie zog es vor, zu Fuß zur nächsten Subway Station zu gehen – sie brauchte Bewegung und frische Luft, dann konnte sie besser denken.

Sie musste unbedingt den Mietvertrag heraussuchen. Mit diesem sollte es möglich sein, an den *doormen* vorbeizukommen.

Völlig durchfroren und durchnässt erreichte sie schließlich Andrews Apartment in Greenwich Village.

48. KAPITEL

Der Rockefeller Skating Pond,
am 25. Dezember 1936

»Na, was sagst du?«, fragte Eleanor erwartungsvoll. »Das ist doch großartig hier, nicht wahr? Da hat die *Times* wirklich nicht zu viel versprochen.«

Viktoria zog gerade die Schlittschuhe an, die Eleanor ihr ausgeliehen hatte. »Ja, herrlich! Danke, dass du dir heute Zeit für mich genommen hast.« Sie sah Eleanor von unten herauf an. »Macht es deinem Mann denn wirklich nichts aus, dass er am Weihnachtstag allein ist?«

»Oh nein. Er genießt die Ruhe.« Eleanor zwinkerte ihr zu. »Außerdem versteht er, dass ich dich ablenken muss.«

»Ach, wenn das so einfach wäre«, seufzte Viktoria. »Aber es ist ein schöner Versuch.«

Andrew war noch immer in Haft, obwohl die Kautionszahlung eigentlich längst vorliegen müsste. John Carollo, den sie beinahe täglich anrief, meinte, dass die Weihnachtstage zu Verzögerungen geführt hätten, was Viktoria wiederum ganz und gar nicht verstand. Allmählich fragte sie sich, warum Andrew noch immer an diesem Anwalt festhielt, der weder in der Betrugsgeschichte noch jetzt in der Strafsache irgendetwas zu bewegen schien.

»Bist du fertig?«, fragte Eleanor.

Viktoria zog die letzte Schleife fest und richtete sich auf. »Ja.«

»Dann los!«

Sie begaben sich auf die künstlich angelegte Eisfläche inmitten des weihnachtlich geschmückten Rockefeller Center. Der heutige Eröffnungstag des Skating Ponds lockte zahlreiche New Yorker an und entsprechend viel Trubel herrschte auf der Schlittschuhbahn.

Viktoria hielt sich zunächst am Rand, dann wurde sie schneller und mischte sich schließlich unter die eislaufenden Menschen. Die Männer trugen Anzug oder Knickerbocker mit hellen Pullovern, einige der Damen schwebten in knielangen, hochgeschlossenen Kleidern auf weißen Schlittschuhen über das Eis, andere wiederum bevorzugten Röcke und Pullover, so wie Viktoria und Eleanor. Während manche still ihre Runden drehten, hatte sich eine Gruppe junger Leute zu einem Kreis zusammengefunden und probierte sich unter Gelächter an zahlreichen Figuren. Ein Pärchen tanzte selbstvergessen einen Walzer auf dem Eis. Über der langen Seite der Schlittschuhbahn lag die riesige, vergoldete Bronzegussskulptur des Prometheus, der, eingerahmt von Wasserfontänen, das fröhliche Treiben zu seinen Füßen zu beobachten schien.

Unzählige Zuschauer säumten die Bande am Rand oder warteten darauf, selbst aufs Eis zu dürfen, denn die Kapazität der kleinen Bahn war begrenzt. Ordner achteten darauf, dass es nicht zu voll wurde.

Während Viktoria über das Eis glitt, fühlte sie sich plötzlich wieder so unbeschwert wie als Kind, wenn sie mit Mathilda auf dem Feuersee in Stuttgart ihre Bahnen gezogen hatte. Die letzten Tage hier in Amerika waren schwer gewesen. Der erste Heilige Abend in der Fremde, allein, ohne ihre Familie. Sie hatte sich eine Kerze angezündet und einen Tee gekocht, dem Schneegestöber vor dem Fenster zugesehen und an Andrew gedacht. Da sie mit ihm weder verwandt noch verheiratet war, durfte sie ihn selbst an diesen besonderen Feiertagen nicht im Gefängnis besuchen.

Später hatte sie mit Karl telefoniert und auch noch einmal mit ihrer Mutter, die gemeinsam mit Hélène und Georg feierten. Natürlich war die Sprache dabei auf Judiths bevorstehenden Aufenthalt in Amerika gekommen, aber Viktoria hatte ihrer Familie trotzdem nichts von den Geschehnissen um Andrew erzählt. Bevor sie dazu etwas sagte, wollte sie sich darüber mit ihm abstimmen. Sobald er wieder zu Hause war.

Eleanor fuhr ausgezeichnet Schlittschuh. Viktoria bewunderte die Pirouetten und die kleinen Figuren, welche die Amerikanerin zeigte. Eleanor war Schwimmerin und ihre Sportlichkeit bewundernswert. Vor allem aber war sie ihr eine gute und zuverlässige Freundin geworden.

Viktoria ließ sich von Eleanor anstecken und probierte

selbst einige Drehungen aus. Mit einem Mal kam Eleanor grinsend auf sie zugefahren, nahm sie an den Händen und zog sie mit sich in einen schnellen Kreisel.

Viktoria lachte. Bestimmt waren ihre eigenen Wangen ebenso gerötet wie die von Eleanor, denn die Winterluft war kalt und brannte auf der Haut. Zugleich tat die Bewegung gut, sie machte den Kopf frei und ließ sie ihre eigene Kraft spüren. Als Viktoria und Eleanor schließlich die Eisbahn verließen, war Viktoria wieder zuversichtlich, dass die Sache mit Andrew zu einem guten Ende kommen würde.

»So«, meinte Eleanor, nachdem sie ihre Schlittschuhe ausgezogen hatten, »jetzt gehen wir etwas essen.«

»Gern. Hier?«

»Ja, hier. Komm mit.«

Sie mussten eine Weile warten, bis sie einen Platz im *Promenade Café* ergattern konnten, dann setzten sie sich und bestellten vorab zwei Gläser Champagner.

»Schließlich ist heute Weihnachten«, sagte Eleanor zufrieden, als sie ihr zuprostete. »Auf dass die Zeiten für dich besser werden!«

»Danke.« Viktoria genoss das leise Klirren der Champagnerflöten, als sie mit ihrem Glas leicht gegen das von Eleanor tippte. »Und ja, lass uns diese Stunden genießen.«

Die kulinarische Auswahl war wunderbar. Viktoria konnte sich nicht entscheiden und studierte minutenlang die Speisekarte. Schließlich wählte sie das Lamm, Eleanor das Roastbeef Sandwich.

Nachdem der Kellner die Bestellung aufgenommen hatte,

zündete sich Eleanor eine Zigarette an und blies den Rauch in die Luft. »Wann wirst du das nächste Mal mit eurem Anwalt sprechen, Viktoria?«

»Sobald ich ihn erreichen kann. Er verbringt die Weihnachtstage mit seiner Familie in New Jersey und kommt morgen zurück nach Manhattan.«

»Ein Tag vor Brendas Debüt.«

»Genau.«

»Sie werden ihn mit Sicherheit bald freilassen, Viktoria.«

»Ich hoffe.« Viktoria rieb sich die Schläfe. »Noch immer ist es mir ein Rätsel, wie man einen Unschuldigen einfach verhaften kann. Wird ein Fall denn nicht erst einmal gründlich geprüft?«

»Eigentlich schon. Es sei denn, es besteht Fluchtgefahr. Dann könnte ich mir vorstellen, dass sie rasch handeln. Irgendjemand muss die Sache besonders dramatisch geschildert haben – oder man hat die Staatsanwaltschaft bestochen.« Eleanor drückte ihre Zigarette aus, obwohl sie nur dreimal daran gezogen hatte. »John Carollo ist ein guter Anwalt, gerade in Wirtschaftsdingen. Er wird ihn da herausholen. Hast du ihm eigentlich von Grace erzählt?«

»Ja. Er fand es auch eigenartig, aber allein ihre Anwesenheit im *London Terrace* begründet noch keinen Verdacht. Dennoch wird er die Wohnung überprüfen.«

»Gut.«

Sie unterhielten sich über Carollos Ruf und einige spektakuläre Fälle von Wirtschaftskriminalität, bis der Kellner das Essen servierte.

»Es schmeckt wirklich ausgezeichnet«, meinte Viktoria, nachdem sie das Lamm probiert hatte.

»Kommst du mit den Vorbereitungen zu Brendas Debüt eigentlich gut voran?«, wollte Eleanor wissen. »Es ist ja doch ein beachtlicher Aufwand.«

»Weißt du«, antwortete Viktoria. »Dieses Debüt hilft mir über diese unglückliche Zeit hinweg. Es gibt so viel zu tun, dass ich manchmal alles um mich herum vergesse.«

»Das kann ich gut verstehen. Hast du Hilfe?«

»Sally ist immer zur Stelle. Heute habe ich ihr freigegeben, damit sie ihre Eltern besuchen kann. Aber ab morgen werden wir durcharbeiten.«

»Das wird noch einmal eine Herausforderung, aber es wird sich lohnen«, meinte Eleanor und legte ihr Besteck ab. »Warte, ich habe etwas für dich!« Sie suchte in ihrer Handtasche und legte schließlich die neueste Ausgabe des *Life Magazines* neben Viktorias Teller. »Ich wollte damit eigentlich bis nach dem Essen warten, aber es passt gerade so gut.«

»Sag bloß«, antwortete Viktoria gerührt. »Ist da … unser Bericht drin?«

»Schau nach!« Eleanor tupfte sich die Mundwinkel mit einer Serviette ab und sah gespannt zu, wie Viktoria das Heft durchblätterte und schließlich eine Doppelseite aufschlug.

»Ich glaube es nicht!«, rief Viktoria glücklich aus. »Ganze zwei Seiten!«

Eleanor lächelte.

Der Bericht war mit *The German Chocolate Queen* überschrieben. Unmittelbar darunter fand sich ein großes Porträtfoto von Viktoria mit einer weißen Erdbeerpraliné in der Hand.

»Viktoria Rheinberger kreiert Juwelen aus Zucker und Schokolade«, las Viktoria leise. *»Sie stammt aus einer angesehenen deutschen Schokoladendynastie und erlernte in Frankreich das Handwerk der feinen Confiserie.«*

»Das mit der Dynastie ist wichtig für die Amerikaner«, sagte Eleanor. »Industriellenfamilien haben hier einen besonderen Nimbus.«

Viktoria nickte und las den Bericht zu Ende, während Eleanor zufrieden weiteraß.

Dann hob Viktoria den Kopf. »Das ist … unglaublich! Besser hätte man es nicht machen können. Dieser Artikel bedeutet für uns einen unglaublichen Prestigegewinn.«

»Den ihr euch absolut verdient habt!«

»Und auch die Bilder – sie machen richtig Lust auf unsere Produkte.«

»Das war der Sinn dahinter. Ich habe ihn bewusst zu Weihnachten und vor dem Debüt veröffentlicht. Da haben wir eine größere Aufmerksamkeit. Stell dich darauf ein, dass es im neuen Jahr eine wahre Flut an Bestellungen geben wird.«

Viktoria stand auf und umarmte Eleanor.

Dann steckte sie mit frohem Herzen die Zeitschrift ein.

Das Leben lachte ihr zu. Wenigstens ein bisschen.

49. KAPITEL

Das Ritz-Carlton in New York,
am 27. Dezember 1936

Endlich war der Tag da, den New Yorks High Society ungeduldig erwartet hatte. Der die Titelseiten der Gazetten gefüllt und augenscheinlich jedes andere Thema verdrängt hatte: Das Debüt von Brenda Frazier.

Während unzählige Menschen noch immer mit den Folgen der *Great Depression* und um ihr täglich Brot kämpften, rüstete sich die Welt der Reichen und der Schönen für eines der prächtigsten Feste, das die Stadt je gesehen hatte. Der Wirbel war groß, die Redaktionen hatten sich auf Sonderberichterstattungen vorbereitet, Fotografen und Journalisten waren abgestellt, um die Ereignisse dieser Nacht zu dokumentieren.

Viktoria und Sally hatten sich bereits am frühen Nachmittag im Ritz-Carlton eingefunden, jenem exklusiven Hotel an der 5th Avenue, in dessen *Main Ballroom Suite* das Großereignis stattfand. Während sie ihr Schokoladenbüfett aufbauten, wurde der riesige Raum geschmückt und auf Hochglanz gebracht.

Ein Techniker der SweetCandy hatte auf Viktorias Betreiben hin ein Kühlsystem entwickelt, das ihre empfindlichen Köstlichkeiten über längere Zeit frisch und ansehnlich halten sollte. Der clevere junge Mann stand auf Abruf bereit, falls es Probleme geben sollte.

Den Mittelpunkt ihres Arrangements bildete Brenda Fraziers Büste auf einem silbernen Tablett mit Perlrand. Die Hohlfigur war mit weißer Schokolade überzogen und sorgfältig geschminkt. Im Haar und auf dem Dekolleté trug sie die essbaren Zuckerdiamanten.

Um die Büste herum legten sie in konzentrischen Kreisen die Pralinen mit Erdbeerfüllung, die unterschiedlich ausdekoriert waren – mit getrockneten Erdbeeren, gehackten Pistazien, den Geleediamanten und kleinen, rot gefärbten Zuckergittern.

Einen eigenen Auftritt hatten die Lavendelpralinés. Sie lagen in länglichen Glasschalen, eine zarte Komposition aus Cremeweiß und Lila, dekoriert mit kandierten Lavendelblüten und weißen Rosen aus Marzipan und Fondant. In einer großen Silberschale lagen Schokoladentafeln unterschiedlichster Geschmacksrichtung in einem Meer aus frischen Blüten in Altrosa und Rubinrot. Köstliche Champagnertrüffel fanden sich in einem Bett aus künstlichen Diamantsteinen. Frische Früchte hatten nach einem Bad in flüssiger Zartbitterschokolade eine knackige Hülle, schokolierte Röstmandeln warteten mit einem Hauch von Zimt,

Kardamom und Anis auf und erinnerten an die vergangenen Weihnachtstage.

Besonders gelungen fand Viktoria zudem die riesige Etagere, auf der sich feinste Miniaturkuchen Konkurrenz machten: Schokoladentörtchen, Biskuit- und Fruchtschnitten, Frankfurter Kranz *en miniature* und kleine, neuartige Schwarzwälder Kirschtörtchen, deren Rezept Viktoria erst kürzlich von ihrer Mutter bekommen hatte. Eine mehrstöckige, mit kandierten Blüten und Zuckerblättern verzierte Schokoladentorte vervollständigte den Reigen.

Dazu gab es noch eine riesige Auswahl an Pralinés, viele davon traditionelle Familienrezepte der Rothmanns mit Karamell und Himbeeren, Fruchtgelee und Fondant, aber auch neue Kreationen, die sich am amerikanischen Geschmack orientierten, wie mit Milchschokolade überzogene Erdnusskaramellen.

Gemeinsam mit Sally und einigen Serviermädchen des Ritz-Carlton würden sie die Köstlichkeiten persönlich an die Gäste ausgeben, denn bei nahezu eintausendfünfhundert Geladenen wäre das Büfett sonst binnen kürzester Zeit leer gefegt.

Viktoria spürte jeden einzelnen Muskel ihres Körpers, als sie ihr Arrangement mit frischen Blumen und immergrünen Zweigen ausschmückten und ihm mit weißen und roséfarbenen Satinbändern den letzten Schliff verpassten. Viktoria hatte sich überlegt, kleine amerikanische Fähnchen dazuzustecken, entschied sich nun aber dagegen. Sie war die *German Chocolate Queen*, ein Markenzeichen, das für sich selbst sprechen sollte – durch die Qualität des Caterings und die Einzigartigkeit der Produkte.

Als sie endlich ganz fertig waren, trat Viktoria ein paar Schritte zurück und ließ alles in Ruhe auf sich wirken.

»Es ist perfekt«, sagte sie glücklich zu Sally und nahm sie spontan in den Arm.

»Das ist es«, bestätigte Sally lachend.

Kurz darauf zogen sie sich in die Räume des Hotelpersonals zurück, um sich für den Ball umzuziehen.

෴

Am späten Abend

Es war etwa zwanzig Minuten nach elf Uhr am Abend, als Brenda Frazier im Ballsaal des Ritz-Carlton ankam. Mit der Würde einer Königin und einem Bouquet weißer Orchideen im Arm entstieg sie dem Auto und wurde vom Klicken zahlloser Fotoapparate empfangen.

Die makellose Perfektion, mit der sie zurechtgemacht war, hinterließ bei Viktoria den Eindruck, als handele es sich um eine lebendige Puppe.

Ihr dunkles, schulterlanges Haar umrahmte das hell gepuderte Gesicht mit dem kirschroten Mund, den dunklen Augen und den schmal gezupften, hohen Augenbrauen. Eine funkelnde Halskette aus Diamanten gab ihrem langen trägerlosen Kleid aus schimmerndem, weißem Satin mit Straußenfedern eine glamouröse Note. Die enge Korsage betonte ihre schmale Taille. Weiße Satinhandschuhe reichten ihr bis über die Ellenbogen.

Sally und Viktoria hatten sich die Zeit genommen, diesen Augenblick mitzuerleben und standen hinter den Bediensteten des Hotels, die sich für die Begrüßung der Debütantin in der Lobby aufgestellt hatten.

»Wie schön!«, entfuhr es Sally.

»Ja. Sie sieht sehr hübsch aus«, erwiderte Viktoria. »Aber wenn man dich mit einem solchen Aufwand herrichten würde, Sally, würdest du genauso aussehen.«

Bevor der ganze Pulk die Eingangshalle flutete, hakte sie Sally unter und schlüpfte mit ihr durch eine Seitentür in den Ballsaal. Dort zogen sie sich auf einen Platz in der Nähe des Schokoladenbüfetts zurück. Von hier aus würden sie das Geschehen einigermaßen gut im Blick haben.

Nun sahen sie staunend, wie anders der Raum im Licht der unzähligen Lampen und Kerzen wirkte, die ihn in Weiß und Gold erstrahlen ließen.

»Zauberhaft«, flüsterte Viktoria. »Mrs. Watriss hatte den Wunsch, dass alles hier an das Schloss Versailles erinnern soll.« Sie deutete auf die vergoldeten Dekorationen.

»Das Schloss … Versale … kenne ich nicht«, meinte Sally.

»Das Schloss Versailles steht in der Nähe von Paris.« Sie hielt kurz inne, weil die Festgesellschaft nun in den Ballsaal drängte. »Man hat es zu einer Zeit gebaut, als New York gerade erst im Entstehen war«, fügte sie an.

Sally nickte brav, war mit ihrer Aufmerksamkeit aber bereits wieder bei dem Schauspiel um Brenda Frazier. »Sag mal, Viktoria, das ist doch Brendas Mutter?« Sie deutete auf Mrs. Watriss, die ihre Tochter nun zu einem prächtigen Blumenarrangement aus dunkelroten Blüten und Füllhörnern mit Lilien begleitete.

»Ja, das ist sie.«

»Sie ertrinkt ja beinahe in Juwelen«, flüsterte Sally atemlos.

Mrs. Watriss war in der Tat über und über mit Schmuck behängt. Weniger, so befand Viktoria, wäre in diesem Fall mehr gewesen. Mit Stilempfinden war Mrs. Watriss nicht gesegnet, ihr Erscheinen erinnerte an einen überladenen Weihnachtsbaum.

»Juwelen machen nicht unbedingt schöner«, erwiderte Viktoria deshalb mit einer Spur Zynismus. »Manchmal erhellen sie etwas, das lieber im Verborgenen geblieben wäre.«

Unterdessen begann das Defilee.

Geduldig hießen Brenda und ihre Mutter die Gäste willkommen. Fotografen lichteten jeden Augenblick ab und Viktoria ertappte sich bei dem Gedanken, niemals derart im Mittelpunkt der Aufmerksamkeit stehen zu wollen.

»Das ist Mrs. Vanderbilt«, raunte Sally ihr zu, als eine Dame im kostbaren Fuchspelz vorüberglitt, die sich lebhaft mit einer anderen, ähnlich aufwendig gekleideten Lady unterhielt. »Und Mrs. Astor.«

»Ah!« Viktoria versuchte, sich die Gesichter zu merken, handelte es sich doch um potenzielle Kundinnen. Im neuen Jahr würde sie gezielt in der New Yorker Society werben, da war es von Vorteil, wenn sie einige der wichtigsten Personen bereits einmal gesehen hatte.

Sally erläuterte ihr weiterhin, welche New Yorker Größe gerade die Ehre hatte, Miss Frazier die Hand zu schütteln. Viktoria gab sich Mühe, dem Geschehen aufmerksam zu folgen, konnte aber nicht verhindern, dass ihre Gedanken immer wieder zu Andrew wanderten, von dem sie gestern eine kurze Nachricht erhalten hatte, dass es ihm gut ginge und sie sich nicht sorgen solle. Innerlich war sie dennoch angespannt. Morgen hatte sie einen Termin bei John Carollo.

»Viktoria, Liebes!«

Viktoria freute sich, als sie die Stimme erkannte. »Eleanor! Wie schön!«

Eleanor hatte ihre Kladde unter einen Arm geklemmt und legte den anderen um Viktoria. »Ich habe bereits ein exklusives Interview mit Brenda geführt. Jetzt sind meine Kollegen dran, und ich habe einen Moment Zeit.«

»Und was hat Brenda dir erzählt?«, fragte Sally neugierig.

»Dass sie die Grippe hat.«

»Was? Sie hat Grippe?« Sally konnte es nicht fassen. »Aber – sie sieht doch so gut und gesund aus!«

»Ich weiß nicht genau, was man ihr alles an Medizin gegeben hat. Auf jeden Fall wird sie den Abend durchhalten. Ihre Mutter lässt gar nichts anderes zu.«

Viktoria schüttelte ungläubig den Kopf. »Gehört sie nicht eher ins Bett?«

»Das kann sich Mrs. Watriss nicht leisten«, stellte Eleanor nüchtern fest. »Seit Jahren wird Brenda auf diesen Tag vorbereitet. Den lässt man sich nicht durch eine Grippe zerstören.«

»Nun ja …«

»Die Fraziers«, erklärte Eleanor, »gehören nicht zur alten New Yorker Elite, sondern zu denen, die erst in den vergangenen Jahrzehnten zu einem gewissen Reichtum gekommen sind. Wollen sie bei den großen Familien mitspielen, muss Brendas Debüt alle anderen Debüts überstrahlen. Deshalb wird Brenda keine Schwäche zeigen. Sie weiß, dass es für sie um alles geht.«

»Also wenn das so ist«, meinte Sally, »dann möchte ich lieber keine Debütantin sein.«

»Da hast du schon recht«, antwortete Eleanor. »Aber es gibt eine ganze Reihe von Debüts, die in sehr viel kleinerem Rahmen stattfinden. Anlässlich eines Dinners beispielsweise. Manchmal geben die Familien auch nur einen privaten Nachmittagstee. Das ist weniger kostspielig für die Eltern und wesentlich weniger anstrengend für die Mädchen. Aber eben auch weniger öffentlichkeitswirksam.«

Sie unterhielten sich noch eine Weile, dann verabschiedete sich Eleanor und verschwand im Saal. Viktoria und Sally überprüften ein letztes Mal ihr Büfett, während sich das Defilee dem Ende zuneigte und die Festgesellschaft sich an die Tische begab.

Ein Orchester untermalte die einzelnen Gänge des Dinners, edle Speisen auf feinstem Porzellan, begleitet von edlen Weinen. Die Gesellschaft genoss und unterhielt sich und fieberte dennoch auf den Augenblick hin, da Brenda Frazier der Gesellschaft offiziell präsentiert und den Ball eröffnen würde.

Als der große Moment näher rückte, die Tische abgeräumt waren, die Musiker ihre Instrumente nachgestimmt hatten und die Festgesellschaft sich an den Rand der Tanzfläche oder auf die Emporen begab, erstarb allmählich das Wispern und Lachen im Saal.

Unter den festlichen Klängen der Musik nahmen vier *escorts* Brenda in ihre Mitte. Die gut aussehenden jungen Männer trugen dunkle Anzüge und weiße Hemden mit weißer Fliege. Hinter ihnen stellten sich weitere ganz in Weiß gekleidete Debütantinnen der Saison mit ihren Herren auf und zogen zu den Klängen einer Polonaise in den Ballsaal ein. Die Paare bildeten ein Spalier für die Debütantin des Abends.

Brendas Begleiter führten helle Satinbänder mit sich, die sie sich nun selbst über die Schultern legten. Brenda nahm die Enden auf, während sich die jungen Männer zu einem Vierergespann formierten, sodass es den Anschein hatte, als würde Brenda eine Kutsche lenken. In der Hand hielt sie eine stilisierte Peitsche. Langsam umrundeten sie den Ballsaal, damit die New Yorker society Brenda offiziell in ihrer Mitte willkommen heißen konnte.

Mit einem Mal lief ein Raunen durch die Menge. Einige Mädchen hielten sich erschrocken die Hand vor den Mund. Getuschel kam auf.

»Was ist denn da los?«, fragte Sally leise und reckte sich, um besser sehen zu können.

»Sie hat die Zügel fallen lassen«, erklärte eine Dame, die ganz in ihrer Nähe stand und nun schlug auch Sally unwillkürlich die Hand vor den Mund.

In diesem Moment wechselten einige Personen ihre Position und Viktoria gelang es, einen kurzen Blick auf die Szene zu erhaschen.

Brendas Kavaliere hoben gerade die Bänder vom Boden auf und reichten sie der sichtlich erschütterten Brenda, fanden wohl einige Worte des Trostes und der Ermunterung und nahmen ihre Plätze wieder ein. Das Quintett setzte seine Runde fort, wodurch es aus Viktorias Blickfeld glitt.

Nur am aufbrandenden Applaus konnten Viktoria und Sally erkennen, dass Brenda den Rest ihres Weges offenbar ohne weitere Zwischenfälle gemeistert hatte.

Die Musik wechselte, die anderen Debütantinnen und ihre Begleiter fanden sich zum Kotillon zusammen, der schließlich in einen Walzer überging. Ihre weißen Kleider ergaben einen wunderschönen Kontrast zu den schwarzen Anzügen der Herren, als sie sich anmutig in den Dreivierteltakt hineinbegaben und damit den Tanz für alle eröffneten.

50. KAPITEL

Der schwere Duft der Blumenbouquets lag in der Luft und mischte sich mit dem Rauch von Zigarren und Zigaretten. Auf der Tanzfläche wiegten sich die Paare zu den Klängen einer Rumba, der Champagner floss in Strömen.

Viktoria und Sally blieb nicht allzu viel Zeit, das Geschehen zu beobachten, denn mit dem Ende des formalen Teils war auch das Schokoladenbüfett eröffnet und wurde seither ohne Unterlass belagert.

Viktoria genoss die Bewunderung, die ihre Kreationen hervorriefen, insbesondere die Miniaturkuchen und die weißen Erdbeertrüffel. Sie kamen kaum dazu, die Schalen und Etageren nachzufüllen. Eleanor hatte recht gehabt. Selbst die verwöhnte New Yorker Gesellschaft hatte etwas Vergleichbares noch nicht gesehen.

Viktoria war gerade dabei, einige Pralinés neu zu arrangieren, als sich die Menge auf einmal teilte und Brenda auf sie zukam. »Oh, wie wunderbar, Viktoria!«, rief sie angesichts des Büfetts aus. »Ich hätte nicht gedacht, dass es so grandios wird!«

Brenda hatte sich bei einem Mann untergehakt. Er schien

um einiges älter zu sein als die Debütantin, führte sie aber sicher und mit attraktiver Nonchalance durch die vielen Menschen. In einer Hand hielt sie ein Glas mit undefinierbarem Inhalt.

»Was kannst du mir empfehlen, Viktoria?«, fragte Brenda.

Viktoria legte einige Köstlichkeiten auf einen kleinen Porzellanteller, den Brendas Begleiter ihr sofort abnahm. Dann zwinkerte er Viktoria zu, küsste Brenda auf die Stirn und bot ihr die exklusive Auswahl an.

Zu Viktorias Erstaunen wählte Brenda ein Lavendelpraliné und warf dem aufmerksamen Mann an ihrer Seite einen verführerischen Blick aus halb geschlossenen Augenlidern zu, während sie es in den Mund schob. Gespannt wartete Viktoria auf Brendas Reaktion. »*Amazing*!«, rief diese schließlich und nippte an ihrem Getränk. »Absolut außergewöhnlich!«

Sie lächelte Viktoria zu, bevor sie sich umdrehte und weiterzog, die Hand ihres Galans schützend auf dem Rücken.

»Das ist Peter Arno!«, wusste Sally, als die beiden außer Hörweite waren. »Findest du nicht auch, dass er richtig gut aussieht?«

»Doch. Er … hat etwas. Aber seinen Namen habe ich noch nie gehört«, bekannte Viktoria, die erst jetzt merkte, wie nervös sie gewesen war. Hätte Brenda beim Geschmack der Lavendelpraliné das Gesicht verzogen, wäre Viktorias Karriere beendet gewesen, bevor sie richtig angefangen hatte.

»Er ist Cartoonist«, erklärte derweil eine Frau, die unmittelbar neben ihnen stand. »Ein recht unkonventioneller Mann. Und sehr charmant.«

Während die Umstehenden nun fast zeitgleich nach den Lavendelpralinés verlangten, sah Viktoria Brenda nach. Die Siebzehnjährige lachte und scherzte, und ließ sich bereits einige Meter weiter von einem jungen Mann abwerben. Peter Arno gab sie mit einer galanten Handbewegung frei. Brenda küsste unbefangen zuerst Arno und anschließend ihren neuen Verehrer auf den Mund, bevor sie Letzteren auf die Tanzfläche zog.

»Ach, das arme Ding!« Eleanor schwebte heran und bediente sich an den Karamellpralinés. »Geschwollene Füße, Fieber und trotzdem ein Dauerlächeln auf den Lippen.«

»Wer? Brenda?«, fragte Sally irritiert.

»Ja«, erwiderte Eleanor und nahm gleich noch einen Himbeertrüffel. »Sie trinkt schon den ganzen Abend Unmengen an Milch mit Coca-Cola, damit sie wach bleibt.« Ihre Kladde hatte Eleanor anscheinend irgendwo abgelegt. Stattdessen hielt sie ein Glas Champagner in der Hand.

»Milch mit Coca-Cola?«, fragte Viktoria nach. »Um wach zu bleiben?«

»Ja. Das wird gerne gemacht«, erwiderte Eleanor. »Aber keine Sorge, das sind die jungen Damen und Herren dieser Kreise gewöhnt. Ihr Leben besteht aus Party bis zum Morgengrauen. Brenda wird irgendwann halb tot ins Bett fallen. Aber nach ein paar Tagen ist sie wieder auf dem Damm. Schließlich gehen die Feste weiter.«

»Für mich wäre das nichts.« Viktoria schüttelte den Kopf, aber sie wusste von Andrew, dass auch Eleanor gerne ausgiebig trank und feierte. Ihr Mann Art Jarrett hatte ein eigenes Tanzorchester, mit dem er in Chicago auftrat.

»Also, ich muss weiter!« Eleanor griff sich ein letztes Praliné und verschwand wieder im Festtrubel.

Der Ball bebte seinem Höhepunkt entgegen. Brenda wirbelte noch immer umher, als hätte sie weder Grippe noch geschwollene Füße, lachte, schäkerte, trank. Die Männer rissen sich darum, sie aufs Parkett zu führen und es schien, als lasse sie keinen Tanz aus.

Viktoria dagegen fühlte sich schon müde und erschöpft, als sie weit nach Mitternacht die letzten Schokoladentafeln und Pralinen nachfüllte. Sie stand allein am Büfett, die Bediensteten des Hotels waren nach dem ersten Ansturm wieder zu anderen Aufgaben abkommandiert worden, und Sally hatte die Toilette aufgesucht.

Viktoria begann gerade damit, die Packungen mit den Schokoladenpuzzles aufzubauen, die als Abschiedsgeschenk für die Gäste gedacht waren, als jemand die Hand um ihre Taille legte. »Darf ich bitten?«

Viktoria ließ alles fallen, was sie in den Händen hielt und drehte sich um. »Andrew!« Sie hielt sich beide Hände vor die Brust. »Wie … was ist passiert?«

»Ich dachte, ich schaue mir dein Schokoladenbüfett an«, meinte er scherzend und breitete seine Arme aus.

»Du …« Sie fiel ihm um den Hals, lachend und weinend zugleich.

»Schscht, es ist ja gut.« Andrew streichelte ihr beruhigend über den Rücken. »Ich wollte dich nicht erschrecken.«

Viktoria versagte die Stimme, so überwältigt war sie von seiner Gegenwart. Ihn zu fühlen, seinen Duft einzuatmen, ihn bei sich zu wissen … und das so unerwartet.

»Gibt es hier denn gar nichts mehr zu naschen?«, fragte eine ältere Frauenstimme etwas pikiert.

Andrew ließ Viktoria los. »Was kann ich für Sie tun?«

»Sind Sie … denn die Schokoladenkönigin?« Die Dame betrachtete Andrew eingehend.

»Ich bin der Schokoladenkönig.« Andrew grinste. »Womit darf ich dienen?«

»Ah, der … König.« Die Dame hatte an diesem Abend offenbar nicht mit Champagner gegeizt, ihre Aussprache war bereits nuschelig. »Gut, junger Mann, dann geben Sie mir doch diese Praline … m-mit den Pistazien.«

Andrew legte das Gewünschte auf einen kleinen Teller, den Viktoria ihm reichte.

»Und dann noch von den Erdbeerpralinen«, fügte die Dame an. »Die sind einfach wundervoll.«

»Bitte sehr, Madam«, meinte Andrew formvollendet und überreichte die Auswahl.

Mit einem versonnenen Lächeln zog die Dame von dannen.

»Du kannst mich gerne ablösen«, meinte Viktoria. »Ich bin ohnehin müde.«

»Ich dachte eher daran, dich auf die Tanzfläche zu führen.«

»Einfach so?«, fragte Viktoria. »In diesem Kleid? Nein, das geht nicht. Sieh dir nur die anderen Frauen und Mädchen an!«

»Du bist wunderschön, Viktoria«, meinte Andrew und ließ seinen Blick über ihr dunkelblaues, wadenlanges Kleid wandern.

Sie schüttelte den Kopf. »Wir würden nur Aufsehen erregen …«

»Umso besser.« Er nahm sie bei der Hand.

In diesem Moment tauchte Sally wieder auf. »Wo wollt ihr denn hin?«

»Tanzen!«, erwiderte Andrew überzeugt und lotste Viktoria aufs Parkett.

Das Orchester spielte gerade einen Wiener Walzer, und nachdem sie ihre anfängliche Scheu überwunden hatte, genoss Viktoria diese wenigen Minuten, in denen sie in seinen Armen über das Parkett schwebte.

Erst als sie danach wieder zum Büfett zurückgingen, kam sie dazu, ihn zu fragen, ob er denn aus dem Gefängnis ausgebrochen sei.

Er lachte. »Dann hätte ich bereits die Polizei auf dem Hals. Nein. Ich wurde heute Nachmittag unter Auflagen entlassen. Die Kaution ist endlich eingegangen, nachdem die Zahlung sich verzögert hatte. Auf einmal stand jemand in meiner Zelle und meinte, ich könne gehen.«

»War denn John Carollo bei dir? Immerhin ist heute Sonntag.«

»Er war dort, ja. Auf sein Betreiben hin haben sie mich

überhaupt heute noch laufen lassen. Sonst hätte ich bis morgen warten müssen.«

Viktoria nahm seine Hand und schmiegte sich an ihn. »Gott sei Dank.«

»War es sehr schlimm für dich, Liebes? Immerhin musstest du die letzte Zeit allein durchstehen. Die neue Firma, das Debüt …«

»Ich hatte wirklich gute Unterstützung. Alle im Unternehmen haben getan, was sie konnten. Am Schlimmsten für mich war die Sorge um dich.«

»Du bist so tapfer.« Er küsste sie auf die Stirn. »Wie lange musst du noch hierbleiben?«

»Ich denke, nicht mehr allzu lange. Vom Büfett ist so gut wie nichts mehr übrig.«

»Ein gutes Zeichen!«

»Ja. Ich denke, dieser Abend war ein Erfolg.« Sie strich sich eine Haarsträhne aus dem Gesicht, die sich aus ihrem aufgesteckten Haar gelöst hatte.

»Dann können wir nächstes Jahr wohl mit guten Umsätzen rechnen.«

»Wenn alles gut geht – dann ja.«

»Weißt du … ich bin unglaublich stolz auf dich, Viktoria!«

51. KAPITEL

Die Anwaltskanzlei von John Carollo, am nächsten Tag

»Schön, Sie heute hier zu sehen!« Carollo schüttelte erst Viktoria, dann Andrew die Hand.

»Die Freude ist ganz auf unserer Seite, Mr. Carollo«, erwiderte Andrew, während sie vom Empfangsbereich zu Carollos Büro gingen. »Unsere Meetings im Gefängnis waren doch etwas … ungemütlich.«

»Allerdings, Mr. Miller.« John Carollo öffnete mit einer einladenden Geste die Tür. »Nach Ihnen.«

Die Sonne flutete den Raum. Draußen war ein herrlicher, wenn auch eisig kalter Wintertag.

»Nehmen Sie doch bitte Platz.« Carollo wartete, bis Andrew und Viktoria saßen, dann begab er sich selbst hinter seinen Schreibtisch. »Zunächst möchte ich Ihnen den aktuellen Stand Ihres Falles erläutern. Sie sind bis zur Verhandlung auf freiem Fuß, Mr. Miller. Bis dahin sollten wir genügend Beweise für Ihre Unschuld vorlegen können, damit die Anklage fallen gelassen wird.«

Andrew nickte und drückte Viktorias Hand. »Und wenn ich dafür bis ans Ende der Welt gehen muss. Ins Gefängnis kehre ich sicher nicht mehr zurück.«

»Dann«, fuhr Carollo fort, »bin ich Ihrem Hinweis auf einen Aufenthalt von Miss Miller im *London Terrace* nachgegangen, habe das Apartment sogar zweimal aufgesucht.«

»Ah, wirklich?« Viktoria wurde unruhig. »Und?«

»Ich habe niemanden angetroffen. Natürlich habe ich die Portiers befragt. Sie gaben mir die Auskunft, dass die Wohnung Nummer 5021 sporadisch von einem Ehepaar mit Namen Brown bewohnt wird. Mehr konnten sie mir nicht sagen.«

»Brown. Nicht Miller?«, fragte Viktoria.

»Nein, nicht Miller«, antwortete Carollo. »Deshalb ist es naheliegend, dass Sie eine andere Person mit Grace Miller verwechselt haben.«

»Das könnte durchaus sein, Viktoria«, stimmte Andrew zu. »Das Wetter war doch recht schlecht an diesem Tag, nicht wahr? So hast du es mir jedenfalls erzählt.«

»Nein … nein … ich bin überzeugt, dass es Grace war.« Aber noch im selben Moment, da Viktoria sich verteidigte, beschlichen sie Zweifel. Was, wenn es sich womöglich doch um jemand anderen gehandelt hatte? Und sie sich nur aufgrund der Tatsache, dass diese Frau ins *London Terrace* gegangen war, darin bestätigt gesehen hatte, dass es Andrews Cousine gewesen war?

»Also, im *London Terrace* kommen wir jedenfalls nicht weiter«, stellte Carollo fest. »Im Übrigen habe ich erste Rückmeldungen meines Informanten. Er bezweifelt, dass die Hudson Bank etwas damit zu tun hat. Eher sieht es nach einer Aktion zweier Mafiafamilien aus. Er forscht weiter.«

»Und das sagen Sie so lapidar, Mr. Carollo?« Viktoria hatte erneut das Gefühl, dass der Anwalt sie hinhielt. »Wenn es sich um eine Mafia-Angelegenheit handelt, dann geht es nicht nur um die SweetCandy. Auch wenn ich noch nicht lange in New York bin, so weiß ich doch, dass dann unser Leben in Gefahr sein könnte.«

»Bleiben Sie ruhig, Miss Rheinberger«, beschwichtigte Carollo. »Aus ebendiesem Grund müssen wir bedächtig vorgehen.«

»Da hat er schon recht, Viktoria«, meinte Andrew. »Wenn die Mafia unbedingt an die SweetCandy rankommen will, dann wird es ohnehin schwierig.«

»Dem ist leider so«, bestätigte Carollo. »Deshalb brauchen wir Zeit.«

»Tun Sie, was Ihnen möglich ist, Carollo«, erwiderte Andrew und stand auf. »Und danke, dass Sie mich gestern noch rausgeholt haben.«

»Das ist mein Job, Mr. Miller. Ruhen Sie sich am besten aus und überlassen Sie alles andere mir.«

»Nun«, erwiderte Andrew. »Das werde ich. Auf mich und Miss Rheinberger warten genügend Aufgaben in der Firma.«

»Kommen Sie gut nach Hause«, meinte Carollo mit einem verständnisvollen Lächeln. »Sie werden Ihre Kraft brauchen, wenn es zur Verhandlung kommt.«

Auch Viktoria erhob sich.

Carollo begleitete sie zur Tür. »Dann wünsche ich Ihnen ruhige Tage und ein glückliches neues Jahr.«

»Danke. Das wünschen wir Ihnen auch«, erwiderte Andrew. »Informieren Sie uns vor dem Jahreswechsel noch einmal über den aktuellen Stand der Dinge?«

»Selbstverständlich, Mr. Miller.« Carollo drückte ihnen beiden die Hand. »Ich werde mich ohnehin noch einmal mit Ihnen in Verbindung setzen, wenn ich die Beweise dafür zusammengetragen habe, dass Sie Ihre Kunden und Lieferanten nicht systematisch betrogen haben.«

»Das sollte nicht schwer sein«, entgegnete Andrew. »Mir ist es nach wie vor ein Rätsel, wie es überhaupt zu einer Inhaftierung kommen konnte.«

»So sehe ich das auch, Mr. Miller. Allerdings reicht der Arm der Mafia weit. Sie hören von mir.«

»Ich weiß nicht«, meinte Viktoria, als sie wenig später auf die Straße traten. »Aber das mit Grace lässt mir keine Ruhe. Ich glaube schon, dass sie es war, die ich gesehen habe.«

»Mhm. Ich möchte deine Beobachtung nicht in Abrede stellen. Aber es könnte sich wirklich um eine Verwechslung handeln, da hat Carollo schon recht. Vielleicht war es eine andere Frau.«

»Aber … ausgerechnet in genau dem Apartmenthaus, in welchem Grace eine Wohnung für die SweetCandy angemietet hat? Das sind mir ein paar Zufälle zu viel. Ich denke, dass Carollo Grace unter Umständen unterschätzt.«

»Angenommen sie war es – ist das unbedingt verdächtig?

Vielleicht führt sie schlicht ein ganz eigenes Leben, von dem wir nichts wissen. Und ich könnte es ihr nicht verdenken. Großvater kann schwierig sein. Da tut einem hin und wieder eine Auszeit ganz gut«, erwiderte Andrew. »Aber … ich bin schrecklich müde. Carollo weiß, was er tut. Können wir ihm das Ganze nicht einfach überlassen?«

»Es fällt mir schwer, nicht weiter darüber nachzudenken. Aber ich verstehe, dass du dich ausruhen möchtest.« Viktoria hakte sich bei ihm unter, während sie in die East 57th Street einbogen. »Kennst du Carollo eigentlich schon lange?«

»Ja, sehr lange. Er hat bereits für Großvater gearbeitet.«

»Er ist also vertrauenswürdig«, stellte sie fest.

»Absolut«, erwiderte Andrew. »Für deinen Vater und Anton war er ja auch tätig.«

»Dann ist es gut.« Sie drückte seinen Arm.

»Er könnte es sich auch gar nicht leisten, sich in irgendeine Sache hineinziehen zu lassen«, fügte Andrew noch an. »Seine Frau kommt aus einer angesehenen New Yorker Familie. Ihr Vater hat ihm geholfen, seine Anwaltskanzlei aufzubauen. Er hat drei Kinder, da leistet man sich keine … Betrügereien.«

»Also konzentrieren wir uns auf Grace«, stellte Viktoria fest.

»Wenn du wirklich Sorge hast, dass sie mit dem Ganzen zu tun hat …«

Eine Weile gingen sie schweigend weiter. Dann holte Viktoria tief Luft. »Lass uns zum *London Terrace* gehen, Andrew.«

»Jetzt?«

»Ja. Ich muss mir das Ganze noch einmal anschauen. Es lässt mir einfach keine Ruhe.«

»Mhm. Wenn es dich so beschäftigt – dann möchte ich es nicht einfach so vom Tisch wischen. Du bist schließlich kein Mensch, der sich in Hirngespinsten verliert.«

»Ich will einfach wissen, ob ich mich tatsächlich so sehr geirrt habe, als ich meinte, Grace zu erkennen.«

»Also gut.« Andrew nickte und winkte ein Taxi herbei.

»Danke, Andrew.«

»Du hast offenbar Gründe«, sagte er, als sie einstiegen. »Also lass uns nachsehen.«

Viktoria küsste ihn rasch auf die Wange, dann dirigierte sie den Taxifahrer zu der Stelle gegenüber des *London Terrace*, von der aus sie Grace damals beobachtet hatte.

Andrew bezahlte, und sie stiegen aus.

»Welcher Eingang war es?« Andrew sah sich um. »Kannst du dich noch erinnern? Sie sehen alle ähnlich aus.«

Viktoria deutete zur Mitte des Gebäudes. »Dieser da!«

Sie warteten, bis ein Autobus vorübergefahren war, dann wechselten sie die Straßenseite und betraten den riesigen Apartmentkomplex.

»Kann ich Ihnen weiterhelfen?« Einer der Portiers sprach sie an, als sie sich in der Lobby umsahen.

Viktoria zog den Mietvertrag für das Apartment heraus, den sie schon vor Tagen in ihre Handtasche gesteckt hatte, um bei günstiger Gelegenheit noch einmal zu versuchen, in die Wohnung zu gelangen.

»Wir sind Hauptmieter der Nummer 5021«, sagte Andrew und zeigte seine Visitenkarte, die ihn als Direktor der Sweet-Candy Ltd. auswies. »Mit Einverständnis unserer Untermieter, dem Ehepaar Brown, möchten wir uns die Folgen eines Wasserschadens besehen, der beklagt wurde.«

Der Portier kratzte sich hinter dem Ohr. »Ein Wasserschaden? Warten Sie einen Moment …« Er ging die Mieterliste durch.

»Die 5021 sagten Sie? Also … das Ehepaar Brown ist derzeit verreist. Da müsste ich Ihnen aufschließen …«

»Das wäre sehr freundlich von Ihnen.«

Der Portier nickte. »Ich bringe Sie hinauf.«

Er führte sie zum Aufzug. Mit unbewegtem Gesicht fuhr ein Liftboy sie in den fünften Stock. Sie stiegen aus und der Portier öffnete mit einem schweren Schlüsselbund das Apartment 5021.

»Ich warte hier auf Sie«, meinte er.

»Vielen Dank«, erwiderte Andrew und ließ Viktoria den Vortritt.

Sie verständigten sich per Blickkontakt. Während Andrew ins Badezimmer ging und die Wasserhähne bediente, huschte Viktoria durch die Zimmer.

Die Wohnung war verhältnismäßig schlicht möbliert und ordentlich aufgeräumt. Es sah so aus, als habe ein Hausmädchen erst vor Kurzem Ordnung gemacht.

Die Betten im Schlafzimmer waren frisch bezogen, in der Küche fanden sich keine frischen Lebensmittel, lediglich ein paar Trockenvorräte. Im Wohnzimmer lag noch ein Buch auf dem Beistelltisch neben dem Sofa. *Pride & Prejudice* von Jane Austen. Eher beiläufig schlug Viktoria es mit einer Hand auf und blätterte durch die viel gelesenen Seiten, während sie hörte, wie Andrew mit dem Portier sprach. Kurz darauf stieß er zu ihr. »Ich habe ihn nach unten geschickt.«

»Und er ist gegangen?«

»Natürlich! Ich habe ihm gesagt, dass ich alles noch einmal genau aufnehmen möchte. Ein Wasserschaden kann Schimmelbildung nach sich ziehen. Und Schimmel ist nur schwer beizukommen.«

»Und das hat er dir geglaubt?«

Andrew grinste. »Sonst stünde er ja noch vor der Tür. Lass uns anfangen. Ich habe ihm gesagt, dass er in einer halben Stunde wiederkommen soll.«

Viktoria wollte gerade das Buch wieder zuschlagen, als ihr eine Widmung darin auffiel. Sie nahm es vom Tisch. »Andrew …«

»Ja?«

Viktoria zeigte ihm die Seite mit den wenigen handschriftlichen Zeilen. »Grace … sie scheint wirklich etwas mit dieser Wohnung hier zu tun zu haben!«

»*Meiner lieben Freundin Grace Miller gewidmet …*«, las Andrew und sah Viktoria an, die das Buch zuschlug und zurück auf den Tisch legte. »Du hast recht.«

Sie durchsuchten das Wohnzimmer und sahen sich auch im Schlaf- und Ankleidezimmer gründlich um. Als sich außer ein paar vereinzelten Kleidungsstücken nichts fand, wandten sie sich dem Arbeitszimmer zu, an dessen Wand eine Reihe schmaler Schränke stand.

»Alles abgeschlossen«, meinte Viktoria, als sie an den Türen rüttelte. »Hast du eine Ahnung, wo man in dieser Wohnung am ehesten die Schlüssel aufbewahren würde?«

»Wenn wir Pech haben, befinden sie sich an irgendeinem Schlüsselbund und nicht hier«, erwiderte Andrew, war aber bereits dabei, die Schubladen des Schreibtischs zu durchsuchen. Anschließend überprüfte er die filigranen Silbergefäße auf der Tischplatte, in denen sich Stifte und ein Brieföffner befanden.

Nichts.

Viktoria stellte sich derweil auf Zehenspitzen und fuhr mit einer Hand an der Oberkante der Schränke entlang. »Andrew … ich meine, etwas gespürt zu haben. Aber ich habe es wohl aus Versehen ein Stück nach hinten geschoben und komme nun nicht mehr hin …«

Andrew war sofort bei ihr und tastete vorsichtig an der Stelle, auf die Viktoria deutete.

»Da … ist wirklich etwas!« Er zog seine Hand vor und hielt tatsächlich einen kleinen Schlüssel in der Hand.

Viktoria lächelte zufrieden. »Na also.«

Sie probierten den Schlüssel aus. Er passte zu sämtlichen Schränken.

In aller Eile verschafften sie sich einen Überblick über die exakt beschrifteten Ordner.

»Es scheint sich um alte Rechnungen zu handeln«, meinte Andrew schließlich enttäuscht.

»Das kann ich mir nicht vorstellen«, antwortete Viktoria. »Was sollten denn das für wertvolle Rechnungen sein, die man in abgeschlossen Schränken verwahren muss?«

»Da hast du recht.«

Sie nahmen die Ordner nacheinander heraus und durchsuchten den Inhalt. Die ersten beiden Schränke enthielten tatsächlich Rechnungen der zurückliegenden Jahre, unter anderem Belege über teilweise horrende Ausgaben für Kleidung, Schuhe und Kosmetika, Restaurantbesuche und kurze Reisen.

»Das passt zu Grace. Sie lebt auf großem Fuß«, stellte Viktoria fest.

Andrew nickte.

Sie stöberten weiter.

»Sieh dir das an.« Andrew hatte den dritten Schrank in Augenschein genommen und einen Aktenordner mit Rechtsanwaltsrechnungen gefunden.

»Oh ja«, erwiderte Viktoria. »Den sollten wir uns näher ansehen.«

Andrew schlug ihn auf. »Das sind Rechnungen von Carollos Kanzlei. Und zwar deutlich überhöhte.«

Viktoria hörte die Enttäuschung in seiner Stimme und sah sich zugleich in ihrem Misstrauen dem Rechtsanwalt gegenüber bestärkt. »Grace hat sie alle freigegeben.«

»Da werden einige Fragen auf sie zukommen«, meinte Andrew.

»Das müsste man näher prüfen und mit den Unterlagen unserer Buchhaltung abgleichen. Dann kannst du mit ihr reden.« Viktoria blätterte weiter. »Und hier … sind die Kreditverträge mit der Hudson Bank!«

»Das sind Abschriften«, bestätigte Andrew. »Beglaubigte Abschriften. Was haben die denn hier zu suchen?«

»Die Wohnung wurde von Grace angemietet …«

»Lass sehen.« Andrew nahm ihr die Verträge ab und las sie aufmerksam durch. »Nun gut, das entspricht den Originalverträgen. Jedenfalls, soweit ich das beurteilen kann. Wenn Grace hier einen Rückzugsort hat, dann kann es natürlich sein, dass sie sich Arbeit mit hierhergenommen hat.«

»Was ist denn das da?«, fragte Viktoria und deutete auf einen Umschlag, der zwischen zwei Seiten herausgerutscht war. Die Büroklammer, mit der er offenkundig an den Vertrag angeheftet worden war, lag daneben.

»Ma'am? Sir?«

»Das ist der Portier!«, flüsterte Viktoria.

Sie schlug hastig den Ordner zu und verstaute ihn im Schrank, während Andrew den Brief einsteckte und dem Angestellten entgegenging. »So weit ist alles in Ordnung«, erklärte er und führte den Mann ins Bad. »Sehen Sie? Nichts tropft mehr. Und der Raum scheint trocken zu sein.«

»Na, dann ist es ja gut«, hörte Viktoria den Portier sagen, während sie den letzten Schrank abschloss und den Schlüssel an seinen Platz zurücklegte. Sie trat im selben Moment in den Flur wie die beiden Männer.

»Gute Güte, Andrew«, flunkerte sie, als der Portier sie fragend ansah, »wir sind doch bei den Fraziers eingeladen! Jetzt müssen wir uns aber beeilen, sonst kommen wir zu spät zum Dinner.«

Andrew verzog keine Miene. »Du hast recht!«

Der Portier richtete seine Aufmerksamkeit wieder auf Andrew. »Dann begleite ich Sie umgehend nach unten.« Er wartete, bis sie die Wohnung verlassen hatten. Dann schloss er das Apartment ab.

52. KAPITEL

Die SweetCandy Ltd., am 29. Dezember 1936

»Ich habe die Post!«, rief Viktoria und ging zu ihrem Schreibtisch. »Soll ich deine auch durchgehen?«

»Das wäre mir recht«, erwiderte Andrew. »Ich treffe mich gleich mit einem neuen Lieferanten. Er bietet ausgezeichnete Kakaobohnen aus Nicaragua und Ecuador an.«

»Hervorragend. Den Preis habt ihr noch nicht verhandelt?«

»Nicht endgültig. Das kommt wohl heute auf mich zu.«

Sie zwinkerte ihm zu. »Lass dich nicht über den Tisch ziehen!«

»Mich hat noch nie jemand über den Tisch gezogen, Miss Rheinberger.« Andrew grinste.

Viktoria lachte, sah rasch die Umschläge durch und legte den Stapel auf ihrem Schreibtisch ab. Andrew trat zu ihr und strich ihr über das Haar. »Wenn ich dich nicht hätte, Liebes, wäre dieses Unternehmen ohnehin schon längst verloren.«

»Allerdings«, neckte sie ihn. Dann fiel ihr etwas ein. »Ach, was ich noch fragen wollte: Wann wirst du die Fahrkarten für unsere Reise nach Stuttgart besorgen?«

»Demnächst«, erwiderte Andrew. »Ich wollte mich noch bei dir erkundigen, welches Schiff du nehmen möchtest und welcher Termin dir am besten passt. Allerdings werde ich nicht mitfahren können.«

»Nicht?« Viktoria war irritiert. »Aber wieso denn?«

»Ich bin dank der Kaution bis zur Verhandlung auf freiem Fuß, darf New York aber nicht verlassen.«

Viktoria war enttäuscht. »Ohne dich möchte ich nicht fahren, Andrew. Eine Ozeanüberquerung, allein, und das im Winter …«

»Ich würde dich so gern begleiten, glaub mir.« Andrew sah ihr in die Augen. »Aber wenn ich dir etwas raten darf – dann fahre trotzdem. Wer weiß, wann du Stuttgart wiedersiehst. Und für deine Mutter ist es mit Sicherheit schöner, wenn sie die Reise nach New York nicht allein antreten muss.«

»Das stimmt.« Viktoria lehnte sich an ihn. »Was wird wohl mit unserem Haus geschehen, wenn Mutter nach New York kommt?«

»Das weiß ich nicht, Liebes. Vielleicht wird es vermietet? Auf lange Sicht, wenn feststeht, dass deine Mutter nicht mehr nach Stuttgart zurückkehrt, werdet ihr unter Umständen über einen Verkauf nachdenken müssen.«

Viktoria nickte und legte ihren Kopf an Andrews Schulter. »Einerseits wäre es schön, wenn Mutter hierbliebe. Aber dass unsere Schokoladenvilla dann verkauft wird …«

Er spürte ihre Wehmut und streichelte ihr sanft über

Nacken und Schultern. »Noch ist nichts entschieden, Liebes. Und wenn, dann müsst ihr alle, als Familie, darüber befinden, was aus der *Chocolate Mansion* werden soll.«

»*Chocolate Mansion*«, seufzte Viktoria und hob den Kopf. »Du hast recht. Ich muss noch einmal nach Hause fahren. Am besten Mitte Januar, so ist es auch Mutter recht.«

»Einverstanden.«

»Und Anfang Februar wieder zurück, damit ich nicht allzu lange fort bin.«

»Das ist gut!« Er grinste sie an. »Länger würde ich es ohne dich ja gar nicht aushalten.«

Nachdem Andrew gegangen war, setzte sich Viktoria an ihren Schreibtisch und ging die Post durch. Rechnungen, Bestellungen, Angebote. Ein Billett von Eleanor, in dem sie ihr noch einmal zu ihrem Erfolg gratulierte. Sie sortierte alles, steckte einiges davon in Hauspostumschläge, die anschließend durch eine ihrer Sekretärinnen an die zuständigen Mitarbeiter verteilt wurden. Dann diktierte sie einer anderen der Vorzimmerdamen zwei weitere Angebote für Schokoladenbüfetts und erledigte anschließend wichtige Korrespondenz.

Die Schreiben, die für Andrew bestimmt waren, hatte sie auf einem eigenen Stapel gesammelt. Nachdem die Sekretärin gegangen war, stand sie auf, um sie ihm auf den Schreibtisch im Büro nebenan zu legen. Dabei fiel ihr der Briefumschlag auf, den sie im *London Terrace* gefunden hatte. Andrew hatte ihn ungeöffnet neben sein Telefon gelegt. Sie nahm ihn und bewegte ihn unschlüssig in der Hand hin und her.

Er war nicht allzu dick, unbeschriftet und roch schwach nach einem maskulinen Eau de Cologne. Sollte sie ihn öffnen?

Nach dem gestrigen Besuch im *London Terrace* war Andrew nach Hause gefahren, während Viktoria in der Firma noch eine ganze Zeit lang mit der Zusammenstellung eines Schokoladenbüfetts beschäftigt gewesen war, das die Gattin eines großen Bauunternehmers für eine private Feier im neuen Jahr angefragt hatte. Den Brief hatten sie schlicht vergessen. Und als sie schließlich nach Hause gekommen war und sich zu Andrew unter die Decke gekuschelt hatte, waren ohnehin alle Gedanken ausgelöscht gewesen.

Heute Morgen musste er den Umschlag aus seinem Jackett genommen und bereitgelegt haben, um sich nach seinem Termin damit zu befassen. Viktorias Neugier wuchs. Sie setzte sich an seinen Schreibtisch, nahm den Brieföffner und schlitzte den Umschlag auf. Dann entfaltete sie das enthaltene Schreiben.

»Was gibt es denn, Viktoria?«, fragte Andrew besorgt, als Viktoria seine Besprechung unterbrach.

»Ich … ich habe eine wichtige Nachricht, Andrew. Es tut mir leid, dass ich stören muss!« Sie war etwas außer Atem, nachdem sie in aller Eile zum Besprechungszimmer gehastet war.

»Sie entschuldigen mich?«, wandte Andrew sich an seinen Geschäftspartner und folgte Viktoria nach draußen auf den Flur.

»Es tut mir wirklich leid, Andrew, aber das kann nicht warten.«

»Ich wäre ohnehin in einer Viertelstunde gekommen«, meinte Andrew und zog leise die Tür zum Besprechungsraum hinter sich zu. »Hat es nicht noch so lange Zeit?«

Viktoria schüttelte den Kopf. »Ich glaube, dass Carollo ein falsches Spiel treibt.« Sie zeigte ihm das, was sie dem Briefumschlag entnommen hatte.

Andrew nahm die beiden formal aussehenden Bögen und warf einen Blick darauf. »Das gibt es nicht! Wo hast du das her?«

»Das haben wir gestern im *London Terrace* gefunden.«

»Du hast den Brief aufgemacht?«

»Ja. Irgendwie …«

»Schon gut. Ich wollte ihn nachher ohnehin zusammen mit dir anschauen.« Er faltete die Blätter wieder zusammen und gab sie ihr. »Möchtest du einen Moment hier warten? Ich verabschiede mich rasch von Herrn Smith.«

Viktoria nickte.

Nur wenige Minuten später war Andrew wieder bei ihr. »Lass uns ins Büro zurückgehen.« Er legte ihr sanft eine Hand auf den Rücken.

»Ist so etwas überhaupt zulässig?«, fragte Viktoria, während sie über die Flure gingen. »So ganz verstehe ich nicht, was Carollo mit diesen *Harvey Brothers* zu tun hat.«

»*Harvey Brothers* ist eine Investmentbank. Sie haben sich

vor gut drei Jahren von der Hudson Bank abgespalten, weil damals das Investmentgeschäft vom üblichen Bankgeschäft getrennt werden musste. Eine Folge der *Great Depression.*«

»*Harvey Brothers* ist eine *Investment*-Bank? Davon habe ich noch nichts gehört.«

»Diese Banken beschäftigen sich mit Vermögensverwaltung und dem Handel mit Wertpapieren.«

»Ah! Dann kann ich mir in etwa vorstellen, worum es geht.« Viktoria drückte den Knopf des Aufzugs.

»Carollo hat sehr viel Geld verloren, das kann man diesen Abrechnungen entnehmen«, meinte Andrew, als sie einstiegen. »Warum er diese Dokumente an die Kreditverträge der Hudson Bank angeheftet hatte, erschließt sich mir allerdings nicht.«

»Wir müssen das noch einmal genau durchlesen.«

»Ich suche gleich die Original-Kreditverträge heraus«, meinte Andrew, während der Aufzug sie zwei Stockwerke nach oben brachte.

»Auf alle Fälle. Und vor allem müssen wir herausfinden, ob er so in Geldnot geraten war, dass er sich auf krumme Geschäfte eingelassen hat.« Er legte eine Hand an ihre Wange. »Du hast Carollo noch nie vertraut, stimmt's?«

»So würde ich es nicht sagen«, erwiderte Viktoria. »Ich hatte vermutlich einen unvoreingenommeneren Blick auf ihn, weil ich ihn ja noch gar nicht kannte. Aber es stimmt, dass ich oft ein ungutes Gefühl gehabt habe. Eine innere Warnung, wenn du so willst.«

Die Aufzugstüren öffneten sich.

»Ich werde künftig besser auf deine Intuition hören«, versprach Andrew, als sie die Kabine verließen und das Vorzimmer zu ihren Büros betraten.

»Wir möchten die nächste Stunde unter keinen Umständen gestört werden«, sagte er zu den Vorzimmerdamen.

Sie zogen sich in Andrews Büro zurück und gingen zunächst die Dokumente der Investmentbank durch. Anschließend befassten sie sich noch einmal genau mit den Kreditverträgen der Hudson Bank.

»Es muss einen Zusammenhang geben, auch wenn er hier nicht ersichtlich ist«, meinte Andrew schließlich. »Sonst hätte dieses Schreiben nicht bei den Abschriften der Verträge gelegen.«

»Zunächst einmal bedeutet es, dass es vermutlich einen Bezug zwischen Carollo und Grace gibt«, stellte Viktoria fest. »Sonst hätten wir es nicht in diesem Apartment gefunden.«

»Das stimmt«, gab Andrew ihr recht. »Meinst du, sie erpresst ihn?«

»Das wäre eine Möglichkeit.«

»Aber warum sollte sie das tun?«

Viktoria zuckte mit den Schultern. »Vielleicht, weil sie selbst Geld braucht?«

»Aber sie verdient gut bei uns. Außerdem scheint Carollo nicht mehr viel Geld zu haben. Weiß der Himmel, wie er sich diese teuren Kanzleiräume leisten kann.«

»Am Ende hat sie … doch etwas mit all den Betrugsfällen zu tun, die im letzten Jahr aufgetreten sind.«

Andrew schüttelte den Kopf. »Aber warum? Sie hätte doch zu mir kommen können, wenn es Probleme gab.«

»Vielleicht hat sie dir nicht genügend vertraut?«

Andrew stand auf und steckte die Unterlagen der *Harvey Bank* in die Tasche seines Jacketts. »Komm mit!«

»Wo willst du hin?«

»Ein Glied in der Kette fehlt. Machen wir uns auf die Suche.«

53. KAPITEL

Zwei Stunden später in einem Taxi
zwischen Chelsea und der Upper East Side

»Noch passt nicht alles zusammen«, meinte Andrew. »Wenn wir davon ausgehen, dass es Grace war, die zugelassen hat, dass die SweetCandy im großen Stil manipuliert wurde – dann muss Carollo einen Grund gehabt haben, sich mit hineinziehen zu lassen.«

»Oder es war Carollo, der sich Grace zunutze gemacht hat«, entgegnete Viktoria.

»Hm.«

»Was ich mir schon eine Weile lang überlege, Andrew – könnte Carollo selbst Teil der Mafia sein?«

»Du stellst interessante Fragen«, erwiderte Andrew. »Das ist nicht so leicht zu beantworten. Italienische Wurzeln hat er. Aber dann hätte er seine Schulden vermutlich auf andere Weise bezahlt. Diese Familien halten zusammen, wenn es um so etwas geht.«

»Bist du dir sicher?«

»Sicher? Hmm. Ich habe wenig Ahnung, wie es in diesen Kreisen wirklich zugeht. Man hört nur so einiges.«

»Wenn ich mir alles einmal chronologisch überlege: Seit über einem Jahr versucht man, die SweetCandy in die Insolvenz zu treiben. Wäre meine Mutter nicht eingesprungen, dann hättest du es vermutlich nicht geschafft, die Firma zu erhalten, ist das richtig?«

Andrew atmete tief ein. »Auch wenn es mir sehr schwerfällt, das zuzugeben. Aber ja, lange hätte ich es nicht mehr durchgehalten. Zumal Großvater nicht bereit war, weitere Summen aus seinem Privatvermögen zuzuschießen.«

»Dann kamst du mit mir aus Deutschland zurück und vieles änderte sich. Wir fanden neue Geschäftsfelder …«

»… Du hast mit deinen Büfetts die Aufmerksamkeit der großen Familien New Yorks auf dich gezogen.«

»Mag sein.«

»Das ist so. Seither ist die SweetCandy in aller Munde.«

Viktoria hob verlegen die Schultern. »Vor allem aber hat Mutter die Kredite abgelöst und wurde damit Eigentümerin des Grundstücks der SweetCandy.«

»Und entzog damit das Spekulationsobjekt.«

»Ganz genau. Kurz darauf wurdest du verhaftet …«

»Das könnte Carollo von langer Hand vorbereitet haben, um mich aus dem Weg zu haben, wenn die Hudson Bank auf die Grundstücke zugreift«, meinte Andrew. »Denn ganz so einfach ist es nicht, jemanden hinter Gitter zu bringen. Das braucht eine gewisse Vorlaufzeit.«

»Außer man hat Kontakte zur Mafia.«

»Das ist wiederum Spekulation.« Andrew fasste sich in den Nacken. »Vermutlich war es ein Versuch, mich zumindest für kurze Zeit aus dem Weg zu haben. Denn wenn die Übertragung auf deine Mutter nicht so reibungslos funktioniert hätte, dann hätte die Hudson Bank aufgrund der veränderten Sachlage auf das Grundstück zugegriffen. Angenommen, es gibt zudem Beziehungen zu *Harvey Brothers*, wäre das ein recht lukratives Geschäft geworden.«

»Das stimmt. Motive gibt es reichlich.« Viktoria rutschte zu ihm hin, suchte seine Nähe. »Ich bin gespannt, wie dein Großvater auf unseren Besuch reagieren wird.«

»Wenn er überhaupt mit uns spricht«, gab Andrew zu bedenken.

»Er muss«, erwiderte Viktoria und sah durch das Fenster des Wagens hinaus. Mittlerweile fuhren sie durch die Upper East Side.

Als das Taxi schließlich vor einem beeindruckenden Stadthaus in neoklassizistischem Stil anhielt, schob Viktoria einen Anflug von Unsicherheit beiseite. Üppige Fassaden bedeuteten nichts. Wichtig war das, was dahinterlag.

Auf Andrews Klingeln hin öffnete ein formell gekleideter Butler und bat sie in eine nicht allzu große Eingangshalle, deren marmorner Boden dezent glänzte. Kostbare chinesische Vasen flankierten einen bodenlangen Spiegel, der den Raum optisch vergrößerte. Viktoria spürte Andrews Nervosität, während sie darauf warteten, dass Robert Miller sie empfing.

»Hier hast du also früher gewohnt«, sagte Viktoria leise. »Bis du nach Greenwich Village gezogen bist.«

Andrew nickte. »In der zweiten Etage.«

»In welchem Stockwerk hat denn Grace ihre Wohnung?«

»Im dritten.«

»Am liebsten würde ich einen Blick hineinwerfen.«

»Sie wird abgeschlossen sein.«

»Fragen wir deinen Großvater.«

Andrew schüttelte den Kopf. »Wir können uns glücklich schätzen, wenn er uns überhaupt sehen will.«

Der Butler kehrte zurück. »Mr. Miller lässt bitten.«

»Siehst du!« Viktoria knuffte Andrew auffordernd in die Seite.

Sie folgten dem Mann über eine mit dickem Teppich ausgelegte Treppe in den ersten Stock. In Deutschland würde man diesen Wohnbereich als *Beletage* bezeichnen, ging es Viktoria durch den Sinn.

Der Butler öffnete ihnen die Tür und deutete mit einer knappen Verbeugung in den Raum. Sie traten ein.

Robert Miller erwartete sie an einem Sekretär, der in einer gut bestückten Bibliothek stand. Er hielt ein Buch in der Hand und schien darin zu lesen.

»Was gibt es, Andrew?«, fragte er, ohne aufzusehen.

»Großvater …« Andrew nahm den Hut ab und räusperte sich. »Wie … geht es dir?«

»Du bist eigens hergekommen, um zu fragen, wie es mir geht?« Robert Miller legte das Buch zur Seite. »Nun. Mir geht es den Umständen entsprechend.«

»Ah.« Andrew nestelte an der Krempe seines Hutes, obwohl er versuchte, sich ruhig zu geben. »Großvater … ich bin auf der Suche nach Grace.«

»Weshalb?«

»Ich … hätte ein paar Fragen an sie.«

»Was möchtest du sie denn fragen?«

»Ob wir damit rechnen können, dass sie ihre Arbeit bei der SweetCandy wieder aufnimmt im neuen Jahr.«

»Mhm.«

»Ich kann Grace nicht erreichen, Großvater«, drängte Andrew. »Und wir müssen planen.«

Robert Miller runzelte die Stirn. »Wieso sollte ich wissen, wo Grace ist?«

»Immerhin hat sie eine Wohnung in deinem Haus.«

»Sie ist erwachsen. Sie kann tun und lassen, was sie möchte.«

Viktoria fiel auf, dass Robert Miller mit keiner Silbe erwähnte, dass Grace sich in Boston aufhielt.

»Und dann«, fuhr Andrew fort, »wollte ich noch einmal nachfragen, ob ich nicht doch mit deiner Hilfe für die SweetCandy rechnen könnte.« Wie die Erkundigung nach Grace hatten Andrew und Viktoria auch diese Frage im Vorfeld besprochen, um Robert Miller aus der Reserve zu locken. »Immerhin sind wir eine Familie, Großvater. Und die Vorzeichen haben sich geändert. Das Unternehmen hat die Talsohle durchschritten und befindet sich auf einem guten Weg.«

»Du willst Geld?« Robert Miller lachte und setzte sich aufrecht hin. »Du hast die SweetCandy heruntergewirtschaftet und zugelassen, dass …«, er zeigte mit dem Finger auf Viktoria, »… diese deutschen Weiber sich darin breitmachen. Glaubst du ernsthaft, dass du auch nur einen Dollar von mir siehst?«

Viktoria sah, wie Andrews Augen sich verengten. »Das, was im letzten Jahr geschehen ist, lag nicht in meiner Macht. Möglicherweise ist Grace darin verstrickt.«

»Grace? Jetzt schiebst du die Schuld auf deine Cousine? Sag …«, Robert Miller warf einen Seitenblick auf Viktoria, »wie viel Einfluss hat *die* eigentlich auf dich?«

»Du verkennst die Lage, Großvater«, erwiderte Andrew kühl. »Die Rheinbergers sind nicht das Problem, sie sind die Lösung, um das Unternehmen zu erhalten. War Viktorias Großvater nicht dein Freund?«

»Der alte Rheinberger war ein anständiger Mann. Seine Nachkommenschaft dagegen versucht, an unser Erbe zu kommen. Wach endlich auf, Andrew.«

Andrew schüttelte fassungslos den Kopf. »Wie hat Grace das geschafft, Großvater? Wie konnte sie einen solchen Keil zwischen uns treiben?«

Viktoria sah einen Anflug von Schmerz in Robert Millers Augen, der aber sofort durch Härte ersetzt wurde. »Der Fehler lag bei mir, Andrew. Ich habe dir vertraut, dabei war es Grace, die immer in meinem Sinne gehandelt hat. Sie hat mich schon vor Jahren vor dir gewarnt. Ich habe leider zu spät auf sie gehört.«

Andrew hob die Brauen. »Sie hat gründliche Arbeit geleistet.«

»Auf jeden Fall hat sie mir vor Augen geführt, wie du wirklich bist.« Robert Miller nahm sein Buch wieder zur Hand und blätterte darin. »Erwarte nichts mehr von mir. Ich wünsche dir einen angenehmen Tag.«

Viktoria sah, wie Andrew mit hängenden Armen dastand, so, als könne er nicht fassen, was er gerade gehört hatte. Vorsichtig schob sie ihre Hand in seine. »Komm«, flüsterte sie. »Lass uns gehen.«

54. KAPITEL

Andrew wollte sich bereits auf den Weg über die Treppe hinunter zum Eingang machen, als Viktoria stehen blieb. »Andrew …«

»Was ist denn?« Andrew hörte sich mitgenommen an. »Ich muss hier raus, Viktoria.«

»Das kann ich gut verstehen, aber … wir wollten doch nach Graces Apartment schauen.«

Er hielt inne. »Du hast recht. Vielleicht findet sich noch ein Hinweis. Auch wenn ich vermute, dass sie sich irgendwohin abgesetzt hat. Möglicherweise mit einer großzügigen Apanage von Großvater.«

»Das weißt du nicht«, erwiderte Viktoria. »Vor allem bist du noch in Gefahr, solange wir nicht wissen, wie es sich mit ihr, Carollo und möglichen Hintermännern verhält.«

»Also los!«

Gemeinsam stiegen sie die Treppe in den dritten Stock hinauf und Viktoria merkte, wie ihre Kampfeslust erwachte. Sie hatte mit Andrew um die SweetCandy und deren Zukunft gerungen, mit ihm gehofft und gelitten. Er war ein mutiger, integrer Mann, dem man das Genick brechen wollte.

Wenn es irgendeine Möglichkeit gab, das Ganze aufzuklären, dann mussten sie diese nutzen.

Vor Graces Wohnungstür blieben sie stehen und sahen sich um.

»Es scheint alles wie immer zu sein«, meinte Andrew.

»Aber wie kommen wir hinein?«, fragte Viktoria.

»Ich habe noch einen Schlüssel«, meinte Andrew und zog seinen Schlüsselbund aus der Jackentasche. »Daran haben weder Großvater noch Grace gedacht, als ich damals ausgezogen bin. Wenn die Schlösser nicht ausgetauscht wurden, dann passt er zu allen Wohnungen im Haus.«

Er suchte einen der Schlüssel heraus und steckte ihn ins Schloss. Mit einem Klicken sprang die Tür auf.

»Offenbar fühlen sie sich sicher und haben nichts ausgetauscht«, meinte Viktoria leise.

»Nein.« Auch Andrew senkte unwillkürlich die Stimme, als sie eintraten und die Tür hinter sich schlossen. »Ich geh voran. Lass uns erst einmal nachschauen, ob hier jemand ist.«

Vorsichtig bewegten sie sich durch die geräumigen Zimmerfluchten, fanden das modern eingerichtete Apartment aber weitgehend leer vor. Weder im Salon noch im Wohnzimmer, in der Küche oder den Bädern war jemand zu finden.

Viktoria atmete auf.

»Jetzt fehlen noch die Bibliothek und das Schlafzimmer«, meinte Andrew.

»Die Bibliothek als Erstes«, schlug Viktoria vor.

Andrew nickte und ging voraus in einen Raum mit hohen, gut bestückten Bücherregalen.

»Seltsam … die Wohnung wirkt eigentlich verlassen. Aber irgendjemand muss in den letzten Stunden hier gewesen sein«, meinte Viktoria und deutete auf einen vollen Aschenbecher. »Ich kann mir nicht vorstellen, dass euer Hausmädchen tagelang den Aschenbecher nicht leert.«

»Mit Sicherheit nicht«, antwortete Andrew, ging durch den Raum, besah sich die Regale und trat dann an einen zierlichen Sekretär, der neben einem der bodenlangen Fenster stand.

Auch Viktoria blickte sich um. Sie hatte das Gefühl, als könne jederzeit jemand hereinkommen. »Möglicherweise ist Grace nicht weit.«

»Vermutlich ist sie gerade außer Haus. Lass uns die Zeit nutzen, um uns umzusehen.«

Während sich Andrew den Sekretär vornahm, suchte Viktoria die Regalreihen mit den Büchern ab.

»Das hier könnte etwas sein!« Auf einmal hielt Andrew einen dicken, unbeschrifteten Umschlag in der Hand.

»Was ist das?« Sofort war sie bei ihm.

»Der lag auf dem Sekretär. Unter einem Stapel Zeitschriften.« Er öffnete die eingeklappte Lasche und zog einen Teil der Papiere heraus.

»… Miller *versus* Miller …«, las er. »Das gibt es ja nicht!«

»Vielleicht kommt jetzt endlich Licht ins Dunkel.«

»Lass es uns anschauen.« Andrew ging zu dem großen, bordeauxroten Ledersofa, das vor einer der Regalreihen stand, setzte sich und holte den ganzen Stapel Papiere aus dem Umschlag. Viktoria nahm neben ihm Platz.

Sie gingen die Dokumente durch. Und Seite für Seite entblätterte sich eine verstörende Wahrheit.

»Das ist die Kopie der Ermittlungsakte mit Strafanzeige, die offensichtlich gegen mich läuft.« Andrew sah das mehrere Seiten umfassende Schriftstück durch. »Als Verfasser dieser Strafanzeige ist zwar jemand anderer eingetragen, dessen Namen ich nicht kenne – aber hier ist ein Schreiben von …«

»John Carollo!«, raunte Viktoria. Sie griff nach einem Papierbogen, der dahinterlag. »Und hier gibt er Grace genaue Anweisung, wie sie vorgehen soll.«

»Das darf nicht wahr sein!« Andrew nahm das nächste Schriftstück zur Hand. »Jeder dieser Vorwürfe ist … erlogen. Angeblich soll ich durch Unterschlagung die SweetCandy in die Insolvenz getrieben haben, betriebliche Fehlentscheidungen getroffen und mich persönlich bereichert haben.« Er tippte auf das Papier. »Die Vorwürfe wurden meist durch Grace bezeugt. Einige durch Großvater. Und … hier diese durch den entlassenen Buchhalter … du erinnerst dich?«

»Ja, natürlich erinnere ich mich.« Viktoria legte ihm eine Hand auf den Arm. »Das können wir alles Punkt für Punkt widerlegen.«

»Das wäre Carollos Aufgabe gewesen.«

»Das lag gar offenbar nicht in seinem Interesse. Im Nachhinein wundert es mich, dass er dafür gesorgt hat, dass du auf Kaution freigekommen bist.«

»Vermutlich hätte er es nicht verhindern können.« Andrew deutete auf ein separates Schreiben, das zwischen den Seiten lag. »Wenn ich das richtig sehe, dann drängt er auf einen raschen Verhandlungstermin. Um mich bald wieder hinter Gittern zu sehen.«

Er legte die Akte neben sich auf das Sofa und nahm einige zusammengeheftete Papiere zur Hand. »Was ist denn das?«

»Es sieht aus wie ein … Vertrag«, stellte Viktoria fest.

»Das ist …« Andrew schüttelte den Kopf. »Ich glaube, hier haben wir unser fehlendes Puzzleteil.«

»Sag!«

»Ein *Side Letter*. Das ist eine Zusatzvereinbarung. In diesem Fall bezieht es sich auf die Kreditverträge zwischen der SweetCandy und der Hudson Bank.« Andrew las weiter.

»Und worum geht es in dieser Zusatzvereinbarung?«, fragte Viktoria.

Andrew reichte ihr das nach einem herkömmlichen Vertragswerk aussehende Dokument. »Zusammengefasst besagt es, dass Carollo für den Fall, dass die Hudson Bank in Besitz des Grundstücks der SweetCandy gelangt, eine satte Provision kassiert.«

»Ist so etwas rechtlich überhaupt zulässig?«, fragte Viktoria und überflog die wenigen Paragrafen. »Das ist doch eine Art … Vorteilsnahme.«

»Allerdings. Und das ist in jedem Fall strafbar.«

»Dann haben wir ihn in der Hand.«

»Genau. Dazu erhält er die exklusiven Vermarktungsrechte für alle Apartments, sollte auf dem Grundstück der SweetCandy ein Hochhaus gebaut werden.«

»Ein Hochhaus wie das *London Terrace?*«

»Davon gehe ich aus.« Andrew stand auf. »Komm, Viktoria. Wir nehmen die Mappe mit und gehen zur …«

Im selben Moment hörte Viktoria ein Geräusch. »Still, Andrew!«

»Was …?«

Viktoria schüttelte den Kopf und ging vorsichtig vor die Bibliothekstür, die sie nur angelehnt hatten.

»Ich höre nichts«, meinte Andrew.

»Doch … psst …«

Nun war es deutlich zu vernehmen. Das Seufzen einer Frau, dann das Stöhnen eines Mannes.

»Ach, du liebe Zeit …«, sagte sie. »Also mich würde nicht wundern, wenn wir Grace im … Schlafzimmer finden.«

»Lass mich nachsehen«, bat Andrew. »Das ist nichts für junge Damen.«

Viktoria konnte sich ein leises Lachen nicht verkneifen. »Sooo jung bin ich nun wirklich nicht mehr. Ich komme mit!«

Sie folgte Andrew, bis er vor einer Tür am Ende des Ganges stehen blieb.

»Wer wohl bei ihr ist …?«

»Das werden wir gleich sehen!«

Mit einem Ruck öffnete er die Tür.

55. KAPITEL

Grace stieß einen spitzen Schrei aus. Der Mann, der auf ihr lag, rollte sich herunter und richtete sich auf. Ungläubigkeit zeichnete sich auf seinem Gesicht ab. »Wie zum Teufel … kommen Sie hier herein?«

»Durch die Tür, Mr. Carollo«, sagte Andrew verächtlich, während Grace nach der Bettdecke griff, um ihre Blöße zu bedecken. »Raus hier, Andrew!«, schrie sie. »Das ist mein privates Apartment!«

»Erst müssen wir einiges klären.«

»Sie haben kein Recht, hier einfach einzudringen«, protestierte auch der verschwitzte Carollo, der ohne seine gut geschnittenen Anzüge auf einmal schmächtig wirkte. Seine sonst akkurat gescheitelten braunen Haare hingen ihm wirr ins Gesicht.

»Wir geben Ihnen drei Minuten Zeit, um sich anzuziehen«, erwiderte Andrew ungerührt. »Derweil benachrichtigen wir die Polizei.«

»Was wollen Sie der Polizei denn sagen?« Carollo fand trotz seiner Nacktheit sofort in seinen Anwaltston zurück. »Dass ich den Nachmittag bei meiner Geliebten verbracht habe?«

»*Davon* werden sich die Officer selbst ein Bild machen«, stellte Andrew fest. »Ich dagegen werde aussagen, dass Sie der Hudson Bank Handlangerdienste geleistet haben, um die SweetCandy in den Ruin zu treiben.«

»Wie … wieso sollte ich das getan haben?«

»Ach, Carollo, versuchen Sie nicht, den Unwissenden zu spielen.«

»Das ist eine Unverschämtheit …«

»Es wäre alles glattgegangen, nicht wahr?«, fuhr Andrew fort, »wenn nicht Judith und Viktoria Rheinberger ins Spiel gekommen wären.«

»Was glauben Sie, Mr. Miller, wer hier derjenige ist, der …«, fuhr Carollo auf, aber Andrew fiel ihm ins Wort. »Geben Sie nicht den Ahnungslosen, Carollo.«

»Wie können Sie es wagen, Miller!«, rief Carollo. »Sie kompromittieren hier Ihre Cousine und stellen Vorwürfe in den Raum, die jeder Grundlage entbehren. Zudem begehen Sie Hausfriedensbruch.«

»Ach.« Andrew lachte. »Kompromittiert haben Sie Grace schon selbst. Und was die Vorwürfe betrifft: Wir können lückenlos nachweisen, dass Sie mit der Hudson Bank gemeinsame Sache gemacht haben in der Hoffnung, vom großen Kuchen etwas abzubekommen. Ein Grundstücksverkauf in Manhattan ist einträglich, Carollo, da kann man schon einmal schwach werden. Und wenn man dann noch an die Vermarktungsrechte für einen Wolkenkratzer kommen kann …«

»Ich weiß nicht, wie Sie eine solche Lügengeschichte beweisen wollen.« Carollo stieg aus dem Bett und griff nach seinem Hemd.

Andrew zog langsam den *Side Letter* aus der Innentasche seines Jacketts und faltete ihn auf.

Carollo atmete schwer.

»Nun?«

»Woher haben Sie das?«, fragte Carollo tonlos.

»Das wissen Sie ganz genau. Wenn Sie schon einen Coup landen wollen, Carollo, dann dürfen Sie sich keine Anfängerfehler leisten.«

Carollo sah zu Grace. »Ich hatte dir doch gesagt …«

»Ich hätte die Unterlagen heute noch nach Boston mitgenommen …«

»Dann war dies hier also ein Abschiedsstelldichein?«, fragte Andrew mit ungewohntem Sarkasmus in der Stimme. »War es eigentlich schwer, Grace dazu zu bringen, Ihre Pläne zu unterstützen?«

»Ich sage nichts mehr.«

»Das ist Ihr gutes Recht, Carollo. Sie wissen, wann Sie verloren haben, nicht wahr?«

Plötzlich funkelte Grace Viktoria an. »Du … du hast alles kaputtgemacht! Hättet ihr eure Anteile an die Hudson Bank verkauft …« Sie biss sich auf die Lippen.

Viktoria antwortete nicht. Stattdessen sah sie kurz zu Andrew, der seine Aufmerksamkeit weiterhin auf Carollo gerichtet hielt.

»Gerade du, Viktoria, du solltest nachvollziehen können, wie es ist, wenn man übergangen wird!«, fuhr Grace fort.

»Großvater hat nicht einmal daran *gedacht*, mir Anteile zu überschreiben, oder mir einen Posten als Vizedirektor anzubieten. Alles ging an Andrew. Das ist ungerecht! All die Jahre habe ich auf die Gewinne geachtet und die Company zusammengehalten. Nur damit Andrew sich im Erfolg sonnen kann.«

»Es stimmt also«, sagte Andrew ruhig, und ohne den Blick von Carollo zu nehmen. »Du warst also diejenige, die versucht hat, unsere Geschäfte so zu manipulieren, dass die SweetCandy insolvent gehen musste. Ganz bewusst und mit Kalkül.«

Viktoria sah, wie Graces Wangen sich noch roter färbten, als sie vom Liebesspiel ohnehin schon waren.

»Was hättest du denn mit der insolventen SweetCandy gemacht?«, fragte Andrew.

»Ich ... ich hätte unserem Großvater bewiesen, dass ich mindestens so gut bin wie du!«

»Das wäre schwierig geworden«, sagte Viktoria und hörte selbst den Spott in ihrer Stimme. »Glaubst du wirklich, es wäre so rasch wieder bergauf gegangen?«

»Mit Großvaters Geld ...«

»Dein Liebhaber hätte niemals zugelassen, dass du das Unternehmen übernimmst, Grace. Er hat dich nur benutzt«, stellte Andrew schonungslos fest.

Grace kniff die Lippen zusammen. »Ich ... glaube dir nicht.«

»Siehst du es denn wirklich nicht, Grace?«, fragte Viktoria. »Die ganzen Betrügereien, zu denen er dich genötigt hat, hatten stets das Ziel, die SweetCandy zu ruinieren, um an das Grundstück zu gelangen. Nicht, um dir einen wichtigen Posten zu verschaffen oder deinen Großvater von deinen Fähigkeiten zu überzeugen. Carollo wollte die SweetCandy zerschlagen, nichts anderes.«

»John!«, fuhr Grace ihren Liebhaber an. »Sag, dass das nicht wahr ist!«

Carollo schwieg.

»Hätte meine Mutter zudem ihr Wandeldarlehen der Hudson Bank verkauft, dann wäre es für ihn noch einfacher gewesen«, fügte Viktoria an.

»Komm schon, Grace. Es ist doch offensichtlich«, sagte Andrew. »Seit wann … lässt du ihn überhaupt in dein Bett?« Er machte eine Handbewegung hin zu Carollo, der Hose und Hemd angezogen hatte und nun versuchte, mit den Händen seine Frisur zu ordnen.

»Das geht dich gar nichts an!«, fauchte Grace.

»Nun gut.« Andrew nahm Graces Morgenmantel von einem Haken an der Wand und warf ihn ihr hin. »Bitte, zieh dich an. Wenn die Polizei kommt, soll sie dich sicherlich nicht nackt vorfinden.«

»Was soll denn … John überhaupt für ein Interesse daran gehabt haben, mich zu *benutzen*?«

»Er hatte sich verspekuliert und dadurch sehr viel Geld verloren.«

»Das ist nur wieder eine Ihrer Behauptungen, Miller«, widersprach Carollo, der inzwischen angezogen vor dem Bett stand.

»Sie haben schon neunundzwanzig sehr viel Geld verloren«, konstatierte Andrew. »Und vor zwei Jahren noch einmal. Da wurde der Druck allmählich größer. Wie gut, dass *Harvey Brothers* einen Ausweg anbot. Im Gegenzug mussten Sie dafür sorgen, dass das Grundstück der SweetCandy an die Hudson Bank ging. *Harvey Brothers* hätte sich dann gemeinsam mit Ihnen an der Vermarktung der Immobilie bereichert.«

Grace schüttelte den Kopf. »Ich kann … das alles nicht glauben.«

»Du hast ohne Skrupel mitgemacht, Grace. Gib bitte nicht die Unschuldige«, entgegnete Andrew kühl. »Ihr habt euch verbündet, um anderen zu schaden. Nun habt ihr beide verloren.«

Viktoria bemerkte, dass Grace erst allmählich begriff, wie sehr sie ausgenutzt worden war. »Du hast gedacht, du hättest alles unter Kontrolle, nicht wahr?«

Grace zuckte mit den Achseln. »Ich sage nichts.«

»Das brauchst du nicht, Grace«, sagte Andrew gelassen. »Du kennst deine Rechte und kannst warten, bis du einen Anwalt an deiner Seite hast.«

Grace rang sichtlich mit sich. »Du hast keine Ahnung, wie es sich anfühlt, wenn man vom Leben ständig übergangen wird.«

Andrew wirkte überrascht. »Vom Leben übergangen? Das erscheint mir doch etwas … pathetisch ausgedrückt, Grace.«

»Siehst du. Genau das ist es.« Grace stand auf und zog sich den Morgenmantel über, den Andrew ihr gegeben hatte.

»Du nimmst mich nicht ernst.« Sie band den Gürtel mit einer wütenden Bewegung. »Während du von Großmutter gehätschelt wurdest, musste ich bei einer Mutter aufwachsen, die nicht fähig war, unser Leben zu organisieren. Du hattest alle Chancen und eine erstklassige Ausbildung. Und ich? Von Kindheit an habe ich die Verantwortung getragen. Großvater hat uns Geld geschickt, natürlich. Es gab keinen Mangel an Essen. Ich hatte ein Dach über dem Kopf. Für das Wichtigste war gesorgt. Aber ich wollte mehr.«

»Du hast doch viel erreicht. Ich habe dir alle Chancen gegeben.«

Grace lachte auf. »Ist das dein Ernst, Andrew?« Sie fixierte ihn. »Ich bin nach New York gekommen. Ich habe gelernt und hart gearbeitet. Habe Großvater gezeigt, was ich kann. Und dann bekommst *du* die *ganze* Firma! Und ich … ich wäre mein Leben lang eine Angestellte geblieben.«

»Du hattest weitreichende Vollmachten, Grace. Du hast Buchhaltung und Einkauf geleitet. Ich habe dir vertraut.«

»Das ist doch nicht dasselbe. Du bist der Direktor gewesen. Im Zweifel musste ich dich fragen. Mein Büro war ein Stockwerk unter deinem. Und ich bin nie mehr als die brave, fleißige Grace gewesen.«

»Warum hast du nicht mit mir geredet?«, fragte Andrew. »Und stattdessen versucht, mich zu vernichten?«

Grace zuckte mit den Schultern.

»Du wolltest alles«, stellte Andrew bitter fest. »Aber weißt du, was die größte Enttäuschung für mich ist?«

Grace ließ keine Regung erkennen.

»Dass du Großvater ganz bewusst getäuscht hast, indem du ihn glauben machen wolltest, dass ich unfähig sei, die SweetCandy zu führen. Das tut weh.«

Viktoria bemerkte den Ruck, der durch Grace ging. Andrews Cousine kniff die Lippen zusammen und sah an Andrew vorbei in den Spiegel ihres Schminktisches. Dieser Moment versinnbildlichte die Sackgasse, die Grace gewählt hatte. Sie war über sich selbst und ihren eitlen Ehrgeiz gestolpert.

Viktoria fiel es schwer, Mitgefühl aufzubringen.

»Diese Geschichte mit der Mafia war übrigens eine clevere Idee, Carollo«, sagte Andrew in die entstandene Stille hinein und wandte sich noch einmal an den Anwalt. »Damit hätten Sie uns auf Dauer in Angst und Schrecken versetzt. Und wir hätten nicht einmal die leiseste Chance gehabt, jemals aufzudecken, ob das alles stimmt oder nicht. Denn mit einem Gegner wie der Mafia legt sich niemand an. Wir hätten den Verlust der SweetCandy hingenommen und wären froh gewesen, unser Leben gerettet zu haben.«

Carollo zeigte keine Regung.

»Wir rufen jetzt die Polizei. Möchten Sie einen Anwalt kontaktieren, Carollo?«

56. Kapitel

Andrews Apartment in Greenwich, am nächsten Morgen

Es klingelte.

»Wer ist denn das?«, fragte Andrew, der sich soeben rasierte. »Wir haben noch nicht einmal sieben Uhr!«

Es klingelte ein zweites Mal.

»Ich habe keine Ahnung«, erwiderte Viktoria und zog ihren Morgenmantel enger um sich. »Ich sehe nach.«

Sie ging das Treppenhaus hinunter. Die Kälte kroch unter den leichten Seidenstoff. Fröstelnd öffnete sie die Tür.

»Mr. … Miller?«

»Guten Morgen, Miss Rheinberger.« Robert Miller nahm höflich den Hut ab. »Entschuldigen Sie bitte, wenn ich um diese frühe Stunde störe, aber ich möchte mit Andrew sprechen.«

»Ja … ja, natürlich. Kommen Sie bitte herein.«

Viktoria führte Robert Miller in das kleine Wohnzimmer. »Wenn Sie einen Moment warten möchten, Mr. Miller. Ich gebe Andrew Bescheid.«

»Danke, Miss Rheinberger.«

Kopfschüttelnd ging Viktoria zu Andrew ins Bad. »Dein Großvater ist hier.«

Andrews Rasiermesser machte eine ungeplante Bewegung. »Autsch!«

»Du hast dich geschnitten«, stellte Viktoria fest und reichte ihm ein Handtuch.

Andrew drückte es auf die blutende Stelle. »Was möchte er?«

»Ich weiß es nicht. Er wartet im Wohnzimmer.«

Andrew legte das Rasiermesser auf den Rand des Waschbeckens. »Ich werde gleich zu ihm gehen.«

Sie zogen sich an. Andrew sah anschließend noch einmal im Bad nach seiner Verletzung, Viktoria ging in die Küche, um Kaffee aufzubrühen. Während kurz darauf der warme, feinwürzige Duft aus der Kanne aufstieg, hörte sie durch die geöffnete Türe, wie Andrew zu seinem Großvater ins Wohnzimmer trat.

Zunächst schienen beide ein wenig befangen zu sein, tauschten Höflichkeiten aus und unterhielten sich über das New Yorker Winterwetter. Schließlich kam Robert auf sein Anliegen zu sprechen: »Ich möchte mich entschuldigen, Andrew.«

»Ich freue mich sehr, dass du den Weg zu mir gefunden hast, Großvater«, erwiderte Andrew. »Dann können wir beide einen neuen Anfang machen.«

»Das wäre … mir ein großes Bedürfnis.« Miller räusperte sich. »Graces Verhalten ist … unverzeihlich.«

»Sie hat unverantwortlich gehandelt, da stimme ich dir zu«, sagte Andrew. »Andererseits betrachte ich sie selbst als Opfer. Das von Carollo und das ihrer eigenen Ambitionen.«

»Ich hätte es merken müssen«, räumte Miller ein. »Aber ich war zu enttäuscht von dir. Und als dann noch die Rheinbergers ins Spiel kamen, habe ich mich … betrogen gefühlt.«

»Und Grace hat sich das alles zunutze gemacht«, erwiderte Andrew.

»Ich hätte dir vertrauen sollen, Andrew.«

»Vor allem hättest du mir vertrauen *können*, Großvater. Du kennst mich doch schon seit meiner Kindheit, hast mich aufgezogen. Warum hast du Graces Lügen Glauben geschenkt?«

Viktoria füllte zwei Tassen mit heißem Kaffee, ging damit ins Wohnzimmer und stellte sie auf den Beistelltisch. Als sie sich wieder zurückziehen wollte, hielt Andrew sie an der Hand fest. »Bitte, Liebes, setz dich doch dazu.«

Viktoria sah von ihm zu Miller und nahm Platz.

Andrews Großvater erwiderte ihren Blick ruhig und offen. Das erste Mal, so erschien es Viktoria, nahm er sie wirklich unvoreingenommen wahr. Dann richtete er seine Augen wieder auf Andrew. »Grace ist … ich kann es dir nicht erklären, Andrew. Sie hat die Gabe, Menschen nach ihrer Pfeife tanzen zu lassen.«

»Sie war selbst eine Marionette«, sagte Viktoria vorsichtig. »An Carollos Fäden.«

Miller nickte. »Ja. Eine unheilvolle Allianz.«

»Es ist mir nicht wichtig, alle ihre Verfehlungen zu verfolgen«, meinte Andrew versöhnlich. »Diese Energie stecke ich lieber in unsere Firma.«

»Wenn ihr Mittel braucht …«

»Danke, Großvater, ich weiß dein Angebot zu schätzen.« Andrew nahm seine Kaffeetasse und trank einen Schluck. »Aber wir kommen zurecht.« Ein gewisser Stolz schwang in seiner Stimme mit.

Miller nickte. »Ich verstehe. Aber gebt Bescheid, wenn ihr Unterstützung braucht.« Er stand auf. »Bitte.«

»Möchten Sie denn schon wieder gehen?«, fragte Viktoria.

»Ja. Schließlich habe ich mir erlaubt, euch ohne Ankündigung zu dieser frühen Stunde zu besuchen«, entgegnete Miller. »Aber ich habe seit gestern Abend keine Ruhe gefunden.« Er räusperte sich. »Ich habe, wenn auch unwissentlich, dabei geholfen, dich, Andrew, in den Ruin zu treiben. Das ist unverzeihlich.«

»Nichts ist unverzeihlich, Großvater«, sagte Andrew, erhob sich und legte dem alten Herrn die Hand auf die Schulter. »Auch wenn die letzten Wochen enorm Kraft gekostet und mich an meine Grenzen gebracht haben. Es waren Grace und Carollo, die alle Register gezogen haben, um uns zu schaden. Du warst im weiteren Sinne auch Opfer der beiden.«

»Ich möchte mich nicht hinter dieser Entschuldigung verstecken, Andrew.«

»Das ehrt dich, Großvater.«

»Es gibt bessere Möglichkeiten, um zu Ehren zu kommen. Aber hab Dank, Andrew.«

»Grace wird nun erst einmal Zeit haben, sich mit ihrem Leben auseinanderzusetzen«, meinte Andrew. »Möge die Zeit im Gefängnis einen besseren Menschen aus ihr machen.«

»Das wäre ihr zu wünschen.« Miller setzte seinen Hut auf. »Meine Tür ist jedenfalls zu.«

»Auch wenn ich geneigt bin, dir zuzustimmen, Großvater«, sagte Andrew, »so sollten wir immer, auch bei Grace, daran denken, dass Vergebung ein großes Geschenk ist.«

57. KAPITEL

Die Schokoladenvilla in Degerloch,
am 3. Februar 1936

Viktoria fragte sich, wie lange eine Reisekrankheit üblicherweise anhielt. Anton meinte, dass sie eigentlich abklingen würde, sobald man wieder festen Boden unter den Füßen hatte, aber Viktoria kämpfte seit mehr als zwei Wochen mit den Auswirkungen. Schon vom ersten Tag an, da sie den Ozeandampfer betreten hatte, war ihr schlecht gewesen. Die meiste Zeit der Überfahrt, auch die Tage mit weniger starkem Wellengang, hatte sie daher in ihrer Kabine verbracht.

Vielleicht war ihr das Essen nicht bekommen oder sie hatte etwas am Magen – auf jeden Fall übergab sie sich beinahe jeden Morgen. Wenn sie an die bevorstehende Rückreise nach New York dachte, wurde ihr angst und bang.

Sie packte die letzten Kleidungsstücke in ihren Koffer, verschloss ihn und zurrte die Gurte fest. Dann stellte sie ihn auf den Boden. Allein diese Tätigkeit strengte sie so an, dass ihr schwindelig wurde.

Sie setzte sich auf ihr Bett, um sich einen Moment lang auszuruhen. Dabei wanderten ihre Augen durch ihr altes Zimmer, das sie vor fast fünf Monaten verlassen hatte, um nach New York zu gehen. Damals hatte sie gar nicht richtig darüber nachgedacht, wann sie wieder heimkehren würde – die Welt war so groß gewesen und das Abenteuer so verlockend, dass sie sich einfach hineingestürzt hatte. Andrew hatte ihr damals ein *One-Way-Ticket* gebucht, so als ob er geahnt hätte, dass sie in Amerika bleiben würde. Oder hatte er da bereits darauf gehofft?

Wie vertraut hier alles war – der alte Frisiertisch ihrer Mutter, an dem sie als Kind Judiths Lippenstift ausprobiert hatte und dabei nicht nur ihren Mund, sondern auch den Lippenstift verunstaltet hatte, der elegante Sekretär mit den vielen kleinen Schubladen, an dem so mancher Brief geschrieben und manche Entscheidung getroffen worden war, die gemütliche Sitzgruppe im Erker, in die sie sich gerne mit einem guten Buch oder zu einem Plausch mit Mathilda zurückgezogen hatte, der Kaminsims, auf dem allerlei Krimskrams stand, den sie im Laufe der Zeit angesammelt hatte.

Zwanzig Jahre ihres Lebens war dies hier ihr Zuhause gewesen, abgesehen von der Zeit in Voiron. Eine behütete Kindheit mit viel Freiraum und Liebe, die sie über alle schwierigen Phasen hinweggetragen hatte – die Zeit nach dem Fabrikbrand, Mathildas Abreise zum Studium nach Bonn, die erste unglückliche Liebe. Nur der Tod ihres Vaters hatte eine bleibende Narbe geschlagen, die, auch wenn sie mit der Zeit verblasste, ein Teil ihres Seins bleiben würde.

Während der vergangenen Tage war Viktoria immer wieder in Stuttgart unterwegs gewesen, meistens zusammen mit Serafina. Sie hatten sich die Königstraße entlangtreiben lassen, den winterlichen Rosensteinpark durchstreift und die Wilhelma mit ihren Bauten im maurischen Stil und den Gewächshäusern besucht. Besonders bewegend war für Viktoria ein letzter Besuch in der Schokoladenfabrik gewesen, die mittlerweile wieder gut ausgelastet war und kräftig produzierte – auch Rothmann Schokolade. Wie Herr Ebben erzählte, kam Weber hin und wieder vorbei, um ihn zu drängen, den Namen *Rothmann* aus der Produktliste zu streichen. Ebben ließ sich davon nicht beirren und führte seinen Kurs konsequent fort. Rothmann Schokolade und Stuttgart, das gehörte für ihn genauso zusammen wie für die Kunden.

Zu Hause hatte Viktoria sich zudem Zeit genommen, um Kommoden und Schränke nach persönlichen Dingen zu durchstöbern. Einiges davon hatte sie in dem riesigen Überseekoffer verstaut, der getrennt von ihr und ihrer Mutter auf die Reise über den Atlantik gehen würde. Das Wichtigste aber, ihre Erinnerungen, würde sie in ihrem Herzen mitnehmen.

Es klopfte.

»Vicky?«

»Ja, Mama. Komm herein.«

Ihre Mutter trat ins Zimmer und sah besorgt auf Viktoria, die noch immer in den zerwühlten Daunen ihres Bettes saß. »Ist dir wieder übel, Kind?«

»Es geht schon.« Viktoria stand auf und bemühte sich, nicht zu zeigen, wie zerschlagen sie sich fühlte.

Ihre Mutter kam zu ihr und hielt ihr die Hand an die Stirn. »Fieber hast du keines.«

»Nein. Vermutlich nicht. Vielleicht ist es einfach die viele Aufregung der letzten Monate. Ich bin ja gar nicht richtig zur Ruhe gekommen. Und dann noch die Überfahrt im Winter …«

Judith legte ihr die Hände auf die Schultern und sah sie prüfend an. »Du bist wirklich blass um die Nasenspitze.«

»Wundert dich das, wenn ich mich ständig übergeben muss? Das würde selbst den stärksten Krieger niederstrecken.«

»Vicky …«

»Ja?«

»Ich möchte dich gerne etwas fragen.«

»Natürlich. Frag nur.«

»Wann hattest du das letzte Mal deine Blutung?«

»Wie bitte? Warum willst du das …« Viktoria schluckte. »Meinst du … dass ich vielleicht … schwanger bin?«

Judith strich ihr mit einer Hand über das Haar. »Ob es möglich ist, kannst nur du wissen«, sagte sie sanft.

Viktoria dachte nach. Auf ihre monatliche Regel hatte sie in letzter Zeit überhaupt nicht mehr geachtet.

»Ich glaube … im November«, antwortete Viktoria. »Ja, es war Mitte November.«

»Na, das würde ja passen«, schmunzelte Judith.

»Du findest das lustig?«

»Nicht lustig, Viktoria. Sondern wunderschön.« Judith nahm sie in den Arm. »Das heißt, wenn es auch für dich wunderschön ist.«

»Ich … was soll ich sagen … meinst du, ich bekomme ein Kind?«

»Wenn deine Blutung so lange ausbleibt und dir übel ist?«

»Und schwindelig?«

»Auch das.«

»Meine Kleider passen alle noch tadellos …«

»Es wäre auch noch zu früh für einen dicken Bauch.«

»Also, dann …« Viktoria wusste gar nicht, wie ihr geschah. Nur langsam realisierte sie, dass ihre Mutter vermutlich recht hatte – und sie selbst auch hin und wieder an diese Möglichkeit gedacht hatte. »Ja, also … natürlich freue ich mich. Allerdings kann ich es noch gar nicht richtig glauben.«

»Weißt du, Vicky, dieser Moment erinnert mich an eine ähnliche Situation vor über dreißig Jahren. Genau in diesem Zimmer. Damals hatte Dora mein Korsett immer weiter schnüren müssen. Irgendwann hat sie mich vorsichtig darauf aufmerksam gemacht, dass ich möglicherweise in anderen Umständen sein könnte.«

»Martin?«

»Genau. Du weißt inzwischen, wie schwierig die Situation damals für mich war. Ich konnte mich nicht freuen, tat es irgendwie aber doch. Und wusste zugleich nicht, was mit mir und dem Kind geschehen würde. Ob ich es würde behalten dürfen.«

»Dann kam Papa …«

Judith lächelte wehmütig. »Ja. Er hat um mich und für mich gekämpft. Mit all seiner Kraft und all seiner Liebe. Wenn ich dir etwas wünsche, Vicky, dann einen Mann, dessen Gefühle ebenfalls nichts erschüttern kann.«

Viktoria nickte. »Ich kenne Andrew noch nicht lange, Mama, aber genauso empfinde ich es bei uns. Da ist so viel Vertrauen, so viel Wertschätzung, auch so viel Liebe. Ohne ihn wäre ich … irgendwie unvollständig.«

»Ich hoffe, dass du glücklich wirst, Vicky.« In Judiths Blick lag mütterliche Fürsorge. »Denn dann bin ich es auch.« Sie ging zur Tür. »Ich werde Gerti sagen, dass sie dir eine kräftige Brühe macht.«

»Das ist eine gute Idee. Und – danke Mama.«

58. KAPITEL

Die Schokoladenvilla, am nächsten Morgen

Judith schlüpfte in ihren warmen, dunkelblauen Wintermantel und setzte einen passenden Filzhut mit kleiner Feder auf ihr in weichen Wellen aufgestecktes Haar. Sie warf einen letzten Blick in den großen Standspiegel ihres Schlafzimmers. Graue Strähnen mischten sich in ihre naturblonde Haarfarbe, feine Fältchen umspielten ihre blauen Augen, noch immer war ihre Figur schlank und ihre Erscheinung elegant – eine reife Frau von vierundfünfzig Jahren, die durch Höhen und Tiefen gegangen war und dabei immer versucht hatte, sich selbst treu zu bleiben.

Judith griff nach den Handschuhen, die Dora bereitgelegt hatte, zog sie aber nicht an. Dann ließ sie ihre Augen ein letztes Mal über den hellen Raum gleiten, trat auf den Flur, zog die Türe zu und ging zur Treppe.

Bewusst langsam stieg sie die geschwungenen Stufen hinab, an den Schlafzimmern ihrer Kinder und den nur noch selten genutzten Gesellschaftsräumen im ersten Stock vorbei in die Eingangshalle. Von dort aus nahm sie ihren Weg am großen Salon vorbei ins Speisezimmer, warf anschließend einen letzten Blick ins Arbeitszimmer, dessen leblose Leere sie kaum ertrug. Im Musikzimmer dagegen verharrte sie still neben einem der Flügel und schloss die Augen. Für einen Moment war ihr, als höre sie fernes Klavierspiel, verwoben mit dem Lachen vergangener Tage.

Wenn ein Haus eine Seele hatte, dann besaß die Schokoladenvilla eine ausgesprochen gütige. Sie hatte die Kämpfe von Judiths Vater Wilhelm Rothmann mit seiner Frau und seinen Kindern genauso miterlebt wie das heitere Familienleben von Victor, Judith und ihren Kindern. Sie war Zeugin banger Kriegsjahre geworden, in denen Lebensmittel genauso knapp geworden waren wie die Kräfte derer, die ihr Leben in sinnlosen Schlachten riskiert hatten. Hier war gefeiert worden und gelacht, hier hatte man Pläne geschmiedet und vereitelt. Hier waren Träume zerstoben und Hoffnung gewachsen, hier war Heimat und Ruhepol gewesen, eine sichere Zuflucht und ein Anker in der Zeit.

Nun waren die Möbel mit Tüchern aus weißem Leinen abgedeckt, und damit, so schien es, hatte sich eine schwere Ruhe über das Anwesen gelegt. Die Klänge vergangener Tage waren verstummt, die dazugehörenden Bilder blieben nunmehr im Herzen, und die Zukunft war ungewiss.

Judith nahm Abschied. In ihrem Inneren trafen Wehmut und Traurigkeit auf Zuversicht und Neugierde, die Angst vor dem Schritt ins Ungewisse wurde flankiert von einem unerschütterlichen Glauben an die Zukunft – und der Hoffnung, dass sie ihr Zuhause eines Tages wiedersehen würde.

Die Abdeckung des großen Flügels war verrutscht. Nachdenklich strich Judith ein letztes Mal über den glatten, schwarzen Lack, bevor sie das weiße Tuch sorgfältig zurechtzog. Dann drehte sie sich entschlossen um und ging zurück zur Eingangshalle.

Dora wartete bereits auf sie. Nach all den Jahren, die sie Judith treu zur Seite gestanden hatte, war die Entscheidung leicht gewesen, sie zu fragen, ob sie mit nach Amerika kommen wolle. Viktoria würde Unterstützung brauchen, wenn sie ein Kind erwartete und zugleich die Firma aufbauen wollte. Judith wusste aus eigener Erfahrung, wie groß eine solche Doppelbelastung war, hatte sie doch selbst trotz ihrer Kinder immer in der Schokoladenfabrik gearbeitet.

Bei Herrn Ebben war sie schon vor ein paar Tagen vorbeigegangen, um sich zu verabschieden. Als er von der amerikanischen Firma der Rheinbergers gehört hatte, war er sofort an einer Kooperation interessiert gewesen. Judith fand den Gedanken interessant, weil dadurch ein Bezug zu Deutschland bestehen blieb. Sie würde mit Viktoria und Andrew darüber sprechen. Aber erst einmal stand die Reise an.

»Sind Sie bereit, Frau Rheinberger?«, fragte Dora und legte die Hand auf die Klinke des Eingangsportals der Schokoladenvilla.

Judith nickte. »Ich bin bereit. Und sag bitte in Zukunft Judith zu mir, Dora. Es ist allerhöchste Zeit dafür.«

Die perplexe Dora öffnete die Tür, und Judith blinzelte in die Februarsonne. Als sie sich an das helle Licht gewöhnt hatte, bemerkte sie die vielen Menschen, die sich am Fuß der Treppe versammelt hatten.

Gleich zu Beginn der Stufen, die auf den gekiesten Weg führten, standen Theo, Gerti und Fanny. Theo hatte seine Chauffeursmütze abgenommen und hielt den Kopf gesenkt. Gerti heulte ohne Unterlass in ihr Taschentuch. Beim Anblick der beiden treuen, alten Dienstboten wurde Judith schwer ums Herz. Es war ihr ein Trost, dass sie im Gesindetrakt der Villa wohnen bleiben würden, um das Haus während Judiths Abwesenheit zu betreuen.

Am Treppenabsatz, ebenfalls mit Tränen in den Augen, wartete Judiths Mutter Hélène neben ihrem Mann Georg. Die beiden waren eigens mit Karl, Elise und den Kindern aus der Schweiz gekommen, um sich von Judith und Viktoria zu verabschieden.

Martin und Mathilda waren bereits am frühen Morgen wieder nach Paris abgereist. Judith hatte sich unglaublich gefreut, dass Martin es überhaupt hatte möglich machen können, zwischen seinen Auftritten nach Stuttgart zu fahren.

Am Abend zuvor hatte sie alle zu einem gemeinsamen Essen ins Turm-Restaurant im Hauptbahnhof eingeladen. Von dort oben hatte man eine wunderbare Aussicht auf die Stadt, weshalb es Judith als ein passender Ort erschienen war, um ein letztes Mal zusammenzukommen. Auch Josefine Ebinger war dabei gewesen.

Judiths Blick fiel auf den kleinen Oscar, der sich neben

seine Großmutter gestellt hatte und ihre Hand fest umklammert hielt. In diesem Moment schoss Emil aus dem Garten herbei, packte Hélènes andere Hand und flüsterte ihr aufgeregt etwas ins Ohr, bis Oscar den Finger auf die Lippen legte und ein maßregelndes »Psssst!« verlauten ließ.

Emil schwieg beleidigt, und Hélène strich ihm tröstend über den Kopf.

Judith räusperte sich.

»Es ist … so wunderbar, dass ihr alle da seid«, sagte sie und bemühte sich um eine feste Stimme. »Noch vor einem Jahr hätte sich keiner vorstellen können, dass wir uns auf unterschiedliche Kontinente verteilen.«

Karl lächelte ihr zu. Er hatte den Arm um seine Frau Elise gelegt, die sich die kleine Ursula auf die Hüfte gesetzt hatte.

»Aber … es wird kein Abschied für immer sein«, fuhr Judith fort. »Eines Tages werde ich zurückkommen. Und bis dahin werden wir über Telefon und Briefe in Kontakt bleiben. Heutzutage gibt es so viele Möglichkeiten. Und unsere Schokoladenvilla ist bei Theo und Gerti in allerbesten Händen.«

»Ich hoffe«, meinte Gerti mit erstickter Stimme, »dass es nicht allzu lange dauert.«

»Es ist nicht nur ein Abschied«, sagte Anton, der sie zum Bahnhof bringen würde und bereits den Mercedes vorgefahren hatte, »sondern auch ein Aufbruch. Ich wünsche dir, Judith, dass du vor allem viel Schönes und Interessantes erlebst in Amerika.« Judith nickte ihm dankbar zu und Karl applaudierte leise.

»Ihr werdet noch froh sein, dass ihr weg seid«, erklärte Alois Eberle rundheraus, der überraschend mit der Zacke aus Stuttgart heraufgekommen war. »Die Kriegstreiberei wird immer schlimmer.«

»Herrgotttssssss… aaackkkk!«, schimpfte Pepe nachdrücklich vom Rücksitz des Autos, dessen Wagenschlag weit geöffnet war. Er ging mit auf die große Reise und war furchtbar aufgeregt. Judith hoffte, dass er sich bald wieder beruhigte, nicht nur um seiner selbst Willen, sondern auch wegen der zahlreichen Mitreisenden im Zug und auf dem Schiff, denen sie begegnen würden. Serafina trat an die Autotüre und redete beruhigend auf ihn ein. Was sie sagte, konnte Judith nicht verstehen, wohl aber Pepes ergebenes: »Amen!«

Judith ließ den Blick über ihre Familie wandern, von denen jeder nun einen eigenen Weg einschlagen würde. Viktoria löste sich aus der kleinen Gruppe um Hélène und Karl, kam langsam die Treppe herauf und gab Dora ein Zeichen. Die Haushälterin nickte, trat aus dem Haus und zog die Tür hinter sich zu.

»Judith«, sagte sie zögerlich, so, als müsse sie die vertrauliche Anrede noch üben. »Hier …« Sie legte Judith den Hausschlüssel in die Hand.

»Danke.« Judith lächelte Dora an, dann drehte sie sich langsam zum Haus um. Als sie den Schlüssel in das Schloss stecken wollte, begann ihre Hand zu zittern.

»Mama«, meinte Viktoria. »Lass mich dir helfen.«

Judith schüttelte den Kopf. »Nein, Liebes. Das muss … möchte ich selbst machen.«

»Ich weiß.« Viktoria trat einen kleinen Schritt zurück.

Judith holte tief Luft und der Schlüssel fand seinen Weg. Mit einem leisen Seufzen drehte sie ihn im Schloss. Dann lehnte sie sich mit der Stirn gegen das weiß lackierte Holz des Portals, spürte der Kühle nach.

Einen Moment lang verharrten alle in Ruhe, fanden sich hinein in diese Stille.

»Komm, Mama«, sagte Viktoria schließlich sanft. »Es ist Zeit.«

EPILOG

Auf der Rückreise über den Atlantik kämpfte Viktoria noch immer mit heftiger Übelkeit. Sie war dankbar, dass ihre Mutter dabei war und sich um sie kümmerte. Nachmittags, wenn es ihr ein wenig besser ging, schlenderten sie gemeinsam über das Schiff oder kuschelten sich in die Liegestühle auf dem geschützten Promenadendeck. War die See zu unruhig, zog sie sich in die Bibliothek des Oceanliners zurück. Zum Abendessen ging es Viktoria meistens so gut, dass sie mit Appetit das Dinner genießen konnte.

Dora legte die Passage mit Pepe in der Touristenklasse zurück, das hatte sie selbst so gewünscht. »Stellt euch doch nur einmal vor, was Pepe in der ersten Klasse anrichten könnte!« Dem war schwerlich etwas entgegenzusetzen gewesen.

Als Andrew sie am Morgen ihrer Ankunft am Pier abholte, schwankte sie blass in seine Arme und die Taxifahrt nach Greenwich Village machte es ihrem Magen nicht leichter. Kaum waren sie angekommen, musste sie sich bereits wieder übergeben.

Andrews Sorge wandelte sich zwar in überraschte Freude, als ihm Viktoria vom Grund ihrer Unpässlichkeit erzählte, gleichwohl bestand er darauf, sie am nächsten Tag von einem Arzt untersuchen zu lassen. Als dieser die Schwangerschaft bestätigte und sie zudem wissen ließ, dass alles in bester Ordnung sei, konnte er sein Glück kaum fassen.

Judith wollte für sich und Dora zunächst ein Hotelzimmer nehmen, doch überraschenderweise hatte Robert Miller kurz vor ihrer Ankunft angeboten, die beiden samt Papagei bei sich aufzunehmen.

»Er weiß nicht, was er sich da einhandelt«, meinte Viktoria trocken, als Andrew sie davon in Kenntnis setzte.

»Wenigstens kommt dann ein wenig Leben in sein Haus«, erwiderte Andrew.

Die SweetCandy prosperierte und wurde auf Judiths Wunsch hin in Rothman's Finest Ltd. umbenannt. Die Einführung des Sport-Schokoladenriegels *FinestSports* mit dem Konterfei von Eleanor war ein ebenso durchschlagender Erfolg wie die unzähligen Büfetts, die Viktorias Catering Service ausrichtete. Schon bald gründete Viktoria gemeinsam mit Sally eine eigene Abteilung für *The German Chocolate Queen*. Unter dieser Marke boten sie bald ein ausgewähltes Luxussortiment an Pralinen an, darunter die weißen Erdbeertrüffel. Ihre kreativen und erlesenen Ideen machten in den gehobenen Kreisen New Yorks rasch Furore.

Und ein weiteres Geschäft erwies sich als lukrativ: die Bestückung der New Yorker Stollwerck-Schokoladenautomaten.

Viktoria und Andrew kauften sich ein hübsches *brownstone-*

Häuschen in Brooklyn und zogen im Mai 1937 ein. Viktoria genoss es, ihr eigenes Zuhause zu haben und richtete es mit viel Geschmack ein. Judith war häufig zu Gast, unternahm aber auch gerne etwas allein oder mit Dora. Insbesondere mit Robert Miller verstand sie sich ausgesprochen gut. Die beiden verband mit der Zeit eine gute und vertrauensvolle Freundschaft.

Ein heftiges Sommergewitter begleitete die Geburt von Olivia und Charlotte Miller Ende Juli 1937. Zwei Monate vor der Entbindung hatten Viktoria und Andrew im kleinen Kreis geheiratet und kurz darauf erfahren, dass sie vermutlich mit doppeltem Babyglück rechnen durften. Bei einer Untersuchung mit dem Hörrohr waren der Hebamme zweierlei Herzschläge aufgefallen.

»Du hattest ohnehin von zehn Kindern gesprochen«, meinte Andrew schmunzelnd, als er seine Töchter das erste Mal in den Armen hielt. »Wenn es so weitergeht, könnten wir unser Ziel in fünf bis sechs Jahren erreicht haben!«

»Kein schlechter Anfang für eine amerikanisch-deutsche Unternehmerinnendynastie«, erwiderte Viktoria augenzwinkernd.

»Es wird sich schon noch ein kleiner Junge dazwischenmogeln«, erwiderte Andrew zuversichtlich. »Schon allein aus Gründen der Gerechtigkeit.«

Judith lebte sich erstaunlich rasch ein in Amerika, auch wenn sie Stuttgart vermisste. Sie genoss es, sich um ihre Enkeltöchter zu kümmern, setzte aber auch alles daran, sich in ihre Rolle als Inhaberin der Rothman's Finest einzufinden. Sie bekam ihr eigenes Büro und weitreichende Vollmachten, kümmerte sich um die Buchhaltung und die interne Organisation und übernahm damit Graces vormaligen Arbeitsbereich. Nebenbei knüpfte sie Kontakte zu anderen Frauen, engagierte sich bei einem Wohlfahrtsverein für arme Familien, genoss Abende im Konzert oder im Theater und machte ausgedehnte Ausflüge in die Umgegend von New York. Mit der Zeit löste sich endlich auch ihre Trauer. Victor war ein Teil von ihr und würde es immer bleiben, aber die Schwere wich einer warmen, manchmal auch wehmütigen Erinnerung, die zugleich genügend Raum für neue Lebensfreude ließ.

Anton blieb noch bis 1938 in Stuttgart, dann wurde die Kriegsgefahr zu groß. Schweren Herzens verkaufte er seine Klavierfabrik und schiffte sich mit Serafina und Emil nach New York ein.

Alle waren glücklich, als sie ankamen und ebenfalls ein Haus in Brooklyn erstanden, in unmittelbarer Nachbarschaft zu Viktoria und Andrew. Anton steckte all seine Energie in die Erweiterung der amerikanischen Klavierfabrik, die durch Isaak Stern kompetent und weitsichtig geführt worden war. Er spezialisierte sich zunehmend auf Einzelstücke für reiche Familien oder die großen Bühnen Amerikas.

Auch Anton und seine Familie fanden in den USA schnell eine neue Heimat. Nicht zuletzt sorgte die rege Musikszene New Yorks dafür, dass Anton schon bald erklärte, niemals mehr nach Deutschland zurückkehren zu wollen. Er spielte wieder in einer Jazzband, und Serafina nahm Gesangsunterricht, doch bevor sie eine Karriere als Sängerin anschließen konnte, wurde sie unverhofft schwanger. Nach jahrelangem Warten hatten sie und Anton den Wunsch nach einem zweiten Kind eigentlich begraben. Die kleine Ella war gut zwei Jahre jünger als ihre Zwillingscousinen, aber schon bald zeichnete sich ab, dass die Mädchen als Trio unberechenbar waren.

»Typisch Rothmann-Frauen«, kommentierte Anton die unzähligen Ideen der drei.

Martin und Mathilda blieben zunächst in Paris. Sie lebten gut von den zahlreichen Engagements, die Martin bekam. Darüber hinaus unterrichtete er eine Reihe von Klavierschülern. Max besuchte ihn regelmäßig. Mathilda kümmerte sich um die beiden Söhne, die recht schnell hintereinander auf die Welt kamen. Ihr Ziel, als Anwältin zu arbeiten, wurde nicht zuletzt durch den Einmarsch der Deutschen im Jahr 1940 vereitelt. Mit einem der letzten Züge flohen sie und Martin mit ihren Kindern über Spanien nach Portugal, um von dort aus eines der letzten Schiffe in die USA zu erreichen. Judith war erleichtert, als sie ihren Sohn und seine Familie endlich wieder in die Arme schließen konnte. Auch hier bot Robert Miller sofort Unterkunft an, und so kam es, dass sein großes, luxuriöses Haus auf einmal mit einer Menge Leben gefüllt war.

John Carollo wurde des schweren Betrugs angeklagt und zu einer langen Haftstrafe verurteilt. Seinen Beruf als Anwalt würde er nie wieder ausüben können.

Grace Miller musste ebenfalls ins Gefängnis, wurde aufgrund guter Führung aber nach zwei Jahren entlassen. Sie zog zu ihrer Mutter nach Boston und lebte dort ein unauffälliges Leben.

Im September 1939 trat ein, was längst befürchtet worden war: Krieg brach aus, und mit großer Sorge vernahm man in New York die Nachrichten aus Deutschland und Polen.

Karl und Elise lebten in relativer Sicherheit in der Schweiz. Dadurch, dass Hélène und Georg in unmittelbarer Nachbarschaft wohnten, wuchsen Hélène und Karl zusammen, nachdem ihre Beziehung ein Leben lang schwierig gewesen war. Viel mehr als Anton hatte Karl ihr nachgetragen, ihn als Kind verlassen zu haben.

Die Schokoladenfabrik unter Ebbens Führung prosperierte, bis im Jahr 1940 keine Kakaobohnen mehr im Deutschen Reich erhältlich waren. Ebben verlagerte sich auf Zuckerprodukte und musste für die Kriegswirtschaft produzieren. Doch als der Krieg Stuttgart erreichte, wurde auch die Schokoladenfabrik durch eine in unmittelbarer Nähe abgeworfene Bombe stark beschädigt. Ebben schloss das Unternehmen und konzentrierte sich fortan auf sein Werk in Halle an der Saale.

Als Ebben Karl darüber informierte, dass er die Schokoladenfabrik aufgeben wolle, besprach Karl sich lange mit Elise. Anschließend beriet er sich mit Anton und Viktoria am Telefon. Noch vor Kriegsende stand sein Entschluss fest, nach Stuttgart zurückzukehren und die Schokoladenfabrik wiederaufzubauen, sobald die Umstände es erlaubten.

Elise, die seinem Ansinnen zunächst skeptisch gegenüberstand, willigte schließlich ein, und so zogen sie im Sommer 1945 nach Degerloch. Während Karl all seine Kraft einsetzte, um das Rothmann-Imperium zu neuer Blüte zu bringen, machte Elise sich mit einem Designatelier für Kleinmöbel selbstständig.

Hélène und Georg behielten ihren Lebensmittelpunkt in der Schweiz, wo Hélène als Malerin arbeitete.

Alois Eberle zog sich während der schlimmsten Kriegsjahre in sein Wengerterhäusle auf dem Haigst zurück. Er hatte Glück, denn seine Werkstatt in der Hauptstätter Straße überstand die Bombenangriffe weitgehend unversehrt. Alois Eberle starb hochbetagt an einem Augusttag des Jahres 1947, vor seinem letzten, großen Technikprojekt: einem perfekt funktionierenden Fernsehempfänger.

Robert und Luise Fetzer wurden im Sommer 1937 von Luc nach Voiron geholt. Dort arbeitete Luise wie schon zuvor in der Schweiz als Näherin, Robert verdingte sich auf einem Bauernhof. Beunruhigt verfolgten beide die Entwicklung in Deutschland, und als der Frankreichfeldzug begann, schloss er sich gemeinsam mit Luc der Résistance an. Beide hätten ihren Mut beinahe mit ihrem Leben bezahlt, als die Deutschen auch die unbesetzte Zone unter ihre Kontrolle brachten. Sie retteten sich nach Dieulefit. Luise änderte ihren Namen und blieb in Voiron. Erst nach dem Krieg entschloss sie sich auf Mathildas Bitten hin, zu ihr nach New York zu kommen. Sie kehrte nicht mehr nach Europa zurück. Robert dagegen fand Arbeit in einer französischen Automobilfabrik und engagierte sich wieder gewerkschaftlich. Den Verlust seiner Familie verschmerzte er niemals ganz.

Die Schokoladenvilla in Degerloch lag derweil im Dornröschenschlaf. Unberührt von den verheerenden Bombennächten des Jahres 1944, die unheilbare Wunden in Stuttgarts Antlitz schlugen, träumte sie besseren Zeiten entgegen – sorgsam gehütet von Theo und Gerti, bis Karl, Elise und die Kinder sie mit neuem Leben füllten.

Ende

PERSONEN

Fiktive Personen

Die Familien Rothmann und Rheinberger sind frei erfunden. Sie haben kein reales Vorbild.

Die Familien Rheinberger und Rothmann

Viktoria Rheinberger: Schokoladenfabrikantentochter aus Stuttgart
Martin Friedrich Rheinberger: Viktorias großer Bruder, Pianist
Judith Rheinberger: Viktorias Mutter, Inhaberin von Rothmann Schokolade
Anton Rothmann: Viktorias Onkel, Inhaber einer Klavierfabrik in Stuttgart
Serafina Rothmann: Antons Frau
Emil Rothmann: Sohn von Anton und Serafina
Karl Rothmann: Viktorias Onkel, lebt mit seiner Familie in Berlin
Elise Rothmann: Karls Frau
Oscar und Ursula Rothmann: Kinder von Karl und Elise
Hélène Bachmayr, verwitwete Rothmann: Viktorias Großmutter, Künstlerin in München

Georg Bachmayr: Hélènes Ehemann

In memoriam

Victor Rheinberger (+ 1936): Viktorias Vater

Die Familie Fetzer

Mathilda Fetzer: Ziehtochter der Rheinbergers, schwesterliche Freundin Viktorias, Juristin
Robert Fetzer/Leonhard Schnyder: Mathildas Vater
Luise Fetzer/Dorli Schnyder: Mathildas Mutter

Das Personal der Schokoladenvilla

Dora: Haushälterin
Theo: Chauffeur
Gerti: Köchin
Tine: Hausmädchen
Fanny: Hausmädchen, das Tine ablöst

Die Familie Miller

Andrew Miller: Inhaber und Geschäftsführer der SweetCandy Ltd., New York
Grace Miller: Andrews Cousine
Robert Miller: Andrews Großvater

Sonstige Personen

In Frankreich und Deutschland

Luc: Viktorias Freund in Voiron

Maître Bonnat: Inhaber der Chocolaterie Bonnat in Voiron

Colette: Viktorias Freundin und Kollegin bei Bonnat in Voiron

Kurt Weber: NSDAP-Ortsgruppenleiter in Stuttgart

Lydia Rosental: Schreibbüroleiterin der Schokoladenfabrik

Alois Eberle: Schwäbischer Erfinder und enger Freund der Familien Rothmann und Rheinberger

Ferdinand Schmitz: Betriebsleiter der Schokoladenfabrik

Isaak Stern: Betriebsleiter der Klavier- und Flügelmanufaktur Anton Rothmann

Otto Scholl: Fotograf in Stuttgart mit eigenem Atelier

Herr Lindemann: Kunde der Schokoladenfabrik Rothmann

Herr Ebben: Geschäftsführer der Halleschen Schokoladenfabrik, Halle/Saale

Anwalt Bauer: Rechtsanwalt in Stuttgart

In den Vereinigten Staaten

Hudson Bank: Bankhaus in New York

Harvey Brothers: Investmentbank in New York

Sally: Mitarbeiterin in der SweetCandy Ltd. und später Viktorias rechte Hand

John Carollo: Rechtsanwalt in New York City, der sich auf internationales Wirtschaftsrecht spezialisiert hat. Zudem langjähriger persönlicher Anwalt sowohl von Robert und Andrew Miller als auch der Familien Rothmann und Rheinberger. Besitzt gute Kontakte in das New Yorker Bankwesen.

Reale Personen

Ardenne, Manfred von: Der adelige deutsche Naturwissenschaftler war ein umtriebiger Forscher, insbesondere auf den Gebieten der Funk- und Fernsehtechnik, der Kern-, Plasma- und Medizintechnik sowie der Elektronenmikroskopie. Maßgebliche Erfindungen in diesen Bereichen gehen auf sein privates *Forschungslaboratorium für Elektronenphysik* zurück, das er 1928 in Berlin-Lichterfelde gründete und bis 1945 leitete.

Brundage, Avery: amerikanischer Funktionär, Millionär. Begleitete die amerikanische Olympiamannschaft nach Berlin.

Duff Frazier, Brenda Diana: New Yorker Debütantin, eines der ersten It-Girls im glitzernden New York der Dreißigerjahre. Entgegen der Romanhandlung feierte sie ihr Debüt erst im Dezember 1938, und nicht 1936. Brenda zierte die Titelbilder der Gazetten ihrer Zeit, wurde schon früh als *Belle of her Season* gehandelt und von ihrer Mutter radikal vermarktet. Unter dem immerwährenden Druck, ihre physische Attraktivität zu erhalten, entwickelte sie nachhaltige Essstörungen, die sie ihr Leben lang begleiteten. Dieses Leben war, wie das vieler berühmter Töchter, unstet, rastlos, von wechselnden Partnerschaften und psychischen Problemen geprägt.
Die Verknüpfung von Brenda Frazier mit Eleanor Holm ist erfunden. Es gibt keine Quellen, die einen Kontakt von Eleanor zu der Familie Frazier verifizieren könnten, auch wenn eine Begegnung denkbar gewesen wäre.

Das süße Schokoladenbüfett anlässlich ihres Debüts im Ritz-Carlton, ausgerichtet von einem externen *Caterer*, ist ebenfalls eine Erfindung meinerseits.
Brendas Debüt folgt weitgehend den Abläufen, wie sie in den Quellen beschrieben sind. Sie trank tatsächlich Milch mit Coca-Cola, um sich auf den Beinen zu halten, da ihr eine Grippe und geschwollene Füße schwer zu schaffen machten. Dennoch lachte und flirtete sie, ließ sich nichts anmerken, bis sie am frühen Morgen nahezu ohnmächtig in ihr Bett fiel.

Jarrett (geb. Holm), Eleanor: Die erfolgreiche amerikanische Schwimmerin war nicht nur sehr attraktiv, sondern auch recht lebensfroh. Sie wurde durch Brundage tatsächlich vom Start bei den Olympischen Spielen in Berlin suspendiert, weil sie sich auf der (originalgetreu wiedergegebenen) Atlantiküberfahrt von New York nach Hamburg lieber in der ersten Klasse vergnügte, als die strengen Vorgaben zu befolgen, die Avery Brundage den Sportlern auferlegt hatte – konsequentes Training auch an Bord, Alkoholverbot, frühe Schlafenszeiten. Daraufhin luden sie die Pressevertreter an Bord der SS Manhattan ein, als Berichterstatterin in Berlin dabei zu sein. Von Brundage nahm sie an, dass er ohnehin Vorurteile gegen sie gehegt hatte:
»I was everything Avery Brundage hated. I had a few dollars, and athletes were supposed to be poor. I worked in nightclubs, and athletes shouldn't do that. I was married.«
In Berlin genoss Eleanor ihr Glamorgirl-Dasein. Sie residierte in einem Luxushotel und erhielt 5.000 Dollar für ihre

Tätigkeit als Reporterin. Sie wurde auf Festlichkeiten eingeladen, feierte mit Nazigrößen und wurde tatsächlich von Hitler empfangen, der nicht verstand, warum man sie trotz der guten Medaillenchancen suspendiert hatte.
Ab dem Moment, da der Schauplatz dieses Romans nach New York wechselt, endet der Bezug zu Eleanors wirklichem Leben. Für das *Life Magazin* hat Eleanor nie berichtet. Zudem bestanden keine Bezüge zu Brenda Frazier oder deren Debüt. Hier entwickelt die historische Eleanor das fiktive Eigenleben einer Romanfigur.

Jarrett, Art: bekannter amerikanischer Musiker und Bandleader. Ehemann von Eleanor Holm von 1933 bis 1938.

Kerkovius, Ida: Die baltische Künstlerin stammte ursprünglich aus Riga. Sie studierte bei Adolf Hölzel in Dachau und Stuttgart, später am Bauhaus in Weimar. Sie lebte und arbeitete in Stuttgart. Nachdem ihr Atelier in den Bombennächten des Zweiten Weltkriegs zerstört worden war, zog sie nach Degerloch.

Kuchler, Vitus: Friseur und Dentist in Degerloch zur Zeit der Schokoladenvilla, der vor dem Zahnziehen wohl mehr Angst hatte als der Patient. Seine zahnärztlichen Fähigkeiten dürften sich in Grenzen gehalten haben. Es kam durchaus vor, dass er aus Versehen den falschen Zahn zog. (Quelle: Liebes Altes Degerloch)

Mayer, Helene: deutsche Sportlerin. Gewann 1936 olympisches Gold im Fechten. Sie war Halbjüdin und damit eine der wenigen »Alibi«-Sportler mit jüdischen Wurzeln, die die Nationalsozialisten bei den Olympischen Spielen starten ließen.

Owens, Jesse: farbiger Leichtathlet aus den USA, galt als *der schnellste Mann der Welt* und war Publikumsliebling bei den Olympischen Spielen.
Im Vorfeld wurde er gefragt, wie viele Medaillengewinne er anstrebe:
Reporter: »Mr. Owens, how many gold medals do you hope to win?«
Owens: »I hope to emerge with three victories.«
Reporter: »Drei bescheidene Goldmedaillen will Herr Owens mitnehmen.«
Owens gewann vier Godmedaillen.

Schilgen, Fritz: Schlussläufer der Fackelträger bei den Olympischen Spielen 1936, er entzündete das olympische Feuer.

Watriss, Brenda: Mutter von Brenda Frazier

Lady Williams-Taylor, Jane: Großmutter von Brenda Frazier

GLOSSAR

Associated Press: Nachrichten- und Presseagentur mit Sitz in New York

Beletage: »schönes« oder »nobles« Geschoss – repräsentativ ausgestatteter Wohnbereich eines Hauses

Belle of her Season: Bezeichnung für die schönste Debütantin des Jahres

Bonnat: alteingesessene Chocolaterie in Voiron, Frankreich

Burgruine Hohenurach: Entstanden zwischen 1030 und 1050, wurde die Burganlage im Laufe der Zeit mehrfach zerstört und wieder neu aufgebaut. Im 16. Jahrhundert diente sie als Gefängnis. 1765 wurde die Landesfestung Urach abgebrochen. Zurück blieb eine der bedeutsamsten Ruinen im süddeutschen Raum. Sie liegt etwa vierzig Kilometer südöstlich der Landeshauptstadt Stuttgart.

Cabin Class: Erste Klasse auf der SS Manhattan

Cafeteria in Manhattan: Die Abläufe im New Yorker Lokal *Cafeteria* in der 42nd Street, Manhattan, sind einem Reisebericht zweier Sowjetreporter aus dem Jahr 1935 entnommen. Die beiden erzählten darin vom amerikanischen Alltag. Auf Deutsch erschien diese Veröffentlichung im Jahr 2011 (DIE WELT, 11.09.2011: »Auf der Suche nach dem anderen Amerika« von Ilja Ilf und Jewgen Petrow).

Degerlocher Sekt/Degerlocher Champagner: Sekt aus Schweizer Gelbmöstlerbirnen, hergestellt von der Degerlocher Küferei Weißer. Der Birnensaft lagerte fünf Jahre lang, bevor er weiterverarbeitet wurde. Im Volksmund wurde der Obstschaumwein auch *Degerlocher Champagner* genannt, genauso wie auf dem Ozeandampfer *Imperator,* auf dem das geschätzte Getränk ausgeschenkt wurde. Üblich waren zudem die Bezeichnungen *Degerlocher Sekt* bzw. *Fildersekt.*

Dining Salon: Speisesaal der SS Manhattan

Doormen: hier: Portiers

Eiswaffel: Die erste Eiswaffel datiert vermutlich aus dem 19. Jahrhundert. Die erste mechanisch in Hörnchenform gebrachte Eiswaffel wurde 1902 in Manchester hergestellt.

EMHA – Martin Hönnecke: 1919 gegründetes Unternehmen in Leipzig, das sich auf Elektrowerkzeuge spezialisiert hatte und neben anderen Modellen eine Handbohrmaschine mit Pistolengriff auf den Markt brachte.

Empire State Building: Das in Rekordzeit 1930/31 erbaute Gebäude an der 5th Avenue war bis 1972 das höchste Gebäude der Welt (443 m Höhe).

Escort: offizieller Begleiter und Tanzpartner einer Debütantin auf ihrem *Coming-out Ball*. (Der Begriff *Coming out* hatte damals noch keinerlei Bezug zu einer sexuellen Orientierung.)

Essbare Diamanten: Hier gibt es tatsächlich zwei Arten, aus Gelatine und Glitzer oder aus Zucker (Zuckersteine). Ich habe beide Arten für Brendas Büfett verwendet.

Fang den Hut: Das Brettspiel wurde bereits 1927 im Otto Maier Verlag Ravensburg veröffentlicht. Bis heute wurde das Spielbrett grafisch kaum verändert.

Farewell Dinner: festliches Dinner am letzten Abend einer Schiffsreise. Die Abläufe dieses Abends auf der SS Manhattan habe ich fiktional aus unterschiedlichen Quellen zusammengesetzt.

Fernsehen: Das Medium *Fernsehen* wurde, wie die damals bereits etablierten Medien, von den Nationalsozialisten für ihre Propaganda missbraucht. Pionier in Deutschland war der *Fernsehsender Paul Nipkow*, der 1935 erstmals in Berlin auf

Sendung ging. Freilich sollte auch er nationalsozialistischen Propagandazwecken dienen. Im Laufe des Jahres 1936 etablierte sich bereits ein etwa zweistündiges Abendprogramm. Zu den Olympischen Spielen 1936 berichtete der Sender nahezu in Echtzeit von den Sportveranstaltungen. Der Sendebetrieb wurde zu diesem Zweck auf acht Stunden am Tag ausgeweitet. Der Empfang des Fernsehsenders Paul Nipkow war weitgehend auf Berlin beschränkt, seine Reichweite betrug etwa 60-80 Kilometer. Der Zweite Weltkrieg stoppte die Entwicklung des Fernsehens – vorübergehend.

Fernsehkanone: Ikonoskop-Kamera von Telefunken, eigens für die Olympischen Spiele hergestellt. Walter Bruch, der Kameramann, erklärte später, dass das Labor, in dem er arbeitete, auf eine solche Aufgabe eigentlich noch gar nicht vorbereitet war. »Aus den schon vorhandenen Teilen wurde die Olympia-Anlage, man muss schon sagen ›zusammengenagelt‹«. (Quelle: Deutsches Fernsehmuseum)

Flädle: Schwäbische Bezeichnung für dünn ausgebackene, ungesüßte Pfannkuchen, die für vielerlei Gerichte verwendet werden. In Streifen geschnitten, werden die traditionellen Flädle als Suppeneinlage geschätzt, gerne auch in Verbindung mit anderen Einlagen (*Hochzeitssuppe)*.

Ganache: Creme aus Kuvertüre (Schokolade) und Sahne, die zum Füllen und Überziehen von Pralinen, anderen Süßigkeiten und Gebäck verwendet wird.

Greenwich Village: Stadtteil Manhattans zwischen Broadway und Hudson River. Das Viertel entzieht sich dem üblichen, gerasterten Straßenmuster Manhattans und zeigt damit auch äußerlich, dass seine Entwicklung einen für New York unüblichen Weg nahm: Bereits zu Beginn des 20. Jahrhunderts verstand es sich als ein Zentrum der Avantgarde, der *bohemian culture* in den Staaten. Zahlreiche Theater, Nacht- und Jazzclubs und eine heterogene Einwohnerschaft prägten eine eigene Kultur. Der erste Nachtclub ohne Rassentrennung wurde hier gegründet. Toleranz und eine alternative Lebensweise grenzten Greenwich Village deutlich zu anderen Stadtvierteln Manhattans ab.

Grieben Reiseführer: Der *Grieben Reiseführer STUTTGART* von 1933 liegt mir im Original vor. Zahlreiche Beschreibungen im Roman wurden diesem entnommen.

Haigst: Name eines Berges zwischen Stuttgart und Degerloch, dort wurde Wein angebaut.

Horcher, Restaurant in Berlin-Schöneberg: Das Restaurant war bereits seit der Jahrhundertwende eine der bekanntesten Lokalitäten der Stadt. Gegründet im Jahr 1904, war es in den Zwanzigerjahren bei den Größen der Künstlerszene beliebt (auch Charlie Chaplin schrieb ins Gästebuch), in den Dreißigern wurde es gerne von den NS-Spitzen aufgesucht, insbesondere Hermann Göring war dort Stammgast. Die im Roman erwähnten Gerichte fanden sich tatsächlich auf der

Speisekarte des Restaurants in der Lutherstraße. Das Restaurant wurde 1944 nach Madrid verlegt, angeblich dank guter Beziehungen des Betreibers zur NS-Obrigkeit.

International Chamber of Commerce (ICC): Die Internationale Handelskammer wurde im Jahr 1920 in Paris gegründet und hat dort bis heute ihren Sitz. Hierbei handelt es sich um einen Zusammenschluss von Unternehmen und Unternehmensverbänden aus mehr als 130 Ländern mit dem Ziel, den internationalen Wirtschaftsverkehr zu fördern und für einen freien und fairen grenzübergreifenden Wettbewerb für Güter- und Kapitalverkehr zu sorgen.

Karlshöhe Stuttgart: Die Karlshöhe ist eine markante Erhebung inmitten der Stadt Stuttgart mit einer Höhe von 343 m ü. NN. Der Hügel wurde ursprünglich zur Gewinnung von Schilfsandstein genutzt, ab 1864/65 gestaltete der Verschönerungsverein Stuttgart die Kuppe des damals noch Reinsburghügel genannten Areals zu einem öffentlichen Park um. Ihren heutigen Namen erhielt die Karlshöhe 1889 zum 25-jährigen Thronjubiläum des vorletzten württembergischen Königs. Zahlreiche stattliche Villen schmückten Fuß und untere Hänge der Karlshöhe, insbesondere die spektakulären Anwesen der Familie des schwerreichen Unternehmers Gustav Siegle (Mitbegründer der BASF) sind hier erwähnenswert. Von den ursprünglich drei Bauten mit ihren weitläufigen und exquisiten Parkanlagen ist nur noch die Villa Gemmingen erhalten, ein historisches Adelspalais, das Siegle für seine jüngste Tochter hatte erbauen lassen.

Life Magazine: Magazin für Fotojournalismus mit großformatigen Fotoreportagen über mehrere Seiten. Brenda Frazier schaffte es im Jahr ihres Debüts (1938) tatsächlich auf den Novembertitel der bekannten Zeitschrift. Eleanor Holm allerdings war nie für das *Life Magazine* tätig. Außerdem brachte das Magazin nie einen Bericht über die *German Chocolate Queen* – ganz einfach, weil diese ein Produkt meiner Fantasie ist.

London Terrace: exklusiver Apartmentkomplex in Chelsea, Manhattan, mit Restaurants, Schwimmbad, Sportmöglichkeiten. Das Gebäude wurde im November 1930 bezugsfertig.

Olympische Spiele 1936 in Berlin: Pierre de Coubertin, der als Gründer des Internationalen Olympischen Komitees 1894 für die Wiederbelebung der Olympischen Spiele sorgte, verstand diese als sportlichen Wettbewerb, in dem die Völker gemeinsam und frei von politischen, sozialen und religiösen Hintergründen sportliche Höchstleistungen anstrebten. Mit den Jahren wurden die Olympischen Spiele zu einem Statusprojekt. Und als die Spiele in Berlin unter der nationalsozialistischen Regierung stattfinden sollten, äußerten sich viele Nationen besorgt, ob der olympische Gedanke unter diesen Voraussetzungen überhaupt gegeben wäre. Es standen ernsthafte Boykottüberlegungen im Raum, vor allem seitens der USA. Erst, als die Vereinigten Staaten ihre Teilnahme zusagten, war klar, dass die Spiele in gewohntem Umfang stattfinden würden.

Auch in Stuttgart spürte man das Olympiafieber. Am 29. Juli 1936 wurden auf dem Hindenburgplatz die Fahnen aller an den Olympischen Spielen teilnehmenden Nationen gehisst. Am 31. Juli errichtete man einen 20 Meter hohen Olympiabaum auf dem Marktplatz. Von ihm wehten die Wimpel aller 53 an den Spielen teilnehmenden Nationen. Bunte Holzfiguren stellten die Sportarten dar. Die Inschrift auf dem Sockel lautete genau so, wie Anton sie im Gedächtnis hatte: *Freund! Kehrst Du heim vom olympischen Spiel, verkünde, dass Deutschland den Frieden will.*

Die Olympischen Spiele waren nicht von den Nazis nach Deutschland geholt worden, dies war noch während der Weimarer Republik geschehen. Doch als diese erkannten, welche Möglichkeiten der Selbstinszenierung die Olympiade bot, nutzten sie die enorme außen- und innenpolitische Wirkung des Sportgroßereignisses zum Zwecke der propagandistischen Selbstdarstellung und um ihre wahre Gesinnung zu verschleiern. Wie gut dies gelang, zeigt ein Leitartikel aus dem *Schwäbischen Merkur* vom 18. August 1936 zur Begeisterung und den Jubel für Hitler bei den Olympischen Spielen:

Dieser Jubel schien aber uns noch mehr zu bedeuten. Er galt einem Mann, der an erster Stelle auch jenseits des olympischen Sportfeldes zu einem Vorkämpfer für den Frieden der Welt geworden ist.

Im Ausland war man zurückhaltender. Zwar erkannte der

Londoner *Daily Express* glaubwürdige Anzeichen des *wunderbaren Wandels im Denken des deutschen Volkes*, die internationale Presse lobte die perfekte Organisation der Spiele, doch die politischen Bilanzen fielen deutlich ernüchternd aus. Berechtigterweise: Die Hetze und die Repressalien gegen Juden und Andersdenkende waren nur für die Dauer der Wettkämpfe ausgesetzt worden. Unmittelbar nach der Schlussfeier gingen sie mit voller Härte weiter. So, als habe es die Wochen der Atempause im Sommer nicht gegeben. In Stuttgart beispielweise wird den Juden eine knappe Woche nach den Spielen der Zugang zu den Freibädern der Stadt untersagt.

Olympische Spiele, Berichterstattung: Die Spiele 1936 waren das erste Massenereignis, das mit der neuen Fernsehtechnik im Umkreis von Berlin in die überfüllten Fernsehstuben übertragen wurde (vgl. *Fernsehen*). Die Rundfunkübertragungen informierten und kommentierten kontinuierlich über die sportlichen Ereignisse über den eigens etablierten *Olympia-Weltsender*. Die Berichterstattung, so wie ich sie im Roman nachvollzogen habe, folgt dem Plan der Fernsehübertragung. Die Originalaufnahmen der Kommentatoren Paul Laven und Rolf Wernicke sind vernichtet und daher nicht mehr zugänglich.

Olympische Spiele, 4 x 100-m-Staffel: Die Beschreibung der Staffel am 9. August 1936 (15:15 Uhr), wie Andrew sie sieht, ist authentisch und folgt – leicht gekürzt – den Original-Filmaufnahmen.

Panorama-Mosaik: eine Art frühes Puzzle der Firma C. Brandt jr. aus Lößnitz. Das geschilderte Motiv trägt die Nummer 255 und wurde um 1905 auf den Markt gebracht, also noch lange vor Viktorias Geburt.

Pfitzauf: schwäbische Süßspeise. Ein traditionelles Rezept: Aus 250 Gramm Mehl, ½ l Milch, 4 Eiern und einer Prise Salz einen glatten Teig rühren. 2 Esslöffel zerlassene Butter unterrühren. 12 Pfitzauf-Förmchen (alternativ: backofenfeste Tassen oder andere Förmchen) gut buttern und bis zur Hälfte mit dem Teig befüllen. Bei 200 Grad (Ober-/Unterhitze) die Pfitzauf etwa 45 Minuten hellbraun backen. Backofen ausschalten, die fertigen Pfitzauf noch 5 – 10 Minuten darin ruhen lassen. Anschließend aus den Förmchen lösen, mit Puderzucker bestäuben und wahlweise mit Kompott (traditionell Äpfel, Kirschen oder Zwetschgen) oder Vanilleeis und Sahne servieren.

Rockefeller Skating Pond: Die kleine, nur 18 x 27 Meter große Eisbahn am Rockefeller Center wurde tatsächlich am Weihnachtstag 1936 eröffnet. Heute wird sie als *Rink at Rockefeller Center* bezeichnet und ist noch immer eine der bekanntesten und romantischsten Eisbahnen New Yorks, auf der man durchaus Prominenten wie Jack Nicholson oder Serena Williams begegnen kann.

Samichlaus: schweizer Version des Nikolaus. Zusammen mit seinem Gehilfen Schmutzli bringt der Samichlaus den Kindern in der Schweiz Nüsse, Äpfel und Süßes. Der Brauch variiert je nach Region.

Scho-Ko-Kola: 1936 gab es tatsächlich eine Aufputschschokolade. Sie nannte sich *Scho-Ka-Kola* und ist unter diesem Namen inzwischen wieder im Handel. Neben Kakao enthält sie gerösteten Kaffee und Kolanusspulver. Dadurch entwickelt sie eine stark aufputschende Wirkung. Erfunden wurde sie 1935 von der Berliner Firma Hildebrand und zu den Olympischen Spielen 1936 als *Sportschokolade* eingeführt. Neben Hildebrand produzierte vor allem Sprengel in Hannover die *Scho-Ka-Kola*. Im Zweiten Weltkrieg wurde sie als *Fliegerschokolade* bekannt, diente aber auch der Verpflegung von Einheiten anderer Waffengattungen (U-Boot-Besatzungen, Soldaten des Heeres). Nicht zu verwechseln ist die *Scho-Ka-Kola* mit der *Panzerschokolade*, die 1939/40 die Soldaten wach und leistungsfähig halten sollte und Metamphetamin enthielt, ein Wirkstoff, der heute als Crystal Meth bekannt ist.

Schwarzwälder Kirschtorte: Um die Erfindung der heute weltweit berühmten Torte ranken sich diverse Geschichten, aber ein abschließender Beweis ihrer Herkunft lässt sich nicht führen. In einer Version wurde sie 1915 von einem jungen Schwaben namens Josef Keller während seiner Konditorausbildung in Bad Godesberg erfunden; eine zweite Version erzählt von einem Tübinger Konditor mit Namen Erwin Hildebrand, der sich das Rezept im Jahr 1930 in einem Tübinger Café ausdachte. Sicher ist jedenfalls, dass die Schwarzwälder Kirschtorte in der bekannten Form ursprünglich wohl nicht aus dem Schwarzwald stammt (eventuell gibt es einen Dessert-Vorläufer), ihre Komposition allerdings Bezüge herstellt. So mag die dunkle Raspelschokolade an die dichten Tannenwälder dort erinnern, die Kirschen an die Bollenhüte der Schwarzwälder Tracht. Das unentbehrliche Kirschwasser kommt ohnehin aus dem Schwarzwald.

Schokoladenautomaten: In New York standen tatsächlich mehrere Tausend Schokoladenautomaten der Firma Stollwerck (um 1900 waren es 4000 Stück).

Seggl: schwäbisches Schimpfwort für eine männliche Person

Sidecar: klassischer Cocktail aus 5 cl Cognac, 2 cl Cointreau und 2 cl frisch gepresstem Zitronensaft

Side Letter: Dabei handelt es sich um eine Nebenvereinbarung von Vertragsparteien, die nicht im Hauptvertrag aufgenommen werden (soll). Es ist inhaltlich frei gestaltbar und kann grundsätzlich formfrei niedergelegt werden. Das spart Kosten und bietet zudem die Möglichkeit, Vereinbarungen zu treffen, die nicht in einem offiziellen Dokument (z. B. Notarvertrag) auftauchen.

Sportschokolade – bezieht sich auf die Firma Ritter Sport: Die Schokoladentafel in Quadratform wurde 1932 von der Alfred Ritter GmbH & Co. KG auf den Markt gebracht und wird bis heute in Waldenbuch produziert und weltweit vertrieben.

Stadtgarten Restaurant-Café: Vergnügungsstätte in Stuttgart.

Stäffele: schwäbische Bezeichnung für die vielen Staffeln (Treppen) in Stuttgart. Um die Weinberge (in Stuttgart wird seit dem 12. Jahrhundert Weinbau betrieben) in den Steillagen der Stadt zu bewirtschaften, legte man erstmals Stäffele an, steile Treppen, die die Hänge erschlossen. Später verbanden die Treppenanlagen, von denen einige teilweise kunstvoll aufgeführt sind, den Talkessel und die zunehmend mit Wohnhäusern bebauten Hanglagen. Sie tun das bis heute. Nicht umsonst werden die Stuttgarter auch *Stäffelesrutscher* genannt.

SS Manhattan: Luxusliner der in New York ansässigen United States Lines, der im Liniendienst zwischen New York und Europa eingesetzt war. Die Beschreibungen des Schiffes im Buch folgen den Quellen.

Studebaker: amerikanische Automobilmarke

Unternehmenskredit/Wandeldarlehen: Das Kreditgeschäft, welches Victor Rheinberger mit der SweetCandy Ltd. vereinbart hatte, entspricht einem Wandeldarlehen. Dabei handelt es sich um ein Darlehen, das mit der Option auf eine mögliche spätere Umwandlung der Darlehensschuld (inklusive der Zinsen) in eine Unternehmensbeteiligung verbunden ist.

Uracher Wasserfall: Der Uracher Wasserfall gehört zu den besonderen Sehenswürdigkeiten des *UNESCO Global Geopark Schwäbische Alb*. Knapp 40 Meter stürzt das Wasser an dieser Stelle über die Albtuffkante in die Tiefe. Im Winter bietet der eingefrorene Wasserfall ein spektakuläres Schauspiel. Mit ein bisschen Glück kann man auch heute noch die Wasseramsel beobachten …

Villa Siegle: 1856 erbaute und nach italienischen Vorbildern gestaltete, palastartige Villa des schwerreichen Fabrikanten Gustav Siegle an der Karlshöhe. Sie galt als einer der schönsten Bauten der Stadt, brannte im Zweiten Weltkrieg aus. Obwohl nicht irreparabel beschädigt, wurde sie 1953 abgebrochen.

Voiron: kleiner Ort in Frankreich, Departement Isère, unweit von Grenoble

Weiße Schokolade: Weiße Schokolade besteht aus Kakaobutter, Milchpulver und Zucker. Die erste Tafel weißer Schokolade wurde 1930 von Nestlé in der Schweiz produziert. In den USA gilt dagegen Kuno Baedeker als Erfinder der weißen Schokolade, die er 1945 für *Merckens Chocolate Company* herstellte. Bemerkenswert: Der Familienname *Nestlé* bedeutet im Schwäbischen *kleines Nest*. Henri Nestlé war ein Schweizer Apotheker deutscher Herkunft.

Währung: Im Jahr 1936 galt im Deutschen Reich die *Deutsche Reichsmark*. Der Kredit in Höhe von 80.000 Reichsmark, den

Victor den Millers eingeräumt hatte, entspricht einem heutigen Kaufkraftvolumen von ungefähr 260.000 Euro. Insgesamt allerdings war die Währungspolitik in den Dreißigerjahren schwierig. *Dollar/US-Dollar:* Zur Orientierung gilt folgende Rechengrößen:

1 $ im Jahr 1936 entspricht 18,21 $ im Jahr 2019.

Wengerterkittel: Winzerkittel, typisch blaue Arbeitsjacke der Weinbauern

Winter Garden Theatre: 1911 errichtetes Theater an der 50th und 51st Street in Manhattan. Es wurde 1922 erneuert, bot damals 1.526 Sitze. Im *Winter Garden Theatre* fand 1953 die Uraufführung von *West Side Story* statt. Der Spielplan von 1936 beinhaltete die Jahresrevue *Ziegfeld Follies of 1936*, die Andrew mit Viktoria besucht.

Woodbury Soap: Amerikanischer Hersteller für Körperpflegeprodukte. Brenda Frazier warb tatsächlich für Produkte des damals sehr bekannten Unternehmens.

HISTORISCHER HINTERGRUND

Stuttgart in der Zeit des Nationalsozialismus und die Bezüge zum Roman

Eine Familiensaga wie die Schokoladenvilla in die Zeit des Nationalsozialismus zu führen, dabei die Leichtigkeit und das Glitzern zu erhalten, das diese Geschichte von Beginn an ausmacht, ohne wiederum die ernsthafte Auseinandersetzung mit jenem düsteren Zeitabschnitt völlig zu vermeiden – das war eine der Herausforderungen beim Konzipieren und Ausarbeiten des vorliegenden dritten Teiles. Deshalb fiel die Wahl des Zeitabschnitts auf das Jahr 1936. Die Olympischen Spiele bewirkten, dass sich Deutschland weltoffen gab. Oliver Hilmes beschreibt in seinem Buch *16 Tage im August* (TB Penguin) diese Zeit als das *letzte Wetterleuchten der Weimarer Republik*. Freilich eine Fassade, hinter der die zerstörerische Ideologie weiterlief. Im öffentlichen Leben aber war davon in dieser Zeit so gut wie nichts zu sehen, die Repressalien gegen Juden und Andersdenkende zumindest weniger offensichtlich, die Propaganda ganz darauf ausgelegt zu zeigen, dass von diesem Deutschland zwar Stärke, aber keine Gefahr ausging. Ein Hohn, wenn man die im März zuvor erfolgte Besetzung des entmilitarisierten Rheinlands bedachte.

Der Slogan *Die Diktatur macht Pause* erfasst das Geschehen in diesen Augusttagen recht treffend. Der schöne, geradezu monströse Schein der Spiele überstrahlte alles, was sich die braunen Machthaber des Deutschen Reiches bisher erlaubt hatten – und das von der Welt bis zu diesem Zeitpunkt so gut wie nicht sanktioniert worden war.

Berlin zeigte sich also von seiner heiteren Seite. Der amerikanische Schriftsteller Thomas Wolfe notierte: *Unter den Bäumen des Kurfürstendamms flanierten die Leute, die Terrassen der Cafés waren dicht besetzt, und die Luft dieser goldfunkelnden Tage schien wie Musik zu schwingen.*

Und so gestaltete sich auch das Nachtleben. Swing- und Jazzbands spielten eigentlich verbotene Musik, die Berliner tanzten mit ihren Gästen zu den als *Negertänze* verschrienen Beats. Elegant, friedlich, liberal – so inszenierte sich das Deutsche Reich, bewusst wurden die Welt und das eigene Volk getäuscht.

Mit dem Erlöschen des olympischen Feuers erstarb auch die Hoffnung auf ein anderes Deutschland. Hass und Verfolgung setzten genauso wieder ein wie die unermüdliche Propagandamaschinerie, die darauf ausgerichtet war, das deutsche Volk zu einem willfährigen Instrument für Hitlers Machtpläne zu machen. Mit tragischem Erfolg, wie uns die Geschichte gelehrt hat.

Auch Stuttgart entging nicht der Gleichschaltung, auch hier geschah fürchterliches Unrecht. Auch hier wurde denunziert und deportiert. Und auch hier gab es Menschen, die versuchten, ihrem Gewissen zu folgen und dadurch zu Rettern wurden. Mögen solche Zeiten ein Mahnmal bleiben.

Zum Villenbau in Stuttgart

Die Anfänge des Villenbaus in Stuttgart liegen in der Mitte des 19. Jahrhunderts, als Christian Friedrich von Leins im Auftrag des württembergischen Kronprinzenpaares Olga und Karl die Villa Berg plant. Zwischen 1845 bis 1853 entsteht das Gebäude im Stil der italienischen Renaissance – und findet bald Nachahmer im Bürgertum. Unternehmer, Bankiers, Verleger, Kaufleute, sie alle entdecken unter anderem die Halbhöhenlagen für sich und zeigen mit ihren repräsentativen Anwesen Wohlstand und wachsenden Einfluss. Die Stuttgarter Villen- und Landhausbauten kennzeichnen die Epoche der rasanten Industrialisierung und die neue, vermögende Gesellschaftsschicht, die sie hervorbrachte. So nimmt es nicht wunder, dass alsbald die ersten Automobile in den Remisen stehen, und dass in den Salons nicht nur Kunst, Musik und Literatur diskutiert, sondern auch rauschende Feste gefeiert werden.

Den Villen der Trilogie DIE SCHOKOLADENVILLA liegt das im Jahr 2000 erschienene Standardwerk von Christine Breig zugrunde: *Der Villen- und Landhausbau in Stuttgart 1830 – 1930*. Die in der Trilogie skizzierten Villen basieren auf den dort beschriebenen Gebäuden, existierten in dieser Form jedoch nicht in Stuttgart.

Das New York der Dreißigerjahre

Die Dreißigerjahre in den Vereinigten Staaten waren von der *Great Depression* geprägt. Der Zusammenbruch der New Yorker Börse 1929 führte zu einer über Jahre anhaltenden und weltweit spürbaren Wirtschaftskrise, Industrieproduktion und der Welthandel brachen ein, es entstand eine Deflationsspirale, der Bankensektor geriet in die Krise. Viele Unternehmen waren zahlungsunfähig, Massenarbeitslosigkeit führte zu sozialem Elend.

Derweil versuchten die Menschen, sich durch die schwierige Zeit zu retten. Manche Investoren setzten der Weltwirtschaftskrise trotzig ihre Großprojekte entgegen, nicht selten um den Preis der eigenen Existenz. Auch das Empire State Building wurde 1930/31 in Rekordbauzeit erstellt und wartete mit dem Prädikat des höchsten Gebäudes der Welt auf – dennoch wurde es erst 1950 profitabel. Einkünfte erzielte es in diesen ersten Jahrzehnten hauptsächlich dadurch, dass es schon bald nach seiner Eröffnung zu einem Touristenmagnet wurde.

Die einzelnen Länder brauchten unterschiedlich lange, um die Krise zu überwinden. Während Deutschland bereits 1936 wieder Vollbeschäftigung meldete – freilich unter den verfälschten Prämissen einer Diktatur –, hielt die Krise in Amerika noch bis zum Ende der Dreißigerjahre an.

Doch in all dem Elend und inmitten bitterer Not gab es in New York auch beispiellosen Reichtum. Große Familien wie die Rockefellers oder die Vanderbilts sorgten für den Glamorfaktor des New York der Dreißigerjahre. Die Debüts der Töchter gut gestellter Familien wurden zu gesellschaftlichen Großereignissen und der Aufwand, der dafür betrieben wurde, war exorbitant. Das Leben der High Society wurde zunehmend zum Gegenstand der Berichterstattung zahlreicher Magazine, die fortan dafür sorgten, dass die Öffentlichkeit an Glanz, Drama und Skandalen der Reichen und Schönen teilhaben konnten. Mehr noch. Sie machten Menschen und Meinungen. Die ersten *It-Girls*, die in den Dreißigerjahren Trends setzten, waren ein Produkt der Presse.

Eine *German Chocolate Queen* hat es in New York niemals gegeben. Eigentlich schade.

Zum Gebrauch des schwäbischen Dialekts

Um einen guten Lesefluss zu gewährleisten, habe ich die schwäbische Mundart nur recht sparsam eingesetzt, und zugleich dem Hochdeutschen angenähert.

MEIN DANKESCHÖN

Die Schokoladenvilla-Trilogie erzählt nicht nur eine Geschichte, sondern besitzt auch selbst eine: Es war Anfang September 2017, als ich auf dem Wiener Prater stand, voller Freude über einige Urlaubstage in Wien und noch müde von der langen Zugfahrt. Beim Umherschlendern blieben wir vor dem dortigen Schokoladenmuseum stehen, da unsere Kinder zum Fahrgeschäft gegenüber drängten. In diesem Moment klingelte mein Handy. Die Münchner Nummer auf dem Display war mir unbekannt, und umso erstaunter war ich, als sich die Literaturagentur Agence Hoffman meldete und Interesse an meinem Manuskript zur Schokoladenvilla bekundete. Ich hatte es erst wenige Tage zuvor eingereicht. In diesem Augenblick wurde einer meiner großen Lebensträume Wirklichkeit.

Mein Agent Dr. Uwe Neumahr, dem ich an dieser Stelle nochmals von Herzen DANKE sage, nahm mich zwei Wochen später unter Vertrag und nur acht Wochen später war klar, dass die Schokoladenvilla beim Penguin Verlag in der Verlagsgruppe Random House erscheinen würde. Als die Vergabe des Titels entschieden war, saß ich mit einer

Schachtel Lindt-Pralinen allein in meinem Arbeitszimmer und konnte nicht glauben, was da geschehen war.

Drei Buchverträge hielt ich in den Händen, und so schnell sind sie vergangen, die Jahre mit der Schokoladenvilla-Saga. Zu Beginn erschien es mir fast unglaublich, eine dreibändige und durchkomponierte Familiensaga erzählen zu dürfen. Heute sehe ich glücklich und dankbar zurück auf eine intensive Zeit.

Nicht nur die Wahl der Agentur erwies sich als Glücksgriff, auch die des Verlages. Denn ein Bestseller schreibt sich nicht von allein. Und somit gilt mein inniger Dank meiner Lektorin Dr. Britta Claus, Programmleiterin bei Penguin. Liebe Britta, du lockst das Beste aus mir hervor! Dein ehrliches, professionelles Lektorat und unsere konstruktiven Diskussionen haben aus der Schokoladenvilla-Saga das gemacht, was sie nun ist: Eine Familiengeschichte über mehrere Generationen, in der Historie, Liebe, Spannung und Schokolade zu einem feinen Lesevergnügen verschmelzen. Sie ist unser beider Werk, denn hinter jedem guten Buch steckt nicht nur der Autor, sondern auch ein hervorragendes Lektorat.

Ebenfalls sehr viel Kraft und Kompetenz hat meine Redakteurin Sarvin Zakikhani investiert, um der Schokoladenvilla Band 3 den letzten Schliff zu geben. (Sie hatte die Idee mit Bonnat in Voiron und hat sogar das Pfitzauf-Rezept nachgebacken. :-) Ganz lieben Dank dafür!

Mit viel Verve in die Welt hinausgetragen wurde das Buch durch den Vertrieb der Verlagsgruppe Random House, dem an dieser Stelle ein ganz, ganz herzliches Dankeschön gesagt sei. Es war ein wunderbares Zusammenspiel – und so schön, eure Begeisterung für dieses Buch zu spüren.

Ein Hoch auf mein Penguin-Team – Eva, Laura, Stef, Katharina, Maren, Laura, und auch Barbara vom Hörbuchverlag … wir haben eine unglaubliche Zeit! Eure Unterstützung ist grandios und ich fühle mich immer getragen!

Natürlich geht auch an meinem persönlichen Umfeld die Entstehung einer Romantrilogie nicht unbemerkt vorüber. Deshalb drücke ich meine beiden Kinder ganz fest, ebenso wie meine Eltern und Geschwister. Ihr alle seid und bleibt mein Fels in der Brandung.

So viele Menschen durfte ich kennenlernen, trotz oder sogar durch die Bücher, und ihnen allen werfe ich an dieser Stelle ein liebes Dankeschön zu – Michaela, Michi, Steffi von der Schoko-Laden-Werkstatt in Bernau am Chiemsee, Ines, Marion, Lucinde Hutzenlaub, Andrea Schmidt, Gabriele Diechler, Steffi, Oliver, Jørn Precht, Monika Pfundmeier, Anya Peter (mit Dank für die Informationen zum Samichlaus) … und meiner lieben Bettina Storks. Herzlichen Dank auch an Simone Gerken, Petra Luipold und Susanne Edelmann, welche die verschiedenen Schokoladenvilla-Fangruppen ins Leben gerufen haben und mit viel Engagement betreuen.

Es ist Zeit, sich zu verabschieden von der Schokoladenvilla und ihren Bewohnern. Kein einfaches Unterfangen, nachdem sie so lange ein Teil meines Lebens gewesen sind. Aber jedes Ende bedeutet auch einen Neubeginn. Und so beschließe ich die Schokoladenvilla-Saga mit einem Zitat von Hermann Hesse:

> *Und allem Anfang wohnt ein Zauber inne,*
> *der uns beschützt*
> *und der uns hilft, zu leben.*

Mein Weg geht weiter, ein neuer Anfang ist bereits gemacht und ich freue mich, bald wieder eine Geschichte mit Ihnen teilen zu dürfen. Lassen Sie sich überraschen!

Von Herzen
Maria Nikolai

Lesen Sie weiter >>

LESEPROBE

Das Schicksal zweier Frauen. Das Erbe einer Familie. Die Geschichte einer Leidenschaft.

Stuttgart, Anfang des 20. Jahrhunderts: Als Tochter eines Schokoladenfabrikanten führt Judith Rothmann ein privilegiertes Leben im Degerlocher Villenviertel. Doch eigentlich gehört Judiths Leidenschaft der Herstellung von Schokolade. Jede freie Minute verbringt sie in der Fabrik und entwickelt Ideen für neue Leckereien. Denn sie möchte unbedingt einmal das Unternehmen leiten. Aber ihr Vater hat andere Pläne und fädelt eine vorteilhafte Heirat für sie ein – mit einem Mann, den Judith niemals lieben könnte. Da kreuzt der charismatische Victor Rheinberger, der sich in Stuttgart eine neue Existenz aufbauen will, ihren Weg …

1. KAPITEL

Die Bonbon- und Schokoladenfabrik Rothmann in Stuttgart,
Ende Januar 1903

Das Glöckchen der Eingangstür gab sein vertrautes helles Bimmeln von sich, als Judith Rothmann das Ladengeschäft der Zuckerwarenfabrikation ihres Vaters betrat. Sorgfältig schloss sie die Tür hinter sich und streifte ihre nassen Stiefel flüchtig auf dem dafür vorgesehenen Teppich ab. Das Wetter war wirklich furchtbar. Wind und Nebel, dazu kam der Regen, und das seit Tagen.

Doch kaum war die unwirtliche Außenwelt ausgesperrt, versöhnte sie der unverwechselbare Duft von Schokolade und Zuckerwerk, der sie im Laden umfing. Ihre Laune stieg. Mit raschen Schritten durchmaß sie den mit Spiegeln, Goldleisten und reichlich Stuck ausgestatteten Raum und ließ ihren Blick routiniert über die Auslagen schweifen.

Unzählige feine Köstlichkeiten präsentierten sich auf der blank polierten Verkaufstheke und in den weiß lackierten Vitrinen entlang der Wände. Wo man auch hinsah, standen Schalen und Etageren, gläserne Bonbonnieren und kunstvoll gestaltete Dosen mit verführerischem Inhalt. Schokoladeumhülltes Konfekt aus getrockneten Früchten oder Marzipan fand sich neben schokoladenüberzogenen Zuckerstäbchen, verschiedenste Sorten Tafelschokolade neben allerlei Arten von Bonbons. Eine exklusive Auswahl Rothmann'scher Leckereien wartete, sorgsam auf heller Spitze in hübsch bemalten Holzkästchen arrangiert, auf die gebotene Aufmerksamkeit.

An diesem Donnerstagnachmittag war der Laden gut besucht. Während Judith umherging und hier und da einige Schalen neu arrangierte, steckte sie sich heimlich ein Stückchen ihres Lieblingskonfekts in den Mund und genoss die herbe Süße der zart schmelzenden dunklen Schokolade mit Beerenfüllung. Nebenbei taxierte sie unauffällig die Kundschaft.

Ein Herr im vornehmen Anzug hatte seinen Hut abgenommen und suchte offensichtlich ein passendes Präsent für eine nachmittägliche Visite. Möglicherweise wollte er seine Angebetete entzücken, denn er entschied sich für eine Mischung feiner Pralinés und einige filigrane, rot gefärbte Zuckerröschen. Neben ihm standen zwei Mädchen im Backfischalter und beugten sich kichernd über eine Silberschale mit bunt gemischten Dragees. Einen Tresen weiter ließen sich drei in teure Seidenkostüme gekleidete Damen eine Auswahl des Besten zeigen, was das Haus zu bieten hatte, während eine Mutter Mühe hatte, trotz der tatkräftigen Hilfe ihrer Gouvernante die lautstark geäußerten, überbordenden Wünsche ihrer vier Kinder zu zügeln.

Kommenden Sommer sollten wir Gefrorenes verkaufen, dachte Judith beim Anblick der stürmischen Rasselbande und beschloss, ihren Vater darauf anzusprechen. Sie hatte kürzlich ein gebrauchtes Rezeptbuch von Agnes Marshall erstanden und fasziniert von der darin beschriebenen Eismaschine gelesen, mit deren Hilfe Milch, Rahm, Zucker und Aromen zu einer kühlen Creme verarbeitet wurden. Die zahlreichen Zubereitungsideen der Engländerin hatte sie in ihrer Fantasie längst weiterentwickelt und sah die Firma Wilhelm Rothmann bereits als ersten Hersteller von Quitten-, Ananas-, Vanille- und vor allem Schokoladeneis in Stuttgart. Vielleicht würde ihr Vater gar zum Hoflieferanten bestellt?

Judith war stolz auf das, was ihre Familie erreicht hatte. Und es war ihr ureigenes Metier. Sobald sie in die Welt der Schokolade eintauchte, sprudelte sie vor Eifer und Einfällen. Insgeheim hoffte sie darauf, eines Tages die Geschicke der Rothmann'schen Fabrik mitbestimmen zu dürfen, auch wenn ihr Vater sämtliche dahingehenden Andeutungen stets als unsinniges Weibergeschwätz abtat. Seiner Meinung nach hatten Frauen ihren Platz im Hintergrund, sollten den Haushalt führen und die Kinder erziehen. Doch Judith war nicht entgangen, dass dies keineswegs eine unumstößliche Einstellung sein musste. In Städten wie München oder Berlin drängten Frauen mehr und mehr in kaufmännische Geschäfte. Warum sollte das nicht auch in Stuttgart möglich sein?

Unterdessen hatte sie ihren Rundgang fortgesetzt und wandte sich schließlich an eine der drei Verkäuferinnen, die in schwarzen Kleidern und frisch gestärkten weißen Schürzen die Kunden bedienten.

»Fräulein Antonia, empfehlen Sie den Kunden heute unbedingt auch die frischen Pfefferminzplätzchen. Am besten legen Sie die Schächtelchen direkt auf den Verkaufstischen aus.«

»Sehr wohl, gnädiges Fräulein«, antwortete das Mädchen und machte sich sofort daran, den Auftrag auszuführen.

Unterdessen hatte die Mutter samt Gouvernante und Kinderschar ihren Einkauf beendet und schickte sich an, den Laden zu verlassen. In der Eingangstür kam es zu einer kleinen Rangelei, da jedes der Kinder als Erstes hinauswollte. Die Gouvernante, beladen mit unzähligen kleinen Päckchen, wurde dabei unsanft gestoßen und ließ im Taumeln einen Teil ihrer Last fallen. Während sie versuchte, sich zu fangen, stolperte das kleinste der Geschwister über eine der Schachteln, schlug der Länge nach auf den gefliesten Boden und brach sofort in heftiges Geschrei aus.

»Willst du wohl still sein!«, entfuhr es der Gouvernante, während die Mutter lediglich über die Schulter sah und ungerührt den Rest ihres Trosses ins Freie schob. Das Heulen wurde lauter, der Junge lag noch immer auf dem Boden, die Gouvernante zischte eine weitere Ermahnung, rappelte sich auf und machte sich daran, die Päckchen einzusammeln.

Damit die Situation nicht weiter eskalierte, schnappte sich Judith ein Quittenbonbon, gab es dem weinenden Buben und half ihm auf. Gleichzeitig wies sie die Verkäuferin Trude an, der Gouvernante mit den am Boden liegenden

Geschenkkartons zu helfen, und schloss schließlich erleichtert die Tür, als alle hinaus waren.

Die übrigen Kunden hatten das Malheur teils pikiert, überwiegend aber amüsiert verfolgt und widmeten sich nun wieder ihren eigenen Wünschen. Mit einem kurzen Nicken verabschiedete sich Judith von den Angestellten und trat durch eine Verbindungstür in ein geräumiges Treppenhaus, welches das Ladengeschäft mit der Fabrik verband.

Hier begann das pulsierende Innenleben des Unternehmens, ein Zauberreich aus Kakao, Zucker und Gewürzen, das Judith liebte, seit sie als Kind zum ersten Mal mit fasziniertem Staunen die Schokoladenfabrik betreten hatte. Zugleich spürte sie ein ungewohntes Unbehagen in der Magengegend.

Bereits beim Frühstück hatte ihr Vater anklingen lassen, am Abend etwas Wichtiges mit ihr besprechen zu müssen, und Judith fragte sich seither, worum es sich wohl handeln könnte. Derart vage Andeutungen waren untypisch für ihn, und weil ihre unruhige Neugier ständig größer wurde, hatte sie beschlossen, ihn gleich im Comptoir der Firma aufzusuchen. Vielleicht gab er ja schon etwas preis, auch wenn sie wusste, dass er private Visiten zu Geschäftszeiten nicht schätzte.

Die mahnende Stimme in ihrem Inneren ignorierend, stieg sie entschlossen die Stufen in den oberen Stock des Verkaufsgebäudes hinauf, wo sich die Büroräume des Unternehmens befanden.

Geschäftige Stille begrüßte Judith, als sie das Comptoir betrat. An Schreibpulten aus lackiertem Eichenholz arbeiteten über ein Dutzend Herren in Anzug und Krawatte. Konzentriert führten sie Buch über die Geschäfte und Waren der Schokoladenfabrik. Hier roch es nach Tinte und Papier, nach Politur, Bohnerwachs und dem Eau de Cologne der Angestellten. Als diese Judiths Anwesenheit bemerkten, eilte einer von ihnen auf sie zu.

»Was kann ich für Sie tun, Fräulein Rothmann?«

»Ist mein Vater in seinem Bureau?«

»Gewiss. Ich gebe ihm Bescheid.«

»Das ist nicht nötig. Ist er allein?«

»Im Augenblick ist niemand bei ihm, gnädiges Fräulein.«

Judith nickte. Während der Herr an seinen Platz zurückkehrte, ging sie zu einem abgeteilten Raum, der am gegenüberliegenden Ende des Comptoirs lag, klopfte an die mit buntem Glas filigran verzierte Tür und trat ein.

Ihr Vater stand am Fenster und sah hinaus auf die Straße vor der Fabrik. Als er Judith bemerkte, drehte er sich abrupt um, so als hätte sie ihn bei etwas Verbotenem ertappt.

»Judith!« Er klang unwirsch. »Was willst du hier?« Rasch kehrte er hinter seinen imposanten, akkurat aufgeräumten Schreibtisch zurück, auf dessen Platte ein aufgeschlagenes Kontobuch lag. »Haben deine Brüder wieder etwas angestellt?«

»Nein, Herr Vater«, begann Judith, vorsichtig lächelnd. »Diesmal nicht.«

»Dann wäre es gut, du würdest nach ihnen sehen, bevor etwas passiert.«

»Keine Sorge, Robert hat ein Auge auf sie, Herr Vater.«

Der Hausknecht der Familie hatte ihre achtjährigen, umtriebigen Zwillingsbrüder mit auf einen Botengang genommen. »Ich bin hier, weil ich Ihnen einen Vorschlag machen möchte«, setzte Judith an. Sie hoffte, ihm durch ein unbefangenes Gespräch entlocken zu können, was er ihr denn so Wichtiges zu sagen hatte.

»Ich habe jetzt keine Zeit«, erwiderte ihr Vater und nahm einen Bleistift zur Hand. »Am besten gehst du gleich nach Hause. Oder hilfst beim Vorbereiten der Musterpäckchen für die Reisenden. Wir reden dann heute Abend.«

»Aber ich halte es für wichtig.« Judith ließ sich nicht so leicht abwimmeln. »Sie sind doch immer auf der Suche nach neuen Verkaufsartikeln, nicht wahr?«

»Und dazu hast du wieder einmal etwas beizutragen?«

Judith überhörte seinen gereizten Unterton. »Ja, wenn Sie erlauben. Es ist zwar noch ein bisschen früh im Jahr, aber manche Dinge müssen gut geplant werden. Das sagen Sie uns doch immer wieder, Herr Vater. Und deshalb habe ich mir überlegt, ob es nicht gut wäre, im Sommer Gefrorenes anzubieten.«

Ihr Vater lachte spöttisch. »Das verstehst du unter wichtig? Sei so gut, Judith, und lass mich meine Arbeit machen. Hier läuft es drunter und drüber. Da kann ich mir nicht über Gefrorenes Gedanken machen.«

»Manche Ideen kann man nicht aufschieben«, beharrte Judith. »Gerade waren Kinder im Laden, die würden so etwas mögen. Man müsste natürlich vieles bedenken, die Kühlmöglichkeiten und den Transport, aber …«

»Ach, sei doch bitte still.« Ihr Vater wurde ungeduldig. »Sie mag überlegenswert sein, deine Idee, aber mir steht hier das Wasser bis zum Hals. Mach dich auf den Weg nach Hause. Am besten, ich lasse Theo kommen, er soll dich fahren. Und über den Sommer wirst du ohnehin anderes zu tun haben, als dich um die Herstellung von Gefrorenem zu kümmern.«

Judith horchte auf. »Wie darf ich Sie verstehen, Herr Vater?«

»Da gibt es nichts zu verstehen.« Er trommelte mit den Fingerspitzen auf die Tischplatte. »Du weißt wohl selbst am besten, was ein Vater von seiner erwachsenen Tochter erwarten kann. Deshalb wirst du bald damit beschäftigt sein, deine Aussteuer zu vervollständigen.«

Einen Augenblick lang herrschte angespannte Stille im Raum, und Judith versuchte, das Gesagte zu begreifen. Schließlich fand sie stammelnd ihre Sprache wieder.

»Heißt das, ich soll …«

»Du wirst heiraten. Exakt das heißt es. Mit einundzwanzig Jahren bist du wirklich alt genug dafür. Eigentlich wollte ich es dir heute Abend mitteilen, doch sei es drum. Nun weißt du es.«

Er wandte sich wieder seiner Arbeit zu.

»Aber wen soll ich denn heiraten?«, fragte Judith entsetzt. Sie konnte kaum glauben, was ihr gerade verkündet worden war, auch wenn sie seit geraumer Zeit eine leise Ahnung gehabt hatte. »Es gibt doch niemanden, oder?«

»Noch nicht, aber das wird nicht mehr lange dauern«,

meinte ihr Vater nur und begann, eine Seite des Kontobuchs mit Anmerkungen zu versehen. »Ich werde dich rechtzeitig in Kenntnis setzen. Du solltest mir ein bisschen vertrauen.«

Judith zitterten die Knie. Ihr ungutes Gefühl hatte sie nicht getrogen. Das also hatte er ihr kundtun wollen. Sie sollte verheiratet werden, und das ohne jedes Mitspracherecht.

Mühsam unterdrückte sie den Impuls, etwas Unangebrachtes zu erwidern. Eine spitze Antwort würde alles nur noch schlimmer machen. So ballte sie nur die Hände zu Fäusten, drehte sich auf dem Absatz um und verließ fluchtartig das Comptoir. Mit laut klappernden Stiefeln eilte sie die Treppe hinunter, über ihr Gesicht liefen Tränen, die sie eigentlich gar nicht weinen wollte.

War es denn zu viel verlangt, mit der Ehe noch ein wenig abzuwarten? Bis sie sich selbst für jemanden entschied? Einen Mann, den sie mochte. Und der akzeptierte, vielleicht sogar schätzte, dass sie die Arbeit in der Schokoladenfabrik liebte und nicht zu Hause verkümmern wollte, so wie ihre Mutter.

Judith zog ihren Mantel enger um sich und trat hinaus in den feuchten Nachmittag. Sie spürte weder Regen noch Kälte, als sie ziellos durch Stuttgarts Straßen lief und sich schließlich vor der Station der Zahnradbahn am Marienplatz wiederfand. Sie bestieg einen der Wagen nach Degerloch, dem der Residenzstadt vorgelagerten Luftkurort, wo sie mit ihrer Familie in einem Anwesen innerhalb der neu erbauten

Villenkolonie wohnte. Auf der Fahrt nach Hause wandelte sich ihre Verzweiflung in vertrauten Kampfesgeist. So leicht durfte niemand über ihr Leben und ihre Zukunft entscheiden. Auch nicht ihr Vater.

2. KAPITEL

Die preußische Festung Ehrenbreitstein bei Coblenz,
Ende Februar 1903

Aus einem dunstigen Morgenhimmel fiel fahles Licht, ohne die Erde wirklich zu berühren. Weder vertrieb es die Kälte der vergangenen Nacht noch ihre Schatten. In der nebligen, mit dem Rauch zahlreicher Schornsteine geschwängerten Luft verloren sich Farben und Stimmen, verschwammen die Umrisse der Zitadelle, schien selbst der große Strom verstummt, der seit Urzeiten am Fuße des steil aufragenden Felssporns mit den Wassern der Mosel zusammenfloss.

Das vertraute Zurückschnappen der Querriegel seiner Zellentür durchbrach die morgendliche Stille. Victor, der am vergitterten Fenster gestanden hatte, das den kargen Raum mit Tageslicht versorgte, wandte sich um und nickte dem eintretenden Aufseher zu.

Es war Zeit.

Ein letztes Mal flog sein Blick über die Stube mit ihrer schlichten Holzmöblierung und dem eisernen Bettgestell, dessen blau-weiß karierte Decke er sorgfältig zusammengelegt hatte. Dann schlüpfte er in seinen abgetragenen Mantel, hob seinen schäbigen Koffer auf, nahm seinen Hut und folgte dem Wärter aus der Landbastion hinaus in diesen abweisenden Morgen. Sie querten den Oberen Schlosshof und erreichten die Hohe Ostfront. Vor den vier Säulen des Portikus blieben sie einen Augenblick stehen, und Victor ließ noch einmal die hellgelben Fassaden der Gebäude ringsherum auf sich wirken, deren klassizistische Architektur in einem geradezu spektakulären Gegensatz zur martialischen Erscheinung der übrigen Festung stand. Schließlich wurde er in das Dienstzimmer des Festungskommandanten im ersten Stock über der Hauptwache geführt.

Als er eine halbe Stunde später wieder ins Freie trat, bat er den Aufseher um einen kurzen Moment für sich. Dieser nickte und blieb stehen, während Victor an einer Gruppe exerzierender Soldaten vorbei über den weitläufigen Hof ging und an die halbhohe Außenmauer trat. Ruhig setzte er sein Gepäck ab und beugte sich über die massive Begrenzung.

Nur andeutungsweise ließ sich der grandiose Ausblick erahnen, der sich an klaren Tagen von hier oben auf Coblenz und die beiden Flüsse bot, die sich an dieser Stelle in einer lang gezogenen Schleife auf ihre gemeinsame Reise gen Norden begaben. Lediglich Schemen von Häusern, Wiesen und Feldern deuteten sich an. Von den fernen Gipfeln der Vulkaneifel mit ihren stillen Seen und den dunklen Wäldern war überhaupt nichts zu sehen.

Victor seufzte.

Diesen ersten Augenblick nach seiner Haftentlassung hatte er sich anders vorgestellt. Unzählige Male hatte er in Gedanken an dieser Mauer gestanden, wie ein Vogel, der seine Flügel ausspannt. Er hatte diese schiere Weite in sich aufnehmen wollen, die Welt von einer höheren Warte aus betrachten, bevor er sie neu in Besitz nahm – und sie ihn.

Die neblige Unbill des feuchten Februartags minderte den Genuss dieses Moments, aber er wollte nicht hadern. Nach den bitteren Lektionen der letzten Jahre musste ein fehlender Ausblick zu verschmerzen sein. Es war vorbei, und das war alles, was zählte. Brüsk drehte er sich weg, nahm seinen Koffer und ließ sich die letzten Meter eskortieren.

Der Weg in die Freiheit führte durch die Felsentorwache zum vorgelagerten Fort Helfenstein und von dort aus abwärts, an etlichen Wachposten und weiteren Toren vorbei bis in den Ort Ehrenbreitstein.

Mit jedem Schritt entlang des schroffen, bewachsenen Felsgesteins schaffte Victor Abstand zwischen sich und der weitläufigen, als uneinnehmbar geltenden Festung über ihm. Auf dem matschigen Untergrund verloren seine dünnen Sohlen mehr als einmal den Halt. Dass es ihm jedes Mal gelang, sich abzufangen, erfüllte ihn mit übertriebenem Stolz. Vereinzelte Windböen wehten kalte Feuchte in seinen Nacken und ließen ihn frösteln. Als er endlich in der Residenzstadt ankam, zitterten ihm vor Anstrengung die Knie.

An der Schiffbrücke musste er warten, bis sich die ausgefahrenen Joche hinter einem kleinen Dampfer wieder geschlossen hatten, dann überquerte er den Rhein, entrichtete die zwei Pfennige Brückengeld und erreichte schließlich die Coblenzer Rheinanlagen.

Die Wolkendecke hatte sich gelichtet.

Victor zögerte.

Dann blickte er ein letztes Mal zurück auf das trutzige Monument hoch oben auf der Felsnase, dessen grobe, unverputzte Mauern im heraufziehenden Tag allmählich Konturen annahmen.

Zwei Jahre lang war der Ehrenbreitstein sein Gefängnis gewesen; dieses kantige Zeugnis preußischer Macht im Westen des Reiches, mit seinem weitläufigen Gewirr aus Gängen, Brücken und Versorgungswegen, den Soldatenstuben, Wohnquartieren, Arbeitsstätten und Geschützkasematten, den meterdicken Mauern, Gräben und Toren. Dort hatte er gebüßt für ein Duell, das er gerne vermieden hätte und dessen unglücklicher Ausgang ihn überdies in den Rang eines verurteilten Straftäters katapultiert hatte. Wenigstens war er in den Vorzug einer Ehrenhaft auf der Festungs-Stubengefangenen-Anstalt bei Coblenz gekommen, weit weg von Berlin und den erdrückenden Erinnerungen, die Victor mit dieser seiner Heimatstadt verband.

Er vernahm Rufe und Lachen, ein Schiffshorn, das Bellen eines Hundes. Die Welt hatte ihre Sprache wiedergefunden, und selbst die winterlich trübe Luft empfand er als belebend.

Er schritt kräftig aus. Immer schneller schienen ihn seine Beine zu tragen, und ein jähes Glücksgefühl durchströmte Kopf und Glieder. Doch bei aller aufkeimenden Euphorie war ihm sehr wohl bewusst, dass seiner neu gewonnenen

Freiheit nicht nur unendliche Möglichkeiten innewohnten, sondern auch eine vage Gefahr. Und mit demselben Willen, mit dem er seine Zukunft beginnen wollte, würde er mit seiner Vergangenheit Frieden schließen müssen.

Er erreichte das zweigeschossige, massive Steingebäude des Coblenzer Bahnhofs. Beim Laufen war ihm warm geworden, auch wenn jeder Atemzug eine neblige Wolke bildete, kaum dass er die Lippen verlassen hatte. Victor kaufte ein Billett und setzte sich auf eine Bank im Wartesaal. Bis sein Zug kam, dauerte es noch gut eine Stunde.

In einer Ecke des großen Gebäudes entdeckte er einen Automaten, an dem zwei Kinder, vermutlich Bruder und Schwester, hantierten. Eine Gouvernante saß gelangweilt daneben, die Nase in ein Buch vergraben. Derweil schienen die Geschwister einen regelrechten Kampf um den Inhalt des Automaten auszufechten, wobei das Mädchen ihrem Bruder in nichts nachstand. Schließlich hielt sie triumphierend ein kleines Täfelchen in der Hand. Schokolade, wie Victor amüsiert feststellte. Mit ihrem Schatz in der Hand lief sie dem Jungen davon, der erst ein langes Gesicht zog, dann aber entschlossen die Verfolgung aufnahm.

Victor konnte seine Neugierde nicht zügeln. Automaten hatten ihn schon immer fasziniert, und dieser hier war ziemlich neu. Er stand auf und besah sich unauffällig das Gerät. *Stollwerck*. Das Kölner Unternehmen war seit Jahren sehr erfinderisch beim Vertrieb seiner Schokoladen und lieferte inzwischen selbst entwickelte Automaten in alle Welt. Diese boten unter anderem Seife an, aber auch Fahrkarten an den Bahnhöfen.

Der Apparat aus graublau bemaltem Gusseisen mit aufwendigen goldenen Verzierungen reichte ihm etwa bis zum Kinn. Hinter einem arkadenartig eingefassten Fenster befanden sich, gut sichtbar, mehrere Warenschächte mit Schokoladentafeln. Darüber gab es einen Schlitz für den Münzeinwurf, und auf einem emaillierten Schild wurde der Mechanismus erklärt. Zehn Pfennig kostete eine Tafel. Rasch überschlug Victor den Wert der darin befindlichen Schokoladentäfelchen und stellte fest, dass es sich hier um ein lohnendes Geschäft für Stollwerck handelte. Zwar verzichtete er darauf, sich eine Schokolade zu ziehen, aber sein Erfindergeist war geweckt. Während er an seinen Platz zurückkehrte, feilte er imaginär bereits an einer ähnlichen Konstruktion.

Sobald er sich in seiner neuen Heimat etabliert und eine Bleibe gefunden hatte, würde er sich an einem Entwurf versuchen. Bei diesem Gedanken zog er einen zerknitterten Zettel aus seiner Hosentasche, auf dem eine Adresse stand: *Edgar Nold, Silberburgstraße, Stuttgart.*

Victor wäre es nicht in den Sinn gekommen, nach seiner Haftentlassung ausgerechnet in Stuttgart sein Glück zu versuchen, aber als ein Mithäftling die süddeutsche Residenzstadt ernsthaft empfohlen hatte, war sie ihm nicht mehr aus dem Kopf gegangen. Stuttgart schien aufstrebend zu sein, bot deshalb vermutlich gute Arbeitsmöglichkeiten und war weit genug entfernt von Berlin, um einen unbelasteten Anfang zu ermöglichen. Jedenfalls würde ihn dort wohl keiner vermuten.

Vor wenigen Tagen hatte ihm der Mitgefangene schließlich noch die Anschrift eines entfernten Verwandten gegeben, ebenjenes Edgar Nold, bei dem er sich nach seiner Ankunft melden könne. So sollte es ihm leichterfallen, in der fremden Umgebung Fuß zu fassen.

Schließlich fuhr laut pfeifend Victors Zug ein und kam mit kreischenden Bremsen zum Stehen; ein stählerner Koloss, umgeben von Dampf und Rauchschwaden. Reisende entstiegen den Coupés der ersten Klasse. Sie waren eingehüllt in wärmendes Tuch oder lange Mäntel, die Herren zogen ihre Hüte tief ins Gesicht. Einige Damen trugen wertvollen Pelz und hatten ihre Hände in fellbesetzten Muffs vergraben, während Bedienstete sich um ihr Gepäck kümmerten und eilig Schirme aufspannten, um ihre Herrschaft vor der ungemütlichen Witterung zu schützen. Aus den restlichen Waggons stiegen die weniger Begüterten, die ihre Taschen und Koffer mit klammen Fingern selbst schleppten. Eilig strebten sie dem Ausgang zu.

Victor verließ das Bahnhofsgebäude und betrat den Bahnsteig. Er wartete geduldig, bis sich die Traube der Fahrgäste auf die Waggons verteilt hatte. In einem Abteil der dritten Klasse verstaute er sein Gepäck, setzte sich auf die hölzerne Bank und beobachtete durch das beschlagene Fenster das Kommen und Gehen auf dem Bahnsteig.

Schließlich schlugen die Türen. Mit einem schrillen Pfiff setzte sich der Zug schwerfällig in Bewegung.

Sein neues Leben hatte begonnen.